中文社会科学引文索引（CSSCI）来源集刊
AMI（集刊）入库集刊
中国学术期刊网络出版总库（CNKI）收录
集刊全文数据库（www.jikan.com.cn）收录

樂府學

第三十一辑

赵敏俐 主编

国家一级学会『乐府学会』会刊

首都师范大学文学院
首都师范大学中国诗歌研究中心 主办

河北师范大学文学院 协办

社会科学文献出版社
SOCIAL SCIENCES ACADEMIC PRESS (CHINA)

编委会

目　录

礼乐制度

音乐研究

名篇探讨

乐府诗学

诗歌吟诵

研究综述

书评

Contents

Discussion on Famous Yuefu Poetry

Yuefu Poetics Study

Poetry chanting

Research Review

Book Review

礼乐制度

论九辩、九歌、九夏的乐制及其施用[*]

曹胜高　周志颖

（广东外语外贸大学中国语言文化学院，广东 广州，510420
陕西师范大学文学院，陕西 西安，710119）

摘　要：九变之乐是大合乐的音乐演奏方式，其经典曲目合为九成之乐，如《大韶》《大濩》《大武》等，用于歌颂先祖功德，后世成为文乐。九歌是与九变之乐相配的歌辞，其在早期中国就已经出现，夏作《九歌》，周亦有九歌，楚传有《九歌》，从《左传》的记载来看，不同的历史时期皆有不同歌辞的九歌出现，用于赞美先祖的功德。《诗经》中有周颂先祖九功之德的歌辞，今不详其篇目。《九夏》为周重要礼仪活动出场退场时的金奏，以钟、镈伴奏，无歌辞。自郑玄误认为其有歌辞之后，后世有学者然之，但从音乐的实践来看，后世采用歌辞伴奏，故《九歌》与《九夏》并无关联。

关键词：乐之九变　九成之乐　九辩　九歌　九夏

作者简介：曹胜高，广东外语外贸大学中国语言文化学院教授，原陕西师范大学文学院教授，博士生导师，研究方向为中国文化与文学。周志颖，陕西师范大学文学院博士研究生，研究方向为古代文学。

早期中国乐歌在大合乐有“九变之乐”的施用。《周礼》载天子以乐之六变迎天神，以乐之八变祭地祇，以乐之九变享先祖。[①] 其所列曲目有

* 本文为广东外语外贸大学人才引进校内项目“郊庙歌辞与早期中国乐歌的生成”（2023RC065）成果。

① 李学勤主编《十三经注疏·周礼注疏》卷二二《春官宗伯·大司乐》，北京大学出版社，1999，第586页。

乐而无辞。[①]《吕氏春秋·古乐》又载古乐有“六成”“九成”两种体制，前者如《六列》《六英》，后者如《九招》《九夏》。马端临认为前者为武乐体制，后者为文乐体制。[②] 屈原又言：“启棘宾商，《九辩》《九歌》。”[③] 认为《九辩》与《九歌》是夏启所用之乐，可以从乐制上观察《九歌》与《九招》的关系。将乐之九变置于音乐史中观察，分析其在作为九成之乐的施用时，如何形成了九辩、九歌，进而讨论《楚辞》中的《九歌》形成的历史语境，观察其与天神、地祇和人鬼三者祭祀的关系，厘清早期中国乐歌的生成机制和施用方式。

一 大合乐中的乐之九变

九变之乐是在六变之乐的基础上形成的。《周礼·大司乐》言在大合乐时先有六变之乐：“凡六乐者，一变而致羽物及川泽之示，再变而致臝物及山林之示，三变而致鳞物及丘陵之示，四变而致毛物及坟衍之示，五变而致介物及土示，六变而致象物及天神。”以乐之六变祭祀五方之物及神灵。又言：“冬日至，于地上之圜丘奏之，若乐六变，则天神皆降，可得而礼矣。……夏日至，于泽中之方丘奏之，若乐八变，则地示皆出，可得而礼矣。……《九德》之歌，九磬之舞，于宗庙之中奏之，若乐九变，则人鬼可得而礼矣。”[④] 冬至日以乐之六变祭天神、夏至日以乐之八变祀地祇，只有在宗庙祭祀先祖时用九变之乐。

用乐之六变、八变和九变，实际是采用大合乐的方式演奏，分别应用于对天神、地祇和先祖的祭祀。这种祭祀在汉代仍在使用，或已经配有相应的歌辞。如汉平帝时王莽奏言：“凡六乐，奏六歌，而天地神祇之物皆至。”[⑤] 是以六歌应六变之乐，可见在西汉时期已经形成了《六歌》。贞观初张文收与祖孝孙参定雅乐时，就确定了乐之四变、五变、六变、七变、八变、九变时使用的宫调之不同：“凡黄钟、蕤宾为宫，其乐九变；大吕、林

① 曹胜高：《乐之九变与九德之歌的生成机制》，《民族艺术》2021年第1期。

② （元）马端临：《文献通考》卷一四四《乐考》，中华书局，2011，第4351页。

③ （汉）王逸章句，（宋）洪兴祖补注《楚辞章句补注》卷三《天问章句》，夏剑钦校点，岳麓书社，2013，第96页。

④ 李学勤主编《十三经注疏·周礼注疏》卷二二《春官宗伯·大司乐》，北京大学出版社，1999，第584~586页。

⑤ 《汉书》卷二五下《郊祀志下》，中华书局，1962，第1265页。

钟为宫，其乐八变；太蔟、夷则为宫，其乐七变；夹钟、南吕为宫，其乐六变；姑洗、无射为宫，其乐五变；中吕、应钟为宫，其乐四变。”[①] 不同的宫调对应不同的律变，形成相应的乐变，对应于不同的礼制。如唐玄宗在开元十八年（730）祭祀时说：“‘凡六乐者，三变而致鳞物。’今享龙亦请三变，舞用帗舞，樽用散酒，以一献。”[②] 亦用三变之乐祭祀龙，可见三变之乐只是音乐不同的演奏方式，施用于特定的祭祀对象。刘敞也认为：“九磬者，磬九变而一终。《书》云‘箫韶九成，凤皇来仪’，是也。”[③] 与钟的变动相应，磬也可以随之调整宫调，有九变之法。

六变之乐成为经典，便是六成之乐；九变之乐形成特定的演奏，便是九成之乐。马端临认为：“盖乐之一变为一成，文乐九成，九变故也；武乐六成，六变故也。……《记》曰：《武》，始而北出，再成而灭商，三成而南，四成而南国是疆，五成而周公左，召公右，六成复缀，以崇天子。”[④] 也就是说周之《武》为武乐，而《大武》作为经典曲目，其用为文乐，二者性质不同，施用的礼仪场合不同。天子、诸侯皆可用《武》，《大武》则天子可用而诸侯所用多为僭乐。如鲁君曾用《大武》夏禘，故而孔子言“禘自既灌而往者，吾不欲观之矣”[⑤]，且其论《武》而不言《大武》，在于孔子不欲观鲁用《大武》祭祀先祖。

九变而成的九成之乐，常常施用于大合乐的演奏中。从《礼记·月令》所载的乐政来看，孟春“命乐正入学习舞”[⑥]，仲春“上丁，命乐正习舞，……仲丁，又命乐正入学习乐”[⑦]，实际是乐正召集国子入学练习乐舞。在季春下旬则“择吉日，大合乐。天子乃率三公、九卿、诸侯、大夫，亲往视之”[⑧]，大合乐就是将乐奏和乐舞配合使用，这成为周乐最为盛

---

① （唐）杜佑：《通典》卷一四三《乐三·历代制造》，王文锦等点校，中华书局，1988，第3656页。

② （元）马端临：《文献通考》卷九〇《郊社考》，中华书局，2011，第2767页。

③ （宋）刘敞：《七经小传》卷中《周礼》，朱维铮主编《中国经学史基本丛书》第2册，上海书店出版社，2012，第452页。

④ （元）马端临：《文献通考》卷一四四《乐考》，中华书局，2011，第4351页。

⑤ 李学勤主编《十三经注疏·论语注疏》卷三《八佾》，北京大学出版社，1999，第34页。

⑥ 李学勤主编《十三经注疏·礼记正义》卷一四《月令》，北京大学出版社，1999，第466页。

⑦ 李学勤主编《十三经注疏·礼记正义》卷一五《月令》，北京大学出版社，1999，第478页。

⑧ 李学勤主编《十三经注疏·礼记正义》卷一五《月令》，北京大学出版社，1999，第488页。

大的展现。到了孟夏则“命乐师，习合礼乐……是月也，天子饮酎，用礼乐”[①]，开始将已经合称的乐舞与礼仪配合起来施用。比如在仲夏“命乐师修鞀、鞞、鼓，均琴瑟、管、箫，执干戚戈羽，调竽笙篪簧，饬钟磬柷敔。……大雩帝，用盛乐”[②]，用排练好的周乐、周礼祭祀天帝。《逸周书·月令解》所载的程序大致类似。郑玄注：“大合乐者，所以助阳达物，风化天下也。”[③] 实际是以音乐调整天地万物阴阳的变动，顺应自然规律。在季秋的上丁，“命乐正入学习吹”[④]；在季冬则“命乐师大合吹而罢”，“岁将终，与族人大饮，作乐于大寝”，[⑤] 也是合乐祭祀先祖于宗庙大寝。其所言的大合吹，是指用钟、鼓、管、箫等乐器演奏乐曲，用于宗庙祭祀。

在乐政体系中，春、夏排练的大合乐，用于祭祀天地；而秋、冬演练的大合吹，则最终祭祀先祖。大合乐、大合吹所用的正是六变之乐、八变之乐和九变之乐，实现“以六律、六同、五声、八音、六舞大合乐，以致鬼神示，以和邦国，以谐万民，以安宾客，以说远人，以作动物”[⑥]。其中在具体的施用上，是“分乐而序之，以祭，以享，以祀”[⑦]，即祭天、享祖、祀地分别用不同的乐奏。宋仁宗时认为“周武受命，至成王时始大合乐”[⑧]，大合乐形成于周公制礼作乐后。贾公彦疏：

> 大合乐者，谓遍作六代之乐也，以冬日至作之，致天神人鬼，以夏日至作之，致地祇物魅。动物，羽赢之属。《虞书》云：“夔曰：戛

① 李学勤主编《十三经注疏·礼记正义》卷一五《月令》，北京大学出版社，1999，第494~496页。

② 李学勤主编《十三经注疏·礼记正义》卷一六《月令》，北京大学出版社，1999，第500~501页。

③ 李学勤主编《十三经注疏·礼记正义》卷一五《月令》，北京大学出版社，1999，第488页。

④ 李学勤主编《十三经注疏·礼记正义》卷一七《月令》，北京大学出版社，1999，第534页。

⑤ 李学勤主编《十三经注疏·礼记正义》卷一七《月令》，北京大学出版社，1999，第561页。

⑥ 李学勤主编《十三经注疏·周礼注疏》卷二二《春官宗伯·大司乐》，北京大学出版社，1999，第578页。

⑦ 李学勤主编《十三经注疏·周礼注疏》卷二二《春官宗伯·大司乐》，北京大学出版社，1999，第580页。

⑧ 《宋史》卷一二七《乐志二》，中华书局，1977，第2965页。

> 击鸣球、搏拊、琴瑟以咏，祖考来格，虞宾在位，群后德让，下管鼗鼓，合止柷敔，笙镛以间，鸟兽牄牄，《箫韶》九成，凤皇来仪。”夔又曰：“於！予击石拊石，百兽率舞，庶尹允谐。”此其于宗庙九奏效应。①

他认为从舜时传下来了九变之乐，采用九成之法演奏。王肃也认为：“夫六律、六吕、五声、八音，皆一时而作之，至于六舞独分擘而用之，所以不厌人心也。”② 只是在特定的礼仪场合使用相应的乐舞。其实汉魏之际的乐政已经不再完备，当时的学者从经书知道周乐，其如何施用，已经不甚明晰。曹魏的侍中缪袭就说：“《周礼》以六律、六同、五声、八音、六舞大合乐以致鬼神。今之乐官，徒知古有此制，莫有明者。”③ 太常卿祖莹也说：“案周兼六代之乐，声律所施，咸有次第。灭学以后，经礼散亡，汉来所存，二舞而已。请以《韶舞》为《崇德》，《武舞》为《章烈》，总名曰《嘉成》。”④ 为魏晋制定了礼仪用舞。

但在朝廷的大典中，依然使用大合乐的方式演奏：

> 又晋及宋、齐，悬钟磬大准相似，皆十六架。黄钟之宫：北方，北面，编磬起西，其东编钟，其东衡大于镈，不知何代所作。其东镈钟。太簇之宫：东方，西面，起北。蕤宾之宫：南方，北面，起东。姑洗之宫：西方，东面，起南。所次皆如北面。设建鼓于四隅，悬内四面，各有柷敔。……设十二镈钟，各依辰位，而应其律。每一镈钟，则设编钟磬各一虡，合三十六架。植建鼓于四隅。元正大会备用之。⑤

可见当时恢复了周代的四面乐悬制度，用作大合乐的乐器配备。大合乐依

① 李学勤主编《十三经注疏·周礼注疏》卷二二《春官宗伯·大司乐》，北京大学出版社，1999，第578页。

② （唐）杜佑：《通典》卷一四七《乐七》，王文锦等点校，中华书局，1988，第3743页。

③ （宋）王钦若等编纂《册府元龟》卷五六七《掌礼部》，周勋初等校订，凤凰出版社，2006，第6511页。

④ （宋）王钦若等编纂《册府元龟》卷五六七《掌礼部》，周勋初等校订，凤凰出版社，2006，第6513页。

⑤ 《隋书》卷一三《音乐志上》，中华书局，1973，第291~292页。

然采用六变、八变、九变之乐，用于祭天、祀地、享祖。比如大业二年（606），“突厥单于来朝洛阳宫，炀帝为之大合乐，尽通汉、晋、周、齐之术”[①]；至崇宁元年（1102）时宋代依然有大合乐制度，“以大乐之制讹缪残阙，太常乐器弊坏，琴瑟制度参差不同，箫篴之属乐工自备，每大合乐，声韵淆杂，而皆失之太高”[②]。可见，在北宋依然保留着大合乐的乐奏，正是用乐之六变、八变、九变来祭祀天神、地祇和人鬼。[③]

因此，九变之乐为乐之九变，以黄钟、蕤宾为宫，由此形成的《大韶》《大濩》《大武》分别为九成之乐，[④] 分别歌颂大禹、商汤和文王的功勋。陈澔的《乐书》说：“大司乐言奏九德之歌、九磬之舞。瞽矇掌九德之歌，以役太师。《大磬》，舜乐也，谓之九磬之舞；则《大夏》，禹乐也，谓之九德之歌，岂非九夏之乐乎？”[⑤] 诸乐皆通过乐之九变形成文乐，以颂美功德。

二　九辩、九歌的乐制

明白了乐之九变的音乐机制，现在再看夏启时的《九辩》《九招》《九歌》，就可以更好地理解其原义。《山海经·大荒西经》言：“夏后开。开上三嫔于天，得《九辩》与《九歌》以下。此天穆之野，高二千仞，开焉得始歌《九招》。”[⑥] 其中的“九辩”，有两种可能：一是乐之九变，写成了九辩；二是禹分天下为九州，各以其风应其物，夏启以之歌咏大禹的功劳，是为九辩。郭璞注《开筮》言：“昔彼九冥，是与帝《辩》同宫之序，是为《九歌》。”[⑦] 其中言九辩是“同宫之序”，正是奏十二律吕而形

① 《旧唐书》卷二九《音乐志》，中华书局，1975，第1073页。

② 《宋史》卷一二八《乐志三》，中华书局，1977，第2997页。

③ 南宋郑樵将燕饮环节的奏乐理解为大合乐，认为“风、雅、颂之歌为燕享祭祀之乐，工歌《鹿鸣》之三，笙吹《南陔》之三，歌间《鱼丽》之三，笙间《崇邱》之三，此大合乐之道也”。实则谓士大夫所见之合乐，非朝廷祭天祀地享祖所用的大合乐。参见（宋）郑樵《通志二十略·通志总序》，王树民点校，中华书局，1995，第7页。

④ 屈原《远游》：“张《咸池》奏《承云》兮，二女御《九韶》歌。”（汉）王逸章句，（宋）洪兴祖补注《楚辞章句补注》卷五《远游章句》，夏剑钦校点，岳麓书社，2013，第169页。

⑤ （元）马端临：《文献通考》卷一四一《乐考》，中华书局，2011，第4271页。

⑥ （清）郝懿行：《山海经笺疏》第一六《大荒西经》，栾保群点校，中华书局，2021，第265页。

⑦ （清）郝懿行：《山海经笺疏》第一六《大荒西经》，栾保群点校，中华书局，2021，第265页。

成宫调，以黄钟、蕤宾为宫，夏启为之配歌，使得乐奏有了歌辞。郭璞注言：“不得窃《辩》与《九歌》以国于下。”① 认为其中言夏启之“窃”，实际是借用此前祭天的九变之乐，创作了相应的歌辞颂美大禹的功劳。屈原也说：“启《九辨》与《九歌》兮，夏康娱以自纵。”② 是说夏启至太康的国君们都沉浸在《九歌》的歌辞中，将之作为娱乐之歌。

屈原《天问》中的“启棘宾商，《九辩》《九歌》”，注曰：“棘，陈也。宾，列也。《九辩》、《九歌》，启所作乐也。言启能修明禹业，陈列宫商之音，备其礼乐也。”③ 朱熹注曰：“窃疑棘当作梦，商当作天，以篆文相似而误也。”④ 《说文通训定声》称“商”当“为帝之误字。《天问》‘启棘宾商’，按当作帝，天也”⑤。夏启实际是将原本祭祀天帝的音乐用来颂美人王的功绩，是为“窃”。

《山海经》《楚辞》均记载在夏启时已经形成了九歌，《尚书·大禹谟》也说：

> 禹曰：“於！帝念哉！德惟善政，政在养民。水火金木土谷惟修，正德、利用、厚生惟和。九功惟叙，九叙惟歌。戒之用休，董之用威，劝之以九歌，俾勿坏。”⑥

王逸章句：“《九辩》、《九歌》，禹乐也。言禹平治水土，以有天下，启能承先志，缵叙其业，育养品类，故九州之物，皆可辩数，九功之德，皆有次序，而可歌也。”⑦ 九歌最早正是赞美九功之德的歌辞，配合九变之乐演奏而成。郤缺也说：

---

① （清）郝懿行：《山海经笺疏》第一六《大荒西经》，栾保群点校，中华书局，2021，第265页。

② （汉）王逸章句，（宋）洪兴祖补注《楚辞章句补注》卷一《离骚经章句》，夏剑钦校点，岳麓书社，2013，第20~21页。

③ （汉）王逸章句，（宋）洪兴祖补注《楚辞章句补注》卷三《天问章句》，夏剑钦校点，岳麓书社，2013，第96页。

④ （宋）朱熹集注《楚辞集注》卷三《天问》，吴广平校点，岳麓书社，2013，第48页。

⑤ （清）朱骏声：《说文通训定声》，中华书局，2016，第907页。

⑥ 李学勤主编《十三经注疏·尚书正义》卷四《大禹谟》，北京大学出版社，1999，第88~89页。

⑦ （汉）王逸章句，（宋）洪兴祖补注《楚辞章句补注》卷一《离骚经章句》，夏剑钦校点，岳麓书社，2013，第20页。

《夏书》曰："戒之用休，董之用威。劝之以九歌，勿使坏。"九功之德皆可歌也，谓之九歌。六府三事，谓之九功。水、火、金、木、土、谷，谓之六府。正德、利用、厚生，谓之三事。义而行之，谓之德礼。无礼不乐，所由叛也。若吾子之德，莫可歌也，其谁来之？盍使睦者歌吾子乎？①

说明当时的九歌是有可以用来歌唱九功之德的歌辞的。其中的六府，正是六变之乐，其余三事则是八变、九变之乐，配合歌辞而为九歌。也就是说，东周时期尚存在歌功颂德的九歌，因人而异，郤缺就对赵盾说也可以用来歌颂他的功劳，恰恰证明九歌是有歌辞的，但不是屈原在楚地整理沅、湘民歌而成的《九歌》。

这样来看西周的九歌，是配合乐之九变而形成的歌谣。其在祭天、祀地和享祖时使用，很有可能杂在《诗经》的篇目中，比如《文王》《棫朴》等为祭天之歌，《载芟》《良耜》等为祀地之歌，《后稷》等为祭祀先祖之歌，其当为西周或东周歌颂"九功之德"的歌辞，现在不能一一分辨。其中的《风》为风物之作，《大雅》为祭天、祀地之作，而《颂》多为宗庙祭祀之歌，既应和《周礼》九变之乐，也应和《左传》的九歌。而且，周文王、武王、成王、康王乃至宣王、平王时多次作乐，其所用九成之乐或一致，但九歌之辞则有不同，不必一曲一歌，或一曲数歌，或曲有改编，歌辞新订。就像郤缺言赵盾可作九歌颂其九功之德一样，周的九歌在不同的时代或有不同，诸侯也可以作九歌以颂其德。这样看来《诗经》正是不同时代歌辞的记录。《诗小序》才将不同的乐歌系于不同的时代，恰恰反映了《诗经》的歌辞是在不同的历史语境下作成的。

楚辞的《九歌》，虽然按照王逸的说法，是沅、湘的民歌经过屈原的改编而成为歌辞。即便如此，仍能从中看出其由祭天、祀地和享人鬼三个部分组成：

祭天：《东皇太一》《云中君》《东君》《大司命》《少司命》

祀地：《湘君》《湘夫人》《河伯》《山鬼》

---

① 李学勤主编《十三经注疏·春秋左传正义》卷一九上《文公七年》，北京大学出版社，1999，第521~522页。

享人鬼：《国殇》《礼魂》

无论用于国家祀典还是作为民歌，其祭祀用乐的性质没有变化。而东皇太一为最高神，《云中君》祭祀岁星，[①]《东君》朝日夕月，[②]《大司命》祭祀禄命之神，《少司命》祭祀寿夭之神，[③] 是为祭祀天神。《湘君》祭祀湘山，《湘夫人》祭祀湘水，[④]《河伯》为楚成王祭祀黄河之神，[⑤]《山鬼》为祈雨于山林的歌辞，[⑥] 是为祭祀地祇。《国殇》祭祀楚地为国牺牲的将士，《礼魂》祝祷将士们魂灵升天，是为享人鬼。[⑦]

《九歌》与《周礼》所言“分乐而序之”的结构相似，只不过周乐多用前代旧乐，其或有歌辞在《诗经》中，后世不载其组曲，而《九歌》有歌辞传世，而不载其用乐如何。夏之九变之乐，商、周因之，《诗经》中必有西周所用为九歌之辞者。夏启为涂山氏之子，作乐于楚地，曾张乐于洞庭之野；夏桀亡夏而逃巢湖，则楚地必传其所用《九歌》。沅、湘之《九歌》，无论传自夏，还是得之于周，其祭天、祀地与享祖之结构却与《周礼》所载相同，这就说明其不外于华夏传统，是由夏、商、周之乐传承而来。

三 “九夏”是有乐无辞的金奏

有学者论及《九歌》与《九夏》的关系，从现有的资料来看，二者只是名字相近，并无直接的对应关系。也就是说，《九歌》绝非《九夏》的歌辞。《周礼》载钟师掌金奏：

> 凡乐事，以钟鼓奏《九夏》：《王夏》、《肆夏》、《昭夏》、《纳夏》、《章夏》、《齐夏》、《族夏》、《祴夏》、《骜夏》。凡祭祀、飨食，

---

① 曹胜高：《云中君为“岁星”考》，《民族文学研究》2007 年第 2 期。

② 曹胜高：《〈九歌·东君〉“朝日夕月”祭义考》，《广东社会科学》2023 年第 3 期。

③ 曹胜高：《七祀与〈大司命〉〈少司命〉的祭义》，《中南民族大学学报》（人文社会科学版）2021 年第 2 期。

④ 曹胜高：《〈湘君〉〈湘夫人〉祭楚地祇考》，中国屈原学会编《中国楚辞学》第二十七辑，学苑出版社，2021，第 85~92 页。

⑤ 曹胜高：《〈河伯〉“以女妻河”考》，《古籍整理研究学刊》2010 年第 2 期。

⑥ 曹胜高：《〈九歌·山鬼〉“祈雨于山川”考》，《中国文学研究》2020 年第 1 期。

⑦ 曹胜高：《厉祀、殇祀与〈国殇〉〈礼魂〉的祭义》，《中州学刊》2023 年第 12 期。

奏燕乐。凡射，王奏《驺虞》，诸侯奏《貍首》，卿大夫奏《采蘋》，士奏《采蘩》。①

郑玄注认为《九夏》有歌辞：

以钟鼓者，先击钟，次击鼓以奏《九夏》。夏，大也，乐之大歌有九。……王出入奏《王夏》，尸出入奏《肆夏》，牲出入奏《昭夏》，四方宾来奏《纳夏》，臣有功奏《章夏》，夫人祭奏《齐夏》，族人侍奏《族夏》，客醉而出奏《陔夏》，公出入奏《骜夏》。②

他说："金奏，击金以为奏乐之节。金谓钟及镈。"③ 认为金奏是以鸣奏钟、镈的方式奏乐，这是汉朝仍使用的乐奏方式，这一注释准确。但其所言《九夏》有对应的歌辞，只能是他的猜想，因为《九夏》的金奏已经消亡。后世有学者认为九歌是《九夏》的歌辞，正是由此生发出来。刘敞在《七经小传》中却辨析说：

郑、贾诸儒，皆以九夏为颂诗之篇。《春秋传》称"金奏肆夏之三，工歌文王之三。"夏云金奏，文王云工歌，则夏非颂篇，明矣。然则九夏乃有声而无辞者也。④

他认为《左传》中言金奏如何、歌《文王》如何，显然金奏无歌辞，《大雅》却有曲目。《旧五代史》也载：

"梁武帝改《九夏》为《十二雅》，以协阳律、阴吕、十二管旋宫之义，祖孝孙改为《十二和》。开元中，乃益三和，前朝去二和，

① 李学勤主编《十三经注疏·周礼注疏》卷二四《春官宗伯·钟师》，北京大学出版社，1999，第624~626页。

② 李学勤主编《十三经注疏·周礼注疏》卷二四《春官宗伯·钟师》，北京大学出版社，1999，第624页。

③ 李学勤主编《十三经注疏·周礼注疏》卷二四《春官宗伯·钟师》，北京大学出版社，1999，第623页。

④ （宋）刘敞：《七经小传》卷中《周礼》，朱维铮主编《中国经学史基本丛书》第2册，上海书店出版社，2012，第452页。

改一雅。今去雅，只用《十二顺》之曲。祭孔宣父、齐太公庙降神奏《师雅》，请同用《礼顺之乐》；三公升殿、会讫下阶履行同用《弼成》，请同用《忠顺之乐》；享先农及籍田同用《顺成》，请同用《宁顺之乐》。”曲词文多不载。①

礼仪中重要的出场退场奏乐，在汉以后仍在使用，南朝梁继承前代礼仪用曲，再用于出场退场的乐奏中，仍有曲无辞。唐改为《十二和》时，张昭在《请改十二和乐奏》中说：

昔周朝奏六代之乐，即今二舞之类是也。其宾祭常用，别有《九夏之乐》，即《肆夏》、《皇夏》等是也。梁武帝善音乐，改《九夏》为《十二雅》，前朝祖孝孙改雅为和，示不相沿也。臣今改和为成，取《韶》乐九成之义也。《十二成乐曲》名：祭天神奏《豫和之乐》，请改为《禋成》；祭地祇奏《顺和》，请改为《顺成》；祭宗庙奏《永和》，请改为《裕成》；祭天地、宗庙，登歌奏《肃和》，请改为《肃成》；皇帝临轩奏《太和》，请改为《政成》；王公出入奏《舒和》，请改为《弼成》；皇帝食举及饮宴奏《休和》，请改为《德成》；皇帝受朝、皇后入宫奏《正和》，请改为《扆成》；皇太子轩悬出入奏《承和》，请改为《胤成》；元日、冬至皇帝礼会，登歌奏《昭和》，请改为《庆成》；郊庙俎入奏《雍和》，请改为《骍成》；皇帝祭享、酌献、读祝文及饮福、受胙奏《寿和》，请改为《寿成》。

祖孝孙元定《十二和曲》，开元朝又奏三和，遂有《十五和》之名。凡制作礼法，动依典故，梁置《十二雅》，盖取十二天之成数，契八音十二律之变，辄益三和，有乖稽古。又缘祠祭所用，不可尽去，臣取其一焉，祭孔宣父、齐太公庙降神奏《宣和》，请改为《师雅之乐》；三公升殿、会讫下阶履行奏《祴和》，请废，同用《弼成》；享先农、耕籍田奏《丰和》，请废，同用《顺成》。

已上四舞、《十二成》、《雅乐》等曲，今具录合用处所及乐章首数，一一条列在下。②

---

① 《旧五代史》卷一四五《乐志下》，中华书局，1976，第1936页。

② 《旧五代史》卷一四四《乐志上》，中华书局，1976，第1931~1932页。

这就说明，周代的《九夏》虽不存，但作为仪式出场退场的乐奏方式却依然存在，只不过改为《十二和》。这些和奏只有乐奏，没有歌辞，却与前代一脉相承。正因为如此，唐皮日休才作《补九夏歌》九首：

郑康成云："九夏皆诗篇名，颂之类也。此歌之大者，载在乐章，乐崩亦从而亡。祴与陔同。"皮日休曰："九夏亡者，吾能颂之。"乃作《补九夏歌》。①

这恰恰证明了《九夏》有乐奏而无歌辞相配。洪迈的《容斋四笔》辨析了郑玄之非：

《国语》鲁叔孙穆子曰："金奏《肆夏》：《繁》、《遏》、《渠》。天子所以飨元侯也。"韦昭注曰："《繁》、《遏》、《渠》，《肆夏》之三也。《礼》有九夏，皆篇名。"昭虽晓其义，而不详释。案《周礼·春官》："钟师掌金奏，以钟鼓奏《九夏》。"郑氏注引吕叔玉云："《肆夏》、《繁遏》、《渠》，皆《周颂》也。《肆夏》，《时迈》也。《繁遏》，《执竞》也。《渠》，《思文》也。"又曰："繁，多也。遏，止也。言福禄止于周之多也。故《执竞》曰：'降福穰穰，降福简简。'渠，大也。言以后稷配天，王道之大也。故《思文》曰：'思文后稷，克配彼天。'"予谓此说亦近于凿。②

他认为郑玄、韦昭注释《周礼》《国语》将《周颂》的部分篇目视为《九夏》之辞，是穿凿附会。脱脱等在《宋史·乐志》中追述道：

古之乐，或奏以金，或吹以管，或吹以笙，不必皆歌诗。周有《九夏》，钟师以钟鼓奏之，此所谓奏以金也。大祭祀登歌既毕，下管《象》、《武》。管者，箫、篪、篴之属。《象》、《武》皆诗而吹其声，此所谓吹以管者也。周六笙诗，自《南陔》皆有声而无其诗，笙师掌之以供祀飨，此所谓吹以笙者也。周升歌《清庙》，彻而歌《雍》诗，

① （宋）郭茂倩编《乐府诗集》卷九六《新乐府辞》，中华书局，1979，第1345页。

② （宋）洪迈：《容斋随笔·四笔》卷七《繁遏渠》，孔凡礼点校，中华书局，2005，第715页。

> 一大祀惟两歌诗。汉初，此制未改，迎神曰《嘉至》，皇帝入曰《永至》：皆有声无诗。至晋始失古制，既登歌有诗，夕牲有诗，飨神有诗，迎神、送神又有诗。隋、唐至今，诗歌愈富，乐无虚作。谓宜仿周制，除登歌、彻歌外，繁文当删，以合乎古。[①]

从音乐演奏的角度，他们指出早期中国的礼仪出场退场的用乐大部分有乐奏而无歌辞，与后世有曲有歌的方式不同。因此保留在《周颂》中的歌辞，只是礼仪用曲中微乎其微的言辞，大量礼仪中的用乐、用礼的环节是没有歌辞演唱的。清代徐鼒《读书杂释》卷八讨论杜子春注时说：

> 经典惟《夏》始言金奏，盖夏者，大也，乐之至大者也。九夏之中，《王夏》而外，莫先于《肆夏》，其尤重者也。惟天子享元侯用之。《诗谱》疏引《仲尼燕居》云："两君相见，升歌《清庙》，下管象。"颖达以为："元侯相见之礼，不歌《肆夏》，避天子也。"此说甚是。[②]

他认为九夏是会见、纳宾、祭祀的王室用乐，非一般大夫、士、庶人可用，有严格的使用规格。也就是说，《九夏》的本义是九种大乐，施用于最为重要的场合，只是出场退场的乐奏，没有歌辞相配，汉儒的推测只是穿凿附会。

另外，《大夏》《大雅》的关系，亦有学者混同，其多引用上博竹简的《孔子诗论》残简："《少夏》亦德之少者也。"[③] 遂认为周舞的《大夏》即《大雅》，以小雅应《小夏》，且不论竹简来历，不明周有大舞《大夏》，又有雅乐《大雅》，只是在《墨子》中偶尔混用，二者实际为不同的乐舞和乐歌。

大舞《大夏》为大禹时制作的乐舞，《淮南子·泛论训》："尧《大章》，舜《九韶》，禹《大夏》，汤《大濩》，周《武象》，此乐之不同者

---

① 《宋史》卷一三一《乐志六》，中华书局，1977，第3053~3054页。

② （清）徐鼒：《读书杂释》卷八《春秋传》，阎振益、钟夏点校，中华书局，1997，第135页。

③ 马承源主编《上海博物馆藏战国楚竹书》（一），上海古籍出版社，2001，第129页。

也。”[①]《大夏》为夏代流传至周的乐舞。从《左传》所载来看，天子之礼舞《大夏》《大武》，皆为九成之乐。子家驹说：“设两观，乘大路，朱干，玉戚，以舞大夏，八佾以舞大武，此皆天子之礼也。”[②] 唯独天子可以使用。《礼记·明堂位》：“升歌《清庙》，下管《象》，朱干玉戚，冕而舞《大武》。皮弁素积，裼而舞《大夏》。”[③] 二者一起使用。《祭统》也记载：“夫大尝禘，升歌《清庙》，下而管《象》，朱干玉戚以舞《大武》，八佾以舞《大夏》，此天子之乐也。康周公，故以赐鲁也。”[④] 鲁国使用周天子才能使用的二舞。《周礼》载大司乐教国子舞蹈时，《大夏》与《云门》《大卷》《大咸》《大韶》《大濩》《大武》并列为大舞。就其分别而言，“乃奏蕤宾，歌函钟，舞《大夏》，以祭山川”[⑤]。《大夏》用于山川之祀。郑玄注：“《大夏》，禹乐也。禹治水傅土，言其德能大中国也。”[⑥] 是为歌颂大禹功德的舞蹈。《礼记·内则》云：“二十而冠，始学礼，可以衣裘帛，舞《大夏》。”[⑦] 成年的国子才正式学习《大夏》。

《墨子·天志下》言：“故子墨子置天之，以为仪法。非独子墨子以天之志为法也，于先王之书《大夏》之道之然：‘帝谓文王，予怀明德，毋大声以色，毋长夏以革，不识不知，顺帝之则。’此诰文王之以天志为法也，而顺帝之则也。”[⑧] 以《大雅》为《大夏》，是音近而讹。因为在季札观乐时，鲁乐工为之歌《大雅》，季札说：“广哉，熙熙乎！曲而有直体，其文王之德乎！”[⑨] 又见舞《大夏》者而言：“美哉！勤而不德，非禹，其

---

① 何宁撰《淮南子集释》卷一三《泛论训》，中华书局，1998，第919页。

② 李学勤主编《十三经注疏·春秋左传正义》卷五一《昭公二十五年》，北京大学出版社，1999，第1458页。

③ 李学勤主编《十三经注疏·礼记正义》卷三一《明堂位》，北京大学出版社，1999，第937页。

④ 李学勤主编《十三经注疏·礼记正义》卷四九《祭统》，北京大学出版社，1999，第1366页。

⑤ 李学勤主编《十三经注疏·周礼注疏》卷二二《春官宗伯·大司乐》，北京大学出版社，1999，第582页。

⑥ 李学勤主编《十三经注疏·周礼注疏》卷二二《春官宗伯·大司乐》，北京大学出版社，1999，第576页。

⑦ 李学勤主编《十三经注疏·礼记正义》卷二八《内则》，北京大学出版社，1999，第869页。

⑧ （清）孙诒让：《墨子间诂》卷七《天志下》，孙启治点校，中华书局，2001，第217~218页。

⑨ 李学勤主编《十三经注疏·春秋左传正义》卷三九《襄公二十九年》，北京大学出版社，1999，第1102页。

谁能修之?”[1] 可以确定《大雅》与《大夏》为不同的曲目，前者有曲有辞，后者有曲有舞，二者若为同一歌舞，周乐中不可能重复，季札不可能两观。史料只记载有舞《大夏》而无舞《小夏》，记载有舞《大夏》而无歌《大夏》者，可知《大夏》仅为有曲无辞的乐舞，而《墨子》称《大雅》为《大夏》者，只是音近而讹，殆非大禹所作的乐舞《大夏》者。

① 李学勤主编《十三经注疏·春秋左传正义》卷三九《襄公二十九年》，北京大学出版社，1999，第1107页。

论东汉明、章两朝宗庙乐制改革

田　丰

（华东师范大学，上海，200241）

摘　要：东汉明、章两朝的作乐活动主要表现在改革宗庙乐制上。光武驾崩后明帝与群臣为其议定庙乐，乐舞损益高帝庙乐称《武德》，登歌仿造《清庙》作世祖庙登歌，以歌颂光武的功德。明帝驾崩后，章帝沿用《武德》祭祀明帝，发明了“同庙共乐”的制度，但乐舞与登歌的分离关系，以及士人仍为明帝作庙颂的实践都表明世祖庙登歌并未用于祭祀明帝。此外，歌颂文王的《清庙》与章帝朝乃至以后的东汉宗庙乐制的高度结合意味着建立周制、效仿文王不再是光武的专利，而成为东汉皇帝与士人共同的追求。

关键词：明章时期　宗庙乐制　同庙共乐　《清庙》　登歌

作者简介：田丰，华东师范大学历史学博士，研究方向为两汉政治与政治文化。

东汉明、章时期，受多种因素的影响，君臣汲汲于制礼作乐。宗庙乐制的改革是这一时期“作乐”的核心内容。宗庙乐舞歌诗关系东汉皇帝的功德，因而时人对此尤其重视。明帝经过集议择定光武庙乐，章帝在此基础上发明了“同庙共乐”的制度，即在光武世祖庙祭祀明帝，使用原本祭祀光武的《武德》之舞助祭。这一改革基本确立了东汉日后宗庙乐制的格局。不过明、章两朝的宗庙乐制仍存在几个问题，如“同庙共乐”框架下东汉皇帝个人的独立性是如何凸显的？《清庙》与东汉宗庙乐制乃至东汉皇帝的关系是如何建立的？相较于“制礼”，明、章两朝的“作乐”活动较少为学者关注，[①] 故本文不揣浅陋，以明、章时期宗庙乐制改革的进程为线索，梳理宗庙框架下乐舞与登歌的关系，思考《清庙》在东汉前期政治中的重要地位，尝试厘清明、章时期宗庙乐制的具体细节。

一　宗庙框架下乐舞的通用与登歌的独立

明帝改革乐制的重要内容之一是确立光武世祖庙乐。[②] 永平三年（60）八月丁卯，明帝与群臣集议，商定世祖庙乐。《东观汉记》载是日“公卿奏议世祖庙登歌八佾舞名”[③]。《后汉书·东平宪王苍传》亦称：“是时中兴三十余年，四方无虞，苍以天下化平，宜修礼乐，乃与公卿共议定南北郊冠冕车服制度，及光武庙登歌八佾舞数……”[④] 可知彼时公卿讨论的应是登歌的内容与八佾舞的名称。百官议曰：“汉制旧典，宗庙各奏其乐，不皆相袭，以明功德。”[⑤] 西汉为褒扬圣主，特别定制不同的庙乐来凸显圣

① 关于明、章时期制礼运动的研究成果甚夥，其中具有代表性的如陈苏镇《〈春秋〉与“汉道”——两汉政治与政治文化研究》，中华书局，2020，第560~562页；杨英《祈望和谐——周秦两汉王朝祭礼的演进及其规律》，商务印书馆，2009，第541~570页；王尔《“汉当自制礼”：东汉前期“制汉礼”的逻辑理路及失败原因》，《中国文化研究》2021年秋之卷；高瑞杰《“久旷大仪”：东汉前期的制礼实践兴衰考辨》，《中华文史论丛》2022年第4期；聂溦萌《礼的运作：魏晋南北朝的仪注文书与礼典编纂》，《北京大学学报》（哲学社会科学版）2023年第4期。可以得到的共识是，这一时期制礼运动失败的原因是君臣矛盾。今文经学家严格恪守制礼作乐的太平标准，反对君主操之过急的举动。关于这一时期“作乐”的研究则相对较少，涉及庙乐的有王尔《光武“受命”与永平制礼》，《历史研究》2022年第3期。

② 《后汉书》卷三《肃宗孝章帝纪》，中华书局，1965，第131页。其中“予乐”云云稍有争议。班固《东都赋》高美永平政治云：“至于永平之际，重熙而累洽，盛三雍之上仪，修衮龙之法服，敷洪藻，信景铄，扬世庙，正予乐。”李贤以为“正予乐”即指明帝依谶文改大乐为大予乐。见《后汉书》卷四〇下《班彪列传附子固传》，中华书局，1965，第1363~1364页。王先谦注曰：“官本考证云‘雅’，宋本作‘予’。王应麟《困学纪闻》云：‘《东都赋》本作正予乐，五臣改作雅乐。’”见（清）王先谦《后汉书集解》卷三，中华书局，1983，第76页。蔡丹君认为“予”字来源于谶纬，反映了东汉时代的文学、文艺思想的发展进程。见蔡丹君《东汉明章时代礼乐秩序的重建及其文学呈现》，《文学遗产》2020年第3期。

③ （东汉）刘珍等撰，吴树平校注《东观汉记校注》卷五《郊祀志》，中华书局，2008，第164页。

④ 《后汉书》卷四二《东平宪王苍传》，中华书局，1965，第1433页。

⑤ 《后汉书》志九《祭祀志下》，中华书局，1965，第3196页。刘昭所引《东观书》关于世祖庙乐的史料应由两部分组成，一是公卿议论，二是刘苍驳议。要之，刘苍所上世祖庙乐为《武德》，而非《大武》。钱大昕所论甚详，我们认同钱说，可参考（清）钱大昕《廿二史考异（附〈三史拾遗〉〈诸史拾遗〉）》卷一三《续汉书一》，方诗铭、周殿杰校点，上海古籍出版社，2004，第251页。王尔阐发其说。具体可参考王尔《光武“受命”与永平制礼》，《历史研究》2022年第3期，第61页。故据此于是处径称公卿百官。

主各异的功德，汉高帝、文帝和武帝的庙乐就各不相同，公卿百官进而条列前汉诸帝庙乐异同云："秦为无道，残贼百姓，高皇帝受命诛暴，元元各得其所，万国咸熙，作《武德》之舞。孝文皇帝躬行节俭，除诽谤，去肉刑，泽施四海，孝景皇帝制《昭德》之舞。孝武皇帝功德茂盛，威震海外，开地置郡，传之无穷，孝宣皇帝制《盛德》之舞。"①《盛德》取自《昭德》，《昭德》又源于高帝《武德》，三帝庙乐前后承接，渊源相同，但显然后世根据所歌颂的君主功业对其内容有所调整。

一般概念中的庙乐应包括登歌（庙颂）、庙舞以及庙乐三项，这一区分在后世尤为明显。如曹魏太和初年，魏明帝有意与群臣议定武帝庙乐，有诏云："武皇帝庙乐未称，其议定庙乐及舞，舞者所执，缀兆之制，声歌之诗，务令详备。乐官自如故为太乐。"② 据诏书可见，是时魏廷讨论的内容主要包括庙乐、舞蹈（舞者的道具，行列位置）及歌诗（登歌）三项。群臣商议，称武帝庙乐为《武始》之舞，以纪念曹操神武兆基，创制王业，文帝庙乐则称《咸熙》之舞，褒扬曹丕奉天受命，振兴天下，又预制明帝庙乐称《章斌》之舞，取曹叡兼有文武，章明盛德之意。三乐统称《大钧之乐》，昭示大魏三世同功，至于隆平。舞者冠服各随场合仪式而变，《武始》《咸熙》不同，《章斌》与《武始》《咸熙》同服。③ 至于歌诗，主要围绕汉《安世房中歌》展开。魏国初建时侍中王粲曾作登歌《安世诗》，"专以思咏神灵及说神灵鉴享之意"④。文帝黄初二年（221）改《安世歌》为《正世乐》。⑤ 是后缪袭依据王粲新诗省读汉朝的《安世歌》，认为其中的辞句与后妃德化无关，主张根据歌诗的功能重新拟定歌诗的名称，"方祭祀娱神，登堂歌先祖功德，下堂歌咏燕享，无事歌后妃之化

① 《后汉书》志九《祭祀志下》，中华书局，1965，第 3196 页。

② 《宋书》卷一九《乐志一》，中华书局，1974，第 535 页。《宋书》凡"歌""哥"多指"歌"，古时两字通用，故本文皆改作"歌"。《三国志·明帝纪》系此事于景初元年（237），可参考《三国志·魏书》卷三《明帝纪》，中华书局，1959，第 109 页。

③ 《宋书》卷一九《乐志一》，中华书局，1974，第 535~536 页。

④ 《宋书》卷一九《乐志一》，中华书局，1974，第 536 页。

⑤ 《宋书》卷一九《乐志一》，中华书局，1974，第 534 页。该乐又作《正始》，缪袭有云："是以往昔议者，以《房中》歌后妃之德，所以风天下，正夫妇，宜改《安世》之名曰《正始之乐》。"见《宋书》卷一九《乐志一》，中华书局，1974，第 536 页。《三国志·文帝纪》裴注引《魏书》记此事，系于黄初四年（223）八月丁卯后，可参考《三国志·魏书》卷二《文帝纪》，中华书局，1959，第 83 页。

也”，改《安世歌》为《享神歌》。[①] 据此可知在祭祀的过程中，空间仪式的不同，意味着所用歌诗存在区别。整个宗庙祭祀活动应有一组乐舞，用以歌颂祖宗伟业的特定乐舞仅用于祭祀中的某一环节。王肃则力主魏家历代神主均应兼用先代及《武始》《大钧》之舞。是议为明帝所采纳。[②] 王肃又私作宗庙诗颂十二篇，不被歌。[③] 这一组诗颂内容不得而知，可能就是歌颂魏家历代神主功德。要之，曹魏宗庙祭祀祖宗通用乐舞，诗颂各异。晋、宋时期的祭祀庙舞与登歌的双轨发展同样可以证明这一点。[④]

在这一认识的前提下，重新思考永平三年光武庙乐之议，可以发现其中有舞乐与登歌两个议题。首先，乐舞方面，刘苍力主在高帝旧舞《武德》的基础上新制光武庙舞，辅以《文始》《五行》二舞一道祭祀光武。新乐舞仍称《武德》舞，故有“进《武德》之舞如故”[⑤] 之说。王尔认为高帝旧《武德》的底本应是秦乐。新《武德》将秦乐的因素完全革除。[⑥] 此说值得商榷。我们认为，《武德》《文始》《五行》三舞与祭祀高帝之仪大体相同，稍有损益而已。不过刘苍此举旨在区别二帝，如另立光武世祖庙一般，使得光武与高帝的乐舞处于并立的状态，表明了东汉自身的权力来源。

其次，登歌方面，刘苍创制颂德歌诗，以凸显光武功德。若仅损益高帝《武德》等舞助祭，既无创造之功，也无法完全彰显光武中兴再造的功德，因此为尊崇光武，刘苍特别制作了登歌佐祭，其歌诗云：“於穆世庙，

---

① 《宋书》卷一九《乐志一》，中华书局，1974，第 537 页。

② 《宋书》卷一九《乐志一》，中华书局，1974，第 537~538 页。

③ 《宋书》卷一九《乐志一》，中华书局，1974，第 538 页。

④ 西晋泰始九年（273），荀勖掌管乐事，先命郭琼、宋识等造《正德》《大豫》之舞，又与傅玄、张华各造二舞歌诗。见《宋书》卷一九《乐志一》，中华书局，1974，第 539 页。《宋书·乐志》录有傅玄所造西晋宗庙歌，从征西将军司马钧始，司马氏共七人，包括宣帝司马懿、景帝司马师和文帝司马昭皆有登歌，三者文辞不同，应各依功德而作。见《宋书》卷二〇《乐志二》，中华书局，1974，第 574~575 页。三帝庙乐则通用。咸宁元年（276）十二月丁亥，司马炎追尊宣帝、景帝、文帝庙号，庙乐则通用《正德》《大豫》之舞。见《晋书》卷三《武帝纪》，中华书局，1974，第 65 页；《宋书》卷一九《乐志一》，中华书局，1974，第 540 页。刘宋武帝永初元年（420）七月起便陆续制作宗庙歌诗，又变更乐舞名称。元嘉十八年（441）九月群臣议立郊祀登歌与庙舞之事，本已有结果，未及上奏，因战事而寝。元嘉二十二年（445），宋廷始设南郊登歌，但宗庙舞蹈仍阙。孝建二年（455）九月甲午，有司奏请孝武帝议立庙乐（舞），同样可以看到这一区别。见《宋书》卷一九《乐志一》，中华书局，1974，第 541~542 页。

⑤ 《后汉书》志九《祭祀志下》，中华书局，1965，第 3196 页。

⑥ 王尔：《光武“受命”与永平制礼》，《历史研究》2022 年第 3 期，第 62 页。

肃雍显清，俊乂翼翼，秉文之成。越序上帝，骏奔来宁，建立三雍，封禅泰山，章明图谶，放唐之文。休矣惟德，罔射协同，本支百世，永保厥功。”① 该歌诗大体由《周颂·清庙》旧辞与光武功绩组合而成。② 前半段自“於穆世庙”至“骏奔来宁”云云，与《清庙》“於穆清庙，肃雍显相。济济多士，秉文之德。对越在天，骏奔走在庙”③ 相仿。谢谦认为该歌诗完全是对《诗经·周颂》，即《清庙》的刻板模仿。④ 王尔比对两者辞句，同样持有这一观点。⑤ 后半段则着力再现了光武的治国功绩：建立辟雍、明堂、灵台，封禅泰山，宣布图谶。歌诗用尽美辞，极力渲染光武之功，并寄予东汉王朝国祚绵长的愿景。刘苍驳议群臣之说时曾引《诗传》为论据曰：“颂言成也，一章成篇，宜列德，故登歌《清庙》一章也。”⑥ 又仿照《清庙》制作登歌，显然期望取得同样的效果。梁武帝曾作《乐论》，认为登歌的主旨是歌颂祖宗功业。⑦ 刘苍所创的世祖庙登歌正是如此，较之汉武帝时歌颂祥瑞的郊祀乐歌，主题已经发生了巨大的变化，主要歌颂汉朝圣主，即光武的功德。

《续汉书》称祭祀光武帝所用乐舞“如故”的书写，以及世祖庙登歌存在的事实，都表明了乐舞与登歌的不相统属。《宋书·乐志》称刘苍“又制舞歌一章，荐之光武之庙”⑧，《南齐书·乐志》载：“永平三年，东平王苍造光武庙登歌一章二十六句，其辞称述功德。”⑨ 又《隋书·音乐

① 《后汉书》志九《祭祀志下》，中华书局，1965，第 3196 页。

② 世祖庙登歌在歌辞形制上与《清庙》并不完全相同，《清庙》是一章八句，而世祖庙登歌是一章十四句。我们认为，两文不同的原因应是东汉登歌需要加入皇帝的现实功德以实现颂德的目的，因而辞句增多。永平三年刘苍议乐时引《汉书》云：“百官颂所登御者，一章十四句。”见《后汉书》志九《祭祀志下》，中华书局，1965，第 3196 页。世祖庙登歌的形制可能也与此相关。

③ （清）阮元校刻《十三经注疏·毛诗正义》，中华书局，2009，第 1257 页。

④ 谢谦：《汉代儒学复古运动与郊庙礼乐的正统化》，《四川师范大学学报》（社会科学版）1996 年第 2 期，第 53 页。谢谦认为世祖庙登歌即《光武受命中兴颂》，此说不确。刘苍上《光武受命中兴颂》在永平十五年（72），刘苍在永平三年议光武庙乐时就已经奏上世祖庙登歌，两者时间存在很大误差，显然并非一文，可参考《后汉书》卷四二《东平宪王苍传》，中华书局，1965，第 1436 页。

⑤ 王尔：《光武“受命”与永平制礼》，《历史研究》2022 年第 3 期，第 62 页。

⑥ 《后汉书》志九《祭祀志下》，中华书局，1965，第 3196 页。

⑦ 《隋书》卷一五《音乐志下》，中华书局，1973，第 357 页。

⑧ 《宋书》卷一九《乐志一》，中华书局，1974，第 534 页。

⑨ 《南齐书》卷一一《乐志》，中华书局，1972，第 178 页。

志》云："（汉明帝）又采百官诗颂，以为登歌，十月吉辰，始用烝祭。"[①]我们认为三书所指皆是世祖庙登歌。钱大昕以为："所云'庙乐不相袭者'，特谓乐章不宜沿旧辞耳，故明帝诏称'骠骑将军议可进《武德》之舞如故'也。"[②]刘奕璇、李玲亦持此说。[③]永平三年八月丁卯的奏议最终决定八佾舞用《文始》《五行》《武德》之舞，又制定世祖庙登歌，同年十月，烝祭世祖庙，当即行此乐舞与登歌。[④]

世祖庙登歌、舞、乐确定后，终明帝朝不改。永平十八年（75）八月壬子，明帝驾崩，章帝即位，确定明帝庙乐一事即被提上日程。与前汉诸帝不同，明帝至孝，感念光武、阴后养育之恩，遗诏不起寝庙，将神主藏于先前光烈阴皇后在世祖庙的更衣别室。这一特殊的位置安排，就使明帝庙乐的确定变得颇为棘手。为此，章帝即位后汉廷曾有一番讨论。太尉赵憙等以为明帝功德茂盛，宜称显宗，依照文帝在高庙的礼仪，四时祫食于世祖庙，奏《武德》《文始》《五行》之舞。章帝迟疑不定，便致书东平王刘苍询问意见，并将公卿奏议一并附送。刘苍对明帝显宗的庙号并无异议，只是认为庙乐不妥。西汉时文帝、武帝自有庙宇，庙乐分别为《昭德》与《盛德》。光武设置高庙，一并祭祀文帝、武帝。《昭德》与《盛德》之舞因此不用，与高庙同乐。刘苍认为若自立新庙祭祀明帝，理当另作乐舞，不应与世宗庙《盛德》同名。既然章帝选择遵奉明帝遗诏，将明帝神主藏于世祖庙，不另起新庙祭祀，就应与光武同乐，用《武德》。章帝又下书公卿讨论，有司赞同刘苍之说。于是永平十八年十二月癸巳，经有司上奏，章帝同意明帝庙号称显宗，四时依照光武使孝文皇帝祫祭高庙故事，奉明帝禘祫于光武之堂，间祀则还于光烈皇后更衣处，共进《武德》之舞。次年，即建初元年正月十八日始祠。[⑤]明帝遗诏藏主世祖庙以及章帝对这一制度的完善，常为后世史家视作二帝对光武重开汉德之功的有意推崇。王柏中指出："明帝此举，意在通过抑损自己而尊崇光武帝，

① 《隋书》卷一三《音乐志上》，中华书局，1973，第 286 页。

② （清）钱大昕：《廿二史考异（附〈三史拾遗〉〈诸史拾遗〉）》卷二三《宋书一》，方诗铭、周殿杰校点，上海古籍出版社，2004，第 397 页。

③ 刘奕璇、李玲：《汉魏两晋登歌考》，赵敏俐主编《乐府学》第 29 辑，社会科学文献出版社，2024，第 126~127 页。

④ 《后汉书》卷二《显宗孝明帝纪》，中华书局，1965，第 107 页。

⑤ 《后汉书》卷三《肃宗孝章帝纪》，中华书局，1965，第 130~131 页；《后汉书》志九《祭祀志下》，中华书局，1965，第 3198 页。

突出其作为东汉帝国缔造者的历史形象，同时也表明了对母亲的孝意。”① 王尔认为：“‘共庙共乐’凸显了光武以降东汉一朝法统的相对独立性和自身的绵延性，这一庙乐新制，仍带有永平制礼所表达的东汉‘受命中兴’的精神特征。”②

“同庙共乐”的背后，实际上存在章帝对父祖的不同处理。《武德》用于祭祀明帝，应无疑义，但世祖庙登歌并未被提及，理应不能用于明帝的祭祀。该登歌盛称光武功德，具有鲜明的个人色彩。内修文德、外立武功的明帝与光武功德殊途，歌诗所称的具体政治举措如立三雍、封泰山等事均属光武，明帝亦未曾实践，再使用世祖庙登歌不合逻辑。明帝理应拥有专属的歌诗。傅毅的经历便可证明这一认识。傅毅是扶风茂陵人，少时博学，明帝永平年间曾至平陵学习章句，作有《迪志诗》《七激》等。建初年间章帝广招文学之士，傅毅在选，入朝为兰台令史。出任郎中，与班固、贾逵一道负责校书。傅毅认为明帝功德最盛，却无庙颂，颇有缺憾。③ 傅毅身在朝中，奉命校书，又司职宿卫，必然有机会亲自参与章帝祭祀明帝的仪式，“庙颂未立”云云，就表明祭祀明帝时尽管沿用祭祀光武的《武德》，但并没有如世祖庙登歌一般的颂德歌诗。于是傅毅依照《清庙》，撰作《显宗颂》十篇奏上。

《显宗颂》应与世祖庙登歌具有相同的主旨，即歌颂圣主美政，感慨盛德。傅毅奏上《显宗颂》的表文中就有“体天统物，宁济烝民”④ 云云，盛赞明帝承天继统，匡济百姓。具体内容亦极力揄扬明帝功德，李善注张华《励志诗》有《显宗颂》佚文“荡荡川渎，既澜且清”⑤ 云云，应指明帝治黄河一事。先是平帝时黄河于汴渠决口，不及修整。建武十年（34）汉廷曾有修理之议，因兵革未息而中辍。是后汴渠东侵，日益泛滥，致使百姓怨怒。永平十二年（69）汉廷重启修整汴渠之议，明帝特命王景等治黄河，修渠筑堤。次年四月，汴渠修成。同月辛巳，明帝至荥阳，巡行河渠，祭祀河神，感慨禹功。乙酉日明帝下诏纪功，称如今堤坝修筑，

① 王柏中：《神灵世界：秩序的构建与仪式的象征——两汉国家祭祀制度研究》，民族出版社，2005，第112页。

② 王尔：《光武“受命”与永平制礼》，《历史研究》2022年第3期，第64页。

③ 《后汉书》卷八〇上《傅毅传》，中华书局，1965，第2613页。

④ （梁）萧统编，（唐）李善注《文选》卷二〇，上海古籍出版社，2019，第946页。

⑤ （梁）萧统编，（唐）李善注《文选》卷一九，上海古籍出版社，2019，第938页。

河道理顺，山川归位，可让利百姓，限制豪右，“庶继世宗《瓠子》之作”[①]。明帝治理黄河，惠及百姓，是彼时良政的重要一环。章帝元和三年（86）北巡常山等诸郡，访问耆老，时人尚感念明帝治水之功德。是年二月壬寅，章帝对诸郡太守说：“今将礼常山，遂徂北土，历魏郡，经平原，升践堤防，询访耆老，咸曰‘往者汴门未作，深者成渊，浅则泥涂’。追惟先帝勤人之德，底绩远图，复禹弘业，圣迹滂流，至于海表。”李贤注云：“谓永平十二年修汴渠。”[②] 起初汴渠破坏，水害伤民。汴渠修复后，河水安定，灌溉农田，造福百姓。以致于章帝特别告知诸郡太守应将众多肥田分予贫民开垦。黄河由害向利的转变便是明帝力主修复汴渠的结果，实在可谓大功。故傅毅以此歌颂明帝之德。《显宗颂》奏上后，傅毅“文雅显于朝廷”[③]，这一颂文可能就应用于祭祀明帝的仪式中。《显宗颂》流传甚广，东晋袁宏便曾阅读其文，以为“辞甚典雅”[④]。与之同理，尽管明帝以降东汉诸帝皆依照旧制在光武世祖庙祭祀，与光武共用《武德》舞，是否存在专属的颂文不明，但联系庙乐本身的结构、东汉皇帝称庙号的普遍性以及傅毅的作颂行为，可以推知存在时人仿照《清庙》单独制作诸帝庙颂的可能。后代皇帝祭祀先君时沿用《武德》旧乐舞，歌唱专属的登歌颂德，完全符合宗庙祭祀的情理。

后世的庙乐实践也可旁证这一观点。曹丕代汉后改革东汉诸乐舞，其中《武德》舞改称《武颂》舞，《武德》乐改称《武颂》乐。此《武德》舞、乐应即东汉祭祀先帝的通用乐舞。《宋书·乐志》称“其众歌诗，多即前代之旧；唯魏国初建，使王粲改作登歌及《安世》、《巴渝》诗而已”[⑤]，其中并未言及东汉登歌的去留。可以设想，在祭祀曹魏先祖的仪式上，歌唱称颂东汉皇帝功德的歌诗，显然是不合逻辑的。曹魏所沿用的歌诗应是相关仪式乐乃至郊祀歌，登歌这类用于褒美东汉皇帝的歌诗理应被废除。存其舞乐而废其颂当是合理的逻辑。在魏明帝太和以前，曹操的庙乐一直处于缺位的状态。曹叡于太和年间下诏命百官议定武帝（即曹操）庙乐及舞，其中就包括“声歌之诗”，显然是废除东汉世祖庙

① 《后汉书》卷二《显宗孝明帝纪》，中华书局，1965，第116页。
② 《后汉书》卷三《肃宗孝章帝纪》，中华书局，1965，第154~155页。
③ 《后汉书》卷八〇上《傅毅传》，中华书局，1965，第2613页。
④ 《晋书》卷九二《袁宏传》，中华书局，1974，第2398页。
⑤ 《宋书》卷一九《乐志一》，中华书局，1974，第534页。

登歌后留下的仪式空白，同样可以旁证上述认识。总之，在东汉的“同庙共乐”架构中，诸皇帝共用乐舞，但并未共享颂德歌诗，可能依据其人功德另行制作歌诗使用。这是章帝对先帝宗庙乐舞的特殊处理。

二 《清庙》与东汉政治文化

明、章两朝的宗庙乐制建设具有阶段性的特点，细度两朝宗庙乐制可以进一步发现，明帝朝士人为褒扬光武帝而建立的“周文王—光武帝”的单一联系在章帝朝逐渐被消解。歌颂文王的《清庙》与宗庙乐制的高度结合意味着建立周制、效仿文王不再是光武的专利，而成为东汉皇帝与士人共同的追求。

明帝朝士人在制礼作乐的过程中，无不以歌颂光武受命中兴的功德为要旨。王尔认为永平制礼的意义在于确立了光武帝“受命中兴”、开创东汉王朝、“功成制作”的历史地位。[①] 这一意义是通过将光武比作周文王实现的。如明帝实践明堂、灵台诸礼，王尔指出：“‘宗祀文王于明堂’和‘文王筑灵台’，是明帝明堂、灵台礼所模仿的对象。以周文王功德为参照，光武‘受命’、天下归心在仪式中得以充分展现。这一仪式包含纪念光武功德和确立光武祖宗身份两方面内容，周文王是其不可或缺的历史参照。”[②]

世祖庙颂德歌诗的制作就属于这一范畴。士人主要通过模仿《清庙》来确认光武独一无二的功德。《清庙》即歌颂周文王之诗，刘向称周公追慕文王，故作《清庙》歌咏其德。[③] 李贤注云：“《清庙》，《诗·周颂》篇名，序文王之德也。”[④] 孔颖达疏《毛诗》云：“《礼记》每云升歌《清庙》，然则祭祀宗庙之盛，歌文王之德，莫重于《清庙》，故为《周颂》之首。”[⑤] 王尔认为：“《清庙》是周公祭祀文王所用之乐，辞句凸显文王之大德，是

① 王尔：《光武“受命”与永平制礼》，《历史研究》2022 年第 3 期，第 69 页。

② 王尔：《光武“受命”与永平制礼》，《历史研究》2022 年第 3 期，第 57 页。

③ 《汉书》卷三六《楚元王传附刘向传》，中华书局，1962，第 1933 页。

④ 《后汉书》卷八〇上《傅毅传》，中华书局，1965，第 2613 页。

⑤ （清）阮元校刻《十三经注疏·毛诗正义》，中华书局，2009，第 1254 页。汉时“升”“登”二字可互通，段玉裁注《说文解字》“升”字条云：“古经传‘登’多作‘升’。古文假借也。”见（汉）许慎撰，（清）段玉裁注《说文解字注》，许惟贤整理，凤凰出版社，2015，第 1249 页。故“升歌”即“登歌”。

周朝功成治定、天下太平之时所作。"[①]《清庙》颂德，《尚书大传》载："古者帝王升歌《清庙》之乐，大琴练弦达越，大瑟朱弦达越，以韦为鼓，谓之搏拊。何以也？君子有大人声，不以钟鼓竽瑟之声乱人声。《清庙》升歌者，歌先人之功烈德泽也，故欲其清也。其歌之呼也，曰：'於穆清庙，肃雍显相。'於者，叹之也。穆者，敬之也。清者，欲其在位者遍闻之也。故周公升歌文王之功烈德泽，苟在庙中尝见文王者，愀然如复见文王。"[②]《清庙》常于宗庙祭祀时的登堂环节演唱，如《礼记》载天子视学，敬奉三老五更，亲视醴酒及养老之珍具，并倒酒进献，以明孝养之道。礼毕，三老五更就席，即登歌《清庙》。[③] 孔颖达疏《毛诗》曰："既作之后，其祭皆升堂歌之，以为常曲，故《礼记》每云'升歌《清庙》'，是其事也。"[④] 叔孙通作汉世宗庙乐，以《登歌》替代原仪式中的《清庙》，"干豆上，奏《登歌》，独上歌，不以管弦乱人声，欲在位者遍闻之，犹古《清庙》之歌也"[⑤]。如前所述，世祖庙登歌就是刘苍依据光武功德，模仿《清庙》制作的，用以神化光武。王尔认为明帝模仿《诗经·周颂·清庙》改编而成世祖庙登歌，将光武比作周文王，歌功颂德，建构其"受命"之意。[⑥]

明帝朝士人所建构的光武形象与周文王的联系并不紧密，这一政治文化内部仍然存在矛盾。首先，周文王这一形象在东汉初年主要通过《清庙》与光武建立联系，刘苍以周文王譬喻光武的举动为明帝认同，章帝时则气候不同。前举傅毅为明帝作庙颂，其动力有二，一为明帝庙颂有阙，二是傅毅认为明帝功德最盛。傅毅在思考明帝的功德时，理应将光武视为参考，其仍得出明帝功德最盛的认识，表明在傅毅心中，明帝已经具有超越光武的功德。在某种意义上，这是明章时期士人的共识。此时文学歌颂的主要对象就是永平之政，如班固《东都赋》就盛称永平政治，傅毅《明帝诔》亦历数明帝文治武功，高美明帝功德。[⑦] 蔡丹君认为明章礼乐改革

---

① 王尔：《光武"受命"与永平制礼》，《历史研究》2022 年第 3 期，第 62 页。
② 《皮锡瑞全集·尚书大传疏证》卷二，吴仰湘整理，中华书局，2015，第 96 页。
③ （清）阮元校刻《十三经注疏·礼记正义》，中华书局，2009，第 3053 页。
④ （清）阮元校刻《十三经注疏·毛诗正义》，中华书局，2009，第 1257 页。
⑤ 《汉书》卷二二《礼乐志》，中华书局，1962，第 1043 页。
⑥ 王尔：《光武"受命"与永平制礼》，《历史研究》2022 年第 3 期，第 62 页。
⑦ （东汉）傅毅：《明帝诔》，（唐）欧阳询：《艺文类聚》卷一二《帝王部一》，汪绍楹校，上海古籍出版社，1982，第 239 页。

为东汉文学带来了两个经典的书写对象，即明帝的“圣皇”形象和“永平之际”这段历史。蔡丹君认为班固《东都赋》结尾的五首颂诗极力歌颂明帝，有意将永平之际与明帝作为汉世景仰的典则来树立。[①] 傅毅存此初衷，依照《清庙》撰作的《显宗颂》，必然有将明帝与周文王相提并论的内涵，东汉皇帝的功德成就也因此被重新解释，这无疑会削弱光武的独特地位。《显宗颂》影响极大，彼时朝廷百官，包括世祖庙登歌的作者，建初八年（83）正月病殁的刘苍可能都曾阅览过此颂。可知光武比肩周文王的唯一地位无法成立。谢谦据此认为东汉所作宗庙乐章，大多是以《周颂·清庙》为蓝本，与西汉宗庙乐章的制作不同。谢谦更指出：“东汉的宗庙乐章尽可能以雅颂传统为极则，这与其郊庙礼仪的复古正统化是一致的。”[②] 既然《清庙》是东汉皇帝通用的颂德歌诗蓝本，其所代表的周文王与光武的联系必然是逐渐削减的。

其次，依据《清庙》新制的是世祖庙登歌，高帝的《武德》舞只是稍有损益就被重新应用于世祖庙祭祀。东汉宗庙祭祀所用不只《武德》舞，除前举叔孙通所造《嘉至》外，《文始》《五行》亦用于世祖庙祭祀。另有汉文帝所创，寓意天下安和的《四时》之舞，如《续汉书·舆服志》“方山冠”条载：“方山冠，似进贤，以五采縠为之。祠宗庙，《大予》、《八佾》、《四时》、《五行》乐人服之，冠衣各如其行方之色而舞焉。”[③] 西汉诸帝除高、惠、武三帝外，祭祀时常用《四时》之舞。东汉亦当沿用，不过仅此一见。乐舞的多重性显然也会削弱光武与文王的联系。

再者，章帝的谥号与庙号均与《清庙》相关，更是直接否定了光武联系周文王的单一合法性。章和二年（88）二月壬辰章帝驾崩，同日和帝即位。同年三月癸卯，汉廷葬孝章皇帝于敬陵。章帝的“孝章”谥号即于这一时期内由群臣拟定。“孝”为汉家谥号常式，自不待言。“章”则颇有内涵，李贤引《谥法》称：“温克令仪曰章。”[④] 细考史料可知，章帝谥号应非机械地出于《谥法》。崔骃应是章帝谥号择定的关键人物，其有《章帝谥议》可供参考，其文云：“臣闻号者功之表，谥者行之迹，据德录功，

---

① 蔡丹君：《东汉明章时代礼乐秩序的重建及其文学呈现》，《文学遗产》2020 年第 3 期，第 54 页。

② 谢谦：《汉代儒学复古运动与郊庙礼乐的正统化》，《四川师范大学学报》（社会科学版）1996 年第 2 期，第 53 页。

③ 《后汉书》志三〇《舆服下》，中华书局，1965，第 3668~3669 页。

④ 《后汉书》卷三《肃宗孝章帝纪》，中华书局，1965，第 129 页。

各当其实。《孝经》曰：‘天地明察，神明章矣。’《虞书》数尧之德曰：‘平章百姓。’言天之常德也。《诗》曰：‘追琢其章，金玉其相。亹亹文王，纲纪四方。’又曰：‘倬彼云汉，为章于天。’喻文王圣德有金玉之质，犹云汉之在天也。举表折义，四方德附矣。《易》曰：‘先天而天弗违，后天而奉天时。’臣愚以为宜上尊号曰章。”① 崔骃历数“章”字在经典中的美好内涵，其中通过引用《诗经·棫朴》之文，建立起了文王与汉朝乃至章帝个人的联系。在崔骃看来，《棫朴》歌颂文王盛德如花纹（章）一般华丽，如金玉一般坚固，同时包含“文王”“汉”“章”三要素，用“章”形容章帝圣德，正得其宜。② 崔骃此举明显有以章帝比肩文王之意。刘炟最终获得孝章谥号，当与崔骃之议相关，这也表明了皇室（和帝、窦后）乃至群臣对这一观点的认同。

章帝庙号“肃宗”，亦与《清庙》相关。安葬章帝后，同年三月辛酉，有司奏书为章帝议定庙号乐舞，其文云：“孝章皇帝崇弘鸿业，德化普洽，垂意黎民，留念稼穑。文加殊俗，武畅方表，界惟人面，无思不服。巍巍荡荡，莫与比隆。《周颂》曰：‘於穆清庙，肃雍显相。’请上尊庙曰肃宗，共进《武德》之舞。”③ 和帝听允。奏书首先胪列章帝功德，化用孔子称美唐尧之说，以为“巍巍荡荡，莫与比隆”，再引《周颂》之说，为章帝定庙号。所谓《周颂》云云，由其辞可知，即《清庙》。“肃宗”庙号本无前例，有司前举《清庙》“於穆清庙，肃雍显相”之句，后建议为章帝上“肃宗”庙号，照此逻辑，“肃宗”的“肃”直接来源于《清庙》“肃雍显相”之说。东汉依据经典确定皇帝庙号似为常例。汉顺帝原庙号“敬宗”的“敬”可能就取自经典。彼时有司奏言议庙，所引《孝经》《诗经》皆重点突出“敬”字，这可能就是“敬宗”的来源。④ 据此可推知“肃宗”庙号的确定应与《清庙》相关。⑤ 从这一角度来看，文王与光武的单一联

① （东汉）崔骃：《章帝谥议》，（宋）李昉等：《太平御览》卷五六二《礼仪部四一》，1960，中华书局，第 2541 页。

② 就后世史家而言，此文是否确实歌颂文王尚有争议，但细考崔骃之语可知，崔骃显然视此诗为歌颂文王，并将章帝与之相比。

③ 《后汉书》卷四《孝和孝殇帝纪》，中华书局，1965，第 167 页。

④ 《后汉书》志九《祭祀下》，中华书局，1965，第 3198~3199 页。

⑤ 明帝庙号显宗，亦不知所出。明帝陵称显节陵，有“显”说，东汉亦有以陵名为庙号者，如安帝，无有功德，不得庙号。后因光武以来诸帝皆有庙号，遂以陵寝命名庙号，称恭宗。安帝这种极端情况应不适用于功德显著的明帝。“显”字取自经典，应是可信的逻辑，含有“显”字的《清庙》是值得考虑的对象。

系在明帝以降逐渐被削弱，成为东汉诸帝的普遍面相。

结 论

东汉明、章两朝作乐的重点是宗庙乐制的改革。这一时期的宗庙乐制有以下两个特点。第一，“同庙共舞”制度下不同皇帝的登歌具有特殊性。光武驾崩后，明帝与群臣商议光武宗庙乐舞歌诗，东平王刘苍力主在高帝《武德》舞的基础上制造光武的新《武德》舞，并另作世祖庙登歌称颂光武。明帝依照刘苍的建议施行。明帝驾崩后遗诏不起寝庙，藏主世祖庙。刘苍建议以祭祀光武的《武德》舞祭祀明帝，形成了“同庙共舞”的局面。不过这一“同庙共舞”并不包括世祖庙登歌，宗庙框架下的乐舞与登歌并不统一，章帝时傅毅为明帝作庙颂以及后世的实践都可证明这一点。“同庙共乐”应指使用同样的祭祀乐舞，而具有明显个人色彩、描述皇帝特殊功德的登歌不在其中。第二，作为歌诗蓝本的《清庙》的使用具有普遍性，意味着建立周制、效仿文王是东汉皇帝与士人的共同追求，并不是独属于光武的政治文化。明帝通过制礼作乐，将光武比作周文王，但这一联系并非紧密，反而逐渐被削弱。傅毅依照《清庙》为明帝作庙颂，群臣以《清庙》辞句为章帝确定庙号与谥号，使得明帝与章帝皆与周文王相关。《清庙》的广泛应用，就意味着其乃至周文王与光武的单一联系都被削弱。通过对明、章二朝制乐活动的再思考，可以发现这一时期东汉政治文化的转型。

魏晋南北朝礼仪用乐实践的路径考论*

李敦庆

（南阳师范学院文学院，南阳，473061）

摘　要：魏晋南北朝时期的礼仪用乐在证明君权合法性及维护皇权专制等方面起着十分重要的作用。礼仪用乐作为礼制的重要组成部分，其在实践中，一方面从礼经中寻找依据，将礼经中记载的礼仪用乐方式作为创制本朝用乐的重要依据，从经典中寻找合法性，而这一时期礼学的发展为此提供了便利；另一方面，又从前代的礼仪实践中汲取符合本朝需要的资源用于礼乐建设。这构成了魏晋南北朝礼仪用乐创制的两条重要路径。面对经典及前代礼仪实践，这一时期的制礼作乐者并非完全遵从、照搬，而是“执古御今”，对传统进行“损益”，“损益”的标准为是否符合本朝礼制建设的实际，是否能够证明君权合法及维护其独尊地位，而“损益”后最理想的状态就是“合古”与“适今”。

关键词：魏晋南北朝　礼仪用乐　礼制建设

作者简介：李敦庆，文学博士，南阳师范学院文学院副教授，研究方向为礼乐文化与文学。

一　由文本形态的礼到实践形态的礼仪用乐

（一）礼学的发展是礼经付诸实践的前提

在“礼”的诸多含义中，文本形态的礼与实践形态的礼是其重要的义

* 本文为2021年度河南省哲学社会科学规划项目“先唐礼乐活动中的文体生成衍变研究”（2021BWX025）阶段性成果；2024年度河南省高校哲学社会科学创新人才支持计划“清代乐府批评文献整理与研究”（2024-CXRC-30）研究成果。

项，前者主要以《仪礼》《礼记》《周礼》为中心，世称“三礼”，后者既包括制度层面的礼制，也包括由仪式行为等构成的礼仪活动。作为文本的“三礼”是周代礼乐实践的记录与总结，秦汉以后，当这些文本被奉为经典，学者们反复研习，礼学成为官方学术的重要组成部分，为礼制建设提供理论支持就成为礼学的题中应有之义。礼学真正被用于礼制建设是在西汉中后期，此时礼学家已经自觉地运用礼学思想指导礼制建设，其对礼制建设的参与“取决于他们对现有经义的阐述是否具有逻辑性和历史性，以及对改善现实政治经济状况是否具有实用性，而不在于其本身经学造诣的高低”①。事实上，西汉时期并未建成完整的礼乐制度，王鸣盛《十七史商榷》卷一一《汉书五》有“汉无礼乐”条，其评《汉书·礼乐志》云：

> 《礼乐志》本当礼详乐略，今乃礼略乐详。全篇共分两大截，后一截论乐之文较之前论礼，其详几三倍之。而究之于乐，亦不过详载郊庙歌诗，无预乐事，盖汉实无所为礼乐故。两截之首，各用泛论义理，全掇《乐记》之文，入汉事则云：……以上无非反覆明汉之未尝制礼，无可志而已。……足明此志总见汉实无所为礼乐，实无可志。
>
> 子长《礼》《乐》二书亦空论其理，但子长述黄帝及太初，若欲实叙，实难檃括，孟坚述西汉二百年何难实叙？只因汉未尝制礼，乐府俱是郑声，本无可志，不得已，只可以空论了之。②

与魏晋之后诸正史之《礼志》《乐志》相比，《汉书》《后汉书》等史书对汉代礼乐制度的记载缺乏系统性与完整性。以郊祀礼仪为例，《汉书》只有《郊祀志》，《后汉书》的《祭祀志》与《礼仪志》仍然分立。这说明，此时国家礼制尚未将郊祀礼仪纳入《周礼》所确立的五礼体系，或者说此时能够容纳众多礼仪、更具系统性的五礼制度尚未建立。从西汉郊祀礼仪的施行情况来看，其举行更多是为满足帝王的个人欲求，汉武帝甚至将郊祀礼仪视为求仙长生的仪式。

究其原因，是西汉统治者对郊祀礼仪性质及功能的认识还不够明晰，只知有祭祀天地之礼，未能将此礼与皇权的独尊相关联。西汉中后期，匡

① 汤志钧、华友根、承载、钱杭：《西汉经学与政治》，上海古籍出版社，1994，第241页。
② （清）王鸣盛：《十七史商榷》卷一一《汉书五》，陈文和、王永平、张连生、孙显军校点，凤凰出版社，2008，第60页。

衡、王莽、刘歆等的郊议才将这一礼仪形式与国家制度相结合，这些大臣兼儒者在讨论郊祀之礼时多次称引经典，但这些郊议并未最终确立统一的、能够施行的礼仪形式，即使有的建议能够被采纳，但不能成为定制。此为西汉的祭礼，西汉其他礼仪，如朝会、丧葬等均是如此。班固《汉书·韦贤传》引班彪对西汉礼制施行情况的总结云："汉承亡秦绝学之后，祖宗之制因时施宜。自元、成后学者蕃滋，贡禹毁宗庙，匡衡改郊兆，何武定三公，后皆数复，故纷纷不定。何者？礼文缺微，古今异制，各为一家，未易可偏定也。"[①] 也就是说，西汉中后期，统治者已经开始从礼学经典中寻求制礼的依据，却始终在旧礼与新礼之间徘徊，未能确立统一的礼仪制度；又因礼文残缺，儒者在阐释礼经时各执一词，不能形成定制。西汉中后期的礼学发展为礼的文本形态向实践形态转换提供了契机，从西汉时期的几次议礼来看，尽管儒者在礼制建设的具体问题上存在分歧，但在以礼制维护皇权专制的权威、确立新的礼制以适应分封制向郡县制的转变这些根本问题上则保持了一致。

（二）以"三礼"为核心的经典及其阐释之学成为制礼作乐的重要依据

西汉以后，礼学发展与礼制建设的关系日益密切，尤其是东汉《周礼》学发展，使国家礼制逐渐被纳入《周礼》的"五礼"体系之中。杨志刚认为："礼经学特别是《周礼》之学，在东汉经学的发展中，处于枢纽的地位。从两汉之际始，学界渐以'三礼'尤其是《周礼》移释他经。及至马融、郑玄，更突出地将其他经义纳入礼学的阐释系统。"[②] 而从魏晋时期逐渐开始施行的五礼制度，是"以《周礼》为特征的礼制，它反映了以周礼为蓝本，并融合了《仪礼》体系的礼制结构"[③]。《周礼》古文经的出现及阐释，尤其是郑玄以《周礼》为纲，遍注"三礼"，为五礼制度的确立和完善提供了理论依据。三国时期的王肃又遍注群经以难郑，在礼学问题上提出了许多与郑玄截然相反的观点，郑玄、王肃的礼说在魏晋南北朝时期都曾被统治者用作制礼的依据。总体来说，以《周礼》为主干的

---

① 《汉书》卷七三《韦贤传》，中华书局，1962，第3130~3131页。

② 杨志刚：《中国礼学史发凡》，《复旦学报》（社会科学版）1995年第6期，第55页。

③ 梁满仓：《魏晋南北朝五礼制度考论》，社会科学文献出版社，2009，第14页。

“三礼”结合构成了魏晋南北朝时期礼学的核心。[①] 这一时期的礼仪制度及礼仪用乐无不受此时“三礼”学影响，检视这一时期的《礼志》《乐志》，各政权在制礼作乐时往往召集礼学家进行议礼，而礼学家议礼又多依据礼学经典，由于礼学家议礼时的出发点与角度不同，即使所依据的经典相同也会作出不同的阐释，产生不同的结果。

礼学经典及其阐释的规范作用不仅体现在制礼上，也体现在礼仪用乐的创制上。礼、乐并称，礼有文本存世，而乐因其特殊属性，并无独立的经典文本存世，其音声曲调借乐工得以流传，而其含义则鲜有留存：“乐家有制氏，以雅乐声律世世在大乐官，但能纪其铿鎗鼓舞，而不能言其义。”[②] 保留在“三礼”等经典中的论乐文本成为这一时期礼仪用乐制作的重要依据。魏晋南北朝时期的礼仪用乐制作在某些方面是直接以经典记载及其阐释为依据的，具体表现在经典及其阐释是确定礼仪是否用乐的重要依据，是创制礼仪用乐的重要依据，是确立及变革用乐方式的重要依据，是确定乐名舞名的重要依据。下面具体论述。

首先，经典及其阐释是确定礼仪是否用乐的重要依据。“六经之道同归，而《礼》《乐》之用为急”，魏晋南北朝的大多数政权对礼乐的重要性有较为一致的认识。儒家经典中有专论礼乐的文字，也有因记录仪式环节而涉及的用乐资料，这就为相关礼仪是否用乐提供了权威的依据。这一时期，统治者对礼仪用乐重要性的认识基本来源于经典，同时也将经典中的相关记载作为历朝礼仪用乐与否的依据。如这一时期有关郊祀是否有乐、三朝不宜奏登歌、彻食宜有乐、皇帝皇后丧礼废乐、太后父丧废乐、皇后母丧废乐、大臣之丧废乐等礼仪用乐问题的讨论，议礼者立论的依据基本不出儒家经典中的相关记载。

如刘宋时期的“郊庙宜设备乐”问题。刘宋孝建二年（455），有司奏前殿中曹郎荀万秋之议，此议认为“郊庙宜设备乐”，这是针对刘宋此时有郊庙之礼而无郊庙之乐提出的。“于是使内外博议”，此次议礼明显分为两派，一派为竟陵王刘诞、建平王刘宏等五十一人，认同荀万秋观点，认为郊祀、宗庙均应奏乐；另一派以颜竣为代表，认为宗庙有乐而郊祀不应有乐，其引用《周礼》《周易》《孝经》诸典籍以论证自己的观点，最后

---

① 梁满仓：《魏晋南北朝五礼制度考论》，社会科学文献出版社，2009，第72页。

② 《汉书》卷二二《礼乐志》，中华书局，1962，第1043页。

得出结论说："考之众经，郊祀有乐，未见明证。宗庙之礼，事炳载籍。"但颜竣此议受到刘宏的激烈反对，他同样征引《尚书》《周礼》《周易》《左传》《礼记》等经典中的相关记载以论证郊祀有乐，并得出结论："万秋谓郊宜有乐，事有典据。"最终，认为郊祀、宗庙应用乐的一方获得宋武帝的支持。在此次议礼中，双方所据均为经典且所据经典比较一致，但得出的结论却完全相反。从颜竣所说的"郊之有乐，盖生《周易》《周官》，历代著议，莫不援准"来看，面对郊祀是否用乐这一问题，历代也基本是依据《周易》《周礼》等经典的记载。

又如皇后之丧禁乐与用乐的问题。东晋穆帝章皇后崩，其神主已祔庙而丧服未终，这一特殊情况下举行其他礼仪是否用乐？

> 晋符问："章皇后虽哀限未终，后主已入庙，当作乐不？"博士徐虔议引："周景王有后嫡子之丧，既葬，除服，而宴乐，叔向犹讥之。今宜不悬。"虔又引："《周礼》'有忧则弛悬'。今天子蒙尘，摄主不宜作乐。但先人血祀不可废耳。鲁庄公已入庙，闵公二年吉禘，犹曰'未可以吉'，是不系于入庙也。谓不宜设乐。"①

在此次议礼中，徐虔依据《周礼》及《公羊传》的礼例对章后哀限未终而神主已入庙的情况下是否用乐作出了解答。又如晋咸康四年（338），成帝临轩，遣使拜太傅、太尉、司空，门下奏，非祭祀宴飨，则无设乐之制，太常蔡谟依据《诗小序》《左传》等，认为命大使、拜辅相、临轩遣使宜有金石之乐。② 又如晋永和二年（346）纳后，群臣讨论行贺礼是否作乐，王彪之认为"婚礼不乐不贺，《礼》之明文。"依据为《礼记·曾子问》："嫁女之家，三夜不息烛，思相离也；取妇之家，三日不举乐，思嗣亲也。"北魏神龟二年（519）正月元会，"高阳王雍以灵太后临朝，太上秦公丧制未毕，欲罢百戏丝竹之乐。清河王怿以为万国庆集，天子临享，宜应备设"。太后无法决断，访之于侍中崔光，崔光认同高阳王的建议，清河王不服："谓光曰：'宜以经典为证。'光据《礼记》'缟冠玄武，子姓之冠'，父母有重丧，子不纯吉。"③ 以上所举诸例，议礼者均从经典记载

---

① （唐）杜佑：《通典》卷一四七《乐七》，王文锦等点校，中华书局，2016，第3752页。

② 《晋书》卷二一《礼下》，中华书局，1974，第660~661页。

③ 《魏书》卷一〇八《礼志四》，中华书局，1974，第2808~2809页。

中寻找某些礼仪是否用乐的依据，尤其是最后一例，清河王明确提出“宜以经典为证”，可见在议礼者那里，从经典中寻求是否用乐的依据已经成为一种自觉。

其次，经典及其阐释是创制礼仪用乐的重要依据。魏晋南北朝在创制礼仪用乐时面临着重建旧乐和自创新乐的问题。政权的更迭及战乱的破坏使前朝“众乐沦丧”“乐章亡缺”，新政权建立之时面临重建礼仪用乐的任务；这一时期，部分统治者秉持“五帝殊时，不相沿乐；三王异世，不相袭礼”及“功成作乐，治定制礼”的观念，不因袭前代旧乐，而是自创新乐，以此凸显本人功业、证明权力合法。无论是重建旧乐还是自创新乐，基本都以经典所载为依据。

东汉末年董卓之乱对雅乐系统造成巨大破坏，其时“绝无金石之乐，乐章亡缺，不可复知”，曹操平定荆州之后，获汉雅乐郎杜夔，使其总领恢复雅乐，杜夔恢复雅乐的重要依据来自经典，《晋书·乐志》载：

> 及魏武平荆州，获汉雅乐郎河南杜夔，能识旧法，以为军谋祭酒，使创定雅乐。……夔悉总领之。远详经籍，近采故事，考会古乐，始设轩悬钟磬。①

杜夔恢复雅乐“远详经籍，近采故事”，兼顾了经典记载与前朝旧制，是魏晋南北朝恢复或创制雅乐的常法。南朝梁的雅乐复古也是从经典中寻找依据。建国初期，萧梁礼仪用乐尚不完善，大多因袭齐之旧制，缺乏与本朝实际相匹配的礼仪用乐。对此，梁武帝积极推动雅乐复古，旨在创制既合于古制又适于今用的礼仪用乐。梁武帝对雅乐的认识与他本人深厚的儒学修养密切相关，其在天监元年（502）诏群臣讨论礼仪用乐：

> 夫声音之道，与政通矣，所以移风易俗，明贵辨贱。而《韶》《濩》之称空传，《咸》《英》之实靡托，魏晋以来，陵替滋甚。遂使雅郑混淆，钟石斯谬，天人缺九变之节，朝宴失四悬之仪。朕昧旦坐朝，思求厥旨，而旧事匪存，未获厘正，寤寐有怀，所为叹息。卿等

① 《晋书》卷二二《乐上》，中华书局，1974，第679页。

学术通明，可陈其所见。[①]

在此诏书中，梁武帝称群臣“学术通明”，此处之学术实为儒学，在梁武帝的意识中，儒学尤其是群臣对经典的理解是雅乐复古的重要资源，而群臣也以自身对经典的理解进行回应，如沈约关于编纂乐书的建议：

> 汉氏以来，主非钦明，乐既非人臣急事，故言者寡。陛下以至圣之德，应乐推之符，实宜作乐崇德，殷荐上帝。而乐书沦亡，寻案无所。宜选诸生，分令寻讨经史百家，凡乐事无小大，皆别纂录。乃委一旧学，撰为乐书，以起千载绝文，以定大梁之乐。使《五英》怀惭，《六茎》兴愧。[②]

《隋书·经籍志》著录梁武帝《乐论》三卷，存，另有《乐义》十一卷，武帝集朝臣撰，亡佚，[③] 二书很可能就是梁君臣论乐的成果。从题名及上引两段资料看，这些著作应是对礼仪用乐之大义的阐释，依据正是经史百家，尤其是经典中的论乐文字，这些论乐成果是梁代创制礼仪用乐的重要依据。此外。北魏、北周等政权在创制礼仪用乐时也主动从儒家经典中寻找依据，此不详论。

再次，经典及其阐释是确立及变革用乐方式的重要依据。经典中有关礼乐的论述除了从宏观上为各政权礼仪用乐创制提供依据，还能从细节上对礼仪用乐创制作出指导。这主要表现在礼仪用乐方式的确立及变革、用乐名称的确定等方面。

礼仪用乐方式主要是指乐舞和仪节在礼仪中的配合方式，理想的礼仪用乐方式能使礼乐相协。具体来说，主要包括乐舞乐悬的规格、仪式各环节使用何种乐舞等。用乐方式关系到礼仪功能的实现，国家礼仪中用乐方式的确定或变革必须既要满足当朝礼仪的需要又要符合经典中的礼乐精神。因此，以经典作为确定或变革用乐方式的依据成为历代制乐者的共同选择，儒者对经典的阐释也常被作为依据。

关于礼仪用乐中乐悬及乐舞的规格，曹魏、南朝宋及梁有“郊庙宫悬

---

① 《隋书》卷一三《音乐上》，中华书局，1973，第 287~288 页。

② 《隋书》卷一三《音乐上》，中华书局，1973，第 288 页。

③ 《隋书》卷三二《经籍一》，中华书局，1973，第 926 页。

备舞议”，即讨论在郊庙仪式上是否应该用宫悬之乐，遍奏六舞。首先提出这一问题的是王肃，他认为郊祀（圜丘、方泽）、宗庙宜用宫悬之乐、八佾之舞，遍舞六代。又关于六代舞的演奏方式，当时有议者认为六代舞应分别用于不同礼仪：“说者以为，周家祀天唯舞《云门》，祭地唯舞《咸池》，宗庙唯舞《大武》。”王肃认为这一方式“似失其义”，六代舞应在同一仪式中依次进行表演，其依据是经典的记载及其阐释。王肃据《左传》“王子颓享五大夫，乐及遍舞”及《礼记·王制》“庶羞不逾牲，燕衣不逾祭服”认为，燕飨之礼的规格低于郊祀、宗庙，尚且奏六代舞，郊祀、宗庙乃国之大礼，更需遍奏六代舞。又据《周礼·大司乐》“以六律、六同、五声、八音、六舞大合乐，以致鬼神，以和邦国，以谐万民，以安宾客，以悦远人”认为在同一仪式中六律、六同、五声、八音齐奏，则六舞不应分别在不同礼仪中演奏。[①] 王肃所议定的郊祀、宗庙用乐方式在晋及南朝宋、齐成为定制，但至南朝梁，梁武帝却否定了这一用乐方式，其依据同样是经典。《隋书·音乐志》载：“至是帝曰：‘《周官》分乐飨祀，《虞书》止鸣两悬，求之于古，无宫悬之议。何？事人礼缛，事神礼简也。……大合乐者，是使六律与五声克谐，八音与万舞合节耳。……推检载籍，初无郊禋宗庙遍舞六代之文。……夫祭尚于敬，无使乐繁礼黩。……’于是不备宫悬，不遍舞六代，逐所应须。即设悬，则非宫非轩，非判非特，宜以至敬所应施用耳。”[②] 梁武帝认为祭祀主敬，郊祀、宗庙之礼中不应用大合乐，其依据是《周礼》《尚书》等经典。这说明，制礼作乐者对经典中同一记载的不同理解和阐释对礼仪用乐的实践会产生重要的影响。梁武帝的观点在陈代也获得了一些儒者的支持，《陈书·姚察传》载：“（姚察）迁尚书祠部侍郎。此曹职司郊庙，昔魏王肃奏祀天地，设宫县之乐，八佾之舞，尔后因循不革。梁武帝以为事人礼缛，事神礼简，古无宫县之文。陈初承用，莫有损益。高宗欲设备乐，付有司立议，以梁武帝为非。时硕学名儒、朝端在位者，咸希上旨，并即注同。察乃博引经籍，独违群议，据梁乐为是，当时惊骇，莫不惭服，仆射徐陵因改同察议。”[③] 姚察亦是依靠对经典的熟悉才能使议礼者折服，进而采纳其建议，最终承用了梁代的用乐方式。

---

① 《宋书》卷一九《乐一》，中华书局，1972，第537页。

② 《隋书》卷一三《音乐上》，中华书局，1973，第290~291页。

③ 《陈书》卷二七《姚察传》，中华书局，1972，第349页。

又如礼仪中乐舞的使用方式问题。关于仪式中乐舞的使用方式，在“三礼”之一的《仪礼》中记载较为详细，但其中的礼仪大多是“士礼”，很少有诸侯之礼，更无天子之礼，而《周礼》《礼记》中有关礼仪用乐的记载又较为零散，语焉不详，无法为具体仪式环节的用乐方式提供一种现成的范本。又战乱致使雅乐沦丧、乐工流亡，前朝相关礼仪中乐舞的使用方式记载往往残缺不全，新政权在确定乐舞使用方式时除依据经典，还要依据礼家对礼典的阐释。

如庙祀仪式中的迎、送神乐的使用方式。迎、送神乐是为迎、送神仪式而设的，仪式中的神灵是否需要迎送是由神灵所处位置决定的。礼学家对此问题存在分歧，东晋及刘宋前期，庙祀只有送神而无迎神，刘宋前期部分礼学家认为，宗庙之神恒居庙中，无须迎送，自然不需要迎送仪节，更无须设置迎送神乐。建平王刘宏认为，宗庙之中祖先神灵并无固定处所：“夫神升降无常，何必恒安所处？”其依据为《礼记》的记载及经学家的阐释：

> 故《祭义》云：“乐以迎来，哀以送往。”郑注云：“迎来而乐，乐亲之来，送往而哀，哀其享否不可知也。”《尚书》曰：“祖考来格。”……又《诗》云：“神保遹归。”注曰：“归于天地也。”此并言神有去来，则有送迎明矣。即周《肆夏》之名，备迎送之乐。古以尸象神，故《仪礼》祝有迎尸送尸，近代虽无尸，岂可阙迎送之礼？又傅玄有迎神送神哥辞，明江左不迎，非旧典也。[①]

《礼记》《尚书》《诗经》《仪礼》等经典中的记载及学者的注解均被用于佐证其观点，所谓“江左不迎，非旧典也”，就是以经典及其注解否定了东晋及宋初的宗庙祭祀中无迎神的旧制，同时肯定了宗庙祭祀中应设置迎送神仪式及奏乐，因为在经典记载中，神灵并无固定处所，也常往来于宗庙。至梁，有司又对宗庙祭祀中设置迎送神乐提出质疑：“清庙严闳，此唯灵宅，主安于龛，神若是依。既无出入，何事迎送？”认为神灵常处宗庙，应省除迎送神乐，但梁武帝据《礼记》“祭之日，乐与哀半。乐以迎来，哀以送往。”以及《诗经·丝衣》为“绎宾尸”之作等说明神灵无固定处

① 《宋书》卷一九《乐一》，中华书局，1972，第543页。

所，宗庙祭祀应该有迎送神仪式及奏乐。由此可见，仪式中是否使用迎送神乐是由宗庙祭祀中是否设置迎送神仪式决定的，而是否设置迎送神仪式则取决于对祖先神灵常处于宗庙还是往来于宗庙的认识，经典及其阐释最终决定了对神灵位置的确认。

最后，经典及其阐释是确定乐名舞名的重要依据。魏晋南北朝各代礼仪用乐的名称有不少来源于经典。这在郊祀、宗庙礼仪的乐名、舞名上体现得最为明显，所依据的经典主要为《周礼》。《周礼·大宗伯》中的祭祀乐名、舞名主要为“九夏”及“六舞”。“九夏”为《王夏》《肆夏》《昭夏》《纳夏》《章夏》《齐夏》《族夏》《祴夏》《骜夏》；“六舞”为周所传六代之乐，为《云门》《大卷》《大咸》《大韶》《大夏》《大濩》《大武》。这一时期的统治者常用《大宗伯》中的“九夏”及“六舞”命名本朝的礼仪用乐，肇始者为刘宋。在刘宋之前的魏晋时期，郊祀、宗庙用乐名称常以仪式环节之名命名，如《降神歌》《牺牲歌》《天郊飨神歌》《地郊飨神歌》《明堂飨神歌》等，体现了用乐与仪式环节的一致性。刘宋之后，郊祀、宗庙礼仪的乐名、舞名部分或全部来源于《周礼》的“九夏”及“六舞”，如刘宋时迎神奏《昭夏》、送神奏《肆夏》；萧齐时，迎送神并奏《昭夏》；萧梁初，将皇帝出入祭祀场所的奏乐名称由《永至》改为《皇夏》，而《皇夏》实由“九夏”中的《王夏》演变而来：“乃除《永至》，还用《皇夏》。盖秦汉以来称皇，故变《王夏》为《皇夏》也。”①

梁武帝自创礼仪用乐，郊祀、宗庙、三朝同用，与仪式环节相配的用乐共有十二曲，通以“雅”为名。梁武帝对这十二曲雅乐的命名原则如下。首先是确定其通名，这一通名确立了用乐的基本风格：“及武帝定国乐，并以‘雅’为称，取《诗序》云：‘言天下之事，形四方之风，谓之雅。雅者，正也。’《论语》云：‘仲尼自卫反鲁，然后乐正，《雅》《颂》各得其所。’故曰雅止乎十二，则天数也。乃去阶步之乐，增撤食之雅焉。”其次，在通名之上冠以经典中具有特殊含义的文字，通过对这些文字的阐释，分别确立每一乐曲的仪式含义。试举几例。其一，“众官出入，奏《俊雅》”，“取《礼记》‘司徒论选士之秀者而升之学，曰俊士’也”。此曲取“俊”字，与众官出入环节相配，意在表明参加仪式者为国家优秀人才。其二，“皇帝出入奏《皇雅》”，“取《诗》‘皇矣上帝，临下有赫’

① （宋）郭茂倩编《乐府诗集》卷三《郊庙歌辞三》，中华书局，2017，第41页。

也”。此曲取“皇”字，与皇帝出入的仪节相配，意在表明皇帝在仪式中的崇高地位。其三，“皇太子出入奏《胤雅》”，“取《诗》‘君子万年，永锡尔胤’也”。此曲取“胤”字，用于皇太子出入环节，意在表明皇太子的皇位继承者身份。其四，“王公出入奏《寅雅》”，“取《尚书·周官》‘贰公弘化，寅亮天地’也”。此曲取“寅”字，意在表明王公乃皇帝之辅弼，有敬明天地之功。其五，“上寿酒奏《介雅》”，“取《诗》‘君子万年，介尔景福’也”。此曲取“介”字，用于上寿酒环节，意在表明群臣向皇帝敬酒的仪式行为。其他如“食举奏《需雅》”“撤馔奏《雍雅》”“牲出入奏《涤雅》”“荐毛血奏《牷雅》”“降神及迎送奏《諴雅》”“皇帝饮福酒奏《献雅》”“燎埋奏《禋雅》”[①] 等，无不是从经典中选取具有特殊含义的文字，以使曲名能够与仪式环节相契合。同时，以经典中的文字命名礼仪用乐是梁武帝礼乐复古的重要内容，以此表明其礼乐制度与周代礼乐传统的一脉相承。

北齐、北周等政权也借鉴南朝依据经典命名礼仪用乐的方式。北齐到武成帝时才开始确立四郊、宗庙、三朝之乐，其郊庙乐的命名，夕牲、群臣入门、进熟、群臣出等仪式环节奏《肆夏》，牲出入、荐毛血、紫坛既燎等仪式环节奏《昭夏》，皇帝入门、皇帝升丘、当昊天上帝神座前、饮福酒、还便坐、之望燎位、自望燎还本位、还便殿等仪式环节奏《皇夏》。北周的祭祀用乐命名方式也大体相似：“周祀圜丘乐：降神奏《昭夏》，皇帝将入门奏《皇夏》，俎入、奠玉帛并奏《昭夏》，皇帝升坛奏《皇夏》，初献及初献配帝并作《云门之舞》，献毕奏《登歌》，饮福酒奏《皇夏》，撤奠奏《雍乐》，帝就望燎位、还便坐并奏《皇夏》。”[②] “周祀方泽乐：降神及奠玉帛并奏《昭夏》，初献奏《登歌》，舞词同圜丘，望坎位奏《皇夏》。”[③] “周祀五帝：奠玉帛及初献并奏《皇夏》，皇帝初献五帝及初献配帝并奏《云门舞》。”[④] 由此可见，经典是命名魏晋南北朝礼仪用乐的重要依据。这种命名方式体现了统治者试图通过对经典的尊崇来接续周代礼乐传统，其背后所隐含的还是论证政权合法性这一命题。

---

① （宋）郭茂倩编《乐府诗集》卷三《郊庙歌辞三》，中华书局，2017，第 41~42 页。

② （宋）郭茂倩编《乐府诗集》卷四《郊庙歌辞四》，中华书局，2017，第 61 页。

③ （宋）郭茂倩编《乐府诗集》卷四《郊庙歌辞四》，中华书局，2017，第 64~65 页。

④ （宋）郭茂倩编《乐府诗集》卷四《郊庙歌辞四》，中华书局，2017，第 66 页。

二 执古御今——魏晋南北朝礼仪用乐实践对待传统的态度

（一）以礼乐传统指导与规范礼仪用乐的制作

经典为魏晋南北朝礼仪用乐的创制和使用提供了理论支持及合法性依据，形成了以儒家经典为依据创制礼仪用乐的普遍原则，这本身就是历代礼乐制作的一个重要传统。除了依据经典这一重要的传统需要制礼作乐者遵从外，在新政权确立之后，前代或前几代政权礼仪用乐的创制和使用方式又作为一种传统对新政权产生影响。这两个传统共同指导和规范了新政权礼仪用乐的制作和使用，制礼作乐者对这两个传统的态度即刘宋殿中曹郎荀万秋所云："夫圣王经世，异代同风，虽损益或殊，降杀迭运，未尝不执古御今，同规合矩。"①

传统具有非对象性和历史性，② 其容纳了历史进程中具有权威性和合理性的思想、行为、制度等，这些构成了传统的外在形式，但并不是传统的全部内容。传统一旦形成，对人的思想和行为方式就具有了强大的规范力量。中国的礼乐传统也是在历史的演进中形成的，周初的"制礼作乐"造就了"郁郁乎文"的礼乐仪式，其中蕴含的就是礼乐精神，这是周初统治者为巩固以嫡长子继承制为核心的宗法制、分封制将前代宗教、巫术仪式政治化、伦理化的结果，对稳固西周政权发挥了重要作用。在周代制礼作乐过程中，文献也随之生成。随着宗教意识的逐渐淡薄，文献代替仪式，成为一种有权威的话语方式③。爱德华·希尔斯认为："传统的持续时间长短不一。行为的传统——指导行为的范型、追求的目标、人们对达到这些目的应采用何种合宜有效之手段的认识、行动所导致和维持的结构——比行动本身要来得持久。行动实施完毕立即消失，而指导行动的信仰范型以及人们对于关系和结构的认识则可以延传。"④ 在西周，"礼乐精神"直接通过礼乐仪式进行传达，当周代礼乐制度崩坏，礼乐仪式不复举行，以行

---

① 《宋书》卷一九《乐一》，中华书局，1972，第 542 页。

② 余平：《论传统的本体论维度》，《哲学研究》1993 年第 1 期，第 21 页。

③ 过常宝：《西周制礼作乐与经典的生成》，《中国社会科学报》2015 年 3 月 4 日，第 B05 版。

④ 〔美〕爱德华·希尔斯：《论传统》，傅铿、吕乐译，上海人民出版社，2014，第 26 页。

为、动作、声音等形态存在的载体大都不复存在，承担礼乐精神的载体就只能是这些文献。在后世，这些文献成为周代礼乐传统最重要的载体。由于孔子及其后学的提倡及汉代经典意识的生成，这些文献转变为经典，其中的“礼乐精神”为历代统治者所遵从，并不断被注入新的内容，形成了绵延两千余年的礼乐传统。

传统不是既定的、一成不变的，而是处于历史的发展之中，既占据过去，也向将来敞开。在这一过程中，传统将过去的成就和智慧作为崇尚的对象，并将这种成就和智慧作为当下行为模式的有效指南。① 魏晋南北朝诸政权既利用了传统也发展了传统，承载周代“礼乐精神”的文献成为经典，之后又逐渐成为论证政治权力合法性的依据。这一时期的各个政权，从政权建立的基础来看，类似西周创始者的克里斯马型权力已不复存在，他们只能从传统中寻求政治权力合法性的依据，这个传统就是礼乐传统。传统中的“礼乐精神”在经过秦汉的礼乐实践及经典阐释之后，其作为政治权力合法性来源依据的特性越来越明显；并且，在魏晋南北朝时期，学者对经典的阐释从未停止，这些阐释虽观点各异，但都围绕“礼乐精神”这一核心展开，经典阐释的过程实际上就是传统不断建构的过程。

魏晋南北朝易代频繁，各政权为论证取得政权的合法性和巩固皇权，对制礼作乐的需求更为迫切。通过郊祀、宗庙等祭祀仪式及其用乐，以论证获得政权的合法性与合理性，西汉之后新政权的建立者及其祖先大多无显赫家世，甚至出身低微，他们大都是通过禅代或战争的方式获得政权，新政权的建立者及其继任者需要面对如下问题：其为何能获得政权？政权又该如何维持？这就需要借助郊祀、宗庙等仪式加以解决，在仪式及乐舞的展演中通过诗、乐、舞相互配合以“美盛德之形容”，并通过对相关礼仪用乐歌辞的论证让仪式参加者接受新政权合法的事实，如北齐高洋受北魏禅，即皇帝位于南郊，升坛柴燎告天曰：

> 皇帝臣洋敢用玄牡，昭告于皇皇后帝：否泰相沿，废兴迭用，至道无亲，应运斯辅。上览唐、虞，下稽魏、晋，莫不先天揖让，考历归终。魏氏多难，年将三十，孝昌已后，内外去之。世道横流，苍生涂炭。赖我献武，拯其将溺，三建元首，再立宗祧，扫绝群凶，芟夷

① 〔美〕爱德华·希尔斯：《论传统》，傅铿、吕乐译，上海人民出版社，2014，第2页。

奸宄，德被黔黎，勋光宇宙。文襄嗣武，克构鸿基，功浃寰宇，威稜海外，穷发怀音，西寇纳款，青丘保候，丹穴来庭，扶翼危机，重匡颓运，是则有大造于魏室也。[①]

这篇告天祭辞是祭天仪式中使用的文本，其内容基本是论证齐受魏禅的合理性：禅让是历代政权更替的主要方式，从上古尧舜至近世魏晋莫不如此。禅让者历数已尽，受禅者应运而王。对北魏来说，内外去之，苍生涂炭，历数已尽；而对北齐来说，则德被黔黎，勋光宇宙，上应天运。这一政权合法性的论证看似简单，但要发挥作用必须借助礼仪，只有借助郊祀这一沟通天人的仪式才能产生效果。此外，对于继世之君来说，如何巩固皇权的独尊地位？这也需要从传统中寻求依据，同时必须适应秦汉以来政体的转变，在郡县制之下，元会用乐、军礼鼓吹及葬礼挽歌、鼓吹的赏赐均是围绕着"尊君抑臣"这一礼乐精神展开而又有所变化。

除了形成于周代、以经典为载体的礼乐传统之外，前代或前几代的礼仪用乐实践也对新政权的制礼作乐起到指导和规范作用，可以称之为"近世礼仪用乐传统"，这一传统也是在以"礼乐精神"为核心的传统规范和指导下建构的。由于时空接近，其仪节、乐舞、歌辞等保存较为完整，可以被新政权的礼乐体系直接采纳，因此这一传统对魏晋南北朝礼仪用乐的影响更为直接。魏晋南北朝礼仪用乐的创制，尤其是政权初建之时，由于百度草创，更依赖于对前代的继承，史书对此记载颇为详细。曹魏雅乐的创制离不开杜夔的"近采故事"；西晋初年，郊祀、明堂、元会等礼仪用乐承袭曹魏："及武帝受命之初，百度草创。泰始二年，诏郊祀明堂礼乐权用魏仪，遵周室肇称殷礼之义，但改乐章而已，使傅玄为之词云。"[②]"晋氏受命，武帝更定元会仪，《咸宁注》是也。傅玄《元会赋》曰：'考夏后之遗训，综殷周之典艺，采秦汉之旧仪，定元正之嘉会。'此则兼采众代可知矣。"[③] 刘宋礼仪用乐至孝建（454~456）之时仍是"朝仪国章，并循先代""宋文帝使颜延之造《郊天夕牲》、《迎送神》、《飨神歌》诗三篇，是则宋初又仍晋也。"[④] 萧齐祭祀用乐部分因袭前代，《隋书》引何佟

① 《北齐书》卷四《文宣高洋》，中华书局，1972，第49~50页。
② 《晋书》卷二二《乐上》，中华书局，1974，第679页。
③ 《晋书》卷二一《礼下》，中华书局，1974，第649页。
④ 《南齐书》卷一一《乐》，中华书局，1972，第167页。

之奏："齐氏仍宋仪注，迎神奏《昭夏》，皇帝出入奏《永至》，牲出入更奏引牲之乐。"[①] 引周弘让奏："齐氏承宋，咸用元徽旧式，宗祀朝飨，奏乐俱同。"[②] 而梁朝初建，礼仪用乐亦沿用萧齐之制，"梁氏之初，乐缘齐旧"，之后梁武帝"思弘古乐"，推行雅乐复古，以期实现"五帝殊时，不相沿乐；三王异世，不相袭礼"的用乐理想，而梁武帝改革后的雅乐体系又成为新的传统为后世所效法，陈太建元年（569）"定三庙之乐，采梁故事"，最终确立的礼仪用乐是"祠用宋曲，宴准梁乐"，融合了齐、梁两种不同的礼仪用乐方式。此外，梁武帝十二曲以和天数的制乐理念也被后世继承。至于北朝，其礼仪用乐创制的历程则更为曲折，在以礼典为据的同时，南朝的用乐方式作为近世传统也被北朝借鉴。

又如魏晋南北朝鼓吹曲的创制。《汉鼓吹铙歌十八曲》歌辞并无统一主题，曹魏受命，改其中的十二曲，使缪袭创作歌辞，内容主要是歌颂曹操功德："述以功德代汉。"从此之后，鼓吹乐"述功德受命"的传统正式形成并被同时或后世政权借鉴，如孙吴时"使韦昭制十二曲名，以述功德受命"，西晋时"武帝令傅玄制鼓吹曲二十二篇以代魏曲"，刘宋时"鼓吹铙歌十五篇，何承天晋义熙末私造"，萧梁时"梁高祖制鼓吹新歌十二曲"。这一传统影响及于唐代："唐鼓吹铙歌十二曲，柳宗元作以纪高祖、太宗功德及征伐勤劳之事。"可见，"缪袭对汉鼓吹曲的改制基本上确立了一种按王朝历史发展顺序来歌咏的范式"[③]。历代对这一传统的继承一方面表现在形式上，即所创鼓吹曲均为组曲形式；另一方面表现在内容上，各代在取得政权后均新创歌辞，而歌辞内容均是对本朝统治者功德的歌颂。

（二）魏晋南北朝礼仪用乐实践中的"随时之宜"与"应时之变"

礼仪用乐的实践性要求它必须满足现实政治的需要，尤其是符合礼制建设的需要，这是统治者创制礼仪用乐时必须遵循的原则。对形成于周代的礼乐传统来说，要把握其礼乐精神，需要"师经""师古"，即从经典中

---

① 《隋书》卷一三《音乐上》，中华书局，1973，第289~290页。

② 《隋书》卷一三《音乐上》，中华书局，1973，第306页。

③ 向回：《历朝纪受命功德鼓吹曲的本事分析——兼谈缪袭改制汉鼓吹在乐府发展史上的意义》，吴相洲主编《乐府学》第2辑，学苑出版社，2007，第102页。

寻找依据，也需要不断对经典作出新的阐释和建构，以赋予其新义，只有新的阐释和建构与现实礼制建设相契合，才可能在制礼作乐时被采用，实现从文本或理论到仪式行为的转变，进而付诸实践。对近世礼仪用乐传统来说，新政权也不可能完全照搬，因为在儒家礼乐思想中有“功成作乐，治定制礼”以及“五帝殊时，不相沿乐；三王异世，不相袭礼”的观念，这些观念决定了新政权必须有属于自己的礼乐体系。面对这两个传统，制礼作乐者需要恰当处理好“师古”与“适今”的关系，其合理的解决方式就是所谓“执古御今”，对两个传统进行“损益”，即刘宋散骑常侍颜竣所云：“德业殊称，则干羽异容，时无沿制，故物有损益。”①

“损益”前代礼乐在历代制礼作乐的实践中也成为一种传统，这在夏、商、周时期的礼乐实践中就已经存在，在《论语·为政》中孔子指出：“殷因于夏礼，所损益，可知也；周因于殷礼，所损益，可知也；其或继周者，虽百世可知也。”《日知录》卷七“子张问十世”条对“损益”的内涵有较为精到的分析：“《记》曰：‘……立权度量，考文章，改正朔，易服色，殊徽号，异器械，别衣服，此其所得与民变革者也。其不可得变革者则有矣，亲亲也，尊尊也，长长也，男女有别，此其不可得与民变革者也。’自春秋之并为七国，七国之并为秦，而大变先王之礼。然其所以辨上下，别亲疏，决嫌疑，定是非，则固未尝异乎三王也。”② 在顾炎武看来，所谓“损益”是对彰显礼乐精神的各种外在形式进行的变革，而礼乐精神的内核是不变的。“损益”意在区别于前代，并使礼乐的形式适合变化了的现实政治形势，关于这一点，爱德华·希尔斯在《论传统》中也有论述：

> 即使人们要达到前人已达到的目标，他们也需要去作新观察和新决定，因为他们所处的环境在不断地变化。因此，人们即使要坚持遵循已被确立的范型，也需要设计新范型，因为环境要经历各种不同的变迁；虽然，由传统传递下来的范型在那些环境中曾经是完满的。③

① 《宋书》卷一九《乐一》，中华书局，1972，第 543 页。

② （清）顾炎武著，（清）黄汝成集释《日知录集释》卷七，栾保群、吕宗力校点，上海古籍出版社，2013，第 393 页。

③ 〔美〕爱德华·希尔斯：《论传统》，傅铿、吕乐译，上海人民出版社，2014，第 30 页。

由此可见，“损益”传统是根据现实的变化所作的调整，“损益”经典及前代用乐并不会使“礼乐精神”发生改变，反而会加强其实践性，可以使礼乐更好地为现实政治服务。

对魏晋南北朝时期的礼仪用乐来说，要实现其“经国家，定社稷，序民人，利后嗣”之功能，需要做到既遵循传统，又“损益”传统，既“师古”又“适今”。从总体上来看，不仅礼仪用乐要进行“损益”，国家礼乐制度的各个方面都要进行“损益”，以适应政治形势的变化，沈约称之为“随时之宜”，《宋书·礼志》云：

> 夫有国有家者，礼仪之用尚矣。然而历代损益，每有不同，非务相改，随时之宜故也。汉文以人情季薄，国丧革三年之纪；光武以中兴崇俭，七庙有共堂之制；魏祖以侈惑宜矫，终敛去袭称之数；晋武以丘郊不异，二至并南北之祀。互相即袭，以讫于今，岂三代之典不存哉，取其应时之变而已。①

在此段引文中，汉文帝、光武帝、魏武帝、晋武帝等在礼制上的变革明显与经典记载的礼乐传统不合，沈约解释了其中的矛盾之处，此非经典不存，而是“随时之宜”与“应时之变”，即通过礼仪形式的变革适应变化了的政治形势。

魏晋南北朝时期礼仪用乐的创制过程中也对两个传统不断进行“损益”。就“益”的方面来看，主要是通过对经典的阐释以补经典记载之不足，由于经典中关于制礼作乐的相关记载不够清晰、全面，后世无法从中获知某一礼仪用乐的具体使用方式，只能借助经典阐释作为补充，对此上文已述。而就“损”的方面来看，主要是针对近世礼仪用乐传统而言，近世礼仪用乐是制礼作乐的重要资源，但“功成作乐，治定制礼”，礼乐本为彰显本朝功业而设，新政权在借鉴前代礼仪用乐时，需要有意识地进行变革，使之与本朝实际相符合，以凸显本朝的特异之处，这对新政权来说是非常必要的。对前代礼乐的“损”并不会阻碍本朝礼乐建设的进程，反而会促成新的礼乐传统。

如西晋时，为进一步确立皇权的尊崇地位，完善了融合嘉礼、宾礼要

① 《宋书》卷一四《礼一》，中华书局，1972，第 327 页。

素的元会礼。这一礼仪最显著的特征是分为晨贺与昼会两部分。这两部分均存在礼仪用乐，但其用乐与先秦嘉礼、宾礼用乐相比发生了较大变化，表现在两个方面。其一，仪式与乐舞关系的改变。将先秦嘉礼、宾礼中单独设立的乐舞演奏改为与仪式同时进行。《仪礼》等经典中所载的嘉礼、宾礼奏乐，奏乐阶段基本是单独设立的，乐舞是主人及宾客共同观赏的对象，而西晋确立的元会仪式用乐则与仪节相伴而行，为了凸显皇权的独尊，以皇帝为中心的仪节成为元会的中心，音乐在仪式中的从属性质更为明显。其二，对元会用乐的曲调、歌辞进行损益。《鹿鸣》是先秦嘉礼、宾礼中使用的重要乐歌，曹魏、西晋初期仍作为食举乐用于元会，后荀勖提出异议，《晋书》载："荀勖云：'魏氏行礼、食举，再取周诗《鹿鸣》以为乐章。又《鹿鸣》以宴嘉宾，无取于朝，考之旧闻，未知所应。'勖乃除《鹿鸣》旧歌，更作行礼诗四篇，先陈三朝朝宗之义。"[①]《鹿鸣》为《诗经·小雅》首篇，历代对其主旨的解释虽存在差异，但对其宴飨嘉宾的主题则无太大的异议。荀勖认为元会应舍弃《鹿鸣》也正是因为这一主题，在荀勖看来，朝会和宴飨在仪式的性质和功能上是存在很大差异的，此诗是宴飨嘉宾之作，"无取于朝"，不符合朝会的奏乐需求。就《鹿鸣》的内容来看，此诗描写了宴会中宾主之间的相互礼敬，氛围融洽、欢乐。这不符合西晋《咸宁注》所确立的"尊君抑臣"的礼仪精神，荀勖认识到了这点，于是废除《鹿鸣》，改创行礼诗四篇，主题确定为"三朝朝宗之义"，将先秦时期君、臣之间的"尊"与"敬"的关系改造为臣对君的无条件的"尊"，在用乐上与元会仪式确立皇帝尊崇地位的功能保持了一致。

结　语

从秦建立皇权专制制度之后，尊君抑臣、加强皇权的力量一直是历代帝王不懈努力的目标。魏晋南北朝易代频繁，各政权面临的迫切问题也是如何加强皇权、维护政权稳定，礼仪及其用乐在论证权力取得合法性及维护政权稳定上发挥着重要作用。从郊祀、宗庙礼乐的变革到元会礼乐使用规范的确立，再到对军礼鼓吹的赏赐及葬礼鼓吹、挽歌的使用，魏晋南北朝的礼仪及其用乐全面围绕着加强皇权而展开。在这一时期的礼仪用乐实

① 《晋书》卷二二《乐上》，中华书局，1974，第685页。

践中，形成了既从经典及传统中寻找依据，又根据本朝实际进行“损益”的礼乐创制路径。魏晋南北朝礼学的发展为礼仪用乐创制提供了依据，经典及其阐释成为礼仪用乐创制的重要资源，而礼乐传统也在制礼作乐中发挥了重要指导作用。除了从经典及传统中寻找依据，各政权的现实状况，如政权建立者的身份地位、获得政权的方式等因素也是创制礼仪用乐时必须要面对的问题。

明代吉礼祭祀与乐章及典礼赋创作

——兼论礼乐制度对祭祀文学之影响*

刘士义

（山西师范大学文学院，太原，030031）

摘　要：作为祭祀文学的重要组成部分，吉礼祭祀乐章与助祭大臣润色鸿业的典礼赋，是明代礼乐制度与祭祀文学结合的重要产物。明代礼乐建设实是明廷普及儒家文化及实现皇帝个人权谋的重要工具，祭祀文学之嬗变则是政治、制度与文化作用于文学的极致展现。明初朱元璋的礼乐创制与嘉靖朝朱厚熜的吉礼革新，实是影响明代礼乐建设进程的两个重要环节，其清晰地展现了政治、制度与权谋对明代吉礼祭仪及乐章创作的深刻影响。宫廷祭礼变革充溢着祭祀仪乐与程序演乐的互动与纠缠，由此亦导致吉礼祭乐与乐章的持续嬗革。祭典之后群臣奉诏所制的典礼赋亦是祭祀文学的重要组成部分。典礼赋既是明帝国润色鸿业的重要工具，亦是文人炫才逞技的进阶手段。

关键词：明代　吉礼祭祀　祭仪乐章　典礼赋

作者简介：刘士义，文学博士，山西师范大学文学院副教授，研究方向为制度与文学。

吉礼祭祀是以明中央宫廷为中心、皇室主祭或代祭的祭礼活动，包括中央朝廷所举行的常规祭祀典礼与非常规的藉田礼与释奠礼。迄今，明代

* 本文为国家社会科学基金青年项目“明代乐籍制度与文学研究”（16CZW031）阶段性成果。

吉礼祭祀等大典已不行于世，其太常仪轨亦留存于繁夥的礼学典籍之中而为世所不闻。学界对此重视不多，认为其无关社会治道，多是歌功颂德、粉饰太平之作。然而，以礼乐及文学传承视之，吉礼祭祀不仅是影响明代礼乐文化走向的主脉，亦是中国传统歌诗精神之延续，因其所产生的繁夥乐章及典礼赋正是那个特定时代之缩影。通过探赜吉礼祭祀乐章与典礼大赋，正可觇睹宏观礼乐制度之嬗变与微观祭祀仪典之隆盛。

一 明代礼乐制度建设与吉礼祭祀

名正而言顺，言顺则事成，而后礼乐乃兴。朱元璋于吴元年即设礼、乐二局，着意修礼作乐，以正名于天下，“明太祖初定天下，他务未遑，首开礼、乐二局，广征耆儒，分曹究讨”[①]。朱元璋对礼乐制度的建设是颇为上心的，在其看来，礼乐建设是维系政权的法理保障，而礼乐制度则是执行礼乐建设的政治基础，礼乐制度之复兴与其“驱除胡虏，恢复中华”的政治行动是相互羽翼的。礼乐之复兴及制度之建设，既是对传统儒学正统之复归，亦是重塑朱明王朝法理的重要手段。名正言顺，事遂功成，此亦是朱元璋礼乐文化建设思想的重要体现。礼、乐二局之设立，隐藏着朱元璋文化建设的真实意图，由此亦开启了明代礼乐制度建设之大端。

朱元璋立礼、乐二局实有两种目的：其一，建立以礼、乐二局为基础的礼乐官制体系，以实现皇权对礼乐制度建设的直接掌控，并最终支持朱明王朝的法理延续及树立文化权威；其二，以礼乐制度来御衡国人思想及全国文化，用礼乐官制及儒家文化来统一即将到来的全国性的复杂文化局面。礼、乐二局的设立，实是朱元璋利用儒家文化来统一帝国文化的第一步骤。强力提振儒学正统地位、以礼乐治国的施政方式，使其有别于元廷“释道为尊，儒术卑下”的文化政策。[②] 在朱元璋的文化建设构想中，明代礼乐制度建设是一个上自中央皇廷、下至地方藩国及府州郡县的宏大工

---

① 《明史》卷四七《吉礼一》，中华书局，1974，第 1223 页。

② 元代实行儒释道三教平等的文化管理政策，佛教、道教与儒教并无上下统摄之关系。元廷初设总制院，后改为宣政院，掌藏地政务并执摄全国佛教事务，例以帝师领职，必以僧人为之。元设集贤院掌国子监、玄门道教、阴阳祭祀诸事，其主事均由正一、全真道士领职。相较而言，元廷并不独尊儒学，儒家文化亦未被视为一种宗教而受到特殊优待。及至明代，朱元璋拔擢儒学，优崇儒教，并置释道二教于礼教掌控之下，实为新朝文化拨乱反正之重要举措。

程，其目的是通过“儒家—礼乐”制度的手段来实现中央王廷对帝国文化及思想的绝对掌控。

正因如此，中央皇廷的吉礼建设就需凸显出其中心地位。明代吉礼建设既是全国礼乐制度的执施基础，亦是自上而下的模范表率。洪武元年，朱元璋命李善长、朱升、陶安等人厘叙历代礼乐沿革，最后兼采汉、唐、宋之旧制而定庙堂礼乐制度，“今当遵古制，分祭天地于南北郊。冬至则祀昊天上帝于圜丘，以大明、夜明、星辰、太岁从祀。夏至则祀皇地祇于方丘，以五岳、五镇、四海、四渎从祀”①。新定吉礼制度几乎将元廷旧制全部革除，“若夫厘正祀典，凡天皇、太乙、六天、五帝之类，皆为革除，而诸神封号，悉改从本称，一洗矫诬陋习”②。对于庙堂祭祀之建设，朱元璋投入了相当的热情与精力，其曾就鬼神有无、如何拜祭诸事屡次问及大臣。③ 此外，朱元璋又亲撰或更替祭祀乐章，如《圜丘乐章》《方丘乐章》《合祭天地乐章》《合祭社稷乐章》《先圣三皇历代帝王乐章》《大祀文并歌九章》等，均出其手。

明初，朱元璋借制礼作乐之契机，树立凌驾一切之皇权。其一面以政治手段罢免宰相、树立绝对皇权；一面在文化领域抑制佛道，以儒家伦理治化天下、统一文化。朱元璋并非精通儒学及乐理之人，其对明初制礼作乐之参赞臧否，更多是一种皇权施威的手段，表明其对帝国文化建设所秉持的绝对威严。其召道士冷谦为协律郎，并以道童为乐生，即有与儒生集团相掣衡之意。相较而言，嘉靖朝之礼乐革新，更在于借礼乐更制来实现皇权对士权的重新掌控，以涉及皇室统绪之争的大礼议事件为始，此后数年又一改太祖所定之天地合祀为分祀、复朝日夕月于东西郊，以及复置享先蚕、祭圣师等祭礼。经过礼制改革，朱厚熜扶持了张璁等迎合皇权的礼臣势力，进一步巩固了自己的地位。以此观之，洪武、嘉靖二朝的礼乐兴制与改革，均是以礼乐建设之名而巩固皇权之手段。

中央礼乐建设是明代礼乐制度的核心组成部分，特指以中央宫廷为中心的礼乐制度体系，其所关涉者乃中央制度与皇室宫廷两部分。皇室既为

① 《明史》卷四八《礼二》，中华书局，1974，第1246页。

② 《明史》卷四七《礼一》，中华书局，1974，第1224页。

③ 据《明太祖集》统计，朱元璋论及祭祀诸事者，如《命功臣祀岳镇海渎敕》《命礼部谕有司谨祭祀》《谕神乐观敕》等；又有专论，如《释道论》《三教论》《鬼神有无论》《修教论》等，均可反映朱元璋对宗教、祭祀诸事的重视程度。

一国之尊，既行天子之意志，代表国家之威仪，又因皇族为国家万千家庭之表率，实为天下宗族家庭之伦理楷模。以礼乐功能及场合而论，明代中央庙堂礼乐可分为郊庙祭祀、节日朝贺与宫廷宴乐三类，其中又以郊庙祭祀之吉礼最为隆重。吉礼祭祀之演乐仪轨掌于太常寺，节日朝贺与宫廷宴乐则由教坊司以俗乐承应。整体而言，宫廷演乐程序烦琐，用乐亦雅俗兼至，祭祀与朝仪、娱神与娱人混而为一。以吉礼乐章观之，其祭祀天地、宗庙等歌诗屡次更替，实际上亦反映了吉礼雅乐与世俗音乐的乐制冲突与文辞纠缠。这种特殊的礼乐矛盾非但使明代儒臣纷争不止，后世亦聚讼纷纭。

吉礼祭祀带有君权天授、模范天下的象征意义。明代吉礼分为大、中、小三祀：大祀包括天地、宗庙、社稷诸祭，乃天子所亲祀；中祀乃太岁星辰、风云雷雨、岳镇海渎、帝王先师等；其余册封诸神为小祀。中、小之祀，明廷遣官以祭，又有非常之祀，如天子耕藉而享先农，视学而行释奠之类。由于中国传统的家国天下与中央集权等特质，明代吉礼又呈现出皇室家祀与社稷国祭相融合的状态。皇帝既是皇室之主祀，亦是国家之主祭。皇室的宗庙之祀与国家的天地社稷诸祭，为地方之封藩、府州郡县起了模范作用。朱元璋作圜丘、方丘、太祀诸乐章，朱厚熜亦作太庙、郊社、祈谷诸乐章。[①] 皇帝亲自主持祭典且自作乐章，实际上均反映了二人借礼乐建设以掌控文化及政治权力的努力。

在制定明代吉礼仪制时，朱元璋对道教科范尤为重视。其认为道家清静无为，更易接近神灵，故于郊祀坛西敕建神乐观以承职郊庙祭祀礼乐，“上以道家者流务为清净，祭祀皆用以执事，宜有以居之，乃命建神乐观于郊祀坛西”[②]。朱元璋尤为提举神乐观，使其独立于执掌天下道教诸事的道录司，“神乐观掌乐舞，以备大祀天地、神祇及宗庙、社稷之祭，隶太常寺，与道录司无统属”[③]。如此一来，神乐观就成为主掌祭祀乐舞诸事的

---

① 据《明史·艺文志》，世宗朱厚熜撰有《大礼集议》四卷、《纂要》二卷、《明伦大典》二十四卷、《大狩龙飞录》二卷、《御制忌祭或问》一卷等，此外，《祀仪成典》七十一卷亦是大学士张璁在嘉靖帝的授意下编写，此不仅反映了嘉靖对礼乐改革的强烈热情，亦实质上折射出其利用朝臣礼乐站队进而掌控权力的迫切心态。

② 《明太祖实录》卷一二二“洪武十二年”条，（台北）“中央研究院”历史语言研究所，1962，第 1975 页。

③ 《明史》卷七四《职官三》，中华书局，1974，第 1817 页。

礼乐执施单位。[①] 自太祖后，永乐、嘉靖诸帝均笃信道教，神道设教之思想亦反映于祭祀乐章之中。在官制辖属方面，神乐观隶属执祭祀职事的太常寺，与礼部仪制清吏司下属之道录司等轶，皆为正六品。两者一则掌宫廷祭祀乐舞诸事，二则辖天下道教职事，职责明晰，互不统属，反映了朱元璋神道设教与世俗执政相区别的政治理念。[②]

神乐观下辖乐舞生等执乐群体，“恭惟皇祖用事郊庙，供役之人曰乐舞生，置神乐观，取其洁也，庶乎可以奉神之役也”[③]。乐舞生以道童与军民俊秀子弟任之，“凡乐舞生，洪武初选用道童，后乐生用道童，舞生以军民俊秀子弟为之”[④]。明廷以道童执任吉礼乐舞，亦与明初统治者笃信道教有直接关系，朱元璋对正一道教驱除妖邪、祈神降福诸事尤为欣赏，朱棣更以真武大帝转世自称，且制《大明御制玄教乐章》以通神灵。自洪武初年，朱元璋以道士冷谦为协律郎，其后明朝曾有三位道士领礼部尚书职。就此，王世贞在其《弇山堂别集》中曾论：“礼部尚书蒋守约、李希安、崔志端，工部尚书陈道瀛、徐可成，礼部左侍郎丁永中、金赟仁、师宗记，以太常神乐观道士，然皆不由太常寺。”[⑤] 庙堂祭祀成为“太常寺—神乐观”与“礼部—祠祭司”的重要联系，亦造就了明代礼乐制度下的特殊官制体系，而以道士为礼乐执事官正指明了明代礼乐建设的特殊性所在。

此外，宫廷祭孔之释奠礼所用乐舞生则专以京师俊秀者充之，特不用

① 《明太祖实录》卷一四五“洪武十五年五月”条载：“礼部尚书刘仲质言：‘神乐观职掌乐舞，以备大祀天地、神祇及宗庙、社稷之祭，与道录司无相统属……’上（太祖）从之。”

② 对于太常寺与礼部之关系，学界尚存争议。《明史》载：“太常掌祭祀礼乐之事，总其官属，籍其政令，以听于礼部。”但实际上两者并未有上下统属之关系，《明宣宗实录》载：“上（宣宗）谕之曰：‘国家祭祀掌之礼部，而复置太常，尤重其事也。’”故太常寺卿言“本寺非部所属”之语。

③ 《明世宗实录》卷一八六“嘉靖十五年四月乙巳”条，（台北）“中央研究院”历史语言研究所，1962，第3944页。

④ 明代不设礼乐户而改设乐舞生，可能与明初改革元代祭礼有直接关系。朱元璋认为元代祭祀礼乐雅俗混杂，蛮夷色彩浓厚，所以有意从名称与身份上区别之。见（明）李东阳等撰，（明）申时行等重修《大明会典》卷二二六，广陵书社，2007，第2980页。

⑤ 景泰时，代宗以道士蒋守约为礼部尚书。成化时，宪宗以道士李希安为礼部尚书，并以“传升制”形式提拔李孜省、邓常恩为高官。弘治、正德时，孝宗以道士崔志端为礼部尚书。嘉靖朝，朱厚熜笃信道教，醉迷于方术，以道士邵元节为礼部尚书，又好青词、长生之术，等等。尤可观道教与皇室之密切关系。见（明）王世贞《弇山堂别集》卷十，中华书局，1985，第177页。

道童，“十二月，礼官奏定释奠孔子乐舞之数，……上曰：‘乐舞乃学者事。若释奠，所以追崇先师。宜择国子生及凡公卿子弟在学者，豫教肄之。’自是乐舞生始不用道流”①。朱元璋加强对孔子之祭奠，实际上是将儒学学统上升为全国性的文化道统。此种行为亦是朱元璋礼乐文化改革的重要施政手段之一。这种文化施政既彰显了统治者对儒学及儒生的重视，亦体现了统治者以政治手段钳制意识形态的动机。明初，大成殿建成，文臣皆有庆贺诗赋以献，如朱升《贺制大成乐赋》、陈琏《大晟乐赋》、陶安《大成乐赋》《大成殿赋》《孔庙赋》等，反映了礼臣对朝廷执施儒教治化的推崇之意。

明代吉礼祭祀的音乐体系分为祭祀仪乐与功能演乐两种形态。其中祭祀仪乐由传统雅乐成分构成，包括因祭祀仪乐而产生之乐章歌诗及仪祝祷词。功能演乐则以世俗音乐为主，主要为除祭祀雅乐之外的卤簿、庆典等用乐。王圻《续文献通考》载：“雅乐备八音、五声、十二律、九奏、万舞之节；俗乐有百戏承应、队舞承应、讴歌承应。祭祀用雅乐，太常领之；宴享朝会兼用俗乐，领于伶人。”② 祭祀仪乐尊崇古制，以肃穆恭敬为仪导，其仪乐使人产生疏离之感，而功能演乐则以近世乐舞为主，近人事而悦圣听，宴享、朝会诸礼乐用之。功能不同，乐制亦有差异，其乐章亦随之一变。以官制而论，祭祀仪乐属太常下属之神乐观，而功能演乐则隶于礼部执掌俗乐之教坊司，但神乐观轶正六品，而教坊司则正九品。

神乐观所用器乐以传统的琴、瑟、箫、笙、钟、磬为主，并有意与新兴时乐及乐器相区分，便于无形中彰显了其崇古复雅之基调。雅俗乐制的功能别置与乐器的新旧之别直接导致了乐人身份的等级差异。因乐制之雅俗而衡定乐人之贵贱，实为明代礼乐制度与音乐发展冲突的畸形产物。祭祀仪乐是明代郊庙祭祀的重要载体，亦是明代礼乐制度建构的中心基石，虽然其刻意以复古雅乐为宗，并特意与新兴俗乐相区别，但因涉及乐制存废、雅俗难辨等历史局限，明代吉礼祭祀仪乐与教坊司的程序演乐之间仍然存在雅俗掺杂、礼乐离分等问题。精于典章制度考证的清人对此有精辟之论：

---

① （清）龙文彬：《明会要》卷二一《乐上》，中华书局，1956，第341页。

② （明）王圻：《续文献通考》卷八八，现代出版社，1991，第1325页。

> 盖学士大夫之著述止能论其理，而施诸五音六律辄多未协，乐官能纪其铿锵鼓舞而不晓其义，是以卒世莫能明也。稽明代之制作，大抵集汉、唐、宋、元人之旧，而稍更易其名。凡声容之次第，器数之繁缛，在当日非不灿然俱举，第雅俗杂出，无从正之。①

对于明代礼乐的仪乐雅俗等问题，清人直陈其弊。即以祭祀先农之耕藉礼为例，颇可观其制度之乖谬。耕藉礼为皇帝登基后亲祀先农的重要祭祀活动，本应太常寺领乐舞生以雅乐承应，但此活动却交予教坊司以俗乐奏承。弘治帝即位初执耕藉礼："上耕藉田礼毕，宴群臣。时教坊司以杂剧承应，或出狎语，都御史马文升厉色曰：'新天子当知稼穑艰难，岂宜以此渎乱宸听！'即斥出之。"② 又如大朝贺、大宴飨诸礼乐，均为教坊司设中和韶乐于殿中撰词并演奏，《明史·乐志》载"殿中韶乐，其词出于教坊俳优"。明代礼臣对此多有上奏，但均被孝宗以遵循旧制为由而罢之，《明会要》载：

> （弘治）九年十月，给事中胡瑞言："御殿受朝，典礼至大，而殿中《中和韶乐》，乃属之教坊司。岳镇海渎，三年一祭，乃委之神乐观乐舞生。亵神明，伤大体。望敕廷臣议。岳渎等祭，当以搢绅从事。《中和韶乐》，择民间子弟肄习，设官掌之，年久则量授职事。"帝以奏乐、遣祭，皆国朝旧典，不能从也。③

弘治帝以国朝旧典拒之，亦有其实际考虑：乐舞技艺的传承本已属之教坊司而历代肄习之，若再以良民子弟充任，则叠床架屋，事繁劳巨，所费不赀，且宫廷演乐雅俗两分，乐职人员又以良贱为别，此种矛盾本已重重，若再叠加更不可调和，无乃雪上加霜。弘治以后，除因嘉靖帝借大礼议事件而稍改革之，后世皇帝多因循旧制，其原因正在于此，而此亦成为明代礼乐制度中的一个不可调和之矛盾。

以上事件实质上反映了明代礼制的一个重要问题，即因以雅俗乐制来

---

① 《明史》卷六一《乐一》，中华书局，1974，第1499~1500页。

② （明）徐学聚：《国朝典汇》卷一八，《四库全书存目丛书》史部第264册，齐鲁书社，1996，第570页。

③ （清）龙文彬：《明会要》卷二二《乐下》，中华书局，1956，第360~361页。

区别吉礼与其他诸礼执施的程序合规性，并且这种合规性因涉及祭仪过程中的儒道仪乐冲突而愈趋复杂。此外，明代礼乐建设中的祭祀仪乐与程序演乐之别，又造成了祭祀仪乐之乐舞生与俗乐承应之乐户等身份的制度性冲突，更加剧了明代礼乐官制体系的矛盾与复杂性。这种盘根错节的礼制问题成为贯穿明代礼乐建设的“痼疾”。在此“痼疾”之作用下，不仅明代祭祀仪乐及乐章屡次更嬗，其他诸礼之程序演乐及歌诗亦发生了持续演化。

二　庙堂祭祀中的祭仪与乐章

吉礼祭祀是明代礼乐制度的重要组成部分，亦是明廷进行全国文化建设的模范与中枢，承担着礼乐风化民众的模范作用。为了突出郊社、宗庙诸祭祀的礼乐文化主导性，明廷就必须加强对庙堂祭祀的乐制、程序及乐章的统一规划，于是就产生了祭祀仪乐及其连属的乐章系统。祭仪、祭乐与乐章构成了明代吉礼祭祀的基本主体。祭仪是祭祀大典过程中的具体执行仪轨，包括人员职司、斋戒视牲、祷祝仪式、彻帐廷宴等具体执施程序。吉礼祭乐是配合祭仪执施的祭祀乐舞之统称，包括庙堂雅乐与舞蹈，其执行者乃是乐生、舞生与其他仪仗程序中的乐工群体。乐章则是祭礼仪式中配合祭乐而吟唱的曲辞。此三者之制度，实反映了明代庙堂祭祀的基本品质。

儒家强调尊卑贵贱之等级，其祭祀仪轨重点突出了这种表现形式。音乐及乐制关涉乐器、曲律与歌舞诸元素。乐器与乐律成为影响其嬗革的重要凭据，又因君王与礼臣崇古喜好之不同，乐器及乐律等音乐元素的变化，直接导致了乐制体系的持续变化，遂产生曲高和寡之现象。儒家文化以崇祖复古为尚，乐器及曲律自然要追溯至上古时代。上古乐器以钟、磬、琴、瑟、搏拊、敔、埙、笙等为八音乐器，受众既小，演技要求却高，曲高和寡，与世俗时乐保持了天然的距离。中国固有的崇古心态，使其更容易巩固因等级威严而产生的心理距离。器乐之古朴、曲乐之传统，正契合了儒家复古之思想。相对而言，表现普天同庆与民同乐的俗乐系统，则承担了除郊庙祭祀等吉礼之外的绝大部分场合用乐。雅俗乐制之变化，直接形成了仪乐乐章的独特风格，这使其与俗乐歌诗保持了显著差异。

受政治、文化、宗教与艺术等因素影响，更兼以明廷统治者的政治图谋及喜怒好尚，明代的庙堂祭祀一直处于持续变革中。吴元年，朱元璋在南京正阳门外、钟山之阳建圜丘，在太平门外、钟山之北设方丘。洪武元年正月，太祖于圜丘祭祀天神，次年于方丘祭地祇。是年，并制定宗庙乐章以祭祀皇室祖宗。洪武八年，朱元璋更定天地祭仪，并亲撰圜丘、方丘乐章。洪武十二年，朱元璋一改分祀天地祭礼，建太祀殿以合祭天地，天地乐章则又一变。此外，朝日、夕月祭坛建于洪武三年，及至洪武二十一年罢之。约略同时，明廷陆续建设太社稷坛、先农坛、山川坛与太岁坛，以祭祀社稷、山川诸神。此后，吉礼祭祀趋于稳定，直至嘉靖朝，礼乐乃又更制。嘉靖帝以制礼作乐为任，进行礼乐改革复兴，其变革之大者，如分祀天地，复朝日夕月于东西郊，设祈谷、大雩、享先蚕、祭圣师等，成为明中叶礼乐更制的重要环节。明代庙堂礼制的嬗替直接影响了乐制的更新，其直接导致祭祀乐章的系统变化。

明代祭祀仪乐强调祭祀过程中的仪式感观，主祭者通过对祭祀场景的崇高营造来强调中央朝廷及皇室地位的整肃及威仪。庙堂祭祀场景的崇高性来源于几个重要因素：其一，通过对主祭者身份与受祭者地位的规定，保持祭祀仪式的尊贵与等级；其二，通过对祭祀礼乐程序的设置，保持乐仪、乐曲及乐章的威严，以拉开与普通祭祀的文化距离；其三，规定乐生、舞生与歌工等仪乐参与者的身份及品性要求，以保持其与教坊司乐人的身份差异。圜丘之祭颇能代表明代祭祀仪乐的实际执行状态，通过对其执行程序与乐曲、乐章的文化分析，更能深刻地理解礼乐文化与乐籍制度合力影响乐章文学嬗革的进程。

明代吉礼祭祀仪轨设迎神、奠帛、奉牲、初献、亚献、终献、彻豆、送神、望燎九个程序。祭舞分文武两种，初献以《武功之舞》，终献以《文德之舞》。诸祭祀有固定的雅乐曲目，乐章亦因祭主不同而各有参差。据统计，庙堂祭祀常用雅乐曲目有中和、肃和、凝和、寿和、豫和、熙和、安和、时和、广和、永和、雍和、太和、保和诸曲。释奠孔子初用大成登歌，洪武六年更定乐章，复定咸和、宁和、安和、景和诸曲，与其他祭祀较为不同。

参考《明史》《太常续考》《礼部志稿》等资料，明代吉礼用乐情况见表 1。

表 1　明代吉礼用乐一览①

<table>
<tr><th rowspan="2">吉礼祭祀</th><th colspan="9">礼仪程序</th></tr>
<tr><th>迎神</th><th>奠帛</th><th>奉牲</th><th>初献</th><th>亚献</th><th>终献</th><th>彻豆</th><th>送神</th><th>望燎</th></tr>
<tr><td>圜丘</td><td>中和</td><td>肃和</td><td>凝和</td><td>寿和</td><td>豫和</td><td>熙和</td><td>雍和</td><td>安和</td><td>时和</td></tr>
<tr><td>方丘</td><td colspan="9">乐舞之制同圜丘，乐章各异</td></tr>
<tr><td>社稷①</td><td>广和</td><td colspan="8">乐舞之制同圜丘，乐章各异</td></tr>
<tr><td>天地合祭②</td><td>中和</td><td>肃和</td><td colspan="7">乐舞之制同圜丘，乐章各异</td></tr>
<tr><td>圜丘（嘉靖九年）</td><td colspan="9">乐舞之制同洪武元年圜丘，乐章各异</td></tr>
<tr><td>方丘（嘉靖九年）</td><td>中和</td><td>广和</td><td>咸和</td><td>寿和</td><td>安和</td><td>时和</td><td>贞和</td><td colspan="2">宁和</td></tr>
<tr><td>太庙③</td><td>太和</td><td>熙和（奉册宝）</td><td>凝和（进俎）</td><td>寿和</td><td>豫和</td><td>熙和</td><td>雍和</td><td>安和</td><td>无</td></tr>
<tr><td>先农</td><td>永和</td><td>永和</td><td>雍和</td><td>寿和</td><td>无</td><td>寿和</td><td>永和</td><td>太和</td><td></td></tr>
<tr><td>朝日④</td><td>熙和</td><td>保和</td><td>无</td><td>安和</td><td>中和</td><td>肃和</td><td>凝和</td><td>寿和</td><td>豫和</td></tr>
<tr><td>夕月</td><td>凝和</td><td colspan="8">乐舞之制同朝日，乐章各异</td></tr>
<tr><td>太岁、风雷、岳渎</td><td>中和</td><td>安和</td><td>无</td><td>保和</td><td>肃和</td><td>凝和</td><td>寿和</td><td>豫和</td><td>熙和</td></tr>
<tr><td>周天星辰⑤</td><td>凝和</td><td>保和</td><td>无</td><td>保和</td><td>中和</td><td>肃和</td><td>豫和</td><td>雍和</td><td>无</td></tr>
<tr><td>释奠孔子⑥</td><td>咸和</td><td>宁和</td><td>无</td><td>安和</td><td colspan="2">景和</td><td colspan="2">咸和</td><td>无</td></tr>
<tr><td>历代帝王</td><td>雍和</td><td>保和</td><td>无</td><td>保和</td><td>中和</td><td>肃和</td><td>凝和</td><td>寿和</td><td>豫和</td></tr>
</table>

注：①洪武元年，太社稷祭祀设异坛同壝规制。洪武十一年，又改为社稷合祭，乐章亦并改。嘉靖十年，改立帝社稷祭祀规制，祭乐及乐章并改。

②洪武元年，设圜丘以祭天，次年于方丘祭地。洪武十二年，朱元璋建太祀殿合祭天地。

③“奉册宝”与“进俎”仅于洪武元年朱元璋初次祭祀太庙，其后四时祭祀不用。嘉靖时，易“终献《熙和》”为“终献《宁和》”、“彻豆《雍和》”为“彻馔《豫和》”。

④洪武三年定朝日、夕月祭祀，洪武二十一年罢。嘉靖九年，复定朝日夕月祭祀，祭乐及乐章并改。

⑤洪武三年附于夕月，洪武四年独立祭祀。嘉靖八年，并祀太岁月将，撰乐章。

⑥洪武元年释奠孔子以大成登歌旧乐，洪武六年，詹同、乐韶凤诸礼臣更制乐章。

即以洪武年间所定之郊社祭祀为例，其分别于洪武元年、八年、十二年屡次更定，其祭祀乐章亦数次更嬗。通过分析洪武年间祭祀乐章的嬗变过程，实可觇睹朱元璋制礼作乐的心态变化与明初祭祀乐章的文体倾向。以圜丘祭祀天帝的用乐为例，其乐章颇可反映明初庙堂祭祀乐章的嬗变过程（见表 2）。

---

① 参考《明史》卷六一《乐一》、卷六二《乐二》，中华书局，1974，第 1499~1555 页。

表 2　洪武朝圜丘祭祀乐章更嬗①

仪式	乐曲	乐章		
		洪武元年	洪武八年	洪武十二年
迎神	中和之曲	昊天苍兮穹窿，广覆焘兮庞洪。建圜丘兮国之阳，合众神兮来临之同。念蝼蚁兮微衷，莫自期兮感通。思神来兮金玉其容，驭龙鸾兮乘云驾风。顾南郊兮昭格，望至尊兮崇崇。	仰惟兮昊穹，臣率百职兮迓迎。幸来临兮坛中，上下护卫兮景从。旌幢缭绕兮四维，重悦圣心兮民获年丰。	荷蒙天地兮君主华夷，钦承踊跃兮备筵而祭，诚惶无已兮寸衷微，仰瞻俯首兮惟愿来期。想龙翔凤舞兮庆云飞，必昭昭穆穆兮降坛壝。
奠玉帛	肃和之曲	圣灵皇皇，敬瞻威光。玉帛以登，承筐是将。穆穆崇严，神妙难量。谨兹礼祭，功征是皇。	民依时兮用工，感帝德兮大化成功。臣将兮以奠，望纳兮微衷。	天垂风露兮雨泽沾，黄壤氤氲兮气化全。民勤畎亩兮束帛鲜，臣当设宴兮奉来前。
进俎	凝和之曲	祀仪祗陈，物不于大。敢用纯犊，告于覆载。惟兹菲荐，恐未周完。神其容之，以享以观。	庖人兮列鼎，肴羞兮以成。方俎兮再献，愿享兮以歆。	同洪武八年之制。
初献	寿和之曲	眇眇微躬，何敢请于九重，以烦帝聪。帝心矜怜，有感而通。既俯临于几筵，神缤纷而景从。臣虽愚蒙，鼓舞欢容，乃子孙之亲祖宗。酌清酒兮在钟，仰至德兮玄功。	圣灵兮皇皇，穆严兮金床。臣令乐舞兮景张，酒行初献兮捧觞。	同洪武八年之制。
亚献	豫和之曲	荷天之宠，眷驻紫坛。中情弥喜，臣庶均欢。趋跄奉承，我心则宽。再献御前，式燕且安。	载斟兮再将，百辟陪祀兮具张。感圣情兮无已，拜手稽首兮愿享。	同洪武八年之制。
终献	熙和之曲	小子于兹，惟父天之恩，惟恃天之慈，内外殷勤。何以将之？奠有芳齐，设有明粢。喜极而抃，奉神燕娭。礼虽止于三献，情悠长兮远而。	三献兮乐舞扬，殽羞具纳兮气蔼而芳。光朗朗兮上方，况日吉兮时良。	同洪武八年之制。

① 《明史》卷六一《乐一》，中华书局，1974，第 1519~1524 页。

续表

仪式	乐曲	乐章		
		洪武元年	洪武八年	洪武十二年
彻馔	雍和之曲	烹饪既陈，荐献斯就。神之在位，既歆既右。群臣骏奔，彻兹俎豆。物倘未充，尚幸神宥。	粗陈菲荐兮神喜将，感圣心兮何以忘。民福留兮佳气昂，臣拜手兮谢恩光。	同洪武八年之制。
送神	安和之曲	神之去兮难延，想遐袂兮翩翩。万灵从兮后先，卫神驾兮回旋。稽首兮瞻天，云之衢兮眇然。	旌幢烨烨兮云衢长，龙车凤辇兮驾飞扬。遥瞻冉冉兮去上方，可见烝民兮永康。	同洪武八年之制。
望燎	时和之曲	焚燎于坛，灿烂晶荧。币帛牲黍，冀彻帝京。奉神于阳，昭祀有成。肃然望之，玉宇光明。	进罗列兮诣燎方，炬焰发兮煌煌。神变化兮物全于上，感至恩兮无量。	同洪武八年之制。

圜丘乃祭祀天帝之仪礼，与祭祀地祇之方丘同为皇帝参与的祭祀大礼。明廷制礼作乐时，设有九奏、八奏、七奏、六奏之说，其中以九奏最为隆重。《明史·职官三》之“太常寺”载：“乐四等：曰九奏，用祀天地，曰八奏，神祇、太岁，曰七奏，大明、太社、太稷、帝王，曰六奏，夜明、帝社、帝稷、宗庙、先师。”①

以洪武元年圜丘祭祀乐章为例，其迎神、送神、望燎等环节均祖溯于屈原《九歌》，而又杂采之唐、宋、元之旧制，因此呈现出一种驳杂体式。就乐章形式而言，圜丘乐章表现出三种形态，一为楚辞体，如其“迎神”“初献”“送神”诸乐章；二为四言偶数歌诗，如其“奠玉帛”“进俎”“亚献”“彻馔”诸乐章；三则为杂言歌诗，以“迎神”“送神”乐章为例，其体式采用骚赋形制，句式为“××兮××”“×××兮××”“×××兮×××”“×××兮××××”。此乐章体式虽以“兮”为语助词间隔，但对比《九歌》之整齐句式，又显得较为驳杂，甚至有“合众神兮来临之同”的极少见句式。与之相较，其“奠玉帛”“进俎”“亚献”“彻馔”诸曲，则表现为整齐划一的四言句式。

既而论之，圜丘、方丘诸祭祀乐章均采用驳杂句式形态，与明初雅俗

① 《明史》卷七四《职官三》，中华书局，1974，第1796页。

混杂的音乐体制有直接关系。曲辞乐章需配以乐曲来唱，而明廷所制雅乐虽以古乐为主，但仍间杂宋元旧制，亦有不少以元曲为载体者，所以清人言其“凡声容之次第，器数之繁缛，在当日非不灿然俱举，第雅俗杂出，无从正之”，实以有因。以体制观之，明代庙堂乐章体式繁杂，有古四言体，兼骚赋体，亦有大曲，乃是杂诗经与汉乐府及骚体融合而成。此体制之形成，既与朱升、陶安等编撰者的文学气质有密切关系，亦是明初雅俗兼用之乐制的直接结果。

至洪武八年，圜丘、方丘祭祀乐章又发生了一些变化，这与朱元璋追尊古制、追求朴质之风有关，其尝谕礼臣：“礼以导敬，乐以宣和。……元时，古乐俱废。惟淫词艳曲，更唱迭和，又杂以北方之音。甚者以神祇祀典，饰为队舞谐戏，殊非所以道中和、崇治体也。自今一切流俗喧哓淫亵之乐，悉屏去之。”[①] 在此思想下，朱元璋认为朱升等人所制乐章多华丽不堪之词，与崇尚质朴素实的传统祭典不相匹配，故谋求更制，“八年四月，上亲制二丘乐章成。初，二丘乐章皆学士朱升等所撰。上谓其文过藻丽，故更制之”[②]。朱元璋的想法直接影响了祭礼乐章的曲辞形式。首先，其歌辞体式仍然是骚体与整齐四言相间杂，但句式相较洪武元年更规范，如“××兮××”“×××兮××”，但亦出现了“臣率百职兮迓迎”等极少见之句式。改动较大的在于“迎神”“奠玉帛”“进俎”等曲乐。其中，“奠玉帛”与“进俎”两章，把原来整齐的四言歌诗分别易为六言与五言骚体，其格式发生实质性变化。因祭祀乐曲与乐章的统一性，与之相和的乐曲亦发生巨大变化。

此外，祭祀天地乐章的内容亦发生较大变化，以“迎神”初奏为例，洪武元年乐章仿以屈原《九歌》，以祭祀客体——圜丘众神为主，重点描绘了诸神降临祭坛的场面，但洪武八年则描写了祭祀主体——君臣恭祭队伍的整肃。两者相较，前者强调受祭者降临的客体想象，而后者则更倾于对祭者的主体描述。这种变化亦体现于“奠玉帛”与“进俎”二奏、三奏之中。此三者之嬗变，实是洪武八年更定祭祀乐舞的直接反映。洪武八年所定祭祀乐章，乃由朱元璋亲自厘定，自然带有其强烈的个性色彩。相对而言，洪武元年所定之乐章更倾向塑造神灵受飨之想象，带有丰富的浪漫

① （清）龙文彬：《明会要》卷二一《乐上》，中华书局，1956，第340~341页。
② （清）龙文彬：《明会要》卷二一《乐上》，中华书局，1956，第341页。

主义色彩，而洪武八年之乐章则更近于祭者的现实祭祀描述，强调祭者的肃穆整饬之意志。描写对象的主次翻转，反映了朱元璋重人事、轻鬼神的思想，却直接导致了其艺术性的下降。洪武十二年，因省净便利之故，朱元璋又将天地祭祀合并执行，“十二年正月始合祀于大祀殿，太祖亲作《大祀文》并歌九章”①，此乐章又其一变也。

及至嘉靖九年，天地合祀又改为分祀，其乐章则亦随其变。朱厚熜对礼乐革新的热衷，实有借礼乐手段对抗阁臣以巩固皇权之意。绵延十数年的礼乐改革，既是大礼议事件的衍生，亦是对其事后之粉饰，政治、礼乐与文学之关系亦由此可见。② 嘉靖朝的庙堂礼乐改革，涉及更制仪轨、新制祭典、更替乐章等方面，其直接影响了祭祀乐章的曲辞形式，以圜丘“迎神”“奠玉帛”乐章为例，

迎神（中和之曲）

仰惟玄造兮于皇昊穹，时当肇阳兮大礼钦崇。
臣惟蒲柳兮蝼蚁之衷，伏承眷命兮职统群工。
深怀愚昧兮恐负洪德，爰遵彝典兮勉竭微衷。
遥瞻天阙兮宝辇临坛，臣当稽首兮祗迓恩隆。
百辟陪列兮舞拜于前，万神翊卫兮以西以东。
臣俯伏迎兮敬瞻帝御，愿垂歆鉴兮拜德曷穷。

奠玉帛（肃和之曲）

龙舆既降兮奉礼先，爰有束帛兮暨瑶瑄。
臣谨上献兮进帝前，仰祈听纳兮荷苍乾。③

由上观之，嘉靖九年所更定的圜丘祭祀形制，乐章体式已相当整齐划一。分祀天地后，祭祀仪曲发生了一些变化，整体而言，嘉靖朝的祭祀仪乐其旋律已趋于固化与整严。在内容上，嘉靖朝祭祀乐章的内容亦较洪武时期发生

① 《明史》卷四八《礼二》，中华书局，1974，第 1247 页。

② 嘉靖朝礼乐改革尤为激烈，其直接因嘉靖皇帝大礼议而起。对朱厚熜而言，大礼议活动既是为生父地位正名，更是利用礼乐改革整顿朝纲、统御文臣的手段。经过与阁臣的反复博弈，朱厚熜排斥了以杨廷和与杨慎父子为代表的抗谏廷臣，而大力提拔附庸自己的张璁等人，从而树立了自己的绝对权威。

③ 《明史》卷六二《乐二》，中华书局，1974，第 1524 页。

了较大变化。嘉靖朝乐章把主祭者与受祭者都进行了话语图绘，使二者相融于圜丘“九奏”的歌辞里。这一点与洪武元年的受祭神灵想象与洪武八年的主祭者有着明显区别。从文学艺术角度来讲，嘉靖朝的祭祀歌辞沾染了太多的文人修饰成分，这使其艺术成就较之洪武元年歌章大为逊色。

三　庙堂祭祀与典礼赋之创作

典礼赋是散体大赋的一个重要体裁，其以吉礼祭祀为主题，呈现出帝国礼乐文化与散体大赋的双重品质。明人典礼赋既是明代礼乐制度的重要体现，亦是中国典礼赋发展的重要一环。据《历代辞赋总汇》统计，明代典礼赋有30余篇，主题关涉郊禋、圜丘、耕藉、农蚕、山陵、经筵、饮酎等。明代典礼赋多为承应宫廷祭祀或奉诏应制而作，以润色鸿业、歌颂太平为目的。

明代前中期是典礼赋兴盛的重要时期，其中又以明初洪武、永乐、嘉靖朝最为集中。明初，翰林馆阁以古赋选拔人才，如《大明一统赋》《北京赋》等，皆为一时命题。建文元年，建文帝曾下诏群臣作《大明一统赋》，当时诸臣多有赋作。永乐年间，廷试《大明一统赋》，周启等人皆有承作。随着明代礼乐制度建设的推进以及皇室的积极参与，典礼赋创作日趋兴盛，如《大祀圜丘赋》《郊禋赋》《圣驾躬耕藉田赋》等，均为典礼赋之代表。明隆庆、万历以后，皇帝懒政，祭祀诸事多由大臣代为主持，礼乐辞赋创作亦就此衰弱。

明代吉礼赋的创作情况，可借表3觇之。

表3　明代吉礼赋一览

宫廷礼乐主题	作家及作品
大成礼乐	朱升《贺制大成乐赋》、陈琏《大晟乐赋》、辛全《释奠先师赋》、陶安《大成乐赋》《大成殿赋》《孔庙赋》
郊禋礼	陈沂《大礼庆成赋》、徐显卿《大阅赋》、刘应秋《郊禋赋》、邵庶《郊禋赋》、叶向高《郊禋赋》、邹德溥《郊禋赋》、杨元梓《郊禋赋》
圜丘	陈敬宗《圜丘》、工立道《大祀圜丘赋》、廖道南《大祀圜丘赋》、王梅《拟圣驾恭祀圜丘赋》、雷礼《躬祀圜丘赋》

续表

宫廷礼乐主题	作家及作品
太庙	陈敬宗《太庙赋》
耕藉礼	顾鼎臣《躬耕帝藉赋》、陆可敬《圣驾躬耕帝藉赋》、马象乾《拟圣驾躬耕藉田赋》、曾朝节《帝藉赋》、庄履丰《圣驾躬耕帝籍赋》
临雍释奠	许国《圣驾临雍赋》、陈经邦《圣驾临雍赋》、戴洵《圣驾临雍赋》
农蚕	廖道南《帝苑农蚕赋》
其他	贝琼《大韶赋》、赵东曦《饮酎用礼乐赋》

资料来源：马积高主编《历代辞赋总汇》，湖南文艺出版社，2014。

典礼赋源于荀卿的《赋篇》，有《礼》《智》《云》《蚕》《箴》五题。其《礼》篇以问答之体，道出礼的品质及价值。自汉散体大赋兴盛以来，典礼就成为赋体文学的一个重要主题。汉代散体大赋其主要文体源头，可追溯至以楚国祭祀仪乐“九歌”为代表的楚辞体。“九歌”本是楚国国家祭祀的礼乐赞歌，而《离骚》则是巫祭屈原的精神告白。及至两汉，儒学独尊，朝政以礼乐治国，典礼赋亦因此承继而骤兴。礼乐大赋既能弘扬帝国之文学体制，又兼礼乐文化之制度精神，劝讽合一，开后世礼乐大赋之标格。[①] 其后，历代文臣笔墨涂染众多，至南北朝时典礼赋已蔚然大宗。南北朝时期，傅玄《朝会赋》、潘岳《藉田赋》、郭璞《南郊赋》等皆为代表。唐宋时期，治礼隆化，典礼赋创作亦达其顶峰。[②] 降及元代，礼乐式微，典礼赋亦衰而不达。

明初，朱元璋以绍唐继宋、制礼作乐为任，礼乐文化隆盛，典礼赋亦日益兴盛。朱元璋尤重吉礼祭祀，典礼赋以郊禋、圜丘、耕藉、祭孔等为主题。典礼赋通过繁饰与华丽的辞藻再现庙堂祭祀的完整过程。明代典礼赋绝少采用主客问答式的传统叙事模式，其多以时间为主线，对祭祀前期之准备、祭祀仪式的过程与祭毕君臣宴飨等事进行现场描述。明代典礼赋的创作者多有礼部供职的经历，对礼乐祭祀的典章制度尤为熟悉，故能对

① 礼乐大赋兴盛于汉代，实有两方面的原因，一则汉廷以礼乐治国，礼乐成为汉代主流之文化，文学创作多就此为题；二是散体大赋为汉代最盛之文体，既能弘扬帝国的意志，又能展现个体之才能。两美相并，实是汉代典礼赋体创作兴盛之必然。

② 笔者据《历代辞赋总汇》统计，唐代典礼赋存50余篇，两宋典礼赋亦有40余篇，可观唐宋时期典礼赋创作之状况。

祭祀环节进行清晰地展示，部分篇章甚至可以补史籍之不足。吴元年(1367)，朱元璋建大成殿以祭祀孔子。同年，大成殿落成，诏文臣作赋以纪之，朱升《贺制大成乐赋》、陶安《大成乐赋》《大成殿赋》等为其代表。祭祀孔子以释奠礼为祭仪，所用礼乐以国子监生员及在学公卿子弟充之。明代礼书对祭祀乐舞多有记述，但其文字质木无文，缺乏生动翔实的细节描绘，明代典礼赋繁细的仪式描摹正好填补这个空白。

以朱升所撰《贺制大成乐赋》为例，其中即有对乐舞生致祭仪乐的详细描写：

> 戟门既启，礼官以聚。列宫悬之虡，植崇牙之羽。瞻冕旒之在上，肃冠裳之配主。于是法人声，扬乐语。亶轻清之不滓，粤悠扬之如缕。想夫主之以黄钟，越之以南吕。琴瑟作于堂，笙镛间于下。振舞仪于肃翼，出洪声于钟虡。鼗鼓播击而相谐，埙篪倡和而得所。彼之独奏，一音自为始终；此之大成，众乐揔其端绪。无亦金之宣而玉之收，奚啻合以柷而止以敔。所以闻其乐而知其德，盖有贤于尧舜而不愧于韶舞者也。[①]

此处首叙皇帝及大臣参与祭祀的仪态。冕旒为帝王之礼服，冠裳则为大臣的礼服，此处代指参加祭祀威严在位的君臣。“法人声，扬乐语”是指释奠礼过程中的祭语与乐舞。其乐舞则以黄钟大吕等八音为和，所谓八音即金、石、丝、竹、土、木、革、匏八物。古人认为此八物为上古圣人所制，其音可达于天地，故历代大雅音乐均以此为乐器。《宋史·乐志》之“论八音”载：“匏、土、革、木、金、石、丝、竹，是八物者，生天地间，其体性不同而至相戾之物也。圣人制为八器，命之商则商，命之宫则宫，无一物不同者。能使天地之间至相戾之物无不同，此乐所以为和而八音所以为乐也。”[②] 大成乐演奏所用之钟虡、琴瑟、埙篪等乐器均以八音为制而造置。这种八音与乐器相配之理论，可以从陶安《大成乐赋》中参之：

---

① 马积高主编《历代辞赋总汇》第6册，湖南文艺出版社，2014，第4739页。

② 《宋史》卷一二八《乐三》，中华书局，1977，第2991页。

> 爰有琴瑟布丝，箫篪按竹，笙以匏列，埙惟土属，鼗鼓奏革，柷敔谐木。序有堂上堂下之分，歌有凝安同安之曲。搏拊戛击，审轻重而中伦。要眇舒迟，益悠扬而不促。迭唱和以永言，盛物采以充目。谱雅颂之遗芳，洗淫哇之鄙俗。[1]

琴瑟布丝、箫篪按竹、笙以匏列、埙惟土属、鼗鼓奏革、柷敔谐木、钟虡为金，再加上编磬等乐器，正好集齐八音乐器。此外，朱升在《贺制大成乐赋》中记载了明初大成乐演奏的两个重要特点。其一，即采用“金之宣而玉之收”与“合以柷而止以敔”的演奏方式；其二，采用“一音自为始终”的演奏方式。由此而知，大成乐演奏当时各种乐器齐奏，一音自始至终，并且以金声始而以玉声为终，其中合奏以柷始而以敔止。因此而行，便可以达到“谱雅颂之遗芳，而洗淫哇之鄙俗”的雅乐至境了。

圜丘与方丘乃祭祀天地之礼乐，是明代典礼赋的重要主题。明初圜丘与方丘分开祭祀，至洪武十二年乃合天地祭祀于一。正德年间，进士陈沂《大礼庆成赋》叙述了合祭圜丘与方丘的整个过程。其赋首先详细叙述了郊卜城隍、皇帝视牲与预制金人等前期准备工作，进而描写皇帝仪驾出斋宫的仪仗队伍，然后重点刻画了君臣致祭飨神的主祭过程，最后描写礼毕撤祭及宴飨群臣。其赋描写郊祭礼乐的步骤及程序纤细毕现、无不该备。正德年间的郊祭礼乐包括两部分，其中祭祀仪乐由太常寺乐舞生承应，而祭毕之群臣飨宴则由教坊司承应，赋中对此均有细致之描述：

> 乐则鼗鼓柷敔，箫管琴瑟，埙竦笙磬，业虡夙设，登歌搏击，九和奏格。干戚籥翟，佾各以八。万舞两阶，播应鸣戛。礼则燔柴登献，饮受歌彻。送望燎瘗，式礼孔竭。于时帝祇，同将享之。休高文锡伊蝦之德，照临普于赫之明，鼓润殚资生之力。海岳效高深之灵，百神奉祇若之职。公卿庶尹则侍从允谐，旃裘椎髻则罗拜攸怿。[2]

陈沂重点描写了执干戚籥翟的八佾之舞，并且“万舞两阶，播应鸣戛”，强调乐舞的合一。待送望燎瘗等祭祀结束后，皇帝于次日在庆成殿举行群

① 马积高主编《历代辞赋总汇》第6册，湖南文艺出版社，2014，第4757页。
② 马积高主编《历代辞赋总汇》第7册，湖南文艺出版社，2014，第6008页。

臣飨宴活动，其乐舞则由教坊司承应，“奏教坊之部曲，陈庆享之鸿篇。交神人于有终，臻美懿于无前”[①]。此亦是明代宫廷演乐雅俗乐制混用之实证。

嘉靖朝，明世宗以大礼议为契机，进行庙堂祭祀制度改革等活动，“暨乎世宗，以制礼作乐自任。其更定之大者，如分祀天地，复朝日夕月于东西郊，罢二祖并配以及祈谷大雩，享先蚕，祭圣师，易至圣先师号，皆能折衷于古”[②]。廖道南的《大祀圜丘赋》则为我们提供了嘉靖庚寅年（1530）的圜丘祭祀的重要细节。嘉靖朝的圜丘祭祀涉及太祝、典祀、郁人、幕人、司烜、司尊等众多分工。其君臣祭仪各有规矩，在祭祀执行过程中，则有编磬、编钟、柷敔等八音乐器演奏。其演乐需以黄钟、林钟调，而以宫角羽商等清乐为音律。只有这样，才能形成“天乐”、“清籁”与“元声”的和谐共鸣。

耕藉礼是明代皇帝亲自参与的重要祭祀活动，亦是明代典礼赋的一个重要主题。中国自古是一个农业文明大国，对农业的重视使其上升为礼乐制度中的重要一环——耕藉礼。耕藉礼，亦称耕籍礼，是历代朝廷祭祀先农、祈祷五谷丰收的重要礼乐活动。其仪式通过天子亲耕藉田为天下农耕者作出表率，以鼓励农民勤奋劳作、耕种田地。明洪武二年，朱元璋于南京设先农坛以行耕藉礼，并规定每年仲春二月中某一吉日由皇帝亲祀先农。由于元代不重农事，使先农祭祀多流于形式，且时举时废，所以及至明初制定耕藉礼时并无可因循之程序，因此，朱元璋所定之耕藉礼实是绍续唐宋之举。洪武二年所定之耕藉礼，实包括祭祀先农与天子亲耕两个仪式，祭祀先农后，皇帝需亲耕藉田以完成整个仪式。其中耕藉田过程，皇帝需象征性使用耒耜与耕牛劳作。礼毕后，则交由庶人终其田亩。

顾鼎臣的《躬耕帝藉赋》是明代耕藉赋的代表篇章。其赋翔实地记叙了嘉靖八年君臣参与耕藉礼的各项工作，详细叙述了皇帝参与耕藉礼的斋戒、行驾与耕种仪轨等内容。其文首先叙皇帝在祭祀前需进行斋戒活动，坐于正宫，整顿衣冠，系以红色的冠冕系带，并头戴青帻以备祭仪。其后，天子御车前往东郊祭坛，其后车载有耕种的农具与种子。在疾驰至祭场的过程中至则有风雨雷土等神辅应，“丰隆”“蒙公”“震兑”“坎离”

① 马积高主编《历代辞赋总汇》第7册，湖南文艺出版社，2014，第6009页。

② 《明史》卷四七《礼一》，中华书局，1974，第1224页。

等皆风雨雷土等神的化身。至圜丘祭祀时，则有教坊司乐舞承应诸事，如“丝管啁啾以嘲哳，钟鼓訇磕以砰磞。似春雷之启蛰，震百里而皆惊”。及至万历朝，曾朝节《帝藉赋》亦载教坊司的承应情况：“太师奏乐以嘈嚖兮，击金石而沸丝竹。钟鼓铿鍧而砰磕兮，韶武间而泰古续。夫既乐备而礼周兮，群臣洽而雍穆。”①

耕藉礼的详细过程，在明人沈榜的《宛署杂记》中亦有详细记载，两相对照，互有发明。沈榜为隆庆元年（1567）举人，万历十八年（1590）任宛平县知县，此书所记当是万历年间耕藉仪式。观其仪式，涉及皇帝、随驾官员、教坊司执乐人员及良民。在演礼期间，教坊司优人的主要职责即扮演风云、雷雨、土地等神，此正对照“丰隆”“蒙公”“震兑”“坎离”等护卫皇帝仪仗的神祇。而前文所述“士女咸集，耄倪沓至。盼翠华之来临，欢声腾而动地”等活动，其实亦由教坊司小伶人扮演村庄男子与妇女，并播鼗鼓唱太平歌承应之。待耕种活动结束后，有百余名小优穿田间百姓服饰奉谷以进，预示丰收之状。从某种程度上讲，教坊司在耕藉礼中的演乐表演已经比较接近戏剧的代言本质了。

结　语

明代礼乐制度之建设，实是明代以儒治国方略的重要一环，其与科举制度、文官制度共同构成了明代政治及文化管理体系。吉礼祭祀是明代礼乐制度的基础建构，其既关涉明代礼乐文化建设之主脉，体现了皇权神授之意志，又为天下宗教祭祀之表率以取缔天下淫祀。除此之外，吉礼祭祀建设又是皇权与阁臣权力斗争之工具。从明初朱元璋的礼乐初制，到明中叶嘉靖帝的礼乐更制，所呈现的不仅是明廷礼乐建设的内在矛盾与冲突，更浸染了朝廷权力之争的血腥与残酷。在此背景下，吉礼祭祀成为明代宫廷政治及文化势力的角力场，并由此带来吉礼祭仪、仪乐与乐章文学的持续性嬗变。

明初，朱元璋弃置礼臣所制乐章并亲撰之，既暴露了其对明帝国文化的超强掌控欲，又显示了皇权对文臣的绝对权威。嘉靖时，朱厚熜持续数十年的礼乐更制，亦是皇室与文臣权力博弈持续的体现。洪武与嘉靖诸皇

① 马积高主编《历代辞赋总汇》第8册，湖南文艺出版社，2014，第7089页。

帝亲撰或授意创制之新变乐章，既反映了皇权对吉礼祭祀的阐释与建构，亦折射出政治、文化与个人喜好对祭祀文学创作的深度影响。此外，因吉礼祭祀而衍生之典礼赋亦成为明帝国礼乐文化的重要展示，其不仅弘扬了帝国文治煊赫之实绩，亦以文学形式真实再现了那个时期礼乐演艺之盛况。

音乐研究

中唐时期的民间俗乐及其特征

左汉林

（中央财经大学文化与传媒学院，北京，100098）

摘　要： 中唐时期的民间俗乐，在内容上主要表现男女相思爱恋、风光景色、离别与思乡、颂圣及歌唱天下太平，也有表现将士情感、舞蹈活动、民俗与游戏活动的歌辞。这些歌辞内容丰富，“适合民间演唱”。民间俗乐与朝廷俗乐存在互动关系，它们多用于宴饮之中，而文人亦以民间俗乐为载体进行唱和。许多诗人参与了民间俗乐歌辞的创作，旧的乐曲不断被配以新辞，中唐亦存在民间俗乐演出团体。代宗朝、德宗朝和宪宗朝的俗乐歌辞较多，其中一些俗乐演变为后世的词体。

关键词： 中唐　民间俗乐　教坊曲　《竹枝》《白纻辞》

作者简介： 左汉林，文学博士，中央财经大学文化与传媒学院中文系教授，研究方向为乐府学和杜诗学。

唐代的民间俗乐非常发达，是官僚士绅和平民百姓的主要娱乐方式之一。初唐时期的民间俗乐留存不多，多集中在高宗武后时期。到盛唐时期，民间俗乐变得非常发达，内容较为丰富。中唐时期，作为宫廷俗乐机构的教坊在服务于宫廷的同时也服务于民间，同时在民间也出现了诸多俗乐演出团体。民间俗乐与宫廷俗乐广泛互动，使民间俗乐不仅内容非常丰富，艺术价值也有很大提高。本文将对中唐时期民间俗乐的内容和特征等进行梳理和考辨。

一 中唐民间俗乐的主要内容

中唐民间俗乐在内容上与初盛唐有一定的延续性，也有一些新的变化。根据现存材料可知，中唐时期的民间俗乐主要有以下内容。

（一）表现男女相思爱恋

表现男女相思爱恋的内容，是中唐民间俗乐的主要内容之一。中唐时期许多的民间俗乐所歌咏的就是这类内容。

如李益《鹧鸪词》云："湘江斑竹枝，锦翼鹧鸪飞。处处湘阴合，郎从何处归。"① 按此诗当作于贞元末年，《乐府诗集》以为近代曲辞。宋词中有《鹧鸪天》《瑞鹧鸪》，或与《鹧鸪词》曲名有关。《鹧鸪词》在唐代可以入乐，且流传颇广，不限于江南。郑谷《席上贻歌者》："座中亦有江南客，莫向春风唱鹧鸪。"② 又《鹧鸪》："游子乍闻征袖湿，佳人才唱翠眉低。"③ 郑谷以此诗得名，时号"郑鹧鸪"。无名氏《听唱鹧鸪》："金谷歌传第一流，鹧鸪清怨碧云愁。夜来省得曾闻处，万里月明湘水流。"④ 均可证此可入乐。宋葛立方《韵语阳秋》亦云："许浑《韵州夜宴诗》云：'鹳鹆未知狂客醉，鹧鸪先听美人歌。'《听歌鹧鸪词》云：'南国多情多艳词，鹧鸪清怨绕梁飞。'又有《听吹鹧鸪》一绝，知其为当时新声，而未知其所以。及观李白诗云：'客有桂阳至，能吟山鹧鸪。清风动窗竹，越鸟起相呼。'郑谷亦有'佳人才唱翠眉低'之句，而继之以'相呼相应湘江阔'，则知《鹧鸪曲》效鹧鸪之声，故能使鸟相呼矣。"⑤ 此曲在宋犹可歌之，故王安石诗云："今日樽前千万恨，不堪

---

① （唐）李益：《鹧鸪词》，（宋）郭茂倩编《乐府诗集》卷八〇，中华书局，1979，第1132页。

② （唐）郑谷：《席上贻歌者》，（清）彭定求等编《全唐诗》卷六七五，中华书局，1960，第7730页。

③ （唐）郑谷：《鹧鸪》，（清）彭定求等编《全唐诗》卷六七五，中华书局，1960，第7737页。

④ （唐）无名氏：《听唱鹧鸪》，（清）彭定求等编《全唐诗》卷七八五，中华书局，1960，第8862页。

⑤ （宋）葛立方：《韵语阳秋》卷一五，（清）何文焕辑《历代诗话》，中华书局，2004，第603～604页。

频唱鹧鸪辞。”[①] 孙觌《鹧鸪天》：“调宝瑟，拨金猊，那时同唱鹧鸪词。”[②]可见《鹧鸪词》当是江南流行之民歌，后流传颇广，成为俗曲。李益诗所咏者为男女相思。

又如《金缕衣》云：“劝君莫惜金缕衣，劝君惜取少年时。花开堪折直须折，莫待无花空折枝。”[③] 此诗《乐府诗集》以为近代曲辞，《全唐五代词》以为词体。《乐府诗集》以为李锜作，《全唐诗》以为无名氏作，《唐诗三百首》以为杜秋娘作。据《新唐书》卷二二四《李锜传》：“李锜，淄川王孝同五世孙，以父国贞荫调凤翔府参军。……迁润州刺史、浙西观察、诸道盐铁转运使。多积奇宝，岁时奉献，德宗昵之。锜因恃恩骜横，天下推酒漕运，锜得专之，故朝廷用事臣，锜以利交，余皆干没于私，国计日耗。”[④] 李锜为人骄纵，未闻有文才，后以谋反被诛，则此曲之作者不似李锜。《太平广记》卷二七五“李锜婢”条：“李锜之擒也，侍婢一人随之。锜夜自裂衣襟，书己冤。管榷之功，言为张子良所卖，教侍婢曰：‘……我死，汝必入内，上必问汝，汝当以是进。’及锜伏法……宪宗又于侍婢得帛书，颇疑其冤……按李锜宗属，亟居重位，颇以尊豪自奉，声色之选，冠绝于时。及浙西之败，配掖庭者，曰郑、曰杜。……杜名秋，亦建康人也，有宠于穆宗。穆宗即位，以为皇子漳王傅姆。太和中，漳王得罪国除，诏赐秋归老故乡。或曰，系帛书者，即杜秋也。……中书舍人杜牧为诗以谚之曰：‘荆江水清滑，生女白如脂，其间杜秋者，不劳朱粉施。老濞即山铸，后庭千蛾眉，秋持玉斝醉，与唱金缕衣……’”[⑤]由以上材料可知，杜秋娘乃李锜之婢女，李锜盛时，曾为其唱《金缕衣》，即此曲也。《旧唐书》卷一三《德宗本纪》载唐德宗贞元十五年（799）二月：“以常州刺史李锜为润州刺史、浙西观察使及诸道盐铁转运使。”[⑥]自此多积奇宝，岁时奉献，恃恩骜横。其多畜婢妾亦始于此时，杜秋娘为李锜婢应在此时前后。《旧唐书》卷一四《宪宗本纪》载唐宪宗元和二年

---

① （宋）王安石：《春日席上二首》（其一），《王安石全集》卷六二，上海古籍出版社，1999，第491页。

② （宋）孙觌：《鹧鸪天》，唐圭璋编《全宋词》，中华书局，1965，第875页。

③ （唐）李锜：《金缕衣》，（宋）郭茂倩编《乐府诗集》卷八二，中华书局，1979，第1154页。

④ 《新唐书》卷二二四，中华书局，1975，第6381~6382页。

⑤ （宋）李昉等编《太平广记》卷二七五“李锜婢”条，中华书局，1961，第2169~2170页。

⑥ 《旧唐书》卷一三，中华书局，1975，第389页。

(807) 十月庚申："李锜据润州反。"[①]《旧唐书》卷一四《宪宗本纪》载唐宪宗元和二年十一月甲申："斩李锜于独柳树下，削锜属籍。"[②] 李锜死后，杜秋娘入宫，其歌《金缕衣》当在此之前。则《金缕衣》当作于贞元十五年至元和二年之间。此当可入乐，似是酒宴中催酒之曲，即所谓"秋持玉斝醉，与唱金缕衣"者。关于此诗内容，任半塘云："杜秋为李锜歌此，说者谓寓隐谏，但凭辞以求之，其旨殊晦。"[③] 按此亦无他，不过催酒佐欢之辞，言当及时行乐也。

在表现相思爱恋的中唐俗乐中，刘禹锡的《纥那曲》（二首）是依民间俗曲所作，引人注意。刘禹锡《纥那曲》（二首）云："杨柳郁青青，竹枝无限情。同郎一回顾，听唱纥那声。""踏曲兴无穷，调同词不同。愿郎千万寿，长作主人翁。"[④] 此二首《乐府诗集》以为近代曲辞，《全唐五代词》以为词体。"纥那"读如"核奴"或"核囊"。任半塘以为教坊曲之《得蓬子》即此曲，他说："《教坊记》曲名内列《得蓬子》。《乐府杂录》有《得宝歌》、《得宝子》、《得鞛子》三名，'体'、'蓬'、'鞛'三字音近，四名乃一调。"[⑤] 高志忠《刘禹锡诗编年校注》以为作于夔州，则当作于长庆二年（822）前后。此曲是地方民歌，或是踏地而歌。任半塘云："此歌属于民歌或'山歌'范围内之'棹歌'一类，特点在寓和声于号头中。"[⑥]《纥那曲》与《得体纥那歌》《得宝歌》《得宝子》关系密切。唐代史料中有韦坚盛陈舟舰歌唱《得宝歌》事。据《通典》卷一〇《食货》、《旧唐书》卷九《玄宗本纪》，知韦坚盛陈舟舰歌唱事在天宝二年（743）三月。苏轼《读开元天宝遗事》："潭里舟船百倍多，广陵铜器越溪罗。三郎官爵如泥土，争唱弘农得宝歌。"[⑦] 所吟咏者即此事。《旧唐书》卷九《玄宗本纪》载天宝四载（745）秋八月甲辰："册太真妃杨氏为贵妃。"[⑧] 则册封杨妃在天宝四载八月。可知韦坚事在前，杨妃事在后。《太

---

① 《旧唐书》卷一四，中华书局，1975，第 422 页。

② 《旧唐书》卷一四，中华书局，1975，第 423 页。

③ 任半塘：《唐声诗》（下册），上海古籍出版社，2006，第 546 页。

④ （唐）刘禹锡：《纥那曲》（二首），（宋）郭茂倩编《乐府诗集》卷八二，中华书局，1979，第 1151 页。

⑤ 任半塘：《唐声诗》（下册），上海古籍出版社，2006，第 181 页。

⑥ 任半塘：《唐声诗》（下册），上海古籍出版社，2006，第 182 页。

⑦ （宋）苏轼：《读开元天宝遗事》，（清）王文浩辑注《苏轼诗集》卷三，孔凡礼点校，中华书局，1982，第 143 页。

⑧ 《旧唐书》卷九，中华书局，1975，第 219 页。

平御览》卷五六八《乐部》："《得宝子》者，唐明皇初纳太真妃，喜甚，谓诸嫔御云：'朕得杨氏，如获至宝也。'因撰此曲。"[①] 宋曾慥《类说》："天宝四载，册太真宫女道士杨氏为贵妃，半后服。进见之日，奏《霓裳羽衣曲》。……上又持紫金双步摇，亲与插鬓上，喜曰：'朕得杨氏女，如得至宝。'制曲曰《得宝子》。"[②] 此说或误，因唐之《得宝歌》起源较此为早。《乐府诗集》卷八六引《乐府杂录》曰："《得宝歌》一曰《得宝子》。"[③] 明胡震亨撰《唐音癸签》卷一三"唐各朝乐"条："按《得宝子》、《得鞳子》、《胡鞳子》、《得至宝》、《康老子》、与《得宝歌》，其源似皆起于《得体歌》。"[④] 此说或是。要之，此曲起源于民间，因韦坚等率众演唱，遂广为流传。后竟流传至宫中，成为《得宝子》。其体为五言，或四句或六句，其音乐当来自民歌。刘禹锡《纥那曲》（二首）写男女相思。

又陈羽《长相思》云："相思长相思，相思无限极。相思苦相思，相思损容色。容色真可惜，相思不可彻。日日长相思，相思肠断绝。肠断绝，泪还续，闲人莫作相思曲。"[⑤] 武元衡《长相思》云："长相思，陇云愁，单于台上望伊州。雁书绝，蝉鬓秋。行人天一畔，暮雨海西头。殷勤大河水，东注不还流。"[⑥] 此均表现相思爱恋的内容。

（二）描写风光景色

中唐时期还有描写风光景色的民间俗乐。如皇甫松《浪淘沙》（二首）："滩头细草接疏林，浪恶罾船半欲沉。宿鹭眠洲非旧浦，去年沙觜是江心。""蛮歌豆蔻北人愁，松雨蒲风夜艇秋。浪起鵁鶄眠不得，寒沙细细入江流。"[⑦] 此曲《乐府诗集》以为近代曲辞，《全唐五代词》以为词体，《教坊记》又列为教坊曲。当作于长庆中。《浪淘沙》属于地方民歌，任半塘以为"本调原属南方水边民歌"，"始皆民间徒歌而已，后始入乐，与

---

① （宋）李昉等：《太平御览》卷五六八，文渊阁四库全书本。

② （宋）曾慥：《类说》卷一，文渊阁四库全书本。

③ （宋）郭茂倩编《乐府诗集》卷八六，中华书局，1979，第1215页。

④ 邓子勉编《明词话全编·胡震亨词话》，凤凰出版社，2012，第2601页。

⑤ （唐）陈羽：《长相思》，（清）彭定求等编《全唐诗》卷三四八，中华书局，1960，第3889页。

⑥ （唐）武元衡：《长相思》，（清）彭定求等编《全唐诗》卷三一六，中华书局，1960，第3546页。

⑦ （唐）皇甫松：《浪淘沙》（二首），（清）彭定求等编《全唐诗》卷三六九，中华书局，1960，第4154页。

《竹枝》同。……五代乃有杂言体”。[①] 敦煌词《浣溪沙》：“惆怅年年归北路，曲子催送浪淘沙。”[②] 则此曲似于酒宴中歌之。

又元结《欸乃曲》（五首）亦属于描写风光景色的作品，诗云：“偏存名迹在人间，顺俗与时未安闲。来谒大官兼问政，扁舟却入九疑山。”“湘江二月春水平，满月和风宜夜行。唱桡欲过平阳戍，守吏相呼问姓名。”“千里枫林烟雨深，无朝无暮有猿吟。停桡静听曲中意，好是云山韶濩音。”“零陵郡北湘水东，浯溪形胜满湘中。溪口石颠堪自逸，谁能相伴作渔翁。”“下泷船似入深渊，上泷船似欲升天。泷南始到九疑郡，应绝高人乘兴船。”[③] 此五首《乐府诗集》以为近代曲辞，《全唐五代词》以为词体。本诗小序云：“大历丁未中，漫叟……以军事诣都使，还州，逢春水，舟行不进，作《欸乃》五首，令舟子唱之，盖以取适于道路云。”[④] 按元结广德元年（763）出任道州刺史，永泰二年（766）又理道州，则此诗为大历二年（767）二月从长安还道州的途中所作。此诗小序云“舟子唱之”，则此组诗可以入乐，乃徒歌之杂曲。刘言史《潇湘游》：“野花满髻妆色新，闲歌欸乃深峡里。欸乃知从何处生，当时泣舜肠断声。”[⑤] 则此曲为地方民歌，风格悲切。

又顾况《竹枝》云：“帝子苍梧不复归，洞庭叶下荆云飞。巴人夜唱竹枝后，肠断晓猿声渐稀。”[⑥] 此亦是写景之作，《乐府诗集》以为近代曲辞，《全唐五代词》以为词体。顾况主要生活在肃宗、代宗、德宗朝，该诗当作于此间，具体时间不详。顾况“巴人夜唱竹枝后”云云，证明该诗当可入乐。《竹枝》为地方民歌，最初或为徒歌。又白居易《竹枝》：“唱到竹枝声咽处，寒猿晴鸟一时啼。”“竹枝苦怨怨何人，夜静山空歇又闻。蛮儿巴女齐声唱，愁杀江楼病使君。”[⑦] 顾况又有《早春思归

① 任半塘：《唐声诗》（下册），上海古籍出版社，2006，第444页。

② 《浣溪沙》，曾昭岷等编著《全唐五代词》正编卷四，中华书局，1999，第949页。

③ （唐）元结：《欸乃曲》（五首），（清）彭定求等编《全唐诗》卷二四一，中华书局，1960，第2717页。

④ （清）彭定求等编《全唐诗》卷二四一，中华书局，1960，第2716~2717页。

⑤ （唐）刘言史：《潇湘游》，（清）彭定求等编《全唐诗》卷四六八，中华书局，1960，第5322~5323页。

⑥ （唐）顾况：《竹枝》，（清）彭定求等编《全唐诗》卷二八，中华书局，1960，第395页。

⑦ （唐）白居易：《竹枝》，（宋）郭茂倩编《乐府诗集》卷八一，中华书局，1979，第1141页。

有唱竹枝歌者坐中下泪》："渺渺春生楚水波，楚人齐唱竹枝歌。与君皆是思归客，拭泪看花奈老何。"[①] 白居易《听竹枝赠李侍御》："巴童巫女竹枝歌，懊恼何人怨咽多。"[②]《听芦管》："幽咽新芦管，凄凉古竹枝。似临猿峡唱，疑在雁门吹。"[③] 则其调悲苦凄婉，使人下泪。《全唐五代词》卷三载《竹枝》云：

门前春水（竹枝）白蘋花（女儿）。岸上无人（竹枝）小艇斜（女儿）。商女经过（竹枝）江欲暮（女儿），散抛残食（竹枝）饲神鸦（女儿）。

乱绳千结（竹枝）绊人深（女儿）。越罗万丈（竹枝）表长寻（女儿）。杨柳在身（竹枝）垂意绪（女儿），藕花落尽（竹枝）见莲心（女儿）。[④]

可见《竹枝》有和声。任半塘云："从（竹枝）辞之有初、中、晚三期以推，《竹枝》之声乐，亦必有此不同之三期。……自来民间俚艺受文人重视如此者，史无二例。"[⑤] 唐代有很多演唱此曲的记载。《唐才子传》卷五："（刘禹锡）斥朗州司马。州接夜郎，俗信巫鬼，每祠，歌《竹枝》，鼓吹俄延，其声伧伫。禹锡谓屈原居沅、湘间，作《九歌》，使楚人以迎送神。乃倚声作《竹枝辞》十篇，武陵人悉歌之。"[⑥] 据五代尉迟偓《中朝故事》卷上，刘瞻至湖南，李庾方典是郡，出迎于江次竹牌亭置酒。瞻唱《竹枝词》送李庾："蹑履过沟（竹枝）恨渠深（女儿）。"[⑦] 任半塘云："《竹枝》大抵歌于月明之夜，或豆蔻花时。手中持竹枝，且歌且踏。"[⑧] 此曲演出于民间，或出现在文人宴饮中。《教坊记》中有《竹枝子》，亦必此歌，则此

---

① （唐）顾况：《早春思归有唱竹枝歌者坐中下泪》，（清）彭定求等编《全唐诗》卷二六七，中华书局，1960，第2971页。

② （唐）白居易：《听竹枝赠李侍御》，（清）彭定求等编《全唐诗》卷四四一，中华书局，1960，第4918页。

③ （唐）白居易：《听芦管》，（清）彭定求等编《全唐诗》卷四六二，中华书局，1960，第5254页。

④ （五代）孙光宪：《竹枝》，曾昭岷等编著《全唐五代词》正编卷四，中华书局，1999，第633页。

⑤ 任半塘：《唐声诗》（下册），上海古籍出版社，2006，第380页。

⑥ 傅璇琮主编《唐才子传校笺》（二），中华书局，1989，第486页。

⑦ （唐）刘瞻：《竹枝词》，陈尚君辑校《全唐诗补编》，中华书局，1992，第1154页。

⑧ 任半塘：《唐声诗》（上册），上海古籍出版社，2006，第292页。

曲亦歌唱于宫廷中。歌者扬袂而舞，或歌之以较胜负，或酒宴中主客自歌之。这个时期还有李涉《竹枝》（四首）、白居易《竹枝》（四首）等，也是表现风光景色的作品。

又张志和《渔父歌》（五首）云："西塞山边白鹭飞，桃花流水鳜鱼肥。青箬笠，绿蓑衣，春江细雨不须归。""钓台渔父褐为裘，两两三三舴艋舟。能纵棹，惯乘流，长江白浪不曾忧。""霅溪湾里钓渔翁，舴艋为家西复东。江上雪，浦边风，笑着荷衣不叹穷。""松江蟹舍主人欢，菰饭莼羹亦共餐。枫叶落，荻花干，醉宿渔舟不觉寒。""青草湖中月正圆，巴陵渔父棹歌连。钓车子，掘头船，乐在风波不用仙。"① 此五首《乐府诗集》以为杂歌谣辞，《全唐五代词》以为词体。张志和大历九年（774）游湖州刺史颜真卿幕，此《渔父歌》五首或作于该时。《金奁集》收《渔父》（和张志和）十五首，作者不详，或非一人所作，是此五首的唱和之作。又张志和之兄张松龄有《和答弟志和渔父歌》，亦是唱和之作。

中唐时期的两组描写风光景色的连唱颇为引人注目。第一组是《状江南十二咏》，此出自《全唐诗》卷三〇七，诗云：

鲍　防

状江南·孟春

江南孟春天，荇叶大如钱。
白雪装梅树，青袍似葑田。

谢良辅

状江南·仲春

江南仲春天，细雨色如烟。
丝为武昌柳，布作石门泉。

严　维

状江南·季春

江南季春天，莼叶细如弦。

① （唐）张志和：《渔父歌》（五首），（宋）郭茂倩编《乐府诗集》卷八三，中华书局，1979，第1170页。

池边草作径，湖上叶如船。

贾　弇

状江南·孟夏

江南孟夏天，慈竹笋如编。
蜃气为楼阁，蛙声作管弦。

樊　珣

状江南·仲夏

江南仲夏天，时雨下如川。
卢橘垂金弹，甘蕉吐白莲。

范　灯

状江南·季夏

江南季夏天，身热汗如泉。
蚊蚋成雷泽，袈裟作水田。

郑　概

状江南·孟秋

江南孟秋天，稻花白如毡。
素腕惭新藕，残妆妒晚莲。

沈仲昌

状江南·仲秋

江南仲秋天，驔鼻大如船。
雷是樟亭浪，苔为界石钱。

刘　蕃

状江南·季秋

江南季秋天，栗熟大如拳。
枫叶红霞举，苍芦白浪川。

谢良辅

状江南·孟冬

江南孟冬天，荻穗软如绵。
绿绢芭蕉裂，黄金橘柚悬。

吕　渭

状江南·仲冬

江南仲冬天，紫蔗节如鞭。
海将盐作雪，山用火耕田。

丘　丹

状江南·季冬

江南季冬月，红蟹大如□。
湖水龙为镜，炉峰气作烟。[①]

第二组诗《忆长安十二咏》，也出自《全唐诗》卷三〇七，诗云：

谢良辅

忆长安·正月

忆长安，正月时，和风喜气相随。献寿彤庭万国，烧灯青玉五枝。终南往往残雪，渭水处处流澌。

鲍　防

忆长安·二月

忆长安，二月时，玄鸟初至禖祠。百啭宫莺绣羽，千条御柳黄丝。更有曲江胜地，此来寒食佳期。

杜　奕

忆长安·三月

忆长安，三月时，上苑遍是花枝。青门几场送客，曲水竟日

① （唐）鲍防等：《状江南十二咏》，（清）彭定求等编《全唐诗》卷三〇七，中华书局，1960，第2925~3490页。

题诗。骏马金鞭无数，良辰美景追随。

丘　丹

忆长安·四月

忆长安，四月时，南郊万乘旌旗。尝酎玉卮更献，含桃丝笼交驰。芳草落花无限，金张许史相随。

严　维

忆长安·五月

忆长安，五月时，君王避暑华池。进膳甘瓜朱李，续命芳兰彩丝。竞处高明台榭，槐阴柳色通逵。

郑　概

忆长安·六月

忆长安，六月时，风台水榭逶迤。朱果雕笼香透，分明紫禁寒随。尘惊九衢客散，赭珂滴沥青骊。

陈元初

忆长安·七月

忆长安，七月时，槐花点散罘罳。七夕针楼竞出，中元香供初移。绣毂金鞍无限，游人处处归迟。

吕　渭

忆长安·八月

忆长安，八月时，阙下天高旧仪。衣冠共颁金镜，犀象对舞丹墀。更爱终南灞上，可怜秋草碧滋。

范　灯

忆长安·九月

忆长安，九月时，登高望见昆池。上苑初开露菊，芳林正献霜梨。更想千门万户，月明砧杵参差。

樊　珣

忆长安·十月

忆长安，十月时，华清士马相驰。万国来朝汉阙，五陵共猎秦祠。昼夜歌钟不歇，山河四塞京师。

刘　蕃

忆长安·十一月

忆长安，子月时，千官贺至丹墀。御苑雪开琼树，龙堂冰作瑶池。兽炭毡炉正好，貂裘狐白相宜。

谢良辅

忆长安·十二月

忆长安，腊月时，温泉彩仗新移。瑞气遥迎凤辇，日光先暖龙池。取酒虾蟆陵下，家家守岁传卮。①

此两组诗的作者为谢良辅等。谢良辅（？~783），天宝十一载（752）进士及第。广德元年（763）至大历五年（770）入浙东节度幕，与鲍防等唱和，结为《大历年浙东连唱集》二卷。建中四年（783）任商州刺史，十月为乱军所杀。鲍防（723~790），字子慎，襄阳人。天宝十二载（753）进士及第，授太常正字；天宝末避乱襄阳；广德元年为浙东节度从事，与严维等五十人联唱；大历五年入朝，历福建江西观察使；贞元中，累礼部侍郎，迁工部尚书致仕；防善属文，尤工诗，与中书舍人谢良弼友善，时号鲍谢。杜奕，生卒年里不详，贞元时人。丘丹，生卒年不详；苏州嘉兴人，诸暨令，历尚书郎；隐临平山，与韦应物、鲍防、吕渭诸牧守往还；贞元十一年（795）尚在世，未几卒。严维（？~780），字正文，越州山阴人；至德二载（757）进士，擢辞藻宏丽科，调诸暨尉，辟河南幕府，终秘书省校书郎；与刘长卿善。郑概，生卒年里不详，贞元时人。陈元初，生卒年不详，越州会稽（今浙江绍兴）人；天宝末任校书郎，安史之乱中避乱归乡，后官至殿中侍御史。吕渭（735~800），字君载，河中

① （唐）谢良辅等：《忆长安十二咏》，（清）彭定求等编《全唐诗》卷三〇七，中华书局，1960，第1498~3484页。

人；天宝中第进士，为浙西支使，后贬歙州司马；贞元中，累迁礼部侍郎，出为潭州刺史。范灯，生卒年不详，钱塘（今浙江杭州）人，贞元时人。樊珦，生卒年里不详，贞元时人。刘蕃，生卒年里不详，登天宝六载（747）进士第。据以上作者生平，此当作于大历中。两组诗均作联章，是主题统一、分头创作的描写风光景色的歌辞。

由以上可见，中唐时期表现和描写风光景色的俗乐较多，其中不仅有联章之作，也有诗人之间唱和的作品。

二 中唐民间俗乐的其他内容

在中唐时期的民间俗乐中，表现男女相思爱恋和描写风光景色的作品数量最多。除了这两部分内容外，中唐时期的民间俗乐还包括以下内容。

（一）写离别与思乡的情感

中唐的俗曲中，有一些表现的是离别与思乡的情感。如刘长卿《谪仙怨》："晴川落日初低，惆怅孤舟解携。鸟去平芜远近，人随流水东西。白云千里万里，明月前溪后溪。独恨长沙谪去，江潭春草萋萋。"① 此诗出自《全唐诗》卷八九〇，当是近代曲辞。据作者生平，当作于大历中。《唐语林》卷四"伤逝"："天宝十五载正月，安禄山反……车驾幸蜀，次马嵬驿，六军不发，赐贵妃死，然后驾发。行至骆谷，上登高平，马上谓力士曰：'吾仓皇出狩，不及辞宗庙。此山绝高，望见秦川。吾今遥辞陵庙。'下马东向再拜，呜咽流涕，左右皆泣。……既而取长笛吹自制曲，曲成复流涕，诏乐工录其谱。至成都，乃进谱而请名，上已不记，顾左右曰：'何也？'左右以骆谷望长安索长笛吹出对之。良久，曰：'吾省矣。吾因思九龄，可号为《谪仙怨》。'有人自西川传者，无由知其本末，但呼为《剑南神曲》。其音怨切动人。大历中，江南人盛传。随州刺史刘长卿左迁睦州司马，祖筵闻之，长卿随撰其词，意颇自得，盖亦不知事之始。词云：'晴川落日初低……'其后，台州刺史窦宏馀以长卿之词虽美，而与本曲意兴不同，复作词以广不知者，其词曰：'胡尘犯阙冲关，金辂提携

① （唐）刘长卿：《谪仙怨》，（清）彭定求等编《全唐诗》卷八九〇，中华书局，1960，第10057页。

玉颜。云雨此时消散，君王何日归还？伤心朝恨暮恨，回首千山万山。独望天边初月，蛾眉独自弯弯。’”[①] 此其本事。可见，此曲是从朝廷流传至民间者。

又《长相思》（三首）云：“旅客在江西，富贵世间稀。终日红楼上，□□舞著辞。频频满酌醉如泥，轻轻更换金卮。尽日贪欢逐乐，此是富不归。”“哀客在江西，寂寞自家知。尘土满面上，终日被人欺。朝朝立在市门西，风吹泪□双垂。遥望家乡长短，此是贫不归。”“作客在江西，得病卧毫厘。还往观消息，看看似别离。村人曳在道傍西，耶娘父母不知。身上劄牌书字，此是死不归。”[②] 此出自敦煌写本（伯 4017），作者不详。据《隋唐五代燕乐杂言歌辞集》，此作于顺宗永贞元年（805）。此诗写不能归乡之情状，以抒发思乡之情。又《鹊踏枝》云：“独坐更深人寂寂。忆恋家乡，路远关山隔。寒雁飞来无消息。交儿牵断心肠忆。仰告三光珠泪滴。交他耶娘，甚处传书觅。自叹宿缘作他邦客，辜负尊亲虚劳力。”[③] 按此出自敦煌写本（伯 4017），作者不详。据《隋唐五代燕乐杂言歌辞集》，此作于顺宗永贞元年（805），亦写思乡之情。

（二）颂圣及歌唱天下太平

中唐的民间俗乐中也有颂圣及歌唱天下太平的歌辞。如窦常《还京乐歌词》：“百战初休十万师，国人西望翠华时。家家尽唱升平曲，帝幸梨园亲制词。”[④] 此出自《全唐诗》卷二七一。据作者生平，当作于贞元中。此诗歌颂天下太平。

又《菩萨蛮》云：“再安社稷垂衣理，寿同山岳长江水。频见老人星，万方休战征。良臣安国部，今喜回鸾凤。从此后太阶清，齐钦呼圣明。”[⑤] 此出自敦煌写本（伯 3128）。据《隋唐五代燕乐杂言歌辞集》，此作于肃宗时。此歌辞所写为战争结束，天下太平。又《浣溪沙》云：“好是身沾圣主恩，紫宁初降耀朱门。合郡人心衔喜贺，拜圣君。竭节尽忠扶社稷，

---

① （宋）王谠撰，周勋初校证《唐语林校证》卷四，中华书局，1987，第 386 页。

② 《长相思》（三首），曾昭岷等编著《全唐五代词》正编卷四，中华书局，1999，第 936 页。

③ 《鹊踏枝》，曾昭岷等编著《全唐五代词》正编卷四，中华书局，1999，第 930 页。

④ （唐）窦常：《还京乐歌词》，（清）彭定求等编《全唐诗》卷二七一，中华书局，1960，第 3034 页。

⑤ 《菩萨蛮》，曾昭岷等编著《全唐五代词》正编卷四，中华书局，1999，第 897 页。

指山为誓保乾坤。看着风前双旌拥，贺明君。”[①] 此出自敦煌写本（伯2809卷、伯3911卷），作者不详。据《隋唐五代燕乐杂言歌辞集》，此作于大历年间。诗写尽忠社稷的情感，并赞美圣君。

（三）写将士情感

中唐民间俗乐亦多有写将士情感者。如武元衡《石州城》：“丈夫心爱横行，报国知嫌命轻。楼兰径百战，更道戍龙城。锦字窦车骑，胡笳李少卿。生离两不见，万古难为情。”[②] 此出自《全唐诗》卷三七。《石州城》是教坊曲，当可入乐。据作者生平，当作于元和中。此诗写将士的复杂情感。

又戴叔伦《转应词》云：“边草，边草，边草尽来兵老。山南山北雪晴，千里万里月明。明月，明月，胡笳一声愁绝。”[③] 此诗《乐府诗集》以为近代曲辞，《全唐五代词》以为词体，或作于贞元中。《转应词》又名《调笑令》。《调笑令》在宋代为词牌，此诗当可入乐。宋无名氏《调笑令》云：“花酒。（指花，指酒。）满筵有。（指席上。）酒满金杯花在手。（指酒，指花。）头上戴花方饮酒。（以花插头上，举杯饮。）饮罢了（放下杯。）高叉手。（叉手。）琵琶拨尽相思调。（作弹琵琶手势。）更向当筵舞袖。（起身，举两袖舞。）”[④] 由此可见，此当用于酒席上边歌边舞（动作），以为游戏调笑。此诗写戍守将士久戍之悲，近于词体，大略是唐词发端之作。

又《菩萨蛮》：“敦煌古往出神将，感得诸蕃遥钦仰。效节望龙庭，麟台早有名。只恨隔蕃部，情恳难申吐。早晚灭狼蕃，一齐拜圣颜。”[⑤] 此出自敦煌写本（伯3128），作者不详。据《隋唐五代燕乐杂言歌辞集》，此作于建中初。此歌颂敦煌神将，并表达对朝廷的向往之情。又敦煌写本中有《定西蕃》云：“事从星车入塞，冲砂碛，冒风寒，度千山。三载方达王命，岂辞辛苦艰。为布我皇纶綍，定西蕃。”[⑥] 此出自敦煌写本（伯

---

① 《浣溪沙》，曾昭岷等编著《全唐五代词》正编卷四，中华书局，1999，第898页。

② （唐）武元衡：《石州城》，（清）彭定求等编《全唐诗》卷三七，中华书局，1960，第3569页。

③ （唐）戴叔伦：《转应词》，（宋）郭茂倩编《乐府诗集》卷八二，中华书局，1979，第1156页。

④ （宋）无名氏：《调笑令》，唐圭璋编《全宋词》，中华书局，1965，第3736页。

⑤ 《菩萨蛮》，曾昭岷等编著《全唐五代词》正编卷四，中华书局，1999，第897页。

⑥ 《定西蕃》，曾昭岷等编著《全唐五代词》正编卷四，中华书局，1999，第885页。

2641)，作者不详。据《隋唐五代燕乐杂言歌辞集》，此作于建中二年(781)。此诗写从军的辛苦及必胜的豪情。可见，将士情感也是中唐俗乐描写的内容之一。

（四）表现舞蹈活动

中唐时期，还有表现舞蹈活动的《白纻辞》和《白纻歌》，是为白纻舞所作的歌辞。杨衡有《白纻辞》（二首）云：

玉缨翠珮杂轻罗，香汗微渍朱颜酡。为君起唱白纻歌，清声袅云思繁多，凝笳哀琴时相和。金壶半倾芳夜促，梁尘霏霏暗红烛。令君安坐听终曲，坠叶飘花难再复。

蹑珠履，步琼筵。轻身起舞红烛前，芳姿艳态妖且妍。回眸转袖暗催弦，凉风萧萧漏水急。月华泛艳红莲湿，牵裙揽带翻成泣。[①]

此外，柳宗元有《白纻歌》一首云："翠帷双卷出倾城，龙剑破匣霜月明。朱唇掩抑悄无声，金簧玉磬宫中生。下沈秋水激太清，天高地迥凝日晶。羽觞荡漾何事倾。"[②] 张籍《白纻歌》："皎皎白纻白且鲜，将作春衫称少年。裁缝长短不能定，自持刀尺向姑前。复恐兰膏污纤指，常遣傍人收堕珥。衣裳著时寒食下，还把玉鞭鞭白马。"[③] 又王建有《白纻歌》(二首)：

天河漫漫北斗粲，宫中乌啼知夜半。新缝白纻舞衣成，来迟邀得吴王迎。低鬟转面掩双袖，玉钗浮动秋风生。酒多夜长夜未晓，月明灯光两相照，后庭歌声更窈窕。

馆娃宫中春日暮，荔枝木瓜花满树。城头乌栖休击鼓，青娥弹瑟

---

① （唐）杨衡：《白纻辞》（二首），（清）彭定求等编《全唐诗》卷二二，中华书局，1960，第8737页。

② （唐）柳宗元：《白纻歌》，（宋）郭茂倩编《乐府诗集》卷五五，中华书局，1979，第805页。

③ （唐）张籍：《白纻歌》，（宋）郭茂倩编《乐府诗集》卷五五，中华书局，1979，第805页。

白纻舞。夜天燑燑不见星，宫中火照西江明。美人醉起无次第，堕钗遗珮满中庭。此时但愿可君意，回昼为宵亦不寐，年年奉君君莫弃。[①]

杨衡，字仲师，吴兴人。据其生平，此《白纻辞》（二首）或当作于贞元中，当是为《白纻舞》撰写的歌辞。柳宗元、张籍、王建的《白纻歌》亦作于贞元、元和之际，也是为《白纻舞》撰写的歌辞。由此可见，白纻舞在中唐时期当是非常流行的舞蹈。

（五）写民俗与游戏活动

中唐民间俗乐有言及民俗与游戏者，如张籍《吴楚歌》："庭前春鸟啄林声，红夹罗襦缝未成。今朝社日停针线，起向朱樱树下行。"[②] 此诗《乐府诗集》作杂歌谣辞，一曰《燕美人歌》，当作于贞元中。任半塘云："其为当时有声之歌辞必矣。"[③] 唐代可能有社日不用针线之风俗，此写闺情及社日之民俗。

张夫人《拜新月》（四首）也涉及当时拜月的民俗，诗云：

拜新月，拜月出堂前。暗魄初笼桂，虚弓未引弦。

拜新月，拜月妆楼上。鸾镜始安台，蛾眉已相向。

拜新月，拜月不胜情。庭花风露清，月临人自老，人望月长明。

东家阿母亦拜月，一拜一悲声断绝。昔年拜月逞容辉，如今拜月双泪垂。回看众女拜新月，却忆红闺年少时。[④]

此四首《乐府诗集》以为近代曲辞。张夫人，生卒年不详，吉中孚妻，楚

---

① （唐）王建：《白纻歌》（二首），（宋）郭茂倩编《乐府诗集》卷五五，中华书局，1979，第804页。

② （唐）张籍：《吴楚歌》，（宋）郭茂倩编《乐府诗集》卷八三，中华书局，1979，第1176页。

③ 任半塘：《唐声诗》（下），上海古籍出版社，2006，第525页。

④ （唐）张夫人：《拜新月》（四首），（宋）郭茂倩编《乐府诗集》卷八二，中华书局，1979，第1154页。

州山阳（今江苏淮安）人。按吉中孚初为道士，大历初还俗，贞元四年（788）稍后卒，推测此诗作于大历中。此写拜月之风俗及年华老去之悲。

写当时游戏活动的有《杖前飞（马球）》五首，诗云：

时仲春，草木新，□初雨后路无尘。林间往往临花马，楼上时时见美人。

青一队，红一队，敲磕玲珑得人爱。前回断当不赢输，此度若输后须赛。

脱绯紫，著锦衣，银镫金鞍耀日晖。场里尘灰马后去，空中球势杖前飞。

球似星，杖如月，骤马随风直冲穴。□□□□□□□，□□□□□□□。

人衣湿，马汗流，传声相问且须休。或为马乏人力尽，还须连夜结残筹。①

此出自敦煌写本（斯 2049、伯 2544），作者不详。据《隋唐五代燕乐杂言歌辞集》，此作于中唐。此组诗所描写的是唐代著名的马球活动。

中唐时期的民间俗乐还有一些宗教歌曲和琴曲，兹不俱述。通过以上归纳可以看出，中唐时期的民间俗乐，在内容上主要表现男女相思爱恋、风光景色、离别与思乡、颂圣及歌唱天下太平，也有写将士情感和民俗与游戏活动的歌辞及描写舞蹈活动的歌辞。中唐的民间俗乐在内容和风格上与盛唐时期非常相似。

三 中唐时期民间俗乐的特征

由上文可见，中唐时期的民间俗乐内容丰富，且数量较多。通过以上

① 《杖前飞（马球）》，任半塘、王昆吾编著《隋唐五代燕乐杂言歌辞集》正编五，巴蜀书社，1990，第 364~365 页。

分析，可以总结出中唐时期民间俗乐的特征。

（一）内容丰富，“适合民间演唱”

中唐时期的民间俗乐在内容上与盛唐时期非常相似。这些内容都“适合民间演唱”，基本没有所谓反映“人民性”的作品。本文认为，白居易表现讽喻内容的新乐府是未曾入乐演唱的，因为它们既不适合演唱于朝廷，也不适合演唱于民间。从“适合演唱”的角度看，白居易具有讽喻内容的新乐府既不能进入雅乐，也不能进入俗乐。适合演出的还是那些表现颂圣和天下太平或表现男女情感的歌辞。

这个时期的民间俗乐尽管内容丰富，但抒怀之作较少。这个时期的民间俗乐用于抒发诗人怀抱的，只有钱起《行路难》等很少的篇章。钱起《行路难》云：“君不见，明星映空月，太阳朝升光尽歇。君不见，凋零委路蓬，长风飘举入云中。由来人事何尝定，且莫骄奢笑贱穷。”① 据任半塘、王昆吾编著的《隋唐五代燕乐杂言歌辞集》，此诗可以入乐。此言贵贱无定数，有抒怀之意，但也是拟赋古题。

另外，从现存的中唐民间俗乐歌辞看，歌辞短章较多，长篇较少。当然，这个时期也有一些俗乐大曲。

（二）民间俗乐与朝廷俗乐存在互动关系

民间俗乐与朝廷俗乐存在互动关系。很多产生于民间的俗乐最后都进入教坊，成为服务于宫廷的曲目。如《浪淘沙》本是南方水边民歌，最后成为教坊曲；《纥那曲》亦是民歌，最后演变成教坊曲《得蓬子》；《山鹧鸪》也是民歌，最后也进入教坊；《竹枝》是地方民歌，最后成为教坊曲《竹枝子》。这个时期演唱的俗乐《长相思》《还京乐》《石州城》等也属于教坊曲。这充分证明了民间俗乐与教坊曲存在互动关系，即民间俗乐经过广泛传唱后，可能被教坊乐工演唱，从而成为教坊曲。与此同时，教坊自己创制的乐曲或者教坊从某地采集而来的乐曲，也可以通过教坊乐工的番上轮值和演出活动流传到民间。

---

① （唐）钱起：《行路难》，（清）彭定求等编《全唐诗》卷二三六，中华书局，1960，第2605页。

（三）中唐时期的民间俗乐，很多用于宴饮中，而文人亦以民间俗乐为载体进行唱和

中唐民间俗乐很多是酒宴中的著辞。如《金缕曲》（劝君莫惜金缕衣）明显是歌唱于酒宴的催酒之辞；《转应词》，又名《调笑令》，从其歌辞内容和结构看，明显带有酒令意味；又敦煌文献中有《高兴歌（酒赋）》（二十一首），出自敦煌写本（伯 2555、伯 2488、伯 4993、伯 2633 等），写饮酒之乐，当是歌唱于酒宴中。王小盾先生认为："它曾经是歌辞，曾经用于说唱，亦曾作为韵颂的底本流传。""《高兴歌》是一篇按民歌曲调创作的歌辞作品。"[①] 又韦应物《三台》（二首）："一年一年老去，明日后日花开。未报长安平定，万国岂得衔杯。""冰泮寒塘始绿，雨余百草皆生。朝来门阁无事，晚下高斋有情。"[②] 据孙望编著的《韦应物诗集系年校笺》，此作于兴元元年（784）春，亦是催酒之曲。

此外，此时的文人亦以民间俗乐为载体进行唱和。如白居易有《浪淘沙》，当是与刘禹锡所作《浪淘沙》唱和之作。张志和有《渔父歌》（五首），张松龄则有《和答弟志和渔父歌》与其唱和。另有《渔父》（十五首），注曰"和张志和"，显然是与张志和唱和的作品。鲍防、谢良辅等人作有《状江南十二咏》（十二首）、《忆长安十二咏》（十二首），这也是带有唱和性质的创作。

（四）许多诗人参与了这个时期民间俗乐歌辞的创作

中唐诗人中，白居易、李益、刘禹锡、戎昱、王建、武元衡、张籍等创作了较多的俗乐歌辞。但值得注意的是，白居易的一些被认为是近代曲辞的作品实际上并不能入乐演唱。如白居易《乐世》云："管急丝繁拍渐稠，绿腰宛转曲终头。诚知乐世声声乐，老病人听未免愁。"[③] 此诗《乐府诗集》以为近代曲辞，所写为白居易听《乐世》（即《六幺》，亦作《绿腰》《录要》）的所闻所感，并不是《乐世》的歌辞，不能入乐，故不属

---

① 王小盾：《敦煌〈高兴歌〉及其文化意蕴》，《从敦煌学到域外汉文献研究》，商务印书馆，2013，第 37~56 页。

② （唐）韦应物：《三台》（二首），（宋）郭茂倩编《乐府诗集》卷七五，中华书局，1979，第 1057 页。

③ （唐）白居易：《乐世》，（宋）郭茂倩编《乐府诗集》卷八〇，中华书局，1979，第 1132 页。

于近代曲辞。又白居易有《离别难》（绿杨陌上送行人），《乐府诗集》以为近代曲辞，《全唐五代词》以为词体。此为白居易《听歌六绝句》之一，描写的是诗人听歌的感受。此非歌辞，故当不能入乐，此为《乐府诗集》所误收。白居易《何满子》（世传满子是人名），《乐府诗集》以为近代曲辞，《全唐五代词》以为词体。此是听《何满子》所作之诗，诗写听唱《何满子》的所闻所感，亦并非歌辞，不能入乐。白居易《急乐世》（正抽碧线绣红罗）《乐府诗集》以为近代曲辞，也并非歌辞。

（五）中唐时期存在民间俗乐演出团体，旧的乐曲也不断被配以新辞

从中唐发达的民间俗乐看，在民间当存在一定数量的俗乐演出团体，广泛活跃于各类需要音乐演出的场合，依靠演出获得利益。如出自敦煌文献的《菩萨蛮》云："敦煌古往出神将，感得诸蕃遥钦仰。效节望龙庭，麟台早有名。只恨隔蕃部，情悬难申吐。早晚灭狼蕃，一齐拜圣颜。"[①] 这样的内容可能使用于军中的宴饮中，故其内容为歌颂敦煌"神将"，而其演唱者当是专门的音乐团体。本文发现，中唐之前的一些旧的俗乐，如《婆罗门》等，在这个时期又被配以新辞。这说明中唐的俗乐在曲目和音乐上虽然是过去的旧乐，但也会根据需要填写新辞，成为适合当下歌唱的"新乐"。

（六）代宗朝、德宗朝和宪宗朝的俗乐歌辞较多，其中一些俗乐演变为后世的词体

从时间上看，中唐时期的俗乐歌辞创作，主要集中在代宗朝、德宗朝和宪宗朝。此时的一些俗乐，如《竹枝》《欸乃曲》《渔父》《转应词》《金缕衣》《潇湘神》《宫中调笑》《浪淘沙》《纥那曲》等，均演变为词体。可见，唐代的民间俗乐与词体的产生与定型关系密切。

结　语

综上，中唐时期的民间俗乐，在内容上主要表现男女相思爱恋、风光

① 《菩萨蛮》，曾昭岷等编著《全唐五代词》正编卷四，中华书局，1999，第897页。

景色、离别与思乡、颂圣及歌唱天下太平，也有表现将士情感、舞蹈活动、民俗与游戏活动的歌辞。这些歌辞内容丰富，“适合民间演唱”。民间俗乐与朝廷俗乐存在互动关系，它们多用于宴饮之中，而文人亦会以民间俗乐为载体进行唱和。许多诗人参与了民间俗乐歌辞的创作，旧的乐曲不断被配以新辞，亦存在民间俗乐演出团体。代宗朝、德宗朝和宪宗朝的俗乐歌辞较多，其中一些俗乐演变为后世的词体。

自我作古，堪为后代法否？

——唐代第一乐曲《破阵乐》衰落原因探析*

柏红秀　刘咏莲

（扬州大学新闻与传媒学院，扬州，225009；
安徽师范大学音乐学院，芜湖，241000）

摘　要：《破阵乐》作为唐代第一乐曲，从民间进入宫廷以后，经过朝廷的改造，成为雅乐，用于朝会、庆典、祭祀等仪式场合，还远播至域外，在唐太宗朝的发展盛况空前，但此后日趋衰落。作为朝会庆典的燕乐，在高宗朝被长期禁演，在玄宗朝被放入太常寺乐工性识较差的立部伎中表演且规模缩小，此后一直如此；作为郊庙的祭祀乐，在高宗朝就被大大压缩且表演凌乱，在武则天朝已名存实亡；从唐玄宗朝开始，更是成为教坊等宫廷俗乐机构表演的乐曲，被宫女们表演；后来重新回到民间，在藩镇宴享时表演。《破阵乐》的发展显然有违唐太宗朝君臣“万世取法”的预期。这与唐太宗的治国理念和音乐思想相关。唐太宗重视儒家王道采取文治，这使得颂扬武功的《破阵乐》在当时就被排在《庆善乐》之后表演，新创《景云河清歌》后，雅化后的《破阵乐》更是被排至第三；唐太宗将音乐建制与治政进行了分离，并将音乐建制视为治政的辅助手段，这使得此曲在雅化时，审美性不被重视、娱乐性不能根除，结果既影响到它的后世传播，又为不断俗化埋下了根源。对《破阵乐》的发展历程和衰落原因作深度考察，可以更好地理解唐代雅乐状况和初唐文艺风貌。

* 本文系国家社会科学基金一般项目“音乐雅俗流变与唐代诗歌传播研究”（21BZW090）阶段性成果。

关键词：《破阵乐》《七德舞》 唐太宗 唐代雅乐 初唐文艺

作者简介：柏红秀，博士，扬州大学新闻与传媒学院教授，博士生导师，研究方向为唐代文学。刘咏莲，博士，安徽师范大学音乐学院教授，博士生导师，研究方向为唐代文学。

在唐代音乐史乃至中国音乐史上，《破阵乐》始终占据着重要的地位，因为它是唐代第一部乐曲，且从初唐产生开始直到晚唐都有表演，在当时就远播印度、日本等国家，当下的乐曲中仍能见到它的遗存。对《破阵乐》作考察，显然对于中国古代音乐史、中国古代诗歌史等研究的深入均有十分重要的意义，学界因此一直对《破阵乐》有所关注。关于《破阵乐》的研究，主要集中在五个方面：一是梳理乐曲的缘起与流变，代表论文有 12 篇①；二是对作品的音乐性作详细的分析，代表论文有 2 篇②；三是考察它的域外传播，代表论文有 2 篇③；四是考察它的当下传承，代表有 6 篇④；五是将之与唐代的音乐、诗歌等结合起来考察，代表

---

① 刘媛媛：《论唐破阵乐》，《黄钟（武汉音乐学院学报）》2006 年第 S1 期；马欢：《唐代〈破阵乐〉辨析》，《宁夏大学学报》（人文社会科学版）2008 年第 4 期；韩娇艳《〈秦王破阵乐〉考析》，《大众文艺》2011 年第 6 期；王安潮：《〈秦王破阵乐〉考》，《文化艺术研究》2011 年第 3 期；吕建康：《唐大曲〈秦王破阵乐〉探》，《西安文理学院学报》（社会科学版）2012 年第 4 期；石蕊：《唐代乐舞〈破阵乐〉变迁考》，《北方音乐》2015 年第 22 期；柏红秀：《〈破阵乐〉在唐代宫廷的兴衰及其音乐史价值》，《艺术百家》2018 年第 1 期；杨铭：《浅谈〈破阵乐〉成为宫廷大曲之路》，《戏剧之家》2019 年第 11 期；罗俊峰：《从唐前期音乐编年看〈破阵乐〉的变迁》，《大众文艺》2022 年第 2 期；张丹丹：《〈秦王破阵乐〉缘起探微》，《音乐生活》2023 年第 11 期；庄永平：《唐曲〈秦王破阵乐〉研究》，《南京艺术学院学报（音乐与表演）》2023 年第 4 期；肖徽徽《从来源、形制和传播看唐〈破阵乐〉及其影响》，《中国民族博览》2022 年第 3 期。

② 周邦春：《唐朝“第一乐曲”〈破阵乐〉源流及其曲风舞容略考》，《兰台世界》2015 年第 11 期；冯珺：《唐代〈破阵乐〉的艺术特征与文化功能研究》，《四川戏剧》2019 年第 8 期。

③ 张远：《〈秦王破阵乐〉是否传入印度及其他——兼与宁梵夫教授商榷》，《南亚研究》2013 年第 2 期；王文清：《〈秦王破阵乐〉在古代日本的传播及其变革》，《许昌学院学报》2022 年第 4 期。

④ 王诣霏：《笙家本无征战枪，凤鸣一曲颂辉煌——笙曲〈秦王破阵乐〉解析》，《黄河之声》2020 年第 12 期；赵云龙：《笙曲〈秦王破阵乐〉浅析》，《黄河之声》2019 年第 11 期；陈博：《秦王破阵传四海　乐韵笙声遍五洲——笙独奏曲〈秦王破阵乐〉的乐曲分析》，《北方音乐》2018 年第 7 期；董青：《汉唐大曲传余韵　笙管参差谱华章——笙曲〈秦王破阵乐〉的美学特征和音乐特色》，《天津音乐学院学报》2015 年第 2 期；岳文：《蹙踏辽河自竭　鼓噪燕山可飞——介绍据唐代古谱译创的民族管弦乐合奏曲〈秦王破阵乐〉》，《视听技术》1998 年第 6 期；章舜娇、林友标：《秦王破阵乐与团体操的文化传承》，《搏击（武术科学）》2011 年第 4 期。

论文有4篇[①]。论文数量占比最大的是关于第一方面的，学者们会特别关注《破阵乐》的雅俗流变，在分析流变原因时，会将之放入特定的政治环境中考察，或是将之与唐太宗的性格、政治与文化手段等相联系，代表论文有3篇，代表作有1部。[②]

本文对此乐所作的考察也集中在它在唐代的流变历程。不过，重点是将它在唐太宗朝的发展与此后的作对比，指出它在唐太宗朝以后一直趋于衰落，这显然有违唐太宗朝君臣的预期；同时对造成此乐发展的原因作深挖，认为它和唐太宗的执政理念和音乐思想紧密相关。对《破阵乐》发展及衰落的深层次原因作探讨，可以对唐代雅乐状况和初唐文艺风貌作出新观照，给出新理解。

一　在唐太宗朝的表演盛况及君臣持有的信心

《破阵乐》原名为《秦王破阵乐》，是唐太宗平定刘武周以后，军营为了颂扬作为将帅的唐太宗的军事才华而创作的。这场战役对于唐太宗声威的确立以及唐王朝的建立意义重大，故而随着唐太宗的登基，这首乐曲也由民间进入了宫廷，唐代刘悚《隋唐嘉话》卷中载："太宗之平刘武周，河东士庶歌舞于道，军人相与为《秦王破阵乐》之曲，后编乐府云。"[③]《破阵乐》进入宫廷以后，起初只是在朝臣宴会上表演。唐太宗认为它陈述了建立王业的曲折历程，可以向子孙展示创业的艰难，因而将之视为雅乐，《旧唐书·音乐一》载："贞观元年，宴群臣，始奏《秦王破阵》之曲。太宗谓侍臣曰：'朕昔在蕃，屡有征讨，世间遂有此乐，岂意今日登

---

① 廉玉柱：《从乐舞〈破阵乐〉看唐代音乐的发展》，《兰台世界》2014年第30期；陈四海：《从〈秦王破阵乐〉谈音乐的传播与传承》，《中国音乐》2000年第3期；龙建春：《也谈〈破阵子〉别名及最早的词——兼及与〈破阵乐〉、〈十拍子〉的关联》，《台州师专学报》2002年第1期；赵小华：《〈破阵乐〉与唐诗刍论》，《湖南人文科技学院学报》2008年第6期。

② 卜月：《论〈破阵乐〉雅俗变迁的原因》，《淮北职业技术学院学报》2020年第2期；李丹婕：《〈秦王破阵乐〉的诞生及其历史语境》，《中华文史论丛》2016年第3期；王晓如、吕建康：《礼乐架构下政治对音乐的影响——以〈秦王破阵乐〉为例》，《西安文理学院学报》（社会科学版）2013年第3期；沈冬：《唐代乐舞新论》，北京大学出版社，2004。

③ 车吉心总主编《中华野史·唐朝卷》，泰山出版社，2000，第3页。

于雅乐？’”[①] 此后，唐太宗更是动用了国家朝廷的力量，对它进行积极改造，《旧唐书·太宗下》载：“（贞观七年）是日，上制《破阵乐舞图》。”[②]《新唐书·礼乐十一》载：“乃制舞图，左圆右方，先偏后伍，交错屈伸，以象鱼丽、鹅鹳。命吕才以图教乐工百二十八人，被银甲执戟而舞，凡三变，每变为四阵，象击刺往来，歌者和曰：‘秦王破阵乐。’后令魏徵与员外散骑常侍褚亮、员外散骑常侍虞世南、太子右庶子李百药更制歌辞，名曰《七德舞》。”[③] 总结所作的改造工作，主要包括四方面：一是由唐太宗亲自作《破阵乐舞图》；二是令太常寺乐官将制好的乐舞图作落地实践，组织乐工们进行表演；三是让朝廷重臣参与歌辞的创作；四是对乐曲的名称进行更改。自此，此乐便实现了华丽转身，由军营和地方受人欢迎的流行俗乐一跃成为宫廷里用于仪式场合表演的雅乐。后来它更成为朝廷的武舞，与之后新创的文舞《庆善舞》一起表演，这两支舞在朝臣宴享时会被排在最前面表演。此后，它表演的场合更有进一步的扩大，除了用于君臣宴享以外，还用于重大的庆典场合，《新唐书·礼乐十一》载：“自是元日、冬至朝会庆贺，与《九功舞》同奏。”[④]

对于此乐，唐太宗显然用了相当多的心血，但是对于这首自己亲自参与创制的国家第一雅乐，唐太宗对于它能否在后世流传、是否为子孙效法，起初还是不太确定的。正因如此，才有了他与重臣们的深入交流。唐王方庆《魏郑公谏录·对庆善乐为文舞》载：

> 太宗谓侍臣曰：“昔周公相成王，制礼作乐，久之乃成。逮朕即位，数年之间，成此二乐；五礼又复刊定，未知堪为后代法否？朕观前王有功于人者，作事施令，有即为法所贵，不忘其德者也。朕既平定天下，安堵海内，若德惠不倦，有始善终，自我作古，何虑不法。若遂无德于物，后代何所遵承？以此而言，后法不法，犹在朕耳。”公对曰：“陛下拨乱反正，功高百王，自开辟已来，未有如陛下者也。更创新乐，兼修大礼，自我作古，万代取法，岂止子孙而已。”[⑤]

① 《旧唐书》卷二八，中华书局，2000，第 705 页。
② 《旧唐书》卷三，中华书局，2000，第 29 页。
③ 《新唐书》卷二一，中华书局，1975，第 467~468 页。
④ 《新唐书》卷二一，中华书局，1975，第 468 页。
⑤ 车吉心总主编《中华野史·唐朝卷》，泰山出版社，2000，第 64 页。

从君臣的交流及结果来看，君臣最终对于它的后世传播形成了共识。唐太宗本人经历了从最初的“未知堪为后代法否”的自我疑问到后来的“自我作古，何虑不法”的自我肯定，朝臣们最终则持肯定的态度，“自我作古，万代取法，岂止子孙而已”。可见，在唐太宗朝，大家对于《破阵乐》的后世传播还是满怀信心的。

从现存的史料来看，《破阵乐》在唐太宗朝的表演盛况空前。它在朝廷的宴享、庆典场合被表演。根据史料记载，其在太宗朝的表演至少有四次。第一次是在贞观元年，上文已提及；第二次是在贞观十三年，《旧唐书·礼仪五》载：“会群臣，奏《功成庆善》及《破阵》之乐。”① 第三次是在贞观十六年，《新唐书·回鹘下》载：“许以新兴公主下嫁，召突利失大享……奏《庆善》、《破阵》盛乐及十部伎……”② 第四次是贞观二十二年，太子李治为其母长孙皇后追福，修造大慈恩寺，十二月，皇室举行了迎像入寺仪式，《大慈恩寺三藏法师传》载：“奏九部乐、破阵舞及诸戏。”③ 不仅如此，它表演时的现场效果也是绝好的，《新唐书·礼乐十一》载：“舞初成，观者皆扼腕踊跃，诸将上寿，群臣称万岁，蛮夷在庭者请相率以舞。”④ 在当时，它已流传至域外，《新唐书·西域上》载：“会唐浮屠玄奘至其国，尸罗逸多召见曰：‘而国有圣人出，作《秦王破阵乐》，试为我言其为人。’玄奘粗言太宗神武，平祸乱，四夷宾服状，王喜，曰：‘我当东面朝之。’贞观十五年，自称摩伽陀王，遣使者上书。”⑤ 此乐曲的域外传播，对于传扬唐太宗的盛名以及新朝廷的声威显然起到了积极的作用，甚至可以说其功能超过一般的外交活动。

二　唐太宗朝后的发展历程及衰落局面

这样一首经过太宗朝君臣合力创制的乐曲，虽然在太宗朝以后直至晚唐仍有表演，但是它并没有如唐太宗君臣所期望的那样被子孙珍惜，为万世效法。相反，它渐趋衰落。

---

① 《旧唐书》卷二五，中华书局，2000，第 656 页。

② 《新唐书》卷二一七下，中华书局，1975，第 6137 页。

③ （唐）慧立、彦悰：《大慈恩寺三藏法师传》，孙毓棠、谢方点校，中华书局，1983，第 156 页。

④ 《新唐书》卷二一，中华书局，1975，第 468 页。

⑤ 《新唐书》卷二二一上，中华书局，1975，第 6237 页。

首先来看《破阵乐》在唐代宫廷中的发展。它在唐太宗朝是作为雅乐由太常寺表演的，最初是作为武舞排在文舞《庆善乐》后面表演的，后来新创了《景云河清歌》，《旧唐书·音乐一》载："十四年，有景云见，河水清。张文收采古《朱雁》、《天马》之义，制《景云河清歌》，名曰宴乐，奏之管弦，为诸乐之首，元会第一奏者是也。"① 于是它的排序便由原来的第二变为第三，居于《景云河清歌》和《庆善乐》之后。后来高宗朝又新创了乐曲，这时它与其他几首乐曲合在了一起，成为当时十部乐中燕乐伎的表演曲目，《文献通考·乐考十三》载："凡大宴会，设十部之伎于庭，以备华夷：一曰燕乐伎，有《景云之舞》，《庆善乐之舞》，《破阵乐之舞》，《承天乐之舞》。"②

唐高宗登基以后，当太常寺要依照惯例表演九部乐时，作为九部乐重要构成的《破阵乐》却被高宗下令禁演了，理由是他不忍心再观看，怕由此引发对父亲唐太宗的缅怀进而产生悲伤之情。《旧唐书·音乐一》载："永徽二年十一月，高宗亲祀南郊，……上因曰：'《破阵乐舞》者，情不忍观，所司更不宜设。'言毕，惨怆久之。"③ 而这一停就将近三十年，《唐会要·破阵乐》载："不见此乐，垂三十年。"④ 后来经过朝臣的劝谏，恢复了表演，《资治通鉴·唐纪十八》载："辛酉，太常少卿韦万石奏：'久寝不作，惧成废缺。请自今大宴会复奏之。'上从之。"⑤ 但恢复表演不久，高宗就驾崩了。在唐高宗朝，此曲还作为郊庙的祭祀乐来表演，不过它并不是对《七德舞》原有的照搬，而是作了极大的压缩，由原来的五十二遍变成了二遍，《唐会要·雅乐上》载："立部伎内《破阵乐》五十二遍，修入雅乐，只有两遍，名曰《七德》。"⑥ 并且此曲在表演时还极度凌乱，有朝臣针对这种不理想的现状提出了整顿的具体策略，《旧唐书·音乐一》中有"每见祭享日三献已终，《上元舞》犹自未毕，今更加《破阵乐》、《庆善乐》，兼恐酌献已后，歌舞更长。其雅乐内《破阵乐》、《庆善乐》及《上元舞》三曲，并望修改通融，令长短与礼相称，冀望久长安稳"

① 《旧唐书》卷二八，中华书局，2000，第706页。
② （宋）马端临：《文献通考》卷一四〇，中华书局，2011，第4257页。
③ 《旧唐书》卷二八，中华书局，2000，第706页。
④ （宋）王溥撰，牛继清校证《唐会要校证》卷三三，三秦出版社，2012，第529页。
⑤ （宋）司马光编著，（元）胡三省音注《资治通鉴》卷二〇二，中华书局，1956，第6385页。
⑥ （宋）王溥撰，牛继清校证《唐会要校证》卷三二，三秦出版社，2012，第513页。

“望请应用二舞日，先奏《神功破阵乐》，次奏《功成庆善乐》。先奉敕于圜丘、方泽、太庙祠享日，则用《上元》之舞”“其《神功破阵乐》、《功成庆善乐》、《上元》之舞三曲，待修改讫，以次通融作之，即得与旧乐前后不相妨破。若有司摄行事日，亦请据行事通融”[①] 等。武则天执政时，为了打击李氏政权，将李氏的祖庙给毁了，作为祭祀乐的《破阵乐》因此名存实亡，《旧唐书·音乐二》载：“自武后称制，毁唐太庙，此礼遂有名而亡实。”[②]《新唐书·礼乐十一》载：“武后毁（唐）太庙，《七德》、《九功》之舞皆亡，唯其名存。自后复用隋文舞、武舞而已。”[③] 在唐高宗朝，朝廷还将太常寺的乐人又细分为雅乐部、坐部伎与立部伎三个部分，其中坐部伎的表演水平最高，雅乐部的表演水平最低，而《破阵乐》是被安排在立部伎里表演的，可见此时它在太常寺中也并没有受到最高的重视。关于这点，中唐时元稹的诗篇有过相关的描述，《和李校书新题乐府十二首·立部伎》题注：“李传云：太常选坐部伎，无性灵者退入立部伎。又选立部伎，无性灵者退入雅乐部，则雅乐可知矣。李君作歌以讽焉。”[④]

唐玄宗朝，此曲依然是太常寺的表演曲目，如宋《唐会要·雅乐下》载太乐署在天宝十三载修定供奉曲名时，很多宫调中都有《破阵乐》这一曲名。[⑤] 并且还出现了新变化，《破阵乐》还在当时新成立的俗乐机构中表演。盛唐时朝廷设置了梨园和教坊等新的俗乐机构，以负责宫廷的娱乐表演，当然设置这些机构还有另外的政治意图，如更好地赏赐那些在王权争夺中给唐玄宗立过功的宦官和伶人们。从唐崔令钦的《教坊记》来看，《破阵乐》是盛唐教坊表演的曲目。教坊的乐曲中有的还是由此曲而新创的，如《破阵子》，据任半塘等学者推断，它极有可能是《破阵乐》的摘遍，再如《新唐书·礼乐十二》中“又作《小破阵乐》，舞者被甲胄”[⑥]，等等。不仅如此，它还成为玄宗宴享时宫女们表演的代表曲目，《旧唐书·音乐一》载：“令宫女数百人自帷出击雷鼓，为《破阵乐》、《太平乐》、《上元乐》，虽太常积习，皆不如其妙也。”[⑦] 由于在唐玄宗朝，朝廷

---

① 《旧唐书》卷二八，中华书局，2000，第707~708页。
② 《旧唐书》卷二九，中华书局，2000，第716页。
③ 《新唐书》卷二一，中华书局，1975，第469页。
④ （唐）元稹著，周相录校注《元稹集校注》卷二四，上海古籍出版社，2011，第731页。
⑤ （宋）王溥撰，牛继清校证《唐会要校证》卷三三，三秦出版社，2012，第531~532页。
⑥ 《新唐书》卷二二，中华书局，1975，第475页。
⑦ 《旧唐书》卷二八，中华书局，2000，第709页。

设立的俗乐机构除了教坊以外，还有梨园，均有宫女在习乐，故而史料记载宫女们表演此乐，说明它不但在当时的教坊有表演，在梨园中亦有表演。唐玄宗朝，教坊和梨园较之太常寺更受唐玄宗的恩宠，所以它作为俗乐被表演的机会应当比作为雅乐的机会更多。盛唐时，无论是在太常寺还是在教坊和梨园中表演，它都已经融入了很多的俗乐元素，比如用龟兹乐表演，《旧唐书·音乐二》中有“自《长寿乐》已下皆用龟兹乐，舞人皆著靴”① 的记载（《破阵乐》在《长寿乐》之下，因此也已用龟兹乐）；又如前面引文中所言的宫女击雷鼓表演，等等。

史料记载在唐宪宗朝和唐穆宗朝宫廷中亦有此曲的表演，唐宪宗朝的如《旧唐书·德宗下》中“（贞元十四年）二月壬子朔。戊午，上御麟德殿，宴文武百僚，初奏《破阵乐》，遍奏《九部乐》，及宫中歌舞妓十数人列于庭”②；穆宗朝的如《新唐书·吐蕃下》，中“唐使者始至，给事中论悉答热来议盟，大享于牙右，饭举酒行，与华制略等，乐奏《秦王破阵曲》，又奏《凉州》、《胡渭》、《录要》、杂曲，百伎皆中国人。盟坛广十步，高二尺”③。但是它在中晚唐的表演，无论在规模上还是在频次上，均是不能与初唐太宗朝相比的，如文宗朝的表演，唐苏鹗《杜阳杂编》卷中有“挈养女五人，才八九岁。于百尺竿上张弓弦五条，令五女各居一条之上，衣五色衣，执戟持戈，舞《破阵乐》曲。俯仰来去，赴节如飞，是时观者目眩心怯”④。从白居易《新乐府·七德舞》的内容来看，此时的诗人需要作诗来特地强调此乐曲的缘起、创作动机、颂扬主旨等，可见中唐时人对此曲的了解已相当模糊了。

后来，《破阵乐》更是从宫廷再次回到了民间。盛唐新设立的教坊，在中晚唐以后，会被赐或是受聘到宫外表演，唐李肇《唐国史补》卷上载：“每宴乐，则宰臣尽在，太常教坊音声皆至，恩赐酒馔，相望于路。”⑤而民间音乐出于对宫廷音乐的追捧和热爱，也会对教坊等宫廷俗乐机构的音乐作品与表演技艺进行效仿和学习，宋王谠《唐语林·夙慧》卷三载：“韦皋镇西川日，进《奉圣乐》曲，兼乐工舞人曲谱到京。于留邸按阅，

① 《旧唐书》卷二九，中华书局，2000，第717页。

② 《旧唐书》卷一三，中华书局，2000，第262~263页。

③ 《新唐书》卷二一六下，中华书局，1975，第6103页。

④ 车吉心总主编《中华野史·唐朝卷》，泰山出版社，2000，第755页。

⑤ 《唐五代笔记小说大观》，丁如明等校点，上海古籍出版社，2000，第171页。

教坊人潜窥，得先进之。”[①]《破阵乐》作为盛唐时教坊表演的重要乐曲，此时自然也会传播至民间。晚唐时，它颇受藩镇之人欢迎，在地方军营的宴享场合会有表演，如大历年间，颜真卿主政湖州时，皎然见过它的表演，创作了《奉应颜尚书真卿观玄真子置酒张乐舞破阵画洞庭三山歌》[②]；如唐宪宗年间，田弘正入觐受到皇帝隆重的礼遇回镇后，人们在广场上表演《破阵乐》以示欢迎，王建《田侍郎归镇》载：“广场破阵乐初休，彩纛高于百尺楼。老将气雄争起舞，管弦回作大缠头。”[③] 如唐懿宗朝，势力日炽的藩镇一直有《破阵乐》的表演，《新唐书》载：“咸通间……是时，藩镇稍复舞《破阵乐》。”[④] 唐代段安节《乐府杂录》亦载：“《破阵乐》曲亦属此部，秦王所制，舞人皆衣画甲，执旗旆。外藩镇春冬犒军亦舞此曲，兼马军引入场，尤甚壮观也。”[⑤] 如此等等，不一而足。

由以上梳理来看，唐太宗朝以后，作为朝廷宴会庆典的乐曲，《破阵乐》的规模不断地被压缩；作为郊庙的祭礼乐，它在武则天朝就名存实亡了。盛唐时，它在宫中更多地被作为俗乐来表演，并且还作为俗乐从宫廷回归到了民间。无疑，唐太宗朝是它发展的顶峰，此后它渐趋衰落。

三　不断衰落终而归于民间、遗于外域的原因

通过对《破阵乐》由民间进入宫廷以后发展历程的梳理，发现它与唐太宗朝君臣的期待是严重相违背的。深究其原因，会发现这实际上与此曲的颂扬主体——唐太宗密切相关。

首先，与唐太宗的治国理念相关。唐太宗很年轻就参与起义，带兵征伐四方，最终灭掉隋，并除掉兄长太子建成而登基，成为新帝国的重要奠基者。虽然他是靠军事战争而取得威名和谋得政权的，但是他与自己的父兄并不一样。他在马上争夺天下时，就已经对如何治天下有了深谋远虑，对于自周至汉相沿的儒家思想也非常倾心。儒家思想提倡的是王道和文治，即用礼乐制度作为治政基石，倡导以文治天下，即通过对社会成员的

① 车吉心总主编《中华野史·唐朝卷》，泰山出版社，2000，第394页。

② （清）彭定求等编《全唐诗》卷八二一，中华书局，1999，第9338页。

③ （清）彭定求等编《全唐诗》卷三〇一，中华书局，1999，第3433页。

④ 《新唐书》卷二二，中华书局，1975，第478页。

⑤ （唐）段安节撰，亓娟莉校注《乐府杂录校注》，上海古籍出版社，2015，第40页。

人格养成和道德建构来达成社会各阶层的和谐，儒家王道的对立面，是用军事征伐或法治严苛的霸道。唐太宗的这种选择，既是源自对前代历史的深入观照，也是源于对短寿隋代的深刻思考。关于这样的执政理念，在他任亲王和做太子时就已有体现，比如他会将有才华的儒士团结在自己的身边，设置文学馆、选文馆学士，登基以后也非常重视经典古籍的整理特别是史书的修撰，曾亲笔撰写过《晋宣帝论》《晋武帝论》《陆机论》《王羲之论》等史论，重视建设学校，倡导尊师重道，多次下诏积极选择德才兼备的人才等。这样的执政理念使得在宣扬武功与赞美文治的乐曲中，他会较为重视后者，《文献通考·乐考十八》载："封德彝曰：'陛下以圣武戡难，陈乐象德，文容岂足道哉！'帝矍然曰：'朕虽以武功兴，终以文德绥海内，谓文容不如蹈厉，斯过矣。'"[①] 而在他身边支持他这种执政理念的重臣亦是如此，比如魏徵对于《九德舞》的态度显然不友好，这与他对待《庆善乐》的态度形成鲜明的对比，唐代刘悚《隋唐嘉话》卷中："郑公见奏《破阵乐》，则俯而不视；《庆善乐》，则玩之而不厌。"[②] 在他执政时，雅化过后的《破阵乐》先是排在《庆善乐》之后，《景云河清歌》出现以后，更被排在了第三。显然在太宗朝的宫廷雅乐系统中，《破阵乐》是被归为第二层次的。

其次，与唐太宗的音乐思想相关。虽然唐太宗选择以儒家思想中的王道与文治来执政，然而他的音乐思想却不完全与儒家思想相同。依照儒家思想，礼乐制度是治政的根基，其中"乐"并不等同于"声"，而是融歌、舞、诗于一体，是高于当下学科分类中音乐的，涉及哲学、社会学、心理学等多个学科。儒家思想强调以礼来规范人的外在行为，以乐来柔化人的内心情感，终而达成对个体人格和社会道德的养成，进而实现治政的目的。儒家的理想治政就是以人为本，实现"人和"，而礼乐制度是"人和"的基石。基于此，"乐"之下的"声"才是今天所言的音乐，它与"乐"并不是一个层级的概念，它是"乐"的构成之一，且是"乐"用以实现"人和"的具体手段。但是，到了唐太宗这里，乐与声却成了一物。在他看来，乐抑或声，与治政是两物，于是音乐建制便与治政分离，并且还出现了排序上的差别，他认为音乐建制是治政的辅助手段，对国家的兴衰不

① （宋）马端临：《文献通考》卷一四五，中华书局，2011，第4376页。

② 车吉心总主编《中华野史·唐朝卷》，泰山出版社，2000，第3页。

会产生绝对性的影响。儒家思想认为乐是用于昭德的，所谓的德对古代贤明帝王来说当然是重要的构成，但唐太宗认为只要帝王有明德并且坚持修德，即便不通过音乐来昭明和传播，也会对国家和子孙产生积极而深远的影响。所以在他看来，音乐的建制较之帝王的修德与行德，也就不那么重要了，它显然是次一等的事。唐太宗的这种音乐思想，显然与传统儒家思想是有所不同的，其所谓的“自我作古”，是言有所指的实有之事。因为有了这样的差别，故他会受到后世儒家思想中保守人士的严厉批判，比如宋司马光在《资治通鉴·唐纪八》“太宗文武大圣大广孝皇帝上之上”条曾有评论：“苟无其本而徒有其末，一日行之而百日舍之，求以移风易俗，诚亦难矣。……而太宗遽云治之隆替不由于乐，何发言之易而果于非圣人也如此！”①。

作为王朝初创时期的帝王，当唐太宗的音乐思想与传统有别时，其必然会影响到音乐的发展。例如当他视《破阵乐》为雅乐，并参与它的雅化工作时，因视其为治政的辅助手段，所以也只是将之作为工具来对待，因此此项工作会被排在治政之后。在他留存的文字史料里，他常会将音乐等视为政务闲暇之举，这样必然会忽略对作品艺术性的追求。《破阵乐》雅化以后再作表演，当有朝臣指出此乐曲并没能绘声绘色地再现当时平定刘武周的曲折历程时，他便以不忍心为由作了回应，结果此乐仅止于“陈其梗概”。《文献通考·乐考十八》载：“太常卿萧瑀曰：‘乐所以美盛德形容，而有所未尽。陛下破刘武周、薛举、窦建德、王世充，愿图其状以识。’帝曰：‘方四海未定，攻伐以平祸乱，制乐陈其梗概而已。若备写擒获，今将相有尝为其臣者，观之有所不忍，我不为也。’”② 此后朝廷受命进行雅乐建制时，也遇到了相似的情况。当雅乐匆匆制成后，乐官张文收从音乐立场对它们作出审视进而提出精修的请求时，同样也遭到了唐太宗的拒绝。这两件事表面上看起来没有联系，其本质是一样的，都与唐太宗对音乐和治政关系的新理解相关。音乐作品的后世传播，虽然也需要朝廷官方等外在力量的努力，但是更主要的还是其自身的艺术水平。匆匆而成的乐曲，在后世不能很好地传播下去，考察其原因，自然与其审美方面的艺术性有所欠缺相关。再者，虽然当时应命作歌辞的朝臣不少且身份地位

---

① （宋）司马光编著，（元）胡三省音注《资治通鉴》卷一九二，中华书局，1956，第6052~6053页。

② （宋）马端临：《文献通考》卷一四五，中华书局，2011，第4376页。

也不低，但是他们创作的歌辞作品也没有被很好地传承下去，到了盛唐时，以传播儒家思想为使命的元德秀还对《破阵乐》的歌辞作过重订，《新唐书·卓行·元德秀》中李华作《三贤论》时曾言及“德秀以为王者作乐崇德，天人之极致，而辞章不称，是无乐也，于是作《破阵乐辞》以订商、周”①，这也足见此乐歌辞最初在艺术性上的不足。

同时，唐太宗将音乐排在治政之后，视其为治政的辅助手段，这使得《破阵乐》在其雅化的过程中，对于其先天所有的俗乐基因并不能彻底地根除。比如作为朝会庆典的仪式音乐，在表演时，君臣竟然是站在一起观赏的，而且观看时大家的情绪还非常高涨，这显然与传统的雅乐在表演时庄重肃穆的氛围相违背，也与儒家强调的君臣有别的理念相违背，所以此曲的娱乐性在雅化过程中没有根除掉。唐高宗下令禁演，理由是观之情有不忍。高宗没有将此曲与缅怀先王、勤守基业等祖上之“德”相连，反而将之与父子之私情相连，这也是其俗的一方面根植于心的体现。后来虽然恢复了《破阵乐》表演，但是观看时，依然是君臣立观，此举受到了朝臣的议论，《唐会要·破阵乐》载：“先是，每奏《神功破阵乐》及《功成庆善乐》二舞，上皆立对。至永淳元年二月，太常博士裴守贞议曰：‘窃惟二舞肇兴，讴吟攸属，义均《韶》、《夏》，用兼宾祭，皆祖宗盛德，而子孙享之。详览传记，未有皇王立观之礼。况升中大事，华夷毕集，九服仰垂拱之安，百蛮怀率舞之庆，甄陶化育，莫非神化，岂于乐舞，别申严敬。臣等详议，每臣二舞时，天皇不合起立。’”② 这样的进谏显然就是针对此乐曲含有的俗乐性质。到了唐玄宗朝，在太常寺中又另设坐立两部伎，此曲由太常寺中识性最差的乐人来表演，此后更是被新成立的教坊、梨园表演，特别是被宫女们表演，其中的俗乐元素不断被激活，并且后来还不断地扩充，比如吸纳龟兹乐，使用雷鼓等。

结　语

本文考察唐代第一乐曲《破阵乐》终唐一代的发展历程，揭示其在唐太宗朝的高光时刻以及此后的持续衰落，指出它有违唐太宗朝君臣预期的

① 《新唐书》卷一九四，中华书局，1975，第5565页。

② （宋）王溥撰，牛继清校证《唐会要校证》卷三三，三秦出版社，2012，第529页。

原因在于唐太宗的执政理念及音乐思想，唐太宗选择以儒家思想王道的文治来治政，却没有完全继承儒家传统的音乐思想，他“自我作古”，将“声”视同为“乐”，还对音乐建制与治政作了分离，并且视音乐建制为治政的辅助手段，结果造成了《破阵乐》雅化过程中审美艺术性不被完全重视，而原本的俗乐元素又不被根除，最终导致了它在后世传播过程中的衰落以及不断走向俗化。

了解到唐太宗执政理念与传统儒家思想的异同以后，再来看他实行文治时在音乐等方面的举措，便容易理解为什么会出现在传统人士或现代人士看来自相矛盾之处。比如唐代的雅乐建制是在他登基后，与前代特别是隋代建制雅乐相比，其速度很快，成果卓然，但是这样匆匆而成的雅乐，其实与雅化后的《破阵乐》一样，只是被视为治政的辅助手段，所以审美性也是被忽略的，这给唐帝王的雅乐创制开了个不理想的头，此后的雅乐发展一直不兴，后人对唐代雅乐的整体评价不高。再如，唐太宗虽然在《京帝篇》中强调周朝传统，重言志之诗，可是与朝臣进行创作交流时，他却将自己创作的宫体诗给拿了出来，对于齐梁诗风重声律和重形式的传统，他显然也是不排斥的，这种倡导传承《诗经》重言志的传统又尊重齐梁以来重声律美的趋势，对盛唐诗风的全面繁荣以及唐代诗歌的兴盛等自然会起到积极的作用。

南朝分陕制下西曲创作的演变

黄　玉

（浙江大学文学院，杭州，310058）

摘　要：西曲作为荆楚民歌，受到了南朝分陕制的深刻影响。自南朝宋始，以荆州为主实行的分陕政策，直接推动了西曲在整个长江流域的兴盛。至南梁，梁武帝萧衍以“衣冠礼乐”作为分陕制的补充，天监十一年（512）新创的《江南弄》《上云乐》成为武帝西曲改制的标志，强化了西曲在南梁礼乐系统中的教化功能。以此历史背景为线索，对西曲新制前后的梳理构成了南朝西曲创作的演变脉络。新创西曲作为武帝制礼作乐的一部分，与旧曲书写有着明显的变化：在空间书写上，以“江南”取代荆扬之间“西东”行旅描写，并将地域重心转至金陵建康；在思想教化上，延续西曲的“美政”国风特征，灌注儒、道、佛教义，完成了“三教圆融”的歌舞新实践。

关键词：西曲　西曲改制　分陕制度　梁武帝

作者简介：黄玉，浙江大学文学院博士研究生，研究方向为魏晋南北朝文学。

关于南朝西曲研究，在音乐学研究基础上文学界多将其价值定位于民俗性和娱乐性，文人西曲研究也多以此论调展开，遵循王运熙“娱乐消遣的工具”① 的定性。尽管曹道衡对南朝政局与西曲的讨论②开辟了西曲与南

① 王运熙：《乐府诗述论》（增补本），上海古籍出版社，2006，第457页。

② 曹道衡：《南朝政局与“吴声歌”、“西曲歌”的兴盛》，《社会科学战线》1988年第2期。

朝地理政治的研究方向，但就目前成果来看，地理政治仍多死板地被罗列为研究背景，西曲在与历史环境相关的动态研究上仍有挖掘的空间。笔者在了解西曲发展的过程中，发现分陕制作为南朝例行的地方政策，对西曲的书写有着根本性影响。南朝分陕制是对周公旦、召公奭“分陕而治”的延续，在文化上继承宗室藩卫君王的王化思想，在政策上针对东晋荆州独立于建康的遗留问题，有特殊的荆扬“西东”架构特点[①]。分陕政策不仅促成荆地西曲的兴起，也使西曲书写反映“西东”板块现实。至梁武帝萧衍改制，西曲书写随之发生变化。有学者已注意到改制与政治的联系[②]，但缺乏更全面的论述。

笔者认为，梁武帝的西曲改制源于梁代对分陕制的修整：为更好维持中央集权统治，萧衍在实行一系列缓解阶级矛盾的政策之外延续齐代的新礼制作活动，深度投入礼乐制度的建设。而天监十一年新创的西曲《江南弄》《上云乐》组曲作为南梁礼乐系统制定的一部分，曲辞核心是对梁武帝教化思想的宣扬。南陈释智匠《古今乐录》编选南朝西曲歌 34 曲，现存 142 首。收录作品朝代以宋、齐为主，其中梁天监十一年梁武帝敕法云改作的《三洲歌》是可考最晚的作品。而武帝同年的新制组曲，《古今乐录》述其创作目的为“以代西曲”[③]，通过《晏元献公类要》的卷数记录[④]，可知西曲歌与萧衍新曲共编于《古今乐录》卷十。《乐府诗集》对同期增收了梁、陈、北周时期西曲，包含拟作和新作共 7 曲，现存 32 首（梁 20 首，陈 9 首，北周 3 首）。排序上，萧衍新曲接“西曲歌”后，另立于“江南弄”条目，可视为对《古今乐录》次序的遵从。综上，《古今乐录》西曲歌与武帝的新制西曲是密切承接关系，共同构成宋齐至梁时期西曲最兴盛的发展过程。而梁武帝新制是统治阶层有意识的干预与引导，作为西曲的重要转折，仅以“雅化”不能概其特点。

---

① 姚乐：《“荆扬二分”与“同源相连”：南朝正史地理志诸州排序的结构特征和地理基础》，《社会科学》2024 年第 1 期，第 71 页。

② 王平：《“亡国之音”抑或“创国颂歌”——梁武帝〈襄阳踏铜蹄歌〉主题新探》，杨治宜译，卞东波编《中国古典文学与文本的新阐释——海外汉学论文新集》，安徽教育出版社，2019，第 143~158 页。

③ （宋）郭茂倩编《乐府诗集》卷五一，中华书局，1979，第 744 页。

④ （宋）晏殊：《晏元献公类要》卷三，《四库全书存目丛书》子部第 166 册，齐鲁书社，1995，第 259 页；《晏元献公类要》卷二四，《四库全书存目丛书》子部第 167 册，齐鲁书社，1995，第 104、110 页；《晏元献公类要》卷二九，《四库全书存目丛书》子部第 167 册，齐鲁书社，1995，第 220 页。

因此，本文以《古今乐录》西曲歌和梁武帝《江南弄》《上云乐》组曲为重点比较对象，以《乐府诗集》增录为补充，结合分陕制实行过程，论述南朝分陕制下西曲创作的演变。笔者才疏学浅，不当之处还望指教。

一　西曲与南朝分陕制度

“分陕”之说最初见于《公羊传·隐公五年》：“自陕而东者，周公主之；自陕而西者，召公主之；一相处乎内。”[①] 西周初年，周公旦和召公奭共同辅佐周成王以巩固新生王朝。“分陕而治”是其中一个重要行政措施，即二公以河南陕县为界，周公负责陕以东地区治理，召公则负责陕以西地区治理。在历代经学家的阐述下，“分陕”在文化上成为君王与宗室重臣关系的德政典范，在政治上成为中央派宗室出镇地方的行政制度。虽在晋代已复行分陕制，但其本质是宗室地方分权，中央为维持名义上的政治中心，实际承认了诸王的“分陕”势力。[②] 至南朝，刘宋分陕制度伴随着东晋门阀势力的衰落和皇权的加强，成为中央针对“荆扬之争”现实政局夺取主权的政策实践。《宋书·何尚之传》载：

> 江左以来，树根本于扬越，任推毂于荆楚。扬土自庐、蠡以北，临海而极大江；荆部则包括湘、沅，跨巫山而掩邓塞。民户境域，过半于天下。晋世幼主在位，政归辅臣，荆、扬司牧，事同二陕。宋室受命，权不能移，二州之重，咸归密戚。[③]

东晋以来，荆州以“地广兵强”的特点半独立于建康，成为中央政权的巨大威胁。刘宋的分陕，一方面针对“地广”将荆州统区分割，减小荆州兵力威胁；另一方面继承周代“咸归密戚”的特点，将出镇官员限制为内部宗亲。由此，宋武帝刘裕开启荆州“遗诏诸子次第居之”[④] 的局面，明确了“拟周之分陕”体制：“是以周之宗盟，异姓为后。权轴之要，任归二

① 李学勤主编《十三经注疏·春秋公羊传注疏》，北京大学出版社，2000，第59页。

② 赵立新：《西晋末年至东晋时期的“分陕”政治——分权化现象下的朝廷与州镇》，王明荪主编《古代历史文化研究辑刊·初编》第7册，（台北）花木兰文化出版社，2009，第174~175页。

③ 《宋书》卷六六，中华书局，1974，第1739页。

④ 《宋书》卷六八，中华书局，1974，第1798页。

南，斯前代之明谟，当今之显辙。”[①] 先后亲任宗室彭城王刘义康、江夏王刘义恭、临川王刘义庆、衡阳王刘义季、南郡王刘义宣等出镇荆州。而湘、郢、雍州也相继割荆州实土而立，随着军事重地从荆州转向雍州，“荆扬分陕”逐成“荆州分陕”的局势。至南齐，中央沿用遗轨：“江左大镇，莫过荆、扬。弘农郡陕县，周世二伯总诸侯，周公主陕东，召公主陕西，故称荆州为陕西也。”[②] 南齐继续利用同族控制荆州，雍、郢州刺史也多以诸王担任。在此基础上，中央又加大地方典签官权力，使其掌握州镇实权以达到监控出镇刺史的作用，所谓“行事执其权，典签掣其肘，处地虽重，行止莫由”[③]。然而，宋孝武帝刘骏的宗室诛杀和齐末各州宗王的相继起兵，最终暴露了分陕制度将权力斗争从君臣转向王室内部的弊病。南梁时期，梁武帝萧衍以更严格的“非亲不居”标准任命宗室出镇重要州郡，但覆齐立梁的征战经历使他对分陕制度有更深刻的认识：齐末永泰元年（498）东昏侯即位后萧遥光、江祐等“六贵”辅政，时任雍州刺史的萧衍敏锐察觉到齐明帝欲以周、召公共辅之理，以“六贵”安排齐皇权的过渡。但萧衍点明了多部门指令不统一的隐患，预示了“六贵”相诛灭的混乱局势。[④] 纵观萧衍东征的过程，其是对南朝分陕制度下“西东”政治地理架构的充分运用。萧衍表面利用与“西伯”[⑤]“周武王”[⑥] 的地缘相似性，以自比为由西向东的征战路线套上正统性的外衣。在实际作战上，萧衍以雍州为军权堡垒，利用南齐宗室内斗成功联盟了荆州刺史萧颖胄、湘州刺史杨公则，从而突破郢州防线最终兵临建康。政治名声和军事策略双赢的萧衍，在登帝后为维持分陕制度带来的中央集权权益，极力规避前朝内部倾轧的弊病。一方面，萧衍通过政策条例，积极缓解前代宗室之间、宗室与士族、名门与寒族的权力冲突；另一方面，投入极大热情建设南梁礼乐体系。吸取宋齐的教训，即有如“典签”的军权限制存在，依然无法避免方镇夺权的内斗发生。加上齐代礼学的滋养，让“天道之所大，莫大

---

① 《宋书》卷四二，中华书局，1974，第 1315 页。

② 《南齐书》卷一五，中华书局，1972，第 274 页。

③ 《南史》卷四四，中华书局，1975，第 1123 页。

④ 《梁书》卷一，中华书局，1973，第 3 页。

⑤ 萧衍曰：“嫌隙若成，方相诛灭，当今避祸，惟有此地。勤行仁义，可坐作西伯。”参见《梁书》卷一，中华书局，1973，第 3 页。

⑥ 萧衍曰：“昔武王伐纣，行逆太岁，复须待年月乎？”参见《梁书》卷一，中华书局，1973，第 5 页。

于阴阳；帝王之至务，莫重于礼学”① 的思想成为共识。因此，萧衍认为礼乐制度的教化功能是王权统治的重要稳定器：“礼坏乐缺，故国异家殊，实宜以时修定，以为永准。”② 梁代礼乐制度修订甚至早于法度制定。

南朝分陕制的运行轨迹，揭示了西曲发展与“荆州分陕”同步的进程。首先是宋齐时期分陕制下西曲歌的兴起。关于西曲的产地，《古今乐录》载：“按西曲歌出于荆、郢、樊、邓之间，而其声节送和与吴歌亦异，故依其方俗而谓之西曲云。”③ “荆、郢、樊、邓”是对南朝荆州及从荆州分置出的雍、郢州区域的概括，即刘宋初的荆州就是西曲产生的中心地区。④ 又荆州刺史都督区域普遍包含督荆、湘、益、宁、雍、梁、南北秦八州，出镇荆州的刺史官员不管出于采风还是娱乐目的，都会频繁接触到当地民俗音乐。宗王的地位提升了所在方镇的影响力，伴随着出镇诸王的定期迁移规制，西部任职宗王及其文士僚佐都成为荆州地域民俗文化的传播载体，士族的再创更加大了荆州文学对建康的影响。《古今乐录》所录34曲西曲中包含上层阶级的创作，说明南朝士族很早就占取了西曲民歌创作的部分话语权。在题解明确作者的8曲中，7曲作者为南朝宗室，7曲直接涉及出仕荆、雍州的经历：《石城乐》为宋外戚臧质在荆州任竟陵内史时作；《乌夜啼八曲》对应宋宗室刘义庆荆州刺史转江州刺史的仕途经历；《乌栖曲》为梁萧纲任雍州刺史时所作；《估客乐》为齐武帝萧赜在登帝前游樊、邓作；《襄阳乐》为宋随王刘诞任雍州刺史时所作；《襄阳蹋铜蹄》是萧衍对时任雍州刺史时雍镇童谣的改写；《寿阳乐》为宋南平穆王刘铄为豫州刺史时所作；《西乌夜飞》为宋沈攸之为荆州刺史时所作。《宋书·良吏列传》载：“凡百户之乡，有市之邑，歌谣舞蹈，触处成群，盖宋世之极盛也。”⑤ 又《南齐书·萧慧基传》曰：“自宋大明以来，声伎所尚，多郑卫淫俗，雅乐正声，鲜有好者。”⑥ 由此看，宋齐从民间到上层士族的西曲流行风潮，是依托在出镇地方的宗室士族强大的政治和文学影响力之上的，绝非士族单纯的喜好选择。

---

① 《晋书》卷六九，中华书局，1974，第1848页。
② 《梁书》卷二五，中华书局，1973，第381页。
③ （宋）郭茂倩编《乐府诗集》卷四七，中华书局，1979，第689页。
④ 王志清：《晋宋乐府诗研究》，河北大学出版社，2007，第170~171页。
⑤ 《宋书》卷九二，中华书局，1974，第2261页。
⑥ 《南齐书》卷四六，中华书局，1972，第811页。

其次是梁武帝时期分陕制下西曲的改制。乐律造诣颇深的梁武帝深度参与了天监元年（502）开始的“大梁之乐”定制：“梁武帝本自诸生，博通前载，未及下车，意先风雅，爰诏凡百，各陈所闻。帝又自纠擿前违，裁成一代。”① 武帝的“自制定礼乐”② 包括制新礼，以及乐器、乐曲和歌诗等方面的一系列创造性工作。其中，西曲的改制尤为突出。除与吴歌相同的旧曲拟作类改制③，梁武帝还于天监十一年（512）新制两组西曲以代旧，据《古今乐录》载：“梁天监十一年冬，武帝改西曲，制《江南上云乐》十四曲，《江南弄》七曲。”④ 又：“《上云乐》七曲，梁武帝制，以代西曲。”⑤ 组曲的演绎又与梁三朝乐联系，据《隋书·音乐志》，《上云乐》和周舍同题辞被立为梁三朝乐第四十四目：“设寺子导安息孔雀、凤凰、文鹿胡舞登连《上云乐》歌舞伎。”⑥ 相对应的是武帝将三朝乐中《凤凰衔书伎》删除：

> 自宋、齐已来，三朝有凤凰衔书伎。至是乃下诏曰：“朕君临南面，道风盖阙，嘉祥时至，为愧已多。假令巢侔轩阁，集同昌户，犹当顾循寡德，推而不居。况于名实顿爽，自欺耳目。一日元会，太乐奏凤凰衔书伎，至乃舍人受书，升殿跪奏。诚复兴乎前代，率由自远，内省怀惭，弥与事笃。可罢之。”⑦

梁三朝乐演奏于元会之上，而元会在魏晋时期已有追求“元正”的政治意义。⑧《凤凰衔书伎》本事见《金楼子》，述周文王伐纣之瑞，以凤凰衔书显示文王受天命而王。⑨ 萧衍诏书述删《凤凰衔书伎》原因有二：一是认

① 《隋书》卷一三，中华书局，1973，第 287 页。

② 《隋书》卷一三，中华书局，1973，第 289 页。

③ 拟作类改制包括：①萧衍与僧人法云对《三洲歌》曲律、辞的改编；②为应对雍州童谣舆论而作的《襄阳蹋铜蹄》，命沈约另作三曲；③点明“南音多有会，偏重叛儿曲”社会现象的《杨叛儿》拟作。

④ （宋）郭茂倩编《乐府诗集》卷五〇，中华书局，1979，第 726 页。

⑤ （宋）郭茂倩编《乐府诗集》卷五一，中华书局，1979，第 744 页。

⑥ 《隋书》卷一三，中华书局，1973，第 303 页。

⑦ 《隋书》卷一三，中华书局，1973，第 303~304 页。

⑧ 刘奕璇、曾智安：《魏晋南朝元会雅舞考》，《北京舞蹈学院学报》2022 年第 1 期，第 25 页。

⑨ （梁）萧绎撰，陈志平、熊清元疏证校注《金楼子疏证校注》卷一，上海古籍出版社，2014，第 95 页。

为此伎目内容上演绎周文王而“名实顿爽，自欺耳目”，不合宜于当朝；二是以“朕君临南面，道风盖阙，嘉祥时至，为愧已多”的态度，认为自己寡德不应承接。原因一显然与萧衍东征时曾以周王自比的说法相矛盾，可判为借口；原因二中“盖阙”指缺少，显示出萧衍对进一步强化新王朝治理思想的要求。学者许云和则直接指出，萧衍认为“嘉祥时至”是自己道风常扇、佛日连辉的结果。[①] 可知统治教化思想的改变，才是梁三朝乐罢除《凤凰衔书伎》、纳入《上云乐》的根本原因。综上，武帝西曲改制与梁礼乐系统的联系，显示了新制西曲的重要政教目的。

二 西曲的空间书写变化

西曲歌的离别哀思主调与荆扬之间频繁的航运往来紧密联系，通过地点考证，可知横跨荆扬的“西东连接”描写是西曲歌突出的空间书写特征。对比新制西曲，梁武帝用“寻古乐、理脉络”的制乐之法将西曲追溯至楚歌，以“江南”取代“西东连接”空间描写，并在“江南”空间塑造中把描写重点转移至京都建康。

（一）西曲歌的荆扬行旅现实与“西东连接”空间书写

《乐书》载：“郊庙之外，民谣杂出，非哀思淫靡之音则离析怨旷之曲也。故江左虽衰而章曲可传声，西曲是也。”[②] 可见西曲多别离哀思的情爱表达。这个特点放大了西曲的娱乐性，西曲就此被视为士族的消遣玩物，如王运熙评：“六朝贵族阶级采录了江南的新兴民歌，制成美妙的吴歌与西曲，作为一种娱乐消遣的工具……因此，在吴歌与西曲中间，我们只能看到那些哀感顽艳的情歌。”[③] 刘怀荣等对此持否定态度，指出西曲情歌多是因为南方民族中情歌本就发达，江南民歌的早期形态正是对“阿注婚”中“对歌”习俗的保留。[④] 此论使西曲与“哀感顽艳”的士族娱乐性解

---

① 许云和：《梁武帝〈江南弄〉七曲研究》，《武汉大学学报》（人文科学版）2010 年第 4 期，第 445 页。

② （北宋）陈旸撰，张国强点校《〈乐书〉点校》卷一五七，中州古籍出版社，2019，第 799 页。

③ 王运熙：《乐府诗述论》（增补本），上海古籍出版社，2006，第 457 页。

④ 刘怀荣、宋亚莉：《魏晋南北朝乐府制度与歌诗研究》，商务印书馆，2010，第 244～246 页。

绑，但现存最早的《古今乐录》编选西曲歌多成于宋齐且多士族创作，产生背景显然还需要从江南民歌早期形态进一步探究。西曲中“执手双泪落，何时见欢还”① 的离情从何而来？又为何作为咏怀的主要情感？笔者认为这是频繁的荆扬行旅奔波社会现实决定的。

荆州除了具有重要的军事和政治地位，丰富的物资也奠定了其商业繁荣的基础。《宋书》载：“荆城跨南楚之富，扬部有全吴之沃，渔盐杞梓之利，充仞八方，丝绵布帛之饶，覆衣天下。”② 而荆州畅通的水陆交通和发达的造船业促进了荆扬两地繁盛的贸易往来，“建业（扬州）和江陵，是荆、扬两州的最大商埠，因此一般估客，就沿着长江，往环于江陵、扬州间，经营他们的生意”③。在西曲中体现最直接的，即《江陵乐》《石城乐》《襄阳乐》《寻阳乐》《寿阳乐》这五首直接以城市命名的曲辞，均涉及作为交通枢纽的码头城市。对行旅场景的描写，也解释了为何西曲虽产自荆地但内容又超此域。为进一步掌握西曲地域书写特点，本文以姚乐的南朝地志研究成果为西曲考证的基础结构，即在南朝“荆州分陕”的地理政治背景下，通过对照两志所载州名（见表 1）显示出两志都将诸州分别划入东、西两大板块，东部板块以扬州为首，西部板块以荆州为首。

表 1　宋齐两志州名及分卷对照④

《宋书·州郡志》22 州	《南齐书·州郡志》23 州
卷一：扬，南徐，徐，南兖，兖 卷二：南豫，豫，江，青，冀，司	上卷：扬，南徐，豫，南豫，南兖，北兖，北徐，青，冀，江，广，交，越
卷三：荆，郢，湘，雍，梁，秦 卷四：益，宁，广，交，越	下卷：荆，巴，郢，司，雍，湘，梁，秦，益，宁

表 1 中南朝地志的结构再次证明分陕制下南朝独特的荆扬“西东”政治地理架构，“西曲”的命名则可视为南朝“西东”地理观的直接

① （宋）郭茂倩编《乐府诗集》卷四七，中华书局，1979，第 689 页。

② 《宋书》卷五四，中华书局，1974，第 1540 页。

③ 王运熙：《乐府诗述论》（增补本），上海古籍出版社，2006，第 466 页。

④ 表 1 参见姚乐《“荆扬二分”与“同源相连”：南朝正史地理志诸州排序的结构特征和地理基础》，《社会科学》2024 年第 1 期，第 70 页。《南齐书》与《宋书》诸州名目基本相同，差别只有两处：一是兖、徐二州改为北兖、北徐；二是建元二年（480）分荆、益等州置巴州。

体现。现以地志板块划分为依据，结合西曲歌题解和曲辞①全面考证（见表2）。

表2 西曲歌中地名所属西东区域考证

曲名	《乐府诗集》题解	西部区域地名	东部区域地名
石城乐	《石城乐》者，宋臧质所作也。石城在竟陵，质尝为竟陵郡，于城上眺瞩，见群少年歌谣通畅，因作此曲。	石城：属竟陵郡，原在荆州，刘宋孝建元年（454）移属郢州。[①]	方山亭：湖熟西北有方山[②]，属丹阳郡，在扬州。 黄檗：黄檗山在乌程县西南三十五里[③]，属吴兴郡，在扬州。
乌夜啼	《乌夜啼》者，宋临川王义庆所作也。元嘉十七年（440），徙彭城王义康于豫章。义庆时为江州，至镇，相见而哭。文帝闻而怪之，征还，庆大惧，伎妾夜闻乌夜啼声，扣斋阁云："明日应有赦。"其年更为南兖州刺史，因此作歌。 《乌夜啼》者，元嘉二十八年，彭城王义康有罪放逐，行次浔阳；江州刺史衡阳王义季，留连饮宴，历旬不去。	巴陵：巴陵郡，原在荆州，刘宋元嘉十六年（439）移属湘州，孝建元年（454）移属郢州。[④] 三江口：与巴陵城相对；郭璞注《山海经》"江、湘、沅水皆共会巴陵头，故号为三江之口"[⑤]。	豫章：豫章郡，在江州。 寻阳：寻阳郡，在江州。
莫愁乐	《莫愁乐》者，出于石城乐。石城有女子名莫愁，善歌谣，石城乐和中复有忘愁声，因有此歌。	石城：参前。 楚山：楚山属上洛县[⑥]，宋孝武大明中，割此实土属雍州。[⑦]	扬州：京城建康。[⑧]
估客乐	《估客乐》者，齐武帝之所制也。帝布衣时，尝游樊、邓。登阼以后，追忆往事而作歌。使乐府令刘瑶管弦被之教习，卒遂无成。有人启释宝月解音律……后改其名为《商旅行》。	樊、邓：邓城县为汉邓县地，即古樊城；[⑨]又《南齐书》载陈显达"镇雍州樊城"[⑩]，在雍州。	梅根：梁设南陵县，梅根监在县西一百三十五里，[⑪]宋齐时属宣城郡，原在扬州，齐永明二年（484）移属南豫州。[⑫]

① 表中西曲题解和曲辞引文均出自（宋）郭茂倩编《乐府诗集》，中华书局，1979。不再赘注。

续表

曲名	《乐府诗集》题解	西部区域地名	东部区域地名
襄阳乐	《襄阳乐》者，宋随王诞之所作也。诞始为襄阳郡，元嘉二十六年仍为雍州刺史，夜闻诸女歌谣，因而作之，所以歌和中有“襄阳来夜乐”之语也。 裴子野《宋略》称晋安侯刘道产为襄阳太守，有善政，百姓乐业，人户丰赡，蛮夷顺服，悉缘沔而居。由此歌之，号《襄阳乐》。	襄阳：襄阳郡，在雍州。 大堤：属襄阳郡，在雍州；《嘉庆重修一统志·襄阳府》载襄阳城堤在府城外四面[13]，萧纲《雍州曲》曲三《大堤》亦可证。 江陵：江陵郡，在荆州。 西塞：西塞山属江夏郡，原在荆州，刘宋孝建元年移属郢州。[14]	扬州：参前。
三洲歌	《三洲》，商人歌也。《三洲歌》者，商客数游巴陵三江口往还，因共作此歌。其旧辞云：“啼将别共来。”梁天监十一年，武帝于乐寿殿道义竟留十大德法师设乐……法云曰：“欢会而有别离，啼将别可改为欢将乐，故歌。”歌和云：“三洲断江口，水从窈窕河傍流。欢将乐，共来长相思。”	巴陵三江口：参前。 三洲：《水经注》载襄阳城有三洲[15]，属襄阳郡，在雍州。 湘东：湘东郡，原在荆州，晋怀帝永嘉元年（307）移属湘州。[16] 广州：东吴黄武五年（226）分交州所立。[17]	板桥弯：板桥在建康城南三十里[18]，在扬州。 三山：《资治通鉴·晋纪》注三山在建康府上元县西南四十五里[19]，在扬州。
襄阳 蹋铜蹄	梁武帝之在雍镇，有童谣云：“襄阳白铜蹄，反缚扬州儿。”……及义师之兴，实以铁骑。扬州之士皆面缚，果如谣言。故即位之后，更造新声，帝自为之词三曲。又令沈约为三曲，以被管弦。……《襄阳蹋铜蹄》者，梁武西下所制也。沈约又作，其和云：“襄阳白铜蹄，圣德应乾来。”	襄阳：襄阳郡，在雍州。 桃林岸：襄阳县南陆道有桃林馆，是饯行送归之处[20]，在雍州。 岘山头：岘山在襄阳县南九里[21]，在雍州。 宛水：自邓州新野县流入[22]，在雍州。	双阙：①南朝《宫苑记》载王导指牛头山为天阙[23]，在扬州。 ②《梁书·武帝纪》载天监七年（508）于端门、大司马门外立神龙、仁虎双阙。[24]
采桑度	《采桑》因三洲曲而生，此声苑也。《采桑度》，梁时作。《水经》曰：“河水过屈县西南为采桑津。《春秋》僖公八年，晋里克败狄于采桑是也。”梁简文帝《乌栖曲》曰：“采桑渡头碍黄河，郎今欲渡畏风波。”	采桑度：①汉属河东郡，魏晋属平阳郡，南北朝为北地； ②《洞庭湖志·巴陵县》载县西七十里有采桑湖；[25]巴陵郡，原在荆州，宋孝建元年移属郢州。	

续表

曲名	《乐府诗集》题解	西部区域地名	东部区域地名
江陵乐	江陵，古荆州之域，春秋时楚之郢地，秦置南郡，晋为荆州，东晋、宋、齐以为重镇。梁元帝都之有纪南城，楚渚宫在焉。	江陵：江陵郡，在荆州。	
青骢白马[26]			下都：东晋称建业为下都。 五湖：吴越地区湖泊，在扬州；按《国语集解》特指太湖，菱湖、游湖、莫湖、贡湖、胥湖，位于太湖东岸与其相连。[27]
共戏乐			五湖：参前。
安东平			吴中：泛指春秋时吴地，在南朝为吴郡，在扬州。 东平：东平郡，在兖州；齐时已为北土。
女儿子		巴东三峡：属巴东郡，原在荆州，南齐建元二年（480）移属巴州。[28] 蜀、蜀水：应为蜀地的泛指；根据《宋书·州郡志》对蜀郡沿革与治理的记载，在益州。[29]	
那呵滩	《古今乐录》曰：……多叙江陵及扬州事。那呵，盖滩名也。	江陵：江陵郡，在荆州。 江津湾：《南齐书》述胡谐之至江陵讨巴东王子响事，载“谐之等至江津，筑城燕尾洲”，[30]在荆州。	扬州：参前。
孟珠	一曰《丹阳孟珠歌》。		丹阳：丹阳郡，在扬州。 后湖：又名练湖，宋齐属曲阿县，[31]在南徐州。 景阳山：①宋元嘉二十三年（446）建康华林园造景阳山；[32]②洛阳华林园有景阳山。[33]

续表

曲名	《乐府诗集》题解	西部区域地名	东部区域地名
翳乐			扬州：参前。
平西乐[34]			
寻阳乐		九里：《梁书》载萧衍东征经"九里"[35]，地处汉水和长江交汇口的武昌城附近，在郢州。	寻阳：寻阳郡，在江州。 鸡亭：即稽亭，属寻阳郡，[36]在江州。
白附鸠			石头龙尾溪：《方舆胜览》载徽州有龙尾溪产歙石；[37]南朝属新安郡，在扬州。 新亭：又名中兴亭，去建康城西南十五里，[38]属丹阳郡，在扬州。
拔蒲			五湖：参前。 兰渚：《舆地志》载山阴郭西有兰渚，渚有兰亭，[39]属会稽郡，在扬州。
寿阳乐	《寿阳乐》者，宋南平穆王为豫州所作也……按其歌辞，盖叙伤别望归之思。		寿阳：寿阳县，在豫州。 八公山：在寿阳县北四里[40]，在豫州。 长淮：淮水经寿阳县西北。[41] 长濑桥：肥水自黎浆北径寿春（寿阳）县故城东为长濑津，[42]属寿阳县，在豫州。
杨伴儿	《杨伴儿》，本童谣歌也。齐隆昌时，女巫之子曰杨旻，少时随母入内，及长为何后宠。童谣云："杨婆儿，共戏来所欢。"语讹，遂成杨伴儿。		新亭：参前。 白门：《郡国志》载下邳城有白门楼，[43]属下邳郡，在南徐州。
西乌夜飞	《西乌夜飞》者，宋元徽五年（477），荆州刺史沈攸之所作也。攸之举兵发荆州，东下，未败之前，思归京师，所以歌。		

注：①《宋书》卷三七，中华书局，1974，第1124页。

②（宋）张敦颐：《六朝事迹编类》卷六，张忱石点校，中华书局，2012，第 95 页。

③（宋）乐史：《太平寰宇记》卷九四，王文楚等点校，中华书局，2007，第 1883 页。

④《宋书》卷三七，中华书局，1974，第 1129、1124 页。

⑤周明辑撰《山海经集释》，巴蜀书社，2019，第 320 页。

⑥（宋）乐史：《太平寰宇记》卷一四一，王文楚等点校，中华书局，2007，第 2734～2735 页。

⑦《宋书》卷三七，中华书局，1974，第 1135 页。

⑧关于西曲中的“扬州”一词，王运熙在“吴声、西曲中的扬州”一节中论证东晋以来所谓扬州即为京城建康，纠正了此前将吴声西曲里的扬州定为隋唐扬州（南朝南兖州广陵郡）的错误。参见王运熙《乐府诗述论》（增补本），上海古籍出版社，2006，第 500～503 页。

⑨（宋）乐史：《太平寰宇记》卷一四五，王文楚等点校，中华书局，2007，第 2817 页。

⑩《南齐书》卷三，中华书局，1972，第 61 页。

⑪（唐）李吉甫：《元和郡县图志》卷二八，贺次君点校，中华书局，1983，第 682 页。

⑫《南齐书》卷一四，中华书局，1972，第 253 页。

⑬《嘉庆重修一统志》卷三四七，中华书局，1986，第 17602 页。

⑭《宋书》卷三七，中华书局，1974，第 1124 页。

⑮（北魏）郦道元注，陈桥驿校证《水经注校证》卷二八，中华书局，2007，第 664 页。

⑯《宋书》卷三七，中华书局，1974，第 1129 页。

⑰《三国志》卷四七，中华书局，2011，第 945 页。

⑱（宋）周应合：《景定建康志》，南京出版社，2009，第 382 页。

⑲（宋）司马光编著，（元）胡三省音注《资治通鉴》卷八一，中华书局，2013，第 2147 页。

⑳刘纬毅辑《汉唐方志辑佚》，北京图书馆出版社，1997，第 233 页。

㉑（宋）乐史：《太平寰宇记》卷一四五，王文楚等点校，中华书局，2007，第 2814 页。

㉒（宋）乐史：《太平寰宇记》卷一四五，王文楚等点校，中华书局，2007，第 2817 页。

㉓（宋）周应合：《景定建康志》，南京出版社，2009，第 499 页。

㉔《梁书》卷二，中华书局，1973，第 46 页。

㉕（清）陶澍、万年淳修纂《洞庭湖志》卷二，何培金点校，岳麓书社，2003，第 41 页。

㉖辞中地点书写另有“可怜石桥根柏梁”。石桥：《晋书》载洛阳十二门皆有石桥，陆机《洛阳记》载城东有石桥；《水经注》载寿春县有石桥门，在豫州。柏梁：即柏梁台，在长安未央宫北。结合东晋刘裕伐后秦（定都长安）姚泓之事，“石桥”应定位为豫州寿春。

㉗徐元诰：《国语集解》，王树民、沈长云点校，中华书局，2002，第 576 页。

㉘《南齐书》卷一五，中华书局，1972，第 275 页。

㉙《宋书》卷三八，中华书局，1974，第 1169 页。

㉚《南齐书》卷四〇，中华书局，1972，第 705 页。

㉛（宋）乐史：《太平寰宇记》卷八九，王文楚等点校，中华书局，2007，第 1763 页。

㉜（清）顾祖禹：《读史方舆纪要》卷二〇，贺次君、施和金点校，中华书局，2005，第 965 页。

㉝（清）顾祖禹：《读史方舆纪要》卷四八，贺次君、施和金点校，中华书局，2005，第 2236 页。

㉞辞中地点书写有“形虽胡越隔，神交中夜间”。胡为朔方之州以北，越为交趾以南，应为南北的泛指。

㉟《梁书》卷一，中华书局，1973，第 9 页。

㊱（清）顾祖禹：《读史方舆纪要》卷一一一，贺次君、施和金点校，中华书局，2005，第 3927、3935 页。

㊲（宋）祝穆撰，（宋）祝洙增订《方舆胜览》卷一六，施和金点校，中华书局，2003，第281页。

㊳（宋）周应合：《景定建康志》，南京出版社，2009，第540页。

㊴（宋）乐史：《太平寰宇记》卷九六，王文楚等点校，中华书局，2007，第1926页。

㊵（宋）乐史：《太平寰宇记》卷一二九，王文楚等点校，中华书局，2007，第2545页。

㊶（宋）乐史：《太平寰宇记》卷一二九，王文楚等点校，中华书局，2007，第2546页。

㊷（北魏）郦道元注，陈桥驿校证《水经注校证》卷三二，中华书局，2007，第750页。

㊸（宋）乐史：《太平寰宇记》卷一七，王文楚等点校，中华书局，2007，第334页。

在33曲（《黄缨》辞不存，未纳入）西曲歌中，表2是针对题解和曲辞有涉及地点的西曲歌的考证，共23曲。通过表2的区域划分，可知西曲歌有18曲涉及东部地区描写。在荆扬行旅社会背景下，西曲歌有16曲[①]涉及具体行旅描写，其中有10曲明确存在荆扬两地连接的空间描写。这10曲在题解和曲辞中对送别地、目的地有明确描述，鉴于西曲以组曲作为完整表演形式，书写地点由此勾勒出完整的荆扬“西东”航线。由此，西曲歌也反映了南朝“西东”政治地理架构特点，而“横跨荆扬”“西东往返”的连接，成为西曲歌空间描写的重要特征。

《石城乐》[②]其一“生长石城下，开窗对城楼。城中诸少年，出入见依投”，点明竟陵石城，与题解中竟陵内史臧质的仕途背景对应。其五“闻欢远行去，相送方山亭。风吹黄蘗藩，恶闻苦离声”，“方山亭”“黄蘗”均在扬州东阳郡。将荆州石城景和扬州东阳送别串联其三、四中“布帆百余幅，环环在江津”“大艑载三千，渐水丈五余”的航运场景，构成完整的扬荆行旅路线。《石城乐》由东往西的行旅过程书写，也显示离情下臧质对自己从建康至石城的仕途追忆。

《莫愁乐》[③]在题解和其一中点明“石城西”的地点，区别于洛阳。其二“闻欢下扬州，相送楚山头”，以雍州“楚山”和“扬州”明确了思人由荆雍至建康的路线。

《估客乐》[④]题解述此诗为齐武帝萧赜对称帝前游行樊、邓的回忆，现存首句“曾经樊邓役，阻潮梅根渚”已勾勒荆扬路线。“梅根”据《宋

---

① 《石城乐》《乌夜啼》《莫愁乐》《估客乐》《襄阳乐》《三洲歌》《襄阳蹋铜蹄》《青骢白马》《安东平》《女儿子》《那呵滩》《寻阳乐》《白附鸠》《寿阳乐》《杨叛儿》《西乌夜飞》。

② （宋）郭茂倩编《乐府诗集》卷四七，中华书局，1979，第689~690页。

③ （宋）郭茂倩编《乐府诗集》卷四八，中华书局，1979，第698页。

④ （宋）郭茂倩编《乐府诗集》卷四八，中华书局，1979，第699页。

书·百官志》："冶皆在江北，而江南唯有梅根及冶塘二冶，皆属扬州，不属卫尉。"① 可知刘宋设置的冶铜铸造管理机构梅根冶为扬州管辖。又有学者指出："梅根作为一个冶监所在，从三国到宋初，前后约八百年，聚集大量冶铸工人……而梅根山滨江又是江上一个重要的港口，既是与冶炼有关的货船停泊处，又是江上往来的商船和客船暂时停靠点。"② 僧人释宝月再作，其中"初发扬州时，船出平津泊"③ 重现荆扬旅程。并如《石城乐》一样，曲辞内容变为思妇送郎，展示了文人西曲将本事情爱化的创作手法。

《那呵滩》④ 题解明确"多叙江陵及扬州事"，对应曲辞"水上郎担篙，何时至江陵"和"闻欢下扬州，相送江津湾"的表述。据《宋书·州郡志》，荆州治所江陵"去京都水三千三百八十"⑤，这个具体距离与曲中"江陵三千三，何足持作远"应和，使"江陵三千三"直接成为江陵至建康航线的指代。

《襄阳乐》⑥ 以商旅主题反映出雍州襄阳与扬州建康之间的商业往来。其一"朝发襄阳城，暮至大堤宿"和其三"江陵三千三，西塞陌中央"展现水路航线是自襄阳城出发经汉水流域往下，先到达城外的"大堤"，再到江陵郡，接着顺长江而下三千三百里，最后至扬州的航运路线。其四"人言襄阳乐，乐作非侬处。乘星冒风流，还侬扬州去"与其六"扬州蒲锻环，百钱两三丛。不能买将还，空手揽抱侬"，以年轻女子视角叙述荆扬行旅，前曲是愿亲往建康会情郎的思念，后曲是对建康归来情人没有买物赠予的埋怨。

《西乌夜飞》⑦ 按题解为沈攸之于元徽五年因思归京师而作，对应其任荆州刺史时以护宋室为由，从荆州发兵讨伐萧道成的西东征战。曲辞将本事思妇情爱化，以夫妇代君臣述夫妇幸福相依和悲痛离别。

---

① 《宋书》卷三九，中华书局，1974，第1230页。

② 吴世民：《碰撞·融合·创生——吴越楚文化交融视野下的池州历史变迁》，安徽师范大学出版，2022，第266页。

③ （宋）郭茂倩编《乐府诗集》卷四八，中华书局，1979，第700页。

④ （宋）郭茂倩编《乐府诗集》卷四九，中华书局，1979，第713~714页。

⑤ 《宋书》卷三七，中华书局，1974，第1117页。

⑥ （宋）郭茂倩编《乐府诗集》卷四八，中华书局，1979，第703页。

⑦ （宋）郭茂倩编《乐府诗集》卷四九，中华书局，1979，第722页。

《乌夜啼》[①] 按题解作于江州，元嘉十七年权力斗争失败的彭城王刘义康徙于江州豫章，与此时任江州刺史的刘义庆相见而哭。义庆因此为文帝所猜忌，第二年迁任南兖州刺史。其八是全曲唯一的地名描写："巴陵三江口，芦荻齐如麻。执手与欢别，痛切当奈何。"这与刘义庆元嘉十六年由荆州刺史转任江州刺史的经历吻合。刘义庆的荆州刺史任期长达八年，不忍之情可以想见。荆州到江州、江州到南兖州，这两段横跨西东的仕途路途都可融入《乌夜啼》离别之情。

《寻阳乐》[②] 写"鸡亭故侬去，九里新侬还。送一却迎两，无有暂时闲"，以思妇口吻叙述送别的爱人携新人伴归的故事。根据"寻阳"和"鸡亭"可将送别地定位于江州寻阳郡。"九里"曾见于《梁书·武帝本纪》对萧衍东征的过程的记载，《建康实录》更为流畅地叙述了进军路线："命长史王茂与竟陵太守曹景宗为前将军，出汉口，轻兵沿江，逼郢城，大破刺史张冲军于石桥，追斩于九里亭。"[③] 可知九里是雍州兵过汉口渡长江后的屯兵处，应处汉水和长江交汇口的郢州武昌城附近。从九里顺流而下即至鸡亭，依旧是对江州和郢州的西东跨越描写。

《襄阳蹋铜蹄》[④] 原童谣"襄阳白铜蹄，反缚扬州儿"，本是齐末对萧衍从雍州发兵至建康的军事隐喻。萧衍建国不久便改制童谣之辞，是对社会的教化与对自身皇权的赞美。[⑤] 沈约的拟作以及和声"襄阳白铜蹄，圣德应乾来"[⑥]，在重现西东路线外，更直白地宣扬了"创国颂歌"的意义。

《三洲歌》[⑦] 题解"商人歌也"已点明此曲反映商业社会现实，为"商客数游巴陵三江口往还"而作。其一"送欢板桥弯，相待三山头"，即建康的板桥和三山，与荆州巴陵三江点明此商旅路线即西东荆扬之间。该曲经过萧衍敕僧人法云改制，其和声与音律的修改成为武帝新制西曲的先声。

---

① （宋）郭茂倩编《乐府诗集》卷四七，中华书局，1979，第 690~691 页。
② （宋）郭茂倩编《乐府诗集》卷四九，中华书局，1979，第 718 页。
③ （唐）许嵩：《建康实录》卷一七，张忱石点校，中华书局，1986，第 667 页。
④ （宋）郭茂倩编《乐府诗集》卷四八，中华书局，1979，第 708 页。
⑤ 王平：《"亡国之音"抑或"创国颂歌"——梁武帝〈襄阳踏铜蹄歌〉主题新探》，杨治宜译，卞东波编《中国古典文学与文本的新阐释——海外汉学论文新集》，安徽教育出版社，2019，第 156 页。
⑥ （宋）郭茂倩编《乐府诗集》卷四八，中华书局，1979，第 708 页。
⑦ （宋）郭茂倩编《乐府诗集》卷四八，中华书局，1979，第 707 页。

（二）梁武帝的制乐之法与“江南”空间塑造

从萧衍的文学底蕴和雍州刺史经历可知其必定熟谙西曲的地域书写特点，但两组新创西曲涉及荆州的地点描写数量骤减，取而代之的是扬州建康宫殿和道教神仙场所。梁武帝《江南弄》（七曲）为突出代表：一曰《江南弄》，二曰《龙笛曲》，三曰《采莲曲》，四曰《凤笙曲》，五曰《采菱曲》，六曰《游女曲》，七曰《朝云曲》。组曲以“江南”为名，按“寻古乐、理脉络”的制雅乐思维，可追溯西曲脉络至楚地歌谣。据《乐府诗集》卷二六《相和歌辞·江南》引“《乐府解题》曰：‘江南古辞，盖美芳晨丽景，嬉游得时。若梁简文“桂楫晚应旋”，唯歌游戏也。’按梁武帝作《江南弄》以代西曲，有《采莲》《采菱》，盖出于此。”[①] 又宋玉《招魂》“《涉江》《采菱》，发《扬荷》些”，《六臣注文选》载王逸注：“楚人歌曲也。”张铣注：“《涉江》《采菱》《阳阿》，皆楚歌曲名。”[②]《尔雅翼·释草·菱》载：“吴楚之风俗，当菱熟时，士女相与采之，故有采菱之歌以相和，为繁华流荡之极。”[③] 因此《采菱曲》和声“菱歌女，解佩戏江阳”[④]，显吴楚之风俗。《朝云曲》写宋玉与楚襄王言高唐朝云雨之事，述巫山神女之徘徊，同是溯源楚地传说。《江南弄》描写宫女群舞，其“连手躞蹀舞春心”[⑤] 的手拉手碎步舞蹈类《江陵乐》的“不复蹋踶人，踶地地欲穿”[⑥]，具有荆楚民俗色彩。《龙笛曲》涉及羌笛与龙笛的联系，题解引马融《长笛赋》“近世双笛从羌起，羌人伐竹未及已”，并以“江南音”和声统称此声。[⑦]

在地域描写上，武帝按“建康，自越为楚”的历史地理观，以“江南”概之南朝“西东”板块，呈现出纵贯荆扬之势，并以君王立场将地域重点转移到京都建康。《江南弄》不再展现荆扬行旅，旧曲中最突出的“西东”空间连接描写消失。唯一涉及荆州的《朝云曲》，也是围绕巫山神

---

① （宋）郭茂倩编《乐府诗集》卷二六，中华书局，1979，第384页。

② （梁）萧统编，（唐）李善、吕延济、刘良、张铣、吕向、李周翰注《六臣注文选》卷三三，中华书局，1987，第631页。

③ （宋）罗愿撰，洪焱祖释《尔雅翼》卷六，商务印书馆，1939，第65页。

④ （宋）郭茂倩编《乐府诗集》卷五〇，中华书局，1979，第727页。

⑤ （宋）郭茂倩编《乐府诗集》卷五〇，中华书局，1979，第726页。

⑥ （宋）郭茂倩编《乐府诗集》卷四九，中华书局，1979，第710页。

⑦ （宋）郭茂倩编《乐府诗集》卷五〇，中华书局，1979，第726页。

话而非现实社会展开，余曲只有“江南”统领下的“上林”和“五湖”。关于“江南”，历代地域范围变动不居，秦汉时期“江南”是对长江以南广大地区的泛指，但以周振鹤为代表的学者认为南北朝隋代的“江南”涵盖江东与江左，隋代将其作为《禹贡》扬州的同义词。[①] 可知此时期的“江南”指以建康为中心的长江中下游以南地区。据《六朝事迹编类·序》：“建康，《禹贡》扬州之域，斗牛分野。在周为吴，在春秋末为越，自越之后一百四十年为楚。”[②] 可知“江南”的定位与南朝以政治中心转移的地理脉络书写对应。笔者认为《江南弄》（七曲）正是推动南北朝“江南”概念生成的代表之作。《江南弄》明确宫女群舞场所为建康上林苑皇家园林。《采莲曲》中将旧曲多用的“巴陵三江”换作“五湖”。《国语·越语下》载：“果兴师而伐吴，战于五湖。”韦昭注：“五湖，今太湖。”《史记·夏本纪》张守节正义：“五湖者，菱湖、游湖、莫湖、贡湖、胥湖，皆太湖东岸，五湾为五湖，盖古时应别，今并相连。”徐元诰曰：“五湖皆与太湖连，故韦以太湖统五湖也。”[③] 结合《史记·三王世家》中“大江之南，五湖之间”[④] 的“江南”区域泛指，可知“五湖”与扬州太湖关系密切，《采莲曲》的东部扬州区域限定是对秦汉时期“江南”概念的推进。《凤笙曲》《游女曲》的宴饮描写虽同于旧曲的码头歌姬，但“凤楼”“金阙”“紫庭”的建筑又将其从民间移植到宫廷，在展现美人和狎客享乐生活的同时将其地位提升。以此看萧纲和沈约的《江南弄》拟作，都在乐律和声同步的基础上以“江南”为描写主题，同样在将场所从民间社会升至华美苑池的同时又保留西曲的荆楚民俗，用建康宫女、神女之丽声代替了荆扬行旅中的商妇、妓女之悲歌。

这样的改制特点，是梁武帝为加强皇权对南朝“荆州分陕”现实的突破。西曲作为荆州风土乐律要融入京都歌舞宴饮，需要在教化上统一，以应和梁武帝“声训所渐，戎夏同风”[⑤] 的一统思想。“江南”概念的定位，正弥合了南朝“西东”结构下的分裂。作为此思想的政策显化，就是入梁后“左郡县”地方行政制度的消失：左郡县是管理蛮族地区的行政单位，

---

① 周振鹤：《随无涯之旅》，生活·读书·新知三联书店，2017，第 283 页。

② （宋）张敦颐：《六朝事迹编类》，张忱石点校，中华书局，2012，第 1 页。

③ 徐元诰：《国语集解》，王树民、沈长云点校，中华书局，2002，第 576~577 页。

④ 《史记》卷六〇，中华书局，1959，第 2113 页。

⑤ 《梁书》卷二，中华书局，1973，第 46 页。

以“左”代“蛮”降低民族歧视色彩，有笼络蛮族之意。宋齐时期的左郡县分布甚广并长期存在，集中于雍、司、郢州，但至南梁却再不见关于左郡县的记载。有学者指出这是汉族封建统治深化的标志：“由于左郡县蛮民的赋役已渐与汉人编户拉平，没有必要再作区别；治蛮机构的废罢还标志着蛮族与汉族融合的深化，汉蛮民族界限的进一步消失。”[①] 这样的社会现实，正与梁武帝新制西曲的空间书写思想同频。

三　西曲的教化思想发展

《诗经》的《周南》《召南》作为周王朝教化的根基，在地域文化上与西曲有着密切联系。在以《召南·甘棠》为代表的“分陕而治”治理典范影响下，同样产生于分陕实行地的西曲分别以社会盛世赞歌和地方风俗图景二类展现了“美政”国风特征。以萧纲的《雍州曲》《乌栖曲》为标志，可以看到南梁西曲对此特征的延续。而《上云乐》的新创，显示出梁武帝萧衍对西曲教化功能的进一步开发：组曲在儒家基础上采撷道教、佛教思想，完成了西曲从荆楚国风到三教圆融的王化新创。

（一）西曲歌的“美政”国风特征

《周南》《召南》作为《诗经》十五《国风》之始，与其他国风明确的国别系诗不同，用“南”这一泛化概念命名的特点使“二南”的地域定位众说纷纭。但以“二公分陕”政治格局为背景，结合诗歌对汉、江水的描写，可以确定《周南》《召南》为周公、召公的封地采诗，其地域大致包括今河南洛阳、南阳和湖北郧阳、襄阳等地区，与西曲“荆、郢、樊、邓”有着密切的地域文化重合。孔子曰：“吾于《周南》《召南》，见周道之所以盛也。”[②]《诗序》《诗谱》发展此观点“进一步将《周南》《召南》与周人经营南国联系起来，认为《周南》《召南》是周人经营南国的教化之具”[③]。其“正始之道，王化之基”[④] 的重要地位，象征

---

① 牟发松：《湖北通史·魏晋南北朝卷》，华中师范大学出版社，1999，第 406~407 页。

② 傅亚庶：《孔丛子校释》卷一，中华书局，2011，第 54 页。

③ 孙尚勇：《正始之道　王化之基——〈周南〉〈召南〉“要义”试解》，《中山大学学报》（社会科学版）2021 年第 1 期，第 33 页。

④ （汉）毛亨传，（汉）郑玄笺，（唐）陆德明音义《毛诗传笺》卷一，孔祥军点校，中华书局，2018，第 2 页。

着周王朝教化的根基，代表当时社会风俗和文化教育的最高标准。其中《召南·甘棠》是对召公治理功绩最直接的赞美："甘棠，美召伯也。召伯之教，明于南国。"[①]《史记·燕召公世家》详叙本事："召公之治西方，甚得兆民和。召公巡行乡邑，有棠树，决狱政事其下，自侯伯至庶人各得其所，无失职者。召公卒，而民人思召公之政，怀棠树不敢伐，哥咏之，作《甘棠》之诗。"[②]《甘棠》系于召公陕西之治，不仅是以歌咏表达召公德政，更象征着"分陕而治"的国家治理模式典范。至南朝，荆州作为分陕制的重点实行地，使西曲带上同样的分陕制实行烙印。在《甘棠》的直接影响下，西曲创作作为当地政教的反映，也呈现出"美政"的国风特征。

西曲表达分陕政德的创作主要分为两类：一是歌颂类的社会盛世赞歌，二是描述类的地方风俗图景。第一类以《共戏乐》为代表，应为南齐制乐的成果。郑宾于评："《共戏乐》歌辞纯用新腔，完全是一种新的制作。乐辞大概是官府中人所造，用于庆贺燕会之际的；旨在大家戏乐，故谓之《共戏乐》。"[③]《共戏乐》脱离西曲传统情爱离别描写而专颂盛世，是梁帝西曲改制的先声：

> 齐世方昌书轨同，万宇献乐列国风。时泰民康人物盛，腰鼓铃柈各相竞。长袖翩翩若鸿惊，纤腰袅袅会人情。观风采乐德化昌，圣皇万寿乐未央。[④]

"万宇献乐列国风""观风采乐德化昌"与《汉书·艺文志》中"古有采诗之官，王者所以观风俗，知得失，自考正也"[⑤]对应，表明南齐统治者已有意识地通过西曲展现国家治理得失。以西曲写盛世，是分陕制下社会繁盛的直接体现，也是统治者以"二南"为标准对西曲教化功能的挖掘。首辞先以秦始皇统一天下的"书同文，车同轨"文化政策显示南齐繁盛；又述国家稳定富足，载歌载舞的热闹景象；关于群舞的描写，有学者认为

---

① （汉）毛亨传，（汉）郑玄笺，（唐）陆德明音义《毛诗传笺》卷一，孔祥军点校，中华书局，2018，第 22 页。

② 《史记》卷三四，中华书局，1959，第 1550 页。

③ 郑宾于：《中国文学流变史》中册，北新书局，1931，第 222 页。

④ （宋）郭茂倩编《乐府诗集》卷四九，中华书局，1979，第 712 页。

⑤ 《汉书》卷三〇，中华书局，1962，第 1708 页。

“长袖、折腰、手足并重、道具配合均是楚舞的显著特征”[①]；结尾再述皇室观风采乐的德化功能以及对盛世长久的祝福。

第二类以地方风俗描写显示社会繁荣景象和出镇刺史政德。以《襄阳乐》为代表，内容是西曲典型的荆雍商旅风俗描写。《乐府诗集》本事记录有二，一引《古今乐录》：“诞始为襄阳郡，元嘉二十六年仍为雍州刺史，夜闻诸女歌谣，因而作之。”二引《通典》：“裴子野《宋略》称晋安侯刘道产为襄阳太守，有善政，百姓乐业，人户丰赡，蛮夷顺服，悉缘沔而居。由此歌之，号《襄阳乐》。”[②] 刘道产、刘诞同为刘宋宗室，两人前后都曾出镇雍州。郭茂倩延续《旧唐书·音乐志》的论断，对本事二持“盖非此也”的态度。《宋书》两事同存但曲名有所差异，记刘道产雍州善政“由此有《襄阳乐歌》，自道产始也”[③]，《南史》和《资治通鉴》延此曲名。王运熙认为两曲存在从民谣徒歌到改制乐曲的改制关系。[④] 另有学者认为襄阳百姓颂刘道产善政作《襄阳乐歌》，刘诞作《襄阳乐》，两曲并无联系。[⑤] 尽管学界暂无定论，但《襄阳乐歌》明确展示了宗室“善政”而百姓“歌之”的《甘棠》德政传统。荆雍为南朝边境地带，夷夏民族、南北流民杂居问题使其治理难度较高。因此，分陕制下被任命出镇荆雍的宗王们需要出色的军事政治本领才能治理得当，其政绩自然与当地民众有直接联系。如南齐豫章王萧嶷任荆州刺史后的一系列整治使“百姓甚悦”而被仆射王俭笺称赞为“自庾亮以来，荆楚无复如此美政”[⑥]；另如沈约《齐故安陆昭王碑文》中详载萧缅的雍州政教深得民心，至其病故之时当地“男女老幼，大临街衢……夷群戎落，幽远必至。望城拊膺，震动郛邑，并求入奉灵榇”[⑦]。这样的政化关系，使大量士族宗室直接参与创作的西曲中转换出了另一种叙述方式，即对地方风俗的正向描写。正如王运熙所说：“《襄阳乐》歌辞，歌咏襄阳一带商业的繁盛，何尝不可说是刘道产

① 樊露露、刘砚群：《西曲与荆楚踏歌风俗考》，《长江大学学报》（社会科学版）2009 年第 4 期，第 21 页。

② （宋）郭茂倩编《乐府诗集》卷四八，中华书局，1979，第 703 页。

③ 《宋书》卷六五，中华书局，1974，第 1719 页。

④ 王运熙：《乐府诗述论》（增补本），上海古籍出版社，2006，第 93 页。

⑤ 彭梅芳、戴伟华：《〈襄阳乐〉源流新探》，《文艺研究》2008 年第 5 期，第 48 页。

⑥ 《南齐书》卷二三，中华书局，1972，第 407 页。

⑦ （清）严可均校辑《全上古三代秦汉三国六朝文》卷三一，中华书局，1958，第 3132 页。

的政化呢？”[①] 社会繁荣与政德互为因果，刘诞本事中“夜闻诸女歌谣”的创作缘由，其根本也是对其都督区域经济贸易繁荣、城市生活丰富的表达。唐温庭筠《常林欢》题解引《唐书·乐志》：“《常林欢》，疑宋、梁间曲。宋、梁之世，荆、雍为南方重镇，皆皇子为之牧。江左辞咏，莫不称之，以为乐土，故随王诞作襄阳之歌，齐武帝追忆樊、邓。梁简文帝乐府歌云：‘分手桃林岸，送别岘山头。若欲寄音信，汉水向东流。’又曰：‘宜城投酒今行熟，停鞍系马暂栖宿。’”[②] 温庭筠《常林欢》为南朝西曲的同题拟作，题解以《襄阳乐》与刘诞、《估客乐》与齐武帝等创作为例，将宗王的荆雍仕宦经历与其吟咏荆雍繁荣相联系。再看对萧纲的引文，又明确显示了萧梁对西曲国风特征的延续：解题曲辞实际对应《古今乐府》增录的沈约《襄阳蹋铜蹄》拟作和萧纲《乌栖曲》新创。又《襄阳乐》题解载：“简文帝雍州十曲，有《大堤》《南湖》《北渚》等曲。”[③] 郭茂倩亦增萧纲《雍州曲》现存三首。萧纲的《乌栖曲》《雍州曲》对应了他天监十三年（514）到普通七年（526）的荆雍仕宦经历。在梁武帝空间书写影响下，萧纲现存曲辞内容亦不再出现荆扬行旅下的“西东”空间连接，然而对荆雍当地“乐土”的描写，同样是西曲的“美政”国风特征表达。

（二）梁武帝“三教圆融”的王化新创

与《江南弄》同作于天监十一年的《上云乐》不仅有“以代西曲”的目的，还和周舍同题辞一起被纳入梁三朝乐。曲辞的道教神仙描写引起学界对主题的讨论，笔者认为虽然《上云乐》与《江南弄》内容有明显区别，但从政教创作目的出发，《上云乐》的创作除了具有贺梁武帝诞辰[④]的即时性，更是武帝将道家神仙地与金陵建康融合，对“得道升天”宗教思想的宣扬。结合南朝道教的特点，《上云乐》显示出武帝“采撷三教，咸为我用”的宗教观。

《上云乐》共七曲：一曰《凤台曲》，二曰《桐柏曲》，三曰《方丈

---

① 王运熙：《乐府诗述论》（增补本），上海古籍出版社，2006，第 92 页。

② （宋）郭茂倩编《乐府诗集》卷四九，中华书局，1979，第 724~725 页。

③ （宋）郭茂倩编《乐府诗集》卷四八，中华书局，1979，第 703 页。

④ 许云和认为《上云乐》伎目创作于天监十一年冬，应是为第二年春元会间庆祝梁武帝五十寿辰之用。参见许云和《汉魏六朝文学考论》，上海古籍出版社，2006，第 258~259 页。

曲》，四曰《方诸曲》，五曰《玉龟曲》，六曰《金丹曲》，七曰《金陵曲》。曲一“凤台”是秦穆公在秦宫室所筑，为弄玉和萧史引凤升仙之地。而南朝亦筑有凤台，李白《登金陵凤凰台》就是南游金陵所作。《宋书·符瑞志》载宋元嘉十四年（437）有大鸟二集于秣陵永昌里而改永昌里为凤皇里之事[①]，《太平寰宇记》载宋元嘉十六年（439）有大鸟三集于江宁县山而将该山命名为凤台山并建凤凰里之事[②]，另《六朝事迹》《法苑珠林》《清统志》《江南统志》中地点定位有差异，但都集中于建康丹阳郡。曲二围绕“桐柏真人”王子乔展开，“桐柏”即桐柏山，为道教福地，现学者多认为桐柏山即天台山[③]，但据《太平寰宇》载：“县有桐柏山，与四明、天台相连属，皆神仙之宫也。”[④] 桐柏山处淮水之首，两山是连属关系。曲三“方丈”即方丈山，属于蓬莱三神山系统，以大海神秘性作为空间想象基础。《史记·封禅记》曾记秦始皇在三神山求不死之药未果之事，此曲则述在方丈山求“金书”“碧简”道书的传经仪式。曲四“方诸”即方诸宫，为东华青童君治所。《方诸曲》大小诸山源自陶弘景《真诰》中的方诸山系空间，有学者认为此系统是上清派对蓬莱三神山系统的临摹，特别是方诸的正方形造型构思明显源于方丈山[⑤]。《真诰·协昌期第一》载：“方诸正四方，故谓之方诸……大方诸宫，青君常治处也。”[⑥] 曲五“玉龟”即玉龟山，是西王母居处，曲述玉龟山朝拜西王母，对应《云笈七签·西王母传》：“茅君从西城王君诣白玉龟台朝谒王母，求乞长生之道。”[⑦] 玉龟山属于昆仑神山系统，以内陆荒漠作为想象基础。朝谒的茅君，即汉代修道成仙的茅盈、茅固、茅衷三兄弟的合称，被陶弘景奉为上清派的创教祖师。曲六专叙炼丹，无地名，曲中食丹成仙的描写呼应陶弘景《答朝士访仙佛两法体相书》中“仙是铸炼之事极，感变之理通也”[⑧]的思想。《南史》载陶弘景制丹献梁帝之事：“弘景既得神符秘诀，以为神

---

① 《宋书》卷二八，中华书局，1974，第 795 页。

② （宋）乐史：《太平寰宇记》卷九〇，王文楚等点校，中华书局，2007，第 1777 页。

③ 梁竹：《梁代的宫廷乐与道乐——以〈上云乐〉组曲为中心》，《中国韵文学刊》2022 年第 1 期，第 59 页。

④ （宋）乐史：《太平寰宇记》卷九六，王文楚等点校，中华书局，2007，第 1933 页。

⑤ 钟国发、龙飞俊：《恍兮惚兮——中国道教文化象征》，四川人民出版社，2007，第 85 页。

⑥ （梁）陶弘景：《真诰》卷九，赵益点校，中华书局，2011，第 160~161 页。

⑦ （宋）张君房编《云笈七签》卷一一四，李永晟点校，中华书局，2003，第 2530 页。

⑧ （清）严可均校辑《全上古三代秦汉三国六朝文》卷四六，中华书局，1958，第 3216 页。

丹可成，而苦无药物。帝给黄金、朱砂、曾青、雄黄等。后合飞丹，色如霜雪，服之体轻。及帝服飞丹有验，益敬重之。”① 可见武帝对神丹功效的认可。曲七“金陵”写三茅君与诸仙真神游金陵勾曲洞天，这显示了陶弘景上清派的总领地位，也将升仙福地移至建康。据《真诰·稽神枢第一》：“金陵者，洞虚之膏腴，句曲之地肺也……句曲山其间有金陵之地，地方三十七八顷，是金陵之地肺也……汉有三茅君来治其上，时父老又转名茅君之山。”② 金陵句曲山又名茅山，传为三茅君治所，南梁时陶弘景就是隐居于此创茅山宗，即上清派。组曲中“金陵”和“桐柏”现实地点的描写，是陶弘景上清派认定的吴越两大福境，即《真诰·稽神枢第一》载：“越桐柏之金庭，吴句曲之金陵，养真之福境，成神之灵墟也。”③ 综上，《上云乐》中“得道升仙”场所都为天界与现实连接的神圣空间，有现实和想象结合、俗世和神界对应的双重特点。组曲以金陵凤台为始，在桐柏山、方丈山、方诸宫、玉龟山间移动，最后以金陵句曲结尾。与《江南弄》一样将空间重点巧妙放置于南朝京都，赋予其福地性质，是对统治中心的宗教神圣化。

关于宗教思想，由空间分析可知《上云乐》能够绘制如此绚烂的南朝道教舆图，在于萧衍对陶弘景上清派教义的推崇。陶弘景在萧衍覆齐之前为其卜卦献图谶，在萧衍登帝后助其定国号、择郊禅日，更被称为“山中宰相”。《上云乐》与优雅曼妙的步虚道曲相似，在道观或典礼中乐人通过扮演众仙表达对升仙长寿的渴望。最为重要的是《上云乐》虽以道教神仙描写为主要内容，但还包含儒、佛二教色彩。直接体现为两点。一是上清派的陶弘景本人就是三教融合实践者。陶弘景早年博通儒学，其编撰的道教典籍《真诰》中宣扬忠孝、仁义等儒家道德观念，以道为基点会通儒、佛。以《方诸曲》为例，陶弘景构思的“方诸”即兼三教。《真诰·协昌期第一》曰：“大方诸之西小方诸上，多有奉佛道者。有浮图，以金玉镂之，或有高百丈者，数十层楼也。其上人尽孝顺而不死，是食不死草所致也。”④ “奉佛道者”和“尽孝顺而不死”显示儒道佛相融无间。曲辞“业守仁”也为儒家思想内核，尊上清派为正宗的北宋道书《云笈七签》中也

---

① 《南史》卷七六，中华书局，1975，第1899页。

② （梁）陶弘景：《真诰》卷一一，赵益点校，中华书局，2011，第190~192页。

③ （梁）陶弘景：《真诰》卷一一，赵益点校，中华书局，2011，第194页。

④ （梁）陶弘景：《真诰》卷九，赵益点校，中华书局，2011，第161页。

专撰有“守仁”篇。二是组曲对“三洲韵”的使用。与《江南弄》一样，《古今乐录》曰“《方诸曲》，三洲韵”，此韵是梁武帝敕名僧法云改《三洲歌》乐律所得，必然受到了佛曲的影响，特征如王运熙言：“《三洲歌》新辞的和声声调特别曲折，就是法云改制的成绩，而梁武更根据改制过的《三洲歌》的‘韵和’制成《江南弄》、《上云乐》及其和声。”[①] 对比《方诸曲》和声“可怜欢乐长相思”与《三洲歌》和声“欢将乐，共来长相思”，可见《方渚曲》是对《三洲歌》和声韵语的直接套用，《上云乐》七曲的和声“可怜”固定句型皆是对《三洲歌》和声技巧的沿用。

究其核心，《上云乐》的“三教圆融”特征终源于梁武帝欲会通三教以辅王教的统治思想。天监三年（504）梁武帝曾下诏舍道事佛，而同年沈约作《均圣论》试图以“三圣并时”调解当时三教冲突，陶弘景作文与其讨论。沈约对武帝政教的迎合，武帝与陶弘景互动的继续，都可窥见武帝终其一生对三教贯通的尝试。再看周舍《上云乐·老胡文康辞》，作为梁三朝乐《上云乐》歌舞伎的组成部分，此文同样具有《上云乐》组曲三教汇通的特点。《上云乐·老胡文康辞》主角“西方老胡”文康，是有道教长生意义的仙人形象。在内容上，先叙文康“遨游六合，傲诞三皇”的经历；间述“陛下拨乱反正，再朗三光。泽与雨施，化与风翔。觇云候吕，志游大梁。重驷修路，始届帝乡”；后述文康率领凤凰、狮子和门徒众人向当朝献伎祝寿，结尾献上祝词“老胡寄箧中，复有奇乐章。赍持数万里，愿以奉圣皇。乃欲次第说，老耄多所忘。但愿明陛下，寿千万岁，欢乐未渠央”。[②] 一方面，有学者考证辞文的神仙、胡舞描写和表演形式，指出此文佛道因素兼之、胡汉乐舞杂陈、雅俗音乐合奏，是梁武帝佛、道思想融合的音乐伎艺实践；[③] 另一方面，文辞对文康来历、形貌等的夸述，间接提升了被朝拜君王的地位，更进一步强调了君王的治国政绩：梁武帝的“拨乱反正，再朗三光……重驷修路，始届帝乡”与文康的“愿以奉圣皇”，俨然是藩属进贡的四方朝服、天下大同之像。这浓厚的颂圣色彩对应“二南”宣扬的政德彰显，使文本展现出最基本的儒家治国思想。儒家讲忠孝节义，道家求羽化成仙，佛家曰四大皆空，但梁武帝以统治者身份

① 王运熙：《乐府诗述论》（增补本），上海古籍出版社，2006，第116页。

② （宋）郭茂倩编《乐府诗集》卷五一，中华书局，1979，第746~747页。

③ 张弛：《梁乐府〈上云乐〉的歌舞演艺及渊源流变》，《北京舞蹈学院学报》2023年第6期，第95页。

看到的是它们能满足教化群众、服务君王的政教功用。“三教圆融”是当时尖锐宗教矛盾下最好的调和手段，作为儒释道历史发展的阶段小结，是梁武帝对统治思想教化功用最大化的尝试。

结语

南北朝作为秦汉大一统后第一次大分裂，传统北方中心思想和偏安地域伴随着不断的内外战争，增加了南朝君王统治的困难。这样的历史环境赋予了南朝文学书写较强的政治性，催生了对南朝文学制度性解读的必要。本文重溯西曲与分陕制度的历史，分析西曲发展史中梁武帝的西曲新制，从而在南朝“西东”政治地理架构下展现西曲伴随政局变动的演变过程。

一方面，宗室血腥内斗是分陕制度本身无法解决的结构性问题，但梁武帝的一系列改制确实暂停了宗室杀戮并迎来了南朝最为辉煌的盛世。正如其《杨叛儿》拟作述“南音多有会，偏重叛儿曲”[①]，武帝对西曲的影响力有深刻了解。面对西曲热潮，梁武帝选择顺承民歌宣传性并另作礼乐改制，以“分陕”贯通古今而新制西曲，以此发挥由上而下的王化功用。另一方面，西曲在萧衍改制下达到地位和艺术层面的新高度，但此后又于内容数量上呈靡靡之势：《乐府诗集》的新增西曲显示，曲辞在空间表达上延续西曲新制特点，抹去“西东”行旅的描写而用宫苑物景渲染贵族宴饮，但思想内容愈发浮艳直至轻佻。这样的趋势，学界多归因于贵族雅化带来的僵化，但结合文学与政治的互动，梁末至陈的国力和领土的萎缩已决定了政府无力承接礼乐宣扬，反而是顺应末世享乐氛围的宫体被大肆书写。以萧衍《江南弄》为代表，梁陈相继的文人拟作都是典型的宫体诗，这揭示了西曲对宫体的根源性影响。西曲这样强大的生命力和影响力，正是由从民间到宫廷的过程中，在分陕制下不断演变出的丰富思想内容形式创造的。

---

① （宋）郭茂倩编《乐府诗集》卷四九，中华书局，1979，第721页。

唐宋词调与琴曲关系考论*

高　莹　张新科
（石家庄学院，石家庄，050035；河北大学，保定，071000）

摘　要： 唐宋词调与琴曲之间互有交流与影响。琴曲是词调的一个特别来源。与琴曲歌辞配乐不同，词与音乐、格律关系更为密切，词调生成更讲究均度协调。从《越江吟》到《瑶池燕》，从《醉翁吟》到《醉翁操》等，都是极为典型的词调创制实例。与笛曲《梅花引》、杂曲《渔夫引》等相区别，《琴调相思引》反映出词调与琴曲之缘。北宋至南渡新声迭出之际，琴曲摇身变为词调的现象较为集中，包括"琴趣""琴趣外篇"等衍生现象在内，彰显词调与琴曲的特别关系及互动生态，整体丰富了唐宋词调词乐的历史文化内涵。

关键词： 琴曲　词调　《醉翁操》　"琴趣"　"琴趣外篇"

作者简介： 高莹，文学博士，石家庄学院文史学院教授，研究方向为词曲学。张新科，艺术学博士，河北大学艺术学院讲师，研究方向为艺术理论。

唐宋词调来源于不同的曲调场域，包括民间、边地外域和教坊大晟府等乐府机构，以及创自乐工歌妓，摘自大曲法曲、自度曲等诸多层面。词调与琴曲之间有无关系呢？学界出现了不同说法，有认为词调来自琴曲的，[①] 或

* 本文为国家社科基金重大项目"唐宋词乐文献整理与研究"（23&ZD282）及海南省东坡文化研究与传播中心、海南省哲学社会科学规划重大专项课题"历代寿苏文献辑录与研究"［HNSK（ZDZX）24-12］阶段性研究成果。

① 吴熊和：《唐宋词通论》，商务印书馆，2003，第84页。

者说，“从琴曲中产生词调，是词起源和发展的一条途径”等；[①] 有学者就探索某一词调的流变作过尝试；[②] 也有学者说，“琴乐与宋词创作并无直接关系”[③]。唐宋词调与琴曲的整体关系如何，琴曲如何转变为词调等，专题辨析这些问题有助于还原唐宋词调产生及音乐文化内涵。

唐宋词与琴曲之间互有交流与影响。从词调生成角度看，有的调名源自琴曲，如《看花回》《风入松》《昭君怨》；[④] 有的词调称以“琴调”，如《琴调相思引》，明显与琴曲相关；有的词人精通音律、能自度曲，吴文英《婆罗门引》词序称“郭清华席上，为放琴客而新有所盼，赋以见喜”，既云“琴客”，可以推知此调声情或与琴曲有关。关于乐律和琴曲的因缘，《梦溪笔谈》所记传奇故事可资参阅：

> 高邮人桑景舒性知音，听百物之声，悉能占其灾福。尤善乐律，旧传有虞美人草，闻人作《虞美人曲》，则枝叶皆动，他曲不然。景舒试之，诚如所传，乃详其曲声曰：“皆吴音也。”他日取琴，试用吴音制一曲，对草鼓之，枝叶皆动，乃谓之《虞美人操》，其声调与《虞美人曲》全不相近，始末无一声相似者，而草辄应之，与《虞美人曲》无异者，律法同管也，其知音臻妙如此。景舒进士及第，终于州县官。今《虞美人操》盛行于江湖间，人亦莫知其如何者为吴音。[⑤]

桑景舒审音度律，能够依照吴音制作新曲，并演奏入琴，虞美人草每听闻此曲便枝叶舞动。除去记述神乎其神的成分，《虞美人操》优美生动，大致折射乐律与琴曲之间的互动关系。作为词调，源于唐教坊曲的《虞美人》始见于敦煌曲子词，《虞美人影》是词调《桃源忆故人》的别名，其创调并非据古琴曲谱词，乐律上或许具有某种潜在联系。与此类似，词人姜夔精通音律、擅长抚琴，其代表性琴歌《古怨》，风格清越秀丽。关键是，姜夔能够自度曲，《凄凉犯》词题序言称：“合肥巷陌皆种柳，秋风夕起骚骚然。予客居阖户，时闻马嘶。出城四顾，则荒野烟草，不胜凄暗，

① 王昆吾：《隋唐五代燕乐杂言歌辞研究》，中华书局，1996，第 296 页。
② 吕肖奂：《从琴曲到词调——宋代词调创制流变示例》，《中国韵文学刊》2008 年第 3 期。
③ 刘崇德：《中华正声：琴乐的曲与词》，《文史知识》2014 年第 4 期。
④ 田玉琪编著《北宋词谱》，中华书局，2018，第 344、942、1039 页。
⑤ （宋）沈括：《梦溪笔谈》，施适校点，上海古籍出版社，2015，第 38 页。

乃著此解。琴有《凄凉调》，假以为名。凡曲言犯者，谓以宫犯商、商犯宫之类。”① 显然，这一凄凉词调的生成与琴曲存有一定关系。《凄凉犯》得名于琴曲，但从琴曲变为词调，其间细节已无法还原。对于精通音律的词人而言，姜夔说：“写入琴丝，一声声更苦。”（《齐天乐》）如同随心令一样，词人信手将旧词谱入新调或者旧曲融入琴弦，成为琴乐和宋词对话的别样景象。

秦观评价词调《小重山》，认为它婉转抽绎，“其声有琴中韵”②，可见词乐与琴曲有相通之处，秦观词佚失不存，贺铸集中存词数首，单从文字层面很难看出《小重山》与琴音的关联。这个多写宫怨感怀的词调，其声情较为婉转抑扬，词乐或倾向于高雅脱俗的韵致。北宋年间琴曲盛行，徽宗时代前后的词人及其词作活动于这一语境中。深入探究，词乐能够汲引琴曲生成词调，此类词调虽然数量不多，却构成了唐宋词调重要的生态景观。

一 从《越江吟》到《瑶池燕》

词调产生的途径之一，是由琴曲转化而来。据宋释文莹《续湘山野录》：

> 太宗尝酷爱宫词中十小调子，乃隋贺若弼所撰。其声与意及用指取声之法，古今无能加者。十调者：一曰《不博金》；二曰《不换玉》；三曰《夹泛》；四曰《越溪吟》；五曰《越江吟》；六曰《孤猿吟》；七曰《清夜吟》；八曰《叶下闻蝉》；九曰《三清》；外一调最优古，忘其名，琴家只名曰《贺若》。太宗尝谓《不博金》、《不换玉》二调之名颇俗，御改《不博金》为《楚泽寒秋》，《不换玉》为《塞门积雪》。命近臣十人各探一调撰一辞，苏翰林易简探得《楚江吟》，曰：“神仙神仙瑶池宴，片片碧桃零落春风晚。翠云开处隐隐金舆挽，玉鳞背冷清风远。”③

文莹认为隋代的贺若弼创制了十小调，成为宋太宗时期流行的十首琴曲。

① 除特别说明外，本文所引宋词皆参见唐圭璋编《全宋词》，中华书局，1986。

② （清）王灏辑《姑溪题跋》，清光绪五年（1879）王氏谦德堂刊本，第 17 页。

③ （宋）文莹：《续湘山野录》，郑世刚、杨立扬点校，中华书局，1984，第 67~68 页。

宋人朱翌的《猗觉寮杂记》对此予以详细辨证，[①] 认为贺若弼乃无状小人，不可能创制古淡的琴曲《贺若》等，十小调应当出自唐宣宗时的宫廷琴师贺若夷，[②] 其说法客观可信。苏轼曾经记录自己听琴的感受："琴里若能知《贺若》，诗中定合爱陶潜"（《武道士弹琴》），并将《贺若》与陶渊明诗相提并论，显然这支琴曲带有一种古淡天然之风。作为太宗时代的宫廷金曲，这首琴曲原名为何已无从知晓。关于十小调，这些琴曲各有特色，应该深受时人的喜爱与欣赏。入宋后，这些琴曲的用指取声方法尚未失传，因而有的曲调被填制而留下了歌辞。

太宗命令十位近臣给十小调撰著曲辞，翰林苏易简抽到了《越江吟》，对照琴谱填制了歌辞，仅此一首流传下来。这一琴曲歌辞，在笔记《湘山野录》与《冷斋夜话》中各有收录，但文字体式不同：

> 神仙神仙。瑶池宴。片片。碧桃零落春风晚。翠云开处，隐隐金舆挽。玉麟背。吟清风远。

> 非云非烟。瑶池宴。片片。碧桃零落黄金殿。虾须半卷。天香散。春云和，孤竹清婉。入霄汉。红颜醉态烂漫。金舆转。霓旌影乱。箫声远。

前者 32 字，后者则有 49 字，哪一首是杂言琴歌辞《越江吟》的本来面目呢？通过考订收录词作的两部笔记大致可以辨明。晁公武《郡斋读书志》载：释文莹在宋神宗熙宁年间（1068～1077）撰写了《湘山野录》；而惠洪的《冷斋夜话》则成书于政和三年（1113）自崖州赦还之后。[③] 由于内容上依托虚妄，《郡斋读书志》《直斋书录解题》《宋史·艺文志》均将二书著录于小说家类，《四库全书》则收录于子部杂家类。相比之下，《湘山野录》更早，颇具可信度。即《越江吟》最初应该是 32 字体，传唱过程中或借助"摊破"等方式发生演变。[④] 由此，后世改称《越江吟》琴曲为

---

① 朱易安等主编《全宋笔记》第三编第 10 册，大象出版社，2008，第 8～9 页。

② 王昆吾对此有辨析，认为贺若弼与琴乐未见一丝关联，十小调的调名到唐代才广泛用于诗文。参见王昆吾《隋唐五代燕乐杂言歌辞研究》，中华书局，1996，第 292 页。

③ 王昆吾：《隋唐五代燕乐杂言歌辞研究》，中华书局，1996，第 294 页。

④ 与此类似，周邦彦有一首《浣溪沙》，传唱过程中有人将它变为《琴调相思引》。参见高莹《元代吉州窑瓷枕所书周邦彦词考释》，《石家庄学院学报》2016 年第 4 期。

《瑶池宴》（或称《瑶池燕》）。

随着古琴命运的变迁，尤其是唐代受到胡琴琵琶、燕乐等新型乐器、流行乐曲的冲击，古琴由繁盛走向衰飒，[①] 许多曲子因此黯然失色，甚至琴曲失传、琴谱不存。检核发现，明代的几大琴书，如张大命辑录的《阳春堂琴经》、蒋克谦的《琴书大全》以及杨表正的《重修真传琴谱》等，都未见《越江吟》琴谱传世。事实上，《越江吟》在北宋年间还在流传，苏轼曾说："琴曲有《瑶池燕》，其词不协，而声亦怨咽，变其词作闺怨。"[②] 即，隋唐五代的琴曲成为唐宋词调产生的一个渊源。苏轼开始填词《瑶池燕》，文字格不同于作为琴曲歌辞的《越江吟》：

> 飞花成阵。春心困。寸寸。别肠多少愁闷。无人问。偷啼自揾。残妆粉。
>
> 抱瑶琴、寻出新韵。玉纤趁。南风来解幽愠。低云鬟、眉峰敛晕。娇和恨。

双调 51 字，上下片各 6 句仄韵。这首词的主旨是闺怨，借助扰人的暮春飞红和动人的主人公姿态传递春困别愁。受苏轼影响的词人贺铸，填有一首《秋风叹》：

> 琼钩褰幔。秋风观。漫漫。白云联度河汉。长宵半。参旗斓斓。何时旦。
>
> 命闺人、金徽重按。商歌弹。依稀广陵清散。低眉叹、危弦未断。肠先断。

作为一首悼亡词，词人长夜难眠，歌声悲哀。这首词贺铸注为《燕瑶池》。[③]

对比发现，贺铸、苏轼的词确实同调，字句平仄一致，风格感伤缠绵，《燕瑶池》也即《瑶池燕》。此外，苏轼词"抱瑶琴、寻出新韵。玉

① 有关中唐时期古琴的历史生态，参见高莹《〈红楼梦〉与古琴文化考论》，《红楼梦学刊》2009 年第 1 辑。

② （宋）赵令畤：《侯鲭录》，孔凡礼点校，中华书局，2002，第 89 页。

③ 《秋风叹》一名为《燕瑶池》，参见（宋）贺铸《东山词》，钟振振校注，上海古籍出版社，1989，第 122 页。

纤趁”，贺铸词“命闺人、金徽重按。商声弹。依稀广陵清散”，不约而同把《瑶池燕》指向琴曲，证明这支乐调在北宋流传广泛，也间接表明《越江吟》有可能是十小调中传承最久的琴曲。[①] 关键问题在于，词调由琴曲而来，中间应有变化轨迹。如果苏易简的曲辞是过渡环节，后来的宋代词人则依据琴曲有所改编，句式、格律等都有相应讲究，并将《越江吟》改称《瑶池燕》。据现存词作看，苏轼词最早，距离创调词最近，词调音乐蕴含的琴乐因子很多。

显然，从苏易简到苏轼，从《越江吟》到《瑶池燕》，体现了由琴曲歌辞发展为词调的变化过程，都与琴曲关系密切。焦点在于区分琴曲与词调，不能将二者混为一谈。《越江吟》为琴曲歌辞，《瑶池燕》则化为词调了。学界认为《越江吟》与《瑶池燕》等同于正式词调的说法[②]有些欠妥。作为词调产生的途径之一，琴曲要对曲调声情与旋律作出变换，适应词调的歌唱需求，后世称词为“琴趣外篇”透露出一些真意。也就是说，琴曲有它自身的记谱及打谱体系，词调词牌也有独特的格律和乐律。二者并非水火不容，词调具有较强的吸纳性，对于高雅古淡的琴曲也能予以艺术改造，只不过改造者需要兼通琴曲和词乐才好。

比较之下，琴曲歌辞的配乐比词调更自由。有学者认为，“为琴曲而作的歌词，不协于词的音律，如果要以琴曲填词，就非变不可”[③]，即词与音乐的关系更加紧密，而琴曲歌辞配乐显得灵活一些。白居易依照《湘妃怨》填制《长相思》，就是依琴曲而新作的词篇。琴曲节奏散漫，由它演制词调，适应新的节拍和乐器是节点也是难点。由于词调本身的需求和词乐本体的规律，原来的琴曲曲调不但要发生相应变化，有时还要经历一个丰厚的累积历程。以《醉翁操》为例，可得到词调生成的启示。

二 《醉翁操》与琴调关系透视

《醉翁操》的产生，源于北宋琴师沈遵的一次游览。沈遵游赏琅琊山

① 《阳春堂琴经》除去著录十小调，还专门将《越江吟》列入“山外名操”，概能表明此调更为驰名。参见中国艺术研究院音乐研究所、北京古琴研究会编《琴曲集成》第7册，中华书局，2010。

② 王昆吾：《隋唐五代燕乐杂言歌辞研究》，中华书局，1996，第296页。

③ 施蛰存：《词学名词释义》，中华书局，1988，第22页。

醉翁亭，深感山水明秀，余韵不绝，于是“以琴写其声，为《醉翁吟》，盖宫声三叠”①，谱写了泠泠琴曲，此曲情意自然关乎曾经宦游于此的欧阳修，而从一首典型的琴曲转化为词调，离不开苏轼的贡献。苏轼对欧公极为推崇，填制了《醉翁操》：

琅然。清圜。谁弹。响空山。无言。惟翁醉中知其天。月明风露娟娟。人未眠。荷蒉过山前。曰有心也哉此贤。醉翁啸咏，声和流泉。醉翁去后，空有朝吟夜怨。山有时而童颠。水有时而回川。思翁无岁年，翁今为飞仙。此意在人间，试听徽外三两弦。

这首词以醉翁亭为引导，开篇以泠泠琴声点染词人浓重的追忆之情，一句“月明风露娟娟”，见出景色美好动人，因而引人不眠。作者的笔触重心并非风景，而在欧公，借醉形成自然过渡。过片处，与流泉相和，想象醉翁吟啸的洒脱之情，进而表达山水犹在而醉翁仙去，美妙鸣泉再也无人聆赏的无限怅惘之意。结句承接而富有跳跃性，以琴音不绝收束，一语“试听”隐含对新声《醉翁操》的赞美。作为新声的琴曲词调，词序交代了创作背景与词调来源：“琅琊幽谷，山水奇丽，泉鸣空涧，若中音会，醉翁喜之，把酒临听，辄欣然忘归。既去十余年，而好奇之士沈遵闻之往游，以琴写其声，曰《醉翁操》，节奏疏宕，而音指华畅，知琴者以为绝伦。然有其声而无其辞。翁虽为作歌，而与琴声不合。又依楚词作《醉翁引》，好事者亦倚其辞以制曲。虽粗合韵度，而琴声为词所绳约，非天成也。后三十余年，翁既捐馆舍，遵亦没久矣。有庐山玉涧道人崔闲，特妙于琴，恨此曲之无词，乃谱其声，而请于东坡居士以补之云。”欧阳修谪守滁州之际，太常博士沈遵游赏奇丽的琅琊山水后，谱写宫调琴曲三叠《醉翁操》。据苏轼的序言，这支曲子“节奏疏宕，而音指华畅，知琴者以为绝伦”，由于琴曲流于器乐化，“有其声而无其辞”，欧阳修据此填写《醉翁引》（又作《赠沈博士歌》），“子有三尺徽黄金，写我幽思穷崎嵚”，透露出一份理解与感动。对此，苏轼词序都有所交代。与琴声不合，表明欧公并未拘泥于琴曲，其作带有典型的骚体色彩，还应是琴曲歌辞；② 而好

① （宋）王辟之：《渑水燕谈录》，吕友仁点校，中华书局，1981，第85页。

② 欧阳修现存集中并无《醉翁引》，仅有楚辞体《醉翁吟》，加之梅尧臣、刘敞等人的赠歌与歌辞，极大提升了沈遵及其《醉翁操》的声誉。参见吕肖奂《从琴曲到词调——宋代词调创制流变示例》，《中国韵文学刊》2008年第3期，第68页。

事者倚辞制曲，主要是对琴曲予以改造，重新谱制琴曲。然而苏轼认为琴曲勉强对应歌辞也有失自然天成，即“词不主声，为知琴者所惜”[①]。于是，由庐山玉涧道人崔闲重订韵度，变旧声作新声，苏轼对此新调重新填词，做到调与琴协、声词皆备，捕捉欧公神韵，成就了新的词调。“两宋词调以‘操’名者惟此调。此调多用短韵和散文句法，声情流美轻快、婉转跌宕，颇为独特”[②]。四十年来一场梦，死生聚散犹相思。经历了有声无词、有词无声、有声有词，一首琴曲几经运转化为一个新词调。

“宋人精于音律，凡遇旧腔，往往随意增损，自成新声。”[③] 类似于转调之类的随心令，由琴曲发展而来的新声丰富了词调世界。不过，琴曲在节奏上极具特殊性，其均度参差使由之产生的词调呈现出杂言特点。“北宋琴乐之性质，乃一端近雅乐，一端近燕乐，虽不若主流之嘌唱缠声，风靡于众，其与清乐、俗乐比肩并列，词家可任情采之，以歌适合之长短句。”[④] 在大观末年，叶梦得曾经为崔闲的多首琴曲填辞，深感词乐关系的紧密：“闲乃略用平侧四声，分均为句以授余。琴有指法而无其谱，闲盖强为之。”[⑤] 即就原来的“粗合韵度”予以整理，依据琴谱把琴曲分均为句，并注意平侧四声。只有琴谱在手，借助打谱等方法才能演奏体味琴声，进一步翻调填词。所以，在这一过程中，琴谱成为乐歌规范以及曲辞产生的重要凭借。[⑥] 问题在于，由于琴曲的打谱极为复杂特别，许多耐人寻味的细节奥秘我们已无从得知。从上述《醉翁操》格式上看，词作句式及字声配搭非常奇特，这是琴曲均度所留下的音乐印痕。如果没有音律和琴乐的知识才能，由琴曲翻出新的词调根本无法实现。

因此，由琴曲而来的词调节拍不同于琴乐，传统琴曲往往以一字拖长吟唱出许多乐音，填词自然也不同于一般的琴歌。众人不断讨论《醉翁操》音韵、审定音调，最终在苏轼手中愈加天然，成为新声词调。正如吴熊和所言：“词调始于唐，而大备于宋。北宋后期，乐家所唱大都是宋时新声，唐旧曲少得存者。”[⑦] 相比而言，由琴曲而来的新声则流行范围较为

---

① （宋）王辟之：《渑水燕谈录》，吕友仁点校，中华书局，1981，第 85 页。

② 田玉琪编著《北宋词谱》，中华书局，2018，第 1044 页。

③ （清）王奕清等：《钦定词谱》卷一三，中国书店，1983，第 855 页。

④ 任半塘：《唐声诗》，上海古籍出版社，2006，第 184 页。

⑤ （宋）叶梦得：《避暑录话》，田松青、徐时仪校点，上海古籍出版社，2012，第 143 页。

⑥ 王昆吾：《隋唐五代燕乐杂言歌辞研究》，中华书局，1996，第 295 页。

⑦ 吴熊和：《唐宋词通论》，商务印书馆，2003，第 146 页。

局狭，虽与俗乐有对接，但由于琴乐成分散漫平缓，这些词调与那些在燕乐基础之上生成的词调风格终有“出身”差异。

由于资料所限，我们虽不能对所有由琴曲生出的词调予以详细考察，但有些词调能够编年，或有助于逐步接近这一问题的原生形态。如，苏轼的《醉翁操》写作于元丰五年（1082）十二月，其手书《醉翁操》石刻真迹为元祐七年，[①] 即公元1092年，文字内容与《醉翁操》词序参差互补，具有可信度。柳永、周邦彦的词之所以广为传播，也是因为他们的词中多新声与美腔。这些初步表明，与北宋时调新声的盛行相呼应，琴曲生成词调具有一定的时代性。

由琴曲而生的新调，被很多词人择用并在后世得以传承。就像《念奴娇》《水龙吟》《贺新郎》等经典词调，宋人使用这些由琴曲转变来的新声牌调，也大都奉苏轼词为圭臬。以《醉翁操》为例，宋人郭祥正效仿写之，词序云：“予甥以子瞻所作《醉翁操》见寄，未以为工也。倚其声作之。”郭氏仅存词一首，他主要生活于神宗熙宁年间，与苏轼生平有交集，当时倚声唱和苏轼《醉翁操》者或许还有他人，只是因资料缺乏难以详考了。此后，辛弃疾填词一首《长松之风》，并且编入词集。南宋的楼钥有两首，其一乃唱和苏词。这些都从不同角度明确了其词调性质，词调正体为：双调，九十一字；上片十句十平韵，下片十句八平韵。从传世之作看，宋人填词《醉翁操》共有五首，元明时期未见填制此调者，清人尚有三首，作者分别为陈砥中、凌次仲、吴蘋香，这些算得上异代知音了。

当然，《醉翁操》之“操”，明显带着琴曲的印记。吟、引、操、弄等术语专称不同琴曲，“操”有持弄之意，与讲究节奏句拍的“引”相比更保留了纯器乐曲的特色。琴曲向词调转变，其歌唱色彩也浓郁了许多。与“操”呼应，“琴调”也是由琴曲发展而来的词调。南宋袁桷受到浙派琴家郭楚望的影响，在《述郭楚望〈步月〉〈秋雨〉琴调二首》中借助秋景描写抒发了自己的幽思，这里的“琴调”不言而喻。《琴调相思引》显然是强调词调由琴曲改编而来。这类关涉琴曲的新词调往往会加上“琴调”二字，贺铸《东山词》中有《琴调相思引》可为辅证。“引”是古代乐曲的一种名称，开始用于称谓琴曲，之后来自大曲的《婆罗门引》、笛曲《梅

---

① 参见邹同庆、王宗堂《苏轼词编年校注》，中华书局，2002，第455页。《苏轼文集》卷七一《书醉翁操后》落款“元祐七年四月二十四日”，可以一并参证。

花引》、杂曲《渔夫引》等词调也称“引”。《琴调相思引》中的“琴调”可以点明词调性质或来源。这一词调曾经广为传唱。清真词中有一首“生碧香罗粉兰香”，之前诸本皆无，直到明代吴钞本现身，学界已对此辑佚。《相思引》，又名《玉交枝》《琴调相思引》。[①]《相思引》以46字为正体，公推宋人赵彦端之词：

拂拂轻阴雨麴尘，小亭深幕堕娇云。好花无几，犹是洛阳春。
燕语似知怀旧主，水生只解送行人。可堪诗墨，和泪渍罗巾。

与《浣溪沙》46体《摊破浣溪沙》对比，二者的文字格并无二样，但作为音乐文学，这是两个音律不同的词调。《浣溪沙》巧变为《相思引》，单纯出于文本改编的可能性较小，改编者并未称《摊破浣溪沙》，或是依声填词、选调应歌使然。笔者以为，受应歌影响，流行歌坛与消费者的新声需求息息相关。“风暖繁弦脆管，万家竞奏新声。”（柳永《木兰花慢》）“心记新声缥缈。翻是相思调。”（贺铸《宛溪柳》）于唐宋词传播而言，歌妓是重要媒介和推动者。文士填制新词，歌妓或向文士索词：“曾为梅花醉不归，佳人挽袖乞新词。”（朱敦儒《鹧鸪天》）她们也会即席助兴，枕上词由其改编也有可能。[②] 类似于周邦彦的《浣溪沙》“薄薄纱橱望似空”，由精通音律的歌妓或词人改编为《琴调相思引》，流畅有味、和谐有趣，[③] 这种变奏翻唱的传播情形，在当时应较为普遍。

徽宗时期是宋词及其新声繁盛发展的关键阶段。大晟府制撰官之一晁端礼，其词集《闲斋琴趣外篇》中收录许多徵调新曲，如《并蒂芙蓉》《寿星明》《舜韶新》等歌颂庆贺之曲，大多音调韶美，由大晟府刊行而广为传唱。所以，包括万俟咏、晁冲之、徐伸等在内的大晟词人，他们都善于度曲，在当时竞赌新声、各求新奇，[④] 连类而及，从琴曲中吸收养分产生词调，也成

---

① 宋人周紫芝填有此调，《竹坡集》刻为《定风波令》，原有《定风波》本调，此处实为《相思引》，称名有误。参见（清）万树编著《词律》，上海古籍出版社，1984，第137页。

② 吴曾《能改斋漫录》卷一六记载，琴操即席把秦观《满庭芳》“山抹微云”改为“阳”字韵，并获苏轼好评。参见唐圭璋编《词话丛编》，中华书局，2005，第138页。

③ 高莹：《元代吉州窑瓷枕所书周邦彦词考释》，《石家庄学院学报》2016年第4期。

④ 宋蔡居厚《蔡宽夫诗话》云：“近时乐家，多为新声，其音谱转移，类以新奇相胜，故古曲多不存。倾见一教坊老工，言唯大曲不敢增损，往往犹是唐本。”参见郭绍虞辑《宋诗话辑佚》，中华书局，1980，第389页。出于新奇追求，宋人对大曲改造甚至摘遍成为新词调。

为宋词牌调革新升级的方式之一。受到前代词人的影响，当南宋词调逐渐趋于停滞状态之际，以姜夔为代表的杰出词人，不断通过自度曲方式挽救这一衰敝局面，借力于琴曲再次成为一些知音解律的词人的选择。

如上所述，从《醉翁吟》到《醉翁操》，琴曲转变为词调，其音乐层面的变化值得探究。音乐学家认为，宋代琴曲由调子到操弄，二者的区别在于曲体形式、内容、风格和演奏艺术等方面，如同从慢曲到大曲。① 这种说法有其合理处，或有助于理解十小调与大型琴曲操弄的区别，南宋浙派琴家把操弄的创作演奏水平推上新的高度，受琴坛风气影响的词人姜夔的自度曲便带有如此特点。作为唯一完整流传至今的宋代词乐文献，姜夔的十七首自度曲都旁注工尺谱，其《古怨》不仅注明律吕，还在字旁注以琴谱指法，只是这些自度曲格律精严难以为继，最后很难有余响，与北宋的繁盛状况形成较大反差。其《古怨》是现存最早的有琴曲味道的歌谱，词人以骚体填词，全曲三段，以佳人薄命、美人迟暮哀叹时势的多变和对家国局势的关切。作为格律派词人，姜夔讲究词调音律，尤其在第二段夹杂许多变音，② 平添了许多哀感顽艳的情调。命名“古怨”，词句中蕴含古意，“年年汾水上兮，惟秋雁飞去”，这与唐代诗人苏珽《汾上惊秋》“北风吹白云，万里渡河汾。心绪逢摇落，秋声不可闻”中的心事感怀可谓同一旨趣。自柳永时代以来，词人往往以增演慢曲、引、近等方式变旧调为新声，同样精通音律的词人周邦彦采用这些方法增制约五十调。北宋年间词调新声数量陡增，但变动很大。不论有声有词还是有词无声的时代，《醉翁操》《古怨》等词调与琴曲存在深浅不一的关联。与《琴调相思引》《归去来兮引》等类似，这些特别的词调都曾引得词人竞相填制。只是，由琴曲而词调，演唱乐器由古琴变为琵琶、哑筚篥或者笛箫，音乐声色自然随之一变。张炎《词源》、姜夔的多首词序都曾言及乐器、器乐变化现象。姜夔是词人兼音乐家，他能自度曲，使词与曲协律配合，但与徽宗词坛的繁盛相比，此时从琴曲中生出的词调更是乐律高雅苛细、曲高和寡了。

三 “琴趣”“琴趣外篇”的真相及影响

在词之起源与发展过程中，部分词调从琴曲中产生。宋人以“琴趣”

---

① 许健编著《琴史初编》，人民音乐出版社，1982，第113页。

② 许健编著《琴史初编》，人民音乐出版社，1982，第109页。

“琴趣外篇”分别称谓词与词集的风气，同样彰显词与琴曲的密不可分。这与琴曲对词调的影响不无关联。

对于“琴趣”，学界有琴曲说，认为其是词人带着自嘲的代称词；[①] 也有学者认为，琴曲不能移用于词曲，以“琴趣”为琴曲的代名词以及词的别称，其实是一误再误；[②] 还有学者认为它是词的别称，与曲子、乐府、乐章以及笛谱等是一类。[③] 词最初起源于配乐歌唱。词人认为词协律动听，因而出现与词乐相关的“琴趣”别称，这一说法不无道理。为平抑这些由来已久的纷纭聚讼，有必要追溯渊源，从陶渊明说起。古琴在文人士大夫的艺术生活中历来占有极其重要的地位。《晋书·陶潜传》说，陶渊明藏有一张素琴，没有弦徽，常常在友朋聚会时抚弹。别人不知无弦之琴有何用处，他抚琴笑谈说：“但识琴中趣，何劳弦上音。”反映了陶渊明不受羁绊、任真自得的神韵。“琴趣”来源于此。琴趣和古琴有关，纵然无弦，同求其趣，这种审美旨趣与陶渊明的精神境界对应。与执着于酒量多少和琴曲有无的普通体认存在区别，陶渊明意在赏识琴中趣和酒中趣。[④] 后世将此引申为高雅的情趣和韵味。

唐宋视域中的“琴趣”，自然是关乎古琴而深含雅致之意的。“寄傲于琴趣”（独孤及《送洪州李别驾还任序》）是为一例。与词相关，部分词调从琴曲生出，即以“琴趣”作为词的别名。只不过这个称谓要比“曲子”“乐章”“长短句”等晚出。这一现象与词的历史地位沉浮有关。来源于民间的曲子词最初被视为小道，地位无法与传统诗文相抗衡，甚至有些词家羞于把词作单行或与诗文合集。为提升小词地位，宋人一度尊称它为“琴操”，将其奉为雅词。“琴操”的说法出现很早，最早是指相传为蔡邕所著的解说琴曲标题的《琴操》，还指秦代屠门高所作琴曲。韩愈精通琴艺，按照琴曲操弄写作了《琴操》十首，不仅《乐府诗集》收入这些歌辞，后世许多琴谱也有著录，表明这十首拟古乐府诗具有可以合乐歌唱的琴歌性质，而且应该是因诗成调的琴歌辞。“琴操”“琴趣”等称谓，逐渐演化为精通乐律的代名词，甚至与当时作为流行歌曲的小词产生了联系。北宋年间一位当红的歌伎因此以“琴操”为艺名，她精通音律，因修改秦

---

① 王昆吾：《隋唐五代燕乐杂言歌辞研究》，中华书局，1996，第 29 页。

② 施蛰存：《词学名词释义》，中华书局，1988，第 22 页。

③ 刘永济：《宋词声律探源大纲》，中华书局，2007，第 79 页。

④ 《陶渊明集》，逯钦立校注，中华书局，1979，第 171 页。

观的《满庭芳》而红极一时。北宋年间出现与古琴相关的诸多热点，与词体地位的抬升、古琴文化的复兴有关。

众所周知，由于盛唐以来胡乐侵入，“胡琴琵琶与羌笛”逐步占据乐坛主流，作为中华正声的古琴逐步仅为少数文士所爱赏，就像白居易所说“古声淡无味，不称今人情”，其地位一度沉沦。北宋年间尤其是徽宗时期，古琴的命运急剧翻转，朝廷内外琴音繁盛，和当时的清乐燕乐等一并流行。琴曲作为独特资源库，自然吸引那些对音律、琴学具有较高修养的词人，苏轼对此兴致颇高，其《杂书琴事》有言：“琴非雅声，世以琴为雅声，过矣！琴，正古之郑卫耳。今世所谓郑卫者，皆乃胡部，非复中华之声。自天宝中，坐、立部与胡部合，自尔莫能辨者。”唐宋以来的郑卫之音，是指受胡乐影响的民间乐曲。苏轼的《论高丽买书厉害札子》中也提到“郑卫之声”，同样是指民间俗乐。与把琴曲说成高不可攀的雅声相比，苏轼精准地意识到琴曲和民间乐曲的关系密切，意识到外来文化对琴曲的影响，并批驳了“中华之声”之说。也即，琴曲尽管在文士层面拥有较多的欣赏者、弹奏者，并且从多重音律层面保留了燕乐、清乐的成分，但它与俗乐的发展确实具有同步关系。同时，苏轼还有很多与琴曲有关的尝试。除去上述《醉翁操》之事之外，他依托《阳关曲》填词三种，分别赠写张继愿、李公择和中秋月，使之与当时的流行歌曲相媲美。《阳关曲》有琴曲的一面，苏轼为之填词，如同从《醉翁吟》到《醉翁操》，要对琴乐有所变化，以适应词乐的需求。与作为琴歌时相比，此时的《阳关曲》已是同名的词调形态了。如上所言，随着词体地位不断提升，应运而生的“琴趣”等别称传扬开来，直到清代，朱彝尊等词人依然习惯于以“琴趣”称词，[①] 以“琴趣外篇”代称词人的集子甚至成为一时风尚。

今存宋刊词集命名为“琴趣外篇”者，共有七家：欧阳修、晁端礼、晁补之、黄庭坚、秦观、叶梦得、赵彦端。这些“琴趣外篇”是南宋书商刊印各家词集时所题，或为汇刻系列丛书而设。[②] 叶梦得的“琴趣外篇”佚失不存，当代学界已在汲古阁本基础上笺注出版《石林词笺注》。晁补

① 《群雅集》序云：“终宋之世，乐章大备，四声二十八调，多至千余曲……惟因刘昺所编《宴乐新书》失传，而《八十四调图谱》不见于世，虽有歌师板师，无从知当日之琴趣箫篴谱矣。”参见（清）朱彝尊《曝书亭全集》王利民等校点，吉林文史出版社，2009，第456页。

② 秦观《淮海琴趣》（《传是楼书目》）、晏几道《小山琴趣外篇》（《永乐大典》），这些仅见书名列次，可见“琴趣”使用之广。

之的词集名称多样，考订发现曾有《琴趣外篇》《晁氏琴趣》《晁氏琴趣外篇》《无咎琴趣》。[①] 据现有最早资料，晁氏词集在南宋中叶被刊印为《琴趣外篇》，毛晋整理词集时所作的跋语比较详明：

> 《琴趣外篇》六卷，宋左朝奉秘书省著作郎充秘阁校理国史编修官济北晁补之无咎长短句也。其所为诗文几七十卷，自名《鸡肋集》，惟诗余不入集中，故云"外篇"。昔年见吴门钞本，混入赵文宝诸词，亦名《琴趣外篇》，盖书贾射利眩人耳目，最为可恨。余已厘正介庵词，辨之详矣。无咎虽游戏小词，不作绮艳语，殆因法秀禅师谆谆戒山谷老人，不敢以笔墨劝淫耶？大观四年卒于泗州官舍，自画山水留春堂大屏上，题云：胸中正可吞云梦，盏底何妨对圣贤？有意清秋入衡霍，为君无尽写江天。又咏《洞仙歌》一阕，遂绝笔，不知何故逸去。今依花庵词客附诸末幅。古虞毛晋识。[②]

毛晋解释说，词作没有编入诗文集中，于是称为"外篇"，算是一家之言。宋人编辑诗词文，有时候合集，有时词作别出，如李弥逊的《筠溪集》，其末附录词集《筠溪乐府》，这本词集也曾别出单行，[③] 但并未出现"外篇"称谓。词不编入诗文正集，或者可以称为《鸡肋集外篇》，为何要称为《琴趣外篇》呢？从"入乐立名"[④] 的角度看，这主要与"琴趣"曾经作为词的别名美称有关，缀以"外篇"或与诗文区别。还有学者说，词既是弦上之声，则必是琴趣以外之物。"琴趣外篇"四字只能如此明了而极饶风趣地解释。[⑤] 将"琴趣"等同于无弦，于是认为词就是"琴趣外篇"，这种说法不免胶柱鼓瑟。随着词体的雅化，明清时期大多删除"外篇"二字，径直以"琴趣"美称词集。无论刊刻宋人词集，如汲古阁本《介庵琴趣》，还是辑录当时词人的词集，如朱彝尊《静志居琴趣》、姚燮《画边琴趣》、王初桐《杏花村琴趣》等，都惯性承袭了历史文化语境中"琴趣"的意蕴与影响，可见文士对"琴趣"的热衷程度。这些现象在一定程度上

---

① 杨庆存：《晁补之词集名称考辨》，《文学前沿》2002 年第 2 期。

② （明）毛晋辑《宋六十名家词》，上海古籍出版社，1989，第 603 页。

③ 王兆鹏：《两宋所传词集续考》，《湖北大学学报》（哲学社会科学版）2011 年第 5 期。

④ 刘永济：《宋词声律探源大纲》，中华书局，2007，第 79 页。

⑤ 〔日〕村上哲见：《宋词研究》，杨铁婴等译，上海古籍出版社，2012，第 63 页。

再度回应了唐宋词调与琴曲的特别关系。

结 语

由琴曲转变生成的新声，在唐宋词调中占有较小比例，却丰富着词调历史和词学内涵。由于词乐失传，相关词调的音乐架构无法还原，却可以追溯其与琴曲的密切关联。古琴对民族音乐的影响极为悠远，琴曲歌辞对于汉唐乐府诗的发展具有特殊意义。作为文学艺术的传承与新变，唐宋时期的琴曲与词乐之间形成一定流动性，从而衍生出新的词调。唐人琴曲有《相思怨》，宋代琴曲有《相思引》;[①] 北宋新声《琴调相思令》，其双调字格与《长相思》一致，又与《琴调相思引》无关，此中“琴调”滋味都已不得详知了。扩而大之，有的词调还来自其他音乐品类。如，蒋捷自创的新调《翠羽吟》，是由笛曲《梅花引》（或称《小梅花》）变奏而来。这些现象可以并案研究，与琴曲视域下的唐宋词以及词调问题连类通观，对于钩沉词调生成与词乐生态具有重要词学意义。

---

① 任半塘：《唐声诗》，上海古籍出版社，2006，第52页。

名篇探讨

汉《郊祀歌》四时篇的古雅特性

陆安琪　贾学鸿

（扬州大学文学院，扬州，江苏，225002）

摘　要：汉武帝为重修郊祀之礼编定了《郊祀歌》十九章，其中祀太一之佐神五帝的组歌，除中央黄帝外，其余四方四帝分别对应春夏秋冬四时，具有明确的时令性。这组四时篇在创作过程中，一方面多参考《吕氏春秋》十二纪的内容，在对四时的自然、人事及神灵的描述上取法于古；另一方面四时篇形制规整、用词古奥，在词语的运用和事象的选择上多借鉴先秦诗歌，显现了其文辞之“雅”。除此之外，四时篇以色彩统领全篇，篇首讲述对应季节的自然现象，篇中讲人事，篇尾歌颂神明的福祉或向神明祈求庇护；春夏篇色彩生动明媚，秋冬篇清冷庄重。各篇虽风格不同，但诗句内容却环环相扣、首尾相连，体现了《郊祀歌》四时篇与众不同的古雅特性。

关键词：《郊祀歌》　四时篇　艺术化　古雅

作者简介：陆安琪，文学博士，扬州大学中国语言文学流动站在职博士，研究方向为乐府学与文艺美学。贾学鸿，文学博士，扬州大学文学院教授，博士生导师，研究方向为先秦两汉文学、道家文学与文化。

汉武帝为重定郊祀之礼编订《郊祀歌》十九章[①]，《史记·乐书》评

---

① “至武帝定郊祀之礼，祠太一于甘泉，就乾位也；祭后土于汾阴，泽中方丘也。乃立乐府，采诗夜诵，有赵、代、秦、楚之讴。以李延年为协律都尉，多举司马相如等数十人造为诗赋，略论律吕，以合八音之调，作十九章之歌。以正月上辛用事甘泉圜丘，使童男女七十人俱歌，昏祠至明。夜常有神光如流星止集于祠坛，天子自竹宫而望拜，百官侍祠者数百人皆肃然动心焉。”（汉）班固撰，（清）王先谦补注《汉书补注》，上海古籍出版社，2008，第1470～1471页。

其“通一经之士不能独知其辞，皆集会五经家，相与共讲习读之，乃能通知其意，多尔雅之文”①。可见《郊祀歌》诗意雅正，辞多古奥。为合节气以应天配地②，在十九章中又有在对应的时间和郊祀场景中使用的四时篇。

相较于《郊祀歌》其他篇章，四时篇各自带有明确的时令，且形制规整统一。一方面其内容与《吕氏春秋》十二纪对四季的描写有紧密联系，另一方面其词语运用和事象选择受先秦文学的影响，极为典雅。为方便后文的展开，这里先将四篇的原文列出：

青阳

青阳开动，根荄以遂，膏润并爱，跂行毕逮。
霆声发荣，壛处顷听，枯槁复产，乃成厥命。
众庶熙熙，施及夭胎，群生啿啿，惟春之祺。

朱明

朱明盛长，旉与万物，桐生茂豫，靡有所诎。
敷华就实，既阜既昌，登成甫田，百鬼迪尝。
广大建祀，肃雍不忘，神若宥之，传世无疆。

西颢

西颢沆砀，秋气肃杀，含秀垂颖，续旧不废。
奸伪不萌，妖孽伏息，隅辟越远，四貉咸服。
既畏兹威，惟慕纯德，附而不骄，正心翊翊。

玄冥

玄冥陵阴，蛰虫盖藏，草木零落，抵冬降霜。
易乱除邪，革正异俗，兆民反本，抱素怀朴。
条理信义，望礼五岳，籍敛之时，掩收嘉谷。③

① 《史记》卷二四，中华书局，1982，第1177页。

② “春作夏长，仁也；秋敛冬藏，义也。仁近于乐，义近于礼。乐者敦和，率神而从天；礼者辨宜，居鬼而从地。故圣人作乐以应天，作礼以配地。”《史记》卷二四，中华书局，1982，第1193页。

③ （汉）班固撰，（清）王先谦补注《汉书补注》，上海古籍出版社，2008，第1486~1489页。

四时篇均是四言一句，四句成一联，每篇三联，篇首讲述对应季节的自然现象，篇中讲人事，篇尾则歌颂神明的福祉或向神明祈求庇护。

一　四时之自然色彩

四时篇的春夏冬三季篇首以“青阳开动”“朱明盛长”“玄冥陵阴”点明了青、朱、玄三种颜色。秋季篇首为“西颢沆砀”，虽未直接点明色彩，但《说文解字·页部》有“颢，白貌”，可知秋季为白色。四篇统一用颜色代指时气，行文工整，且用词雅致。

在各方位颜色的选择上，《吕氏春秋》记载立春、立夏、立秋和立冬之日，天子亲率三公、九卿、诸侯（立夏和立冬不含）、大夫于东、南、西、北郊迎四时，[①] 由此可知四时之位。

春时在东，东方的代表色为青色，以青色开春时篇便生“青春”一词。《楚辞·大招》的“青春受谢，白日昭只。春气奋发，万物遽只”[②]、杜甫《闻官军收河南河北》的“白日放歌须纵酒，青春作伴好还乡”[③] 均为此例。此用法延续至今，代指青少年大好年华。如此词语间的内在联系，从有意到约定俗成，正是传承中华古籍之雅的表现；而放眼世界，也只有汉语词汇能在现代社会通用的同时，保留两千多年前的意蕴。

《青阳》篇首“青阳开动，根荄以遂，膏润并爱，跂行毕逮”，概括出春季万物生长、雨水滋润的场景。关于此句，颜师古注“荄”为草根，《汉乐府全集》中补充“遂”为成长之意[④]，即春季到来，草木生根以成长。“膏润”可理解为（春雨的）润泽，《诗经·黍苗》中有“芃芃黍苗，阴雨膏之”，《毛诗序》有“《黍苗》，刺幽王也。不能膏润天下，卿士不能行召伯之职焉”[⑤]。将“膏”直译为“润”，可知古时“膏”“润”二字原本意思相近，都可作“滋润”讲。鉴于《青阳》是春歌，“膏润并爱”

① “立春之日，天子亲率三公九卿诸侯大夫以迎春于东郊”；“立夏之日，天子亲率三公九卿大夫以迎夏于南郊”；“立秋之日，天子亲率三公九卿诸侯大夫以迎秋于西郊”；“立冬之日，天子亲率三公九卿大夫以迎冬于北郊”。见王利器《吕氏春秋注疏》，巴蜀书社，2002，第 29、389、696、952 页。

② （宋）洪兴祖：《楚辞补注》，白化文等点校，中华书局，2015，第 175 页。

③ 张忠纲选注《杜甫诗选》，中华书局，2005，第 184 页。

④ 曹胜高、岳洋峰辑注《汉乐府全集（汇校汇注汇评）》，崇文书局，2018，第 7 页。

⑤ 周振甫译注《诗经译注》，中华书局，2023，第 399 页。

的主体则特指春雨。后面的“跂行”为“依靠脚行动”，此处代指所有有脚的动物。因前一句提过植物，加上有脚的动物来补全春时对自然所有动植物的恩泽。《吕氏春秋》中所谓“天下非一人之天下也，天下之天下也。阴阳之和，不长一类；甘露时雨，不私一物；万民之主，不阿一人”①，春时甘露时雨的“不私一物”同时也对应万民之主的一视同仁。

再说夏时《朱明》篇，“朱明盛长，旉与万物，桐生茂豫，靡有所诎”同样是以描写自然色彩展开。除《史记》记载以外，“朱”字自先秦以来便有红色的意思，如《诗经》中有“朱幩镳镳，翟茀以朝”（《硕人》）、“素衣朱绣，从子于鹄”（《扬之水》）、“载玄载黄，我朱孔阳，为公子裳”（《七月》）② 等；《楚辞》中则有“鱼鳞屋兮龙堂，紫贝阙兮朱宫”（《河伯》）、“左朱雀之茇茇兮，右苍龙之躣躣”（《九辩》）③ 等。随着进一步演变，“朱明”连在一起使用开始有太阳的意思，如《楚辞・招魂》中有“君王亲发兮，惮青兕，朱明承夜兮，时不可以淹”④ 等。因此所谓“朱明盛长”，描述的是夏时太阳炽烈且日照时间长。夏时是植物最繁茂的季节，《吕氏春秋》中有“仲夏日长至。则生蕤宾。……太蔟之月，阳气始生，草木繁动，令农发土，无或失时”⑤，以大段的说明文字描述夏时生命力旺盛、适宜农耕的特点。关于《朱明》篇首部分，颜师古认为“旉与”是“开舒”，为萌发、伸展貌，王先谦则依据《尚书・皋陶谟》中有“翕受敷施”一句，认为“旉与”应是“敷施”，即布施、施予的意思。如按王先谦所说为“施予”，后文则缺乏施予万物的具体内容，因此“夏气兴盛蓬勃、万物舒展生长”更为合理。

关于“桐”字也存在多种解读。颜师古认为“桐”通“通”字，取“通达”之意，“草木皆通达而生美悦光泽”⑥，然而“通达”一词在《周礼》中以“凡通达于天下者，必有节，以传辅之”⑦ 的形式出现，是以如取“通达”义，无需用“桐”来假借“通”字，但后句中“诎”有弯曲、

① 王利器：《吕氏春秋注疏》，巴蜀书社，2002，第105~106页。
② 周振甫译注《诗经译注》，中华书局，2023，第86、169、223页。
③ （宋）洪兴祖：《楚辞补注》，白化文等点校，中华书局，2015，第61、156页。
④ “朱明承夜兮（朱明，日也）。”见（宋）洪兴祖《楚辞补注》，白化文等点校，中华书局，2024，第173页。
⑤ 王利器：《吕氏春秋注疏》，巴蜀书社，2002，第603~605页。
⑥ （汉）班固撰，（清）王先谦补注《汉书补注》，上海古籍出版社，2008，第1487页。
⑦ 《影印金刻本婺州本周礼》，（汉）郑玄注，北京大学出版社，2023，第132页。

堵塞之意，因此前文解释为“草木皆通达”能让前后文呼应得更为顺畅。即夏气兴盛蓬勃，万物舒展生长，草木根枝通达长得茂盛有光泽，没有一丝堵塞。另外梧桐树在古时代表吉祥，《诗经·卷阿》中就有“凤皇鸣矣，于彼高冈。梧桐生矣，于彼朝阳”[①]，梧桐本身也昭示天下大治、太平之象。

从《青阳》和《朱明》两篇的篇首可以看出，主“生”的两季中春季重雨水滋润，夏季则重畅气助长，基调都偏向明亮，而秋冬两季则由明转暗。

如前文所说，《西颢》以白色开题，从色彩上看远不及“青”和“朱”有生命力；后面的“含秀垂颖，续旧不废”则意在转折。《尔雅》释“秀”为草没开花而结果的状态[②]，《小尔雅集释》中有“禾穗谓之颖”[③]，即秋季虽然不如春夏有活力，却是收获的季节。且收获乃是源自春夏旺盛生长的草木，寓意在收获成果时也不可忽视前期的付出，强调生命的延续。

冬歌《玄冥》篇首“玄冥陵阴，蛰虫盖藏，草木零落，抵冬降霜”，将冬之特色尽数展现。冬祭主北方，北方之神为黑帝，“玄冥”二字冷清幽静，属暗色调；“降霜”二字，既冷又含灰白之意，清冷之感尽显。《青阳》《朱明》《西颢》《玄冥》开篇突出时令特色，均以色彩喻季节。

二　春夏农事及秋冬军事

四时篇的篇中部分，由篇首的自然相关转向人事相关，《青阳》和《朱明》重农事，《西颢》和《玄冥》则重军事。这一点也暗合《吕氏春秋》的行文，在春三纪和夏三纪中，描述内容多为养生、农事，而秋三纪与冬三纪则有“振乱”“决胜”“安死”“士节”等。

《玄冥》篇首讲述草木凋零、蛰虫冬眠，《青阳》篇中则以春雷昭示草木的复苏，洞穴内的蛰虫也因雷声惊醒，冬天枯萎凋零的植物重新生长，这便形成了一个闭环。且《西颢》篇首有“含秀垂颖”，以草植结果、禾苗垂穗强调秋季收获，《青阳》篇中便有“霆声发荣”象征农事的开始、

---

① 周振甫译注《诗经译注》，中华书局，2023，第462页。

② “木谓之华，草谓之荣。不荣而实者谓之秀，荣而不实者谓之英。”见（清）阮元校刻《十三经注疏·尔雅注疏》卷二四，中华书局，2021，第495页。

③ 迟铎集释《小尔雅集释》，中华书局，2008，第330页。

《朱明》篇中有“敷华就实”表达对丰收的期待。“华”为树木开的花，“荣”为草植开的花，“秀”“颖”“荣”“华”都意指植物，所表达的植物状态却又各不相同，所以四时篇之间不仅是形制上的统一，在内容上也跟自然农事环环相扣，且用词古雅、含义丰富。

《朱明》中的“登成甫田，百鬼迪尝”取自《诗经·甫田》的“倬彼甫田，岁取十千。……以我齐明，与我牺羊，以社以方”①，都以“甫田”奉祀“百鬼”。假如只粗略阅读四时篇，想来难以感受古籍之间相互联系之含蓄趣味，中华传统古籍的内涵便是如此，需得细品方能得古雅之审美享受。

春夏二歌的篇中重农事，《西颢》的篇中侧重于军事。在汉武帝之前郊祀祭歌不提当权者文治武功，而“隅辟越远，四貉咸服”讲述了汉武帝灭南越、迁东越、平朝鲜的武功②，颜师古认为“辟”同“僻”，即意指偏僻遥远的部落，王先谦对“四貉”作了补充说明，认为“貉”字通“貊”字，而貊就是夷，总的来说四方少数民族都可以称为“夷”，此处的“四貉”也是一样，并不特指四个民族，而是因民族种类繁多而使用的笼统说法。《西颢》篇首说到秋季是收获结果的时节，且秋季主肃杀，《吕氏春秋》中描述秋时为“杀气浸盛，阳气日衰”③，在此篇中提及武帝的武功确实更为合适。

《玄冥》篇中记述也主军事，但需联系四篇内容一起看才更为明晰。关于“易乱除邪，革正异俗”一句，颜师古注“易”为变、“革”为改，虽然此处并未详细说明所谓乱和邪以及异俗是什么，但结合《西颢》篇的内容，可知在收复异民或平定内乱之后，冬季需要拨乱反正、改除异样风俗。如此便可知《玄冥》的内容其实也体现了汉代的大一统思想，以及统治者开疆拓土的雄心。

最后“兆民反本，抱素怀朴”意指百姓不论原先过着怎样的生活，在冬时都应回归朴素自然的生活状态。在《庄子·马蹄》中有“同乎无欲，是谓素朴；素朴而民性得矣”④。即没有贪欲是为素朴，如能维持这个状态，百姓就不会丢失本性。结合前句“易乱除邪，革正异俗”，即为战乱

① 周振甫译注《诗经译注》，中华书局，2023，第 363~364 页。

② 详见张树国《汉武帝时代国家祭祀的逐步确立与〈郊祀歌〉十九章创制时地考论》，《杭州师范大学学报》（社会科学版）2009 年第 2 期。

③ 王利器：《吕氏春秋注疏》，巴蜀书社，2002，第 777 页。

④ 《庄子》，方勇译注，中华书局，2015，第 143 页。

之后社会需要稳定的环境来消化前期造成的伤害、弥补已形成的损失。此时以《玄冥》的篇中为循环的起点，衔接到四时篇的篇尾部分就又会形成下一个闭环。

三　四时之奉神祈灵

《玄冥》的篇中部分提到冬时是社会内敛修复的时节，《青阳》的篇尾便说春季人群聚集、安和而喜乐，春的恩惠会普及所有幼小的、正孕育着的生命。《青阳》用“众庶”强调了数量之多，类似还有《诗经·卷阿》“君子之车，既庶且多”[①]、《楚辞·远游》的“庶类以成兮，此德之门”[②]、《庄子·渔夫》的“寒暑不时，以伤庶物”[③] 等；而“熙熙”则强调了人群欢乐的状态，如刘禹锡的“熙熙春景霁，草绿春光丽”[④]、白居易的“万心春熙熙，百谷青芃芃”[⑤] 等，都形容春光明媚令人心生愉悦。《青阳》篇尾的“惟春之祺”，既可以看作春季特有的吉祥景象，也可以看作社会经过冬季的修复后所呈现的祥和景象。不论哪一种都表达了对春时的期盼和欢迎。就内容来说，相较于祈求东方青帝保佑群生，更多的是表达人们自己的喜悦。至此《青阳》篇结束，全篇风格明媚清新，充满生命力。

《朱明》篇尾较《青阳》来说，奉神祈灵的意味变得更明显，强调要举行盛大祭祀，将此牢记于心，并祈祷神灵宽宥大汉，允其永传于世。“神若宥之，传世无疆”的“宥”，颜师古解释为“祐”，《汉乐府全集》中直接解释为“保佑”。虽然现代汉语中，已经使用“佑”字替代“祐”，然而在先秦时期，“祐”和“佑”需加以区别。《诗经》中表达“保佑”之意时，使用的是“保右”。如《假乐》的“保右命之，自天申之”[⑥]、《大明》的“保右命尔，燮伐大商”[⑦] 等。《楚辞》则不使用“保右”这样的词语，而是单独使用字来表达，如《天问》中有“天命反侧，何罚何

① 周振甫译注《诗经译注》，中华书局，2023，第 463 页。

② （宋）洪兴祖：《楚辞补注》，白化文等点校，中华书局，2015，第 130 页。

③ 《庄子》，方勇译注，中华书局，2015，第 538 页。

④ 蒋维崧等笺注《刘禹锡诗集编年笺注》，山东大学出版社，1997，第 1 页。

⑤ 《白居易集》卷一，顾学颉校点，中华书局，1979，第 1 页。

⑥ 周振甫译注《诗经译注》，中华书局，2023，第 453 页。

⑦ 周振甫译注《诗经译注》，中华书局，2023，第 418 页。

佑”，这里的“佑”为“保佑”意，同篇中另一句“惊女采薇，鹿何祐”[1]的“祐”为“福”意，有赐福的意思。再回到《朱明》的“神若宥之”，如上文所说，《郊祀歌》采用周礼制度，内容和风格受殷楚影响更多，而殷楚祭歌在表示保佑之意时，会直接使用“佑”而非借用“宥”。且《楚辞》中没有使用过“宥”字，反是《诗经》中有“成王不敢康，夙夜基命宥密”[2]，这里的“宥”有宽仁、赦免之义。“若”为“顺应”义，因此，所谓“神若宥之”，严格来说应该解释为神明顺应宽宥，而非保佑，若得神明顺应宽宥，则大汉可传世无疆。从“宥”和“佑”之间的辨析不难看出汉字在漫长的演变过程中，不免会出现含义上的变化导致后世的误解。此时古籍的存在能为文学的探本溯源提供坚实的基础。重视各种传统文学作品之间的联系，不仅能够体会到中国独特的古雅美学，同时也能加强现代中国文艺美学的理论架构。

以《朱明》对比《青阳》可见夏歌的内容更加丰富，从自然到农事再到祈神的转变也更加明显，整体风格不同于春歌的明媚，开始带有严肃的意味。

至于在夏歌中提到的宽待赦免，需回到四时篇的闭环上来说。古时因战争或灾难导致过多的死亡时，统治者需要得到上天的谅解。《西颢》篇中有“隅辟越远，四貉咸服”，篇尾又有“既畏兹威，惟慕纯德，附而不骄，正心翊翊”，在此之前说过武帝收复异族的武功，可知此处所谓畏惧威严、仰慕德行的对象正是武帝。“附而不骄，正心翊翊”意为武帝收复异族而不因此傲慢自满，依旧保持虔敬的心态。《西颢》篇以此种自我正身之意结尾，通篇肃杀庄严、偏重军政。

最后《玄冥》篇尾所说“条理信义，望礼五岳，籍敛之时，掩收嘉谷”，既是四时篇的结尾，也意指实际一年的结束。年末要有序而诚挚地安排五岳祭祀，“望礼”便是望祀之礼，《周礼》中有“阴祀，祭地、北郊及社稷也，望祀，五岳、四镇、四渎也”[3]。因四时篇对应四方（按五岳来说，还有中岳黄帝，对应《郊祀歌》十九章中的第二章《帝临》），因此按礼制依旧用了“望礼”的说法。冬季寒冷不宜农耕，《吕氏春秋·仲冬》说“是月也，可以罢官之无事者，去器之无用者，涂阙庭门闾，筑囹

① （宋）洪兴祖：《楚辞补注》，白化文等点校，中华书局，2015，第87、91页。

② 周振甫译注《诗经译注》，中华书局，2023，第525页。

③ 《影印金刻本婺州本周礼》，（汉）郑玄注，北京大学出版社，2023，第110页。

圄，此所以助天地之闭藏也”[①]，《玄冥》篇也强调了收取籍田作物后，需将收藏的粮食保管好。如此一来《玄冥》篇尾便又和《青阳》篇首形成呼应，即冬时保存粮食积蓄力量，以待春时开动。至此，四时篇完成了全部的闭环。

结 语

环环相扣的逻辑使四时篇拥有比其他篇章更紧密的联系，且各篇本身的用词也极为考究缜密。《日知录》称“《安世房中歌》十七章、《郊祀歌》十九章，皆郊庙之正乐，如《三百篇》之《颂》。其他诸诗，所谓‘赵、代、秦、楚之讴’，如列国之《风》”[②]，顾炎武说十九章如《颂》，《颂》作为朝廷郊庙乐歌，语言和正庄重，辞义广密，得以传承万世而不更改。四时篇的开篇以色彩统领全篇的基调，在后世宋朝祀五岳和江海的祀乐中，有不少沿用了四时篇篇首的情况，如《熙宁望祭岳镇海渎》十七首中西望的酌献曲《成安》有“西颢沆砀”，《绍兴祀岳镇海渎》四十三首祀东方的初献盥洗用曲《同安》有“青阳肇开”、祀南方的迎神曲《凝安》有“朱明盛长”[③] 等。绍兴至今仍然保留着举行祭典的文化习俗，其大禹祭典于2006年成为中国第一批国家级非物质文化遗产。这不仅体现了地方对于传统活动的重视，同时也体现出了中国全社会对中华传统的重视，由此可见现代中华民族的文明内核和中国古典文学的价值观念保持了精神上的统一。

通过探寻《郊祀歌》四时篇与《吕氏春秋》及其他先秦古籍之间的联系，可以发现中国传统古籍之间存在的不仅是一事一代之间历史的传承，还是一种字词和文化的内在联系。文献之间互为考证、彼此支撑，形成了中华文化最复杂也最坚实的理论基础。后之视今亦犹今之视昔，《郊祀歌》对先秦的传承一如今时对古籍的传承，由这种传承信念成就的文学作品能经受住时间的考验，历经变迁而不朽，呈现中国文学特有的古雅之美。

---

① 王利器：《吕氏春秋注疏》，巴蜀书社，2002，第1063页。

② （清）顾炎武著，张京华校注《抄本日知录校注》卷五，华东师范大学出版社，2021，第272页。

③ 《宋史》卷一三六，中华书局，1985，第3194~3196页。

以《悲哉行》为例探析近体诗范式确立进程*

雷淑叶

（广州大学，广州，510006）

摘　要：乐府曲调《悲哉行》发生、发展、变化的全过程，是近体诗发展衍化的有力见证。《悲哉行》自魏明帝创调，到晋陆机确立范本，南齐沈约作永明新体诗，初唐杜审言完成近体诗律，中唐白居易等人打破旧体传统，脉络可寻。可以说，《悲哉行》见证了近体诗发生发展衍化的进程，即近体诗是在乐府诗创作中孕育，在乐府诗创作中发展，在乐府诗创作中定型，又在乐府诗创作中背离而形成自己的范式的。

关键词：《悲哉行》　陆机　沈约　杜审言

作者简介：雷淑叶，文学博士，广州大学人文学院讲师，研究方向为乐府学。

关于近体诗形成进程及功归何人，学界往往以沈（佺期）宋（之问）并举，认为二者在律诗确立过程中功绩卓著。

这样的观点早在盛唐即有。唐独孤及《唐故左补阙安定皇甫公集序》云："至沈詹事宋考功，始裁成六律，彰施五色，使言之而中伦，歌之而成声，缘情绮靡之功，至是乃备。"① 元稹《唐故工部员外郎杜君墓志铭

---

* 本文系广州市高等教育教学质量与教学改革项目"中国古代文学教研室建设的探索与实践"（2023QTJG064）、2024年度广州市高等教育教学质量与教学改革工程课程思政示范课程项目"中国古代文学3"（2024KCSZ005）阶段性成果。

① 周绍良主编《全唐文新编》第2部第3册，吉林文史出版社，2000，第4451页。

序》指出："沈、宋之流，研练精切，稳顺声势，谓之为律诗。由是而后，文体之变极焉。"① 明徐师曾对律诗确立的观点本于元稹，认为沈、宋之后方号为律诗。② 明王世贞《艺苑卮言》更进一步指出，"五言至沈、宋，始可称律。律为音律法律，天下无严于是者。知虚实平仄，不得任情而度明矣。二君正是敌手。"③ 明确指认，五言在沈宋手中才称得上平仄有定、律法严明之律诗。近体诗成于沈、宋，几成定论。

亦有持不同意见者。明胡应麟即认为杜审言是律诗的首创者。今人刘宝和亦持此观点，提出"律诗不完成于沈宋"，而是完成于杨炯、骆宾王、杜审言与李峤，尤以杜审言、李峤贡献更大。④ 这样的论断将近体诗的定型推到初唐，强调了杜审言在近体诗范式确立过程中的重要性。

那么，诗歌从魏建安经南北朝再到唐初近体诗确立，经过了怎样的历程，有没有一条线索清晰可循？杜审言在其中的作用究竟应如何看待？就此，乐府《悲哉行》的发展衍变或许可提供一幅生动的诗歌进化轨迹图。

一 《悲哉行》创调之初

《悲哉行》由魏明帝创调，其拟作者有西晋陆机、刘宋谢灵运、南齐沈约、初唐杜审言、中唐白居易等。作者皆为诗歌声律化发生、发展、变化各个节点上的关键人物，考察《悲哉行》的发生、发展及流变对勾勒近体诗范式之确立进程或不无助益。

魏明帝原创调《悲哉行》已亡佚，现存最早的是陆机和作。魏明帝及其父祖皆工创作。《晋书·乐志》曰："三祖纷纶，咸工篇什，声歌虽有损益，爱玩在乎雕章。"⑤ 所谓损益声歌，即增减音节，使声辞与歌乐相配，以达美听。《文心雕龙·乐府》则曰："魏之三祖，气爽才丽，宰割辞调，音靡节平。"⑥ 这里宰割辞调意同损益声歌，皆评价魏之三祖在文辞创作与

---

① 吴在庆主编《唐五代文编年史》（中唐卷），黄山书社，2018，第 376 页。

② 徐师曾《文体明辨序说》曰："唐兴，沈、宋之流，研练精切，稳顺声势，号为律诗，其后浸盛。"见（明）徐师曾《文体明辨序说》，罗根泽校点，人民文学出版社，1998，第 107 页。

③ （明）王世贞著，罗仲鼎校注《艺苑卮言校注》，齐鲁书社，1992，第 160 页。

④ 刘宝和：《律诗不完成于沈宋》，《中州学刊》1984 年第 3 期。

⑤ 《晋书》卷二二，中华书局，1974，第 676 页。

⑥ （南朝梁）刘勰著，范文澜注《文心雕龙注》，人民文学出版社，1958，第 102 页。

音乐协和方面的才能。依据乐府创作“以乐配词”之原则，无论是损益声歌抑或宰割辞调，指的是创作美听协和的音乐使其更好地配合歌辞。由上可见，魏之三祖作乐府，不仅讲究辞藻，而且讲究文辞与乐调的配合，可以说，客观上开启了诗歌声律化的进程。①

《悲哉行》作为魏明帝所创作的乐府古题，遵循“损益声歌”“宰割辞调”之规律应是毋庸置疑的，可惜原诗亡佚。从现存最早的陆机、鲍照和魏明帝之《悲哉行》，约略可推见原作声貌。

陆机（261~303）《悲哉行》：

> 游客芳春林，春芳伤客心。和风飞清响，鲜云垂薄阴。蕙草饶淑气，时鸟多好音。
>
> 翩翩鸣鸠羽，喈喈仓庚吟。幽兰盈通谷，长莠被高岑。女萝亦有托，蔓葛亦有寻。
>
> 伤哉客游士，忧思一何深。目感随气草，耳悲咏时禽。寤寐多远念，缅然若飞沈。原托归风响，寄言遗所钦。

南朝宋鲍照（414~466）有《代悲哉行》：

> 羇人感淑节，缘感欲回辙。我行讵几时，华实骤舒结。睹实情有悲，瞻华意无悦。
>
> 览物怀同志，如何复乖别。翩翩翔禽罗，关关鸣鸟列。翔鸣尚俦偶，所叹独乖绝。

《文心雕龙·乐府》曰三祖之乐府“或述酣宴，或伤羁戍，志不出于淫荡，辞不离于哀思”。② 陆机《悲哉行》与鲍照《代悲哉行》皆写春日客游之悲。客游之人，触目所见，充耳所闻，多为伤感之物，陆机言“春芳伤客心”，鲍照言“情有悲”“意无悦”，所抒亦感伤之情。

陆机《悲哉行》明显承三祖乐府主旨，借春天特有的意象，“和风”“鲜云”“蕙草”“时鸟”“幽兰”“长莠”“女萝”“蔓葛”等，抒写游子

---

① 郭丽：《诗歌声律化由谁开启——魏之三祖“宰割辞调”的诗歌史意义》，《光明日报》2017年4月17日，第13版。

② （南朝梁）刘勰著，范文澜注《文心雕龙注》，人民文学出版社，1958，第102页。

伤春之悲。鲍照《代悲哉行》抒羁人远戍之悲，以抒情为主，如“睹实情有悲，瞻华意无悦”，意象上主要借“翔禽”“鸣鸟”表达游子羁戍之悲。由此可推知魏明帝《悲哉行》原文应不离伤春悲羁戍之意，当为触景生情，有感而发。

乐府创作与填词作曲不同。词曲中，用同一词牌、曲牌，除了个别声情特别之词曲，内容可以大相径庭，甚至同一词人所作同一词调可归属不同律吕，可抒写不同情绪，写作不同内容。但同一乐府之题，后人所作，基本遵循古辞题名、本事、曲调、体式、风格等。① 因此，在魏明帝原作亡佚的情况下，陆机之《悲哉行》一直被当作范式进行模仿。陆机生活时代与魏明帝近，或许有见到《悲哉行》原作，由此可推，后人所作乐府诗《悲哉行》亦基本遵循原调基调。

如谢灵运（385~433）所作《悲哉行》：

萋萋春草生，王孙游有情。差池燕始飞，夭袅柳始荣。灼灼桃悦色，飞飞燕弄声。

檐上云结阴，涧下风吹清。幽树虽改观，终始在初生。松茑欢蔓延，樛葛欣藟萦。

眇然游宦子，晤言时未并。鼻感改朔气，眼伤变节荣。侘傺岂徒然，澶漫绝音形。

风来不可托，鸟去岂为听。

此诗借春天耳闻目睹之景抒宦游思人之情，其所用意象，诗歌主旨、体制与陆机《悲哉行》如出一辙（见表1）。

表1 谢灵运《悲哉行》与陆机《悲哉行》对比②

作者	项目					
	主旨	意象	句法	韵法	结构	抒情模式
陆机	游客芳春林，春芳伤客心	和风、鲜云、蕙草、时鸟、幽兰、长莠、女萝、蔓葛	五言二十句	平声韵 侵韵 （平水韵）	总分总	借景抒情

① 参见吴相洲《乐府学概论》，人民文学出版社，2015。

② 陆机与谢灵运《悲哉行》，见郭茂倩《乐府诗集》卷六二，中华书局，2017，第1298~1299页。

续表

作者	项目					
	主旨	意象	句法	韵法	结构	抒情模式
谢灵运	萋萋春草生，王孙游有情	春草、燕、柳、桃、云、风、树、松茑、樛葛	五言二十句	平声韵 庚青韵 （平水韵）	总分总	借景抒情

从表中可以清楚见出谢灵运对陆机《悲哉行》的承继。二者皆五言二十句，押平声韵，在题材、主旨、意象、句法、韵法、结构以及抒情模式上高度相似，沿袭传承的痕迹明显。

谢惠连与谢灵运同时而稍后，其所作《悲哉行》，主题与陆机、谢灵运所作相应，形式上稍有变化。郭茂倩所编《乐府诗集》（《乐府解题》）中《悲哉行》条曰："陆机云：'游客芳春林。'谢惠连云：'羁人感淑节。'皆言客游感物忧思而作也。"① "客游感物忧思"是乐府诗题《悲哉行》的主旨，与魏明帝"伤羁戍"之情相通。

郭茂倩引《乐府解题》解读《悲哉行》即肯定陆作与谢作在题材、主题、情感上的相似，陆机《悲哉行》之范式作用一目了然。

陆机在诗歌声律化上的贡献不止于此。如果说魏之三祖是在创作上开启诗歌声律化，那么陆机则不仅在创作上，而且在诗歌声律化理论上亦作出了贡献，推进了诗歌声律化在理论层面的进步。陆机《文赋》有"诗缘情而绮靡"一语，堪称诗歌声律化宣言。《文赋》对"绮靡"的解释是："其会意也尚巧，其遣言也贵妍。暨音声之迭代，若五色之相宣。"② 所谓"绮靡"，可具体化为意巧、言妍、音声谐美几个要素，也即语言、音声和情感或主旨的相应和谐。

这几个要素后来成为沈约阐述永明声律说的经典表述："夫五色相宣，八音协畅，由乎玄黄律吕，各适物宜。欲使宫羽相变，低昂互节，若前有浮声，则后须切响。一简之内，音韵尽殊；两句之中，轻重悉异。妙达此旨，始可言文。"③ 在这里沈约主要强调的是音声和谐，变中有同，同中有异。沈约有关永明声律说的经典表述，恰是评价谢灵运时的有感而发，由

① （宋）郭茂倩编《乐府诗集》，中华书局，2017，第1298页。

② （西晋）陆机著，张少康集释《文赋集释》，人民文学出版社，2002，第132页。

③ 《宋书》卷六七，中华书局，1974，第1779页。

谢灵运上溯至陆机，其脉络更显分明。

直到唐代近体诗定型，学人依然尊“缘情而绮靡”为诗歌声律化之经典表述。中唐独孤及《唐故左补阙安定皇甫公集序》云：“五言诗……至沈詹事宋考功，始裁成六律，彰施五色，使言之而中伦，歌之而成声，缘情绮靡之功，至是乃备。”[①] 唐以后，欧阳修、宋祁评宋之问、沈佺期曰“又加靡丽，回忌声病，约句成篇，如锦绣成文”亦本于“诗缘情而绮靡”。清人朱彝尊、沈德潜等论诗，虽然对陆机“绮靡”说多有指责，也依然绕不开陆机。《文选》李善注云：“言音声迭代而成文章，若五色相宣而为绣也。”[②] 可见陆机所说的“言也贵妍”即“音声迭代”，即声韵的交织更替，错落有致，就是指诗歌要讲究声律。这一说法与后来沈约等人创立的永明声律说完全一致。从永明声律说角度而言，陆机《文赋》无疑是阐述诗歌声律理论的第一部著作，因此，可以说陆机是阐述诗歌声律理论的第一人。[③] 由此亦可见，《悲哉行》是陆机声律理论与实践相结合的有力例证。

《悲哉行》从创调之初，经陆机之手，到鲍照、谢灵运、谢惠连等以陆机之作为典范，形成抒写“客游感物忧思”“缘情而绮靡”的范式。

二 《悲哉行》由永明体到近体诗

永明体诗强调声律和对偶，注重声韵格律。永明体的代表诗人包括沈约、谢朓、王融等。

萧齐永明年间，沈约创造性地继承了陆机《悲哉行》，将《悲哉行》写成了标准的永明新体诗。这时的《悲哉行》体式上已经十分接近初唐近体诗。沈诗云：

旅游媚年春，年春媚游人。徐光旦垂彩，和露晓凝津。
时嘤起稚叶，蕙气动初蘋。一朝阻旧国，万里隔良辰。[④]

---

① 周绍良主编《全唐文新编》第 2 部第 3 册，吉林文史出版社，2000，第 4451 页。

② （梁）萧统编，（唐）李善注《文选》卷一七，上海古籍出版社，1986，第 766 页。

③ 吴相洲：《“绮靡”新解》，《文史》2011 年第 4 辑。

④ （宋）郭茂倩编《乐府诗集》卷六二，中华书局，2017，第 1300 页。

此诗五言八句，平声韵，中间两联词性相同，平仄基本相对，无论字数、句数，抑或声韵安排，都已经十分接近近体诗形制。而情感、意象、言说模式等直接承袭陆机、谢灵运，用“徐光”“和露”“时嘤”“稚叶”“蕙气”“初蘋”等意象抒“一朝阻旧国，万里隔良辰”的游子思归之情。

“徐光”“晓露”“时嘤”“稚叶”“蕙气”“初蘋”等意象灵动具体，既是永明体新诗讲究辞藻的体现，亦为近体格律诗讲究对仗树立法式。五言八句，押平声韵，讲究辞藻与音声和谐，可以说，沈约《悲哉行》开初唐近体诗先河。

近体诗与齐梁诗关系密切，齐梁诗讲究四声八病，讲究属对，在初唐近体诗格律诗的定型过程中，除了沈、宋，杜审言亦是位重要人物。就现存诗作而言，杜审言诗合律比例在初唐诗人中最高。胡应麟指出：“初唐无七言律，五言亦未超然。二体之妙，杜审言实为首倡。”[①] 充分肯定了杜审言在近体诗中定型中的贡献。

杜审言是初唐时期与沈佺期、宋之问同时且在近体诗创作中颇有贡献的一位诗人。杜审言被称为五律第一的《和晋陵陆丞早春游望》，其主旨、语言、意象、抒情模式与沈约《悲哉行》极为相似：

> 独有宦游人，偏惊物候新。云霞出海曙，梅柳渡江春。
> 淑气催黄鸟，晴光转绿蘋。忽闻歌古调，归思欲沾巾。[②]

这首诗也是抒发游子思乡之情。内容上，首句点明“宦游”，次句写宦游者对物候变化特别敏感。中间两联用“云霞”“梅柳”“淑气”“黄鸟”“晴光”“绿蘋”等意象，详写物候新变给宦游人带来的心理冲击。尾联呼应首联，用“归思欲沾巾”绾合全篇。形式上，五言八句平声韵，粘、对完全符合仄起平收首句入韵式五律体制。对比起来，其情感基调、意象模式、形式结构乃至声韵安排，都与沈约《悲哉行》高度一致（见表2）。

---

① （明）胡应麟：《诗薮》内编第四卷，中华书局，1958，第65页。

② 郁贤皓主编《中国古代文学作品选》第三卷，高等教育出版社，2010，第21页。

表 2 杜审言《和晋陵陆丞早春游望》与沈约《悲哉行》之对比

作者	项目						
	起句	意象	句法	韵法	结句	情感	结构
沈约	旅游媚年春	徐光、和露 时嘤、稚叶 蕙气、初蘋	五言 八句	十一真	一朝阻旧国， 万里隔良辰	客游感 物忧思	总分总
杜审言	独有宦游人	云霞、梅柳 淑气、黄鸟 晴光、绿蘋	五言 八句	十一真	忽闻歌古调， 归思欲沾巾	客游感 物忧思	总分总

从体式上看，起句皆言远游，结句以“思归”收束。五言八句，仄起平收首句入韵，且同押平水韵第十一部“真“韵，杜审言诗承继沈约诗之痕迹明显。

杜审言《和晋陵陆丞早春游望》与沈约《悲哉行》在声律上的差别较小。沈约之作除前两句外，声调大体按“平平仄仄仄，仄仄仄平平”安排，是永明体诗“一简之内，音韵尽殊；两句之中，轻重悉异”的直接呈现，并且非常讲究对仗，沈约《悲哉行》除前两句外，皆为对仗句。相对而言，杜审言《和晋陵陆丞早春游望》更讲究粘、对，工整、精致。经过比对，杜审言《和晋陵陆丞早春游望》承继沈约《悲哉行》并有所发展的轨迹清晰可辨。

一般而言，认为杜审言《和晋陵陆丞早春游望》是近体诗，没有使用《悲哉行》曲调，不是乐府诗。如果细加分析，则不难发现杜诗对乐府《悲哉行》所作的一些改变。

首先，从题目《和晋陵陆丞早春游望》来看，这是一首和人之作。晋陵陆丞相究为何人不得而知，其原作亦未有传。杜审言创作情况亦不可知，大致有以下几种可能：晋陵陆丞作了一首古调《早春游望》赠杜审言，也有可能杜审言从其他途径见到此诗，于是和了一首，即《和晋陵陆丞早春游望》。当然也有可能题目是后人加的。不可否认的是，杜审言时代已经是一个永明体新诗与近体诗交错的时代。

其次，回到杜审言《和晋陵陆丞早春游望》，由其末两句“忽闻歌古调，归思欲沾巾”可知，晋陵陆丞原作乃可歌之古调，而可歌之古调在唐宋及后世一般指乐府。如唐吴兢有《乐府古题要解》，明高棅《唐诗品汇》言李白“其乐府古调能使储光羲、王昌龄失步，高适、岑参绝倒"[1]。清人胡震亨所论最为清晰："乐府内又有往题、新题之别。往题者，汉魏以下，陈隋以上乐府古题，唐人所拟作也。"[2] 这里的古题、古调与往题皆指乐府辞调。由此可以推断，杜审言诗中所曰"忽闻歌古调"中的"古调"应指乐府古调。也就是说晋陵陆丞所作诗为乐府诗。杜诗作为和作，理应使用同一古题，杜审言和作应是乐府也便顺理成章。

就在陆、杜唱和期间，有位宫女也作了一首主题、意象、韵部一样的乐府诗——《离别难》：

> 此别难重陈，花深复变人。来时梅覆雪，去日柳含春。
> 物候催行客，归途淑气新。剡川今已远，魂梦暗相亲。[3]

杜诗与唐宫女所作乐府《离别难》在主旨、意象、句法与韵法上高度相似（见表3）。

表3 杜审言《和晋陵陆丞早春游望》与唐宫女《离别难》之对比

作者	项目						
	起句	意象	句法	韵法	结句	情感	结构
唐宫女	此别难重陈	物候、花、梅、雪、柳、淑气	五言八句	十一真	剡川今已远，魂梦暗相亲	游子远行感物忧思	总分总
杜审言	独有宦游人	物候、云霞、梅柳、淑气、黄鸟、晴光、绿蘋	五言八句	十一真	忽闻歌古调，归思欲沾巾	客游感物忧思	总分总

由表3可见，两首诗同为五言八句、皆押平水韵十一真韵、意象使用上皆集中于春天的物候，主旨上皆抒写羁旅思归之情，《离别难》从居人的角度抒写对离人的思念，《和晋陵陆丞早春游望》写客游忧思。

同一时期两首诗都与沈约《悲哉行》高度一致，不能说是偶然现象。唐朝宫女所作这首诗的别称尤为值得注意。《乐府诗集》引《乐府杂录》曰："《离别难》，武后朝有一士人陷冤狱，籍其家。妻配入掖庭，善吹觱

① （明）高棅编选《唐诗品汇》，上海古籍出版社，1982，第147页。

② （明）胡震亨：《唐音癸签》卷一，上海古籍出版社，1981，第2页。

③ 唐宫女所作《离别难》，见《全唐诗》卷二七，黄钧等校点，岳麓书社，1998，第278页。

篥，乃撰此曲以寄情焉。初名《大郎神》，盖取良人第行也。既畏人知，遂三易其名曰《悲切子》，终号《怨回鹘》云。”①

也就是说《离别难》又名《悲切子》，而《悲切子》与《悲哉行》在名字和诗体上皆高度相似。那么，是否可以理解为《悲切子》亦有可能是《悲哉行》的别称，否则无法解释杜审言《和晋陵陆丞早春游望》、武后宫女《离别难》和沈约《悲哉行》在题材、情感、意象、格律等方面如此高的相似度。《离别难》《悲切子》是否就是《悲哉行》的别称，尚待进一步考证。

三 《悲哉行》与传统范式的背离

诗歌的发展并不是一成不变，乐府诗《悲哉行》的创作也是如此。《悲哉行》的创作到盛唐以后发生了变化。盛唐孟云卿的《悲哉行》拟作开始背离从陆机到杜审言的古乐府传统。既没有沿着陆机、沈约一直到杜审言的创作理路接近近体诗之形制，亦与《悲哉行》原本范式相背离。孟云卿《悲哉行》呈现出变以抒情为主为以叙事为主等新特征：

> 孤儿去慈亲，远客丧主人。莫吟苦辛曲，此曲谁忍闻。
> 可闻不可说，去去无期别。行人念前程，不待参辰没。
> 朝亦常苦饥，暮亦常苦饥。飘飘万余里，贫贱多是非。
> 少年莫远游，远游多不归。

孟云卿《悲哉行》与陆机、沈约的《悲哉行》在写作上主要有四方面的背离。首先，此诗改变陆机、沈约、杜审言等诗作借景抒情的模式，代为以叙事说理为主。孟诗开篇两句直入主题，打破旧诗借景抒情，或借物起兴之作法。如陆机诗起句云“游客芳春林，春芳伤客心”；谢灵运诗云“萋萋春草生，王孙游有情”，沈约诗云“旅游媚年春，年春媚游人”皆先言景，借景抒情。孟云卿《悲哉行》则直以“孤儿去慈亲，远客丧主人”之叙事开始，并且全篇以叙事为主，间以议论。

其次，孟云卿诗接下来更换韵脚，平仄韵转换。中唐之前《悲哉行》

① （宋）郭茂倩编《乐府诗集》卷八〇，中华书局，1979，第1131页。

以一韵到底为主。

再次，孟云卿诗虽仍以客子远游为主题，但不是“托物咏怀”，亦非“以景结情”，而是直抒胸臆，以“少年莫远游，远游多不归”这样的规劝结束。

最后，诗歌在主旨上改“客游感物忧思”为“孤儿去慈亲，远客丧主人”之悲。风格古朴，直追汉魏，有古乐府之韵致。在写法上，又多用顶针、互文、叠词等汉乐府诗写法，如《古诗十九首》等的写法。杜甫赠孟云卿诗有句曰“孟子论文更不疑”“数篇今见古人诗”，亦强调孟云卿作诗擅用古体。

与孟云卿几乎同时而稍长之的中唐诗人元结在《箧中集序》中对孟云卿亦赞赏有加。元结对近体诗则持批评态度，认为“时之作者，烦杂过多。歌儿舞女，且相喜爱。系之风雅，谁道是耶？”[①] 元结所讲歌儿舞女喜爱的，正是方便歌唱的近体诗，此亦可反衬孟云卿诗歌风格。

也就是说，从中唐孟云卿开始，《悲哉行》的写作逐渐背离陆机、沈约等的范式，并且也未受新体诗的制约，而是返朴归真，走了一条复古的路。

如果说孟云卿走的是一条复古的路，那么白居易走的则是创新的一端。中唐时期诗人白居易大力提倡新乐府，有意识地颠覆古乐府传统，创作《新乐府》五十首，追求诗歌“补察时政”“泄导人情”的现实作用，对诗歌的表达方式要求“辞致而径”“言直而切”“事核而体”“体顺而肆”，最终达到“文章合为时而著，歌诗合为事而作”的现实讽喻目的。白居易创作越发不受陆机、沈约等人的范式束缚。其《悲哉行》变“客游感物忧思”为“士子失意之情”，诗云：

> 悲哉为儒者，力学不能疲。读书眼欲暗，秉笔手生胝。
> 十上方一第，成名常苦迟。纵有宦达者，两鬓已成丝。
> 可怜少壮日，适在穷贱时。丈夫老且病，焉用富贵为。
> 沈沈朱门宅，中有乳臭儿。状貌如妇人，光明膏粱肌。
> 手不把书卷，身不擐戎衣。二十袭封爵，门承勋戚资。
> 春来日日出，服御何轻肥。朝从博徒饮，暮有倡楼期。

① 《唐宋人寓湘诗文集》，黄仁生、罗建伦校点，岳麓书社，2013，第132页。

评封还酒债，堆金选蛾眉。声色狗马外，其余一无知。
山苗与涧松，地势随高卑。古来无奈何，非君独伤悲。

此诗五言三十二句，一百六十字，平声韵，意象、声韵完全看不到沈约等人《悲哉行》的影子。借用“文章合为时而著，歌诗合为事而作”之新乐府精神，讽刺“声色狗马外，其余一无知”之富家子弟，揭示社会尊卑贵贱不公之现实。至此，《悲哉行》从陆机以来所约定形成的传统被彻底消解。

无独有偶，白居易还有同好者。鲍溶与白居易声气相通，所作《悲哉行》与白居易相似。诗云：

促促晨复昏，死生同一源。贵年不惧老，贱老伤久存。
朗朗哭前歌，绛旌引幽魂。来为千金子，去卧百草根。
黄土塞生路，悲风送回辕。金鞍旧良马，四顾不入门。
生结千岁念，荣及百代孙。黄金买性命，白刃仇一言。
宁知北山上，松柏侵田园。

此诗五言十八句，抒发“生不同命，死却同源”之感慨，毫无借景抒情之致，整篇以叙事议论为主，与白居易“辞致而径”“言直而切”的新乐府主张相应。

以上梳理了《悲哉行》从创调至确立范式再到与传统相背离的整个过程：魏明帝开始创调，晋陆机因之以确立范式，南齐沈约写成永明新体，到初唐杜审言完成近体诗体式。题名、本事、体式、曲调、风格五要素一直得以保留。盛唐以降，孟云卿、白居易、鲍溶等人，或出于复古，或出于创新，有意消解古乐府传统，陆机、沈约、杜审言等人坚持已久的传统至此被彻底改变。一个曲调见证了近体诗发生、发展、变化的全过程。汉唐乐府诗中很少有曲调能像《悲哉行》一样，承载如此丰富而清晰的诗史内容。

《朝鲜竹枝词》的域外书写*

董　萌　邹德文

（长春师范大学，长春，130032）

摘　要： 清代柏葰作《朝鲜竹枝词》三十首，以竹枝词的形式，基于使臣沿途所见、所思、所感之真实经历，采用“异域之眼”的视角对朝鲜进行观察和书写，涉及历史、地理、生活、文化、物产等方面。在书写内容上回归于日常生活，语言简洁明快，其中生动的人物形象塑造、鲜明的地域特色和叙事描写，忠于竹枝词本身的艺术特点。诗中对国际贸易的书写是柏葰对竹枝词书写内容的扩大，拓展了竹枝词的表现形式。

关键词：《朝鲜竹枝词》　朝鲜文化　中朝文化交流

作者简介： 董萌，长春师范大学博士研究生，研究方向为历史文献学。邹德文，长春师范大学教授，博士生导师，研究方向为历史文献学。

清人柏葰的《朝鲜竹枝词》三十首，是其在道光二十三年（1843）“充谕祭朝鲜正使”[①] 时著。柏葰“原名松葰，字静涛，蒙古正蓝旗人，巴鲁特氏。道光六年（1826）丙戌进士”[②]，著有诗歌总集《薜箖吟馆钞存》。柏葰出使朝鲜时中国正面临巨大变化，他“复命后检行，笥得驿程日记一卷，并诗数十，竹枝若干首，录而付梓”[③]。竹枝若干即今所见《朝

---

* 本文为吉林省社科基金项目“诸种‘朝鲜竹枝词’的域外书写研究”（2024C99）阶段性成果。

① 《清史稿》卷三八九，中华书局，1976，第11719页。

② 王慎之、王子今辑《清代海外竹枝词》，北京大学出版社，1994，第76页。

③ （清）柏葰：《奉使朝鲜驿程日记》，殷梦霞、于浩选编《使朝鲜录》，北京图书馆出版社，2003，第568页。

鲜竹枝词》三十首，用竹枝词这种独特的创作方式，以“异域之眼”观察朝鲜当时的社会风貌、物产资源等状况。自明朝与朝鲜建立起典型的藩属关系起，朝鲜与中国的交往、交流十分频繁，中朝双方的使行记录是互相观察审视的重要文献。柏葰的《朝鲜竹枝词》关于朝鲜的域外书写内容十分丰富，以乐府诗形式书写域外见闻，扩展了乐府诗的表现形式，具有重要的乐府诗史意义。

一 以竹枝词写见闻

柏葰用竹枝词的形式书写出使朝鲜沿途见闻，形象且生动地展现了当地的风土民情。首先提到了朝鲜的房屋特点。柏葰看到了朝鲜平民建筑和贵族建筑的区别，也看到了不同于中国的生活用品。第十九首：“瓦缝参差列不齐，大都草舍似幽陛。羡他仕宦加人处，屋脊皆调白垩泥。”① 平民的房屋建筑有瓦房和草舍两种，即使是瓦房，也是瓦缝“参差列不齐”的房子，而且数量比较少，大多是非常小的像“幽陛”一样的“草舍”。幽陛是幽深矮小的牢房。朝鲜的传统民居都是草屋，主要用稻草编成片状覆盖房屋顶部，朝鲜草屋的优点是建设成本低且冬暖夏凉，缺点是不防火、不防潮、易生虫。诗中所言及的仕官房屋，连屋脊都是由“白垩泥”涂抹的。白垩是石灰岩的一种，主要成分是碳酸钙，白垩泥涂抹在屋脊上既可以防腐使建筑坚固，又可以使建筑美观。两句诗将平民和官僚的居住条件进行了鲜明的对比，这也是贫富差距的对比。虽然柏葰用客观的眼睛来看朝鲜的民居建筑，但是用“羡”字将这两种生活对立起来。

第二十七首关注到了朝鲜的桥梁和房屋覆盖物的特点：“桥梁屋宇压松钗，到处门窗蔽秫秸。”“松钗”即松枝，“秫秸”即高粱秆，此处都是指脱水之后起覆盖作用的干枝。朝鲜房屋、桥梁也可以用松钗覆盖，门窗用秫秸遮蔽，柏葰抓住了朝鲜日常建筑的特点。

第十五首：“四面荆篱一草厅，席棚低覆子参青。李家独擅专门利，别号金刚一部经。”描写了种植人参的建筑：“荆篱”围在“草厅”周围，形成一个独立空间，草厅中建有低矮的“席棚”种植“子参”。“子参”

① 王慎之、王子今辑《清代海外竹枝词》，北京大学出版社，1994，第 78 页。本文所引《朝鲜竹枝词》三十首诗句，均出自此书第 76~79 页，不再一一出注。

就是“人参”。中药中能称“金刚”的有四：大黄、人参、附子、熟地。人参被称为“百草之王”。由于在医疗方面的效果好，又很珍贵，人参是朝鲜半岛非常重要的经济作物和贸易商品。朝鲜矿产资源匮乏，清朝对朝鲜人参的需求巨大，这是支撑中朝人参贸易的基础。随着清廷国力的日渐衰微，朝鲜出于对本国经济的保护，曾一度禁止人参出口贸易，《备边司誊录》载：“我国，无他所产，只有人参，而作为禁物，不许私卖。”① 《承政院日记》载：“今后北京商贾参货，一切禁断。”② 故有“李家独擅专门利”一说。中朝人参贸易几经禁通，都是朝鲜对本国政治、经济的双重考虑的决策。此处专写种植人参的建筑，体现的正是柏葰作为使者对于人参贸易的重视。

此外，柏葰选择性地书写了朝鲜的房屋建筑，突出建筑特点，同时透过两种建筑对比写出了朝鲜的贫富差距。对桥梁、房屋、门窗的覆盖物的描写，也使朝鲜的草屋形象具体化，覆盖材质不只有稻草，还有松钗和秫秸。单独将种植人参的环境进行书写，也是出于人参贸易对两国重要性的考虑。

第二十二首写到车马：“两截车辕辕复重，小骅骝驾步从容。独轮却赖人扶稳，名器惟他显宦逢。”这里出现的马车有两种，一种是双辕车，即“两截车辕”的车，一种是独轮车。这两种车为中国古车的两种形态。刘永华在《中国古代车舆马具》中考察指出：“我国古车还存在独辀车与双辕车的两个发展时期，先秦时期绝大多数车辕是单根的，古时称作“辀”，装在车箱的中部，这种车称作独辀车；西汉中期以后基本上改为双辕，装在车箱的两侧，这种车称作双辕车。以马车举例，独辀车至少需用 2 匹马才能驾车，多时可用 4 匹或 6 匹、8 匹马来驾挽，双辕车一般只用 1 匹马，特殊情况也有用 3 或 5 匹马系驾的。”③ 朝鲜自称“小中华”，所以“朝鲜向来以与明朝车同轨、书同文自豪。李氏朝鲜五百年间，上自朝廷，下至民间，都以仿中国为能事”④。车同轨是指中朝车制保持一致，形制无

---

① 《备边司誊录》，朝鲜仁祖十六年（1638）正月三十日，https://db.history.go.kr/item/level.do?itemId=bb&levelId=bb_005_001_01_0440&types=o。

② 《承政院日记》第十五册，朝鲜肃宗八年（1682）四月庚寅，https://sjw.history.go.kr/id/SJW-D08040130-01300。

③ 刘永华：《中国古代车舆马具》，上海辞书出版社，2002，第 5 页。

④ 孙卫国：《大明旗号与小中华意识——朝鲜王朝尊周思明问题研究（1637—1800）》，商务印书馆，2007，第 42 页。

异。此处柏葰看到的两种车，一种是双辕车，用骅骝马（原为赤红色的骏马，后泛指骏马）拉车，在路上行驶较稳，另一种是需要人工来“扶稳”的独轮车。双辕车是更先进的车，且用骏马来拉，独轮车是比较低级的车，需要人工来扶稳行进，这两种车在路上相逢又形成了一种对立，是“显宦”和平民的对立。

柏葰在竹枝词中书写了两次对比，第一次是平民和官宦居住房屋的对比，第二次就是双辕车和独轮车两种交通工具的对比。19 世纪的李氏朝鲜已经处于整体经济的衰落阶段，土地兼并严重，失去土地的农民越来越多，租佃关系进一步扩大，虽然也产生了资本主义经济萌芽，但是很快就沦为统治阶级的掠夺对象，整体社会生产力发展缓慢，贫富差距日益明显，这种贫富差距落在柏葰眼中，就是具象化的生活对比，比如房屋建筑的对比、比如交通工具的对比。

其次，关注朝鲜的生活场景。一是写到生活用品，第二十六首有“帽扇青纱手自舒”一句，“扇”是朝鲜十分重要的生活用品，也是朝鲜重要的手工业商品，在《燕行录》中，朝鲜使臣将扇子作为可以代表朝鲜物产的礼物送给中国官员，权拨在《朝天录》中记录：“二日晴，令李应星赍御送扇帽及苏世让所送等物送于华天使。”① 朝鲜的扇、帽都是中国喜欢的物品，朝鲜使臣多将此类物品送与中国官员。从高丽时期起，扇、笔等物就是重要的出口贸易商品，“在两国的贸易中，高丽对宋输出的商品主要有：金、银、铜、人参、茯苓、松籽、毛皮、黄漆、硫磺、绫罗、苎布、麻布、马匹、鞍具、袍、褥、香油、金银铜器、螺钿器具、纹席、扇子、毛笔、墨等”②。到了李氏朝鲜时期，朝鲜半岛手工业日益发达，文具等物品的生产工艺也日益精进，受欢迎程度只增不减，苏世让 1532 年出使大明，其《阳谷赴京日记》记录：“（使团）邀两序班及副使来儒等，馈以酒食，仍赠帽扇笔柄。”③ 第十二首有“狼毫硾纸写新诗，东国风流想见之”，可见，狼毫笔和硾纸是朝鲜著名的手工品，硾纸即光面纸。朝鲜的贡品中，笔、纸、人参都在列，《李朝实录》载给大明的贡品单列有：“鸦

---

① （李氏朝鲜）权拨：《朝天录》，〔韩〕林中基编《燕行录全集》第 2 册，（首尔）东国大学校出版部，2001，第 39 页。

② 白凤南、李东旭编著《朝鲜经济史概论》，延边大学出版社，1988，第 142 页。

③ （李氏朝鲜）苏世让：《阳谷赴京日记》，〔韩〕林中基编《燕行录全集》第 2 册，（首尔）东国大学校出版部，2001，第 404 页。

青匹段貂皮耳掩……别人情笠帽一百个、小烛二十柄、单刀子三十部、扇子五十把、边儿寝席十张、人参三十斤、表纸三卷、白厚搗炼纸五卷、白注纸五十卷、册纸五十卷、十一升黑麻布四十匹、十一升白苎布二十五匹……貂皮二十张、无心笔一百柄、油烟墨十笏。”① 进贡的纸张有表纸、白厚搗炼纸、白注纸、册纸四种。朝鲜的造纸业是手工业中最发达部分，设有造纸署，种类有“书契纸、咨文纸、副本纸、白奏纸、油菴纸、画案纸、表纸等 20 多种”②。柏葰这里提到的狼毫笔和硾纸是为出口而制，朴趾源曰：“纸笔尤异中国，古称高丽白硾纸、狼尾笔，特为异邦，故实而名之。”③ 也就是说朝鲜的特产中作为生活用品的扇和作为文具的笔纸等都是很著名的，在明清两朝是重要的贡品和贸易商品，是朝鲜经济中的重要组成部分。

二是描写生活场景。第二十首写道：“袜而登席古为徒，花线编蒲满地铺。门矮槛高窗户小，炙人暖炕更加炉。”映入眼帘的有矮门、高槛、小窗、暖炕，炕上还有小火炉，地上铺满了用花线和蒲草编成的垫子，人们穿着袜子在席上围坐。第二十一首：“盥器痰盂小火盆，皮茵席枕木香墩。栏杆面面匡床矮，八扇屏风列短垣。”这里出现的生活用品包括：盥器（盆等洗漱用具）、痰盂（盛痰用的器皿，也用于弹烟灰、装垃圾）、火盆（取暖用具）、皮茵（皮质垫）、席枕（席制枕头）、木香墩（坐具）、匡床（舒适的矮床）、八扇屏风。两首竹枝词中物品都有浓厚的北方特色，比如“（火）炉”“暖炕”“火盆”“皮茵”都是北方地区冬季取暖必备工具。

三是关注物产情况。柏葰对朝鲜半岛物产的关注集中在丝织品、瓷器和金银矿等方面，而几乎每一样都与清朝贸易紧密相关。这是从政治的角度对异域的独特关注。

第一，朝鲜的蚕棉生产。朝鲜竹枝词十六：“齐纨鲁缟并无双，只有蚕棉敌楚江。偶有绫罗工制造，金针须度自天邦。”这里的“齐纨”是指齐地出产的白细绢，《列子 · 周穆王》载：“衣阿锡，曳齐纨。”注曰：

---

① 《成宗实录》，《李朝实录》第一五〇册，（东京）学习院东洋文化研究所，1953，第 6 页。

② 白凤南、李东旭编著《朝鲜经济史概论》，延边大学出版社，1988，第 134 页。

③ （李氏朝鲜）朴趾源：《热河日记》，〔韩〕林中基编《燕行录全集》第 56 册，（首尔）东国大学校出版部，2001，第 15 页。

“齐，名纨所出也。”① “鲁缟”是鲁地出产的一种白色生绢，《汉书·韩安国传》载：“冲风之衰，不能起毛羽；强弩之末，不能入鲁缟。”② 表示鲁缟的特点是轻薄。二者代表的是名贵的丝织品，柏葰在这里强调的是中国丝织品的地位，朝鲜尚不能及。但是朝鲜也有优秀的丝织品——“蚕棉”，可以敌过以丝织品著名的楚江一代。朝鲜在“京畿道的加平，忠清道的清风，庆尚道的安东和义城，全罗道的泰仁以及黄海道的黄州、遂安、新恩、长渊、牛峰、枫川等地”都设置了养蚕区，在“加平、清风、义城、泰仁和遂安等地又设有蚕所。特别有黄海道和平安道的丝织手工业相当发达”。③ 蚕织业是朝鲜的经济支柱之一，规模和质量都达到较高水平。在朝鲜半岛的对外贸易中，棉布一直是非常重要的商品，在朝鲜三国时代，百济向中国出口“棉布、水产品、果下马、明光铠、金甲、雕斧等，输入品有佛典、锦袍、彩帛等”④。朝鲜半岛发展到李朝时期，棉布成为十分重要的贡品，随着棉花的广泛种植，棉织手工业在纺织手工业中占主导地位，“庆尚、忠清、全罗三南地区是棉织手工业的中心”⑤。绫罗生产虽不如中国，但偶有制造，柏葰却指出“金针须度自天邦”，可见朝鲜轻工业例如手工制针业远远不及中国。在明清时期，号称“九州针都”的大阳生产的手工针几乎供应全世界。柏葰这里的“金针”就是指手工针，也是从“天邦”——清朝进口而来。

第二，朝鲜的矿产技术。朝鲜因地理地貌的限制，矿产资源有限，所以金矿、银矿都十分珍贵。《芝峰类说》记载：“东坡常怪今之黄金不若昔之多，岂今之糜之者众，宜其少而价贵也……我东银矿端州为上，其外州郡，亦间有之。然，费功太多，得利甚少……或曰我国旧有淘沙炼金之法，而今无传习者。”⑥ 可见朝鲜半岛的金银矿整体情况。柏葰在《朝鲜竹枝词》十七中写道：“天字朱提第一流，剪如半壁重如球。兼金每自沙中捡，大衍携来北地售。”涉及的正是银、金两种矿产贸易情况。“朱提”是

① 杨伯峻：《列子集释》，中华书局，1979，第 92 页。

② 《汉书》，中华书局，1962，第 2402 页。

③ 白凤南、李东旭编著《朝鲜经济史概论》，延边大学出版社，1988，第 134 页。

④ 白凤南、李东旭编著《朝鲜经济史概论》，延边大学出版社，1988，第 69 页。

⑤ 白凤南、李东旭编著《朝鲜经济史概论》，延边大学出版社，1988，第 134 页。

⑥ （李氏朝鲜）李粹光：《芝峰类说》，朝鲜古书刊行会：《朝鲜群书大系》第 22 辑，广陵书社，1914，第 280 页。

云南昭通最早的古地名，是银矿产地，《汉书·地理志》载："朱提，山出银。"① 这里柏葰一方面是夸赞中国的银矿富足和质量高，另一方面也是看到朝鲜的银矿困境，朝鲜银矿最佳产地在端州，但是"费功太多，得利甚少"，开采价值低。在金矿方面，朝鲜半岛"旧有淘沙炼金之法，而今无传习者"，淘金法的失传使朝鲜金矿开采困难，需走水路从中国进口回朝鲜销售，故有"大衍携来"之句。金银贸易成为中朝贸易中重要一环。另外柏葰提到范铜技术，《朝鲜竹枝词》十八"范铜遗制本先朝"，这里的先朝指商朝，中国早在商朝便能成熟地使用范铜技术。

第三，朝鲜的瓷器偏爱。《朝鲜竹枝词》十八提到了瓷器"雨过天晴花纵好，自来原不重哥窑"，"雨过天晴云破处"是宋徽宗梦中的颜色，是汝窑生产的瓷器特色。中国历史上的五大名窑包括汝、官、哥、钧、定，汝窑居首。汝窑瓷器呈淡青色，有蟹爪形纹，是自宋以来非常受喜爱的瓷器。朝鲜的制瓷业其实也很发达，瓷器一直是朝鲜重要的出口贸易品。从朝鲜半岛著名的青瓷的发展能看出其受汝窑影响之深，"11 世纪中期以前的高丽青瓷多为绿色釉，12 世纪以后逐渐转变为具有民族风格的柔和天青色，釉质均匀且釉层薄，有细小气泡。可以说鼎盛时期的高丽青瓷釉色在汝窑天青色釉的基础上发展出了更加具有玉质感的'青'色"②。朝鲜半岛十分喜爱汝窑瓷器，在器型上也仿制汝窑，例如北京故宫博物院藏"宋代临汝窑青釉盖碗"与康津青瓷博物馆藏"高丽青瓷有盖盏"十分相似，台北故宫博物院藏"北宋汝窑青瓷花形钵"与大阪市立东洋陶瓷美术馆藏"高丽青瓷花形钵"十分相似。

哥窑的开片纹路也深受朝鲜文人的喜爱，朝鲜实学家洪大容写过"桌上置香炉香盒花瓶一双，皆美石龟文，如哥窑奇纹也"③ 之句，能看出洪大容是喜爱哥窑的"奇纹"的。朴趾源也在《热河日记》中记载："官窑法式品格大约与哥窑相同，色取粉青或卵白，汁水莹厚如凝脂为上品，其次澹白油灰色，慎勿取之，纹取冰裂鳝血为上，细碎纹，纹之下品。"④ 朝

---

① 《汉书》，中华书局，1962，第 1599 页。

② 常馨：《宋丽海上丝绸之路与青瓷文化传播之新探》，博士学位论文，上海外国语大学，2021。

③ （李氏朝鲜）洪大容：《湛轩燕记》，〔韩〕林中基编《燕行录全集》第 49 册，（首尔）东国大学校出版部，2001，第 182 页。

④ （李氏朝鲜）朴趾源：《热河日记》，〔韩〕林中基编《燕行录全集》第 53 册，（首尔）东国大学校出版部，2001，第 404~405 页。

鲜文人雅士对哥窑的色泽和开片纹路都有品评。柏葰这里“自来原不重哥窑”一句并不属实，汝窑、哥窑瓷器都是当时中朝进出口贸易中的重要商品。

柏葰对朝鲜物产的关注集中于中朝双方经济贸易的主要商品，丝织品方面的“齐纨鲁缟”、矿产方面的“朱提”、瓷器中的“汝窑”“哥窑”代表中国，与朝鲜的“蚕棉”、矿产、瓷器碰撞出新的火花，这也是竹枝词的新任务、新挑战。

二　以竹枝词塑文化

首先，《朝鲜竹枝词》关注到的还包括朝鲜独特的音乐艺术，最具代表性的就是“会苏曲”和“万波息”。第九首“黄昌八岁创王家，六部红妆艳若花。谁唱嘉俳会苏曲，至今到处秝桑麻”。黄昌是朝鲜三国时期民间传说中的英雄人物。关于黄昌的故事几经加工，最后在朴趾源的《热河日记》里有所呈现：“小儿八岁号黄昌，舞剑能诛百济王。更唱嘉俳会苏曲，朝来蚕绩已盈筐。注云：新罗国黄昌郎，八岁为王，往百济舞剑于市。王召入宫，令舞，因刺之。七月望日，王使王女率六部女子绩于广庭。八月望日乃考其功。负者设酒相与歌舞，谓之‘嘉俳’。一女起舞为会苏之曲。后朝鲜破新罗，拟为黄昌、会苏二曲。”[①] 传说新罗人黄昌为了刺杀百济王，在肆市舞剑引起其注意，趁为百济王表演之际将其刺杀。“黄昌八岁创王家”对应的是“新罗国黄昌郎，八岁为王”。王家是指新罗。“六部红妆艳若花”是想象中对嘉俳舞者美丽样貌的描写。新罗百戏中，黄昌舞占据一席之地，朝鲜今天著名的刀舞就是由黄昌舞改编而来。黄昌作为一位英雄人物具有“忠”“勇”的优秀品质，符合朝鲜的儒学教化，是中国儒学精神对域外影响的体现。

此处提到“会苏曲”，《三国史记·新罗本纪》记载儒理王时期重改六部之名后，“使王女二人各率部内女子，分朋造党。自秋七月既望，每日早集六部之庭，绩麻，乙夜而罢。至八月十五日，考其功之多少。负者置酒食，以谢胜者。于是，歌舞百戏皆作，谓之嘉俳。是时，负家一女子起

① （李氏朝鲜）朴趾源：《热河日记》，〔韩〕林中基编《燕行录全集》第 55 册，（首尔）东国大学校出版部，2001，第 358 页。

舞叹曰：‘会苏会苏’，其音哀雅。后人因其声而作歌，名‘会苏曲’”①。新罗王让王女二人各带一队女子进行绩麻比赛，输的一队置办酒食招待赢的一队，宴会上有歌舞、有百戏，称为“嘉俳”，败方有一女边舞边感叹“会苏会苏”，因为“其音哀雅”，后人填词成歌为“会苏曲”。竹枝词寥寥两句，将整个故事呈现出来，足见柏葰对朝鲜历史的了解程度。

第十一首还提到了“万波息”：“何待人吹万波息，常平已四百余年。”在“万波息”处有注曰“笛名”。关于“万波息”有一个传说：“新罗神文王时，东海中有小山浮来，随波往来，王异之，泛海入。其山上有一竿竹，命作笛，吹此笛则兵退、病愈、旱雨、雨晴、风定、波平，号万波息笛。历代传宝之。至孝昭王加号万万波波息笛，今亡。”②“万波息”代表的是和平安定的美好愿望，因为有“万波息”，可以抵挡战争、疾病、干旱、洪涝、风波等灾难，万灾皆能平息。这里柏葰借用朝鲜的传说来表达朝鲜“常平”王朝已经有“四百余年”。实际上李氏朝鲜这四百余年并不是那么“常平”，也是几经危难，“壬辰倭乱”“丁卯之役”都是破坏朝鲜安定的重要战争。

其次，《朝鲜竹枝词》中还涉及中朝文学交流。文学交流是中朝士人在沟通交往过程中最有特点的一环，文人赠诗来往不断，留下很多宝贵的诗篇。第十二首写道：“当日新城曾记取，淡云微雨小姑祠。”就是在讲述中朝诗人交往中的一段诗歌交流故事，这件事朴趾源在《热河日记》中有记载：

（朴趾源在）琉璃厂中六一斋初遇俞黄圃世琦，字式韩，目清眉秀，疑其为潘庭筠、李调元、祝德麟、郭执桓诸名士也。此诸人者，有先余交游者……与余笔语之际，为写柳惠风送其叔父弹素诗“佳菊衰兰映使车，澹云微雨九秋余。俗将片语传中土，池北何人更著书”。黄圃问：“‘池北何人’是谁？”余曰：“北用阮亭著《池北偶谈》，载敝邦金清阴事也。”黄圃曰：“《感旧集》中有尚宪，字叔度。”余曰：“是也。‘澹云微雨小姑祠，佳菊衰兰八月时’是清阴作。阮亭《论诗绝句》：‘澹云轻雨小姑祠，菊衰兰秀八月时。记得朝鲜使臣语，果然

① （高丽）金富轼原著《三国史记》卷一，孙文范等校勘，吉林文史出版社，2003，第7页。
② 《景印文渊阁四库全书》第594册，台湾商务印书馆，1986，第381页。

东国解声诗。’惠风此作，仿阮亭也。”黄圃曰：“惠风诗未易得，果然东国解声诗。愿闻其他作。”①

朴趾源与清朝进士俞世琦结识，因为语言不通，但文字相通，故笔谈一番，梳理了此事：柳惠风作诗“佳菊衰兰映使车，澹云微雨九秋余。俗将片语传中土，池北何人更著书”。这里“片语传中土”是指诗歌前两句“佳菊衰兰映使车，澹云微雨九秋余”传入中国，朝鲜诗人金尚宪作诗：“澹云微雨小姑祠，佳菊衰兰八月时。”王士祯《论诗绝句》有“澹云微雨小姑祠，菊衰兰秀八月时”。王士祯强调了这一句是“记得朝鲜使臣语”，并且评价为“果然东国解声诗”。而柳惠风所作诗句是“仿阮亭也”，即仿王士祯《论诗绝句》而作。中朝文人文学交流频繁，互相影响、互相欣赏，具有积极的文学意义。柏葰此行也与朝鲜文人有互相赠诗的交流活动，在《奉使朝鲜驿程日记》后的附诗中，有《附差备官李藕船原唱》《附接远使赵羽堂原唱》《接远使赵羽堂索和》《差备官金静轩索赠》《差备官李圣智索赠》《附差备官李藕船索赠》《护送使李荷居索和》等作，体现了柏葰与朝鲜文人活跃的诗歌唱和、酬赠活动。中朝双方文学的交往、交流，是彼此文学互鉴、互赏、互进的良好方式，是文化共同进步、共同发展的有效路径。

再次，竹枝词中书写朝鲜礼仪文化。柏葰接触到的礼仪大多是亲身经历的朝鲜迎接清朝天使的礼仪，基本上都能与《奉使朝鲜驿程日记》对应，故《朝鲜竹枝词》中涉及的礼仪属于“本事”记载的一部分。如第二十三首“差备官偕旗鼓官，辛勤朝夕叩平安。印红字小佳肴注，日日堂前递食单”、第二十四首“肉蔬酒果杂然陈”、第二十五首“听罢三吹驿馆开，马头奴控马双抬”。三首诗将朝鲜迎使礼仪描写集中在途中、驿馆两个地方。“差备官”是指“金相淳、李尚迪、玄镒、李文养、刘荣枯、李尚益”② 六人，《奉使朝鲜驿程日记》中记载在二月初五，差备官“呈定路程单”给使团，这是双方对接的第一步。二月初七至义州，“旗鼓折卫官金乐裕，平安道旗鼓官郑源随行”。“差备官”和“旗鼓官”的工作职责是“辛勤朝夕叩平安”，可以确定是保障安全的官职。除了“叩平安”

① （李氏朝鲜）朴趾源：《热河日记》，〔韩〕林中基编《燕行录全集》第55册，东国大学校出版部，2001，第346~348页。

② （清）柏葰：《奉使朝鲜驿程日记》，殷梦霞、于浩选编《使朝鲜录》，北京图书馆出版社，2003，第592页。

的工作外，“听罢三吹驿馆开”中的“三吹”也是旗鼓官的工作，故有二月“初八卯正二刻，旗鼓官禀初吹。至第三吹启行”①，同日到了小华馆休息时，“三吹如前”，表明旗鼓官“三吹”是即使中途休息也要执行的重要启程礼仪。“印红字小佳肴注，日日堂前递食单”是迎使的进餐礼仪：“进铮盘只伊单子（每食必有单）。”② 这食单是用红印小字所注，可以推测食单具有向清朝使者展示食物名称的作用，用汉字书写，方便了解朝鲜食物，保证进食安全。“肉蔬酒果杂然陈”也是招待清朝使臣的礼仪规格，食物都是盛在铜盘上，包括“鱼、肉、鸡子、栗、梨糕、柿饼共一器，酒密、打糕、粥各一碗”③，而且是“每换马必进铜盘”④。可见朝鲜迎使礼仪执行得严格彻底。

使臣在行进路途中必会遇见朝鲜平民，民见官的礼仪在第二十一首有记录：“多少衔枚道旁者，鞠躬俯首立如齐。”《周礼》记载：“衔枚氏掌司嚣。国之大祭祀，令禁无嚣。军旅、田役，令衔枚。禁嚣呼叹鸣于国中者，行歌哭于国中之道者。”注疏云：“‘军旅、田役，令衔枚’者，此司师田野外嚣欢之禁也。其禁较平时尤重，故更令衔枚。《国语·晋语》云：‘袭侵密声。’”⑤“衔枚”是为了噤声，这里将军队噤声方法用到民见官的噤声礼仪中，说明这种礼仪具有强制性和严格性。除了噤声外，平民需要做的还有“鞠躬”和“俯首”，礼仪周全，整齐有素，尽得儒学礼仪教化，这也是朝鲜自认承袭了中华文明的原因。但是如果在行进途中有不知礼仪的平民，“有站道者，驱逐闲人，意皆兵也”⑥。柏葰入诗之事可以与其日记相互考证。

最后，描写朝鲜饮食文化。柏葰对朝鲜食物的书写大多穿插在礼仪书写中，但是第三十首诗单独书写食物：“浇成黄蜡似松胶，外直中通纸信

① （清）柏葰：《奉使朝鲜驿程日记》，殷梦霞、于浩选编《使朝鲜录》，北京图书馆出版社，2003，第595页。

② （清）柏葰：《奉使朝鲜驿程日记》，殷梦霞、于浩选编《使朝鲜录》，北京图书馆出版社，2003，第595页。

③ （清）柏葰：《奉使朝鲜驿程日记》，殷梦霞、于浩选编《使朝鲜录》，北京图书馆出版社，2003，第595页。

④ （清）柏葰：《奉使朝鲜驿程日记》，殷梦霞、于浩选编《使朝鲜录》，北京图书馆出版社，2003，第596页。

⑤ （清）孙诒让：《周礼正义》，王文锦、陈玉霞点校，中华书局，1987，第2941页。

⑥ （清）柏葰：《奉使朝鲜驿程日记》，殷梦霞、于浩选编《使朝鲜录》，北京图书馆出版社，2003，第596页。

包。烛泪堆时争拾取，嚼来还道是佳肴。”从诗中黄蜡色、松胶状、外直中通的特点看，描写对象非常像中国的关东糖，在“烛泪堆时”争相食用，是因为祭灶仪式一般在晚上进行，结束祭灶要食用的灶糖即用麦芽做的糖。灶糖种类很多，包括糖瓜、关东糖、酥糖、麻糖、米糖等，此处柏葰描写的外形更符合关东糖。

柏葰的《朝鲜竹枝词》对朝鲜半岛风土人情的书写可谓包罗万象，可以称为乐府韵律下的民俗风土志，我们透过竹枝词看到的是柏葰沿途所见有礼仪文化的朝鲜社会，既有对人物风貌的书写，也有对衣、食、住、行的书写，尤其还单独对朝鲜特有的音乐艺术进行书写，中朝双方的文化交流活动也入了竹枝词，这些书写都是对竹枝词书写内容的开拓。

三　以竹枝词写人物

柏葰《朝鲜竹枝词》中有对具体匠人、官员、马奴等的描写，还有对朝鲜人整体风貌的描写。《朝鲜竹枝词》二十八：“须眉毕现木雕翁，长短亭边记里工。更有龙头华表柱，村中住个孝廉翁。”诗中出现了三个人，分别是木雕翁、记里工、孝廉翁。木雕翁和记里工的社会地位都不高。柏葰用“须眉毕现”四字书写了木雕翁最突出的外貌特征，“须”和“眉”因为没有经过精心修理才能“毕现”。木雕翁不修边幅的粗犷气质跃然纸上，这是社会底层劳动人民的形象。记里工就是使团中记录路程的人员，“长短亭”一直是游子表达思乡的代表建筑。柏葰此处写记里工强调“长短亭边”最想表达的并不是记里工本身，而是要表达使团的羁旅艰辛和使臣迫切思乡的情感。无论是李白的“何处是归程，长亭更短亭”，还是刘秉忠的“南北短长亭，行路无情客有情”都是客游他乡的情感书写。“孝廉公”是清朝对举人的称呼。举孝廉制度始于汉代，是符合儒家治国思想的制度。举孝廉制度引导“孝廉”这一品德成为中国士人根深蒂固的修养要求。朝鲜半岛深受中国儒家思想影响，在高丽统一朝鲜半岛后“法用唐制”，也开始科举考试。[①]“孝廉”成为朝鲜士人的品德要求。柏葰此处用“孝廉”连接了中朝文化，“孝廉”是为官的品质要求，是为人的道德要

① 〔韩〕李成茂：《高丽朝鲜两朝的科举制度》，张琏瑰译，北京大学出版社，1993，第17页。

求，是教化的成果导向。柏葰在一首竹枝词里写出了各有特色的三个人物，既是中国使臣的所见所感，又联系了中朝之间的文化融合状况。

《朝鲜竹枝词》二十四写“笑我庖人调剂劣，伊能大嚼量兼人”十分形象生动，富有趣味性。一个朝鲜迎使官员形象跃然而出：不仅说话豪爽直接，而且饭量惊人。此乐府第一句是“肉蔬酒果杂然陈”，“杂然陈”的是朝鲜的食物，此时朝鲜官员笑话使团的厨师“调剂劣”，表现出对朝鲜食物的自豪。柏葰以轻松的语调来书写朝鲜官员对中国食物调味的嘲笑，这也是从上位者的角度表现出的对朝鲜官员宽容的态度。

第十四首：“镜夹双瞳美秀文，一枝长竹吐烟云。健儿下走都闲雅，秃袖圆巾白练裙。”朝鲜健儿穿着朝鲜服装、戴着眼镜、吸着香烟，闲庭雅步，好一幅朝鲜健儿的摩登风貌图。李粹光《芝峰类说》记载：“眼镜，老年观书，小字成大。闻顷年天将沈惟敬、倭僧玄苏，皆老人，用眼镜能读细书文字。”[①] 沈惟敬、玄苏在 17 世纪到朝鲜，18 世纪到朝鲜的柏葰见到“镜夹双瞳美秀文”的朝鲜人不足为奇。烟草由日本传入朝鲜应在 17 世纪初，后又经朝鲜传入我国东北地区。《李朝实录》记载崇祯十年（1637）曾赠送烟草给建州官员：“户曹启曰：‘世子蒙尘于异域……彼人之来往馆所者不绝，而行中无可赠之物，请送南草三百余斤。’”[②] 南草又称“南灵草”，即烟草。《李朝实录》又有烟草产地在日本的记载：“南灵草，日本国所产之草也，其叶大者可七八寸许，细截而盛之竹筒，或以银锡作筒，火以吸之。”[③] “一枝长竹”是指吸烟的烟杆，材质常为竹，就是将一根竹竿做成中空，把烟嘴和烟锅分别接在竹竿两端，烟杆或有装饰物和花纹。戴着眼镜抽着香烟的朝鲜人“闲雅”地走在路上，体现了朝鲜人的形象和神态，十分传神。舶来品与传统服饰的混搭正是 19 世纪中期的时代审美特征，不只是朝鲜受到外来物质和文化的冲击，中国也在发生相应的变化。

柏葰写朝鲜人神态的还有第二十六首：“帽扇青纱手自舒，不劳赠策步徐徐。”“舒”字在《宋本广韵》中解释为“缓也，迟也，徐也”[④]，从

---

① （李氏朝鲜）李粹光：《芝峰类说》，朝鲜古书刊行会：《朝鲜群书大系》第 22 辑，广陵书社，1914，第 277 页。

② 《仁祖实录》，《李朝实录》第 35 册，（东京）学习院东洋历史研究所，1962，第 238 页。

③ 《仁祖实录》，《李朝实录》第 35 册，（东京）学习院东洋历史研究所，1962，第 285 页。

④ （宋）陈彭年、丘雍：《宋本广韵》，江苏教育出版社，2002，第 17 页。

这里的“手自舒”“步徐徐”可以看到朝鲜士人自信和从容的状态。戴帽、执扇、着青纱的士人是舒缓从容的。“不劳赠策”是朝鲜士人胸有成竹的表现，胸有成竹就可以运筹帷幄，行动自然能做到“步徐徐”。所以这里用“手自舒”“步徐徐”两个词，将朝鲜士人的风采描写得宛在目前。

第二十九首有对男性品性要求的书写：“筠心冰节尽人谙，雅化真能沐二南。宾馆即今通引众，谅知古不重贞男？”“筠心”出自江淹的《知己赋》：“我筠心而松性，君金采而玉相。”江淹以此表白自己拥有如竹子一般品性正直的心。“二南”是指《诗经》中的《周南》和《召南》，朝鲜人因“沐二南”而“雅化”，拥有了“筠心冰节”的品性，而最后用疑问的语气表达“贞男”的品质自古便受到推崇和重视。陶渊明《读史述九章·鲁二儒》有诗句曰：“介介若人，特为贞夫。”元朝的耶律楚材《和裴子法韵》一诗也说：“君子道消小人用，贞夫远弃利名酒。”“贞”是坚定、守正的品性，男性的“贞”是人品贵重的体现。柏葰在书写男性这种珍贵品性的过程中，用朝鲜因“沐二南”得到“雅化”，突出了朝鲜受中国文化影响的深刻性。

柏葰写朝鲜人有外貌描写、神采描写、品性描写，通过这些不同层面、不同角度的书写，使读者多维度地了解到朝鲜人当时的状态。除了对人物形象的直接描写，还有从服饰、发饰等方面突出朝鲜特色的侧面描写。朝鲜衣冠皆从明制，即使在清朝已经下令“剃发易服”将衣冠改制，朝鲜的大明衣冠依然保存完整。朝鲜一直以着汉服为荣，甚至认为自己已经是中华文化的承继者，自称“小中华”。《三国史记》记载朝鲜服饰变迁过程：“新罗之初，衣服之制，不可考色。至第二十三叶法兴王，始定六部人服色。尊卑之制，犹是夷俗。至真德在位二年，金春秋入唐，请袭唐仪，玄宗皇帝诏可之，兼赐衣带。遂还来施行，以夷易华。文武王在位四年，又革妇人之服。自此以后，衣冠同于中国。”① 那么柏葰看到的朝鲜服饰如何呢？

第十三首：“不闻牙笏插朝衫，金玉圆环发畔嵌。带束乌犀悬挂处，皮囊中贮是头衔。”书写的是朝鲜官服及发饰。“牙笏”即“朝笏”，指古代朝臣朝会时手中持的板子，材质有玉、象牙、竹片等，使用时间很长，

① （高丽）金富轼原著《三国史记》卷三十三，孙文范等校勘，吉林文史出版社，2003，第412页。

从商至明皆用。《释名》解释说："笏，忽也，君有教命及所启白则书其上，备忽忘也。"[①] 笏就是为了防止官员在朝会的时候忘记向皇帝汇报内容的提示板，是官员的办公用品。朝鲜太祖元年规定，官员一品至四品用牙笏、五品及以下用木笏，洪武年规定，官员一品至五品用牙笏、六品及以下用木笏。[②] 诗中"牙笏"不是特指一品官用的象牙材质的"笏"，当为泛指。柏葰当时已经见不到官员用"笏"了。诗中"带束"是指用来束紧衣服扎在最外的带子，"带束乌犀"是官服带束。《明史·舆服三》记载："文武官常服。洪武三年定，凡常朝视事，以乌纱帽、团领衫、束带为公服。其带，一品玉，二品花犀，三品金鈒花，四品素金，五品银鈒花，六品、七品素银，八品、九品乌角。"[③] 明朝二品官员用花犀带，《声律启蒙》也记载："朝宰锦衣，贵束乌犀之带。"[④] 朝鲜王朝的革带制度沿用中国制度，但是要降级，故朝鲜王朝一品官员用乌犀带。李粹光《芝峰类说》记载："高丽时，六品以上金，四品以上犀，二品以上玉。至国朝则四品以上银，二品金，一品犀。"[⑤] 此处束带乌犀应泛指官服束带，说明人们可以从"皮囊中贮"处的带束镶嵌物品来判断官员的品级。

"金玉圆环发畔嵌"是朝鲜的发饰特点。朝鲜男女皆可头戴金玉。朝鲜自忠烈王开始留蒙古发髻，女性开始编发并使用"加髢"，即假髻，就是把假发编成辫子做成圆盘形状戴在头上。在加髢上加金玉发饰等，十分华贵美丽。但是《朝鲜竹枝词》第十三首全诗围绕朝鲜官服形制，这里的金玉圆环应为男性官帽，嵌在发畔有金玉圆环的应是梁冠，即有横脊的一种礼冠。《明史·志》记载洪武二十六年定的文武官朝服"俱用梁冠"而且"一品至九品，以冠上梁数为差"，公冠八梁、侯七梁、伯七梁，一品冠七梁、二品冠六梁、三品冠五梁、五品冠三梁、四品冠四梁、六品和七品冠二梁、八品和九品冠一梁。[⑥] 朝鲜依制降两级，一品冠五梁，以此类推。梁冠包括远游冠、进贤冠、通天冠等。早期梁冠嵌有金银珠翠等装饰，后来为了遏制朝鲜的奢靡之风，改为黑漆缕金的样式。

---

① （汉）刘熙：《释名（附音序、笔画索引）》，中华书局，2016，第 87 页。

② 孙丽娟：《朝鲜王朝时期统治阶层服饰制度探究》，硕士学位论文，延边大学，2013。

③ 《明史》，中华书局，1974，第 1637 页。

④ （清）车万育等：《声律启蒙》，黄熙年点校，岳麓书社，1987，第 15 页。

⑤ （李氏朝鲜）李粹光：《芝峰类说》，朝鲜古书刊行会：《朝鲜群书大系》第 22 辑，广陵书社，1914，第 272 页。

⑥ 《明史》，中华书局，1974，第 1634 页。

同样写发饰的还有第二十四首，“首戴圆柈肃大宾”一句中，“柈”同“盘”，头戴“圆柈”就是头上戴着一个形状类似于盘子的帽子，应为朝鲜“黑笠”，帽檐常用黑纱制成，起源于元代“直檐大帽”，与明代的“遮阳笠帽”同时期使用。在中国和朝鲜，这种大帽都是十分重要的首服，朝鲜贵族和官员常着“黑笠”，平民是不戴“黑笠”的，因此可以判断此处描写对象是迎接中国使团的朝鲜官员。权时亨在《石湍燕记》里有记载：“起身出门，跨马入谒，使家亦改着黑笠玉色袍，一行上下都是一样打扮，相顾相笑，各嘲好风神。”① 权时亨去谒见时要特意“改着黑笠玉色袍”，由此可推断朝鲜官员戴“黑笠”在19世纪是正式着装。

《朝鲜竹枝词》书写了男性的官服，朝鲜官员穿着明朝的官服却如清朝一样再“不见牙笏”，朝鲜的“黑笠”也由元代“直檐大帽”发展而来。第十四首“秃袖圆巾白练裙”，李粹光《芝峰类说》记载：“隋时内官多服半除，即今长袖也。唐高祖减其袖，谓之半臂，今背子也。按秦时，朝服加背子，袖短于衫，以金银绢绣为之，宴会朝贺，悉令服之。”② 这里的“秃袖”是指“褡护”，是从隋唐时期流传下来的由背子发展成的一种无袖的长袍，明代流行褡护，样式为交领、右衽，无袖或半袖、短袖，左右有开衩；“圆巾”是指明制圆领袍，即前文“以乌纱帽、团领衫、束带为公服”中的团领衫，亦是朝鲜服；“白练裙”是白娟制成的百褶裙，从北京定陵出土的织锦金寿字龙云肩通袖龙襕妆花缎衬褶袍可见“白练裙”的样式。

结　语

柏葰的三十首《朝鲜竹枝词》具有如下几个特点。第一，《朝鲜竹枝词》对朝鲜的风土人情进行书写，涉及朝鲜人的服饰、发型、形象和性格，朝鲜的日常生活用品、房屋和桥梁的材料，朝鲜的音乐、文学交流和礼仪、饮食文化等方面，可以说包罗万象。竹枝词脱胎于民歌，在书写内容上回归于日常生活，正是忠于竹枝词本身的艺术特点。第二，《朝鲜竹

---

① （李氏朝鲜）权时亨：《石湍燕记》，〔韩〕林中基编《燕行录全集》第90册，（首尔）东国大学校出版部，2001，第6页。

② （李氏朝鲜）李粹光：《芝峰类说》，朝鲜古书刊行会：《朝鲜群书大系》第22辑，广陵书社，1914，第270页。

枝词》又将朝鲜的蚕棉生产情况、金银矿的开采情况、范铜技术、瓷器制作情况都进行了书写，这部分突出的是中朝之间紧密的贸易交往，包括纺织品贸易、矿产贸易、瓷器贸易，属于经济学范畴，对国际贸易的书写是柏葰对竹枝词书写的突破。第三，柏葰的《朝鲜竹枝词》与《奉使朝鲜驿程日记》可以进行本事考证，另有纪行诗辅助，也使这组竹枝词的特点凸显出来。第四，中朝双方的“三交”史料在柏葰的这三十首竹枝词中有所体现，如黄昌因为拥有儒学的“忠”“勇”品质成为英雄形象，朝鲜也重视“孝廉”，故也有“孝廉公”；如组诗中涉及的中朝贸易品：笔、纸、扇、丝织品、瓷器、人参、金、银等。中朝紧密的政治、经济、文化关系，使双方用“异域之眼”对视时，往往出现中朝交往、交流、交融的双向奔赴，促进东北亚地区的整体发展。

柏葰以竹枝词的形式为我们呈现的朝鲜并不是一个完整的、复制出来的异域影像，而是从清人官员的角度所见的异域风景，是清朝官员仍然以俯视的角度看到的朝鲜。这种上位者角度也折射出清朝对自身物产的丰富和文化上的先进的自信，也体现出对异域的探求。

乐府诗学

《四库全书总目》[*] 的乐府文体之辨[**]

梁结玲

（闽南师范大学文学院，福建漳州，363000）

摘　要：中国历代都有数量不菲的乐府诗，《总目》评述历代作品，对乐府的渊源流变有比较清晰的认识。《总目》严格辨别乐府文体，对混用、滥用、误用乐府这一称谓的做法提出了批评，同时，它对乐府的古今面貌也作了区别。《总目》对乐府从两个方面进行界定。一是从文学精神上界定乐府，《总目》认为乐府的文学精神是“感于哀乐，缘事而发”的讽喻，用乐府诗体的形式，能够体现这一精神的文学作品就是乐府。这类作品可入乐，也可不入乐，可用新题也可用旧题。二是从音乐和言情上界定乐府，认为乐府是用音乐进行言情的文学作品。《总目》从文学精神、音乐性和言情等方面界定乐府，是中国传统乐府文体观的一次总结。

关键词：乐府　文体　《四库全书总目》

作者简介：梁结玲，闽南师范大学文学院教授，研究方向为中国文化与诗学。

乐府原指秦汉时期掌管音乐的官署，东晋以后，人们将用这一机构收集整理的歌辞称为“乐府”，乐府由此成为一种文体。乐府与音乐密不可分，但音乐不一定就是乐府，不入乐的诗歌也有可能是乐府，乐府自诞生起便与音乐、诗歌存在错综复杂的关系。关于乐府的概念，历来众说纷

*　以下简称《总目》。

**　本文系福建省社会科学基金项目“《四库全书总目》的文体思想研究”（FJ2022B011）阶段性研究成果。

纭，莫衷一是。陆侃如说道："乐府的界限非常混淆。模拟的，创制的，入乐的，不入乐的——什么都叫做'乐府'。故此时我们若想替他定一条满意的定义，实在是很困难的。况且前人从未做过这种工作，我们更无所凭借。"①《四库全书总目》是一部大型解题书目，它以"辨章学术，考镜源流"的态度评述历代著述，对文体的渊源流变有独到的判断。《总目》由纪昀总其成，纪昀对历代文体有精到的见解，朱东润说道："晓岚论析诗文源流正伪，语极精，今见于《四库全书提要》，自古论者对于批评用力之勤，盖无过纪氏者。"② 乐府是中国重要的文体，历代都有数量不菲的乐府诗，《总目》评述历代作品，对乐府的渊源流有比较清晰的认识。《总目》严辨乐府文体，有强烈的文体意识，它对乐府文体的辨析不乏深见，是中国传统乐府文体观的一次总结。

一 严辨乐府文体

"乐府"一词在中国古代并没有被严格界定，它的内涵也处于不断变化之中。汉代将掌管乐舞的官署称为乐府，乐府所收集、整理的乐章叫"歌诗"或"歌"。东晋以后，人们开始将这一官署合过乐的歌诗称为"乐府"，乐府由此成为一种文学体裁。沈约在《宋书》里有记载："（沈林子）所著诗、赋、赞、三言、祭文、乐府、表、笺、书记、白事、启事、论、老子一百二十一首。"③ 乐府成为一种与诗、赋、表并列的文体。萧统的《文选》、徐陵的《玉台新咏》列有"乐府"一体，刘勰的《文心雕龙》在《辨骚》《明诗》后列有《乐府》，专论乐府文体的流变和特点。魏晋时期以曹氏父子为代表的文人创作了大量的乐府诗，这一时期的乐府开始脱离音乐，故刘勰在《文心雕龙》里说道："观高祖之咏大风，孝武之叹来迟，歌童被声，莫敢不协；子建士衡，咸有佳篇，并无诏伶人，故事谢丝管，俗称乖调，盖未思也。至于斩伎鼓吹，汉世铙挽，虽戎丧殊事，而并总入乐府，缪袭所致，亦有可算焉。"④ 六朝时将"先有诗而后以乐和之"的歌诗也称为"乐府"，乐府的内涵范围进一步扩大。隋唐以后，

① 《陆侃如古典文学论文集》，上海古籍出版社，1987，第703页。

② 朱东润撰，章培恒导读《中国文学批评史大纲》，上海古籍出版社，2001，第348页。

③ 《宋书》卷一〇〇，中华书局，1974，第2459页。

④ （南朝梁）刘勰著，范文澜注《文心雕龙注》，人民文学出版社，1958，第103页。

乐府的唱法和乐谱失传，文人们更多的是以乐府古题写作，甚至是“即事名篇，无复依傍”，用新题叙新事，号称“拟乐府”。宋代以后，词曲也被称为“乐府”，苏轼有《东坡乐府》，杨万里有《诚斋乐府》，元好问有《中州乐府》，元代将曲也称为“乐府”，如马致远的《东篱乐府》，张可久的《小山乐府》等。中国古人一直没有严格界定这一文体，在使用这一概念时有很强的随意性，乐府与古辞、歌行、歌诗、古谣的关系也一直没有得到严格的厘定。

近代以来，在西方学术思想的影响下，乐府成为与诗歌、词、曲并列的文体，人们开始从文体的角度思考乐府的内涵与外延。梁启超以是否入乐作为判定的标准，他评郭茂倩的《乐府诗集》：“目录中所谓近代曲辞者，乃隋唐以后新谱，下及五代北宋小词，与汉魏乐府无涉。所谓新乐府辞者，乃唐以后诗家自创新题号称乐府，实则并未尝入乐；所谓杂歌谣，则‘徒歌’之谣，如前章所录者是。以上三种，严格论之，皆不能谓为乐府。舞曲、琴曲，则古代皆有曲无辞，如《小雅》之六《笙诗》，其辞大率六朝以后人补作也。自余郊庙、燕射、鼓吹、横吹、相和、清商、杂曲七种，则皆导源汉魏，后代循而衍之。狭义的乐府，当以此为范围。”[①] 陆侃如也以是否入乐为标准裁定乐府文体。乐府的体制不断变化，以“合乐可歌”为标准划定乐府不完全符合乐府的实际。近现代以来，多数学者从动态的角度描述不同时代人们对乐府的认识。罗根泽的《乐府文学史》、王易的《乐府通论》、杨生枝的《乐府诗史》专论乐府发展史，展示乐府观念的演变。吴相洲总结道：“乐府学是古代文学专门之学，与诗经学、楚辞学、词学、曲学并列。”[②] 近现代以来的乐府研究多以唐代为终点，将词曲列为与乐府对立的文类。古人的乐府观念过于宽泛，除了包括来源于民间、文人创作的作品，还包括郊祀、朝会、宴飨的雅乐，甚至还包括词、曲等。近代以来，受西方文学观念的影响，乐府的内涵范围变得相对狭小，不仅排除了雅乐，而且把词、曲也排除在外，宋代以后的乐府也没有引起足够的关注。乐府不管是在作品数量还是在发展时长上都远超《诗经》《楚辞》《文选》等专门之学，近十年来，在吴相洲等学人的推动下，乐府正在成为一门专门之学，研究突破了近代乐府研究的诸多局限，视野

① 梁启超：《中国之美文及其历史》，梁启超著，汤志钧、汤仁泽编《梁启超全集》第17册，中国人民大学出版社，2018，第351页。

② 吴相洲：《乐府学概论》，人民文学出版社，2015，第1页。

更加开阔，研究的层面、要素正得到拓展。

《总目》题解的对象是秦汉至清代的著作，站在前人肩膀，它对乐府的考察更加全面，是对中国古代乐府观念的一次总结，值得我们去探究。《总目》在评述历代著作时严格辨析乐府文体，对混用、滥用、误用乐府这一称谓的做法提出了批评。“前乐府”都是入乐的，中国古代在论定乐府时往往喜欢追溯古乐，将古乐与乐府视为同一物。《总目》对这种缺乏思辨的做法感到不满。为弥补郭茂倩《乐府诗集》之阙，梅鼎祚的《古乐苑》收录了先秦至隋朝的歌谣，梅鼎祚从音乐的角度收录了大量的上古歌谣，并将这些歌谣视为乐府的起源。《古乐苑》重在“古”与“乐”，上古的古歌、古谚、古语、古谣、古言都有收录。《总目》对《古乐苑》不辨文体的做法提出了批评，“开卷为古歌词，以《断竹之歌》为首，迄于秦始皇《祀洛水歌》，已不及郭本之托始郊庙为得体。而杂歌谣词中，又出古歌一门，始于《击壤歌》，迄于《甘泉歌》，不知其以何为别”①。梅鼎祚认为上古歌谣是乐府的先声，这并无不当。乐府的俗乐部分虽然与古歌谣有一定的联系，但没有经过音乐机构整理的诗篇一般不称为乐府，作为一种乐章类型，乐府与歌谣还是有一定的区别的。《总目》对混淆两者关系的做法提出了批评，认为这种不作区别的做法是不正确的。郭茂倩的《乐府诗集》先雅后俗，以郊祀歌开始，《总目》认为这深得乐府之体义，认为乐府应该自汉断起。清代沙张白的《定峰乐府》将当代人所作的赞颂之诗视为乐府，甚至将律诗、绝句都归入乐府。《总目》对此很不满：“案禾此说，似乎博洽，而实未详考。如从其始而论，则颂居四诗之一，是为乐府之原本，又何必牵引宋舞曲词，以相附会？如核其派别而论，则律逐调移，词随律变，郊祀燕享，有殊于鼓吹，平调清商，有殊于吴声，以至舞曲琴操，体例各殊，郭茂倩书可以覆按，如必混而一之，总归诸乐府，则合而并之，正可总谓之诗，又何乐府之云乎？至谓五七言律诗、绝句、排律，无不入乐府者，其说又知一而不知二。”② 依经论文是中国古代论文的套路，《总目》对将乐府附会于《诗经》的做法提出严厉批评，对不区别体例，对有音乐即称乐府的做法出提出批评。从音乐的角度断定乐府，中国历代也不少见，左克明说道：“乐府之名虽始于汉代，然其声调盖源

① （清）永瑢等：《四库全书总目》，中华书局，1965，第1720页。

② （清）永瑢等：《四库全书总目》，中华书局，1965，第1651页。

于舜禹君臣之《赓歌》，实三百篇之末流也。故上溯《击壤》《康衢》歌谣，以讫于隋，庶几善歌者可以知其音节之一致也。”① 《总目》认为，不管是依经论乐府还是仅仅以音乐为标准论乐府都是不科学的，作为一种文体，乐府有其体例，不应该将它与音乐文学、《诗经》相混淆。明代臧懋循编的《诗所》不辨乐府与古诗，《总目》对此也提出了批评。郭茂倩的《乐府诗集》是一部分类较为合理的乐府诗集，《总目》虽然对它评价很高，但对它的收录标准也有微词：“郭书务穷其流，故所收颇滥。”② 《总目》之所以对郭氏有不满，归因还是郭氏没有严格的文体观念。

《古乐苑》以古为归，没有将文人五言诗与乐府区别开来，甚至将一些七言律诗也归入乐府，去取甚为疏粗。《总目》对此批评：“其所补者，如琴曲歌词庞德公之《於忽操》，见《宋文鉴》中，乃王令拟作，非真庞所自作也。杂歌曲词之《刘勋妻》，其诗《艺文类聚》称魏文帝作，《玉台新咏》称王宋自作，邢凯《坦斋通编》称曹植作，然总为五言诗，不云乐府，亦不以‘刘勋妻’三字为乐府题也。左思《娇女诗》自咏其二女嬉戏之事，亦不云乐府也。至梁昭明太子、沈约、王锡、王规、王缵、殷钧之《大言》《细言》，不过偶然游戏，实宋玉《大言赋》之流。既非古调，亦未被新声，强名之曰‘乐府’，则《世说新语》所谓‘矛头淅米剑头炊，百岁老翁攀枯枝，井上辘轳卧婴儿’‘盲人骑瞎马，夜半临深池’者，何又不入乎？”③ 魏晋是文人乐府创作的兴盛时代，以曹氏父子、建安七子为代表的作家创作了数量不少的乐府，而这一时期也是五言诗成形时期。乐府诗与五言诗的区别何在，历代少有辨析。《总目》细辨两者，眼光独到，这也说明它对乐府的发展是辨析入微的。

乐府在中国古代一直处于变化之中，《总目》认为应该用变化的眼光辨析乐府，不可以古律今，也不可以今律古。《总目》对乐府的古今之辨也持严格的态度，它批评明代的左赞：“至于《乐府》一卷之中，如《关山月》《杨白华》之类，皆古题，而忽以词曲续其后，则从来无此体例。殆以宋人词曲亦标乐府之名，故合为一。不知源流递变，格律各殊，不可以宋之乐府竟当古乐府也。”④ 宋元词曲虽然也称为乐府，但不管是在音乐

① （元）左克明编撰《古乐府》，韩宁、徐文武点校，中华书局，2016，“凡例”第17页。
② （清）永瑢等：《四库全书总目》，中华书局，1965，第1710页。
③ （清）永瑢等：《四库全书总目》，中华书局，1965，第1720页。
④ （清）永瑢等：《四库全书总目》，中华书局，1965，第1559页。

还是文学精神上都与古乐府有相当大的差别，《总目》认为古今乐府有别，不可混为一谈。明代吴勉学编的《唐乐府》没有将乐府与词区别开来，这也遭到了《总目》的批评："至诗余虽乐府之遗，而已别为一体，李白《菩萨蛮》《忆秦娥》之类亦不宜泛载。且古题、新题，漫然无别，既无解释，复鲜诠次，是真可以不作也。"① 唐五代已有词，《总目》认为它已别为一体，"即事名篇，无复依傍"的新题乐府将乐府带入了一个新的境地，《总目》认为应该厘清它们之间的关系，在部类时判然别之。

古人在使用乐府这一概念时存在较大的随意性，《总目》能够深入乐府诗的发展实际，辨析乐府与古诗、古乐、五言诗的区别，并能够从古今变化的角度区别古今乐府之不同。《总目》面对的是整个乐府文学的遗产，它严格区别乐府文体，说明它对乐府的文体有比较深入的认识。

二 着眼于讽喻传统的乐府观

乐府诗在各朝代的创作呈现出不同的面貌，或入乐或不入乐，或用旧题或用新题，乐府的多变让人们难以对它下准确的定义。萧涤非论乐府的演变史："由两汉之里巷风谣，一变而为魏晋文人之咏怀诗，再变而为南朝儿女之相思曲，三变而为有唐作者不入乐之讽刺乐府。"② 乐府至唐代基本完成了其形态的演变，唐代以后对乐府的理解基本上跳不出这"三变"。郭茂倩的《乐府诗集》收集了上古至唐五代的乐府歌辞和歌谣，它对乐府的起源和发展有比较全面的考证，对乐府的源与变都持肯定的态度，它的乐府观是比较辩证的。《乐府诗集》虽然以音乐为标准进行分类，但对不入乐的乐府也是持肯定的态度的。在"新乐府辞序"里，郭茂倩说道："自风雅之作，以至于今，莫非讽兴当时之事，以贻后世之审音者。傥采歌谣以被声乐，则新乐府其庶焉。"③ 郭茂倩认为非入乐的，在精神上继承汉乐府"讽兴当时之事"的作品可以视为乐府作品，而"采歌谣以被声乐"也可以称为"新乐府"，《乐府诗集》从文学精神和音乐两个角度界定乐府。《乐府诗集》的乐府观对后世产生了深远的影响，宋代以后，乐府的收集、编录基本以《乐府诗集》为蓝本。

① （清）永瑢等：《四库全书总目》，中华书局，1965，第1761页。
② 萧涤非：《汉魏六朝乐府文学史》，人民文学出版社，1998，第26页。
③ （宋）郭茂倩编《乐府诗集》，中华书局，1979，第1262~1263页。

《总目》对《乐府诗集》的评价也很高，认为“其《解题》征引浩博，援据精审”。《总目》继承了《乐府诗集》的乐府观，从文学精神和音乐两个方面界定乐府。《乐府诗集》成书于北宋，收录的乐府作品以唐为限，无涉宋以后的作品。《总目》虽然也从文学精神和音乐两方面界定乐府，但它对乐府的考察视野更开阔，分析也较《乐府诗集》更全面深入。一方面，《总目》认为“感于哀乐，缘事而发”的讽喻是乐府的文学精神所在，用乐府诗体的形式进行创作，能够体现这种精神的诗歌是乐府。另一方面，《总目》认为继承南朝儿女相思曲、五代乐曲传统，用音乐写作的词曲也是乐府，宋词元曲继承了这一传统，故而也是乐府。

先看《总目》从文学精神角度对乐府的界定。

乐府是音乐机构，其加工的乐府歌诗重在音乐不在文辞，有的作品甚至只有音乐没有文辞。中国古代没有科学的记谱方法，乐府的音乐在后代逐渐失传，留下来的只有歌辞。《总目》对乐府的这些变化有清晰的认识，“古乐府在声不在词。唐人不得其声，故所拟古乐府，但借题抒意，不能自制调也”①。“然三代乐制，至汉尽亡”②，音乐难以代传，但一代有一代之音乐，新音乐是形成新乐府的重要条件，“自古乐亡而乐府兴，后乐府之歌法至唐不传，其所歌者皆绝句也。唐人歌诗之法至宋亦不传，其所歌者皆词也。宋人歌词之法至元又渐不传，而曲调作焉”③。音乐代亡，音乐代兴，如果从音乐上界定乐府，乐府很容易被认为是音乐文学。萧涤非说道：“盖乐府之初，虽以声为主，然时至今日，一切声调，早成死灰陈迹，纵寻根究底，而索解无由，所谓入乐与未入乐者等耳。侈言律吕，转滋淆惑。”④ 因此，他认为当代论乐府的第一要务是“打破音乐之观念”。正是看到音乐的代变，《总目》对乐府的界定首先着眼于乐府的内在精神。

秦汉的乐府机构制作的乐章以祭祀、宴飨、朝会的雅乐为主，汉武帝以后，俗乐才开始进入乐府机构，《汉书·艺文志》记有：“自孝武立乐府而采歌谣，于是有代赵之讴，秦楚之风，皆感于哀乐，缘事而发，亦可以观风俗，知薄厚云。”⑤ 民间和文人创作的乐府较祭祀、朝会、宴飨的雅乐

---

① （清）永瑢等：《四库全书总目》，中华书局，1965，第1834页。
② （清）永瑢等：《四库全书总目》，中华书局，1965，第1768页。
③ （清）永瑢等：《四库全书总目》，中华书局，1965，第1828页。
④ 萧涤非：《汉魏六朝乐府文学史》，人民文学出版社，1998，第9页。
⑤ 《汉书》卷三〇，中华书局，1962，第1384页。

更有生命力和文学性，流传也更广泛。唐代以后，“感于哀乐，缘事而发”成为乐府的重要标志。《总目》不以是否入乐作为乐府的文体衡量标准，而是以是否“感于哀乐，缘事而发”作为衡量乐府文体的标准。杨维桢在元末发起了“古乐府运动”，创作了一批反映时难的作品，在元末明初产生了很大的影响。杨维桢的乐府或用旧题，或用新题，是中唐新乐府运动的延续。《总目》对杨维桢的乐府评价甚高：

> 维桢以横绝一世之才，乘其弊而力矫之，根柢于青莲、昌谷，纵横排奡，自辟町畦。其高者或突过古人，其下者亦多堕入魔趣。故文采照映一时，而弹射者亦复四起。然其中如《拟白头吟》一篇曰：‘买妾千黄金，许身不许心。使君自有妇，夜夜白头吟。’与三百篇风人之旨亦复何异？特其才务驰骋，意务新异，不免滋末流之弊，是其一短耳。去其甚则可，欲竟废之则究不可磨灭也。惟维桢于明初被召，不肯受官，赋《老客妇谣》以自况，其志操颇有可取。①

杨维桢的乐府延续了汉唐乐府“感于哀乐，缘事而发”的传统，讽喻社会现实，以冀能达到“观风俗，知薄厚”的作用。《总目》对杨维桢的人格及乐府诗都给予了高度的评价。《总目》对能够传承汉唐乐府传统的作品都给予了很高的评价，评代陆粲的《陆子余集》：“至于《担夫谣》之类，有香山新乐府遗音。”② 评清代魏麐征的《石屋诗钞》：“第七卷为《和白香山乐府》，其瓣香所在，可以想见。”③ 明于慎行的《论古乐府》有：“唐人不为古乐府，是知古乐府也，不效其体而特假其名以达所欲言。近世一二名家，至乃逐句形模，以追遗响，则唐人所吐弃矣。”④《总目》对这一见解极为赞赏。在音乐失传之后，用旧题或用新题，入乐或不入乐都不是乐府的重要因素，《总目》从“感于哀乐，缘事而发”的角度裁定乐府的真义所在，这是很有眼光的。

乐府是继《诗经》《楚辞》之后又一影响深远的文体，中国历代不乏乐府之作。《总目》对徒有乐府之名而无乐府文学精神的作品提出了批评。

---

① （清）永瑢等：《四库全书总目》，中华书局，1965，第 1462 页。
② （清）永瑢等：《四库全书总目》，中华书局，1965，第 1505 页。
③ （清）永瑢等：《四库全书总目》，中华书局，1965，第 1656 页。
④ （清）永瑢等：《四库全书总目》，中华书局，1965，第 1512 页。

明代王养端的乐府多是模拟之作，在字词上下功夫，既不“缘事而发”又没有自己独到的体验，遭到了《总目》的批评：

> 冠以拟古乐府一卷，望其标目，古色斑然，核其文章，乃多无取。如《李延年歌》《汉武帝李夫人歌》，皆偶尔神来，遂成绝调，即作者亦不能再为，而皆衍为长篇，味如嚼蜡；《焦仲卿妻诗》《木兰诗》，正以委曲琐屑入妙，而缩为数句，又似断鹤；至于乐府诸篇，古词仅在，如曰摹其音节，则无诏伶人，事谢丝管，刘勰言之矣。非夔非旷，谁能于千百年后得其律吕？如曰阐其意义，则标名既每难详，词句尤多讹阙。吴兢所解，已多在影响之间，今安得知其本旨？《钓竿》《朱鹭》之类，尚可缘题成文，至《东光》《翁离》诸篇，题既不明，词又不解。一概描摹不已，实不知何所见而云然矣。①

王养端的乐府诗只是将汉代的乐府重新衍化，或“衍为长篇”或“缩为数句”，或模拟其声，表面上看古色斑然，实则多无可取。《总目》认为王养端的乐府“一概描摹不已”，只得乐府的形貌，没有得到乐府诗的文学精神，并非真正的乐府诗。“盖唐乐府重在讽谕，其文章可以力追，汉乐府重在音律，其节奏不可以臆揣也。”《总目》对没有得到乐府文学精神的模拟之作提出了批评。

唐代以后，汉乐府的音乐已经失传，而后代却有不少作品试图恢复唐前乐府的音乐，认为恢复乐府音乐即是恢复乐府传统。《总目》对这种泥古不化的做法提出了批评，认为这种做法并不真正了解乐府的本质。“自唐后乐府失传，新题迭作，于是并声而亦亡之。说不知声词合写之源，而强为索解，已迷宗旨，至铙歌乃鼓吹之曲，但奏其音而不歌其词。故十八章或韵或不韵，亦犹风雅皆有韵而颂不尽韵也。说一概强为叶读，非惟不知古音，亦并不知乐府体裁矣。”② 《总目》批评胡缵宗的《拟汉乐府》：“汉乐府多声词合写，不能复辨，沈约《宋书》言之甚明。缵宗乃揣摩题意为之，殊类于刻舟求剑，况唐人歌诗之法，宋人不传，惟《小秦王》一调，勉强歌之，尚须杂以虚声，乃能入律。宋人歌词之法，元人亦不传。

① （清）永瑢等：《四库全书总目》，中华书局，1965，第 1600 页。

② （清）永瑢等：《四库全书总目》，中华书局，1965，第 1766 页。

《白石道人歌曲》自度诸腔，所注节拍，今皆不省为何等事矣。缵宗乃于千年以外，求汉乐府之音节，不愈难而愈远乎?”① 《总目》批评刘濂的《九代乐章》：“夫古乐府之存于今者，后人亦第能习其句读，而不可播之管弦。濂乃指为某代某音、某代某调，穿凿配合，已属强为解事，至如东方诫子、仲长述志之类，本非入乐之诗，而亦为之辨别宫商，尤不知其何据。又每代下各为总论一篇，而北齐伶人曹妙达等封王，及无愁伴侣曲诸事，乃以属之陈后主。殊为不考，特故为高论而已。”② 乾嘉考据学以经史考订为要务，认为考据之学是学问的基础，作为考据学的代表性著作，《总目》对严谨的考证之作多持赞赏态度。刘濂的《九代乐章》虽是考据之作，但它考据的是古乐府的音乐，《总目》认为这一考证“故为高论”，并无实际意义。同样，对于牵强比附，《总目》也极为反感。“此编取汉、魏乐府及诗分为三集。以相和、吟叹、平调、清调、瑟调、楚调、大曲、杂曲之类为风，以鼓吹、横吹之类为雅，以雅舞、杂舞之类为变雅，以郊祀乐章为颂，而别附以歌诗、琴曲。又仿《诗序》之例，每篇各为小序以明其意。盖刻意续经，惟恐一毫之不似。然三代乐制，至汉尽亡。乐府之于三百篇，犹阡陌之于井田，郡县之于封建也。端绪亦有时相属，而不相属者十之九。嘉征必摹拟刻画，一一以风、雅、颂分配之，牵强支离，固其所矣。”③ 依经论文是中国古代诗学的传统，清代朱嘉徵的《乐府广序》以《诗经》风雅颂比附乐府各曲调，这其实是依经论文的故调。《总目》虽然不否定六经，但对这种简单的比附感到不满，认为乐府和《诗经》“不相属者十之九”，两者相去甚远，根本不是同一回事。萧涤非言：“班固谓乐府‘皆感于哀乐，缘事而发’，虽专指汉代民歌，魏晋以后，亦有其作，并足为论世之资，此实乐府之一大特性，亦乐府与诗之一大分野。”④ 《总目》较早而且比较深入地分析了乐府的特性，这是很难得的。

三　着眼于音乐性的乐府观

近代以来，词、曲被视为一种与乐府并列的文体，萧涤非说道：“乐

① （清）永瑢等：《四库全书总目》，中华书局，1965，第1571页。
② （清）永瑢等：《四库全书总目》，中华书局，1965，第1746页。
③ （清）永瑢等：《四库全书总目》，中华书局，1965，第1768页。
④ 萧涤非：《汉魏六朝乐府文学史》，人民文学出版社，1998，“引言”第2页。

府之立，本为一有作用之机关，其所采取之文字，本为一有作用之文字，原以表现时代，批评时代为其天职，故足以‘观风俗，知薄厚’，自不能与一般陶冶性情，啸傲风月之诗歌，同日而语，第以个人之美感，为鉴别决择之标准也。是以宋之词，元之曲，唐之律绝，固尝入乐矣，然而吾人未许以与乐府相提并论者，岂心存畛域？亦以其性质面目不同故耳。”① 将词曲与乐府视为不相关的文体，这有失公允。吴相洲认为乐府与戏曲不仅曾有共同名称，而且在音乐、表现方式上有相通之处，把乐府看成“泛戏曲阶段”或“前戏曲阶段”更合适。② 这是相当有见地的。事实上，中国古代并没有将乐府与词曲决然划分。宋人从音乐的角度将当时流行的曲子词称为乐府，王灼在《碧鸡漫志》中说道：“古歌变为古乐府，古乐府变为今曲子，其本一也。”③ 明清继承了这一提法，清人李重华也说道：“乐府题有吟，有歌，有行，有词，有谣，有引，有曲，分类既多，其余就事命题，如《巫山高》、《折杨柳》者，不可枚举。总之不离歌谣体制，遂得指名乐府。”④ 宋代以后，不少作家以乐府命名他们的词曲集子，如贺铸的《东山乐府》、王九思的《碧山乐府》、张可久的《小山乐府》、马致远的《东篱乐府》等。《总目》在著录这些集子时认可了这一命名，如评元代杨朝英的《朝野新声太平乐府》：“是集前五卷为小令，后三卷为套数。凡当时士大夫所撰及院本之佳者皆选录之，亦技艺之一种。”⑤ 前人将词曲视为乐府，主要是从入乐这一角度来考虑，《总目》将词曲视为乐府，除了从音乐角度，还从言情的角度来断定词曲是乐府的延续。

《总目》认为词源于梁代的“吴声歌曲”：

> 考梁代吴声歌曲，句有短长，音多柔曼，已渐近小词。唐初作者云兴，诗道复振，故将变而不能变。迨其中叶，杂体日增，于是《竹

① 萧涤非：《汉魏六朝乐府文学史》，人民文学出版社，1998，第 10 页。

② 吴相洲认为乐府与戏曲曾有共同名称，两者在音乐上有一脉相承之处，乐府学著作也是戏曲学著作，有些乐府如同戏曲脚本，乐府套语与戏曲套语、乐府构件与戏曲程式有相通之处。参见吴相洲《乐府与戏曲》，叶长海主编《曲学》第四卷，上海古籍出版社，2016，第 147～160 页。

③ 彭东焕、王映珏：《碧鸡漫志笺证》，巴蜀书社，2019，第 12 页。

④ （清）李重华：《贞一斋诗说》，王夫之等：《清诗话》下册，上海古籍出版社，1978，第 928 页。

⑤ （清）永瑢等：《四库全书总目》，中华书局，1965，第 1836 页。

> 枝》《柳枝》之类，先变其声。《望江南》《调笑令》《宫中三台》之类，遂变其调。然犹载之诗集中，不别为一体。洎乎五季，词格乃成。其岐为别集，始于冯延巳之《阳春》词。其岐为总集，则始于赵崇祚之《花间集》。自宋初以逮明季，沿波迭起，撰述弥增。然求其括历代之精华，为诸家之总汇者，则多窥半豹，未睹全牛，罕能博且精也。[①]

郭茂倩《乐府诗集》的“清商曲辞”主要由吴声与西曲构成，梁代的吴声歌曲属于清商乐曲辞。《总目》认为词起源于乐府的“吴声歌曲”，吴声在唐代变声变调，形成了词，词在五代完成了定格。《总目》认为五代的词在音乐和文学风貌上都继承了南朝乐府，宋人的词是唐五代词的余绪。“词自晚唐五代以来，以清切婉丽为宗。至柳永而一变，如诗家之有白居易。至苏轼而一变，如诗家之有韩愈，遂开南宋辛弃疾等一派。寻源溯流，不能不谓之别格，然谓之不工则不可。故至今日，尚与《花间》一派并行，而不能偏废。”[②] 由《花间》而柳永而苏、辛，《总目》认为这是词发展的三个阶段，而词的本色乃是唐五代。正因为词起源于南朝乐府，《总目》认为“清切婉丽”是词的本色，“词曲以本色为最难，不尚新僻之字，亦不尚典重之字。‘稷雪’二字，拈以入词，究为别格，未可以之立制也。”[③]“大抵宗法周、柳，犹得词家正声。……至如《南歌子》第二首之类，虽脂粉绮罗，诗余本色，要亦稍近于亵也。”[④]《总目》从音乐和文学风貌两个方面将词与南朝乐府联系起来，认为词是南朝乐府的新发展，本质上还是乐府。

《总目》也从音乐的角度来论元曲：“自五代至宋，诗降而为词。自宋至元，词降而为曲。文人学士，往往以是擅长。如关汉卿、马致远、郑德辉、宫大用之类，皆藉以知名于世。可谓敝精神于无用。然其抒情写景，亦时能得乐府之遗。小道可观，遂亦不能尽废。可久之词，太和正音称其如瑶天笙鹤，既清且新，华而不艳，有不食烟火气。又谓其如披太华之天风，招蓬莱之海月。今观所作，遣词命意，实能脱其尘蹊。故虽非文章之

① （清）永瑢等：《四库全书总目》，中华书局，1965，第1825页。
② （清）永瑢等：《四库全书总目》，中华书局，1965，第1808~1809页。
③ （清）永瑢等：《四库全书总目》，中华书局，1965，第1814页。
④ （清）永瑢等：《四库全书总目》，中华书局，1965，第1832页。

正轨，附存其目，以见一代风尚之所在焉。”① “考古诗皆可以入乐，唐代教坊伶人所歌，即当时文士之词。五代以后，诗流为词。金元以后，词又流为曲。故曲者，词之变；词者，诗之余。源流虽远，本末相生。”② 从源到变，《总目》论证了词曲与乐府的同源、同性，用乐府指代词也就顺理成章了。

正因从音乐的角度来理解宋词和元曲，《总目》在题解宋词时偏重词的声律，对词谱、词韵的鉴定成为题解的重要内容。

> 邦彦妙解声律，为词家之冠。所制诸调，不独音之平仄宜遵，即仄字中上、去、入三音亦不容相混。所谓分刌节度，深契微芒。故千里和词，字字奉为标准。今以两集相校，中有调名稍异者。如〔浣溪沙〕目录与周词相同，而调则误作〔浣沙溪〕。〔荔枝香〕，周词作〔荔枝香近〕，吴文英《梦窗稿》亦同，此集独少“近”字。……〔三部乐〕前阕“天际留残月”句，止五字，周词作“何用交光明月”，亦六字句，则和调又脱一字。若六丑之分段，以“人间春寂”句属前半阕之末，周词刊本亦同。然证以吴文英此调，当为过变之起句。则两集传刻俱讹也。③

《总目》多处批评的宋词在韵律上的错误，如对《书舟词》的分析：

> 卷内〔鹤冲天〕调本当作〔喜迁莺〕，晋乃注云：“向作〔喜迁莺〕误，今改作〔鹤冲天〕。”不知〔喜迁莺〕之亦称〔鹤冲天〕。乃后人因韦庄〔喜迁莺〕词有“争看鹤冲天”句而名，调止四十七字。元幹正用其体。晋乃执后起之新名，反以原名为误，尤疏于考证矣。④

这样的订正在《总目》里非常常见，可见《总目》对词体韵律了解之深。宋词与宋代音乐密不可分，时代音乐的特色影响了词的风格。朱谦之也说道：“每一个时代的音乐文学，总是代表了一时代民间的活言语，所以汉

---

① （清）永瑢等：《四库全书总目》，中华书局，1965，第1835~1836页。
② （清）永瑢等：《四库全书总目》，中华书局，1965，第1835页。
③ （清）永瑢等：《四库全书总目》，中华书局，1965，第1811~1812页。
④ （清）永瑢等：《四库全书总目》，中华书局，1965，第1814页。

魏的乐府唐不能歌而歌诗，唐的诗宋不能歌而歌词，宋的词元不能歌而歌曲，这种平民文学的进化，真是自然的趋势。”① 《总目》没有用固定的音乐曲调来框架乐府，认为一代有一代之音乐，乐府随时代音乐发展而发展，这样的观点其实是相当辩证的。

“吴声歌曲”多是情歌，长于言情，这与重讽喻文学精神的乐府形成了鲜明的对比。除了音乐性，《总目》认为词曲继承了“吴声歌曲”的言情性，言情性是词曲与乐府的共通之处。《总目》评论柳永词时说道：“盖词本管弦冶荡之音，而永所作旖旎近情，故使人易入。虽颇以俗为病，然好之者终不绝也。”② “吴声歌曲”多是男欢女爱之歌，长于言情，缺乏正统的伦理色彩。《总目》认为“词本管弦冶荡之音”，这其实是从言情上裁定词是“吴声歌曲”的延承。《总目》认为词曲继承乐府言情的传统，是乐府的延续。《总目》评王九思的《碧山乐府》：“明人小令多以艳丽擅长，九思独叙事抒情，宛转妥协，不失元人遗意。其于填曲之四声，杂以带字，不失尺寸。”③ 王九思的散曲长于婉转抒情，风格轻巧华丽。如《南黄钟·画眉序》：“无意整云鬟。斗帐衾寒夜不眠。谩伤春憔悴。懒拈针线。唤丫环休卷珠帘。怕羞睹双飞紫燕。闷怀先自心撩乱。怎禁他万般消遣。”④ 作者通过“无意整云鬟”“懒拈针线”“唤丫环”“怕羞睹”等动作写出了少女苦愁的闺情。作品笔法细腻，言情婉转，在表现手法上与“吴声歌曲”相近。《总目》也以言情论元曲：“自五代至宋，诗降而为词。自宋至元，词降而为曲。文人学士，往往以是擅长。如关汉卿、马致远、郑德辉、宫大用之类，皆藉以知名于世。可谓敝精神于无用。然其抒情写景，亦时能得乐府之遗。小道可观，遂亦不能尽废。”⑤ 《总目》认为元曲抒情写景继承了乐府，这是元曲的“可观”之处，有其存在的价值。乐府在中国有广泛的影响，词曲与乐府在表现形态上有不少相通之处，《总目》在评论词曲时偏重词曲的言情性，认为词曲的言情性是对乐府的继承。“词萌于唐，而盛于宋。当时伎乐，惟以是为歌曲。而士大夫亦多知音律，如今日之用南北曲也。金、元以后，院本杂剧盛，而歌词之法失

① 朱谦之：《中国音乐文学史》，上海人民出版社，2006，第53页。

② （清）永瑢等：《四库全书总目》，中华书局，1965，第1807页。

③ （清）永瑢等：《四库全书总目》，中华书局，1965，第1836页。

④ 谢伯阳编《全明散曲》，齐鲁书社，1994，第989页。

⑤ （清）永瑢等：《四库全书总目》，中华书局，1965，第1835~1836页。

传。然音节婉转，较诗易于言情，故好之者终不绝也。于是音律之事变为吟咏之事，词遂为文章之一种。其宗宋也，亦犹诗之宗唐。”[①] 借助于有音乐性的言辞，词曲较诗更易于言情，《总目》的分析是很有见地的。《总目》从会通的角度看待词曲与乐府，这样一种开阔的视野对我们重新思考乐府和词曲的流变都是很有帮助的。

《总目》认为词曲以“清切婉丽为宗”[②]，在论词曲语言时尤其推重便于言情的婉丽语体。《总目》评柳永：“盖词本管弦冶荡之音，而永所作旖旎近情，故使人易入。虽颇以俗为病，然好之者终不绝也。”[③] 评白朴：“朴词清隽婉逸，意惬韵谐。”[④] 评王九思：“九思酷好音律，尝倾赀购乐工，学琵琶，得其神解。是编所录，大半依弦索越调而带犯之，合拍颇善。又明人小令多以艳丽擅长，九思独叙事抒情，宛转妥协，不失元人遗意。其于填曲之四声，杂以带字，不失尺寸。可谓声音文字兼擅其胜。然以士大夫而殚力于此，与伶官歌妓较短长，虽穷极窈眇，是亦不可以已乎。”[⑤] 评曹贞吉：“其词大抵风华掩映，寄托遥深。古调之中，纬以新意。不必模周范柳，学步邯郸，而自不失为雅制。”[⑥]《总目》认为词曲是“乐府之余音”，是“吴声歌曲”一派的发展，对婉丽语体的推重是其文体观使然。

结　语

中国历代都注重声音之道，认为“声音之道与政通”，音乐在中国古代属于国家政教体系的一部分。乐府原为音乐机关，作为一种诗体，它的演进相当复杂。《总目》是中国传统学术思想的集成，它对乐府的界定既有音乐的因素，又有文学的因素。《总目》认为乐府的文学精神是“感于哀乐，缘事而发”的讽喻，认为乐府应该反映现实，讽喻社会，以达到救济时弊的作用。《总目》从文学精神方面界定文学，其实是站在乐府反映现实的角度。音乐方面，《总目》认为延续“吴声歌曲”的词曲是乐府的

① （清）永瑢等：《四库全书总目》，中华书局，1965，第 1833 页。
② （清）永瑢等：《四库全书总目》，中华书局，1965，第 1808 页。
③ （清）永瑢等：《四库全书总目》，中华书局，1965，第 1807 页。
④ （清）永瑢等：《四库全书总目》，中华书局，1965，第 1822 页。
⑤ （清）永瑢等：《四库全书总目》，中华书局，1965，第 1836 页。
⑥ （清）永瑢等：《四库全书总目》，中华书局，1965，第 1823 页。

发展，也属于乐府的范畴。《总目》从音乐上界定乐府，将音乐性与言情性结合起来进行考察。文学精神着眼于乐府反映现实的特性，音乐性和言情性是从形式和表现的角度界定乐府。《总目》对乐府的界定是：以乐府旧题或新题反映现实，讽喻社会的作品，或以音乐为载体抒发个人感情的作品。

《文献通考·乐考》对“鼓吹”“铙歌”关系的重新认识

闫运利
（人民教育出版社，北京，100081）

摘　要：“鼓吹”“铙歌”的关系问题是一个复杂而重要的话题。在很长历史时期内，两者经常被连用或者混用，没有明确的区分和辨别。直至《文献通考·乐考》提出“鼓吹与铙歌，自是二乐，而其用亦殊”，并对“鼓吹”“铙歌”的关系进行历时性动态考察，才让我们认识到重新审视两者关系的必要性。文章以《文献通考·乐考》对“鼓吹”“铙歌”关系的考察为中心，试图分析其主要观点的合理性、考证其方法的可取之处及其在“鼓吹”“铙歌”研究史上的地位和不足。

关键词：《文献通考·乐考》　鼓吹　铙歌

作者简介：闫运利，文学博士，人民教育出版社高级编辑、副编审，研究方向为魏晋南北朝隋唐五代文学和教育出版、中学语文教学。

“鼓吹”与“铙歌”两者连用、混用的现象极其常见，如以《朱鹭曲》为代表的十八首汉乐府歌诗，同时被称作“汉鼓吹铙歌”“汉铙歌”“汉短箫铙歌”“汉鼓吹曲”。这一现象的形成从东汉蔡邕《礼乐志》关于“汉乐四品”的记载起，至宋郭茂倩《乐府诗集·鼓吹曲辞》解题提出“鼓吹曲，一曰短箫铙歌”“黄门鼓吹、短箫铙歌与横吹曲，得通名鼓吹”的说法，跨越了汉、魏晋至宋一千多年。直至宋末元初，《文献通考·乐考》提出“鼓吹与铙歌，自是二乐，而其用亦殊”，并对“鼓吹”与“铙歌”的关系进行了历时性动态考察。弄清楚“鼓吹”与“铙歌”的关系及各自的使用情况至关重要，这也是厘清《汉鼓吹铙歌十八曲》军乐性质问题的关键之一。

一 “鼓吹”“铙歌”关系的发展过程

《文献通考》在《乐考二十》（以下视具体情况或称《乐考》）“散乐百戏”之后专门列“鼓吹”一类，梳理和分析汉至宋鼓吹曲的发展过程，又自撰按语，历时性考察“鼓吹”与“铙歌”之间的关系，同时评价鼓吹曲在各朝的使用情况，可见《乐考》对“鼓吹”“铙歌”相关问题的关注与思考。我们在具体分析《乐考》观点的主要内容之前，首先应简单了解一下“鼓吹”“铙歌”关系的发展过程及两者是如何纠缠在一起的。

“鼓吹”一词最早出现于西汉初期，《汉书·叙传》载：

> 始皇之末，班壹避墜于楼烦，致马牛羊数千群。值汉初定，与民无禁，当孝惠、高后时，以财雄边，出入弋猎，旌旗鼓吹，年百余岁，以寿终，故北方多以“壹”为字者。①

“出入弋猎，旌旗鼓吹”，可见“鼓吹”最早可能用于“出入弋猎”的道路仪仗。《西京杂记》记载汉朝祭祀甘泉、汾阴的舆驾时也用到“鼓吹”：

> 汉朝舆驾祠甘泉汾阴，备千乘万骑，大仆执辔，大将军陪乘，名为大驾。司马车驾四，中道……象车鼓吹十三人，中道。……司徒列从，如太尉王公骑。令史持戟吏亦各八人，鼓吹十部。中护军骑，中道。左右各三行，戟盾、弓矢、鼓吹各一部。……黄门前部鼓吹，左右各一部，十三人，驾四。……左卫将军，右卫将军。华盖。自此后糜烂不存。②

车驾出行、道路仪仗可能是“鼓吹”的最初功用，并且是“鼓吹”一直保留的重要功能。之后逐渐用于“天子宴乐群臣”、宗庙食举、赏赐军功、

① 《汉书》卷一〇〇上，中华书局，1964，第4197~4198页。

② （汉）刘歆撰，（东晋）葛洪集《西京杂记》卷五，载上海古籍出版社编《汉魏六朝笔记小说大观》，王根林等校点，上海古籍出版社，1999，第110~111页。

册封仪式、日常娱乐等场合[1]，“天子宴乐群臣”所用即蔡邕所说“黄门鼓吹乐”。

“铙歌”一词最早出现的文献是蔡邕《礼乐志》“其短箫铙歌，军乐也”，即“铙歌”在东汉时应该用于军中，关于其在汉代的其他文献记载较少。据此可知，至少在东汉，“鼓吹”与“铙歌”是两种不同的音乐类别。而韩宁《鼓吹横吹曲辞研究》“历代鼓吹使用情况表”显示，至魏晋南北朝时，“鼓吹”延续了汉代“鼓吹”的主要功用，分别用于给赐、出行、征战、葬仪及娱乐等场合，其中“给赐”代替“道路仪仗”成为其主要功用。[2] 具有军乐性质的“铙歌”则被凯歌、凯乐替代，如张华的《晋凯歌二首》。而关于两乐在西汉时期的具体关系，尚不清楚，因为目前没有找到“铙歌”在西汉的相关记载。

既然自东汉至魏晋南北朝时期，“鼓吹”与“铙歌”都是两种功用不同的乐歌，那么两者又是如何纠缠在一起，以致后来难以分辨呢？关于这个问题，曾智安在《乐府诗音乐形态研究——以曲调考察为中心》一书中论述得比较详细。现截取几个关键点简要梳理一下具体过程，首先要从蔡邕《礼乐志》说起：

> 汉乐四品：一曰《大予乐》，典郊庙、上陵殿诸食举之乐。郊乐，《易》所谓……二曰《周颂雅乐》，典辟雍、飨射、六宗、社稷之乐。……三曰《黄门鼓吹》，天子所以宴乐群臣，《诗》所谓“坎坎鼓我，蹲蹲舞我”者也。其短箫铙歌，军乐也。其传曰黄帝岐伯所作，以建威扬德，风劝士也。盖《周官》所谓“王师大献则令凯乐，军大献则令凯歌”也。[3]

简化一下就是“一曰《大予乐》……二曰《周颂雅乐》……三曰《黄门鼓吹》……其短箫铙歌，军乐也”，前后不一致的叙述方式使人开始怀疑“三曰《黄门鼓吹》”与“其短箫铙歌”之间的关系。至西晋，崔豹《古

---

① 详见赵敏俐《〈汉鼓吹铙歌〉十八曲研究》，载其专著《周汉诗歌综论》，学苑出版社，2002，第368~370页。

② 详见韩宁“历代鼓吹使用情况表”，《鼓吹横吹曲辞研究》，北京大学出版社，2009，第241~270页。

③ （汉）刘珍等撰，吴树平校注《东观汉记校注》卷五，中华书局，2008，第159页。

今注》将两者关系明确表述为“《短箫铙歌》，鼓吹之一章耳”：

> 《短箫铙歌》，军乐也。黄帝使岐伯所作也，所以建武扬德，风劝战士也。《周礼》所谓王大捷，则令凯乐，军大献，则令凯歌者也。汉乐有《黄门鼓吹》，天子所以宴乐群臣。《短箫铙歌》，鼓吹之一章耳，亦以赐有功诸侯。①

可见《古今注》认为“三曰《黄门鼓吹》”与“其短箫铙歌”是包含与被包含的关系。之后又有了《宋书·乐志》将《朱鹭曲》等十八曲收录为“汉鼓吹铙歌”的做法及提出“鼓吹，盖短箫铙哥”的说法：

> 鼓吹，盖短箫铙哥……《周官》曰：“师有功则恺乐。”《左传》曰，晋文公胜楚，“振旅，凯而入”。《司马法》曰：“得意则恺乐恺哥。”雍门周说孟尝君：“鼓吹于不测之渊。”说者云，鼓自一物，吹自竽、籁之属，非箫、鼓合奏，别为一乐之名也。然则短箫铙哥，此时未名鼓吹矣。应劭《汉卤簿图》，唯有骑执箛。箛即笳，不云鼓吹。而汉世有黄门鼓吹。汉享宴食举乐十三曲，与魏世鼓吹长箫同。长箫短箫，《伎录》并云，丝竹合作，执节者哥。又《建初录》云，《务成》、《黄爵》、《玄云》、《远期》，皆骑吹曲，非鼓吹曲。此则列于殿庭者为鼓吹，今之从行鼓吹为骑吹，二曲异也。又孙权观魏武军，作鼓吹而还，此又应是今之鼓吹。②

如此便在“鼓吹”与“铙歌”“短箫铙歌”之间画上等号，但“鼓吹，盖短箫铙哥”之“盖”字又说明南朝沈约等人的态度是有些犹疑的。而宋郭茂倩《乐府诗集·鼓吹曲辞》解题将之最终确定下来，曰“鼓吹曲，一曰短箫铙歌”：

> 鼓吹曲，一曰短箫铙歌。刘瓛《定军礼》云：“鼓吹未知其始也，汉班壹雄朔野而有之矣。鸣笳以和箫声，非八音也。骚人曰‘鸣篪吹

① （晋）崔豹：《古今注》卷中，载上海古籍出版社编《汉魏六朝笔记小说大观》，王根林等校点，上海古籍出版社，1999，第239页。

② 《宋书》卷一九，中华书局，1974，第558~559页。

> 竽’是也。”蔡邕《礼乐志》曰：“汉乐四品，其四曰短箫铙歌，军乐也。黄帝岐伯所作，以建威扬德、风敌劝士也。”《周礼·大司乐》曰：“王师大献，则令奏恺乐。”《大司马》曰：“师有功，则恺乐献于社。”郑康成云：“兵乐曰恺，献功之乐也。”《春秋》曰：“晋文公败楚于城濮。”《左传》曰：“振旅恺以入。”《司马法》曰：“得意则恺乐、恺歌以示喜也。”……崔豹《古今注》曰：“汉乐有黄门鼓吹，天子所以宴乐群臣也。短箫铙歌，鼓吹之一章尔，亦以赐有功诸侯。”然则黄门鼓吹、短箫铙歌与横吹曲，得通名鼓吹，但所用异尔。汉有《朱鹭》等二十二曲，列于鼓吹，谓之铙歌。①

可见《乐府诗集》直接受《古今注》影响，认为“短箫铙歌”是“鼓吹”的一部分，只不过《乐府诗集》所说的“鼓吹”已不仅仅是《古今注》所指的“三曰《黄门鼓吹》”，而是包含“黄门鼓吹”、“短箫铙歌”和“横吹曲”。从《乐府诗集·鼓吹曲辞》歌辞目录看，依次为《汉铙歌十八首》《魏鼓吹曲十二首》《吴鼓吹曲十二首》《晋鼓吹曲二十二首》《晋凯歌二首》《宋鼓吹铙歌三首》《宋鼓吹铙歌十五首》《齐随王鼓吹曲十首》《梁鼓吹曲十二首》《隋凯乐歌辞三首》《唐凯乐歌辞四首》《唐凯歌六首》《唐鼓吹铙歌十二首》。整体上有两个系统：一是“鼓吹”系统，即汉铙歌、魏鼓吹、吴鼓吹、晋鼓吹、宋鼓吹铙歌、宋随王鼓吹、梁鼓吹、唐鼓吹铙歌；二是“铙歌”系统，即晋凯歌、隋凯乐、唐凯乐、唐凯歌。而郭茂倩提出“鼓吹曲，一曰短箫铙歌”也可能是在为《乐府诗集》的整体编纂、歌辞分类及鼓吹曲辞的具体收录寻找理论上的支持。

二 《乐考》“自是二乐”观点的提出

在上述背景下，《乐考》提出“鼓吹与铙歌，自是二乐”的观点，主要有两个步骤。一是通过对前代文献的搜索和引用，梳理“鼓吹”自汉至宋的发展历程，主要是“文”与“献”部分。依次引用《通典·乐典》（以下称《乐典》）、《乐书》、《旧唐书·音乐志》、《演繁露》及宋朝《国史乐志》等，分为汉至南朝、隋、唐、宋四个历史时期串联起“鼓吹”

① （宋）郭茂倩编《乐府诗集》卷一六，中华书局，1979，第223~224页。

发展的大致过程，堪称作“鼓吹”小史。这些引用文献是《乐考》评价并提出观点的参考基础。

（一）引《乐典》述汉至南朝“鼓吹”

《乐考》引用《乐典》，主要论述“鼓吹”自汉至南朝的使用及发展情况：

> 鼓吹者，盖短箫铙歌。蔡邕曰：“军乐也，黄帝岐伯所作，以扬德建武，劝士讽敌也。”《周官》曰：“师有功则凯乐。”《左传》晋文公胜楚，振旅，凯而入。《司马法》曰：“得意则凯歌。”雍门周说孟尝君“鼓吹于不测之泉”。说者云，鼓自一物，吹自竽、籁之属，非箫鼓合奏，别为一乐之名也。然则短箫铙歌，此时未名鼓吹矣。应劭《汉卤簿图》，唯有骑执箛。箛即笳，不云鼓吹。而汉代有黄门鼓吹。汉享宴食举乐十三曲，与魏代鼓吹长箫同。长箫短箫，《伎录》并云丝竹合作，执节者歌。又《建初录》云，《务成》、《黄爵》、《玄云》、《远期》，皆骑吹曲，非鼓吹曲。此则列于殿庭者为鼓吹，今之从行鼓吹为骑吹，二曲异也。又孙权观魏武军，作鼓吹而还，应是此鼓吹。魏晋代给鼓吹甚轻，牙门督将五校，悉有鼓吹。晋江左初，临川太守谢摛每寝，梦闻鼓吹。有人为占之曰：“君不得生鼓吹，当得死鼓吹。”摛击杜弢战殁，追赠长水校尉，葬给鼓吹焉。谢尚为江夏太守，诣安西将军庾翼于武昌谘事，翼以鼓吹赏尚射，破便以其副鼓吹给之。齐、梁至陈则甚重矣，各制曲词以颂功德焉。至隋，亡。①

这段文字引自《乐典六》之“前代杂乐”，《乐考》改作“鼓吹”。观点基本与《宋书·乐志》相同，主要有以下几点：①“鼓吹”大概是指“短箫铙歌”，主要用于“扬德建武，劝士讽敌”，属于军中凯歌一类；②从使用乐器上看，主要有鼓、箫等；③“短箫铙歌”在汉代还未被称作“鼓吹”，至魏晋时期，“短箫铙歌”才被称作“鼓吹”；④从与“骑吹”的对比看，“鼓吹”的使用场合主要在殿庭；⑤魏晋南北朝时期，“鼓吹”用于

① （元）马端临：《文献通考》卷一四七，上海师范大学古籍研究所、华东师范大学古籍研究所点校，中华书局，2011，第4424~4425页。本文所引《文献通考》皆为此点校本。

给赐臣下及丧葬仪式，其中魏晋代给鼓吹较轻，齐、梁、陈时期代给鼓吹较重；⑥至隋代，“鼓吹”已不存在。

据此可知，《乐典》主要观点是“鼓吹”与“短箫铙歌”大致可以等同，都用于军中凯乐。但“短箫铙歌”早于“鼓吹”出现，直至魏晋，“短箫铙歌”才被称作“鼓吹”，主要用于给赐与葬仪。

（二）引《乐书》《旧唐书·音乐志》述隋唐“鼓吹”

《乐考》引陈旸《乐书》接续“鼓吹”隋唐时期的使用情况：

> 隋大驾鼓吹有㭎鼓，长三尺，朱髹其上，工人青地苣文。大业中，炀帝宴飨用之。……《律书乐图》云：㭎鼓一曲十㩜：一曰《惊雷震》，二曰《猛虎骇》，三曰《挚鸟击》，四曰《龙媒蹀》，五曰《灵夔吼》，六曰《雕鹗争》，七曰《壮士奋怒》，八曰《熊罴哮吼》，九曰《石荡崖》，十曰《波荡壑》，并各有辞，其辞无传焉。太常鼓吹前部用之。中宗时，欲自妃主及五品以上母妻婚葬之日，特给鼓吹。宫官亦然。是不知鼓吹之作，本为军容也。

> 《隋书》鼓吹，车上施层楼，四角金龙，垂流苏、羽葆。唐羽葆之制，悬于架上，其架饰以五采流苏、植羽也。……然则羽葆，其节奏如此而已，《破阵》终焉。岂后世赏军功之乐邪？昔陶侃平苏峻，除侍中、太尉，加羽葆鼓吹，则其为赏功之乐可知矣。今鼓吹骑从者，自羽葆鼓等皆马上击之，其制与隋唐异也。[1]

隋炀帝时“鼓吹”用于宴飨娱乐，与魏晋以来歌颂功德、记述战功的鼓吹曲完全不同，因此《乐考》引《乐典》曰：“至隋，亡”。至唐代，“鼓吹”用来赏赐军功及丧葬仪式，如中宗用于妃主及五品以上母妻婚葬之日。由“鼓吹之作，本为军容”可以看出《乐书》也主张“鼓吹”与“铙歌”之间是等同关系。

《乐考》引《旧唐书·音乐志一》中唐文宗太和三年八月太常礼院的奏言：

---

① （元）马端临：《文献通考》卷一四七，中华书局，2011，第4425~4426页。

谨按凯乐，鼓吹之歌曲也。……魏、晋以来，鼓吹曲章，多述当时战功。是则历代献捷，必有凯歌。太宗平东都，破宋金刚，其后苏定方执贺鲁，李勣平高丽，皆备军容凯歌入东都。谨检贞观、显庆、开元《礼书》，并无仪注。今参酌古今，备其陈设及奏歌曲之仪如后。凡命将征讨，有大功献俘馘者……其凯乐用铙吹二部……鼓吹振作，迭奏《破阵乐》、《应圣期》、《贺朝欢》、《君臣同庆乐》等四曲。[①]

由“凯乐，鼓吹之歌曲”及魏晋南北朝述战功的鼓吹曲也是献捷凯歌的观点，可见唐文宗时期也普遍将“鼓吹”等同于军乐性质的凯乐或“铙歌”。此时鼓吹歌曲主要有《破阵乐》《应圣期》《贺朝欢》《君臣同庆乐》四曲，而《乐府诗集·鼓吹曲辞》收作《唐凯乐歌辞四首》。将同样具有军乐性质的“凯乐”列入“鼓吹”，这也验证了郭茂倩“鼓吹，一曰短箫铙歌”的说法。

（三）引《国史乐志》《演繁露》等述宋朝“鼓吹”

《乐考》引宋朝《国史乐志》《演繁露》等文献主要记述宋太祖、真宗、仁宗、神宗、徽宗、高宗朝鼓吹曲的留存及使用情况：

太祖皇帝建隆四年十一月，南郊，卤簿使张昭言：“准旧仪，銮驾将出宫入庙，赴南郊斋宿，皆有夜警晨严之制。唐宪宗亲郊……望依旧礼施行。”从之。

乾德六年，判太常寺和岘言：“郊祀有夜警晨严，《六州》、《十二时》及鼓吹回仗时，驾前《导引》三曲，见阙乐章。望差官撰进，下寺教习应奉。”诏诸乐章令岘修撰教习供应。

本朝鼓吹，止有四曲：《十二时》、《导引》、《降仙台》并《六州》为四。每大礼宿斋或行幸遇夜，每更三奏，名为警场。真宗至自幸亳，亲飨太庙，登歌始作，闻奏严，遂诏：“自今行礼罢，乃奏。”政和七年，诏《六州》改名《崇明祀》，然天下仍谓之《六州》，其

① （元）马端临：《文献通考》卷一四七，中华书局，2011，第4426页。

称谓已熟也。今前辈集中大祀大恤，皆有此词。

仁宗既定雅乐，并及鼓吹，且谓警严一奏，不应再用其曲。亲制《奉禋歌》，以备三叠。又诏聂冠卿、李照造辞以配声，下本局歌之，是年郊祀遂用焉。皇祐亲飨明堂，御制《合宫歌》。熙宁亲郊，《导引》；还青城，增《降仙台》曲。

徽宗政和七年，讲礼局奏曰：“古者，王师克捷必奏凯，所以耀武事，旌勋伐……汉有《朱鹭》等十八曲。魏、晋而下，莫不沿尚，尚皆谓铙歌鼓吹曲，各易其名，以纪功烈。今所设鼓吹，唯备警卫而已，未有铙歌之曲，非所以彰休德而扬伟绩也。乞诏儒臣讨论撰述，因事命名，审协声律，播之鼓吹，俾工师习之。凡王师大献则令鼓吹具奏，以耸群听。”从之。①

宋代鼓吹曲主要用于车驾出入的仪仗及郊祀、祭太庙、飨明堂等的夜警晨严，主要有《十二时》《导引》《降仙台》《六州》四曲，“悉用教坊新声”。徽宗时认识到当朝鼓吹曲仅备作警卫之用，而无彰显圣德、军威的铙歌曲，于是令儒臣讨论撰述，但直至宁宗朝才有姜夔所作《圣宋铙歌曲十四篇》。此外，宋代鼓吹曲还有真宗朝《奉禋歌》《合宫歌》、英宗朝《虞主歌》《永祐陵歌》等。可见，宋代“鼓吹”的使用范围更大，“凡王师大献则令鼓吹具奏”说明两者混合在一起使用。

据以上论述可知，《乐考》选择《乐典》等十几条文献，试图勾勒出“鼓吹”的整体发展脉络：汉代大概指短箫铙歌，用于“扬德建武，劝士讽敌”；魏晋南北朝时期，主要用作给赐及葬仪；隋炀帝时用于宴飨娱乐；唐中宗时曾用作婚葬仪式，唐文宗时常用于军中献捷；宋代主要用于卤簿大驾及夜警晨严之制。关于“鼓吹”与“铙歌”关系的表述，多是穿插其中。从所引《乐典》《乐书》等唐宋文献看，除汉代之外，其他时期并没有明确区分两者关系，或者说两者是通用的关系。

观点提出的第二个步骤是《乐考》在对上述引用文献思考、评价的基础上，充分表达自己的观点，主要是“考”的部分。按语曰：

---

① （元）马端临：《文献通考》卷一四七，中华书局，2011，第4429~4431页。

> 《汉志》言，汉乐有四，其三曰黄门鼓吹乐，天子宴群臣之所用；四曰短箫铙歌乐，军中之所用。则鼓吹与铙歌，自是二乐，而其用亦殊。然蔡邕言鼓吹者，盖短箫铙歌，而俱以为军乐，则似汉人已合而为一。但短箫铙歌，汉有其乐章，魏晋以来因之，大概皆叙述颂美时主之功德；而鼓吹则魏、晋以来以给赐臣下，上自王公，下至牙门督将皆有之，且以为葬仪。盖铙歌上同乎国家之雅颂，而鼓吹下侪于臣下之卤簿，非惟所用尊卑悬绝，而俱不以为军中之乐矣。至唐、宋则又以二名合为一，而以为乘舆出入警严之乐。然其所用㧐鼓、金钲、铙鼓、箫、笳、横吹、长鸣、觱篥之属，皆俗部乐也。故郊祀之时，太常雅乐以礼神，鼓吹严警以戒众，或病其雅、郑杂袭，失斋肃寅恭之谊者此也。又鼓吹本军中之乐，郊禋斋宿之时，大驾卤簿以及从官、六军、百执事，舆卫繁多，千乘万骑，旅宿以将事，盖虽非征伐，而所动者众，所谓军行师从是也。则夜警晨严之制，诚不可废。至于册宝、上尊号、奉天书、虞主祔庙皆用之，则不类矣。①

首先，《乐考》提出“鼓吹”与“铙歌”本身是功用不同的两类乐歌，即“鼓吹”用于“天子宴群臣”，“铙歌”为“军中之所用”，依据是蔡邕《礼乐志》关于“汉乐四品”的记载。这是《乐考》考察“鼓吹”“铙歌”相关问题的基本立场，也是对上述文献将两者混作同类的观点的评价和态度。接着以动态眼光分析汉至宋两者的分合关系。以“鼓吹者，盖短箫铙歌”的说法为据，认为汉代似乎已合而为一，都用作军乐。而至魏晋南北朝时，“铙歌”多颂美君主功德，同于国家之雅颂；“鼓吹”则用于给赐臣下及葬礼之仪，同于臣下之卤簿，都没有作为军中用乐。到唐宋时期，两者又合而为一，作为乘舆出入、晨严夜警之乐，但宋代鼓吹曲用于册宝、上尊号、奉天书等仪式，则显不伦不类。

据此可见，《乐考》按语对“鼓吹”“铙歌”关系的考辨主要有以下两大贡献：一是提出“鼓吹”与“铙歌”本身就是两种不同的乐歌，这是对前人将两者混作同类观点的颠覆，也为后人研究“鼓吹”“铙歌”关系提供了新的思路和方向；二是对“鼓吹”与“铙歌”在各个历史时期的具体分合关系进行历时性动态考察，而非单纯地讨论两乐之间的关系，这超

① （元）马端临：《文献通考》卷一四七，中华书局，2011，第4432页。

越了前人集中研究汉代“鼓吹”“铙歌”的做法，为后来人指明了更加客观、科学的论证方法。

三 后来人的相关研究

《乐考》提出“自是二乐”之后，陆续开始有人关注并支持这一观点，清代以朱乾《乐府正义》为主要代表。朱乾在《乐府正义》中对《文献通考》考证的很多问题都作出了回应，如《卷一·附论》中的“马端临汉不郊祀论”及其他卷中经常出现的“端临马氏曰”等。其中有赞同，也有反对。《卷三·鼓吹曲辞》解题中整体引用《乐考二十》对“鼓吹”的相关论述，并作按语着重分析了《汉鼓吹铙歌》内容与功用相悖的现象及“鼓吹”“铙歌”之间的关系问题：

> 端临马氏曰：“按《汉志》言，汉乐有四，其三曰黄门鼓吹乐，天子宴群臣之所用；四曰短箫铙歌乐，军中之所用。则鼓吹与铙歌，自是二乐，而其用亦殊。……又鼓吹本军中之乐，郊禋斋宿之时，大驾卤簿以及从官、六军、百执事，舆卫繁多，千乘万骑，旅宿以将事，盖虽非征伐，而所动者众，所谓军行师从是也。则夜警晨严之制，诚不可废。至于册宝、上尊号、奉天书、虞主祔庙皆用之，则不类矣。”
>
> （乾）按：蔡邕以短箫铙歌为军乐，所谓军乐者必如《灵夔吼》《雕鹗争》之类，方合凯歌本义。今按《汉铙歌十八曲》并不言军旅之事，何缘得为军乐？然则铙歌本军乐，而十八曲者，盖汉曲失其传也。缘汉采诗民间，不曾特制凯奏，故但取铙歌为军乐之声，而未暇厘正十八曲之义。其时亦知不类军乐，故汉乐虽分四品，而黄门鼓吹与短箫铙歌二者，合而为一。用之享宴、食举及大驾前后部鼓吹，并以给赐臣下。亦未闻用之凯奏者，而《古今注》遂以短箫铙歌为鼓吹之一章矣。至马氏所云“铙歌上同乎国家之雅颂”，亦指魏晋以后而言。若十八曲，除《朱鹭》《上之回》《上陵》《将进酒》《君马黄》《圣人出》《临高台》《远如期》《石留》九篇，余岂有雅颂之意哉？[①]

---

① （清）朱乾：《乐府正义》卷三，乾隆五十四年（1789）秬香堂刻本。

关于《汉铙歌十八曲》内容与功用相悖的原因，《乐府正义》认为可能是十八曲的歌辞采自民间，声调缘于军乐，而声调失传，歌辞之义又没有得到及时厘正，以致产生了歌辞内容与军乐功用的矛盾。关于“黄门鼓吹”与“短箫铙歌”的关系，《乐府正义》认为正因为当时就觉得《汉铙歌十八曲》不像军乐，所以汉乐虽然分为四品，但具体使用时仍将“黄门鼓吹”与“短箫铙歌”合而为一，同时用于宴飨、食举及大驾、给赐等；又因没有短箫铙歌用于凯奏的文献记载，所以《古今注》提出“短箫铙歌，鼓吹之一章”的说法。

据此可知，《乐府正义》首先承认汉代“鼓吹”与“铙歌”本身是两种乐类，“鼓吹”用于宴飨、食举及大驾、给赐，而“铙歌”本是军乐。但因为《汉铙歌十八曲》曲调失传，歌辞又不像军乐，所以汉代在具体使用时混作一类，同时用于宴飨等场合。而魏晋之后，就如《乐考》所说“铙歌上同乎国家之雅颂”了。可见《乐府正义》对《乐考》观点主要有两点推进：一是对“鼓吹”与“铙歌”在东汉的实际同一关系作出了肯定判断，因为《乐考》曰“似汉人已合而为一”；二是对汉代两乐混作一类原因的分析为我们解决“鼓吹”“铙歌”相关问题提供了新的思考方向，因为如果确实“未闻用之凯奏者”，那么《朱鹭曲》等十八曲的军乐性质也是值得怀疑的。

近现代以来，关于这一问题的研究仍在继续。主要分两个方向：一是沿着《乐府诗集》“鼓吹，一曰短箫铙歌”“黄门鼓吹、短箫铙歌与横吹曲，得通名鼓吹”的说法，作出进一步阐释，其中以萧涤非、王运熙及韩宁为代表；二是顺着《乐考》“鼓吹与铙歌，自是二乐”的方向，作出更明确的论述，主要以曾智安为代表。

萧涤非在“论《鼓吹》与《铙歌》非二乐”部分，评价《乐府诗集》“通名鼓吹”说法“其言甚确”，并对《乐考》“自是二乐”等观点提出批评：

> 至马端临《文献通考》，则更疑《鼓吹》与《铙歌》根本即为二乐，所作《铙歌鼓吹辨》云：“《鼓吹》与《铙歌》自是二乐，其用亦殊，似汉人已合而为一。”又云：“盖《铙歌》上同乎国家之雅颂，而《鼓吹》下侪乎臣下之卤簿。”不知所谓《鼓吹》者，其在西汉盖即《短箫铙歌》，原本“合而为一”。惟至武帝时复有《横

吹》之输入，而《鼓吹》本身又以当时贵族嗜好之狂热，施用不一，已不尽为军乐，因而性质与内容发生分化作用，故至东汉明帝时遂分为二品，而有所谓《黄门鼓吹》。于是本为《鼓吹》之《短箫铙歌》乃反由主体变为附庸，即崔豹所云“《短箫铙歌》，《鼓吹》之一章耳”是也。原由合而分为二，非由二而合为一也。至谓《铙歌》上同国家雅颂，《鼓吹》下侪臣下卤簿，则亦不然。按《汉书·韩延寿传》：“延寿在东郡时，试骑士，治饰兵车，总建幢棨，植羽葆，鼓车歌车，于是望之劾奏延寿上僭不道。延寿竟坐弃市。”所谓鼓车歌车，孟康注曰：“如今郊驾时车上鼓吹也。”颜师古云：“郊驾，郊祀时所备法驾也。”然则《鼓吹》非天子不得僭用，又安见其“下侪乎臣下之卤簿”耶？[1]

以上对《乐考》的批评主要集中在两点。①关于“鼓吹”与“铙歌”在汉代的具体关系。萧涤非认为，西汉时两者即已合一，随着“鼓吹”使用范围的扩大，东汉时分为二乐，并非如《乐考》所说由二合为一。②关于“鼓吹”作卤簿之用的具体对象。萧涤非举《汉书》记载的韩延寿僭用鼓车歌车，被人弹劾获罪的例子，说明“鼓吹”非天子不得僭用，并非如《乐考》所说“下侪于臣下之卤簿”。这两点批评有一定道理，但其中有两个问题值得进一步思考：①西汉关于“铙歌”的文献记载有限，如何确定“鼓吹”与“铙歌”的关系是合而为一的？②所举韩延寿的例子是西汉宣帝时，而《乐考》所说“下侪于臣下之卤簿”是指“魏晋以来”，这样的例证如何解释？

王运熙《乐府诗述论》（增补本）评价《乐府诗集》“通名鼓吹”的说法“是对的”，并进一步阐明其原因：

汉代的短箫铙歌与横吹曲，均受西方外族音乐的影响，在当时均为俗乐，故与出自民间的第三品黄门鼓吹乐同由掌管俗乐的黄门乐署统辖，同由黄门鼓吹乐人演奏，故“得通名鼓吹”。[2]

---

① 萧涤非：《汉魏六朝乐府文学史》，人民文学出版社，1984，第48~49页。

② 王运熙：《乐府诗述论》（增补本），上海古籍出版社，2006，第233页。

可见，其主要从乐曲的统辖部门及乐人演奏的角度谈“黄门鼓吹”与“短箫铙歌”的关系。“短箫铙歌”“横吹曲”“黄门鼓吹”均由黄门乐署统一管辖，并由黄门鼓吹乐人演奏，因此“得通名鼓吹”。韩宁《鼓吹横吹曲辞研究》对这一观点作进一步解说，认为黄门一职是天子最常接触的侍从，“黄门鼓吹乐”也是与天子日常生活关系最密切的一类乐曲。因此变化较大、内容更丰富，可能还承担了“大予乐”“雅颂乐”等之外的演奏功能。又因“短箫铙歌”的演奏部门及演奏人员不见文献记载，可以推测在汉代“短箫铙歌”并没有专门的演奏机构和演奏人员，它的演奏由黄门鼓吹乐人来承担，所以就将“短箫铙歌”曲辞列入了“黄门鼓吹乐”。[①] 王运熙和韩宁的一系列观点很有道理，但是有一些观点尚无法以文献夯实，如汉代文献中尚未找到黄门鼓吹乐人演奏“短箫铙歌”的相关记载。

曾智安在《乐府诗音乐形态研究——以曲调考察为中心》第一章“汉鼓吹曲性质新论”中专列第二节探讨“鼓吹”与“铙歌”的关系。他认为在汉代文献中，“短箫铙歌”只有蔡邕《礼乐志》一处提及，而“鼓吹”和“黄门鼓吹”随处可见。据汉代文献记载，“鼓吹”“黄门鼓吹”多用于天子宴乐群臣、赏赐臣下、道路出行、宗庙食举、册封仪式等场合，均没有表现出“短箫铙歌”“建威扬德，风劝士”的性质，因此“鼓吹”与“铙歌”当为两类。同时对《乐考》“自是二乐”的观点予以肯定：

> 虽然马端临对“鼓吹”的功用理解略有偏颇，但指出“铙歌”与“鼓吹”本是两种音乐却极有道理。[②]

可见因为“短箫铙歌”文献记载的缺失，这一结论也有推测的成分。但以上推测基于大量的汉代史实记载和严密的逻辑分析，所以结论还是比较可信的。

综上所述，“鼓吹”与“铙歌”的关系，目前尚无定论，相关研究与讨论仍在继续。沿着《乐府诗集》“通名鼓吹”的方向，萧涤非等人

① 韩宁：《鼓吹横吹曲辞研究》，北京大学出版社，2009，第 18~23 页。

② 曾智安：《乐府诗音乐形态研究——以曲调考察为中心》，北京大学出版社，2013，第 28 页。

的研究及主张已相对成熟；而顺着《乐考》“自是二乐”的方向，曾智安等人的结论比较新颖，研究也相对薄弱。但《乐考》这一观点的提出及后来人的进一步研究为“鼓吹”“铙歌”关系问题的解决带来另一种可能性，同时也为《汉鼓吹铙歌》军乐性质等其他问题的解决打开了新的思路。

四 《文献通考·乐考》对“鼓吹”“铙歌”关系认识的合理性及不足之处

由以上论述可知，从蔡邕《礼乐志》、崔豹《古今注》至《宋书·乐志》《乐府诗集》，“鼓吹”与“铙歌”逐渐混作一类。直到《乐考》提出“自是二乐”的观点，并对两乐的具体分合关系进行历时、全面的考察，发现将“鼓吹”与“铙歌”混合通用的做法可能并不符合历史实际。朱乾等后来人沿着这一方向进一步推进，尤其是曾智安的相关论述有力支持了《乐考》观点。这些后来人的相关研究也从侧面体现了《乐考》对两乐关系认识的合理性。

这一合理性主要体现在两个方面。一方面“自是二乐”的说法和随时间推移的分合变化比较符合“鼓吹”与“铙歌”之间的真实关系。正如前文所说，“鼓吹”一词最早出现于西汉，起初可能用于“出入弋猎”的道路仪仗，之后逐渐用于“天子宴乐群臣”、宗庙食举、赏赐军功、册封仪式、日常娱乐等场合，历史文献中多有记载。“铙歌”一词最早出现于蔡邕《礼乐志》“其短箫铙歌，军乐也”，东汉时应该用于军中，此后的历史文献中几无记载。可见至少在东汉，“鼓吹”与“铙歌”是两种不同的音乐类别。至魏晋南北朝，“鼓吹”延续了汉代“鼓吹”的主要功用，分别用于给赐、出行、征战、葬仪及娱乐等场合，其中“给赐”代替“道路仪仗”成为其主要功用，而具有军乐性质的“铙歌”则被凯歌、凯乐所替代。因此，“鼓吹”与“铙歌”本是两种功用不同的乐歌，只是由于“铙歌”较少出现在历史文献中，又加上《古今注》等文献的贸然判定，两者逐渐混为一体。《乐考》“自是二乐”观点的提出提醒我们重新审视两乐关系很有必要，同时也为后人研究两乐关系开辟了另一种可能和思路。至唐代，用于军中献捷的《破阵乐》《应圣期》《贺朝欢》《君臣同庆乐》四曲同样用于宴乐群臣及道路出行等场合；宋徽宗时“凡王师大献则令鼓吹具奏”[①]，可见两者也是混在一起使用的。

另一方面，《乐考》对“鼓吹”与“铙歌”关系进行历时性动态考察，而非单纯地讨论两乐关系，这一考察角度为今后的进一步研究指出了更加客观、科学的论证方法。因为多数研究将目光集中于汉代，而对魏晋之后的具体情况关注较少。事实上从动态、发展的角度串联起来整体探讨，可能更容易找出相关问题的症结所在。如曾智安在《乐府诗音乐形态研究——以曲调考察为中心》第一章“汉鼓吹曲性质新论”中将《宋书·乐志》收录的汉、曹魏、东吴、西晋、刘宋不同时期的同类鼓吹曲联系在一起对比考察，发现只有汉、刘宋两个时期将鼓吹曲命名为“鼓吹铙歌”，其他时期均作“鼓吹”，并且汉、刘宋两个时期的“鼓吹铙歌”乐曲排序一致，而与曹魏、东吴、西晋“鼓吹”相矛盾；又发现何承天《鼓吹铙歌十五篇》原名为《铙歌诗》，这组乐曲作于东晋，却收录于刘宋之后，疑点诸多。将这些疑点联系起来，整体思考，逐一解决，最后得出“‘鼓吹’与‘短箫铙歌’实则可能为汉代的两类音乐”的结论。[②] 可见动态、全局的考察角度对于一些复杂疑难问题的解决能起到事半功倍之效。

但从对“自是二乐”观点的论述及对两乐关系的具体论证过程看，《乐考》也存在一些不妥当的地方，主要表现在对汉“鼓吹”“铙歌”的关系判断及魏晋南北朝时期两乐的具体功能分析上。关于汉代“鼓吹”“铙歌”的论述主要是“然蔡邕言鼓吹者，盖短箫铙歌，而俱以为军乐，则似汉人已合而为一”一句，其中“鼓吹者，盖短箫铙歌”并非蔡邕所说，蔡氏只是提到“其短箫铙歌，军乐也”，并将“黄门鼓吹”与“短箫铙歌”明显分开。因此《乐考》所得结论“似汉人已合而为一”可能是不成立的，而一个“似”字也表明《乐考》的判断具有很强的不确定性。也就是说，东汉时期，“鼓吹”与“铙歌”应该是分开的。

关于魏晋南北朝“鼓吹”“铙歌”的功能分析主要是以下几句：

> 但短箫铙歌，汉有其乐章，魏晋以来因之，大概皆叙述颂美时主之功德；而鼓吹则魏、晋以来以给赐臣下，上自王公，下至牙门督将皆有之，且以为葬仪。盖铙歌上同乎国家之雅颂，而鼓吹下侪于臣下

---

① （元）马端临：《文献通考》卷一四七，中华书局，2011，第 4431 页。

② 曾智安：《乐府诗音乐形态研究——以曲调考察为中心》，北京大学出版社，2013，第 10~30 页。

之卤簿，非惟所用尊卑悬绝，而俱不以为军中之乐矣。[①]

这段文献的表述主要存在两个问题。①将汉《朱鹭》等乐曲当作“短箫铙歌”，因此说“汉有其乐章”。之后依次有《魏鼓吹曲》《晋鼓吹曲》《宋鼓吹铙歌》《梁鼓吹曲》，歌辞内容以纪战功、颂功德为主，因此得出“铙歌上同乎国家之雅颂”。但这些乐曲除了歌辞内容涉及军事战功之外，并没有用作军乐的文献记载，反而多用于宴乐群臣、给赐功臣、道路仪仗等场合，因此如曾智安所说这些乐曲的真正身份应该都是“鼓吹”，而非“短箫铙歌”、“铙歌”或者“鼓吹铙歌”。[②] ②对“鼓吹”的功能分析稍有偏颇。魏晋以来，“鼓吹”确实多用于给赐功臣、道路仪仗及葬仪等场合，魏晋时期也存在“牙门督将五校，悉有鼓吹”的现象，如《通典·乐典六》记载：

魏晋代给鼓吹甚轻，牙门督将五校，悉有鼓吹。晋江左初，临川太守谢摛每寝，梦闻鼓吹。有人为占之曰：“君不得生鼓吹，当得死鼓吹。”摛击杜弢战殁，追赠长水校尉，葬给鼓吹焉。谢尚为江夏太守，诣安西将军庾翼于武昌谘事，翼以鼓吹赏尚射，破便以其副鼓吹给之。齐梁至陈则甚重矣，各制曲词以颂功德焉。[③]

但并非如《乐考》所说“下侪于臣下之卤簿”。如《乐七》记载《皇帝幸东宫鼓吹作议》：

晋武帝时，仪曹关皇太子：“某月某日纳妃，依礼，旧不作乐。未审至尊明幸东宫，应作鼓吹与不？”舆曹郎虞龢议谓：“舆驾度宫，虽为婚行，迹实游情求治，作鼓吹非嫌。”[④]

晋武帝行幸东宫时是否用鼓吹尚需讨论一番，可见当时鼓吹的使用是比较

---

① （元）马端临：《文献通考》卷一四七，中华书局，2011，第4432页。

② 曾智安：《乐府诗音乐形态研究——以曲调考察为中心》，北京大学出版社，2013，第34页。

③ （唐）杜佑：《通典》卷一四六，中华书局，2011，第3731页。

④ （唐）杜佑：《通典》卷一四七，中华书局，2011，第3764页。

严格的，并非随意用于臣下之卤簿。总之，魏晋南北朝时期，模仿汉《朱鹭》等十八曲的魏、吴、晋、宋、梁等乐曲并不是用作军乐的铙歌，而是用于给赐功臣、道路仪仗的鼓吹曲，至于铙歌则逐渐被凯乐所代替。另外，“短箫铙歌，汉有其乐章”“鼓吹本军中之乐”等说法的存在也反映出《乐考》并没有将“鼓吹”“铙歌”之间的关系彻底弄清楚。

总而言之，《乐考二十》专门列出“鼓吹”一类，引用《乐典》《乐书》等十几种文献，并自撰按语深入分析论述，可以看出《乐考》在有意识地探讨并试图解决“鼓吹”“铙歌”发展过程中的关系问题。“自是二乐”观点的提出和动态历时性考察的方法是其最大贡献，值得后人参考借鉴。但受前人传统观点的影响及历史时代所限，《乐考》对“鼓吹”相关问题的认识并不够成熟，这也为后来人留出了更多的研究空间。此外，《乐考》对“鼓吹”与“铙歌”关系的考辨进一步证明《汉鼓吹铙歌十八曲》极有可能不是军乐。因为据以上研究可知，“鼓吹”与“铙歌”本身是两类功用不同的乐类，而据曾智安考察，“鼓吹铙歌”的概念又不见于汉代文献①，因此《汉鼓吹铙歌十八曲》应该称为“鼓吹”，或者“铙歌”，而不能合称为“鼓吹铙歌”。又赵敏俐对这组乐曲在汉代文献中使用场合的考察②，显然也更符合“鼓吹”的功能描述。因此以《朱鹭》为代表的十八首汉乐府歌诗是“鼓吹曲”，而非“铙歌”，一直以来的“军乐说”更值得怀疑了。

---

① 曾智安：《乐府诗音乐形态研究——以曲调考察为中心》，北京大学出版社，2013，第11页。

② 赵敏俐：《周汉诗歌综论》，学苑出版社，2002，第368~370页。

“正声”观念与白居易讽喻诗的编撰*

任雅芳

（西北大学文学院，西安，710127）

摘　要：白居易讽喻诗多表达出对“正声”的追求，其乐教观念主要源于《礼记·乐记》，不仅重视理论的继承，也结合了中唐的现实新变，探索出可与诗歌内容相表里的音乐表达；其诗教观念则源自《诗经》，重在发覆“正声”的刺世精神，从而将风雅比兴的现实批判性推向极致。在《新乐府》《秦中吟》这两组诗的编撰过程中，白居易更是富有创意地融合“乐教”与“诗教”，借鉴《礼记·乐记》《诗经》内在的思维逻辑，将其交错运用于诗歌的创作与编次，从而深刻地影响了《新乐府》《秦中吟》的文本面貌，同时也在一定程度上扩大了两者的传播差异。

关键词：白居易　“正声”　讽喻诗

作者简介：任雅芳，女，文学博士，西北大学文学院讲师，研究方向为唐代文学。

白居易的讽喻诗屡屡言及“正声”，可知诗人对于这一富有儒家政教意味的观念有深意寄焉。因“正声”兼有乐教和诗教的双重内涵，并与白氏讽喻代表作《秦中吟》《新乐府》的编撰形态相表里，故而爬梳白诗中“正声”的理论导源并考察其如何作用于诗歌创作，有助于更深入地理解

* 本文系教育部人文社科研究青年基金项目“东亚文化圈中《白氏文集》的书籍史研究”（18YJC751039）阶段性成果。

白居易讽喻诗的构思、编次与文学特色的形成等问题。

一 《礼记·乐记》的乐教观念与白居易讽喻诗的“正声”追求

（一）“审乐知政”与“正声”失坠的忧虑

儒家倡导礼乐治国，素来重视音乐在政教方面的作用。《国语》载师旷论新声，《左传》载季札观周乐，史册中此类“乐与政通”的例证历代不乏。《论语》《荀子·乐论》等儒家经典也多存乐教的相关论说。而《礼记·乐记》则最为系统地阐述了音乐与心性、情志的互动关系，展现出礼、乐相辅相成，以达先王之道的内在逻辑推进过程。

《白氏六帖》卷十八“正声”条云：“正声感人，顺气应之，顺气成象而和乐兴焉。”① 此文即出自《礼记·乐记》，可知白居易“正声”观念的理论导源。《秦中吟·议婚》开篇一句“天下无正声”，道尽了对雅正之音沦没的不满，而“正声”失坠的问题在《新乐府》中有更多细节呈现。白居易作《新乐府》五十首原是受到李绅、元稹的启发，可惜李绅之作已佚，今存元稹《和李校书新题乐府十二首》可与白诗相参。元白乐府中有多首涉及音乐的同题作品，说明二人在乐教方面有着共同的思考。具体而言，《法曲》《立部伎》《五弦弹》分别反映了对宫廷燕乐、祭祀雅乐、长安俗乐的反思，同时也与《礼记·乐记》的乐教观念形成具体对应（见表1）。

元白在讽喻诗的创作中不仅系统性地运用了《礼记·乐记》的核心观念，也指向了中唐的政治与社会实际，体现了以乐教理论干预现实的目的。白居易的《新乐府》突出强调了“审乐知政”，特以小注标明所指历史事件。如《法曲》“明年胡尘犯宫阙”句后注：“法曲虽似失雅音，盖诸夏之声也，故历朝行焉。玄宗虽雅好度曲，然未尝使蕃汉杂奏。天宝十三载，始诏道调法曲与胡部新声合作，识者深异之。明年冬，而安禄山反也。”② 这便清晰地揭示了音乐上华夷相杂所反映的政治隐患，诗人视其为安史之乱的先声，冀求“正华音”以观得失。

---

① （唐）白居易：《白氏六帖》卷一八，静嘉堂文库藏北宋刊本。

② （唐）白居易：《宋本白氏文集》第1册，国家图书馆出版社，2017，第75页。

表 1　元白诗句与《礼记 · 乐记》对照①

<table>
<tr><th>题目</th><th>诗句</th><th>对应《礼记 · 乐记》</th><th>说明</th></tr>
<tr><td rowspan="2">白居易
《法曲》</td><td>法曲法曲合夷歌，夷声邪乱华声和。以乱干和天宝末，明年胡尘犯宫阙。乃知法曲本华风，苟能审音与政通。一从胡曲相参错，不辨兴衰与哀乐。</td><td>是故审声以知音，审音以知乐，审乐以知政，而治道备矣。</td><td>“乐与政通”的观念继承。</td></tr>
<tr><td>愿求牙旷正华音，不令夷夏相交侵。</td><td rowspan="2">凡奸声感人而逆气应之，逆气成象而淫乐兴焉；正声感人而顺气应之，顺气成象而和乐兴焉。</td><td rowspan="2">“正声”对“奸声”；“奸声”致乱象。</td></tr>
<tr><td rowspan="2">元稹
《立部伎》</td><td>我闻此语叹复泣，古来邪正将谁奈。奸声入耳佞人心，侏儒饱饭夷齐饿。</td></tr>
<tr><td>宋晋郑女歌声发，满堂会客齐喧歌。</td><td rowspan="2">文侯曰：“敢问溺音何从出也？”子夏对曰：“郑音好滥淫志，宋音燕女溺志，卫音趋数烦志，齐音敖辟乔志。此四者皆淫于色而害于德，是以祭祀弗用也。”</td><td rowspan="2">“雅音”对“溺音”。“宋音郑女歌声发”属“溺音”，不可用以祭祀。</td></tr>
<tr><td>白居易
《立部伎》</td><td>立部又退何所任，始就乐悬操雅音。雅音替坏一至此，长令尔辈调宫徵。圆丘后土郊祀时，言将此乐感神祇。欲望凤来百兽舞，何异北辕将适楚。</td></tr>
<tr><td>白居易
《五弦弹》</td><td>（《五弦弹》小序云：“恶郑之夺雅也。”）
尔听五弦信为美，吾闻正始之音不如是。……人情重今多贱古……
（《秦中吟 · 五弦》：嗟嗟俗人耳，好今不好古。）</td><td>魏文侯问于子夏曰：“吾端冕而听古乐则唯恐卧，听郑卫之音则不知倦。敢问古乐之如彼，何也？新乐之如此，何也？”子夏对曰：“今夫古乐，进旅退旅，和正以广。……今夫新乐，进俯退俯，奸声以滥，溺而不止。”</td><td>“古乐”对“新乐”。“古乐”为雅正之声，“新乐”则为郑卫之音、奸声。</td></tr>
</table>

《礼记 · 乐记》往往通过对举的概念表达乐教理论，而元白诗作对此借鉴颇深。“正声”与“奸声”、“雅音”与“溺音”、“古乐”与“新乐”

① 表中白居易诗文出自（唐）白居易《宋本白氏文集》第 1 册，国家图书馆出版社，2017，第 74~86 页。元稹诗文出自《元稹集》卷二四，冀勤点校，中华书局，1982，第 284 页。《礼记 · 乐记》之文出自（清）阮元校刻《十三经注疏 · 礼记正义》卷三七至卷三九，中华书局，2009，第 3311~3341 页。

即三组对立的音乐表现，其中“雅音”“古乐”节制、和缓，听之使人平和规正，其音声特点与文化意蕴合于“正声”；“溺音”“新乐”则烦滥、激荡，使人心乱志销，乃“奸声”之属。元白的作品着重书写唐代雅乐的衰落与西域胡乐的流行，为原有的乐教概念赋予了新的时代内涵。白居易更将《礼记·乐记》的概念体系有层次地对应了宫廷到民间的音乐风尚，并呈现出“审乐知政—以乐化俗”的完整乐教机制，说明诗人在继承乐教理论的同时，对唐代现实有着整体且深入的思考。

（二）“正声”对应的乐器与君子“广乐成教”

音乐依赖乐器展现艺术效果。《礼记·乐记》载子夏答魏文侯问乐事，述及雅正之乐对应的乐器：“圣人作为鞉、鼓、椌、楬、埙、篪，此六者，德音之音也。然后钟磬竽瑟以和之，干戚旄狄以舞之，此所以祭先王之庙也，所以献酬酳酢也，所以官序贵贱各得其宜也，所以示后世有尊卑长幼之序也。”① 上举乐器分属八音，即金、石、丝、竹、匏、土、革、木。因材质有别，音色各异，音乐功能自不同，继而子夏详叙了钟磬、琴瑟、竽笙箫管与鼓鼙之声的特性及对具体情志的感发。其所叙乐器又多见于白居易讽喻诗中，可知白诗不仅是摹写现实，也有明显的文化指向。

随着时代变迁与胡汉文化交融，中唐的不少乐器形制、演奏方式早已异于古时。白居易《新乐府·立部伎》云：“坐部退为立部伎，击鼓吹笙和杂戏。”②《新唐书·礼乐志》载：“鼓舞曲，皆龟兹乐也。”③ 鼓、笙与散乐百戏杂奏，显然是融合了胡乐的新风尚。《礼记·乐记》云：“竹声滥，滥以立会，会以聚众。君子听竽笙箫管之声则思畜聚之臣。鼓鼙之声欢，欢以立动，动以进众。君子听鼓鼙之声则思将帅之臣。”④ 击鼓吹笙原有的政治含义在胡风的冲击下消散瓦解，诗人对“正声”失坠的批判亦在其中。白诗中有关琴、瑟、磬的书写更为详尽，部分言辞甚至直接脱胎于《礼记·乐记》（见表2）。

---

① （清）阮元校刻《十三经注疏·礼记正义》卷三九，中华书局，2009，第3340页。
② （唐）白居易：《宋本白氏文集》第1册，国家图书馆出版社，2017，第77页。
③ 《新唐书》卷二二《礼乐十二》，中华书局，1975，第474页。
④ （清）阮元校刻《十三经注疏·礼记正义》卷三九，中华书局，2009，第3341页。

表 2　白诗中的乐器与《礼记·乐记》对照①

<table>
<tr><th>乐器</th><th>题目</th><th>诗句</th><th>对应《礼记·乐记》</th></tr>
<tr><td rowspan="5">琴</td><td>《清夜琴兴》</td><td>心积和平气，木应正始音。
正声感元化，天地清沉沉。</td><td rowspan="5">使耳、目、鼻、口、心知百体皆由顺正，以行其义，然后发以声音，而文以琴瑟……是故清明象天，广大象地……故乐行而伦清，耳目聪明，血气和平，移风易俗，天下皆宁。

丝声哀，哀以立廉，廉以立志。君子听琴瑟之声，则思志义之臣。</td></tr>
<tr><td>《废琴》</td><td>丝桐合为琴，中有太古声。
古声淡无味，不称今人情。
玉徽光彩灭，朱弦尘土生。
废弃来已久，遗音尚泠泠。
不辞为君弹，纵弹人不听。
何物使之然，羌笛与秦筝。</td></tr>
<tr><td>《秦中吟·五弦》</td><td>所以绿窗琴，日日生尘土。</td></tr>
<tr><td rowspan="3">《新乐府·五弦弹》</td><td>……古琴有弦人不抚。</td></tr>
<tr><td>更从赵璧艺成来，二十五弦不如五。</td></tr>
<tr><td>瑟</td><td>正始之音其若何，朱弦疏越清庙歌。一弹一唱再三叹，曲澹节稀声不多。融融曳曳召元气，听之不觉心平和。</td><td>清庙之瑟，朱弦而疏越，一倡而三叹，有遗音者矣。</td></tr>
<tr><td>磬</td><td>《新乐府·华原磬》</td><td>梨园弟子调律吕，知有新声不如古。古称浮磬出泗滨，立辨致死声感人。宫悬一听华原石，君心遂忘封疆臣。果然胡寇从燕起，武臣少肯封疆死。始知乐与时政通，岂听铿锵而已矣。</td><td>石声磬，磬以立辨，辨以致死。君子听磬声，则思死封疆之臣。……君子之听音，非听其铿鎗而已也，彼亦有所合之也。</td></tr>
</table>

白诗中的音声描写与闻乐而生发的政治感思多可在《礼记·乐记》中寻到蓝本，尤其《新乐府》之《五弦弹》《华原磬》所用语句几近于原文。作为“正声”的音乐载体，琴与瑟在白诗中最具典型性。白居易笔下的琴瑟之声虽是太古遗音，却受时俗摒弃，其文化意义在与流行乐器的对比中愈加鲜明。

五弦为胡音之典型，《新唐书·礼乐志》云：“五弦，如琵琶而小，北

① 表中白居易诗文出自（唐）白居易《宋本白氏文集》第 1 册，国家图书馆出版社，2017，第 13、45、77、86、123 页。《礼记·乐记》之文出自（清）阮元校刻《十三经注疏·礼记正义》卷三七至卷三九，中华书局，2009，第 3311~3341 页。

国所出，旧以木拨弹，乐工裴神符初以手弹，太宗悦甚，后人习为搊琵琶。”[①] 白居易描写赵璧弹五弦的音乐效果是“坐客闻此声，形神若无主”[②]，“曲终声尽欲半日，四坐相对愁无言”[③]，既表现出演奏者的高超技艺，也暗示淫乐溺人的一面。除了五弦，《废琴》又点出琴为羌笛、秦筝所斥。“纵弹人不听”，不仅感慨“正声”的沦没，更以琴喻人，勾勒出志向高远而不得施展的士大夫形象。

“正声”对应特定的乐器，同时也与制乐之人关系紧密。磬本是雅正之器，而材质与乐工调定音声的变化却能对其产生根本性的影响。《礼记·乐记》云：“石声磬，磬以立辨，辨以致死。”[④] 白居易认为只有泗滨磬可承载传统的乐教思想，新出的华原磬则不具此意。元稹亦云：“华原软石易追琢，高下随人无《雅》《郑》。”[⑤] 泗滨与华原皆产石，然质地有别。乐工选用后者，是出于音律和美的考虑，如白居易题下注曰：“询诸磬人，则曰：‘故老云：泗滨磬下调之不能和，得华原石考之乃和。’”[⑥] 调律吕而废古义，使得华原磬失去了“思死封疆之臣”的音乐联想，也与安史之乱后“武臣少肯封疆死”的现实呼应起来。可见，制乐之人对维系“正声”起着至关重要的作用，故《华原磬》小序云：“刺乐工非其人也。”[⑦]

不过，白居易并未将振起“正声”的理想寄托在乐工身上，而是积极地反思统治阶层匡正乐教之失的职责，如《立部伎》云：“工师愚贱安足云，太常三卿尔何人。”[⑧] 乐工虽以音律为业，但非君子之属，自不可掌礼乐。《礼记·乐记》云：“君子乐得其道，小人乐得其欲。以道制欲，则乐而不乱；以欲忘道，则惑而不乐。是故君子反情以和其志，广乐以成其教。乐行而民乡方，可以观德矣。”[⑨] 君子与小人的追求不同，小人一味应和流行的音乐审美，而君子当“以道制欲”，承担起“广乐以成其教”的重任。

---

① 《新唐书》卷二一《礼乐十一》，中华书局，1975，第 471 页。
② （唐）白居易：《宋本白氏文集》第 1 册，国家图书馆出版社，2017，第 45 页。
③ （唐）白居易：《宋本白氏文集》第 1 册，国家图书馆出版社，2017，第 86 页。
④ （清）阮元校刻《十三经注疏·礼记正义》卷三九，中华书局，2009，第 3341 页。
⑤ 《元稹集》卷二四，冀勤点校，中华书局，1982，第 279 页。
⑥ （唐）白居易：《宋本白氏文集》第 1 册，国家图书馆出版社，2017，第 77 页。
⑦ （唐）白居易：《宋本白氏文集》第 1 册，国家图书馆出版社，2017，第 77 页。
⑧ （唐）白居易：《宋本白氏文集》第 1 册，国家图书馆出版社，2017，第 77 页。
⑨ （清）阮元校刻《十三经注疏·礼记正义》卷三八，中华书局，2009，第 3330 页。

（三）白居易讽喻诗的音乐呈现方式

《新乐府》通常被认为是不入乐的，如郭茂倩《乐府诗集》云：“以其辞实乐府，而未常被于声，故曰新乐府也。”① 然白居易序曰：“其体顺而肆，可以播于乐章歌曲也。”② 可知即便未曾实际入乐，白居易创作时仍预设过诗歌的音乐表达。陈寅恪即认为《新乐府》“乃用毛诗，乐府古诗，及杜少陵诗之体制，改进当时民间流行之歌谣”③。

白诗中偶有关于文人咏唱《新乐府》的记载。《效陶潜体诗十六首》云：“我有乐府诗，成来人未闻。今宵醉有兴，狂咏惊四邻。”④ 除了自咏，白居易还将《新乐府》三十章寄与唐衢为哭词。唐衢本以善哭著称，崔涂《声》云：“韩娥绝唱唐衢哭，尽是人间第一声。”⑤ 显然，与一般咏唱相比，唐衢之哭的感染力与音乐性更为突出，而这与白居易对《新乐府》所作的音乐预设有着内在的一致性。如《寄唐生》云“非求宫律高”，可见白居易并不执着于高超的技艺，“琴淡音声稀”则暗示《新乐府》的音乐内涵。白居易引唐衢为同调，说明其悲哭亦与琴声有相通之处，具体表现为以下两点。

第一，呈现“哀”的情感基调。《旧唐书·唐衢传》载：“（唐衢）见人文章有所伤叹者，读讫必哭，涕泗不能已。每与人言论，既相别，发声一号，音辞哀切，闻之者莫不凄然泣下。”⑥《礼记·乐记》云“丝声哀”，孔颖达疏：“哀谓哀怨也，谓声音之体婉妙，故哀怨矣。”⑦ 唐衢哭声哀切，而琴声哀怨，两者具有同质的情感属性，打动人心的作用机制应相类。

“哀”声也并非皆可等而视之，如《礼记·乐记》云：“亡国之音哀以思，其民困。”孔颖达疏：“乐音悲哀而愁思，言亡国之时民心哀思，故乐音亦哀思，由其人困苦故也。”⑧ 此乐音反映的是困境之下的哀思，闻其声便知有亡国之兆。正声之中虽有“哀”调，但乐音所激发的情志却大不

① （宋）郭茂倩编《乐府诗集》卷九〇，中华书局，1979，第 1262 页。
② （唐）白居易：《宋本白氏文集》第 1 册，国家图书馆出版社，2017，第 69 页。
③ 陈寅恪：《元白诗笺证稿》，商务印书馆，1962，第 114 页。
④ （唐）白居易：《宋本白氏文集》第 1 册，国家图书馆出版社，2017，第 126 页。
⑤ （清）彭定求等编《全唐诗》卷六七九，中华书局，1960，第 7784 页。
⑥ 《旧唐书》卷一六〇，中华书局，1975，第 4205 页。
⑦ （清）阮元校刻《十三经注疏·礼记正义》卷三九，中华书局，2009，第 3341 页。
⑧ （清）阮元校刻《十三经注疏·礼记正义》卷三七，中华书局，2009，第 3311~3312 页。

相同。“丝声哀”使闻者联想到的是方正坚毅的品德与志节，《礼记·乐记》云：“哀以立廉，廉以立志。”孔颖达疏：“哀以立廉者，廉谓廉隅，以哀怨之故能立廉隅，不越其分也。廉以立志者，既不越分，故能自立其志。”① 这说明琴声哀而不失正，婉妙动人却能激发意志。唐衢之哭与琴声在情感联想上具有趋同性，是蕴含积极意义的“哀”，毫不令人心志委顿。

第二，具有共通的音乐内涵。《礼记·乐记》云：“君子听琴瑟之声，则思志义之臣。”孔颖达疏：“言丝声舍志不可犯，故闻丝声而思其事也。”② 琴瑟之声具有明确的现实指向，其对应的“志义之臣”可以说正是唤起唐、白二人情感共鸣的关键。

白居易《新乐府·青石》云：“愿为颜氏段氏碑，雕镂太尉与太师。刻此两片坚贞质，状彼二人忠烈姿。义心如石屹不转，死节如石确不移。如观奋击朱泚日，似见叱诃希烈时。”③ 坚贞不屈的段秀实、颜真卿正是诗人笔下志义之臣的典范。《寄唐生》云：“不悲口无食，不悲身无衣。所悲忠与义，悲甚则哭之。太尉击贼日，尚书叱盗时。大夫死凶寇，谏议谪蛮夷。每见如此事，声发涕辄随。”④ 显然，唐衢曾为同一时事悲极恸哭，可见二人对士大夫的理想人格有着一致的见解与高度认可。

“志义之臣”重在笃志不移，身陷困境仍有捍卫志节的勇气。白居易讽喻诗对中唐现实问题进行了深刻的披露，同时也全方位展露了士大夫应有的政治抱负与社会责任。在《寄唐生》中尤其强调诗人为能针砭时弊，“不惧权豪怒，亦任亲朋讥”⑤。在权力的高压下，在世俗的洪流中诗人仍勇于迎难而上、坚守信念。唐衢亦为同道中人，白居易在诗中感叹：“往往闻其风，俗士犹或非。怜君头半白，其志竟不衰。”⑥

正因二人有共同的内在追求，白居易才期待唐衢以哭的方式对《新乐府》进行有声呈现。即使并不是标准的乐章歌曲，亦不免有过情之处，甚至有伤平和之旨，但其音乐内涵仍合于《礼记·乐记》。可见，白居易努力探索可与诗歌内容相表里的音乐表达，现实中对“正声”的坚守，并非执着于复古的技艺，而更为看重乐教意义上的精神溯源。

① （清）阮元校刻《十三经注疏·礼记正义》卷三九，中华书局，2009，第3341页。
② （清）阮元校刻《十三经注疏·礼记正义》卷三九，中华书局，2009，第3341页。
③ （唐）白居易：《宋本白氏文集》第1册，国家图书馆出版社，2017，第91页。
④ （唐）白居易：《宋本白氏文集》第1册，国家图书馆出版社，2017，第23~24页。
⑤ （唐）白居易：《宋本白氏文集》第1册，国家图书馆出版社，2017，第24页。
⑥ （唐）白居易：《宋本白氏文集》第1册，国家图书馆出版社，2017，第24页。

二 “诗教”与“乐教”的融合：“正声”刺世精神的发覆与白氏讽喻诗的编撰

（一）承续风雅传统与发覆刺世精神

白居易笔下的“正声”并不囿于乐教，同样具有诗教内涵。而白氏标举“正声”也不应被视作孤立的文学现象，而是初唐以来诗坛追求“正声”的延续与发展。

唐人论诗极重雅正。开元间，孙翌择取初唐诗人作品编为《正声集》三卷，开唐人选唐诗之先河，此后的《河岳英灵集》《中兴间气集》等无不受其影响。时人皆以诗入《正声集》为荣，可惜此集已佚，入选者仅能从唐人笔记、碑文、墓志、谱牒中窥见一斑。[①] 其中当数陈子昂最为后世所称。他曾在《修竹篇序》中提出“兴寄”与“风骨”。“兴寄”强化了《诗经》“比兴”传统中“志思蓄愤”的一面，而“汉魏风骨”亦属风雅苗裔，如钟嵘《诗品》评建安代表诗人曹植：“其源出于《国风》。骨气奇高，词采华茂，情兼雅怨，体被文质，粲溢今古，卓尔不群。”[②] 陈子昂的文学观念昭示着初唐诗坛的新气象：六朝的浮靡之风备受鄙夷与抨击，以诗歌来关怀现实、深蕴情志、寄托胸襟成为新的创作趋势。唐人推崇的“正声”虽借用了乐教概念，但主要着眼于诗旨的表达，其关键在于承续《诗经》的风雅精神。

盛唐时，李白踵武陈子昂，推崇“兴寄深微”的古体创作，更在《古风》第一中提出了上追“大雅”的文学主张：“《大雅》久不作，吾衰竟谁陈？……正声何微茫，哀怨起骚人。”[③] “正声”以“大雅”为宗，反映了在政治鼎盛时代文学复古的至高理想，对历史兴废的反思逐渐融入

---

① 据刘肃《大唐新语》卷八，刘希夷作《白头翁咏》，孙翌推其为“集中之最”，“由是稍为时人所称”。赵儋《大唐剑南东川节度观察处置使等使户部尚书兼御史大夫梓州刺史鲜于公为故拾遗陈公建旌德之碑》载陈子昂“有诗十首入《正声》”。白居易《唐扬州仓曹参军王府君志铭并序》言王士宽“建中初，选授扬州仓曹参军，至四年七月二十六日疾殁于江阳县之私第，春秋六十二”；其父“讳升，为京兆府咸阳令、河南府伊阙令，有文行学术，应制举，对沈谋秘略策登科，诗入《正声集》”。《元和姓纂》卷十“谷”姓之下载：“唐晋阳尉谷倚状云谷永之后，诗入《正声集》。”

② （梁）钟嵘著，陈延杰注《诗品注》卷上，人民文学出版社，1961，第20页。

③ 郁贤皓校注《李太白全集校注》卷一，凤凰出版社，2015，第3页。

创作的自觉之中。

中唐鲜有高标“大雅”者，诗人多以“小雅”“国风”为取法对象。尽管诗坛依然崇尚雅正，但难掩“气骨顿衰”之势。如高仲武《中兴间气集》推崇婉丽工巧之诗，不再以风骨为尚。[①] 集中最重五律，赞赏“体状风雅，理致清新”的作品，尤以酬赠、送别为主，因此王运熙认为其风雅之旨近于《诗经·小雅·鹿鸣》这类燕乐嘉宾之义。[②] 高氏所谓“国风雅颂，蔚然复兴”，实则偏重疏淡闲雅一格。相较初盛唐，脱离现实的文学倾向又逐渐占据中唐诗坛的主流。

冀望矫正时弊的诗人则有意将风雅比兴的现实批判性推向极致。元结《箧中集》多选书写人生疾苦、时事艰难之作，开始以纯粹的诗教内涵定义“风雅”，犹嫌初盛唐的文学雅正不足，故有“风雅不兴，几及千岁”[③]之叹。后将此诗学见解发扬光大的正是白居易。《与元九书》云：“洎周衰秦兴，采诗官废，上不以诗补察时政，下不以歌泄导人情。……陵夷至于梁、陈间，率不过嘲风雪、弄花草而已。噫！风雪花草之物，三百篇中岂舍之乎？顾所用何如耳。设如‘北风其凉’，假风以刺威虐也；‘雨雪霏霏’，因雪以愍征役；‘棠棣之华’，感华以讽兄弟；‘采采芣苡’，美草以乐有子也。皆兴发于此而义归于彼。”[④] 白氏举例皆出自《小雅》《国风》，所重唯在讽喻而不及其他。从实际创作来看，白居易尤为重视诗教传统中“刺世”功能的发挥。《新乐府·采诗官》云：“欲开壅蔽达人情，先向歌诗求讽刺。”[⑤]《秦中吟》更是“一吟悲一事”，“十首秦吟近正声”，将“正声”作为讽喻诗的自评，足见白居易以刺世精神为核心来重树唐代风雅正宗的文学抱负。

以“正”论诗源自汉儒。汉代郑玄《诗谱序》明确提出“风雅正变”的思想，综合旧说开始形成较为系统的诗论体系。[⑥]“正变”分别对应了赞颂盛世与怨刺乱世。六朝刘勰《文心雕龙》不再拘泥于政治盛衰，而以作

---

① 蒋寅：《从〈河岳英灵集〉到〈中兴间气集〉——关于大历诗风演变的抽样分析与假说》，《广西师范大学学报》（哲学社会科学版）1988 年第 4 期。

② 王运熙：《高仲武〈中兴间气集〉述评》，《学术研究》1990 年 4 期。

③ （唐）元结：《箧中集序》，（唐）元结：《元次山集》卷七，孙望校，中华书局，1960，第 100 页。

④ （唐）白居易：《宋本白氏文集》第 7 册，国家图书馆出版社，2017，第 36 页。

⑤ （唐）白居易：《宋本白氏文集》第 1 册，国家图书馆出版社，2017，第 109 页。

⑥ 朱自清：《诗言志辨》，广西师范大学出版社，2004，第 117~118 页。

品的思想旨向和艺术表现来诠释"正"。[①] 在此理论基础之上，唐人追求的"正声"拓宽了风雅精神的表达维度。白居易的主张看似回归汉儒旧说，实则却完成了"正声"在诗教传统中从赞美到讽刺的内涵逆置。

白居易发覆"正声"的刺世精神，不仅体现在敢于直面社会疮痍，更体现在对现实的反思有超越前人的彻底性和系统性，这一特点也大力推动了诗歌表现方式的演进。

首先，为了揭露时弊、直击病灶，白居易主动打破了蕴藉和缓的传统格调。冯舒、冯班评《才调集》云："白公讽刺诗，周详明直，娓娓动人，自创一体，古人无是也。凡讽谕之文，欲得深隐，使言者无罪，闻者足戒。白公尽而露，其妙处正在周详，读之动人，此亦出于《小雅》也。"[②] 白氏讽喻可以说是一种诗教传统的内在创新。《秦中吟》往往以强烈的对比来收束诗歌，《新乐府》也以"卒章显其志"来揭示讽喻目的。"快心露骨"的表达固有深婉不足之憾，却凸显了诗人透过现象探究本质的创作意图，也使得诗篇更具冲击性，便于起到更强的警醒作用。

其次，白居易将对现实诸问题的反思纳为一个整体，通过组诗的形式发挥出以往散点批判所欠缺的文学力量。从微观来看，《秦中吟》与《新乐府》皆是主题集中的个案书写，从宏观来看，则可见出诗人对不同社会层级的系统体察，而这种系统性的文本表征即《秦中吟》《新乐府》呈现出的由诗教、乐教两个维度架构而成的立体面貌，具体可从两首组诗的编次与体例进行详细分析与论证。

（二）《秦中吟》的编撰："正声"观念统摄下"诗教"逻辑的呈现

"天下无正声，悦耳即为娱"作为《秦中吟》的首篇首句，既引出下文对"天下无正色"的批评，同时也领起了整首组诗的意脉。《礼记·乐记》云："乐者，天地之和也；礼者，天地之序也。和，故百物皆化；序，故群物皆别。乐由天作，礼以地制。过制则乱，过作则暴。明于天地，然

---

① 胡建次：《中国古典诗学中的正变批评》，《南昌大学学报》（人文社会科学版）2007年1期。

② （五代）韦縠编，（清）冯舒、冯班评点《二冯评点才调集》卷一，《四库全书存目丛书》集部第288册，齐鲁书社，1997，第645页。

后能兴礼乐也。”① 法天象地而制礼作乐，礼与乐相辅相成，共同规正社会秩序、维护人伦和谐。那么，“天下无正声”不仅直斥雅正之乐的失坠，并且暗示社会秩序失正的问题，而这也与“十首秦吟近正声”所彰显的刺世精神形成内在呼应。可见，白居易的“正声”观不应仅从单一角度定义，而是融合了乐教与诗教的理念。从“无正声”到“近正声”，正是从“失正”到“匡正”的过程，对“正声”的追求统摄起了《秦中吟》组诗的创作。

白居易《秦中吟》序云：“贞元、元和之际，予在长安，闻见之间，有足悲者。因直歌其事，命为《秦中吟》。”② 长安作为大唐首都，有着完备的政治权力阶层，也汇聚着众生相。以在长安的亲历见闻为基础进行诗歌创作，说明诗人没有将追求“正声”局限在理念表达上，而是落实在了对各类现实问题的省视与匡救之中，甚至诗人对如何规正社会秩序的思考逻辑亦可从《秦中吟》十首的题名与编次方式见出端倪（详见表 3）。

表 3 《秦中吟》十首的题名与编次③

文集题名	《才调集》题名	刺世要旨	涉及内容	社会层面	说明
议婚	贫家女	嫌贫爱富	婚姻	人伦	婚姻、交友与税收、家宅分别属于基础的人伦秩序与经济秩序，均是社会良好运行的前提条件
重赋	无名税	苛政虐民	税收	经济	
伤宅	伤大宅	嗜欲不仁	家宅	经济	
伤友	胶漆契	趋炎附势	交友	人伦	
不致仕	合致仕	贪恋权势	宦途	政治	揭露政治秩序的败坏紊乱，反思仕宦制度与美政传统在权力之下不断扭曲的相关问题
立碑	古碑	沽名钓誉	政绩	政治	
轻肥	江南旱	不恤民情	特权	政治	
五弦	五弦琴	雅乐陵夷	胡音	风俗	批判沉溺感官享受、追求奢华及相互攀比之风对社会的公序良俗所造成的破坏
歌舞	伤阌乡县囚	骄奢淫逸	游宴	风俗	
买花	牡丹	追模攀比	时风	风俗	

① （清）阮元校刻《十三经注疏·礼记正义》卷三七，中华书局，2009，第 3317 页。

② （唐）白居易：《宋本白氏文集》第 1 册，国家图书馆出版社，2017，第 41 页。

③ 表中白诗题目出自（唐）白居易《宋本白氏文集》第 1 册，国家图书馆出版社，2017，第 41~46 页。《才调集》题名出自（五代）韦縠编《才调集》，傅璇琮点校，载傅璇琮等编《唐人选唐诗新编》（增订本），中华书局，2014，第 938~944 页。

《秦中吟》十首的题名在不同集本中存在差异。而日藏《秦中吟》旧抄本，如仁和寺本、三条西本、后二条本及《文集抄》《管见抄》所选文本，皆原无每首题名。[①] 如此复杂的面貌恐怕与作品的早期传播及累次编集的改定有关。《与元九书》载：“又昨过汉南日，适遇主人集众娱乐，他宾诸妓见仆来，指而相顾曰：‘此是《秦中吟》《长恨歌》主耳。’”[②] 作为白居易前期的成名作，《秦中吟》在收入大集之前显然已存在多种流传形式。由于十首体量有限，且以组诗流行于世，最初未必存有小题，但在后续编集过程中则可能逐渐增拟题目并有所改定。韦縠《才调集叙》云：“暇日因阅李、杜集，元、白诗，其间天海混茫，风流挺特，遂采摭奥妙，并诸贤达章句。不可备录，各有编次。”[③]《才调集》所录也许是出自唐代元白诗的流行本，其中《秦中吟》小题主要以三字为主。宋本《白氏文集》所收《秦中吟》小题主要以二字为主，这或是大集七十卷本编成时改定之题。[④]

从作品的主旨来看，《秦中吟》十首皆是批判不良的社会风气，但对比三字题与二字题，便可见出诗人拟题由感性转向理性的立场变化。葛晓音认为《秦中吟》与《新乐府》借鉴了汉乐府的取题方式，均采用概括内容的三字题。[⑤] 这应符合《秦中吟》早期的拟题思路，诗人基本站在“但伤民病痛”的角度来提炼题目。例如，《贫家女》《江南旱》《伤阌乡县囚》皆从百姓的处境出发展开对现实的反思。与其不同的是，二字题则重在关注问题本身。例如，《议婚》列于组诗第一，强调“夫妇人伦之始，王化之端”，效法了《诗经・国风》首篇的关雎之义，意在匡正社会之基。

---

① 《管见抄》题目以小字写上栏，或是校勘时增入。太田次男考察日藏《秦中吟》诸本原无题，且他书所引亦无题，疑《秦中吟》唐本即无题。参见〔日〕太田次男「本邦伝存「秦中吟」諸本の本文並びに訓読について」『斯道文库论集』庆应义塾大学附属研究所斯道文库、1979、125~273；文艳蓉《白居易诗文在日本的流传与受容》，中州古籍出版社，2017，第 37 页。

② （唐）白居易：《宋本白氏文集》第 7 册，国家图书馆出版社，2017，第 40 页。

③ （五代）韦縠编《才调集》，傅璇琮点校，载傅璇琮等编《唐人选唐诗新编》（增订本），中华书局，2014，第 919 页。

④ 白居易曾将五部大集分藏于庐山东林寺、苏州南禅院、东都圣善寺及侄龟郎家与外孙谈阁童家。由于大集经累次编撰而成，有些藏本是在旧本之后附上新卷，若旧本并未更新，那么大集出现《秦中吟》无小题的情况也在情理之中。苏州南禅院本正是由《白氏长庆集》增补而成，此集被慧萼转抄后携回日本并流传后世。日藏《秦中吟》旧抄本即使录自大集也无题目，究其原因可能与此有关。

⑤ 葛晓音：《新乐府的缘起和界定》，《中国社会科学》1995 年第 3 期。

《轻肥》《歌舞》则直指讽刺对象，探究社会失序之根由。显然，二字题具有更强的讽喻意蕴，而从整体来看，二字题也使得《秦中吟》十首的排序呈现出符合诗教逻辑的内在理路。

儒家注重《诗经》的教化功能，而教化的实现路径契合情感与思维的自然推进。《毛诗序》云："故正得失，动天地，感鬼神，莫近于诗。先王以是经夫妇，成孝敬，厚人伦，美教化，移风俗。"① 从人伦初始到移风易俗，诗教的影响力依照"由小及大"的顺序递次显现。《论语·阳货》又载孔子认为学诗之用在于"迩之事父，远之事君"②，从家庭秩序推及朝堂政治，遵循的则是"由近及远"的演进方式。

《秦中吟》十首的排序亦体现出与之相类的思维轨迹：如《议婚》《重赋》《伤宅》《伤友》之题涉及基础人伦关系与个体家庭经济，《不致仕》《立碑》《轻肥》直斥官僚破坏古制、虚夸政绩与特权跋扈之行，皆属政治失序的问题，最后三首《五弦》《歌舞》《买花》则抨击了各种过度享乐之风。十首作品既包含由人伦到时俗的扩展，亦包含由家庭到朝政的递进。可知，《秦中吟》的编次所呈现的正是"由小及大""由近及远"的诗教逻辑，由此也可窥见白居易讽喻创作的独到用心。

（三）《新乐府》的编撰："拟经"体例与"乐教"思维的展开

《新乐府》五十首无论在组诗规模方面，还是在框架结构方面都比《秦中吟》更为宏大与完备。从诗歌体例来看，白居易明显借鉴了汉儒解读《诗经》的方式，正如陈寅恪《元白诗笺证稿》所云："是以乐天《新乐府》五十首，有总序，即摹《毛诗》之大序，每篇有一序，即仿《毛诗》之小序，又取每篇首句为其题目，即效《关雎》为篇名之例，全体结构，无异古经。质而言之，乃一部唐代《诗经》。"③ 白居易将经学传统植入诗学领域，不仅通过"复古"来革新表现手法，同时也进一步强化了组诗的教化目的。

《新乐府》开篇为《七德舞》，效法《诗经·大雅》以《文王之什》居首。《诗大序》云："雅者，正也，言王政之所废兴也。政有小大，故有

① 李学勤主编《十三经注疏·毛诗正义》卷一，北京大学出版社，2000，第11~12页。
② 李学勤主编《十三经注疏·论语注疏》卷一七，北京大学出版社，2000，第270页。
③ 陈寅恪：《元白诗笺证稿》，商务印书馆，1962，第112页。

《小雅》焉，有《大雅》焉。”[①] 有别于《秦中吟》以人伦关系为出发点，《新乐府》更关注唐室兴衰与朝政得失。白居易为应制举，曾与元稹退居华阳观，揣摩时政问题而作《策林》七十五篇。《新乐府》与其完成时间接近，两者在题材、题旨方面可一一对应之处甚多，[②] 说明《新乐府》的创作多是基于诗人对具体政策的理性思考。

《新乐府》不仅采取“拟经”体例，同时也利用乐教思维来谋篇布局。较之《秦中吟》，白居易在《新乐府》的创作中对诗教与乐教逻辑的交互运用明显更成熟且细腻。《汉书·律历志》载：“声者，宫、商、角、徵、羽也。所以作乐者，谐八音，荡涤人之邪意，全其正性，移风易俗也。”“五声和，八音谐，而乐成。”[③] 五声乃作乐之基础，在乐教文化中具有独特的象征意义。《礼记·乐记》载：“宫为君，商为臣，角为民，徵为事，羽为物。五者不乱，则无怗懘之音矣。宫乱则荒，其君骄；商乱则陂，其官坏；角乱则忧，其民怨；徵乱则哀，其事勤；羽乱则危，其财匮。五者皆乱，迭相陵，谓之慢。”[④]《新乐府》五十首的总体构想即以此为理论依据，如其序云：“总而言之，为君、为臣、为民、为物、为事而作，不为文而作也。”[⑤]

诗乐原本不分家，产生功用的过程往往需要诗教与乐教的融合，然细究两者的逻辑理路，实各有侧重。与诗教思维基于儒家“推己及人”的自然心理模式不同，乐教思维则更倾向于反映社会结构中的等级差异。“五声”所象征的“君、臣、民、物、事”涵盖了上至君主，下至官僚及其他各个社会阶层的诸多事宜。统治阶层掌礼乐，故而乐教才能遵循“上行下效”的思路逐级展开。

陈寅恪认为《新乐府》明显以时代为序进行编排，并将组诗划归四个时段，即玄宗以前事、玄宗时事、德宗时事、宪宗时事，末以《鸦九剑》《采诗官》总括前篇及标明文学理想。[⑥] 此说极有启发，但在时序之下仍有细考编撰规律的必要，尤其关注不同时段中首篇至末篇的主题变化，便不

① 李学勤主编《十三经注疏·毛诗正义》卷一，北京大学出版社，2000，第 20 页。

② 陈才智：《元白诗派研究》，社会科学文献出版社，2007，第 192 页。

③ 《汉书》卷二一上《律历志第一上》，中华书局，1964，第 957~958 页。

④ （清）阮元校刻《十三经注疏·礼记正义》卷三七，中华书局，2009，第 3312 页。

⑤ （唐）白居易：《宋本白氏文集》第 1 册，国家图书馆出版社，2017，第 69 页。

⑥ 陈寅恪：《元白诗笺证稿》，商务印书馆，1962，第 119~120 页。

难发现其间具有乐教逻辑特点的编次线索（见表4）。[①]

表 4 《新乐府》编次与主题变化[②]

时序	首篇	末篇	说明
唐创业至玄宗朝	《七德舞》 美拨乱，陈王业也	《海漫漫》 戒求仙也	具有总序意义，皆“为君”之作
玄宗朝	《立部伎》 刺雅乐之替也	《新丰折臂翁》 戒边功也	首篇分别刺宫廷雅乐失正、讽君心难测、美天子爱民，均与君主、宫廷相关；末篇则涉及边事、民情等，均与社会诸多层面的现实问题相关
德宗朝	《太行路》 借夫妇以讽君臣之不终也	《缚戎人》 达穷民之情也	
宪宗朝	《骊宫高》 美天子重惜人之财力也	《秦吉了》 哀冤民也	
总括	《鸦九剑》 思决壅也	《采诗官》 鉴前王乱亡之由也	具有收束组诗之用，诗人借此阐明创作深衷

玄宗朝、德宗朝、宪宗朝三个时段的作品占据《新乐府》五十首的主体，尽管每个单元包含作品数量不一，但三者内在的编次结构有着相似性。首篇皆叙天子与宫廷事，末篇则落实到民间个体的命运之上。由天子到苍生，由宫廷至民间，“自上而下”的次序合于乐教思维的延展方式。

值得注意的是，《新乐府》中“为君、为臣、为民、为物、为事”五者之间并不平衡。开篇四首为唐兴之始至玄宗朝事，“皆所以陈述祖宗垂诫子孙之意，即《新乐府》总序所谓为君而作”[③]。这便奠定了《新乐府》面向上层统治者的创作基调。静永健通过系统对比《新乐府》与《秦中吟》的写作视角、创作过程等，判定《新乐府》的阅读对象是君，而《秦中吟》的第一读者是白居易周围的友人，主要读者是士大夫与庶民。[④] 从目标读

① 单行本《白氏讽谏》、“敦煌唐人抄本”录《新乐府》十六首，可能是早期编定面貌，大集中的编次应是最终定本。参见孟飞《白居易〈新乐府〉五十章丛考》，吴相洲主编《乐府学》第10辑，社会科学文献出版社，2014，第205~233页。

② 表中白居易诗题与诗序出自（唐）白居易《宋本白氏文集》第1册，国家图书馆出版社，2017，第69~109页。

③ 陈寅恪：《元白诗笺证稿》，商务印书馆，1962，第119~120页。

④ 静永健「白居易「秦中吟」の読者層——「新楽府」との比較を通じて」九州大学『中國文學論集』第23号、1994年12月。

者层的角度来解释《秦中吟》比《新乐府》流传更广的原因，无疑是很有说服力的。本文想要补充说明的是，组诗所运用的不同思维方式进一步加剧了两者的传播差异。具体而言，《秦中吟》的编撰理路符合诗教“由小及大”“由近及远”的推演逻辑，顺应平民固有思维，十首作品的有序展现往往能引导受众渐入佳境。《新乐府》“以上化下”的思维模式则很难令居于政治结构下层的百姓获得递进式的接受体验，恐怕这也是其民间传播逊于前者的原因之一。

结　语

从史料来看，唐宪宗似乎并没有对体大思精的《新乐府》给予积极的反馈，更无在内乐府演奏的相关记载，付诸音乐表达的仅见唐衢歌哭。这或是受制于当时朝堂中的现实阻力，具体情形尚待探究。然而随着历史的变迁，《新乐府》的讽喻意义还是逐渐得到了后世统治阶层的重视。如清乾隆皇帝敕编的《御选唐宋诗醇》收录《新乐府》，并对《七德舞》评曰：“五十首以此起，体裁极合《大雅》，原周受命之由。而必本之文王，以明王业之所由盛。唐之受命，始于高祖；而开王业者，则太宗之功。大意归重，在得人心，人心之归，王业之本也。”[①] 白居易寄托在《新乐府》中的理想终在历史的沉淀中体现出了持久的价值。

① （清）清高宗敕编《御选唐宋诗醇》卷二〇，《景印摛藻堂四库全书荟要》集部第115册，世界书局，1988，第74页。

文体约束与史论建构

——清代乐府诗集序跋中的“乐府诗史”书写

胡双全

（首都师范大学文学院，北京，100089）

摘　要：区别于史籍、诗话中的诗史书写形态，清代乐府诗集序跋中的“乐府诗史”呈现出细致清晰的历史脉络和鲜明的历史立场。它衍生自序跋文体佐助乐府诗集主文本发声的叙事功能，受诸种乐府诗集主文本的编次体例及编纂意旨约束，而呈现出主观性和论述性的特点。清人在“乐府诗史”中借助对乐府诗的发源问题、唐后乐府诗演进线路的讨论，表达了对同一段乐府诗演进历史的不同理解，展露了对“乐府”性质的认识差异及诗乐关系的含糊理解。由清人乐府诗集序跋中的“乐府诗史”，可窥见清人意在建立以儒家价值为导向的“乐府诗史”、刻意提升新题乐府诗价值以及在“乐府”本体上存在模糊认知倾向，可为当下的乐府学研究予以借鉴。

关键词：清代乐府诗集序跋　“乐府诗史”　文体　历史书写

作者简介：胡双全，首都师范大学博士研究生，研究方向为中国文学思想史。

中国古代的乐府诗史，学界一般认为经历了一个“逐步建构”的过程。《史记·乐书》最早谈及乐府，记载汉代早期少量的乐府活动，如高祖过沛之诗、汉武帝命作十九章的经过等，但尚未形成明显的历史脉络。《汉书·礼乐志》中乐府机构设立、运行等细节被予以补充，施于各项礼乐活动的歌辞文本也得以保留，不过班固的叙史重心依然为汉代的礼乐建设，非有意为乐府诗叙史。时至南朝，一部类于今人理解的“乐府诗史”，才在刘勰的辨体视野中出现。《乐府》篇远溯古乐，缀合两汉至南朝史籍中的乐府历史，形成了较完备的诗史脉络体系，汉人、魏氏三祖、傅玄、张华等著者的乐府创作也在“乐府诗史”中获得相应的历史次序及地位。时代升降，乐府诗体不断衍化，“乐府诗史”也在史书、音乐典籍、乐府著作及诗话论著等四类文献①中被不断书写。遗憾的是，过去研究者碍于“将文体多样、内涵复杂的古代创作简化为平面归类的研究文献使用”② 的原因，较少顾及各类文献文体属性对历史书写的影响。事实上，自元明而后，历史典籍中勾摹乐府演变关键历程的认知在吴莱、胡应麟、胡震亨与冯班等人著述的“乐府诗史”中多已固化为通识，经各家反复书写呈现出比往代更加清晰的诗史脉络。与之背反的是，各撰者对历史中各种经典诗歌、诗人及流派的次序安排却出入很大，对乐府史中经典的历史命题也多意见相左，由此在“乐府诗史”的呈现上构成了趋同又相异的两端。此种历史书写的张力至清代书籍序跋中不断放大，且愈加明显。无论历史如何书写，古代各类文献中的“乐府诗史”正是在文体规约下的历史认知及行文立场中被建构起来的，不同文献的文体属性导向了不同的诗史书写形态。本文拟通过对清代乐府诗集序跋③（以下非特殊情况简称“序跋”）中的乐府诗演变脉络的总结，揭示序跋文体作用下“乐府诗史”书写过程中的认知立场分野及观念博弈，由此概括清人序跋中“乐府诗史”书写的意义指向及影响。

一　序跋中的“乐府诗史”呈现与书写立场

清代各类乐府诗选集、专集与总集的序跋中，几乎都会涉及对乐府机构沿革与乐府诗演变过程的书写，而且大多提到乐府沿革的前因后果，有关乐府诗演变的历史脉络也十分清楚，顾有孝《乐府英华序》是典型的以

① 王立增：《乐府诗史的建构——兼论文学史书写过程中的诸种悖论》，《内蒙古大学学报》（哲学社会科学版）2020 年第 3 期，第 26 页。

② 左东岭：《中国文学思想史研究的文体意识》，《文学评论》2018 年第 2 期，第 175 页。

③ 所谓“清代乐府诗集序跋”是指清代文人在撰写、编纂乃至重刊诸种乐府诗别集、选集、总集时产生的序跋类文本。本文有关“清代乐府诗集序跋”的文献源自以《清代诗文集汇编》为中心的调查收集。据笔者统计，清人现存有关乐府诗集的序有 145 篇，跋有 14 篇，总计 159 篇（含同一诗集），特此说明。

时代为序，详细梳理乐府诗演进历史的序跋作品：

> 盖时世之升降，风气有不得不变者，乐府自汉至唐已经三变。汉乐府质朴古雅，如商彝周鼎，光彩陆离，是明堂清庙之器。魏则去古未远，犹有骚雅遗风……邺下人文于斯为盛，是一变也。沿及南北朝，日寻兵戈，礼废乐坏，即有好文之主习尚纷华，务为淫靡，流荡忘返，元音不作，是又一变也。至唐，而李杜诸大家乐府，皆创造新声，纪载时事，扡衰起弊，横制颓波，是又一变也。①

顾氏所云之“三变”，给乐府由汉至唐的演变勾勒了非常清晰的脉络，即汉魏一变，南北朝一变，唐又一变。他的说法带有“弥纶群言”的味道，胡应麟《诗薮》载：“乐府之体，古今凡三变：汉、魏古词，一变也；唐人绝句，一变也；宋、元词曲，一变也。”② 顾、胡说法颇为相似，二人均把汉唐视作乐府诗体变革、面貌改换的关键时期，可见序跋中的“乐府诗史”的书写是基于明清时人一定的共识性阅读经验的。不过就二人分别以李杜乐府、唐人乐府为标识的着眼点看，二人对于乐府诗史演变的同一议题，存在不同的认识。

除了清晰的历史脉络呈现外，许多序跋承载的“乐府诗史”中，明显带有序跋撰写者对乐府诗演变历程中某些关键时期、代表流派或诗人作品的历史态度：

> 自余论之，孝武立乐府之官，俾延年所歌者，皆郑声也。江南多吴楚之音，江北多殊俗之奏，施及陈隋，亡国日促，并俗调也。（许三礼《乐府广序序》）③

> 然曹子建、陆士衡乐府，当时号为乖调。魏晋宋齐郊庙等歌辞，乐工增损本文，以谐节奏，多聱牙不可晓解。（钱良择《拟古乐府诗

---

① （清）顾有孝辑《乐府英华》，《四库全书存目丛书补编》第 33 册，齐鲁书社，2001，第 516~517 页。

② （明）胡应麟：《诗薮》，上海古籍出版社，1979，第 14 页。

③ （清）许三礼：《乐府广序序》，《续修四库全书》第 1590 册，上海古籍出版社，2002，第 357 页。

并序》)①

许、钱二人对魏晋至唐阶段的诗史演进不屑一顾。许氏认为此阶段“乐府”乃是由李延年而始的靡靡“郑声”，将之视作“亡国之音”；钱良择引元稹语认为此阶段“乐府”不合于乐，从声乐角度否定了此时的“乐府”。二人对此段诗史演进历程的叙述并未摒弃郭茂倩等人的“哀淫靡曼”的论调，对此阶段乐府诗的演进历程及艺术价值也未作详细描述。其他序跋中简略带过此段诗史演进历程的相类书写亦十分常见，如梅清《拟古乐府原序》中在交代了乐府在汉代的演变历程后，只一句“历代递更，古辞半逸”②，便转向了对唐代乐府诗的论述。更多的撰写者如阎尔梅、朱嘉徵、孙治等，在序文中对此阶段乐府诗演进情况几乎只字未提，直接由汉代步入了唐代，完全忽视了六朝阶段的“乐府诗史”的叙述。概以观之，此部分序跋撰写者对此阶段乐府诗演进历史的评价尺度似比旧说更为严苛，在诸家眼中，六朝乐府诗甚至连进入“乐府诗史”的资格都没有，他们并没有对六朝乐府诗予以公允的陈述，甚至有过度批驳、贬斥六朝乐府诗的倾向，不免陷入一种偏狭的境地。

忽视六朝乐府诗历史价值的另一种情况，是唐代乐府诗演进价值的凸显。此阶段的“乐府诗史”书写，一如《松桂读书堂乐府序》中“唐人若李杜、元白、韩孟、李贺、张籍、王建之徒，振古创新，炳焉与汉同风”③所见，以代表诗人并举展现此段诗史演进的盛况。又如钱良择《拟古乐府诗并序》中“长庆中，微之病沿袭古题唱和重复，不如少陵《哀江头》等作即事名篇、空所依傍，与白乐天、李公垂辈共拟之。所谓新题新义，皆咏时事也。于是古乐府与新乐府又分为二”④所示，此阶段涌现的新题乐府诗家如元、白等被其予以特别关注。除此之外，和六朝相比，有唐一代的诗史书写不仅丰满许多，还存在刻意抬高个别乐府诗人历史地位

① （清）钱良择：《抚云集》，《清代诗文集汇编》第165册，上海古籍出版社，2011，第440页。

② （清）梅清：《天延阁删后诗》，《清代诗文集汇编》第85册，上海古籍出版社，2011，第239页。

③ （清）黄之隽：《唐堂集》，《清代诗文集汇编》第221册，上海古籍出版社，2011，第118页。

④ （清）钱良择：《抚云集》，《清代诗文集汇编》第165册，上海古籍出版社，2011，第440页。

的倾向。马荣祖《何岚山乐府序》云："太白拟古乐府，题与义悉本前人，至少陵《悲陈陶》《哀江头》诸作，乃始尽脱窠臼，直指见事。"[①] 他以李、杜二人乐府诸作对比，以显示杜甫乐府诗的开创性地位。类似的说法还可见于王蓍《茨村咏史新乐府序》："乐府古诗也。咏之者因意立名，后人袭其名而意失，独少陵感时述事，诸古作不袭旧名。直陈时事，有乐府之遗音，得风人之义旨。"[②] 他直接将杜甫的乐府诗和《诗经》相媲美，此外，顾有孝、李邺嗣等人也都在各自撰写的序文中对杜甫的新题乐府诗大加赞赏，与一般推崇元、白二人的诗史书写大相径庭。

二　诗集序跋的文体属性与"乐府诗史"书写

相较于史籍中"汉末大乱，众乐沦缺。魏武平荆州，获杜夔，善八音……使创定雅乐"[③] 等以礼乐建设为核心的片段式叙述、诗话中"至于魏晋南北朝乐府，虽未极淳……唐人亦多为乐府……其述情叙怨，委曲周详，言尽意尽，更无余味"[④] 等以各代乐府诗风格点评为中心的散漫式闲谈，清代乐府诗集序跋中对乐府诗史的叙述似乎显得更为细致、具体，在一些关键的段落还带有撰写者的主观判断，给予读者潜在的历史认知引导。那么，这些看似完满的历史性叙述能否完全作为乐府诗演进历史的事实参照？或是否表明序跋是更适于承载"乐府诗史"的文体呢？

作为沟通书籍、读者及序跋撰写者的媒介，明清大为盛行的书籍序跋[⑤]，主要目的是帮助作者或作品发声，增补书籍信息或佐助书籍流传。因而序跋带有的辅助性质本就给文章铺展提出了诸种内容或形式上的要求，由此影响着序跋中的诗史表达形态及叙述边界。首先，序跋本身是一种强调逻辑与叙事性的文体，所谓："言其善叙事理，次第有序，若丝之

① （清）马荣祖：《力本文集》，《清代诗文集汇编》第259册，上海古籍出版社，2011，第288页。

② （清）胡介祉：《茨村咏史新乐府》卷首，天津图书馆藏清光绪学种花庄刻本，第4页。

③ 《宋书》卷一九，中华书局，1974，第534页。

④ （清）何文焕辑《历代诗话》，中华书局，1981，第322页。

⑤ 狭义的序跋，乃序、跋两种文体。由明人清以后，序、跋二者的界限已经模糊，姚鼐《古文辞类纂》、曾国藩《经史百家杂钞》等已将二者归为"序跋类"，另据清人吴曾祺《文体刍言》："跋亦序类也，其出比序为后，其作法亦稍近，惟序有前序后序，跋则施之卷末而已，故取足后之义为名。"参见（清）吴曾祺编《涵芬楼文谈》，上海商务印书馆，1933，第8页。本文采纳清人之说，将二者划为一类，必要时作分别阐释。

绪也。”[①] 这是序跋中“乐府诗史”面貌由来的根本原因。卢綋《四照堂乐府诗自叙》说：

> 乐府诸诗，作始汉代，抑古三百篇之遗也。自周以前，历代有乐，历代有诗，姬公定制，综合六代，以集大成。……汉立乐府，乃仿周制，……近古若马迁《乐书》，班椽《乐志》，纪载无多，辞意简质，传之后人，难为拟似。魏晋逮唐，诗歌盛作，虽或取颂美，或取风劝，意则深微，而词渐浅易，操觚染翰，不必词臣。凡文士家，胸有所怀，情有所感，人人得寻声步响矣！（卢綋《四照堂乐府诗自叙》）[②]

此处卢綋以时代为序，语气庄严，论说精审，将乐府演变的诸多细节及来龙去脉娓娓道来。诗史叙述过程中显现了清晰的历史理路与秩序感，不免使人感到这样的书写形态是撰写者为存续乐府诗史而刻意营造的。以被清人推之为“序之最工者”[③] 的司马迁为例，其《十二诸侯年表序》常被清人奉作经典，序中将年表编制的起因经过及自身感想依次铺陈，所谓“善叙事理”，意指对作序对象诞生情况予以逻辑性梳理。而由后文卢綋“惟是意存颂美，兼寓风劝，窃麈区衷，不能自已。如有同调，不废采葑，寻绎之余，宁无兴感？自当知綋于簿书稠浊中尚不废此，必非漫然者也”[④] 可知，他序文中所示的“乐府诗史”，不过仅是“事理”的一环，旨在补充必要的诗史知识，在文法上起到铺垫作用。故不同于史籍中“存史”意识的历史叙述，也不同于刘勰“辨体”意识下的历史编排。序跋中“乐府诗史”乃撰写者在针对各序跋对象（诸种乐府诗集）“叙事理”时衍生而来，而非撰写者特意要为乐府诗叙史。在更多的乐府诗集序跋，如李必恒《大恺铙歌鼓吹曲十二章谨序》、冯景《拟古乐府自序》中，序文的“事理”仅在叙述诗集中所作乐府诗之本事由来或自己集中乐府诗的诗法追求

① （明）徐师曾：《文体明辨序说》，罗根泽校点，人民文学出版社，1998，第135页。

② （清）卢綋：《四照堂乐府诗集》，《清代诗文集汇编》第19册，上海古籍出版社，2011，第651~652页。

③ （清）姚鼐纂集《古文辞类纂》，胡士明、李祚唐标校，上海古籍出版社，2016，第3页。

④ （清）卢綋：《四照堂乐府诗集》，《清代诗文集汇编》第19册，上海古籍出版社，2011，第653~654页。

及创作经过时显现，并不涉及“乐府诗史”的相关叙述。因此，清代乐府诗集序跋中的“乐府诗史”的书写，不能简单归结于撰写者对存续乐府历史的渴望，它之所以能构成一种“历史”的样貌，本质上与序跋约定俗成的体制传统不无关联。

其次，清代乐府诗集序跋是各主文本（诸种清代乐府诗集）的补充性文本，阅读者往往需要借助序跋了解各乐府诗集主文本的信息或解释，如“乐府诗集”的出版意旨、编次体例、作者情况、对作家作品的评论等①，这些内容要求都会在一定程度上规约序跋“乐府诗史”的书写面貌。此种规约，可以清人朱嘉徵《乐府广序题辞》及顾景星《乐府钞自叙》对举为示：

> 蔡中郎叙汉乐，一曰郊庙，二曰飨宴，三曰大射辟雍，四曰短箫铙歌。铙歌者十八曲，《汉志》亦失传，独不叙相和三调，略见《宋书·乐志》中，本之魏曲，或间魏歌，或卒章为乱。又清商三调，为魏晋乐所奏者，见于荀勖所撰，而《晋书·乐志》都不详。此数端者，后人往往疑之。（朱嘉徵《乐府广序题辞》）②

> ……仆髫髦即学为诗，舞象时有作一囊。稍长，知汉人乐府为三百篇苗裔，河梁十九首为唐初近体之前茅，因酷嗜之。尝以谓六朝更不拟古，而自有其乐府。唐如沈、宋、王、杨、卢、骆得六朝之遗……汉魏之音不复作矣！至少陵诸篇，直五七言古诗耳。故郭茂倩集诸家乐府，谓之乐府诗，然而格致辞旨微婉，啾蹡自然，乐府非诗也。……仆之为乐府，未敢问世，然钞在海内者已十数本。兹则秣陵陈子虚怀坚叩，遂令儿辈汇次成卷，间缀评语。（顾景星《乐府钞自叙》）③

朱嘉徵的《乐府广序》是收录各类乐府诗歌的总集，此处叙述诗史时，就不得不兼顾集中各类乐府诗的历史因革。他辨析了各类乐府诗的定名及源

---

① 参见石建初《中国古代序跋史论》，湖南人民出版社，2008，第13页。

② （清）朱嘉徵：《乐府广序》，《续修四库全书》第1590册，上海古籍出版社，2002，第362页。

③ （清）顾景星：《白茅堂集》，《清代诗文集汇编》第76册，上海古籍出版社，2011，第12页。

流，并对史料中的存录情况进行了描述，呈现出宏博精审的书写风貌。而顾氏所结的《乐府钞》一集，多以古乐府创作为主，由序中以乐府诗为启蒙、认为“汉人乐府为三百篇苗裔”的观点可知，他对汉魏古乐府有特殊的亲近与执着，由此形成了以汉魏为尊的乐府观念；而文中对杜甫诸作乃五七言古诗的判断、郭茂倩集诸家乐府辞旨的怀疑等诸多与“乐府诗史”有关的问题，恰恰是按照汉魏乐府的审美趣尚书写的，可视作主文本诗集的编纂旨趣影响“乐府诗史”书写的一个典型。

最后，按明清时人对序跋类文体的一般规定，序文应当“叙作者之意”①，跋文则“随题以赞语于后”“掇其有关大体者以表章之”②，当然也存在“一篇之中有忽而叙事，忽而议论”③ 等叙、论相杂的情况。因此，序跋文体带有的评论性质，无疑给序跋中的“乐府诗史”留出了充分的私人表达空间，进而呈现出主观性和论述性的色彩。在刘蓉所作《跋徐拙斋拟古乐府稿》中，刘蓉为了赞扬好友所作拟古乐府诗的价值，一边以“用意婉曲，选词典美，一时称绝调焉”④ 等语刻意拔高李东阳乐府诗的历史价值与地位，另一边又指出其诗作具有的“笔力脆弱”等诸多缺陷。他称许李东阳，是因徐拙斋所作乐府诗乃与李东阳同属一类；贬斥李东阳，则是为显示好友诗歌无东阳之病。一褒一贬，目的皆为凸显好友所作拟古乐府诗的特殊价值。此处李东阳乐府诗于诗史上的真实价值已不重要，跋文叙述语言已完全转变为论述或批评，完全被其预设的中心议题——“赞赏徐拙斋的拟古乐府诗”主观化了。在钱保塘撰写的别集类序跋中，“乐府诗史”又呈现为另一种风貌：

> 汉魏乐府尚矣。唐李杜、元白、张王，好以近事创为乐府，于沈郁痛快之中，寓宛转关生之妙，声调谐畅，亹亹动人，殊有风人遗意。宋以后，惟元杨铁崖擅此体，取各史事之奇伟者，各为一篇，波澜壮阔，才气纵横，有惊心动魄之观。明李西崖仿为之，凡一百

---

① （唐）刘知幾撰，（清）浦起龙通释，吕思勉评《史通》，李永圻、张耕华导读整理，上海古籍出版社，2008，第 63 页。

② （明）吴讷：《文章辨体序说》，于北山校点，人民文学出版社，1962，第 45 页。

③ （清）贺复征编《文章辨体汇选》，《景印文渊阁四库全书》集部第 1405 册，台湾商务印书馆，1982，第 409 页。

④ （清）刘蓉：《养晦堂文集》，《清代诗文集汇编》第 663 册，上海古籍出版社，2011，第 525 页。

> 一篇。直赋其事，不加褒贬而事之美恶得失自见，节拍遒紧，戛然而止，自有言外遗意，非专事摹拟者比也。（钱保塘《李西崖拟古乐府序》）①

他首先在序文中称赞唐人“李杜、元白、张王”创制新题乐府诗的行为，认为它们“声调谐畅，亹亹动人，殊有风人遗意”，并赞许元人杨维桢取史事延续以此体的“才气纵横”，最后引出李东阳的仿制之作有“直赋其事，不加褒贬而事之美恶得失自见”的优点。如钱氏所言，李东阳所拟制的乐府诗类属“新题乐府”一脉，此处他叙写的“乐府诗史”，不再采取宏通的历史视野。他根据作序的对象，有意强化了有关新乐府诗一脉的历史书写，而仅用一句“汉魏乐府尚矣”，简略了乐府诗由汉至魏的演变经过。而他书写此段诗史的语言风格，已完全不同于前文卢紘叙述历史的平实，其言语跳脱，充满文气，更像是历史评述。

三 “乐府诗史”书写与清人乐府观念的分化

由上可见，清代序跋中的“乐府诗史”，是不同撰写者围绕诗集主文本的诸种情况予以历史性叙事的衍生书写。相比于严肃庄重的“史家之文”，序跋中对乐府诗演进历程的历史书写虽更为丰满，但是由于文体因素的介入，很难将之置于“惟恐不自己出”的“文士撰文”② 的范畴之外。此意义上，序跋中的“乐府诗史”，更像是撰写者表达己意、承载观点的工具，而乐府演进历史的“主观性”呈现，也让它们在形态上更接近“乐府史论”，这或是序跋中“乐府诗史”具有鲜明历史态度、认识立场的根本原因。因此，一篇序跋即是一段对乐府演进历程的不同诠释和解读，一部“乐府诗史”即是一种撰者对己意或乐府认识的表达。

序跋中“乐府诗史”书写的首要分歧，体现在对乐府由何而来的追问中：

> 乐府之作，由来尚矣，盖乐者，和也。和之而乐之，为乐，从可

① （清）钱保塘：《清风室诗钞》，《清代诗文集汇编》第 724 册，上海古籍出版社，2011，第 679 页。

② （清）章学诚著，仓修良编注《文史通义新编新注》上册，商务印书馆，2017，第 405 页。

思也。……若《大夏》《云门》《龟山》《仗剑》之操，其发响窈曲窕深，人籁也。（王泉之《李秋田南汉乐府序》）[①]

风雅变为乐府，乐府，古诗也。（王著《茨村咏史新乐府序》）[②]

乐府之名，其来尚矣。世谓始于汉武，非也，按《史记》高祖过沛，诗《三侯》之章，又令唐山夫人为《房中》之歌，《西京杂记》又谓戚夫人善歌《出塞》《入塞》《望归曲》，则乐府始于汉初。……其云始武帝者，托始焉尔。（王士禛《唐人万首绝句选自序》）[③]

汉采秦楚之声，而立乐府。孝惠二年，有乐府令夏侯宽。文景时，无所增更，于乐府习常隶旧而已，知不始于武帝、延年，盖至是而极盛大备云。（黄之隽《松桂读书堂乐府序》）[④]

此处对乐府发源问题的认识，可概括为五种：乐府源于古乐、乐府源自《诗经》、乐府源于汉初、乐府始于惠帝设令、乐府始于武帝定名等。五种认识又可归为两类：一是关于乐府的起源，有远源（古歌、古乐）与近源（《诗经》）上的分别；二是对乐府职能在汉代的具体确立，存在时间上的争论。值得注意的是，清人围绕乐府发源的焦点并不在于建立新说，而在于取信何家，五种说法相互龃龉，但并非清人首创。故此五说外，相当一部分“乐府诗史”针对乐府的发源问题呈现出模糊说法。如朱奇龄《徐子才古乐府诗序》云：“汉兴，始稍慕古，命叔孙通秦乐人，制宗庙乐。依仿古制，骎骎然称盛，盖自高祖过沛，作《大风之歌》，令童儿习之而已兆矣。迄于孝武，制作尤多，乃立乐府之名。”[⑤] 此处将“古制说”“汉初

---

① （清）王泉之：《政余书屋文钞》，《清代诗文集汇编》第475册，上海古籍出版社，2011，第577页。

② （清）胡介祉：《茨村咏史新乐府》卷首，天津图书馆藏清光绪学种花庄刻本，第4页。

③ （清）王士禛：《带经堂集》，《清代诗文集汇编》第134册，上海古籍出版社，2011，第735页。

④ （清）黄之隽：《唐堂集》，《清代诗文集汇编》第221册，上海古籍出版社，2011，第118页。

⑤ （清）朱奇龄：《拙斋集》卷一，《四库全书存目丛书》集部第251册，齐鲁书社，1997，第599页。

说”“武帝定名说”等一一调和，颇有集诸说之大成的意味。

给乐府追叙不同源头、选择不同的节点开启历史叙事，反映出撰写者对乐府诗不同的诗体定位与认识。对王泉之等人而言，刘勰《乐府》篇中对上古音乐兼收并蓄的态度被予以肯定，以此开启“乐府诗史”叙述，既能给乐府诗寻到悠久的历史源头，也为之找到上古歌乐和美思想的纯正依托，与此同时，更强调了乐府诗原初最为本质的音乐性质。对王蓍等人而言，承认“乐府”继承“三百篇”，自然也承认了其同样具备的“六诗”品格，则乐府诗类如《诗经》“兴观群怨”的“诗性”功能即被凸显。而对于纠结于“乐府”在汉代何时定名的撰者，他们已不再为“乐府”寻求经学（指《诗》与《乐》）上的“合法性”，反而将视野置于对诸多典籍记录的考对中，显示出一定的“征实”意识。而将“乐府诗史”叙述起始于汉，一定程度上显示出对汉代乐府自身价值的肯定与推崇。至于多数调和众说的撰写者，他们的做法无疑承认了乐府诗发源问题的复杂性并将选择权利交给读者，反映出他们对待历史的保留态度，展现了开阔融通的诗学观念。

“乐府诗史”书写另一显著分歧，表现在唐后乐府诗演进历程中分化出的两条支脉中。一脉是钱良择的认识：

> 至于宋，而乐府亡，非乐亡，乐变而诗亡也。……世变日新，愈趋愈下。唐之世，古调化为今体，而乐因之。宋之世，今体诗化为词，而乐又因之。词者，诗之余也。词化而曲，又词之靡也。……乐既不用诗，则诗皆不合乐，宋以后诗人所为乐府皆不可以声求之矣！近代作者，不考古题新题、古义新义之辨，各以臆见行之。如李茶陵乐府，文则奇矣。吾里诗老冯班定远谓其既不谐于金石，又不用古题，又不咏时事，直是有韵之史论，谓之咏史诗则可，岂可谓之乐府乎？李于鳞拟乐府，取乐志所载章截而句摘之，不待有识者而后知其谬也。①

钱氏肯定冯班之说，指出乐府的“诗”“乐”自刘宋后逐渐相离的历史趋

① （清）钱良择：《抚云集》，《清代诗文集汇编》第165册，上海古籍出版社，2011，第440~441页。

势，以后世诗乐不相谐的缘故否认唐代以后诸多乐府诗创作，尤其将李东阳、李攀龙等人的诗作剔除在“乐府诗史”以外。另一脉来自顾景星等人的看法，《乐府钞自叙》说：“夫古乐府声谱虽亡，而神理固在，故必知乐府而后可言诗。”① 他并不否认后世从古乐府诗中汲取养分而诞生的诸多作品，在他的思路中，乐府诗是文人诗歌创作必须经历的一环。屈复《乐府体咏古诗有序》说：“近是宋元几熄矣。明人往往规画体貌，怪诞至不可句读，惟一李东阳今乐府，抚事陈词，犹得少陵遗意。”② 尽管他反对明人的模拟规画，却并未直接删汰此段历史，仍然将明人的乐府诗作置入历史的叙述，对他们而言，唐后诸多文人创制的乐府诗依然是古乐府的延续，还是“乐府诗史”上的重要一环。

此处关于乐府诗演进至唐面临音、意丢失的窘境，钱、顾二人的认识基本统一，甚至在其他撰写者眼中也是如此，如卢世漼云：“从唐代别起，只以诗论，不必立乐府名色。”③ 庄棫说：“李白沿古而失古意，杜甫变古而蔑古音，均之舛也。”④ 故由一条“乐府诗史”脉络实则分化出了两种观念。钱氏之言代表一类相对严苛的乐府观念，他把声乐视作乐府诗的根本性质，也就否认了以往古乐府文本中命题立意上的传承性价值。将宋后“乐府”的演进划归到词、曲一路，等于把“乐府诗史”变为一部纯正的音乐文学史。而在顾景星等有意为唐后文人乐府诗续史的文人眼中，他们更加侧重乐府诗的“诗性”功能。李邺嗣说：“以至近世杨廉夫、李西涯诸公，亦有所作，烂然可观，要皆变风雅之遗也。”⑤ 风雅一般指《诗经》中的正风雅乐，“变风雅之遗”肯定了杨、李二人对传统风雅精神的革新，但也表明他们的乐府诗实乃《诗经》之延续。

通过以上论述，无论是序跋中针对诗史发源论上的书写分歧，抑或唐后乐府诗演变脉络勾勒的分歧，都反映出清人复杂而多元的乐府认知与诗

---

① （清）顾景星：《白茅堂集》，《清代诗文集汇编》第76册，上海古籍出版社，2011，第12页。

② （清）屈复：《弱水集》，《清代诗文集汇编》第223册，上海古籍出版社，2011，第265页。

③ （清）卢世漼：《尊水园集》，《清代诗文集汇编》第5册，上海古籍出版社，2011，第266页。

④ （清）庄棫：《蒿庵遗集》，《清代诗文集汇编》第711册，上海古籍出版社，2011，第254页。

⑤ （清）李邺嗣：《杲堂文钞》，《清代诗文集汇编》第77册，上海古籍出版社，2011，第597页。

歌观念。确切来说，促成各家书写差异的根本原因，是清人对“乐府”性质的认识差异，即乐府诗究竟属“乐”还是属“诗”的观念分化。其实在清人之前，“诗”“乐”概念的理解及关系本就争议颇多，朱熹云：“古人作诗，只是说他心下所存事。说出来，人便将他诗来歌。其声之清浊长短，各依他诗之语言，却将律来调和其声。”① 郑樵《通志》又云：“凡律其辞则谓之诗，声其诗则谓之歌，作诗未有不歌者也，诗者，乐章也。”② 前者重辞轻声，后者重声轻辞，清人在“乐府诗史”的书写中反映出的分歧，恰恰是此两种观念转接于乐府诗体时的显现。但是无论是前者还是后者，二说其实均不否定“诗”“乐”在一定情况下的同构关系。比如当诗类文本被演奏出来时，诗乐本就是合一的，以此定义，那么将“乐府”的性质归于“诗”“乐”当中的任何一种均是不准确的，这或许是序跋中的“乐府诗史”发源论中，多数清人采用一种模糊态度，调和诸家说法的根本原因。

四 “乐府诗史”书写的意义指向及影响

关于清人对乐府诗演进历程的认识基础，有学者指出汉唐以来的经典文学在明代已经凝定③，也有学者认为明代诗评家“确立了明代以前中国诗歌描述基本格局”④，但从序跋中“乐府诗史”书写的诸多分歧及矛盾看，经典文本的凝定及基本格局的确立并不意味着统一观念的形成，反而由于各类不同乐府经典文本的稳定，让撰写者在面对不同历史文献记录时，产生了取信何家的矛盾，由此加剧了清人乐府观念上的分裂。但是在各类历史观念的分裂及调和中，一些清人看待乐府诗的整体风向也在悄然形成，反思序跋中的“乐府诗史”书写，可作出如下认识。

第一，清人有意在序跋中建立一种以儒家价值为导向的“乐府诗史”。清人对乐府发展源头的追溯、给予乐府不同的诗体定位，主要目的在于为乐府诗的体性及历史源流寻求一定的理论依据。无论将乐府诗归结于

① （宋）朱熹：《朱子语类》卷七八，（宋）朱熹撰，朱杰人、严佐之、刘永翔主编《朱子全书》第16册，上海古籍出版社、安徽教育出版社，2002，第2659页。

② （宋）郑樵：《通志》卷四九，中华书局，1987，第626页。

③ 叶晔：《明代：古典文学的文本凝定及其意义》，《中国社会科学》2020年第2期，第157页。

④ 吴相洲：《乐府学概论》，人民文学出版社，2015，第288页。

“乐”、归结于“诗”乃至认为其起始于汉，各家“乐府诗史”的书写立场其实均未出儒家的价值导向。从各“乐府诗史”中的乐府诗发源问题开始，清人便已开始为乐府诗“正本清源”。在多位序跋撰写者眼中，追叙乐府源头的远近，似乎就决定了其建构“乐府诗史”的质量高低。因为追叙乐府与《诗经》或古乐之间关联，即是强调乐府与《诗经》“四始”“六义”、乐府与“通于伦理”的古乐一脉相承的讽劝、教化功用，这无疑拔高了乐府诗之本身地位。由于源头上接续“正统”，故其后的诗体演变，皆在儒家“政教”观念的语境下被建构起来。如清人对六朝乐府诗的贬低与刻意忽略，认为唐人杜甫、白居易等人的作品尽得“风人之旨”，显然意味着在清人眼中，有关六朝乐府诗带来的转折与变化，或许是不重要且不具备价值的，因为它们违背了经学价值导向下的主流价值观念。总之，在清代经世致用、崇经慕古的诗教精神复兴的文化语境中，清人在序跋中叙述的“乐府诗史”，是儒家诗教观念的侧面写照。

第二，清人存在有意推崇和提高“新乐府诗”价值与地位的倾向。清人在序跋中“详‘李唐’而略‘六朝’”“贬‘攀龙’而褒‘杨李’”，反映出各家对唐人李白、杜甫、白居易、元稹等革新以往乐府诗创作的诗家的肯定。而同样在序跋中被认为乃乐府诗正宗的汉魏古乐府，在各“乐府诗史”中的论述与提及频次却并不高。一些汉魏古乐府诗的代表人物及乐府诗名篇等，除了个别古乐府爱好者及一些相关序文有所涉及外，多数序跋对其论述的详细程度并不及唐代新题乐府诗。在明代的多数诗集序文中，这些“汉魏古乐府诗”却是被大加赞赏的，如胡瓒宗《跋汉诗后》云：“读诗者，一则曰汉、魏，二则曰汉、魏。平时读汉、魏诗，以为魏犹汉也，及读乐府，则汉自为汉，而魏不能及矣。”① 李东阳《拟古乐府引》云：“予尝观汉魏间乐府歌辞，爱其质而不俚，腴而不艳，有古诗言志依永之遗意，播之乡国，各有攸宜。”② 较之明代而言，清人虽意识到汉魏古乐府的价值，却并不予以充分关注，似乎有意要和明代过分拟古的思潮拉开距离。参照清人作序、题跋的诸种主文本，新题乐府类的诗集数量的确占据了大多数，许多序跋撰写者在乐府诗史书写中大力称许杨维桢、李东阳，肆意批驳明代拟古乐府诗，很大程度上是由于其乐府

① （明）胡缵宗：《鸟鼠山人小集》卷十四，《四库全书存目丛书》集部第62册，齐鲁书社，1997，第379页。

② 《李东阳集》第1册，周寅宾、钱振民校点，岳麓书社，2008，第3页。

诗集主文本的主要内容是杨李二人之仿作，而杨李之诗正属于新题乐府诗一脉。以此言之，新题乐府诗的诗史地位在清人序跋中显然被提高了。

第三，官学以外，序跋中清人对乐府的诗体定位及诗歌评价体系尚未形成统一认识。基于历代乐府文献及清代官修《四库全书》等遗存的诸种观念，现代研究者通常认为古代的“乐府”概念经历了一个层累式的建构过程。它最初或仅为官职名而起设于秦，至汉武帝扩大了它的职能，使它成为宫廷的音乐机构，约于齐梁时期，“乐府”成为“乐府诗”或“乐府歌”的省称，及至宋元，乐府内涵进一步扩充，用以泛指长短句歌辞及散曲，王淑梅等也指出清代“四库馆臣对乐府作家以及乐府诗集进行提纲挈领性评价，建构乐府发展体系”[①]。然而从清人序跋中的乐府诗史书写看，相当一部分清人眼中的“乐府”并非如四库馆臣一般标准统一、立场明确，反而存在分类不明、概念混杂的现象。部分清人将类如“乐府”的先秦礼乐机构产生的歌辞文本当作乐府诗的前身，仅仅看到了二者的联系，却未意识到“乐府”在汉代完备的独立性。在王士禛以唐人绝句为唐人“乐府”、钱良择以宋元词曲为当时“乐府”的观念中，又是借用前人的概念来借指新声新曲，而未严格划分古今“乐府”。即使是指出“汉魏乐府尚矣”[②] 的钱保塘、认为杨维桢乐府诗“奥峭犹有汉魏之遗”[③] 的王麟书等将汉魏乐府视作正统的书写者，他们标榜的“汉魏乐府”，也是在以《诗经》为导向的评价体系中确立完成的。清人面临音乐消亡的现实，正如李文所说，他们“争论的焦点主要是诗与乐何者为第一位的问题”[④]，因此，序跋始终以类“乐”或类“诗”的标准约束“乐府”，以此展开“乐府诗史”叙述，反映出清人对“乐府”的认识长期存在派别上的争论，并未形成统一的立场，而这些观点分歧，恰恰与序跋书写者的乐府知识认知、审美偏好及文学观念等因素密不可分。

西方学者将“较多关注过去的文学是如何被后世过滤并重建的”[⑤] 作

---

① 张力丹、王淑梅：《论〈四库全书总目〉典籍提要中的乐府诗体观》，赵敏俐主编《乐府学》第28辑，社会科学文献出版社，2024，第271页。

② （清）钱保塘：《清风室诗钞》，《清代诗文集汇编》第724册，上海古籍出版社，2011，第679页。

③ （清）龙文彬：《明纪事乐府》卷首，哈佛燕京图书馆藏清永怀堂刻本。

④ 李文：《清代乐府诗学研究》，博士学位论文，苏州大学，2019，第59页。

⑤ 孙康宜、宇文所安主编《剑桥中国文学史》上卷，刘倩等译，生活·读书·新知三联书店，2013，第3页。

为《剑桥中国文学史》的特色之一，清人序跋中的“乐府诗史”或也可视作对以往典籍中乐府文学史过滤与重建的典型，它既是对前人观点和见解的筛选与传承，也是清人立足自身所处时代对以往诗史的反思和创新，可为当下对乐府文学史的认识和书写提供一定的借鉴。一方面，序跋中对乐府历史演进过程中发生的诸多问题、勾勒的基本脉络有助于当代文学史的建构。如萧涤非《汉魏六朝乐府文学史》、杨生枝《乐府诗史》等主流文学史著作，对乐府诗演进脉络的认知基本与清人序跋中建构的“乐府诗史”相一致。王辉斌《中国乐府诗批评史》中的“‘前乐府’批评”一章，也是注意到清人对乐府发源论存在分歧与矛盾而专门设置的。另一方面，序跋中的乐府诗史书写反映诸多论者在乐府观念上的分歧，也可促进当代学者对历史真相的挖掘。如序跋中清人对明代乐府诗的普遍贬低，存在继承钱谦益等虞山诗派一众诗论家观点的可能，但是，清人在批驳李攀龙的同时，也肯定了杨维桢、李东阳等人的乐府诗创作，这对于深入挖掘明代乐府学的内涵和特色有重要意义。总之，清代乐府诗集序跋中的“乐府诗史”为当下乐府学研究贡献了清人的视角与见解，值得予以更多重视。

论清代咏史乐府诗中的自注[*]

陶凤凤

（河北师范大学文学院，河北石家庄，050024）

摘　要：咏史乐府诗发展到清代开始大量运用自注来解释题名、本事、大意，具有浓重的考证色彩。自注首先出现在以明史为描写对象的乐府诗中，尤侗《拟明史乐府》领风气之先，有意识地避免主观感受的直接表达，推动自注往客观叙事方向发展。自注是清代重经史之风与文禁政策约束下的产物，反映出清人在新题乐府领域以破体的方式重新思考乐府诗叙事困境、以重义轻声的方式来处理乐府音调亡佚后的诗乐关系，同时也是对元白新乐府的继承与发展，推动了元白新乐府在清代的接受与传播。

关键词：自注　咏史乐府　清代

作者简介：陶凤凤，河北师范大学文学院在读博士研究生，研究方向为乐府学。

自注是诗人对己作进行解释说明的文字，中唐时期元稹、白居易开始将自注运用到新题乐府之中。咏史乐府诗自注出现较晚，最早可见于南宋末年陈普所作五首组诗《王昭君》，而后明末冯兰《雪湖咏史录》、王三阳《拟古闽声乐府》中偶有自注，均较为简短，并未成规模。至清代尤侗创作《拟明史乐府》，百首均有自注，以题名、本事、大意为注释对象，使得诗意通畅；而后有洪亮吉《拟两晋南北史乐府》99 首、张晋《续尤西堂拟明史乐府》60 首、赵怀玉《云溪乐府》104 首、汪泩《读明史乐府》

*　本文系国家社会科学基金一般项目“明清乐府学专书研究”（23BZW066）阶段性成果。

24首、胡介祉《茨村新乐府》60首、吴仰贤《新乐府》20首、朱一新《咏南史新乐府》22首、徐宝善《五代新乐府》22首，这511首乐府首首皆有自注。另外，王士禛《咏史小乐府》30首、万斯同《新乐府》68首、沈家本《咏史小乐府》30首、吴振棫《吴越小乐府》13首、柏葰《读南北史拟小乐府》38首、杜堮《拟乐府》9首、和瑛《拟白香山乐府》32首、李调元《蜀乐府》12首、袁翼《拟古中兴乐府》4首、张维屏《咏史》25首、史梦兰《咏史小乐府》8首中自注的数量分别为1首、65首、1首、2首、2首、1首、16首、8首、1首、3首、1首。即便如清末宋泽元编《四家咏史乐府》收录咏史乐府四大家的作品，其中尤侗、洪亮吉二人诗集自带注释，元杨维桢、明李东阳的集子皆选录后人注释本。可见清代为咏史乐府诗作注是普遍现象，其中自注尤甚。王辉斌认为清代尤侗开启了“诗注合一”的范式①，但关于咏史乐府诗自注产生的背景、原因、特点等方面的研究尚且不足。本文拟以此为立足点，以期能够更深入地理解清代乐府诗的时代特点。

一

结合乐府诗构成要素，清代咏史乐府自注可以分为三种类型。

第一类是解释题名。吴相洲指出：“题名是乐府诗第一构成要素。”②咏史乐府诗多为诗人自创新题，有以首句为题者，如《拟明史乐府·朱家巷》《拟两晋南北史乐府·雉短短》；截取正文者，如《拟两晋南北史乐府·思子台》《拟明史乐府·上梁文》；概括大意者，如《拟两晋南北史乐府·除三害》《拟明史乐府·胡蓝狱》；也有以“主题+歌词性诗题”形式命名者，如《拟明史乐府·青田行》《拟两晋南北史乐府·明月谣》。题名关系到对本事、主题的理解，故而对题名进行解释是首要之务。其中又可以分为两种情况。第一，解释题名含义。如《拟明史乐府·醉仙楼》：“上命工部作十楼于江东诸门，令民设酒肆。后又增五门，诏赐百官钞宴于醉仙楼。”③ 自注交代了醉仙楼的设立、地点以及用途，将醉仙楼作为一个名物进行解释。再如《拟两晋南北史乐府·岘山碑》：“羊祜堕泪碑，在襄阳

① 王辉斌：《唐后乐府诗史》，黄山书社，2010，第320页。

② 吴相洲：《乐府学概论》，人民文学出版社，2015，第116页。

③ 《尤侗集》，杨旭辉点校，上海古籍出版社，2015，第820页。

岘山。杜预好为后世名，刻石为二碑，纪其勋绩，一沈万山之下，一立岘山之上。”① 自注解释“岘山碑”是羊公碑、杜公碑二碑的合称，并标明杜预立碑是为“后世名”，对于理解诗意及主题有一定的帮助。第二，解释题名创作源流。如《拟两晋南北史乐府·壮士歌》：“陈安与赵将平先战，会日暮雨甚，匿于山中，为呼延青所杀。陇上人思之，作《壮士歌》。”②《壮士歌》为再造旧题，原为陇上人悲陈安所作，洪亮吉在此基础上另造新辞，于自注中说明创作源流。再如《遂初草庐诗集·刘平妻》：“胡氏从夫戍，夫为虎擒，氏杀虎夺夫。见《杨铁崖乐府》。按刘平，滨人也，其村今犹称“杀虎刘”云。”③ 自注中解释《刘平妻》一题原见《杨铁崖乐府》，原名《杀虎行》，说明《刘平妻》一题为《杀虎行》衍生而来。可见咏史乐府诗题名虽以新题为主，但也有一部分是在旧题的基础上发展而来，自注于此揭示题名由来。

第二类是点明本事。咏史乐府诗多采用“因事命题”的创作方式，但所依之“事”很难在曲辞中得以全面铺展，故而往往成为自注的重要组成部分。咏史乐府诗取材于历史典故，以历史人物或历史事件为歌咏对象，这些乐府诗或来源于史书记载，或来源于民间歌谣，较为晦涩难懂，受诗歌体式的局限，“这些本事、情境并不总能直接以确切的细节在诗歌文句上表达出来”④，故而需要以自注的形式进行说明。这同样分为两种情况。第一，咏史乐府诗一篇专咏一事，自注在解释本事的过程中往往点明所咏之人与相关历史事件。如《拟两晋南北史乐府·雉短短》：“雉短短，飞来入宫院，欲窃主权欺主暗。昨日杀龙母，今日杀龙子。可怜铜驼宫，化作荆与枳。”⑤ 注云：“惠帝后，贾充女也，武帝尝曰：‘贾公女有五不可。种妒而少子，丑而短黑。’后废杨太后于金墉城，绝膳八日而卒。使太医令程据毒太子。”⑥ 这篇点明《雉短短》主人公为贾南风，并点明其以废太后、毒太子之事入诗。更有明确表明写作缘由者，为人立传。如《荷池引》：“为蜀王近侍严兰珍也。兰珍，华阳人。父椿茂，邑诸生。兰珍工书

---

① 《洪亮吉集》，刘德权点校，中华书局，2001，第 2163 页。

② 《洪亮吉集》，刘德权点校，中华书局，2001，第 2169 页。

③ （清）杜堮：《遂初草庐诗集》，《续修四库全书》第 1498 册，上海古籍出版社，1995，第 498~499 页。

④ 查正贤：《论自注所示白居易诗歌创作的若干特征与意义》，《文学遗产》2015 年第 2 期。

⑤ 《洪亮吉集》，刘德权点校，中华书局，2001，第 2164 页。

⑥ 《洪亮吉集》，刘德权点校，中华书局，2001，第 2164 页。

法，年十六，与同邑齐飞鸾、许若琼、李丽华同选入宫。甲申十一月，贼攻城急，兰珍投西院荷池死。"[①] 自注梳理了严兰珍一生事迹，使得诗意更为明确。第二，咏史乐府诗一篇咏多事但主旨一致者，多通过对典故进行解释来表达本事之由来与含义。如《龙虎争》："虎皇皇，北来牵两狼。南飞值龙龙角张，洛中硕鼠尺二长。（一解）莫打虎，打虎先伤龙，龙鳞十十五五。（二解）莫打鼠，打鼠已惊犬。犬声欲闻数武。（三解）雄鸡默，雌鸡啼，大马死，小马饥。（四解）"注云："元康中童谣：'虎从北来鼻头汗，龙从南来登城看。'指齐王冏、成都王颖。永嘉初童谣：'洛中硕鼠尺二长，若不早去大狗至。'鼠指东海王越，狗指苟晞。大宁初童谣：'老马死，小马饥。'指明帝崩成帝幼而言。"[②] 点明用典，指明所咏人物。

第三类是串讲大意。这同样可以分为两种情况。第一，通释文意。如《拟明史乐府·胡蓝狱》："去年杀韩信，今年醢彭越。徐、常幸前死，诸公宁望活？丞相戮，将军诛。醴泉出井固有迹，驼马入关岂无辜？坐以谋反疑有无，罪止及身或收孥。杀胡党，杀蓝党。数十万人保无枉，文武军民打一网。一斗粟，一座城，一条龙，一连鹰。革左塌狪何纷纷？得非此辈之冤魂？"注云："惟庸谋逆，言所居井涌醴泉，邀上往观。伏兵屏内，为内史云奇告变。蓝玉北征还，捆载无算。喜峰关吏夜不即纳，遂毁门而入。指挥蒋献告捕，伏诛，连坐者数万人，见昭示《奸党录》。一斗粟以下，皆流贼名。"[③] 诗歌主要聚焦胡惟庸、蓝玉两个人的具体事件进行咏写，自注对诗歌正文本进行通释。《拟明史乐府·行遁歌》《拟明史乐府·翰林四谏》《拟明史乐府·进红丸》等同样如此。其二，由于本事与诗歌本身关系密切，自注在解释本事的同时往往会通释诗歌大意。如《拟明史乐府·思旧主》："子英上书新天子，亡国之臣欠一死。不死而走有余耻，圣朝安用失节士？愿屏海南终没齿，京师虽留非我处。一夜大哭思旧主，帝曰忠矣放汝身。送之出塞从汝君，家本洛阳有故土，何为阴山瀚海逐沙尘。宁为异域鬼，不作中华臣。"注云："蔡子英，河南人，从扩廓铁木儿。元亡，单骑走关中，入南山。大军图形求之，械送京师，释之。授以官，不受，退而上书，朝廷重之，命馆于仪曹。一夜，大哭不止，人问

① （清）李调元：《童山诗集》，《续修四库全书》第1456册，上海古籍出版社，1995，第151页。

② 《洪亮吉集》，刘德权点校，中华书局，2001，第2167~2168页。

③ 《尤侗集》，杨旭辉点校，上海古籍出版社，2015，第817页。

之，曰：‘思旧主耳。’上知其志不可夺，敕有司送出塞。”[①] 自注介绍了事件的起因、经过、结果，与诗歌正文遥相呼应。

值得注意的是，“自注最基本的作用，自然还是平实地解释词语、注明本事，便于读者准确理解诗作的意旨”[②]，但在咏史乐府诗自注中较少有直接点明主旨者，而是将主旨隐藏在对大意的梳理之中。以功能论，乐府诗具有讽喻美刺的社会功能，咏史诗同样具有讽谏教育功能[③]，而咏史乐府诗自注主要以解释说明为主，在一定程度上影响了咏史乐府诗的直接接受，但这种做法却是清人有意为之的结果。

二

咏史乐府诗自注首先出现在以明史为描写对象的乐府诗中，尤侗《拟明史乐府》领风气之先，而后延伸到前代诸史。尤侗《拟明史乐府》、万斯同《新乐府》是清代前期最早的咏史乐府自注作品，二者基本同时。前者百首组诗一诗一注，后者 68 首中 65 首诗有注，均以明史为咏写对象。但从文学色彩以及传播效果来看，尤侗《拟明史乐府》推动清代咏史乐府诗的进一步发展，影响更为深远。如汪泩《读明史乐府》、张晋《续尤西堂拟明史乐府》、徐宝善《补明史新乐府》、李于阳《拟尤西堂明史乐府》、舒位《春秋咏史乐府》、洪亮吉《拟两晋南北史乐府》等咏史乐府诗均受到尤侗《拟明史乐府》的影响。

一方面是因为清代史学的兴盛催生了咏史乐府诗的大量出现。明清时期，“许多亲身经历了明清易代家国之痛的学者，怀抱强烈的民族意识，着眼于经世致用的目的，致力于当代史特别是明史的纂修，尝试各种体裁史著的撰写，认真总结历史的经验教训，努力思考‘神州荡覆’，‘天下陆沉’的原因”[④]。因此，“感于哀乐，缘事而发”的乐府成为存史论史的重要体裁，成为“吟咏明清之际史事人物、抒发黍离之思和兴亡之感的表达方式”[⑤]。咏史乐府诗的作者兼具史学家与诗人的双重身份，如万斯同与尤

① 《尤侗集》，杨旭辉点校，上海古籍出版社，2015，第 817~818 页。

② 查正贤：《论自注所示白居易诗歌创作的若干特征与意义》，《文学遗产》2015 年第 2 期。

③ 参见韦春喜《宋前咏史诗史》，中国社会科学出版社，2010，第 18 页。

④ 黄爱平：《朴学与清代社会》，河北人民出版社，2003，第 250 页。

⑤ 黄爱平：《朴学与清代社会》，河北人民出版社，2003，第 253 页。

侗在与修《明史》期间先后创作出《新乐府》《拟明史乐府》，前者“采明室轶事为题，而系之以诗”[①]，后者“采其遗事可备鉴戒者”[②]，均抱有保存一代史料的重要目的。洪亮吉作《拟两晋南北史乐府》同样有感于史书：“余童时从黄石缄先生游，先生素邃史学，平居为说典午南北之际事极详……今秋文战报罢，因取两晋南北史事杂书之，为拟古乐府百二十首，非敢计工拙，亦以志童时结习未尽而所闻于先生者。”[③]

另一方面，自注是其创作传统与清代风气综合影响下的产物。其一，自注本身具有为史作注的传统，清人对此加以强化。据清代章学诚《文史通义·史注篇》考证，自注始于“太史《自叙》之作”，而后影响到诗歌自注的产生。因清人偏重经史著述，具有推崇学问的倾向，取材于历史的咏史乐府诗正好符合清人注释喜好。正如上文所说，咏史乐府诗自注注解题名、本事、大意，莫崇毅称此类“基于公共知识对己作内容予以解释”的注释为知识性自注，清代重学风气的影响是自注产生的重要原因之一。[④]其二，严密的文禁政策进一步推动了自注的产生。清代统治者为加强思想控制，多次兴发文字狱，文人不得不谨言慎行。“凡当主权者喜欢干涉人民思想的时代，学者的聪明才力，只有全部用去注释古典。”[⑤] 在尤侗创作《拟明史乐府》之前，吴炎、潘柽章于顺治十一年（1654）著有《今乐府》，充分展露二人的遗民心态，往往指明美刺对象，如《危不如》“刺危素也”，《芜城叹》“悲维扬也”，《赭山》“伤宗社再覆也”，带有鲜明的褒明贬清的政治立场，表达自身反清复明的强烈意愿。后因庄廷鑨《明史》案的牵连，《今乐府》更是一度遭到禁毁。在清代文化政策的影响下，以讽谏为目的的咏史诗创作受到限制。翁方纲曾劝弟子谢蕴山不要创作咏史诗，“愈精工则所指摘愈甚矣，所以愚于文学从来不为史题史论之作”[⑥]，即便翁方纲作为一代诗学领袖，同样谈咏史而色变，可见以讽谏为目的的咏史诗在清代的创作愈少，转而着力于客观的注释说明。“咏史以不著议

---

① （清）万斯同：《新乐府》，《丛书集成续编》史部第28册，上海书店，1994，第243页。

② 《尤侗集》，杨旭辉点校，上海古籍出版社，2015，第812页。

③ 《洪亮吉集》，刘德权点校，中华书局，2001，第2155页。

④ 莫崇毅：《论知识性词作自注的演进与特征》，《词学》第64辑，华东师范大学出版社，2021，第1页。

⑤ 梁启超：《中国近三百年学术史》，上海古籍出版社，2013，第21页。

⑥ （清）翁方纲：《复初斋集外文》，《清代诗文集汇编》第382册，上海古籍出版社，2010，第641页。

论为工，咏物以托物寄兴为上；一经刻画，遂落蹊径。”[①]“反对议论”是清代朴学的最大特色[②]，避免议论成为清人的共识。

在此背景下，咏史乐府诗自注注重客观解释，有意识地避免主观感受的直接表达。尤侗《拟明史乐府》对李东阳《拟古乐府》作出“太涉议论”的批评与反思，转而进一步发展比事属辞之法，“其述事遣辞，才识兼到”[③]，“征事属词，娓娓可诵”[④]，“意严词婉”[⑤]，包括宋泽元选录《四家咏史乐府》对尤侗和洪亮吉分别作出“立言要而不繁，持议正而不苛”[⑥]“准情酌理，其论断之精卓”[⑦] 的评价。客观合理的叙事成为咏史乐府诗自注的追求与模范，具体表现为以下三点。

其一，结合史实，表达己见。如《拟明史乐府·青田行》：“高安授书圯上比，一杯竟为奸臣死。青田洞府石门深，不信中无赤松子。”注云：“其卒也，为胡惟庸所毒，故惜其不能从赤松子游也。”[⑧] 对已有结论进行重新阐释：

> 既而告归，赐以文绮，曰：“藏此作百岁衣也。”约岁一朝。既行，语其子璲曰：“朕昨夜梦见尔父，谈笑如常时。每至游宴内廷，流连浃旬。”一日，与登文楼，踬焉，上曰：“先生老矣，明年可勿来。”濂拜谢。至明年，上忘前语，曰：“宋先生不来，其有疾乎？”使人觇之，方会饮赋诗，上怒，命即家斩之，以皇后、太子力救，驰赦焉。亡何，其孙慎以胡党连坐，复逮濂，将杀之，又以后谏免，谪茂州安置，行至夔州，自经死。[⑨]（《拟明史乐府·醉学士》注）

---

① （清）薛雪：《一瓢诗话》，杜维沫校注，人民文学出版社，1979，第136页。

② 黄爱平：《朴学与清代社会》，河北人民出版社，2003，第300页。

③ 山右历史文化研究院编《续尤西堂拟明史乐府（外二种）》，上海古籍出版社，2016，第7页。

④ （清）汪泩：《获经堂初稿》，《四库未收书辑刊》第10辑第28册，北京出版社，1998，第277页。

⑤ （清）徐宝善：《壶园诗钞选》，《续修四库全书》第1516册，上海古籍出版社，1995，第566页。

⑥ （清）宋泽元：《四家咏史乐府》，《丛书集成续编》第264册，（台北）新文丰出版公司，1988，第657页。

⑦ （清）宋泽元：《四家咏史乐府》，《丛书集成续编》第264册，（台北）新文丰出版公司，1988，第622页。

⑧ 《尤侗集》，杨旭辉点校，上海古籍出版社，2015，第815~816页。

⑨ 《尤侗集》，杨旭辉点校，上海古籍出版社，2015，第816页。

其明年致仕，赐御制文集及绮帛，问濂年几何，曰："六十有八。"帝乃曰："藏此绮三十二年，作百岁衣可也。"濂顿首谢。又明年，来朝。十三年，长孙慎坐胡惟庸党，帝欲置濂死。皇后太子力救，乃安置茂州……其明年，卒于夔，年七十二。[①]（《明史·宋濂传》）

《拟明史乐府》中提供新的史料，提出新的观点：宋濂因朝拜和连坐先后两次招致杀身之祸，是专制皇权的牺牲品。而《明史·宋濂传》将宋濂的死因归于胡惟庸党案，弱化皇帝的作用。未提朝拜一事的波澜，只用"来朝"二字带过。《拟明史乐府》中"只道君恩长若此""谁知微罪积丘山"将伴君如伴虎的状态描写得动人心魄，"呜呼学士尚文人，何况横戈跃马称将军"[②] 进一步通过宋濂管窥整个政坛的生存面貌。通过对文臣武将生存状态的对比，弱化其牵连之罪，从根本上进一步强调政治博弈中牺牲的必然性。由此可见，尤侗能够意识到历史悲剧产生的根本原因，但未敢去触碰它，较之同时代的思想家稍有逊色。郭英德曾作出较为客观的评价："与尤侗同时代的顾炎武曾大声疾呼废除以时文取士的科举制度，相形之下，尤侗的思想是何等浅薄！然而这种浅薄的思想，却恰恰是封建时代文人的普遍思想。"[③]

其二，自注还会对历史进行一定的论断。如《拟明史乐府·行遁歌》中对河西佣、补锅匠、云门僧、玉山樵者等的身份进行考订："或谓：雪庵为修撰吴成学；衣葛翁为编修赵天泰；河西佣为监正王之臣；马公亦称马二子，为司务冯漼；补锅为按察使黄直；樵夫为镇抚牛景先。然《表忠录》纪景先死杭州寺中，而樵夫闻诏投湖，不类亡臣。又衣葛翁、河西佣，一事两人，疑附会之误。"[④] 再如《狐非狐》中的自注："魏孝武时谣云：'狐非狐，貉非貉，焦梨狗子啮断索。'盖指宇文泰，俗谓之黑獭也。泰母孕泰时，梦抱子升天，才不至而止。周初童谣云：'白杨树头金鸡鸣，只有阿舅无外甥。'盖指隋受周禅之兆。"[⑤] 此注一方面对诗歌中的典故出

---

① 《明史》，中华书局，1974，第 3787~3788 页。

② 《尤侗集》，杨旭辉点校，上海古籍出版社，2015，第 816 页。

③ 郭英德：《明清传奇史》，江苏古籍出版社，1999，第 434 页。

④ 《尤侗集》，杨旭辉点校，上海古籍出版社，2015，第 826 页。

⑤ 《洪亮吉集》，刘德权点校，中华书局，2001，第 2195 页。

处进行解释，另一方面对歌谣大义进行发覆，包含了洪亮吉自身对历史的判断，类似于史书中的论赞。

其三，涉及名物的考证。如沈家本《咏史小乐府》：“带砺功臣誓，偏遗纪信名。中山留片土，犹识汉时城。”注云：“《史记·高祖功臣侯者年表》：高粱侯郦疥，食其子；高景侯周成，苛子；襄平侯纪通，成子，并以父死事封。而纪信独未闻，盖无子故也。《定州志》有纪信城，在州南五十里，云是汉高帝筑以封纪信者，岂如绵上之田以旌善人邪？书阙有闻，仅见于一邑志乘，恐古事之类是者，其湮没多矣。《灵寿县志》：纪信台在县东十里，高五六丈，有纪信庙。”[①] 自注结合《灵寿县志》中关于纪信台的记载考订《定州志》中纪信城的位置，体现了多闻阙疑的态度。

咏史乐府诗取材于历史，为咏史乐府诗作注就是为历史作注。“经、史两部文献的注释和疏证，已经成为清人重要的著述方式之一，在这种学术格局影响下，清人对学问和知识有着近乎痴迷的热情，诗歌注释领域自然也成为清人追求实证主义和阐述义理的‘用武之地’。”[②] 自注的出现契合清人对学问的追求，由于许多史实并无定论，故而需要注者发挥一定的史识阐明己见，是清人时代风气影响下的产物。

三

咏史乐府诗自注在清代走向成熟，不仅仅是清代学术风气的产物，更能反映出清代乐府诗发展的一些侧面。

第一，自注的大量运用代表乐府诗在清代出现新的体式特点，是乐府诗发展到清代对叙事困境的重新审视与自我突破。乐府诗受体裁局限性的影响，记载内容有限，而自注能够弥补其不足。清黄子云《野鸿诗的》曾对乐府诗之叙事作出评价：“一曰记事，太详则语冗而势涣，故香山失之浅；太简则意暗而气馁，故昌谷失之促。”[③] 自注的出现分担了乐府诗的叙事功能，对于突破乐府诗叙事困境具有一定的积极意义。“其于每首诗后

① （清）沈家本：《枕碧楼偶存稿》，《续修四库全书》第1563册，上海古籍出版社，1995，第630页。

② 鲁梦宇：《清诗清注研究——以乾嘉时期重要注本为中心》，博士学位论文，西北大学，2021，第87页。

③ （清）黄子云：《野鸿诗的》，丁福保辑《清诗话》，中华书局，1983，第850页。

均附有注释的举措，既使诗歌本文与注释融于一体，形成了一种韵散相兼、诗注合一的新样式，又极大程度地扩大了乐府诗的容量，升华了作品的形式美。”① 与诗歌本身注重文采不同，自注更注重对历史的叙述，极大地扩大了史料容量，在保持诗歌文学性的同时，弥补诗歌体量之不足。文体渗透是清代文学发展的时代特征与必然趋势，“清人的学问基础普遍胜于前代，谙熟传统典籍，究心地域文化，兼之文艺兴趣广泛，多方面的传统文化和地方知识为他们的文学创作提供了丰富的语言素材，带来不同文体的相互渗透，体制和修辞层面的变异、更新”②。自注对乐府诗进行破体，是乐府诗内部的自我突破与超越。乐府诗本身具有叙事传统，咏史乐府诗在一篇作品中以诗、注两种不同体裁论述同一历史，能够补诗歌叙事之不足，使叙事详略得当，既是存史论史的重要尝试，也是在新题乐府领域从破体角度对乐府诗体的重新认识。

第二，乐府音调亡佚引发清人对诗乐关系的重新思考，自注的大量运用代表清人在新题乐府领域的重义轻声。从上文的叙述中可以看出咏史乐府诗的自注注重阐释诗歌的本事、大意，而较少关注咏史乐府诗作为乐府诗的音乐形态。虽然在自注中有韵脚、“解”等对乐府诗体制的注解，但仍属于少数。清人关于诗乐关系的论证可以分为重义与重声两派，重义一派认为“诗优于乐，作诗过于强调合乐则是本末倒置……认为作乐府诗不宜摹仿古人声调。在这种思想的指导下，论乐府则注重品评辞章、阐发主旨，而忽视其音乐性。不仅如此，清代乐府笺注之学繁荣，亦与重义轻声之说不无关联”③。因此，不仅清代乐府笺注之学繁荣，咏史乐府诗自注走向成熟也是对乐府诗体重新反思的结果，故而自注重诗义的表达，不重音乐体制。诗义的表达更加注重以儒家诗教为衡量标准，强调兴观群怨的作用。“夫乐府之失传久矣！古今异宜。即使起李延年于今日，取所谓《翁离》、《上耶》者而歌之，未必能被诸管弦，不如九宫、十三腔之合拍也。故说诗者，但求其兴、观、群、怨，有当《三百篇》之旨足矣。”④ 在此创作理念的指导下，自注更加侧重于对诗义的阐发而不注重乐府诗的音乐形态。

---

① 王辉斌：《论清代的咏史乐府诗》，《南都学坛》2011 年第 1 期。

② 蒋寅：《清代文学的特征、分期及历史地位——〈清代文学通论〉引言》，《烟台师范学院学报》（哲学社会科学版）2004 年第 4 期。

③ 李文：《清代乐府诗学研究》，博士学位论文，苏州大学，2019，第 64 页。

④ 《尤侗集》，杨旭辉点校，上海古籍出版社，2015，第 812 页。

第三，咏史乐府诗及其自注承袭元白新乐府而来，推动元白新乐府在清代的传播与接受。万斯同自言创作《新乐府》缘由："昔之拟乐府者，率用汉魏古题，独唐白少傅取本朝事为题，而名之曰新乐府，盖新题体制，非汉魏遗制也。余读而爱之，因采明室轶事为题，而系之以诗。"① 尤侗同样主张："与其为似汉魏，宁为真六朝；与其为似盛唐，宁为真中晚，且宁为真宋元。"② 一方面，咏史乐府诗的创作理念与新乐府一脉相承，不仅均为保存一代之史而作，而且延续了元白新乐府"其事核而实""为君、为臣、为民、为事"的宗旨和标准，"就其时与事而褒贬论断之，言之繁简各得其当……为君、为臣、为民、为事而作，足以传信与香山新乐府之义旨合……此易世而后为之，感慨不平者也。间就传闻诸逸事，取其有关治乱得失之故者，托之篇什如干首"③。对咏史乐府诗的创作追溯与评价始终以元白乐府为标准，"愚山云：以七言歌行作新乐府，始自唐人，香山讽喻亦稍易矣。茶陵矫矫，犹多近古。悔庵矜厉于香山，恢博于茶陵"④。另一方面，咏史乐府诗自注成熟于清代，具有时代特点，与新乐府侧重点有所不同。乐府诗自注在元稹、白居易时期便已经被运用到创作之中，来标注题名、注音释义并标注历史事件，揭示用典出处，指明写作意图与美刺对象，具有丰富的功能，并以美刺讽喻的社会功能为重。元白自注是其传达政治观点的重要载体，"自注以叙代议，成为彰显诗人情感意图的手段。'卒章显志'是中唐纪事类新乐府的共同特点，而自注的叙事则是对诗旨的烘托暗示，为诗末的点题蓄势，使诗旨的揭示自然有力，从而更有效地发挥纪事类新乐府针砭时弊、疗救社稷的政治功能"⑤。元白乐府诗中的自注往往点明美刺，而咏史乐府诗的自注则更加注重客观叙事，通过对史料的剪裁整理来传递已见。由于文禁政策，"明清时期大型咏史乐府数量激增，乐府创作转向历史维度，与乐府诗学上的'缘事''即事'传统发生偏离"⑥。其"事"从"广泛的社会生活与风俗之事聚焦为政治时

---

① （清）万斯同：《新乐府》，《丛书集成续编》史部第28册，上海书店，1994，第243页。

② 《尤侗集》，杨旭辉点校，上海古籍出版社，2015，第179页。

③ （清）胡介祉：《茨村咏史新乐府》，《四库未收书辑刊》第8辑第26册，北京出版社，1998，第323～324页。

④ 《尤侗集》，杨旭辉点校，上海古籍出版社，2015，第863页。

⑤ 魏娜：《唐代诗歌自注发展轨迹探赜》，《殷都学刊》2022年第3期。

⑥ 王志清：《乐府诗学"事"义命题的生成与内涵变迁》，《学术界》2022年第11期。

事"[①]，强调以史为鉴的作用，为当下政治提供经验教训。咏史乐府诗自注在元白自注的基础上有所继承和超越，强化借鉴功能，而弱化美刺讽喻功能。

咏史乐府诗自注成熟于清代，在文禁政策的约束下带有鲜明的时代特点。咏史乐府诗自注集中注释题名、本事、大意，侧重于考证，而忽视音乐体制的讲解与主旨的发覆。这既是清代重学问重考据的产物，也是咏史乐府诗作为新题乐府在音乐、体式等方面对乐府诗体的重新思考，是清人乐府观的集中体现。咏史乐府诗取材于历史，以历史为描写对象，历史本身晦涩难懂，尤其经过艺术手法的加工之后，更难以读懂，以至于对诗歌的解读往往会"隔"着一层。诗人利用自注对历史进行准确解读，便于读者理解与阅读，扩大了受众范围，拓展了传播的空间。同时，自注中保存了丰富的史料，彰显诗人的历史观。

① 王志清：《乐府诗学"事"义命题的生成与内涵变迁》，《学术界》2022年第11期。

诗歌吟诵

略论朱自清对传统吟诵的研究与贡献

秦佳佳

（首都师范大学中国诗歌研究中心，北京，100048）

摘　要：朱自清接受过传统私塾教育和西式教育，学兼中西，有丰富的教学经验和卓越的文学创作成就。在新文化建设的过程中，他认识到了传统读书法吟诵的重要性和被忽视的现状，撰写了一系列论文。朱自清概括总结了从文字诞生之前到民国时期传统读法的发展变化历史，方便人们吸取经验教训。他认识到文字是有意义的，在“摹声”的基础上提出“筋肉的运动”，为传统吟诵的正当性和必要性提供了学理依据，为诗歌的声音鉴赏提供了可供借鉴的思考路径。他抓住了传统吟诵“娱独坐”的本质和涵养性情的定位，提倡发挥诗歌的声音功用，启发我们回归过去，体悟传统吟诵和现代朗诵的区别。朱自清的传统吟诵思想在学术史上有重要价值和意义，若能和现代实际相结合，便能发挥更大的作用。

关键词：传统吟诵　摹声　“筋肉的运动”　“娱独坐”

作者简介：秦佳佳，首都师范大学中国古代文学专业博士研究生，研究方向为中国古代诗歌与吟诵、先秦文学。

吟诵是“传统汉语诗文特有的读书方式，是以语言为本位的口传艺术”[①]。“上口”的声音更容易让人们记住，也能加深诗歌的内涵，即所谓“言有尽而意无穷”。民国时期不同于吟诵广泛存在、学理上却不太受重

---

① 赵敏俐：《论传统吟诵的语言本位特征》，《首都师范大学学报》（社会科学版）2013 年第 6 期。

视的古代，也不同于文化传承出现断层的现代，它是一个新旧更替、思想变革的特殊时期。虽然吟诵随着私塾的衰落以及社会大环境的变化，逐渐被历史边缘化，可当时的文人大多会传统吟诵，吟诵和当时的教育也尚未完全脱离。一批读过私塾的有识之士，真切认识到吟诵的价值所在，积极宣扬、推广、研究吟诵这一传统读书法。部分名家如唐文治、赵元任、朱自清等人已经建立起了自己的吟诵理论体系，并将其发展到了一定的高度。

朱自清在童年和少年时期走完了传统教育之路。他“幼年的家庭教育，和一般士大夫人家的子弟一样，受的是传统的古典教育”①。之后他进入旧式私塾，学习到了十四岁，拥有了深厚的国学功底，养成了温柔敦厚的文人性格。有家学渊源和私塾经历做底子，朱自清顺利地考入了北京大学，身处五四运动和新文化运动的核心，接触到了西方的文化和哲学思想，学兼中西。

朱自清除了是在传统教育和西式教育下成长的一代民国才子，还拥有二十多年的教学实践经验，先后在浙江、上海的几个中学执教，之后又担任清华大学国文系的教授，一直不曾中断教学。他在吟诵理论上的研究颇多，曾发表过《论朗读》《朗读与诗》《诵读教学》《论诵读》《论朗诵诗》《诵读的态度》等多篇专文来论述吟诵和现代朗诵，又有《〈文心〉序》一文评论叶圣陶、夏丏尊的吟诵理论；《诵读教学与“文学的国语”》提及黎锦熙的诵读观点；《胡适〈谈新诗〉（节录）指导大概》分析胡适针对新旧诗词进行声情分析的过程等。在研究朱自清的同时，我们还能通过他的文艺批评拓宽视野，了解其他名家的吟诵观念。本文将对朱自清对传统吟诵的研究与贡献进行全面的分析梳理。

一 朱自清对传统吟诵发展史的总结

朱自清在20世纪40年代初发表了《朗读与诗》，这是一篇有关传统读书法发展历史的学术论文。他从诗歌诞生之初开始说起，一直讲到西式朗诵的出现，简练概要。

他认为汉诗文早在文字产生之前就已经出现了，它是一门声音的艺

① 《李广田全集》第4卷，云南人民出版社，2010，第325页。

术，依托于语言，天生具有旋律和声调：

> 诗与文都出于口语；而且无论如何复杂，原都本于口语，所以都是一种语言。语言不能离开声调，诗文是为了读而存在的，有朗读，有默读……但诗跟文又不同。诗出于歌，歌特别注重节奏；徒歌如此，乐歌更如此。诗原是“乐语”，古代诗和乐是分不开的，那时诗的生命在唱。不过诗究竟是语言，它不仅存在在唱里，还存在在读里。唱得延长语音，有时更不免变化语音；为了帮助听者的了解，读有时是必需的。有了文字记录以后，读便更普遍了。①

相较于“延长语音”的唱，读的音乐性较弱，但当时的读是基于汉语言，和现在的有感情的自由朗读并非同一个意思。对于这个问题朱自清在之后也明确指出，现代朗诵是基于西方语言。

传统读书法除了唱、读的方式之外，还有诵，早在《周礼》《汉书·艺文志》中就已有关于诵的记载。“‘诵’是有节奏的。诵和读都比‘歌’容易了解些……诵是有腔调的；这腔调是‘乐语’的腔调，该是从歌脱化而出。”②

朱自清的观点是，自战国以来诗乐分家，于是《诗经》不能歌、诵，只能朗读和默读。汉代由新的音乐产生了新的诗体乐府诗，汉末五言诗也相继诞生。然后这两类诗又脱离音乐，但五言诗和四言诗不同，四言诗停止发展，五言诗却依然能唱、能读，诗歌自此独立，乃是诗史一大变。他认为四言诗的弊病也许在于“太呆板了，变化太少了，唱的时候有音乐帮衬，还不大觉得出；只读而不唱，便渐渐觉出它的单调了”③。然而散文却因为本身多变，又可多用虚词相助，四言发展了六言，单调的毛病倒成了整齐的优势。秦代以来言文分离，一直到六朝，“读”都是最主要的读书法，因为：

> “读”原是“抽绎义蕴”的意思。只有朗读才能玩索每一词每一语每一句的义蕴，同时吟味它们的节奏。默读只是“玩索义蕴”的工

---

① 朱自清：《新诗杂话》，作家书屋，1947，第 127 页。
② 朱自清：《新诗杂话》，作家书屋，1947，第 128 页。
③ 朱自清：《新诗杂话》，作家书屋，1947，第 129 页。

> 作做得好。唱歌只是“吟味节奏”的工作做得好——，却往往让义蕴滑了过去。[①]

六朝时，佛经“转读”盛行，对诗文朗读的影响很大。沈约等发现四声，朗读也转变为吟诵，朱自清所说的吟诵并非现代意义上的吟诵，而是传统读法的一种。他认为主要是吟诵推动了谐调的发展（指律诗和铿锵的骈文）。

> 就诗而论，这种进展是要使诗不经由音乐的途径，而成功另一种“乐语”，就是不唱而谐。目的是达到了，靠了吟诵这个外来的影响。但是这种进展究竟偏畸而不大自然，所以盛唐诸家所作，还是五七言古诗比五七言律诗多……律诗自然也可朗读，但它的生命在“吟”，从杜甫起就有“新诗改罢自长吟”的话。[②]

而在宋代，诗文都趋于散文化，七律有意用不谐平仄的句子，即“拗调”。“这一切表示重读而不重吟，回向口语的腔调。后世说宋诗以意为主，正是着重读的表现。”[③] 与此同时，又是由新音乐产生了新诗体——词，且词是歌唱的，特别重四声。然而唱存在的时间不长：

> 宋亡以后词又不能唱了，只生活在仅辨平仄的“吟”里。后来有时连平仄也多少可以通融了，这又是朗读的影响；词也脱离音乐而独立了。[④]

元朝随着新音乐诞生的新诗体是曲，至今能唱，能辨四声和阴阳。朱自清认为元曲之后的新诗便是白话诗，它和以往的都不一样，并不源自民间乐歌，而是受到外来的影响。“新诗的语言不是民间的语言，而是欧化的或现代化的语言。因此朗读起来不容易顺口顺耳。”[⑤] 他对新诗的长足发展很

---

① 朱自清：《新诗杂话》，作家书屋，1947，第 130 页。
② 朱自清：《新诗杂话》，作家书屋，1947，第 130~131 页。
③ 朱自清：《新诗杂话》，作家书屋，1947，第 131 页。
④ 朱自清：《新诗杂话》，作家书屋，1947，第 131 页。
⑤ 朱自清：《新诗杂话》，作家书屋，1947，第 134 页。

有信心，并且认为朗读在其中起到了重大效用。“我们所谓朗读，和宣读文告的宣读是一类，要见出每一词语每一句子的分量。这跟说话不同；新诗能够‘说’的很少。”[①]

《论书生的酸气》一文中，作者谈及晋朝的清谈和“洛下书生咏”。题目中的“酸”指的便是读书的声调。朱自清认为，文人开始格外注重说话和读书的声调，要从晋以来的清谈开始说起：

> 说话注重音调和辞气，以朗畅为好。读书注重声调，从《世说新语·文学》篇所记殷仲堪的话可见；他说，“三日不读《道德经》，便觉舌本闲强”，说到舌头，可见注重发音，注重发音也就是注重声调……此外《世说新语》里记着“吟啸”，“啸咏”，“讽咏”，“讽诵”的还很多，大概也都是在朗诵古人的或自己的作品罢。[②]

其中最出名的，便是“洛下书生咏”，简称“洛生咏”。谢安虽有鼻疾，但是读书声重浊反而成了他人模仿的特色。朱自清解释道：

> 所谓“重浊”，似乎就是过分悲凉的意思。当时诵读的声调似乎以悲凉为主。……当时诵读《楚辞》，大概还知道用楚声楚调，乐府曲调里也正有楚调，而楚声楚调向来是以悲凉为主的。当时的诵读大概受到和尚的梵诵或梵唱的影响很大，梵诵或梵唱主要的是长吟，就是所谓“咏”。《楚辞》本多长句，楚声楚调配合那长吟的梵调，相得益彰，更可以“咏”出悲凉的“情致”来。[③]

作者以韩愈《八月十五夜赠张功曹》的“声酸”引出吟诗悲凉的声调。他认为：

> 所谓“歌”其实只是讽咏。大概汉朝以来不像春秋时代一样，士大夫已经不会歌唱，他们大多数是书生出身，就用讽咏或吟诵来代替唱歌。他们，尤其是失意的书生的苦情就发泄在这种吟诵或朗诵里。

---

① 朱自清：《新诗杂话》，作家书屋，1947，第 136 页。

② 朱自清：《论雅俗共赏》，上海观察社，1949，第 26 页。

③ 朱自清：《论雅俗共赏》，上海观察社，1949，第 27 页。

> 战国以来，唱歌似乎就以悲哀为主，这反映着动乱的时代。①

另外一篇《中国散文的发展》则补充了明清时期八股文读法发展的相关内容。八股文的经义格式，宋末已经有了标准，到了明代，有了两大变化——排偶和代古人语气。所以八股文的声音形式是极具特色的：

> 因为排偶所以讲究声调。因为代古人语气，便要描写口吻；圣贤要像圣贤口吻，小人要像小人的。这是八股文的仅有的本领，大概是小说和戏曲的不自觉的影响。八股文格律定得那样严，所以得简练揣摩，一心用在技巧上。除了口吻、技巧和声调之外，八股文里是空洞无物的。……但它的影响极大，明清两代的古文大家几乎没有一个不是从八股文出身的。②

八股文关系到科举，故而影响极大，明清古文大家多是八股文出身。到了清朝，桐城派读文法盛行，朱自清特地指出了桐城派对音节的重视：

> 刘大櫆指出作文当讲究音节，音节是神气的迹象，可从字句下手（《论文偶记》）。姚鼐得了这点启示，便从音节上用力，去求得那绵邈的情韵。……他最主张诵读，又最讲究虚助字，都是为此。但这分明是八股文讲究声调的转变。③

在这些文章中，《朗读与诗》是为了寻找白话诗的发展之路，《论书生的酸气》是为了嘲讽那些无病呻吟的书生，《中国散文的发展》是为了讲过去重要的八股文才涉及桐城派读文法。虽然它们都不是作者特地进行的吟诵学术研究，一些观点也有待商榷，但是，在那个时代，能大体将传统读书法发展的历史脉络梳理出来，朱自清的贡献不容忽视。

至于朱自清本人所处的民国时期，他能够以敏锐的眼光观察时代变化，明确指出了几个时间点作为分界点，亦值得我们注意。

朱自清认为新文化运动之后，文人开始逐渐关注读法、作法的问题。

① 朱自清：《论雅俗共赏》，上海观察社，1949，第29页。

② 朱自清：《中国散文的发展》（下），《中学生》第11期，1939年，第20页。

③ 朱自清：《中国散文的发展》（下），《中学生》第11期，1939年，第20页。

他在《〈文心〉序》中提到，当时普遍情况是“国文教师对我们帮助很少，大家只茫然地读，茫然地写”，然而“论读法的著作，却不曾见，便吃亏不少。按照老看法，这类书至多只能指示童蒙，不登大雅。所以真配写的人都不肯写；流行的很少像样的，童蒙也就难得到实惠”。古代关于吟诵的理论不成系统、不曾深入、没有专著，令人颇感遗憾。但是以新文学运动作为节点，“这一关总算打破了。作法读法的书多起来了；大家也看重起来了。自然真好的还是少……再说论到读法的也太少；作法的偏畸的发展，容易使年轻人误解，以为只要晓得些作法就成，用不着多读别的书。这实在不是正路”①。

吟诵逐渐退出教学系统，中学生国文水平开始下降，朱自清率先指出应把五四运动作为分界点，这个观点也是现在受认可的。“所谓‘近年来中学生的国文程度低落’，自然意在和前些年的中学生相比。但没有人指出年代的分界；我们问，中学生的国文程度从甚么时候才低落起来的呢?我想要是拿民八的五四运动作分界，一般人也许会点头罢?”② “国文程度低落”，朱自清认为不能全部归咎于学校里相关训练的宽松，而是有特殊原因的：

> 原来五四以前的中学生，入学校之先，大都在家里或私塾里费过几年工夫，背诵过些古文，写作过些窗课——不用说是文言。这些是他们国文的真正底子。到了中学里，他们之中有少数能写出通顺的文言，大半靠了这点底子，中学校的国文教师，就一般而论，五四以前只有比五四以后差些，那些秀才举人作教师，决不能在一星期几小时里教学生得多少益处……到了五四以后，这种影响渐渐消失……③

而原本的教学情况则是“髫年入小学，必挟书一二卷。此一二卷书，必已先习于家庭，而后入校诵习，不至茫然无适从。自是以后，由简易以至复杂，由浅近以进高尚”④。同时，朱自清分析过诵读教学在教育体系中的地

---

① 朱自清：《〈文心〉序》，夏丏尊、叶圣陶：《文心》，开明书店，1948，“序”第1页。

② 叶绍钧、朱自清：《国文教学》，开明书店，1947，第121页。

③ 叶绍钧、朱自清：《国文教学》，开明书店，1947，第121页。

④ 缩章：《今少年之读书法》，《进步》第8卷第1期，1915年，第40页。

位变化：

> 从前私塾里教书，老师照例范读，学生循声朗诵。早年学校里教古文，也还是如此。五四以来，中等以上的国文教学不兴这一套；但小学里教国语还用着老法子。一方面白话文学的成立重新使人感到朗读的重要，可是大家都不知道白话文应该怎样朗读才好。私人在这方面做试验的，民国十五年左右就有了。民国二十年以后，朗读会也常有了，朗读广播也有了。抗战以来，朗读成为文艺宣传的重要方法，自然更见流行了。①

除了点出五四运动之外，朱自清还提到了两个时间点——民国十五年和民国二十年。笔者将一部分涉及吟诵的相关著作文章进行了统计（见表 1）。

表 1　吟诵的相关著作文章

著作/文章	作者	年份
《读文法》	唐文治	1924
《读文法笺注序》	唐文治	1924
《文诵篇》	刘朴	1925
《散文节拍粗测》	唐越	1927
《新诗歌集》	赵元任	1928
《朗诵法》	黄仲苏	1932
《文心》	叶圣陶、夏丏尊	1934
《诗的歌与诵》	俞平伯	1934
《古今名人读书法》	张明仁	1935
《黄仲苏先生朗诵法序》	钱基博	1935
《论读文法》	唐文治	1937
《古今名人读书法续编》	张明仁	1937
《诵读的态度》	朱自清	1940
《论朗读》	朱自清	1942
《精读指导举隅》	叶圣陶、朱自清	1942

① 朱自清：《论朗读》，《国文杂志》第 1 卷第 3 期，1942 年，第 3 页。

续表

著作/文章	作者	年份
《朗读与诗》	朱自清	1943
《中国语文诵读方法座谈会纪录》	陈士林、周定一	1947
《论书生的酸气》	朱自清	1947

从表1中可以明显看出，民国十五年（1926）左右[①]和民国二十年（1931）之后，是读法讨论较为密集的两段时期。各地朗读会纷纷建立，现代朗读得到了广泛传播，但在教学中诵读训练仍然缺乏，由此带来的负面影响逐渐显现出来。抗战朗诵诗发挥了巨大的宣传作用，许多文人越发重视诵读的作用，现代朗诵诞生时间较短，和传统吟诵并存，文人在概念上混用的现象比比皆是，他们常将传统吟诵和现代朗诵混在一起研究，进行阐述。我们研究时不能只看到现代朗诵之名而忽略了吟诵的部分。

朱自清的精辟之处，在于第一个明确提出五四运动是学生“国文程度低落”的起点。在这些想法的指导下，他开始撰写大量与读法相关的论文，如《论朗读》《朗读与诗》《诵读教学》《诵读教学与“文学的国语”》《论诵读》《论朗诵诗》《诵读的态度》等，并参与了魏建功组织的中国语文诵读方法座谈会，在理论上的贡献颇大。

二　朱自清对传统吟诵学理的研究

诗歌的诞生和音乐分不开。朱自清在《论诵读》一文中用“精炼”一词来形容诗，“诗是精炼的说话”[②]“诗是精炼的语言”[③]。而“精炼靠着暗示和重叠。暗示靠新鲜的比喻和经济的语句；重叠不是机械的，得变化，得多样。这就近乎歌而带有音乐性了。这种音乐性为的是集中注意的力量，好像电影里特别的镜头。集中了注意力，才能深入每一个

① 朱自清：《论朗读》，《国文杂志》第1卷第3期，1942年，第4页。文中写道：“最早提倡读诗会的是已故的朱湘先生，那是民国十五年……但作者曾听过他诵读他的《采莲曲》。那是诵，用的是旧戏里一种‘韵白’。他自己说是试验。”所以笔者认为，朱自清定下的民国十五年左右，主要是以朱湘的试验来界定的。

② 朱自清：《标准与尺度》，文光书店，1948，第101页。

③ 朱自清：《标准与尺度》，文光书店，1948，第104页。

词汇和语句，发挥那蕴藏着的意义，这也就是诗之所以为诗”①。音乐性为诗歌带来了独特的魅力，与日常说话不同的语言，和谐的声律，吸引读者关注诗歌的“言外之意”，而吟诵就是架在读者和诗文之间的最好桥梁。

为什么儒家能不厌其烦地“诵《诗》三百，弦《诗》三百，歌《诗》三百，舞《诗》三百”？为何吟诵的读书法能在我国流传两千多年？并不是因为它是传统就必须得一代代传承下去，而是因为旧诗文的吟诵能帮助读者直接地、本能地感觉到汉诗文的理趣与内涵。“要证明吟诵的不可或缺性的价值，就必须从证明汉字的语音有意义开始。这是吟诵最基础的理论。这也是一个古老而又被现代教育忽视的话题。”②

关于这一点，朱自清早已有论述。他认为语音在诞生之初便是有意义的。关于人类语言的原始起源，他赞同泰奴的观点，“泰奴（Talne）说得好：人们初与各物相接，他们便模仿它们的声音；他们撮唇，拥鼻，或发粗音，或发滑音，或长，或短，或作急响，或打胡哨。或翕张其胸膛，总求声音之毕肖”③。他在《文学的美》中继续分析，人类的声音中存在两种模仿，第一种是泰奴所说的“文字的这种原始的摹仿力，在所谓摹声字（Onomatopoetic words）里还遗存着；摹声字的目的只在重现自然界的声音”。例如“喵”是猫的叫声，“咩”是羊的叫声，“汪”是狗的叫声。而另一种摹仿，“是由感觉的联络（Associations of sensations）而成。各种感觉，听觉，视觉，嗅觉，触觉，运动感觉，有机感觉，有许多公共的性质，与他种更复杂的经验也相同。这些公共的性质可分几方面说：以力量论，有强的，有弱的；以情感论，有粗暴的，有甜美的”④。如果将朱自清所说的两种模仿概念化，其实就是郭绍虞所提出的“拟声”和“感声”。⑤

在摹声的基础上，原本无意义的文字便能通过“它的轻重疾徐，长短高下，调节这张‘人生的网’，使它紧张，使它松弛，使它起伏或

① 朱自清：《标准与尺度》，文光书店，1948，第104~105页。

② 徐健顺：《吟诵概论——中华传统读书法》，广西师范大学出版社，2019，第233页。

③ 佩弦：《文学的美》，《文学旬刊》第166期，1925年，第2页。

④ 佩弦：《文学的美》，《文学旬刊》第166期，1925年，第2页。

⑤ 郭绍虞：《中国语词的声音美》，《国文月刊》第57期，1947年，第8页。文中写道：“语音之起，本于拟声与感声，拟声是摹写外界客观的声音，感声是表达内情主观的声音。拟声语词既善于摹状声貌，感声词尤足以表达声情……”

平静”[①]。人们利用曾经的经验（或亲身体验，或从书本上获得）感知不同的字，这种体验通常是不自觉的、模糊的。朱自清以某几个韵字和声母、韵母为例：

如清楚而平滑的韵，可以给人轻捷和精美的印象（仙，翩，旋，尖，飞，微等字是）；开阔的韵可以给人提高与扩展的印象（大，豪，茫，倏，张，王等字是）。又如难读的声母常常表示努力，震动，猛烈，艰难，严重等（刚，劲，崩，敌，窘，争等字是）；易读的声母常常表示平易，平滑，流动，温和，轻隽等（伶俐，富，平，袅，婷，郎，变，娘等字是）。

以上列举各种声音的性质，我们要注意，这些性质之不同，实由发音机关动作之互异。凡言语文字的声音，听者或读者必默诵一次，将那些声音发出的动作重演一次——这种默诵，重演是不自觉的。在重演发音动作时，那些动作本来带着的情调，或平易，或艰难，或粗暴，或甜美，同时也被觉着了。这种“觉着”，是由于一种同情的感应（Sympaihetle inducflon），是由许多感觉联络而成，非任一感觉所专主；发音机关的动作也只是些引端而已。和摹声只系于外面的听觉的，繁简过殊。但这两种方法有时有联合为一，如“吼”字，一面是直接摹声，一面引起筋肉的活动，暗示“吼”动作之延扩的能力。[②]

吟诵就是将声音发出的动作过程重演一次，字音所带来的情绪被发音者感知，主要是通过“筋肉的运动”。朱自清认识到发音器官的不同变化对声音的感知意义影响颇大，因此想要体会了解，就需要一些古代诗歌的声韵训练：

运用这种摹声的方法或技巧，需要一些声韵学的知识和旧诗或词

---

① 佩弦：《文学的美》，《文学旬刊》第166期，1925年，第1页。朱自清表示：“文字的本身是没有什么的，只是印在纸上的形，听在耳里的音罢了。”即作者所总结的“无意义”。所谓“人生的网”，朱自清是这样解释的：“我们读一句文，看一行字时，所真正经验到的是先后相承的，繁复异常的，许多视觉的或其他感觉的影象（Image），许多观念，情感，论理的关系——这些一一涌现于意识流中。这些东西与日常的经验或不甚相符，但总也是‘人生’。总也是‘人生的网’。”

② 佩弦：《文学的美》，《文学旬刊》第166期，1925年，第2页。

曲的训练，一般写作新诗的，大概都缺少这些；这是这种方法或技巧没有发展的一个原因。再说字音的暗示力并不是独立的，暗示的范围也不是确定的，得配合着句义，跟着句义走。句义还是首要，字音的作用通常是不大显著的。这是另一个原因。还有些人也注重字音的暗示力，他们要使新诗的音乐性遮没了意义，所谓“纯诗”。那是外国的影响。但似乎没见甚么成就便过去了；外国这种风气似乎也过去了。①

单个字音给人带来的某种暗示通常是模糊的，但如果这个声音长时间出现或者反复出现，这种感觉就凸显了出来。“复沓是诗的节奏的主要成分，诗歌起源时就如此，从现在的歌谣和《诗经》的《国风》都可以看出。韵脚和双声叠韵也都是复沓的表现。”② 韵在复沓的过程中，“可以帮助情感的强调和意义的集中。至于带音乐性，方便记忆，还是次要的作用”③。

韵的音乐性让诗更加悦耳，读来朗朗上口。这种音乐性，将人们的注意力吸引到韵上。韵脚是韵律的重要组成部分，它的声音自然也有意义。朱自清点出，清人已经注意到了韵的含义：

作旧诗词曲讲究选韵。这就是按着意义选押合宜的韵——指韵部，不指韵脚。周济《宋四家词选》叙论中说到各韵部的音色，就是为的选韵。他道：“东”“真”韵宽平，“支”“先”韵细腻，“鱼”“歌”韵缠绵，“萧”“尤”韵感慨，各具声响，莫草草乱用。④

由此足见古代文人对韵的重视，当然“这只是大概的说法，有时很得用，但不可拘执不化。因为组成意义的分子很多，韵只居其一，不可给予太多的分量”⑤。朱自清不赞成拘泥于用韵。

韵脚的字固然重要，但是诗歌作为精炼的语言，其他位置的字也很重要。还有一部分声音的意义来自其余字音，并且随着句子的组织而变化。

① 叶绍钧、朱自清：《精读指导举隅》，商务印书馆，1943，第 117 页。
② 朱自清：《新诗杂话》，作家书屋，1947，第 143~144 页。
③ 朱自清：《新诗杂话》，作家书屋，1947，第 148 页。
④ 朱自清：《新诗杂话》，作家书屋，1947，第 156~157 页。
⑤ 朱自清：《新诗杂话》，作家书屋，1947，第 157 页。

句式和字音是韵律的两大组成要素，字的音义和韵脚是古代文人研究的重点，句式却常常被人忽略，并不受重视，被认为是末技。朱自清给予了句式足够的关注。他认为句式中同样“酝酿着多样的空气，传给我们种种新鲜的印象。这种印象确乎是简单些；而引人入胜，有催眠之功用，正和前节所述关于意境情调的一样——只是程度不同吧了。从前人形容痛快的文句，说是如啖哀家梨，如用并州剪。这可见词句能够引起人的新鲜的筋肉感觉……短句使人敛；长句使人宛转；锁句（periodical sentence）使人精细；散句使人平易；偶句使人凝整，峭拔。说到‘句式’，便会联想到韵律，因为这两者是相关甚密的”①。

除重章叠句外，还有一些自由的句式形式。发音器官的筋肉变化，赋予了字音特殊的力量，给人以微妙的感觉，这种力量和感觉会根据字的位置变化而随之增强或减弱。作者可以根据自己想要表达的意思，找出最恰当的排列。“其间轻重疾徐，自然互异。轻而疾则力减，重而徐则力增。这轻重疾徐的调节便是韵律。调节除字音外，更当注重音‘节’与句式；音节的长短，句式的长短，曲直，都是可以决定韵律的。现在只说句式，音节可以类推。短句促而严，如斩钉截铁，如一柄晶莹的匕首。长句舒缓而流利，如风前的马尾，如拂水的垂杨。锁句宛转腾挪，如夭矫的游龙，如回环的舞女。散句曼衍而平实，如战场上的散兵线，如依山临水的错落的楼台。偶句停匀而凝炼，如西湖上南北两峰，如处女的双乳。这只论其大凡，不可拘执；但已可见韵律的力量之一斑了。——所论的在诗歌里，尤为显然。”②

在句子中，还存在所谓的“变声”（breaks）和“语调”（variations），同样具有声音的力量。③ 朱自清提出了风调、强调和弱调三个概念。风调出自每句字数较多的七绝，含蓄中见轻柔缥缈，韵味深长，可根据强弱的差别，分为强调和弱调。④ “用否定语作骨子，所以都比较明快些”，“含蓄

① 文学研究会编《星海》（上），商务印书馆，1924，第2~3页。

② 文学研究会编《星海》（上），商务印书馆，1924，第4页。

③ 佩弦：《文学的美》，《文学旬刊》第166期，1925年，第2页。变声和语调本是音乐术语，朱自清并没有详加解释，只是在《文学的美》中对二者进行定义：“变声”疑是句中声音突然变强或变弱处；“语调”疑是同字之轻重异读。

④ 叶绍钧、朱自清：《略读指导举隅》，商务印书馆，1943，第117页。该说法出自此文。风飘摇而有远情，调悠扬而有远韵，总之是余味深长。这也是配合七绝的曼长的声调而言，五绝字少节促，便无所谓风调。风调也有变化，最显著的是强弱的差别，就是口气否定、肯定的差别。

中略求明快，听者才容易懂，适应需要"[①]，这便是强调；与之相反的用肯定的口气，就是弱调。

正如"诗里含着高尚的感情，要你多欣赏，多诵读，必能了解得更深刻"[②]。这种了解并不是加上一些典雅、豪放、婉约等抽象的、含糊的评价就足够了，因为诗歌的一部分生命蕴藏在声调里，吟诵有助于领略它的味道。那种微妙的感知，通过吟诵的方式，从口腔、耳朵传递到人们的心里。民国以前的文人大多只是简单地描述和概括，而到了朱自清这里，借助摹声与"筋肉的运动"，将感觉形象具体化，变成可供他人理解的分析，为今日的诗歌鉴赏提供了宝贵的经验和方法。

三　朱自清对传统吟诵功能的论述

朱自清深切认识到中国的诗歌和西方的 poem 是不同的，传统吟诵和抗战之后发展成熟起来的现代朗读、朗诵，也有很大的区别，其中一点就是传统吟诵不需要表演式的夸张的表情和动作，它是一种"娱独坐"的读书法，而不能"悦众耳"[③]。而西方的读法特点是：

> 英国读诗，除不吟而诵，与中国根本不同之外，还有一件：他们按着文气停顿，不按着行，也不一定按着韵脚。这因为他们的诗以轻重为节奏，文句组织又不同，往往一句跨两行三行，却非作一句读不可，韵脚便只得轻轻地滑过去。[④]

---

① 叶绍钧、朱自清：《略读指导举隅》，商务印书馆，1943，第 118 页。

② 朱自清：《怎样学习国文》，《国文杂志》第 3 卷第 3 期，1945 年，第 4 页。

③ 朱自清：《论雅俗共赏》，上海观察社，1949，第 33 页。朱自清在《论朗诵诗》一文中分析了古代、朗诵运动和抗战时期三个阶段的朗诵的区别："诵读是独自一个人默读或朗诵，或者向一些朋友朗诵。这跟朗诵运动的朗诵不同，那朗诵或者是广播，或者是在大庭广众之中。过去的新诗有一点还跟旧诗一样，就是出发点主要的是个人，所以只可以'娱独坐'，不能够'悦众耳'，就是只能诉诸自己或一些朋友，不能诉诸群众。战前诗歌朗诵运动所以不能展开，我想根由就在这里。"由此可见，古代的诵读是非常私密的行为，多是自己一个人或者和几个朋友一起，从己身出发。朗诵运动时的朗诵还是从己身出发，但是面向的是大众，到了抗战时的新诗，则是从人民大众的角度出发，一开始就是为了"悦众耳"的。

④ 朱自清：《三家书店》，《中学生》第 51 期，1935 年，第 108 页。

朱自清认为，旧诗的出发点主要是个人，导致传统吟诵是一种很私密的行为，只能自我涵泳或者与朋友共赏，而且大部分时间是沉浸在自己的世界中。即使像《从百草园到三味书屋》中，寿镜吾先生被一群学童包围着，在他读书的时候，从情感上来看，他还是"娱独坐"的——当孩子们的声音"低下去，静下去了，只有他还大声朗读着（笔者注：这里是拖长韵字的传统吟诵）……读到这里，他总是微笑起来，而且将头仰起，摇着，向后面拗过去，拗过去"①。

古人的情感和思维与现今的人有了隔阂，吟诵能拉近两者心灵的距离。不同的声母、韵母、声调、句调带来发音器官不同的筋肉感觉，吟诵能像电影的慢镜头，将其放大，把其中曲曲折折的理趣和情思都传达出来。在品悟先贤情思的过程中，人们的心情平静下来，达成温柔敦厚的诗教目的。

读者在吟诗诵文时，不仅仅被美的声律或文辞所吸引，而且要揣摩"作者当日的情思"②。虽然古今词汇、语法等都有所不同，但是通过吟诵的"训练"③，能慢慢地靠近古人的思维，发现其中微妙而深奥的意蕴。因为"古人作一篇文章，他是有了浓厚的感情，发自他的胸腑，才用文字表现出来的。在文字里隐藏着他的灵魂，使旁人读了能够与作者共感共鸣"④。不过汉诗文里的情感和灵魂，与现实是有区别的，这是由作者创作的独特态度造成的。朱自清认为："诗里的喜怒哀乐跟现实生活里的喜怒哀乐不同。这是经过'再团再炼再调和'的。诗人正在喜怒哀乐的时候，绝想不到作诗。必得等到他的情感平静了，他才会吟味那平静了的情感想到作诗；于是乎运思造句，作成他的诗，这才可以供欣赏。"⑤ 读者独自吟诵之时，欣赏的就是诗里平静后了的喜怒哀乐，而不会被过于疯狂激动的情感迷失了心智。

---

① 鲁迅：《朝花夕拾》，鲁迅全集出版社，1947，第 55 页。

② 朱自清：《南京（地方印象记）》，《中学生》第 48 期，1934 年，第 18 页。"作者当日的情思"出自《南京（地方印象记）》一文，朱自清描写到站在南京城墙之上下望，眼前仿佛出现旧日隋军、湘军攻入的情境，耳闻的是百姓哭喊的声音。"假如你记得一些金陵怀古的诗词，趁这时候暗诵几回，也可印证印证，许更能领略作者当日的情思。"

③ 《怎样学习国文》中认为想要跨越时间的阻隔，从文字中体会古人的感情，"需要用心，慢慢地去揣摩古人心怀，然后才发现其中的奥蕴"。

④ 朱自清：《怎样学习国文》，《国文杂志》第 3 期，1945 年，第 3 页。

⑤ 叶绍钧、朱自清：《略读指导举隅》，商务印书馆，1943，第 83 页。

人的一生精力、经历都有限，“行万里路”不易，相较来说，“读万卷书”倒是更容易达成，虽然它并不如本人亲身经历感触得更直接深刻，但也能间接地影响人的情性，“增加情感的广度、深度，也可以增加高度”①。

例如汉诗中常出现的“入世干谒”“贬谪”“怀才不遇”“隐逸归田”等各类题材，包含了儒道合一的思想。② 但是民国时候，士农工商的阶级差异消失，读书人可以有更多的职业选择，隐逸归田等思想更加罕有。当读者读到那些题材的诗的时候，往往会有距离感，尤其是青少年学生，无法理解诗人的情感。③ 吟诵的方式恰恰可以缩短这种距离，让读者学会读诗：

> 但是会读诗的人，多读诗的人能够设身处地，替古人着想，依然觉得这些诗真切。这是情感的真切，不是知识的真切。这些人不但对于现在有情感，对于过去也有情感。他们知道唐人的需要，唐人的得失，和现代人不一样，可是在读唐诗的时候，只让那对于过去的情感领着走；这种无私，无我，无关心的同情教他们觉到这些诗的真切。这种无关心的情感需要慢慢调整自己，扩大自己，才能养成。④

多读书，多涵养情性，是提升自我修养的途径。古人诗中的情感，诸如生死别离、亲情友情、家国天下等，不管在任何时代，都具有普适性。这些是执着于“知识的真切”的人所无法体悟的。

通过吟诵来涵养情性，感同身受诗人的情感起伏，受到温柔敦厚的诗教感化，吟诵者的内心会越发平静温柔，有时甚至会有神奇的效果。朱自清直接说道：“有些人在生病的时候或烦恼的时候，拿过一本诗来翻读，偶尔也朗吟几首，便会觉得心上平静些，轻松些。”⑤ 这并不是他个人的经

---

① 朱自清：《古文学的欣赏》，《文学杂志》第2卷第1期，1947年，第4页。

② 叶绍钧、朱自清：《略读指导举隅》，商务印书馆，1943，第103页。朱自清在《〈唐诗三百首〉指导大概》中说道：“仕君行道是儒家的思想，隐居和归田都是道家的思想。儒道两家的思想合成了从前的读书人。”

③ 《〈唐诗三百首〉指导大概》中朱自清认为青年学生读书，往往只凭自己的狭隘的兴趣，更容易有不真切的感觉。

④ 叶绍钧、朱自清：《略读指导举隅》，商务印书馆，1943，第104页。

⑤ 叶绍钧、朱自清：《略读指导举隅》，商务印书馆，1943，第83页。

验感悟，在古代典籍中也记载了不少读书治病的事例，例如《三国志》中裴松之引《典略》注曰："琳作诸书及檄，草成呈太祖。太祖先苦头风，是日疾发，卧读琳所作，翕然而起曰：'此愈我病。'数加厚赐。"[①] 欧阳修的《东斋记》记载了河南主簿张应之说的话："我之疾，气留而不行，血滞而流逆，故其病咳血。然每体之不康，则或取六经、百氏，若古人述作之文章诵之，爱其深博闳达、雄富伟丽之说，则必茫乎以思，畅乎以平，释然不知疾之在体。"[②] 现代科学证明，人的心情会极大地影响自身的健康，吟诵者读书养气，调适心情，渐渐地会影响自己的身体。所以说，吟诵亦是修身养性的好法子。

四　朱自清在传统吟诵研究上的贡献

虽然朱自清没有将自己的吟诵调传下来，也没有详细可考的传统吟诵调师承，但是单从其吟诵相关研究和理论思想来讲，他在学术史上的地位和成就已无可替代。

首先，朱自清是近代第一位以"史"的意识对吟诵发展的过程进行整体性梳理的学者。他不仅对传统吟诵的产生、发展和衰落进行了概括总结，还试图探求其变化的原因和影响。在民国风云变幻的时代，他以当时人的身份，仍能保持清醒的头脑，站在时代之外，找到传统吟诵衰落的转折节点和变化关键。他清楚地认识到，国家的现代化离不开经典文化的支撑，学生国文水平的下降，与缺少诵读的训练有很大关系。同时，他在吟诵理论批评方面的成果颇丰，展现了同时代人的吟诵研究风貌，这在他人作品中是极为少见的。理清吟诵发展的历史，了解前人的学术研究，才能吸取过去的经验与教训，对当下的诗教和乐教有所启发。

其次，民国时期大多数学者只是对吟诵的方法和规矩进行总结和探讨，而朱自清则借用西方语言学理论，将传统模糊感性的声音感知经验变成理性可操作的共同体验，为古典诗文吟诵的正当性和必要性提供了学理性支撑。他也为从声音角度进行诗歌的分析鉴赏作出了示范，供后人学习借鉴。除此之外，他还对句式和句调这类常被人忽视的声音含义格外关

---

① 《三国志》，中华书局，2006，第 359 页。

② 《欧阳修全集》，李逸安点校，中华书局，2001，第 935 页。

注。在分析过程中，他提出的“筋肉的运动”“长句”“短句”“锁句”“散句”“风调”“强调”“弱调”等诸多概念，可以作为今后吟诵学理研究的基础，成为古诗文声音鉴赏的路径和方法。

最后，朱自清格外重视吟诵的教化功能，并提出了传统吟诵“娱独坐”与现代朗诵“悦众耳”的本质区别。他认识到中国的诗歌和西方的poem是不同的，汉诗文的吟诵是私密的个人行为，是自我陶冶的“娱独坐”，而不能“悦众耳”。这能启发我们突破所处社会环境和现有认知的影响，回归过去，从古人的角度重新认识古典诗歌和传统吟诵的独特性。他认为吟诵在涵养性情、达成温柔敦厚的诗教目的方面能发挥重要作用。在现代教育环境下，吟诵拉近古人和读者的距离，让我们能超越时间，体悟其中曲曲折折的理趣和情思。

近年来国学热兴起，吟诵作为中华优秀传统文化，越来越受到欢迎和重视。朱自清拥有丰富的教学和创作经验，国学基础深厚，其思想是理论和实际的结合，而非空谈。他对于传统吟诵的认识，可提供给今人不少有益的指导。通过以上的分析总结，我们可以得到一些启发，应用到现实教学和生活中。

第一，语文教学需要各方面平衡发展，一方面要有思想和精神上的指导；另一方面，则需要诵读和写作等技能上的训练。在今天的语文教学中，思想、精神、写作三方面都得到了相应的重视，然而诵读方面，有了现代朗诵，却忽视了适用于文言文的传统读书法。用现代语言创作的文章需要用现代的读法去朗读，但对于用传统的读书法写就的文言文，最好还是用传统读法来吟诵，这样更能体会作者的情思，产生情感共鸣。

第二，吟诵就像是电影里的慢镜头，吟诵者通过发音器官“筋肉的运动”，再添以情境的想象，来感受声音的意义。因为古代优秀文人在创作诗文的时候，非常重视声音的表现，因此我们在鉴赏诗歌的时候，单纯从文字层面进行解读便会使诗文原本的一部分魅力丧失，声韵的分析也是不可或缺的。

第三，古代有“诗教”之说，读者在吟诵汉诗文时，感受到的是诗人平静之后的心情，自己过于激烈的情感得到宣泄，内心变得温柔和顺，性情越发温柔敦厚起来，这便是诗教的作用。若是仅仅把吟诵当作读书法，把诗歌作为审美对象，那就太低估它们了。吟诵时读者进入无私无我的境界，随着作者的思想走，感受到古人的情感，特别是兼济天下、为国为民的儒家精神。让学生接受到这样的熏陶，成为更高尚、更有情怀的人，才是吟诵汉诗文最终的目的与追求。

总而言之，朱自清的传统吟诵思想在学术史上拥有独特的价值和意义，若能与现今实际结合运用，便能发挥更大的社会价值。

研究综述

21 世纪以来唐代乐府研究综述*

刘迎新　刘子涵

（山东大学艺术学院，济南，250100）

摘　要：唐代乐府创作空前繁盛，是乐府诗史上的重要时期，但 21 世纪之前学者治乐府多关注汉魏六朝，于唐朝则着力不多，与唐代的乐府诗史地位极不相称。本文系统地梳理了 21 世纪以来的唐代乐府研究成果，从作家作品、新乐府、比较与接受、音乐、文献、诗学理论及相关概念等六大方面综述了 21 世纪的唐代乐府研究。

关键词：21 世纪　唐代乐府　文献综述

作者简介：刘迎新，音乐学硕士，山东大学艺术学院副教授，研究方向为音乐文艺学。刘子涵，山东大学艺术学院 2022 级学生，研究方向为音乐史。

唐代在中国乐府诗史上是一个重要时期。《乐府诗集》收录汉魏至唐、五代乐府歌辞及先秦至唐末歌谣凡 5400 余首，其中唐代作品 2300 余首①，

---

* 本文为 2021 年度山东省本科高校教学改革研究项目"'课程思政'及'新文科'背景下的《中国音乐史》课程改革研究"（M2021011）阶段性成果。

① 按，无论是《乐府诗集》所收作品总量还是唐代乐府数量，其统计都只能是一个初步的大概数字，因为有些作品可能本为几首，却被郭茂倩合成一首，有些则本为一首，却被郭茂倩分作几首。另外，唐人所作汉魏六朝乐府古题及不少实际亦是乐府的近代曲辞与新乐府辞，均被郭茂倩《乐府诗集》漏收，故唐代乐府的实际数量远不止此处统计的 2300 余首。又，据毛梅清、尚永亮《唐五代乐府诗创作情形之定量分析》（吴相洲主编《乐府学》第 10 辑，社会科学文献出版社，2014）统计，唐五代时期现知乐府诗作者 443 人，乐府诗 3428 首。

约占 43%，可见唐代乐府创作之空前繁盛。但 21 世纪之前的很长一段时期，学者治乐府多关注汉魏六朝，于唐朝则多着力于李白、杜甫、元稹、白居易、李贺等名家名作，且研究角度基本都孤立于文学层面，从而造成了唐代乐府整体认识上概念不清、知识不确、基础不厚、视角不广的落后局面，与其所处的乐府诗史地位极不相称。21 世纪以来，随着现代乐府学观念发展和对研究对象理解的不断深入，特别是国家一级学会——乐府学会的正式成立，有关《乐府诗集》、乐府诗史、乐府制度史、乐府学术史、乐府文献学等细分领域的系统性研究计划陆续实施，乐府学逐渐成为一门独立学科，唐代乐府研究也由此迅速摆脱 20 世纪的落后局面，进入了一个全新的时代。[①] 回顾 21 世纪以来唐代乐府研究的学术进展，总结新时期唐代乐府研究的突出成就，对于不断开创乐府学研究新境界，推动唐代乐府研究走向持续繁荣和不断深入，具有十分重要的理论意义和实践价值。

一　作家作品研究

唐代乐府中的经典作品较多，有唐以降的诗歌选本与注解点评即显示了这一点，21 世纪前的唐代乐府研究关注的主要也是大家名作。进入 21 世纪，大家名作仍是学界关注的重要一极，但有了明显的多维度、广视角变化，大量此前未受关注的作家作品，也逐步进入了学者视野，体现出唐代乐府研究在新理论、新方法加持下的不断拓展与延伸。

（一）作家研究

对于唐代第一乐府大家李白，唐宋以降研究成果甚夥，但总体上主要集中在评价、注解和探讨比兴寄托之意等方面，且多关注其经典作品并偏重文学层面的感悟。而进入 21 世纪以来，在学界对李白生平事迹、思想性格与艺术成就、经典作品分析、文集整理与文献考辨等研究都已取得重大成就的基础上，除学者们在《蜀道难》《行路难》《静夜思》《将进酒》《长干行》等乐府名作上的继续发力外，以特定视角整体观照

① 有关现代乐府学的发展情况，可参看吴相洲《关于建构乐府学的思考》［《北京大学学报》（哲学社会科学版）2006 年第 3 期］、《学科视野下的乐府学》（《光明日报》2014 年 1 月 28 日，第 16 版）、《现代乐府学史概述》（吴相洲主编《乐府学》第 11 辑，社会科学文献出版社，2015）等文的相关论述。

李白乐府的深入研究成果明显多了起来。如刘尊明《试论李白乐府诗与曲子词创作之关系》[①] 探讨李白乐府诗与曲子词二体创作之间的密切关联，钱志熙《论李白乐府诗的创作思想、体制与方法》[②] 从复古诗学的角度探讨李白乐府诗创作体制、方法及其取得巨大成就的原因，李芳民《李白"古乐府之学"臆解——围绕李白传授韦渠牟"古乐府之学"的断想》[③]、王辉斌《李白"古乐府学"及其批评史意义》[④]、吴相洲《李白古乐府学与"删述之志"关系分析》[⑤] 等文章探讨李白"古乐府之学"，訾高槐、廖宏昌《〈乐府诗集〉与李白乐府的经典确认》[⑥]，梁海燕《郭茂倩乐府学视域下的李白乐府诗》[⑦] 等文章从《乐府诗集》编选角度探讨李白乐府经典地位的确立，韦金满《论李白乐府诗的夸饰技巧》[⑧]、蓝旭《李白乐府的类型化与个别化》[⑨]、冉驰《中韩诗话中有关李白乐府诗的对比研究》[⑩]、卢燕新《李白诗中的汉横吹曲与其"故园"情》[⑪]、张一南《李白融会古诗体与乐府体的尝试》[⑫] 以及张海沙、马茂军《论李白乐府诗的戏剧因素》[⑬] 等文章，均以独特的角度对李白乐府予以整体观照。

同样，21 世纪以来其他唐代诗人的乐府诗研究，也见出理论与方法突破之后研究视野的不断创新。如吴淑玲、韩成武《杜甫乐府诗的叙事风貌

① 刘尊明：《试论李白乐府诗与曲子词创作之关系》，《文学遗产》2007 年第 6 期。

② 钱志熙：《论李白乐府诗的创作思想、体制与方法》，《文学遗产》2012 年第 3 期。

③ 李芳民：《李白"古乐府之学"臆解——围绕李白传授韦渠牟"古乐府之学"的断想》，中国李白研究会、马鞍山李白研究所编《中国李白研究（2010~2011 年集）》，黄山书社，2011。

④ 王辉斌：《李白"古乐府学"及其批评史意义》，《重庆第二师范学院学报》2013 年第 2 期。

⑤ 吴相洲：《李白古乐府学与"删述之志"关系分析》，吴相洲主编《乐府学》第 19 辑，社会科学文献出版社，2019。

⑥ 訾高槐、廖宏昌：《〈乐府诗集〉与李白乐府的经典确认》，《北方论丛》2009 年第 4 期。

⑦ 梁海燕：《郭茂倩乐府学视域下的李白乐府诗》，《国学学刊》2022 年第 2 期。

⑧ 韦金满：《论李白乐府诗的夸饰技巧》，中国李白研究会、马鞍山李白研究所编《中国李白研究（2001~2002 年集）》，黄山书社，2002。

⑨ 蓝旭：《李白乐府的类型化与个别化》，《山东师范大学学报》（人文社会科学版）2004 年第 2 期。

⑩ 冉驰：《中韩诗话中有关李白乐府诗的对比研究》，吴相洲主编《乐府学》第 18 辑，社会科学文献出版社，2018。

⑪ 卢燕新：《李白诗中的汉横吹曲与其"故园"情》，《内蒙古大学学报》（哲学社会科学版）2021 年第 5 期。

⑫ 张一南：《李白融会古诗体与乐府体的尝试》，《古籍研究》2022 年第 2 期。

⑬ 张海沙、马茂军：《论李白乐府诗的戏剧因素》，《中国文学研究》2004 年第 3 期。

及其转型价值》[①] 及《杜甫乐府诗的体类特征》[②]，吴淑玲、颜程龙《杜甫乐府诗的史诗性审美》[③] 等文章，探讨杜甫乐府诗的叙事风貌、体类特征与史诗性审美。李飞跃《王昌龄〈出塞〉诗的历史互文与文本场域》[④] 以王昌龄《出塞》为例，提出了通过关注唐诗历史互文与文本场域来重新识其文本生成及意义嬗变的学术命题。余孟豪《论刘禹锡乐府诗与儒家诗教之关系》[⑤]、张福清《刘禹锡乐府诗所受巴人土家族民歌影响之考论》[⑥]，也都从不同角度对刘禹锡乐府诗作了探讨。本身颇富诗名但此前很少有人专门研究其乐府诗的一些诗人如张说、张九龄、张祜、李商隐等，近来亦有学者专门探讨其乐府创作。如雷乔英《论张九龄的乐府诗》[⑦]、马婧《试论李商隐乐府诗创作之得失》[⑧]、雷乔英《张说乐府诗的辑录与特点》[⑨]、黄坤尧《张说歌词与盛唐乐章》[⑩]、马婧《论张祜乐府诗的体式》[⑪]。而王立增《论王贞白的乐府诗——兼论当前乐府诗史研究中对非精英作家的忽视》[⑫] 一文甚至专门提出当前唐代乐府诗研究中非精英作家关注度不高的问题。

与这种单独针对某人的研究不同，部分学者还展开了不同乐府诗人之间的比较研究或群类研究。比较研究如张建军《李杜乐府诗比较研究》[⑬]、于晓蛟《李白李贺乐府诗比较研究》[⑭] 等。群类研究如程曙光《“初唐四

---

① 吴淑玲、韩成武：《杜甫乐府诗的叙事风貌及其转型价值》，《南都学坛》2018 年第 2 期。

② 吴淑玲、韩成武：《杜甫乐府诗的体类特征》，《南都学坛》2018 年第 5 期。

③ 吴淑玲、颜程龙：《杜甫乐府诗的史诗性审美》，《杜甫研究学刊》2020 年第 3 期。

④ 李飞跃：《王昌龄〈出塞〉诗的历史互文与文本场域》，《文学评论》2020 年第 3 期。

⑤ 余孟豪：《论刘禹锡乐府诗与儒家诗教之关系》，硕士学位论文，上海师范大学，2019。

⑥ 张福清：《刘禹锡乐府诗所受巴人土家族民歌影响之考论》，《湖南工程学院学报》（社会科学版）2008 年第 4 期。

⑦ 雷乔英：《论张九龄的乐府诗》，吴相洲主编《乐府学》第 6 辑，学苑出版社，2010。

⑧ 马婧：《试论李商隐乐府诗创作之得失》，吴相洲主编《乐府学》第 11 辑，社会科学文献出版社，2015。

⑨ 雷乔英：《张说乐府诗的辑录与特点》，吴相洲主编《乐府学》第 13 辑，社会科学文献出版社，2016。

⑩ 黄坤尧：《张说歌词与盛唐乐章》，《吉林师范大学学报》（人文社会科学版）2015 年第 2 期。

⑪ 马婧：《论张祜乐府诗的体式》，吴相洲主编《乐府学》第 6 辑，学苑出版社，2010。

⑫ 王立增：《论王贞白的乐府诗——兼论当前乐府诗史研究中对非精英作家的忽视》，《南昌大学学报》（人文社会科学版）2016 年第 4 期。

⑬ 张建军：《李杜乐府诗比较研究》，硕士学位论文，北京师范大学，2006。

⑭ 于晓蛟：《李白李贺乐府诗比较研究》，硕士学位论文，中国海洋大学，2008。

杰”乐府研究》[①]、杨子博《初唐四杰乐府诗研究》[②] 等。

（二）作品研究

唐代一些经典的乐府作品，21 世纪仍然有不少颇有新见的研究成果。如张若虚《春江花月夜》在 20 世纪时即受到学界的广泛关注，虽然 21 世纪仍有不少学者接续研究其艺术特点、文化精神及文学史地位等问题，但更多的研究却是回归乐府艺术生产消费的历史场域，探讨该曲的历史生成。如曾智安《西曲舞曲与张若虚〈春江花月夜〉的曲辞结构》[③] 结合西曲舞曲多采用场景联章叙事的形制结构和音乐传统，指出《春江花月夜》虽然本属吴歌，但张若虚此作却借用了西曲舞曲的场景联章叙事体式并将多首曲辞整合成单篇歌行，是地域文化影响中国古代诗歌的最典型体现。廖美玉《春天之歌——张若虚〈春江花月夜〉的生成及其诗学意义》[④] 探讨张若虚《春江花月夜》的生成及其诗学意义，借之梳理出记忆青春的水岸情歌由欢唱、失落到重现的发展历程。张伯伟《宫体诗的“自赎”与七言体的“自振”——文学史上的〈春江花月夜〉》[⑤] 则在综合文学批评、文学鉴赏和文学历史的基础上，对此诗是否属于宫体诗、“《西洲》格调”究竟何指以及该诗在文学史上的地位该如何判断等问题作出新的解释。

再如王维《送元二使安西》作为经典文学作品，历来赏析性成果很多，而 21 世纪学者则在文学层面的考察之外，更多地关注其由诗到歌再到曲的发展过程，及其在当时及后世的流传与歌唱情况。如王兆鹏《千年一曲唱〈阳关〉——王维〈送元二使安西〉的传唱史考述》[⑥] 考察王维《送元二使安西》自盛唐入乐歌唱，至中晚唐成为流行歌曲，在宋代《阳关曲》成为经典骊歌和文人集体记忆，明清时期则进一步衍变为器乐曲。杨

---

① 程曙光：《“初唐四杰”乐府研究》，硕士学位论文，河北师范大学，2018。

② 杨子博：《初唐四杰乐府诗研究》，硕士学位论文，苏州大学，2023。

③ 曾智安：《西曲舞曲与张若虚〈春江花月夜〉的曲辞结构》，《文学评论》2008 年第 5 期。

④ 廖美玉：《春天之歌——张若虚〈春江花月夜〉的生成及其诗学意义》，吴相洲主编《乐府学》第 9 辑，社会科学文献出版社，2014。

⑤ 张伯伟：《宫体诗的“自赎”与七言体的“自振”——文学史上的〈春江花月夜〉》，《文学评论》2018 年第 5 期。

⑥ 王兆鹏：《千年一曲唱〈阳关〉——王维〈送元二使安西〉的传唱史考述》，《文学评论》2011 年第 2 期。

玉锋《被误读的“乐府”——王维〈送元二使安西〉与〈阳关曲〉辨析》[①]则指出，《渭城曲》与唐代流行的胡地曲调《阳关曲》并非同一事物，唐人很少以《阳关曲》称《渭城曲》，将《送元二使安西》与《阳关曲》《阳关三叠》混同源于苏轼等人对“声”“叠”“句”的错误理解。另外，李芳民《渭城、〈渭城曲〉与〈阳关图〉：一个诗路别离意象的生成与经典化》[②]考辨了渭城因王维《送元二使安西》一诗配乐演唱而成诗歌“别离”意象指称的意义凸显过程，入宋后因在文学、绘画、音乐等不同艺术领域的反复重现，其别离意旨的情感表现力度得以不断强化，终成一种经典化的别离意象。而陈秉义《关于〈渭城曲〉在唐宋元时期产生和流传的情况及其研究》[③]、游素凰《王维〈送元二使安西〉歌乐传唱探讨》[④]等，也均从音乐流变的角度对其走向经典化的过程予以探讨。

21 世纪以前，关于高适《燕歌行》字、词、句、人物考释及主旨辩证等研究较多，21 世纪学者除在这些方面继续发挥外，复有部分学者紧密结合创作背景分析而得出新的见解。如王立增《论高适〈燕歌行〉为模仿之作》[⑤]在分析历代《燕歌行》创作的基础上，认为高适《燕歌行》的篇章体制因袭了前人拟辞的程式，诗中时空背景的设置、对军中苦乐不均的描写、对“城南”少妇的描写等均源自前人的边塞乐府。戴伟华《高适〈燕歌行〉新论》[⑥]则结合盛唐边塞诗人分入幕与非入幕的实际，认为高适《燕歌行》是非入幕者关注战争性质的代表作，本质上是对时任张守珪幕府管记的王悔原作的唱和之作，其形式颇有特色但非创新。

与上述单篇作品研究不同，还有部分作品研究针对特定题材或特定类型来展开。题材研究如卓若望《中晚唐乐府题边塞诗研究》[⑦]、徐维《中唐

---

① 杨玉锋：《被误读的“乐府”——王维〈送元二使安西〉与〈阳关曲〉辨析》，《音乐研究》2020 年第 3 期。

② 李芳民：《渭城、〈渭城曲〉与〈阳关图〉：一个诗路别离意象的生成与经典化》，《中州学刊》2023 年第 8 期。

③ 陈秉义：《关于〈渭城曲〉在唐宋元时期产生和流传的情况及其研究》，《乐府新声（沈阳音乐学院学报）》2002 年第 3 期。

④ 游素凰：《王维〈送元二使安西〉歌乐传唱探讨》，吴相洲主编《乐府学》第 9 辑，社会科学文献出版社，2014。

⑤ 王立增：《论高适〈燕歌行〉为模仿之作》，《渤海大学学报》（哲学社会科学版）2007 年第 2 期。

⑥ 戴伟华：《高适〈燕歌行〉新论》，《学术研究》2010 年第 12 期。

⑦ 卓若望：《中晚唐乐府题边塞诗研究》，硕士学位论文，广西师范大学，2005。

妇女题材的乐府诗研究》[①]、袁绣柏《论隋唐“涉辽”乐府诗的主题特征》[②]、侍光浩《初盛唐边塞乐府诗研究》[③]、王诚《唐代侠题材乐府研究》[④] 等。类型研究如李宝玲《武则天郊庙歌辞的政治观察》[⑤]、张树国《唐宗庙雅歌的纂辑与宗庙礼乐的演变》[⑥]、雷乔英《论盛唐郊庙歌辞》[⑦]、成福君《唐代郊庙歌辞研究》[⑧] 等。而郭茂倩《乐府诗集·燕射歌辞》中未收唐代作品，致使学界对唐代有无燕射歌辞产生争议，郭丽《论唐代燕射乐曲、歌辞归类及相关问题》[⑨] 即是对燕射歌辞这一类型的探讨。

毛梅清、尚永亮《唐五代乐府诗创作情形之定量分析》[⑩] 通过对唐五代时期现知乐府诗人诗作在不同阶段的分布状况、作者层级分布及重要作家遴选、旧题新题在各时段的分布情形及原因等的定量分析，指出旧题乐府在初、盛唐独盛，新题乐府在中、晚唐乃至五代勃兴，并通过这种表层的数量关系分析新旧题乐府与唐五代社会政治、文人创作理念、乐府曲辞流传方式和音乐变化的内在关联，见出定量方法在人文社会科学领域的前沿性和重要性。

二　新乐府研究

新乐府是唐人在取法汉魏古乐府内容范畴、表现方式和题目承传性等传统过程中逐渐形成的一种新型乐府，唐人已有称诗作为“新乐府”者，如赵璘《因话录》“李贺能为新乐府”，元稹《送东川马逢侍御使回十韵》“旋吟新乐府”，而白居易自编诗集时亦将其自武德至元和年间所作五十首因事立

---

① 徐维：《中唐妇女题材的乐府诗研究》，硕士学位论文，西北大学，2007。

② 袁绣柏：《论隋唐“涉辽”乐府诗的主题特征》，吴相洲主编《乐府学》第10辑，社会科学文献出版社，2014。

③ 侍光浩：《初盛唐边塞乐府诗研究》，硕士学位论文，南京师范大学，2021。

④ 王诚：《唐代侠题材乐府研究》，硕士学位论文，四川师范大学，2022。

⑤ 李宝玲：《武则天郊庙歌辞的政治观察》，吴相洲主编《乐府学》第5辑，学苑出版社，2009。

⑥ 张树国：《唐宗庙雅歌的纂辑与宗庙礼乐的演变》，吴相洲主编《乐府学》第7辑，学苑出版社，2012。

⑦ 雷乔英：《论盛唐郊庙歌辞》，吴相洲主编《乐府学》第9辑，社会科学文献出版社，2014。

⑧ 成福君：《唐代郊庙歌辞研究》，硕士学位论文，首都师范大学，2012。

⑨ 郭丽：《论唐代燕射乐曲、歌辞归类及相关问题》，《文学评论》2022年第5期。

⑩ 毛梅清、尚永亮：《唐五代乐府诗创作情形之定量分析》，吴相洲主编《乐府学》第10辑，社会科学文献出版社，2014。

题的歌诗总称为“新乐府”。郭茂倩《乐府诗集》专辟“新乐府辞”一类，专收唐人这种新型乐府，唐代新乐府遂受到了世人广泛接受与普遍关注。20世纪学者对唐代是否存在新乐府运动、新乐府的政治功用及成就、新乐府的缘起和界定等问题有过深入研究。21世纪以来，随着现代乐府学理念的深入与学科发展，唐代新乐府的概念、性质以及分类等基本问题仍是学界关注的热点。如朱炯远《论新乐府运动争议中的几个问题》① 和朱我芯《郭茂倩〈乐府诗集〉关于唐乐府分类之商榷》② 以及尚丽新《论新乐府的界定》③ 等文，先后从不同角度对新乐府的断定标准作了进一步细化，对郭茂倩《乐府诗集》新乐府收录所存在的问题及所收新乐府实质等均作了更深入的探讨。张煜《新乐府辞研究》④ 更是结合前人研究成果，深入唐代新乐府创作实际，对新乐府的内涵、新乐府与音乐的关系、元白新乐府与整个唐人新乐府创作的关系以及元白之外诗人的新乐府创作等问题，进行了较为系统的研究。

21世纪学界对元白之外诗人的新乐府予以广泛研究。如赵立新《李白新题乐府诗渊源及其特色》⑤ 与吴相洲、张煜《从李白翰林供奉的身份看其新乐府诗创作》⑥ 研究李白，马承五《乐府诗的体式嬗变与创格——杜甫“新题乐府”论（形式篇）》⑦、阮堂明《论杜甫新乐府诗的产生——以〈兵车行〉的探讨为中心》⑧、刘清华《杜甫新题乐府对古乐府的继承和创新》⑨ 关注杜甫，张煜《论温庭筠的新乐府》⑩、汪艳菊《论温庭筠的咏史乐府——兼论中晚唐诗人革新乐府诗的努力》⑪ 及《论温庭筠乐府诗

① 朱炯远：《论新乐府运动争议中的几个问题》，《文艺理论研究》2000年第2期。

② 朱我芯：《郭茂倩〈乐府诗集〉关于唐乐府分类之商榷》，《北京大学学报》（哲学社会科学版）2002年第S1期。

③ 尚丽新：《论新乐府的界定》，《云南艺术学院学报》2003年第1期。

④ 张煜：《新乐府辞研究》，北京大学出版社，2009。

⑤ 赵立新：《李白新题乐府诗渊源及其特色》，《古籍研究》2000年第2期。

⑥ 吴相洲、张煜：《从李白翰林供奉的身份看其新乐府诗创作》，中国李白研究会、马鞍山李白研究所编《中国李白研究（2005）》，黄山书社，2005。

⑦ 马承五：《乐府诗的体式嬗变与创格——杜甫“新题乐府”论（形式篇）》，《华中师范大学学报》（哲学社会科学版）1996年第2期。

⑧ 阮堂明：《论杜甫新乐府诗的产生——以〈兵车行〉的探讨为中心》，《杜甫研究学刊》2004年第1期。

⑨ 刘清华：《杜甫新题乐府对古乐府的继承和创新》，《甘肃社会科学》2005年第2期。

⑩ 张煜：《论温庭筠的新乐府》，吴相洲主编《乐府学》第1辑，学苑出版社，2006。

⑪ 汪艳菊：《论温庭筠的咏史乐府——兼论中晚唐诗人革新乐府诗的努力》，《唐都学刊》2007年第1期。

的娱乐性——以其取材历史的乐府诗为例》[1]、王淑梅《论温庭筠的“乐府倚曲”及其文学史意义》[2] 讨论温庭筠。而葛晓音《温庭筠乐府效法“长吉体”的取向》[3] 指出，温庭筠乐府诗场景描写刻意避免非现实的想象，将李贺发掘心理感觉的创作追求与自己独特的生活体验和巧妙创意融合，通过角度新颖的立意和变化多端的章法使其乐府保持七古的声调体势，体现了视南朝陈隋乐府为本色当行的体式意识和诗学理念，使其“乐府倚曲”成了继白居易和李贺之后对“新乐府辞”的再度变革。此外，周京艳《中唐新题乐府艺术研究》[4] 第三章则专门研究孟郊、韩愈、李贺等人的新题乐府。

当然，21 世纪唐代的新乐府研究，其重心仍然是以元白为核心的讽喻性新乐府，而这类研究可堪注意者有两方面。一方面是回归对元白新乐府创作历史场域的考察，如张煜《唐代翰林学士与新乐府辞的创作》[5]、《白居易〈新乐府〉创作目的、原型等考论》[6] 及左汉林《唐代采诗制度及其与元白新乐府创作的关系》[7]、杜晓勤《〈秦中吟〉非“新乐府”考论——兼论白居易新乐府诗的体式特征及后人之误解》[8]、马里扬《元白新乐府的“题意距离”》[9] 等。另一方面则是跳出元白二人的限界，将视角扩大到中国古代诗歌中的讽喻传统及当时实际影响或触动元白乐府创作新变的因素，以更客观、清晰地描述这一创作思潮发生发展的历史进程。如何诗海《晓鸡谁唱第一声——论元结在新乐府运动中的地位》[10]、许东海《唐代诗学、辞赋学、史学合流之一考察——从谏诤意识论白居易新乐府创作

---

① 汪艳菊：《论温庭筠乐府诗的娱乐性——以其取材历史的乐府诗为例》，《广西师范学院学报》（哲学社会科学版）2007 年第 3 期。

② 王淑梅：《论温庭筠的“乐府倚曲”及其文学史意义》，《徐州师范大学学报》（哲学社会科学版）2012 年第 6 期。

③ 葛晓音：《温庭筠乐府效法“长吉体”的取向》，《中国文化研究》2023 年第 3 期。

④ 周京艳：《中唐新题乐府艺术研究》，人民出版社，2019。

⑤ 张煜：《唐代翰林学士与新乐府辞的创作》，《文艺研究》2007 年第 4 期。

⑥ 张煜：《白居易〈新乐府〉创作目的、原型等考论》，《北京大学学报》（哲学社会科学版）2007 年第 5 期。

⑦ 左汉林：《唐代采诗制度及其与元白新乐府创作的关系》，《山东大学学报》（哲学社会科学版）2006 年第 6 期。

⑧ 杜晓勤：《〈秦中吟〉非“新乐府”考论——兼论白居易新乐府诗的体式特征及后人之误解》，《文学遗产》2015 年第 1 期。

⑨ 马里扬：《元白新乐府的“题意距离”》，《文学评论》2019 年第 3 期。

⑩ 何诗海：《晓鸡谁唱第一声——论元结在新乐府运动中的地位》，《求索》2002 年第 4 期。

之理念与实践》[①]、张佩华《谈张籍、王建对新乐府运动的贡献》[②]、赵志强《李绅与“新乐府运动”关系的考察》[③]、邓芳《元结乐府的“比兴体制”及其对新乐府的意义——从〈舂陵行〉及相关政论文谈起》[④] 及徐礼节、余恕诚《张王乐府与元白新乐府创作关系考论》[⑤]，张煜《张王乐府与元白新乐府创作关系再考察》[⑥]，朱我芯《唐代新乐府之发展关键——李白开创之功与杜甫、元结之双线开展》[⑦]，以及孙启祥《刘猛、李馀与唐代新乐府运动》[⑧] 等。这些考察见出了21世纪学者对《乐府诗集》所收新乐府自身性质不同问题的重视，以及对以元白为主的唐代讽喻类新乐府发展历史的认真梳理。

三 比较与接受研究

唐代乐府既是唐前乐府的总结与发展，又是唐后乐府的学习标杆，是一个承上启下的鼎盛阶段，并很大程度上影响了后世词曲艺术的发展。乐府与曲子词、词等其他艺术的比较，唐乐府对汉魏六朝乐府的接受以及唐乐府对后世的影响等问题，也是近二十年学界关注的重要领域。

乐府与其他艺术的比较研究如陈磊《浅论唐乐府诗对宋词的影响》[⑨]、苏慧霜《从郭茂倩〈乐府诗集〉初探汉唐乐府与楚辞的关系》[⑩]、马婧《唐宋时期乐府诗曲子词分际的探讨》[⑪]、杨贺《汉唐乐府与佛曲之文体关

---

① 许东海：《唐代诗学、辞赋学、史学合流之一考察——从谏诤意识论白居易新乐府创作之理念与实践》，中国屈原学会编《中国楚辞学》第3辑，学苑出版社，2003。

② 张佩华：《谈张籍、王建对新乐府运动的贡献》，《青海社会科学》2003年第2期。

③ 赵志强：《李绅与“新乐府运动”关系的考察》，《华北电力大学学报》（社会科学版）2005年第1期。

④ 邓芳：《元结乐府的“比兴体制”及其对新乐府的意义——从〈舂陵行〉及相关政论文谈起》，吴相洲主编《乐府学》第5辑，学苑出版社，2009。

⑤ 徐礼节、余恕诚《张王与元白新乐府创作关系考论》，《安徽师范大学学报》（人文社会科学版）2005年第4期。

⑥ 张煜：《张王乐府与元白新乐府创作关系再考察》，《文学评论》2007年第4期。

⑦ 朱我芯：《唐代新乐府之发展关键——李白开创之功与杜甫、元结之双线开展》，《政大中文学报》2007年第7期。

⑧ 孙启祥：《刘猛、李馀与唐代新乐府运动》，《杜甫研究学刊》2020年第2期。

⑨ 陈磊：《浅论唐乐府诗对宋词的影响》，《焦作大学学报》2007年第4期。

⑩ 苏慧霜：《从郭茂倩〈乐府诗集〉初探汉唐乐府与楚辞的关系》，《云梦学刊》2011年第4期。

⑪ 马婧：《唐宋时期乐府诗曲子词分际的探讨》，《文学遗产》2012年第2期。

系新论》[①]、刘志强《论敦煌讲唱文与白居易〈新乐府〉之关系》[②]，以及于海博、蔡淼《论唐代百戏演出中的“因声度词”》[③] 等，涉及乐府与词、楚辞、声诗、曲子词、佛曲以及敦煌讲唱文、百戏等诸多艺术门类。特别是在探讨词体起源问题时，不少学者均对唐代乐府予以关注，如高人雄《西域传入的乐曲与词牌雏形考论》[④]，沈文凡、李博昊《试论温庭筠的乐府歌诗与诗词体式过渡》[⑤]，宋娟、木斋《论温庭筠乐府诗与其词之间的关系》[⑥]，木斋《论唐代乐舞制度变革与曲词起源》[⑦]，刘青海《论温庭筠乐府体的艺术渊源及其对词体的影响》[⑧]，王立《论清商乐对五言诗及词体起源的两大促动》[⑨]，岳珍《隋唐燕乐小曲考论——关于词体发生方式的研究》[⑩]，崔淼、姜剑云《试论竹枝词的词体属性》[⑪] 及《唐声诗和声渊源及对词体产生之影响——以〈杨柳枝〉为例》[⑫]，等等。[⑬]

复变问题是汉魏六朝乐府唐代接受研究的主要角度。自20世纪葛晓音《论李白乐府的复与变》[⑭] 提出这一问题以来，学界便对其予以广泛关注。

---

① 杨贺：《汉唐乐府与佛曲之文体关系新论》，《浙江学刊》2019年第6期。

② 刘志强：《论敦煌讲唱文与白居易〈新乐府〉之关系》，蒋寅、巩本栋主编《中国诗学》第33辑，人民文学出版社，2022。

③ 于海博、蔡淼《论唐代百戏演出中的“因声度词”》，赵敏俐主编《乐府学》第29辑，社会科学文献出版社，2024。

④ 高人雄：《西域传入的乐曲与词牌雏形考论》，《新疆大学学报》（哲学社会科学版）2005年第1期。

⑤ 沈文凡、李博昊：《试论温庭筠的乐府歌诗与诗词体式过渡》，《长春大学学报》2006年第3期。

⑥ 宋娟、木斋：《论温庭筠乐府诗与其词之间的关系》，《学术交流》2008年第8期。

⑦ 木斋：《论唐代乐舞制度变革与曲词起源》，《文学评论》2011年第5期。

⑧ 刘青海：《论温庭筠乐府体的艺术渊源及其对词体的影响》，《文艺理论研究》2013年第6期。

⑨ 王立：《论清商乐对五言诗及词体起源的两大促动》，《学习与探索》2013年第6期。

⑩ 岳珍：《隋唐燕乐小曲考论——关于词体发生方式的研究》，《华中国学》2014年第2期。

⑪ 崔淼、姜剑云：《试论竹枝词的词体属性》，《乐山师范学院学报》2016年第1期。

⑫ 崔淼、姜剑云：《唐声诗和声渊源及对词体产生之影响——以〈杨柳枝〉为例》，《晋阳学刊》2017年第1期。

⑬ 关于词体文体起源问题，钱志熙《古今词体起源说的评述与思考》认为，唐人还没有充分意识到词作为一种新的诗歌体裁的意义，词的起源问题始于五代，至宋有多家之说。古今词体起源大体有词起于新声变曲、词起于燕乐、词起于声诗之变、词起于乐府之变、敦煌词为词的源头等几种主要类型。从学术史的角度来说，古今词源说中其实存在着不同的学术立场的问题，近现代的词源学则明显地存在着新旧学术的不同分野。原文载《北京大学学报》（哲学社会科学版）2017年第4期，可参看。

⑭ 葛晓音：《论李白乐府的复与变》，《文学评论》1995年第2期。

如周仕慧《论唐乐府〈白雪〉歌的复与变》[①]、李德辉《论李贺乐府诗的复与变》[②]、方向明《论孟郊旧题乐府诗的复与变》[③]、沈希安《论张祜乐府诗的复与变》[④]、雷乔英《李白乐府诗复变关系之再考察》[⑤]、马婧《贯休乐府诗对前代文学传统的复与变》[⑥] 等。唐会霞、高春民《初唐的汉乐府接受》[⑦]，以及陈瑞娟《继取汉魏变革古风——初盛唐乐府诗论》[⑧]、赵海菱《汉乐府与杜甫的平民化书写》[⑨]、刘青海《论唐人对汉魏乐府叙事传统的继承与发展》[⑩]、汪艳菊《温庭筠乐府诗的“南朝指向”探析》[⑪]、陈倩《唐代横吹曲拟作的继承与创新》[⑫] 等文，也均从特定角度对唐代的汉魏六朝乐府接受问题作了探讨。

唐人对古乐府传统的颠覆与革新，是21世纪唐代乐府接受问题研究领域的一大突破。吴相洲、张桂芳《论元白对古乐府传统的颠覆》[⑬] 指出，元白不仅在理论上颠覆了古乐府传统，在实践中也表现出对古乐府传统的轻视，为其开创新乐府传统提供理论依据，颠覆古乐府传统是元白新乐府理论的有机组成部分。汪艳菊《论温庭筠的咏史乐府——兼论中晚唐诗人革新乐府诗的努力》[⑭] 通过对温庭筠咏史乐府的分析，探讨其在题材、体

① 周仕慧：《论唐乐府〈白雪〉歌的复与变》，吴相洲主编《乐府学》第2辑，学苑出版社，2007。

② 李德辉：《论李贺乐府诗的复与变》，《湖南科技大学学报》（社会科学版）2004年第4期。

③ 方向明：《论孟郊旧题乐府诗的复与变》，《成人教育》2009年第4期。

④ 沈希安：《论张祜乐府诗的复与变》，吴相洲主编《乐府学》第6辑，学苑出版社，2010。

⑤ 雷乔英：《李白乐府诗复变关系之再考察》，吴相洲主编《乐府学》第16辑，社会科学文献出版社，2017。

⑥ 马婧：《贯休乐府诗对前代文学传统的复与变》，赵敏俐主编《乐府学》第26辑，社会科学文献出版社，2023。

⑦ 唐会霞、高春民：《初唐的汉乐府接受》，《咸阳师范学院学报》2016年第5期。

⑧ 陈瑞娟：《继取汉魏变革古风——初盛唐乐府诗论》，《内蒙古农业大学学报》（社会科学版）2007年第4期。

⑨ 赵海菱：《汉乐府与杜甫的平民化书写》，《山东师范大学学报》（人文社会科学版）2015年第4期。

⑩ 刘青海：《论唐人对汉魏乐府叙事传统的继承与发展》，《文学评论》2020年第1期。

⑪ 汪艳菊：《温庭筠乐府诗的“南朝指向”探析》，《北京社会科学》2013年第6期。

⑫ 陈倩：《唐代横吹曲拟作的继承与创新》，蒋寅、巩本栋主编《中国诗学》第33辑，人民文学出版社，2022。

⑬ 吴相洲、张桂芳：《论元白对古乐府传统的颠覆》，《文学评论》2010年第1期。

⑭ 汪艳菊：《论温庭筠的咏史乐府——兼论中晚唐诗人革新乐府诗的努力》，《唐都学刊》2007年第1期。

式、语言诸方面取法南朝革新乐府的努力。此中可堪注意者，是曾智安《中晚唐人对吴越神弦歌的接受与楚骚精神的复苏》[①] 一文，文章指出，吴越神弦歌与楚地“楚辞”风貌判然有别，但中晚唐人在现实中接受吴越神弦歌而创作类似性质的地方性祭祀乐歌时，却是以经典读物“楚辞”作为首选借鉴对象而创作出“楚辞化”的歌辞，由此促成了楚骚精神的复苏；这种非楚地文化而是吴越文化促成楚骚精神复苏的特殊现象，体现了由于经典地位和影响的缺乏，清乐流传过程中与经典文化类似性的部分反倒被经典文化剥离和取代，最终丧失自身特点。这种乐府接受过程中自身传统与文学经典文本的汇通融合，是诗乐关系研究格局中一种迥异于常态的类型。

后世影响是唐代乐府接受问题研究的另一大领域，如郭苏夏《唐乐府名目的残存与古乐府地位的推尊》[②]、沈伟《唐表而汉里：蒲松龄乐府歌诗的叙事特征及日常化倾向》[③] 等。此中又以中唐讽喻性新乐府最受关注。如徐礼节《论张耒晚年“乐府效张籍”》[④]、张煜《万斯同〈新乐府〉对白居易〈新乐府〉的因革》[⑤]、张煜《论蒋士铨、张埙〈固原新乐府〉——兼论清人对元白新乐府的继承》[⑥]、李哲《终身望韩公——王安石乐府诗学韩探析》[⑦] 等。而明清时期由王世贞首倡之具有因事而发、希冀“备采”、叙事散化等特点的“乐府变”运动，深受中唐新乐府运动的影响，近几年已成学界研究的热点。如叶晔《“诗史”传统与晚明清初的乐府变运动》[⑧] 与《外少陵而内元白——晚明乐府变中“诗史”知识的隐显》[⑨] 等文，探

① 曾智安：《中晚唐人对吴越神弦歌的接受与楚骚精神的复苏》，吴相洲主编《乐府学》第2辑，学苑出版社，2007。

② 郭苏夏：《唐乐府名目的残存与古乐府地位的推尊》，赵敏俐主编《乐府学》第29辑，社会科学文献出版社，2024。

③ 沈伟：《唐表而汉里：蒲松龄乐府歌诗的叙事特征及日常化倾向》，赵敏俐主编《乐府学》第28辑，社会科学文献出版社，2024。

④ 徐礼节：《论张耒晚年“乐府效张籍”》，《安徽大学学报》（哲学社会科学版）2007年第4期。

⑤ 张煜：《万斯同〈新乐府〉对白居易〈新乐府〉的因革》，吴相洲主编《乐府学》第4辑，学苑出版社，2009。

⑥ 张煜：《论蒋士铨、张埙〈固原新乐府〉——兼论清人对元白新乐府的继承》，《暨南学报》（哲学社会科学版）2015年第11期。

⑦ 李哲：《终身望韩公——王安石乐府诗学韩探析》，吴相洲主编《乐府学》第16辑，社会科学文献出版社，2017。

⑧ 叶晔：《“诗史”传统与晚明清初的乐府变运动》，《文史哲》2019年第1期。

⑨ 叶晔：《外少陵而内元白——晚明乐府变中“诗史”知识的隐显》，《文学遗产》2020年第5期。

讨王世贞用“鄙俗”改变杜甫“尔雅”的语言选择问题，并分析比较王世贞《乐府变》与白居易《新乐府》之文本，探讨王世贞《乐府变》系列创作只言宗杜但实际上更接近白居易《新乐府》的原因。贾飞《论王世贞的乐府诗及其“乐府变”的历史地位》[①]、《论“乐府变”的发展历程及其价值衡估》[②]，则探讨了“乐府变”组诗系列的发展历程与历史地位。

四　文献相关研究

乐府学文献是乐府学学科建设的基础。21 世纪以来，随着现代乐府学学科的不断发展，乐府学相关文献的整理与研究受到了学界的普遍关注。具体到唐代乐府学领域，除周期政《唐乐府文献叙录》[③]、喻意志《唐宋乐府解题类典籍考辨》[④] 等总论性探讨外，文献相关研究主要有以下几大细分领域。

首先是对唐人乐府诗作的系统梳理。如吴相洲《论王维乐府诗的文献留存和音乐形态》[⑤]、梁海燕《王维乐府诗的重新认定》[⑥]，以及宋颖芳《论柳宗元乐府诗的文献留存》[⑦]，宋颖芳、吴相洲《张籍集乐府留存情况考》[⑧]，宋颖芳《李商隐集乐府诗留存情况考》[⑨]、《张祜集乐府留存情况考》[⑩]、《〈韦应物集〉乐府留存考》[⑪] 等，分别讨论了王维、柳宗元、张籍、李商隐、张祜、韦应物等人的乐府作品认定问题。杨理论、周玮璞《李白集咸淳本、宋蜀本乐府编次差异与来源考察——兼论李集当涂刊本》[⑫]，则结合

① 贾飞：《论王世贞的乐府诗及其“乐府变”的历史地位》，《江苏师范大学学报》（哲学社会科学版）2017 年第 2 期。

② 贾飞：《论“乐府变”的发展历程及其价值衡估》，《中国文学研究》2022 年第 2 期。

③ 周期政：《唐乐府文献叙录》，《湖南学院学报》2004 年第 1 期。

④ 喻意志：《唐宋乐府解题类典籍考辨》，《音乐研究》2011 年第 2 期。

⑤ 吴相洲：《论王维乐府诗的文献留存和音乐形态》，《文学遗产》2011 年第 6 期。

⑥ 梁海燕：《王维乐府诗的重新认定》，吴相洲主编《乐府学》第 8 辑，学苑出版社，2013。

⑦ 宋颖芳：《论柳宗元乐府诗的文献留存》，《名作欣赏》2013 年第 3 期。

⑧ 宋颖芳、吴相洲：《张籍集乐府留存情况考》，《河北工程大学学报》（社会科学版）2015 年第 4 期。

⑨ 宋颖芳：《李商隐集乐府诗留存情况考》，吴相洲主编《乐府学》第 13 辑，社会科学文献出版社，2016。

⑩ 宋颖芳：《张祜集乐府留存情况考》，《文学教育》2020 年第 10 期。

⑪ 宋颖芳：《〈韦应物集〉乐府留存考》，《今古文创》2021 年第 33 期。

⑫ 杨理论、周玮璞：《李白集咸淳本、宋蜀本乐府编次差异与来源考察——兼论李集当涂刊本》，《文献》2024 年第 3 期。

乐史、宋敏求等人的编次体例及早期李白乐府的流传接受史，认为咸淳本乐府卷三、卷四的编次保留了李阳冰《草堂集》的乐府原貌，而卷五则承袭了乐史与宋敏求的递相增广；二本后半部分乐府产生差异的原因是宋蜀本乐府类保留了曾巩编年，而咸淳本及其所据的绍熙元年（1190）赵汝愚所刊当涂本，不来源于曾巩考次本，而基本保存了乐史、宋敏求本乐府部分递相补辑而未经整理的面貌。徐文武、韩宁《初唐乐府诗辑考》① 则据《旧唐书》《隋唐嘉话》《大唐新语》《朝野佥载》《本事诗》等文献，对初唐乐府诗进行辑补和考辨。

其次是对具体曲调、乐舞或诗作的文献考证。如孔丽娜、周加胜《柘枝舞续考》②，汤君《敦煌燕乐歌舞考略》③、马运新《〈伊州乐〉考》④、亓娟莉《〈凉州曲〉文献新考》⑤、王胜明《〈梁州曲〉乃〈凉州曲〉之误辩》⑥、王学仲《唐大曲〈六幺〉之始创年代考辨》⑦、周加胜《柘枝舞考略兼与向达先生商榷》⑧、孟飞《白居易〈新乐府〉五十章丛考》⑨、张之为《〈何满子〉相关问题考论》⑩、周裕锴《“牧护歌”漫谈》⑪、王定璋《略论李白〈宫中行乐词八首〉〈清平调三首〉》及其他》⑫、葛晓音《“苏莫遮”与日本唐乐舞“苏莫者”的关系》⑬、朱晓峰《基于历史文献的胡旋舞考证》⑭、李文艳《李白〈将进酒〉考索——基于敦煌唐写本与传世

① 徐文武、韩宁：《初唐乐府诗辑考》，《图书馆学研究》2013 年第 14 期。

② 孔丽娜、周加胜：《柘枝舞续考》，西安碑林博物馆编《碑林集刊》第 10 辑，陕西人民美术出版社，2004。

③ 汤君：《敦煌燕乐歌舞考略》，《文艺研究》2002 年第 3 期。

④ 马运新：《〈伊州乐〉考》，《新疆地方志》2007 年第 4 期。

⑤ 亓娟莉：《〈凉州曲〉文献新考》，《中国音乐》2009 年第 1 期。

⑥ 王胜明：《〈梁州曲〉乃〈凉州曲〉之误辩》，《青海社会科学》2009 年第 5 期。

⑦ 王学仲：《唐大曲〈六幺〉之始创年代考辨》，《文化学刊》2010 年第 6 期。

⑧ 周加胜：《柘枝舞考略兼与向达先生商榷》，《黑龙江史志》2010 年第 11 期。

⑨ 孟飞：《白居易〈新乐府〉五十章丛考》，吴相洲主编《乐府学》第 10 辑，社会科学文献出版社，2014。

⑩ 张之为：《〈何满子〉相关问题考论》，《南京艺术学院学报》（音乐与表演版）2012 年第 3 期。

⑪ 周裕锴：《“牧护歌”漫谈》，《古典文学知识》2013 年第 3 期。

⑫ 王定璋：《略论李白〈宫中行乐词八首〉〈清平调三首〉及其他》，西华大学、四川省人民政府文史研究馆、蜀学研究中心主办《蜀学》第 11 辑，巴蜀书社，2016，第 14~21 页。

⑬ 葛晓音：《“苏莫遮”与日本唐乐舞“苏莫者”的关系》，《文艺研究》2019 年第 1 期。

⑭ 朱晓峰：《基于历史文献的胡旋舞考证》，《敦煌学辑刊》2019 年第 4 期。

文献的比较》[①]、王小盾《日本唐乐曲〈苏莫者〉及其南海来源》[②]，以及石飞飞、刘怀荣《〈扶南曲〉考论》[③] 等。

再次是对唐代重要乐府学文献的整理与研究。如详述开元年间教坊制度、有关轶事、乐曲内容和起源的崔令钦《教坊记》，20 世纪中期出版的任半塘《教坊记笺订》虽是《教坊记》和唐代教坊研究的权威著作，但因唐代教坊本身的复杂性及其与唐代音乐文学的重要关联，需要解决的问题仍然很多，故自《教坊记笺订》问世迄今半个多世纪，一直有学者接续研究，特别是 21 世纪以来，研究成果时有出现。如东甫《〈教坊记笺订·曲名流变表〉补订》[④]、高人雄《从〈教坊记〉曲目考察词调中的西域音乐因子》[⑤]、李放《由〈教坊记〉探曲牌形成》[⑥]、孙晓婷《从〈教坊记〉内容中考察唐代戏曲文化大融合的时代精神》[⑦]、曾智安《唐〈教坊记〉作者崔令钦身世辨正》[⑧] 等。再如吴兢《乐府古题要解》，有成明明、孙尚勇《吴兢〈乐府古题要解〉略考》[⑨]，孙尚勇《吴兢〈乐府古题要解〉的体例及影响》[⑩]、李娜《吴兢〈乐府古题要解〉研究》[⑪]、颜庆余《吴兢〈乐府古题要解〉杂考》[⑫]、王辉斌《唐人题解与吴兢〈乐府古题要解〉》[⑬]、张晓伟《今本〈乐府古题要解〉与吴兢原本关系考》[⑭]、杨慧丽《佚名〈乐府解题〉来源于吴兢〈乐府古题要解〉考》[⑮] 等成果。段安节《乐府杂

---

① 李文艳：《李白〈将进酒〉考索——基于敦煌唐写本与传世文献的比较》，《文史杂志》2020 年第 5 期。

② 王小盾：《日本唐乐曲〈苏莫者〉及其南海来源》，《中国文史论丛》2021 年第 1 期。

③ 石飞飞、刘怀荣：《〈扶南曲〉考论》，赵敏俐主编《乐府学》第 27 辑，社会科学文献出版社，2023。

④ 东甫：《〈教坊记笺订·曲名流变表〉补订》，《阅读与写作》2002 年第 3 期。

⑤ 高人雄：《从〈教坊记〉曲目考察词调中的西域音乐因子》，《西域研究》2005 年第 2 期。

⑥ 李放：《由〈教坊记〉探曲牌形成》，《文化学刊》2008 年第 2 期。

⑦ 孙晓婷：《从〈教坊记〉内容中考察唐代戏曲文化大融合的时代精神》，《北方音乐》2016 年第 11 期。

⑧ 曾智安：《唐〈教坊记〉作者崔令钦身世辨正》，《河北师范大学学报》（哲学社会科学版）2023 年第 6 期。

⑨ 成明明、孙尚勇：《吴兢〈乐府古题要解〉略考》，《文献》2004 年第 4 期。

⑩ 孙尚勇：《吴兢〈乐府古题要解〉的体例及影响》，《中华文史论丛》2006 年第 3 期。

⑪ 李娜：《吴兢〈乐府古题要解〉研究》，博士学位论文，郑州大学，2012。

⑫ 颜庆余：《吴兢〈乐府古题要解〉杂考》，《图书馆理论与实践》2012 年第 9 期。

⑬ 王辉斌：《唐人题解与吴兢〈乐府古题要解〉》，《南都学坛》2013 年第 1 期。

⑭ 张晓伟：《今本〈乐府古题要解〉与吴兢原本关系考》，《中国诗歌研究》2018 年第 2 期。

⑮ 杨慧丽：《佚名〈乐府解题〉来源于吴兢〈乐府古题要解〉考》，赵敏俐主编《乐府学》第 28 辑，社会科学文献出版社，2024。

录》，则有李玫《〈乐府杂录·别乐仪识五音轮二十八调图〉的校勘》[①]、明言《〈乐府杂录〉中的音乐批评初探》[②]、孙克仁《钱熙祚校本〈乐府杂录〉别乐二十八调梳理》[③]等成果。张磐《〈乐府杂录〉研究》[④]、亓娟莉《〈乐府杂录〉研究》[⑤]是以《乐府杂录》为对象撰写的学位论文，特别是亓娟莉，先后发表了《〈乐府杂录〉校勘十六则》[⑥]《〈乐府杂录〉著者段安节生平考略》[⑦]《〈乐府杂录〉两处错简新考》[⑧]《〈乐府杂录·熊罴部〉考辨》[⑨]等系列论文，并在其博士学位论文的基础上出版了专著《〈乐府杂录〉校注》[⑩]，对《乐府杂录》进行标点、校勘、注释，并考辨了与之相关的一系列问题。武则天所撰唐代乐律学残篇《乐书要录》，研究成果有赵玉卿《〈乐书要录〉的留存情况考证》[⑪]、《〈乐书要录〉基本内容考证》[⑫]及其最终整理本《〈乐书要录〉研究》[⑬]，以及商立君《〈乐书要录〉若干问题探微》[⑭]等。另外，刘贶《太乐令壁记》、王灼《碧鸡漫志》以及两唐书乐志等重要的唐代乐府相关文献，也均有学者予以关注。

最后，对乐府文学史上一些重大历史事件或现象的梳理考证。如胡乐入华问题，相关研究有柏红秀、李昌集《泼寒胡戏之入华与流变》[⑮]，李昌集《“苏幕遮”的乐与辞——胡乐入华的个案研究与唐代曲子辞的声、词关系探讨》[⑯]、罗希《唐代胡乐入华及审美问题研究》[⑰]、张煜《唐代民族

① 李玫：《〈乐府杂录·别乐仪识五音轮二十八调图〉的校勘》，《中央音乐学院学报》2009年第2期。

② 明言：《〈乐府杂录〉中的音乐批评初探》，《音乐文化研究》2021年第3期。

③ 孙克仁：《钱熙祚校本〈乐府杂录〉别乐二十八调梳理》，《中国音乐学》2023年第1期。

④ 张磐：《〈乐府杂录〉研究》，硕士学位论文，武汉音乐学院，2007。

⑤ 亓娟莉：《〈乐府杂录〉研究》，博士学位论文，西北大学，2009。

⑥ 亓娟莉：《〈乐府杂录〉校勘十六则》，《音乐研究》2014年第6期。

⑦ 亓娟莉：《〈乐府杂录〉著者段安节生平考略》，《咸阳师范学院学报》2016年第5期。

⑧ 亓娟莉：《〈乐府杂录〉两处错简新考》，《西北大学学报》（哲学社会科学版）2009年第4期。

⑨ 亓娟莉：《〈乐府杂录·熊罴部〉考辨》，《文献》2010年第1期。

⑩ （唐）段安节撰，亓娟莉校注《〈乐府杂录〉校注》，上海古籍出版社，2015。

⑪ 赵玉卿：《〈乐书要录〉的留存情况考证》，《交响（西安音乐学院学报）》2001年第1期。

⑫ 赵玉卿：《〈乐书要录〉基本内容考证》，《交响（西安音乐学院学报）》2001年第4期。

⑬ 赵玉卿：《〈乐书要录〉研究》，中央音乐学院出版社，2004。

⑭ 商立君：《〈乐书要录〉若干问题探微》，《音乐研究》2011年第3期。

⑮ 柏红秀、李昌集：《泼寒胡戏之入华与流变》，《文学遗产》2004年第3期。

⑯ 李昌集：《“苏幕遮”的乐与辞——胡乐入华的个案研究与唐代曲子辞的声、词关系探讨》，《中国文化研究》2004年第2期。

⑰ 罗希：《唐代胡乐入华及审美问题研究》，中国社会科学出版社，2020。

乐府活动主体构成分析》[①]、刘芳《唐朝胡乐入华源流及其对华夏音乐影响研究》[②]、张流琪云《胡乐入华——唐代雅乐乐舞中异域文化的研究》[③]等。而唐代胡乐入华最主要方式之一——边地献曲，相关研究有左汉林《唐代“四夷”、“边将”献乐考述》[④]、朱伟杰《大曲〈凉州〉进献者考疑》[⑤]、何新华《唐代缅甸献乐研究》[⑥]、赵喜惠《唐玄宗朝边将献乐史实考》[⑦]，以及许序雅、李晓亮《唐代骠国献乐考》[⑧]，葛恩专、赵金科《“骠国献乐”所用乐器考》[⑨]，陆秋燕《试论〈骠国乐〉中的铜鼓》[⑩]，等等。天宝十三载（754）改诸乐名这一重大事件，相关研究有郑祖襄《〈唐会要〉“天宝十三载改诸乐名”史料分析》[⑪]、左汉林《唐天宝十三载太乐署改诸乐名补证》[⑫]、李飞跃《天宝十三载改诸乐名与燕乐体系的确立》[⑬]等。而丛铁军《读〈史稿〉评〈乐府杂录〉之“胡部”——暨论唐康昆仑翻入琵琶是何曲》[⑭]、向回《〈渭城曲〉的曲作者及其相关问题》[⑮]，也均是对唐代乐府史上重要问题的具体考辨。

五　音乐相关研究

音乐研究是现代乐府学的一个重要维度，21世纪以来唐代乐府音乐相

---

① 张煜：《唐代民族乐府活动主体构成分析》，《西北民族论丛》2016年第2期。
② 刘芳：《唐朝胡乐入华源流及其对华夏音乐影响研究》，《贵州民族研究》2019年第3期。
③ 张流琪云：《胡乐入华——唐代雅乐乐舞中异域文化的研究》，《戏剧之家》2022年第27期。
④ 左汉林：《唐代“四夷”、“边将”献乐考述》，《天津音乐学院学报》2006年第4期。
⑤ 朱伟杰：《大曲〈凉州〉进献者考疑》，《大众文艺（理论）》2009年第21期。
⑥ 何新华：《唐代缅甸献乐研究》，《东南亚研究》2013年第3期。
⑦ 赵喜惠：《唐玄宗朝边将献乐史实考》，《艺术探索》2020年第2期。
⑧ 许序雅、李晓亮：《唐代骠国献乐考》，《云南社会科学》2004年第5期。
⑨ 葛恩专、赵金科：《“骠国献乐”所用乐器考》，《新疆艺术学院学报》2018年第3期。
⑩ 陆秋燕：《试论〈骠国乐〉中的铜鼓》，《唐都学刊》2023年第1期。
⑪ 郑祖襄：《〈唐会要〉“天宝十三载改诸乐名”史料分析》，《中央音乐学院学报》2008年第3期。
⑫ 左汉林：《唐天宝十三载太乐署改诸乐名补证》，《天津音乐学院学报》2019年第4期。
⑬ 李飞跃：《天宝十三载改诸乐名与燕乐体系的确立》，《北京大学学报》（哲学社会科学版）2022年第6期。
⑭ 丛铁军：《读〈史稿〉评〈乐府杂录〉之“胡部”——暨论唐康昆仑翻入琵琶是何曲》，《中国音乐学》2005年第4期。
⑮ 向回：《〈渭城曲〉的曲作者及其相关问题》，吴相洲主编《王维研究》第6辑，学苑出版社，2013，第168~172页。

关问题研究引起了学界的广泛关注，其成果主要有以下五个方面。

（一）乐府入乐研究

古题入乐及六朝旧乐唐代流传问题如吴相洲《论唐代旧题乐府的入乐问题》①、曾智安《清乐不亡于开元、天宝补证》②、林晓光《唐代清乐“三十二曲”考——曲目辨析与文献批判》③ 等。新乐府入乐问题如张煜《新乐府辞入乐问题辨析》④、吴相洲《论郭茂倩新乐府涵义、范围及入乐问题》⑤、张之为《中唐诗乐关系及其社会功能的理论重构——以〈箧中集〉〈新乐府〉诗论转变为中心》⑥、万紫燕《论新乐府的歌辞性质》⑦ 等。近代曲辞入乐问题如张奇峰《王维近代曲辞的主题特色及入乐后的文本变化》⑧、谈莉《唐乐府诗声律的发展和诗乐关系的转型》⑨、左汉林《论唐代〈破阵乐〉的创制演变及其音乐性质变迁》⑩ 等。

（二）音乐形态研究

乐府诗的音乐形态，是指乐府诗以曲调为核心要素而呈现出来的辞、乐、舞相结合的艺术状态。它主要包括乐府诗曲调的创立过程、艺术结构、表演、风格特质以及流变等各方面情况，既是乐府诗艺术特质最集中、最鲜明的体现，也是古乐失传情况下开展乐府诗音乐研究、把握乐府诗艺术特质的最佳途径。⑪ 音乐形态研究理念的逐步形成，是 21 世纪以来

---

① 吴相洲：《论唐代旧题乐府的入乐问题》，袁行霈主编《国学研究》第 13 卷，北京大学出版社，2004。

② 曾智安：《清乐不亡于开元、天宝补证》，《山西大学学报》（哲学社会科学版）2007 年第 1 期。

③ 林晓光：《唐代清乐“三十二曲”考——曲目辨析与文献批判》，《杜甫研究学刊》2020 年第 3 期。

④ 张煜：《新乐府辞入乐问题辨析》，《西北师大学报》（社会科学版）2005 年第 3 期。

⑤ 吴相洲：《论郭茂倩新乐府涵义、范围及入乐问题》，《文学遗产》2017 年第 4 期。

⑥ 张之为：《中唐诗乐关系及其社会功能的理论重构——以〈箧中集〉〈新乐府〉诗论转变为中心》，《文学遗产》2018 年第 2 期。

⑦ 万紫燕：《论新乐府的歌辞性质》，《光明日报》2023 年 3 月 27 日，第 13 版。

⑧ 张奇峰：《王维近代曲辞的主题特色及入乐后的文本变化》，吴相洲主编《乐府学》第 10 辑，社会科学文献出版社，2014。

⑨ 谈莉：《唐乐府诗声律的发展和诗乐关系的转型》，《甘肃社会科学》2015 年第 4 期。

⑩ 左汉林：《论唐代〈破阵乐〉的创制演变及其音乐性质变迁》，吴相洲主编《乐府学》第 15 辑，社会科学文献出版社，2017。

⑪ 乐府诗音乐形态概念及相关问题，可参看曾智安《乐府诗音乐形态研究——以曲调考察为中心》（北京大学出版社，2013）中的具体论述。

学界在乐府音乐学研究领域的重大突破，摆脱了古乐不存的限制和历来在乐府诗音乐研究层面只关注是否入乐的简单二分。具体到唐代乐府领域，21 世纪以来学者对唐代知名乐曲、乐舞特别是当时社会盛行的异域传入乐舞表演形态进行了一定程度的还原，如吴相洲《论王维乐府诗的文献留存和音乐形态》①、何江波《〈春江花月夜〉音乐形态研究》②、于菲菲《〈白雪〉音乐形态探微》③、柯利刚《〈清平调〉音乐形态研究》④、韩宁《论“啭”题乐府的音乐文学形态》⑤ 等，直接以音乐形态作为研究角度。韩宁《〈浑脱舞〉考》⑥，韩宁、李世前《乐府曲调〈山鹧鸪〉考论》⑦，韩宁、徐文武《乐府曲调〈婆罗门〉考辨》⑧，于海博《唐代剑器舞演出形态考》⑨、韩宁《乐府〈穆护砂〉曲调文本探源》⑩、蒋远桥《时间中的歌舞：〈霓裳羽衣曲〉的创制、流变和表演》⑪、左汉林《唐代大明宫乐舞演出考辨》⑫ 等，亦是对乐府曲调创制或演出情况的考察。韩宁《论唐乐府曲调由民间传入宫廷的方式》⑬、《论唐乐府曲调由宫廷流入民间的方式》⑭ 等，则是唐代乐曲在宫廷与民间之间的传播研究。另外，沈冬《唐代乐舞新论》⑮、王安潮《唐代大曲的历史与形态》⑯，穆渭生、张维慎《唐代“立、

① 吴相洲：《论王维乐府诗的文献留存和音乐形态》，《文学遗产》2011 年第 6 期。

② 何江波：《〈春江花月夜〉音乐形态研究》，吴相洲主编《乐府学》第 11 辑，社会科学文献出版社，2015。

③ 于菲菲：《〈白雪〉音乐形态探微》，吴相洲主编《乐府学》第 14 辑，社会科学文献出版社，2016。

④ 柯利刚：《〈清平调〉音乐形态研究》，《音乐探索》2017 年第 1 期。

⑤ 韩宁：《论“啭”题乐府的音乐文学形态》，《中国韵文学刊》2018 年第 3 期。

⑥ 韩宁：《〈浑脱舞〉考》，《民族文学研究》2012 年第 5 期。

⑦ 韩宁、李世前：《乐府曲调〈山鹧鸪〉考论》，吴相洲主编《乐府学》第 16 辑，社会科学文献出版社，2017。

⑧ 韩宁、徐文武《乐府曲调〈婆罗门〉考辨》，《文献》2017 年第 2 期。

⑨ 于海博：《唐代剑器舞演出形态考》，《北京舞蹈学院学报》2017 年第 4 期。

⑩ 韩宁：《乐府〈穆护砂〉曲调文本探源》，《民族文学研究》2018 年第 1 期。

⑪ 蒋远桥：《时间中的歌舞：〈霓裳羽衣曲〉的创制、流变和表演》，陈尚君主编《中国文学研究》第 30 辑，复旦大学出版社，2018。

⑫ 左汉林：《唐代大明宫乐舞演出考辨》，李浩主编《唐代文学研究》第 19 辑，社会科学文献出版社，2020。

⑬ 韩宁：《论唐乐府曲调由民间传入宫廷的方式》，《中国韵文学刊》2020 年第 3 期。

⑭ 韩宁：《论唐乐府曲调由宫廷流入民间的方式》，《宁夏师范学院学报》2020 年第 3 期。

⑮ 沈冬：《唐代乐舞新论》，北京大学出版社，2004。

⑯ 王安潮：《唐代大曲的历史与形态》，中央音乐学院出版社，2011。

坐部伎”相关问题辨析》[①]、柏互玖《唐代礼乐大曲研究》[②]、葛晓音《从日本雅乐看唐参军和唐大曲的表演形式》[③]、黎国韬《唐代大曲分类新论》[④]，岳俊丽、冷卫国《〈霓裳羽衣曲〉在五代至宋的赓续与流变》[⑤] 等均为有关唐代乐部、大曲的研究，成军《隋唐宫廷音乐表演研究》[⑥] 也是音乐形态研究的一个方面。

（三）音乐文化背景研究

此中最受关注的是乐府制度研究，包括乐府制度、机构、乐官以及制度与文学关系等诸多问题，如左汉林《唐代梨园的乐官、乐工和组织》[⑦]、《唐梨园弟子考辩》[⑧]、《唐代音乐制度与文学的关系》[⑨]、《唐仗内教坊及中唐教坊合署问题考辩》[⑩] 等论文及专著《唐代乐府制度与歌诗研究》[⑪]，张丹阳《唐代教坊职官考补》[⑫]、《唐代乐营及乐营使新考》[⑬] 及其专著《唐代教坊考论》[⑭]，柏红秀《论中晚唐教坊的发展特点》[⑮]、文艳蓉《唐代教坊四部考》[⑯]、刘万川《唐太乐丞职官性质考述》[⑰]、张月《唐宋宫廷乐府

---

① 穆渭生、张维慎：《唐代“立、坐部伎”相关问题辨析》，《陕西师范大学学报》（哲学社会科学版）2010 年第 1 期。

② 柏互玖：《唐代礼乐大曲研究》，《中国音乐学》2013 年第 2 期。

③ 葛晓音：《从日本雅乐看唐参军和唐大曲的表演形式》，《北京大学学报》（哲学社会科学版）2015 年第 3 期。

④ 黎国韬：《唐代大曲分类新论》，《中华戏曲》2015 年第 2 期。

⑤ 岳俊丽、冷卫国：《〈霓裳羽衣曲〉在五代至宋的赓续与流变》，赵敏俐主编《中国诗歌研究》第 23 辑，社会科学文献出版社，2022。

⑥ 成军：《隋唐宫廷音乐表演研究》，博士学位论文，南京艺术学院，2016。

⑦ 左汉林、高付军：《唐代梨园的乐官、乐工和组织》，吴相洲主编《乐府学》第 2 辑，学苑出版社，2007。

⑧ 左汉林：《唐梨园弟子考辩》，吴相洲主编《乐府学》第 5 辑，学苑出版社，2009。

⑨ 左汉林：《唐代音乐制度与文学的关系》，《文学评论》2010 年第 3 期。

⑩ 左汉林：《唐仗内教坊及中唐教坊合署问题考辩》，《中国文学研究》2015 年第 4 期。

⑪ 左汉林：《唐代乐府制度与歌诗研究》，商务印书馆，2010。

⑫ 张丹阳：《唐代教坊职官考补》，《中国音乐学》2016 年第 2 期。

⑬ 张丹阳：《唐代乐营及乐营使新考》，《文化遗产》2023 年第 1 期。

⑭ 张丹阳：《唐代教坊考论》，中国社会科学出版社，2020。

⑮ 柏红秀：《论中晚唐教坊的发展特点》，吴相洲主编《乐府学》第 4 辑，学苑出版社，2009。

⑯ 文艳蓉：《唐代教坊四部考》，吴相洲主编《乐府学》第 6 辑，学苑出版社，2010。

⑰ 刘万川：《唐太乐丞职官性质考述》，吴相洲主编《乐府学》第 12 辑，社会科学文献出版社，2015。

区位环境与职能属性关系考》[①] 等。

与乐府制度相关的是乐人研究。如毛水清《唐代乐人考述》[②]、欧燕《唐代城市乐人研究》[③] 详细考察了唐代乐人的各方面情况，夏滟洲《伎乐与乐伎：中古音乐的历史映像》[④] 第四章及王小盾、顾嘉欣《论安史之乱时期的乐人流动》[⑤] 专门探讨唐代乐人的社会流动，乜小红《唐五代敦煌音声人试探》[⑥]、李昌集《唐代宫廷乐人考略——唐代宫廷华乐、胡乐状况一个角度的考察》[⑦]、刘进宝《归义军时期的"音声人"》[⑧] 及《唐五代"音声人"论略》[⑨]、倪高峰《唐代太常音声人赋役制度研究》[⑩]、刘硕《唐代乐伎的种类及特点》[⑪]、杨洋《浅谈唐代乐人种类及社会影响》[⑫]、刘硕《隋唐时期的胡乐人研究》[⑬] 等文章，也均从不同角度探讨唐代的乐人群体。而柏红秀《白居易与乐人交往考》[⑭]《元稹与乐人交往考》[⑮] 等文章，则专门探讨唐代文人与乐人的交往。

（四）音乐理论与美学思想研究

音乐理论如赵为民《唐代二十八调体系中的四调为双宫双羽结构》[⑯]、《龟兹乐调理论探析——唐代二十八调理论体系研究》[⑰]、《唐代二十八调体

① 张月：《唐宋宫廷乐府区位环境与职能属性关系考》，《中国音乐学》2017 年第 3 期。
② 毛水清：《唐代乐人考述》，东方出版社，2006。
③ 欧燕：《唐代城市乐人研究》，商务印书馆，2016。
④ 夏滟洲：《伎乐与乐伎：中古音乐的历史映像》，商务印书馆，2019。
⑤ 王小盾、顾嘉欣：《论安史之乱时期的乐人流动》，《音乐研究》2022 年第 6 期。
⑥ 乜小红：《唐五代敦煌音声人试探》，《敦煌研究》2003 年第 3 期。
⑦ 李昌集：《唐代宫廷乐人考略——唐代宫廷华乐、胡乐状况一个角度的考察》，《中国韵文学刊》2004 年第 3 期。
⑧ 刘进宝：《归义军时期的"音声人"》，《敦煌研究》2006 年第 1 期。
⑨ 刘进宝：《唐五代"音声人"论略》，《南京师大学报》（社会科学版）2006 年第 2 期。
⑩ 倪高峰：《唐代太常音声人赋役制度研究》，《中国音乐学》2013 年第 4 期。
⑪ 刘硕：《唐代乐伎的种类及特点》，《黄河之声》2018 年第 6 期。
⑫ 杨洋：《浅谈唐代乐人种类及社会影响》，《北方音乐》2019 年第 16 期。
⑬ 刘硕：《隋唐时期的胡乐人研究》，博士学位论文，上海音乐学院，2019。
⑭ 柏红秀：《白居易与乐人交往考》，《盐城师范学院学报》（人文社会科学版）2008 年第 6 期。
⑮ 柏红秀：《元稹与乐人交往考》，《盐城师范学院学报》（人文社会科学版）2011 年第 2 期。
⑯ 赵为民：《唐代二十八调体系中的四调为双宫双羽结构》，《音乐研究》2005 年第 2 期。
⑰ 赵为民：《龟兹乐调理论探析——唐代二十八调理论体系研究》，《中国音乐学》2005 年第 2 期。

系为七宫四调结构》[①]、《关于二十八调体系兼容一百八十调推论》[②] 及其专著《唐代二十八调理论体系研究》[③]，乔新建《论唐代段安节的声乐说》[④]、郑祖襄《唐宋“雅、清、燕”三乐辨析》[⑤]、孙晓辉《唐代乐判论议》[⑥] 等。美学思想如秦序《崇雅与爱俗的矛盾组合——多层面的白居易音乐美学观及其变化发展》[⑦]、陈东《唐代音乐美学思想的多元特征》[⑧]、陈四海《唐太宗论乐中的音乐思想——兼论他对西北少数民族的音乐文化政策》[⑨] 等。

（五）音乐图像相关研究

朱晓峰《唐代莫高窟壁画音乐图像研究》[⑩] 一书，对敦煌乐舞尤其是唐代莫高窟壁画音乐图像展开全面、深入研究，是较为系统研究敦煌乐舞的著作。另外如王翔宇《论唐代敦煌壁画音乐图像的审美意境》[⑪]、郑祖襄《王维“观图辨乐”与音乐图像学》[⑫]、李宝杰《敦煌壁画经变图礼佛乐队与唐代坐部伎乐的比较研究》[⑬]、朱晓峰《敦煌画稿中的音乐图像研究》[⑭]、王清雷《谈谈使用图像类音乐文物资料应注意的几个问题——以唐代乐俑为例》[⑮]等，也是唐代音乐图像研究的主要成果。

---

① 赵为民：《唐代二十八调体系为七宫四调结构》，《天津音乐学院学报》2005年第4期。

② 赵为民：《关于二十八调体系兼容一百八十调推论》，《音乐研究》2022年第6期。

③ 赵为民：《唐代二十八调理论体系研究》，商务印书馆，2006。

④ 乔新建：《论唐代段安节的声乐说》，《殷都学刊》2002年第3期。

⑤ 郑祖襄：《唐宋“雅、清、燕”三乐辨析》，《音乐研究》2007年第1期。

⑥ 孙晓辉：《唐代乐判论议》，《音乐艺术（上海音乐学院学报）》2017年第3期。

⑦ 秦序：《崇雅与爱俗的矛盾组合——多层面的白居易音乐美学观及其变化发展》，《中国音乐学》2001年第1期。

⑧ 陈东：《唐代音乐美学思想的多元特征》，《南通大学学报》（社会科学版）2006年第3期。

⑨ 陈四海：《唐太宗论乐中的音乐思想——兼论他对西北少数民族的音乐文化政策》，《中国音乐学》2006年第4期。

⑩ 郑炳林主编，朱晓峰著《唐代莫高窟壁画音乐图像研究》，甘肃教育出版社，2020。

⑪ 王翔宇：《论唐代敦煌壁画音乐图像的审美意境》，《美术界》2011年第2期。

⑫ 郑祖襄：《王维“观图辨乐”与音乐图像学》，《南京艺术学院学报（音乐与表演）》2014年第1期。

⑬ 李宝杰：《敦煌壁画经变图礼佛乐队与唐代坐部伎乐的比较研究》，《交响（西安音乐学院学报）》2014年第1期。

⑭ 朱晓峰：《敦煌画稿中的音乐图像研究》，《敦煌学辑刊》2017年第2期。

⑮ 王清雷：《谈谈使用图像类音乐文物资料应注意的几个问题——以唐代乐俑为例》，《南京艺术学院学报（音乐与表演）》2018年第2期。

六　乐府诗学理论及相关概念辨析

唐代乐府诗人基本都有自觉的乐府诗学意识，许多还对乐府诗创作有过一定的理论阐述，使得唐代乐府诗学呈现一种创作与理论共生、相互促进的发展态势，故而21世纪以来，唐代乐府诗学理论及相关问题也引起了学界的普遍关注。

其一，乐府诗学理论与乐府诗观研究。钱志熙《唐人乐府学述要》[①]认为，唐代乐府学以徒诗创作的古乐府及由古乐府衍生的新题乐府为主要内容，具有理论与创作共生的特点。初唐为沿承齐梁体制的近体赋题乐府，其倾向为尚辞；盛唐李白建立古乐府学，奠定唐乐府学以复古为基本特点的宗旨；此后中唐元结、顾况至元稹、白居易提倡新题乐府，其倾向为尚义；韩孟一派杂拟乐府歌谣，带有自我作古的倾向。唐人拟乐府创作不仅抗衡流行近体，也有抗衡今乐的意图，复古诗学是其最重要的理论支撑。此文对构建唐代乐府诗学理论体系具有开创意义。此外如钱志熙《元白诗体理论探析》[②]《论李白乐府诗的创作思想、体制与方法》[③]《唐人比兴观及其诗学实践》[④]，张煜《刘禹锡的新乐府观及新乐府创作》[⑤]、吴相洲《关于元稹〈乐府古题序〉的几个问题》[⑥]、王辉斌《论唐代诗人的乐府观》[⑦]，王辉斌、王楠《唐代新乐府诗派的批评论》[⑧]，王明好《因变——卢照邻文学思想的核心观念》[⑨]、李雪《论元稹的乐府观》[⑩]、陈瑞娟《唐人

① 钱志熙：《唐人乐府学述要》，《中国社会科学》2013年第8期。

② 钱志熙：《元白诗体理论探析》，《中国文化研究》2003年第1期。

③ 钱志熙：《论李白乐府诗的创作思想、体制与方法》，《文学遗产》2012年第3期。

④ 钱志熙：《唐人比兴观及其诗学实践》，《文学遗产》2015年第6期。

⑤ 张煜：《刘禹锡的新乐府观及新乐府创作》，《山西大学学报》（哲学社会科学版）2007年第1期。

⑥ 吴相洲：《关于元稹〈乐府古题序〉的几个问题》，中国唐文学学会、西北大学文学院、广西师范大学出版社主编《唐代文学研究》第13辑，广西师范大学出版社，2010。

⑦ 王辉斌：《论唐代诗人的乐府观》，《吉林师范大学学报》（人文社会科学版）2013年第2期。

⑧ 王辉斌、王楠：《唐代新乐府诗派的批评论》，《吉林师范大学学报》（人文社会科学版）2013年第4期。

⑨ 王明好：《因变——卢照邻文学思想的核心观念》，《河北学刊》2013年第5期。

⑩ 李雪：《论元稹的乐府观》，《长春工业大学学报》（社会科学版）2014年第5期。

的乐府诗观研究》[①]、樊昕所译增田清秀《唐人的乐府观与中唐诗人的乐府》[②]、隋雪纯《论元稹复古诗学承衍与“拟赋古题”乐府诗法革新》[③]等，亦均在一定程度上探讨了唐人的乐府诗学理论。向回《唐代乐府诗学体系述略》[④]则在系统梳理唐代乐府诗学文献的基础上，从本体论、创作论和鉴赏论三个层面勾勒了唐代乐府诗学的基本体系，认为唐代乐府诗学是一个以乐府诗本质认识为基础、以乐府诗创作实践与方法指导为核心、涵盖了乐府诗鉴赏品评等内容的理论体系。

其二，乐府诗学核心概念辨析。张煜《唐人所说“乐府”涵义考》[⑤]认为，唐人所说的“乐府”或指代朝廷音乐机构，或指在朝廷演唱的歌诗，总是与朝廷有关。吴相洲《乐府相关概念辨析》[⑥]则辨析了乐府与歌诗、歌行、词曲、民歌、音乐文学几个概念的关系。此外如尚丽新《论新乐府的界定》[⑦]、王立增《为唐代乐府诗“正名”——唐代乐府诗中几个相关概念的解析》[⑧]及《唐代“乐府体”诗的体性界定》[⑨]、方向明《中唐“古乐府”涵义辨析》[⑩]、孙晓光《关于唐诗的几个概念》[⑪]、张之为《唐代大曲、小曲、曲子概念及相关问题新探——基于〈大日本史·礼乐志〉与〈教坊记〉的考察》[⑫]等，也均对唐代乐府相关的一些概念予以探讨。

上文从作家作品、新乐府、比较与接受、音乐、文献、诗学理论及相关概念等六个方面概述了21世纪以来的唐代乐府研究，而实际上，21世

---

① 陈瑞娟：《唐人的乐府诗观研究》，《中国典籍与文化》2016年第1期。

② 〔日〕增田清秀：《唐人的乐府观与中唐诗人的乐府》，樊昕译，《杜甫研究学刊》2020年第3期。

③ 隋雪纯：《论元稹复古诗学承衍与“拟赋古题”乐府诗法革新》，赵敏俐主编《乐府学》第28辑，社会科学文献出版社，2024。

④ 向回：《唐代乐府诗学体系述略》，赵敏俐主编《乐府学》第26辑，社会科学文献出版社，2023。

⑤ 张煜：《唐人所说“乐府”涵义考》，《社会科学辑刊》2004年第6期。

⑥ 吴相洲：《乐府相关概念辨析》，《首都师范大学学报》（社会科学版）2015年第2期。

⑦ 尚丽新：《论新乐府的界定》，《云南艺术学院学报》2003年第1期。

⑧ 王立增：《为唐代乐府诗“正名”——唐代乐府诗中几个相关概念的解析》，《中国韵文学刊》2005年第4期。

⑨ 王立增：《唐代“乐府体”诗的体性界定》，《河北师范大学学报》（哲学社会科学版）2009年第3期。

⑩ 方向明：《中唐“古乐府”涵义辨析》，《成人教育》2009年第8期。

⑪ 孙晓光：《关于唐诗的几个概念》，《渤海大学学报》（哲学社会科学版）2012年第3期。

⑫ 张之为：《唐代大曲、小曲、曲子概念及相关问题新探——基于〈大日本史·礼乐志〉与〈教坊记〉的考察》，《古籍整理研究学刊》2017年第3期。

纪有关唐代乐府的综合性研究成果亦很突出。如袁绣柏、曾智安《近代曲辞研究》[①]，张煜《新乐府辞研究》[②]研究特定类别的唐代乐府；张开《初唐乐府诗研究》[③]、方向明《中唐乐府诗研究》[④]、刘亮《晚唐乐府诗研究》[⑤]、韩宁《初唐乐府诗研究》[⑥]等研究特定时段的唐代乐府，王维《隋及初唐乐府诗学研究》[⑦]、单丽君《中唐乐府诗学研究》[⑧]、刘梅《盛唐乐府诗学研究》[⑨]、高艺文《晚唐乐府诗学研究》[⑩]等，也是唐代乐府诗史的分段研究；王立增《唐代乐府诗体研究》[⑪]，关注了唐代乐府诗体的认定、创作方式、文体表征、功能以及演进历程等诸多方面；孙尚勇《唐乐府论》[⑫]则从古乐府、今乐府、新乐府三个类型出发对唐代乐府创作作了全面概述。另外，倪高峰《承继与变迁：隋唐五代乐舞经济模式研究》[⑬]研究隋唐五代的乐舞经济模式，考察唐代乐舞经济模式对隋代的承继与变迁，以及唐代内部乐舞经济的承继与变迁，并追踪此种变迁对唐代乐舞艺术和五代至两宋杂剧兴起的作用；刘航《对风俗内涵的着意开掘——中唐乐府的新思路》[⑭]、吕家慧《论中唐乐府中风俗题材的兴起》[⑮]从风俗角度研究中唐乐府，高雪莉《燕赵文化与唐代乐府研究》[⑯]、张梦蕊《吴越文化与唐代乐府研究》[⑰]结合区域文化研究唐代乐府，赵小华《初盛唐礼乐文化与文士、文学关系研究》[⑱]从礼乐文化角度探讨初盛唐文学，柏红秀

① 袁绣柏、曾智安：《近代曲辞研究》，北京大学出版社，2009。
② 张煜：《新乐府辞研究》，北京大学出版社，2009。
③ 张开：《初唐乐府诗研究》，博士学位论文，首都师范大学，2007。
④ 方向明：《中唐乐府诗研究》，博士学位论文，首都师范大学，2009。
⑤ 刘亮：《晚唐乐府诗研究》，中国社会出版社，2010。
⑥ 韩宁：《初唐乐府诗研究》，社会科学文献出版社，2013。
⑦ 王维：《隋及初唐乐府诗学研究》，硕士学位论文，苏州大学，2016。
⑧ 单丽君：《中唐乐府诗学研究》，硕士学位论文，苏州大学，2016。
⑨ 刘梅：《盛唐乐府诗学研究》，硕士学位论文，苏州大学，2020。
⑩ 高艺文：《晚唐乐府诗学研究》，硕士学位论文，苏州大学，2020。
⑪ 王立增：《唐代乐府诗体研究》，北京大学出版社，2022。
⑫ 孙尚勇：《唐乐府论》，《杜甫研究学刊》2018年第1期。
⑬ 倪高峰：《承继与变迁：隋唐五代乐舞经济模式研究》，苏州大学出版社，2018。
⑭ 刘航：《对风俗内涵的着意开掘——中唐乐府的新思路》，《文学遗产》2004年第4期。
⑮ 吕家慧：《论中唐乐府中风俗题材的兴起》，《北京大学学报》（哲学社会科学版）2016年第4期。
⑯ 高雪莉：《燕赵文化与唐代乐府研究》，硕士学位论文，河北师范大学，2023。
⑰ 张梦蕊：《吴越文化与唐代乐府研究》，硕士学位论文，河北师范大学，2023。
⑱ 赵小华：《初盛唐礼乐文化与文士、文学关系研究》，广东人民出版社，2011。

《音乐雅俗流变与中唐诗歌创作研究》① 从音乐流变角度研究中唐诗歌，亦多涉及乐府。综观这些成果，不难看出，随着乐府观念转变和对乐府本质认识的不断深入，学界对唐代乐府的价值有了全面重估，新理论、新方法的导入和跨学科交叉研究的探索与实践，延伸了乐府学的空间，唐代乐府研究已经突破了过去相对单一的文学研究格局，成了唐代文学研究特别是诗歌研究领域一个新的学术增长点。

① 柏红秀：《音乐雅俗流变与中唐诗歌创作研究》，社会科学文献出版社，2022。

书评

全唐视角下乐府史料的系统整理与新研究态势*

梅国春

（扬州大学文学院，扬州　225009）

摘　要：亓娟莉教授《唐人乐府论著辑考与研究》一书，是继《〈乐府杂录〉校注》之后又一部在乐府学领域内深耕的最新标志性力作，同时是一部集唐代音乐文学文献辑录、校勘整理与乐府研究于一体的综合性著作。该书以唐人乐书为整理研究重点，全面考索了唐人乐府论著六十余种，并首次辑录《古今乐纂》《律书乐图》《大周正乐》《辨音集》《音律图》等论著和佚文，不仅完整展示了唐五代乐府的总体面貌，更为乐府学提供了可资研究的新证据，具有很高的史料价值和学术价值。

关键词：唐五代　音乐文献　乐府史料　《唐人乐府论著辑考与研究》

作者简介：梅国春，女，扬州大学文学院在读博士研究生，研究方向为唐宋文学。柏红秀，女，扬州大学文学院教授、博士生导师，研究方向为中国古代文学与音乐文化研究。

乐府是音乐语言和文学语言紧密结合的一种特殊艺术形式。《尚书·舜典》云："诗言志，歌永言。"①《毛诗序》谓诗者"情动于中而形于

* 本文系国家社会科学基金一般项目"音乐雅俗流变与唐代诗歌传播研究"（21BZW090）阶段性成果。

① （汉）孔安国传，（唐）孔颖达正义《尚书正义》，黄怀信整理，上海古籍出版社，2007，第106页。

言”，嗟叹永歌，“不知手之舞之，足之蹈之”，[①] 皆是就诗乐一体而言。唐代乐舞的兴盛促进了乐府文学的繁荣，专述乐府盛况的文献在质量和数量上均远超前代。吴相洲在论乐府学研究的基本内容时说：“就研究对象而言，包括汉代以后所有乐府文学，尤以由汉到五代的乐府文学为主。”[②] 直接点出了乐府学研究的重心集中在汉至唐五代。孙尚勇又说：“20 世纪大多数的乐府文学史著作将乐府断代在汉魏六朝，真正认真地将唐乐府作为乐府史一个部分叙述的著作只有罗根泽《乐府文学史》、王易《乐府通论》、增田清秀《乐府的历史性研究》、杨生之《乐府诗史》。”[③] 由此可见，对唐代乐府的研究依然较为薄弱。吴相洲在《乐府学概论》中系统阐述过“乐府学”这一概念，指出“乐府学主要从文献、音乐、文学三个层面进行研究”[④]，三者缺一不可。乐府文学本属音乐文学或“音乐文艺”，故而言乐府者不可不关注音乐。任半塘《教坊记笺订》是 20 世纪唐代音乐文献整理的重要成果，其又在《唐声诗》中从音乐文学和歌辞体式等角度旗帜鲜明地提出了一套具有前沿意义的文学史理论。[⑤] 此后又有王小盾《隋唐音乐及其周边——王小盾音乐学术文集》等著述，将音乐史料及音乐史研究相结合，探讨了音乐文献研究中的许多重要问题。[⑥] 柏红秀也一直专注于唐人音乐文化研究，先后出版了《唐代宫廷音乐文艺研究》《音乐雅俗流变与中唐诗歌创作研究》等著作，从政治文化背景出发，对宴乐诗进行宏观考察，又于微观透视下探讨雅俗流变过程中“声诗”的依时而变，立体而丰富地呈现了唐代音乐文化的革新与变迁。[⑦] 由是，在丰硕的唐代音乐文学研究成果中，还有一些留白之处可供探讨，那就是唐代古典文献资料中与乐府相关的文献资料，且无论是研究乐府文学，还是古代音乐文学，乐府相关领域的史料文献都尤为重要。当代乐府学专家亓娟莉教授的《唐人乐府论著辑考与研

---

① （汉）郑玄笺，（唐）孔颖达疏《毛诗注疏》（上），朱杰人、李慧玲整理，上海古籍出版社，2013，第 7 页。

② 张煜：《新乐府辞研究》，北京大学出版社，2009，“序言”第 8 页。

③ 孙尚勇：《乐府文学文献研究》，人民文学出版社，2007，第 36 页。

④ 吴相洲：《乐府学概论》，人民文学出版社，2015，“绪论”第 21 页。

⑤ （唐）崔令钦撰，任半塘笺订《教坊记笺订》，中华书局，1962；任中敏：《唐声诗》，张之为、戴伟华校理，商务印书馆，2020。

⑥ 王小盾：《隋唐音乐及其周边——王小盾音乐学术文集》，上海音乐学院出版社，2012。

⑦ 柏红秀：《唐代宫廷音乐文艺研究》，南京大学出版社，2010；柏红秀：《音乐雅俗流变与中唐诗歌创作研究》，社会科学文献出版社，2022。

究》（以下简称亓娟莉新著）应运而生，上起李唐立国，涵盖赵邪利等由隋入唐人士之撰著，下则讫于唐末五代时期，从全唐视角系统整理了乐府论著，将史料整理与研究结合起来，进行多角度的整体研究，可谓考镜源流，具有典范意义。

早在《唐人乐府论著辑考与研究》成书之前，亓娟莉对唐代音乐文学文献的整理就已经有了相当的积累。亓娟莉自 2002 年起便开始专注于隋唐五代乐府文学与文献研究，其硕士学位论文以《〈乐府诗集·琴曲歌辞〉研究》为题，对郭茂倩《乐府诗集》进行个案研究考察，尔后博士学位论文继任半塘《教坊记笺订》之余绪，以段安节《乐府杂录》为研究对象，进行精审校勘、细密考证，最终完成了《〈乐府杂录〉校注》一书。时隔多年，亓娟莉又以黾勉求真的态度完成了唐人乐府文献的辑录工作，出版了唐五代音乐文学文献整理的最新标志性成果——《唐人乐府论著辑考与研究》，这是一部集文献辑录、校勘整理与乐府研究于一体的综合性著作。[①] 亓娟莉对乐府学研究的深耕钻研，从专书到李唐一代，从对原典的校释到乐府文献的辑录，体现了一个从个别、特殊到普遍的演进过程。这部书是亓娟莉主持的国家社科基金项目的结题成果，凝结了她十年的心血，对唐人乐府文献搜集邃密，达到了很高的水平。此书对于今后学人的研究将产生深远的影响。就荦荦大者而论，亓娟莉新著有如下三个方面的成就。

一　文献丰赡，发掘新材料，为学界提供了可靠史料

乐府学研究是一个庞大的学术工程，需要众多学者群策群力，文献资料的搜集和发掘是其中一个不可替代的环节，也是基础性工作。吴相洲曾提出系统汇编整理乐府学文献的学术构想，计划在梳理摸清乐府学文献底数、弄清各类乐府学文献留存情况的基础上，编纂出一套大型乐府学文献汇编，使治学者能方便地获得和使用各种乐府学基本文献，推动乐府学学科发展。曾智安亦谋划实施系统性整理乐府学专书的项目，并以对清顾有孝《乐府英华》的整理为尝试，体现出学界对系统整理与汇编乐府学文献

① 亓娟莉：《〈乐府诗集·琴曲歌辞〉研究》，硕士学位论文，西北大学，2005；（唐）段安节撰，亓娟莉校注《〈乐府杂录〉校注》，上海古籍出版社，2015；亓娟莉：《唐人乐府论著辑考与研究》，人民出版社，2024。

资料学术意义认识的日益深刻。[①] 亓娟莉新著是首次全面辑录整理唐五代乐府论著的学术成果，其在考察了有关乐府研究的学术史后，指出目前研究存在的特点：一是研究成果主要集中在《教坊记》《乐府杂录》《乐府古题解要》等少数几部文献；二是没有形成唐代乐府文献的系统整理研究，尚无全唐视角下乐府论著的系统整理，未能形成有序推进的研究态势。[②] 基于以上原因，亓娟莉精准定位了该书所辑录文献的区域范围，即以唐宋目录文献为主，搜集、筛选唐五代乐府论著，并辅以两《唐书》之《音乐志》《礼乐志》及唐宋笔记杂记等资料，研究的重点为前人未曾整理辑录或较少研究的乐书，同时考索出乐府论著撰者的生平、作时等历史文化信息，具有较高的文献价值。

从全书布局来看，亓娟莉新著在编排整理文章结构上逻辑清晰合理，主要采用时间先后与辑考内容相结合的原则。全书分为三个部分，依次为上编“初盛唐乐府论著”、中编“中晚唐及五代时期乐府论著”、下编“佚名及其他待考论著”。在大致依时间排序的同时，还酌情“以类相从”，即将内容、撰者或书名相关联的文献依次放在一起，甚至有一些解题文献，未必全是同一个时期的人所撰，但书名相近、内容相关，依然选择将其依次而列。这些对特殊情况的处理方式，可以方便学人比照研究，体现出亓娟莉的独具匠心。亓娟莉新著所辑乐府文献多有尚未引起学界重视或未为学界所知者，如《律书乐图》《大周正乐》《音律图》等，包括许多佚文，提供了可资研究的新证据。该书在附录中收录了《教坊记》《羯鼓录》《乐府杂录》《乐府古题要解》，此四书是唐人乐府论著的重要组成部分，保存相对完整，因学界研究成果丰硕，故未作具体分析，但为方便学人查阅资料，一并收入附录，体现了亓娟莉的心细如发。总之，该书考索唐人乐府论著数量众多、材料丰富，对学人而言就如同一份唐人乐府论著研究的书单。正如李浩在序言中所说，这一成果从文献角度完整展示了唐五代乐府的总体面貌，有助于厘清乐府发展中的诸多问题，兼具史料价值和学术价值，为进一步全面系统描述唐五代乐府发展提供了有力支持。[③]

---

① 向回：《乐府学专书系统整理的尝试——评曾智安教授〈乐府英华校笺〉》，《乐府学》2023 年第 1 期。

② 亓娟莉：《唐人乐府论著辑考与研究》，人民出版社，2024，“前言”第 4 页。

③ 亓娟莉：《唐人乐府论著辑考与研究》，人民出版社，2024，“序言”第 2 页。

二　整理与研究并重，体现出审慎的学术态度

20 世纪 80 年代的学术领域一直在强调新观念、新方法，在学术研究中大量运用从西方引进的理念和方法，但最后却发现只有概念根本不能解决问题，真正的学术推进要建立在实证的基础上。现在，越来越多的学者开始注重文献，并在认识、理解文献的基础上展开研究。亓娟莉新著作为一部唐代音乐史料汇编，其主要功能不仅在于依据时间的顺序介绍最具有代表性和史料价值的文献，还在于分析研究文献所记载事件的真实性和准确性，以便更好地服务于学术研究。而为了实现这些功能，书中建立了层次分明的归类体例，在借鉴文献分析法的基础上，细致地将唐人乐府撰著归纳为综合、琴学、解题及歌辞乐章、笔记杂著等四类。这样的研究方法使得研究内容条理清晰，方便学人了解乐府论著演变的微观特征。

亓娟莉新著对唐人乐府论著的特点作出了切中肯綮的分析，她认为唐人乐府论著有如下四个特点。

一是以安史之乱为界，唐代音乐文献前期较少，中后期为多，且撰写心态及动机明显不同。初盛唐时期的唐人乐府论著撰著者或出于个人喜好，或出于传承和发展的使命感才创作。安史之乱后，在政局动荡，时运维艰的社会背景下，唐人则通过乐府论著表达对昔日太平盛世的追忆。该书重视对唐人乐府论著产生背景的介绍，并对重要作者的乐府论著和思想转变情况进行了卓有见解的分析，属于知人论世。

二是盛唐至中唐时期，唐人对乐府古题、歌诗的记录和论述出现新的趋势，有一大批以解题为主的乐府批评论著，尤以吴兢《乐府古题要解》为代表。书中深入浅出地分析了解题这一现象产生背后的社会环境、社会需求等原因，总结了本时段的音乐理论和文献形态，逻辑线索清晰。亓娟莉还强调，这一批乐府批评论著在当时乃至对后世《乐府诗集》等的编撰都产生了重要影响，具有很高的学术价值，断识精审，堪称的论。

三是唐代琴学著述丰富。该书考察出琴家二十余人，集录琴学论著三十余种，其中以赵邪利、陈康士等人的琴学论著最为丰富。亓娟莉对唐人的琴学理论进行了详细的阐释，并以此为基础进行了广泛而深入的考察，高屋建瓴。

四是唐人专业乐书大多亡佚，只有笔记、杂著类仍有少许流传。书中

简要地指出原因：《教坊记》等多载乐舞逸闻或趣谈，稍稍有助语资，而《古今乐纂》等专以音乐为主，所记相对单一，且专业理论精奥复杂，难为大众所接受，故渐至湮没不传。

总之，亓娟莉新著全书章节逻辑有序，材料分类明晰，不仅有助于学人按图索骥，提高检索效率和利用率，更能让学人清晰便捷地掌握唐人乐府论著在“史”上的特点。因为着眼于将唐人乐府研究、文献辑录、校勘整理统筹为三位一体，且适有通史之意义的研究方法，必将进一步推动历代乐府论著的实证研究。

三　治学严谨，继承传统，颇有“大禹治水”的风范

乐府学文献种类繁多，卷帙浩繁，需要研究者有锲而不舍、咬定青山不放松的精神。亓娟莉围绕唐人所有的乐府论著和乐府文献有计划、有目标、一步一个脚印地朝前走，没有半点花架子，此种实证功夫堪称“大禹治水”。“大禹治水”的研究方法是前辈学者任半塘提出来的，其基本含义是预先设定一个研究范围，然后对其中的问题和资料作穷尽式的考察。任半塘是研究唐代音乐文艺的一代宗师，其《唐戏弄》《唐声诗》《敦煌歌辞总编》等系该领域的拓荒之著，皆建构于浩博的第一手文献材料的基础之上，体现出其充分掌握问题与全面占有资料的意识和能力。任半塘把他治学的方法形象地称为“大禹治水”，乃借鉴于上古时期大禹治水的方法，大禹踏遍了千山万水，熟悉了每一条河道，最终才想出疏导的方法，使百川分流，各得其所。“大禹治水”的治学方法体现了探尽渊薮的干劲、论从史出的态度以及实事求是的精神。亓娟莉新著爬梳了唐人所有乐府论著，亦是音乐文献的大著作，其逻辑合理清晰，以惊人的材料功夫与独有的智慧，充分继承了任半塘的治学风范。

此外，时至当下，传统音乐文化全面高涨，乐府学的研究也呈现繁荣之局面。亓娟莉新著为当代学人的乐府学研究提供了翔实丰赡的文献资料，更为建设唐五代音乐史料数据库奠定了基础，这是其现实价值所在。尽管亓娟莉新著存在部分局限，对于部分论著如《音律图》《琴操通》等，因材料所限，无法推知具体的作时及撰者，甚至部分史料尚有待进一步考证解读，但是瑕不掩瑜，书中辑考了唐人乐府论著六十余种，为进一步研究乐府学提供了坚实的基础，甚至很多文献资料是首次被辑录，比如《古

今乐纂》《律书乐图》《大周正乐》《辨音集》《音律图》等，为学人提供了可资研究的新证据，拓展了乐府研究的深度和广度。唐代音乐史料卷册浩繁，内容庞杂，寻检耗时费力，颇为不易。亓娟莉学养深厚，新见独卓，她这份深厚的沉积和苦心孤诣的精神，不仅在学术史上取得了极高的成就，更能嘉惠学林，善莫大焉！

《乐府学》稿约

《乐府学》是国家一级学会乐府学会会刊，由首都师范大学文学院、首都师范大学中国诗歌研究中心主办，河北师范大学文学院协办。入选中文社会科学引文索引（CSSCI）来源集刊，为中国人文社会科学学术集刊AMI综合评价“入库集刊”，专门刊发乐府学相关研究文章，常设文献考订、音乐研究、礼乐制度、文学研究、乐府诗学、海外传播等特色栏目。本刊诚邀海内外学人赐稿，尤其欢迎体量大、质量高的乐府学专题文章。

来稿可寄 yuefuxue@126.com 邮箱。本刊采用匿名审稿制度，不收审稿费。文章一经采用，即赠样书、稿酬。

注意事项：

1. 请于文末附作者学术简介和联系方式。
2. 文章具体格式请参照本书最新一辑。
3. 请附文章题目的英文翻译。
4. 来稿两个月未收到本刊编辑部回复，即可自行处理。

图书在版编目(CIP)数据

乐府学. 第三十一辑 / 赵敏俐主编. --北京：社会科学文献出版社，2025. 3. --ISBN 978-7-5228-5129-7

Ⅰ. I207. 22

中国国家版本馆 CIP 数据核字第 2025UW1485 号

乐府学（第三十一辑）

主　　编 / 赵敏俐

出 版 人 / 冀祥德
组稿编辑 / 杨春花
责任编辑 / 王霄蛟
文稿编辑 / 韩亚楠
责任印制 / 岳　阳

出　　版 / 社会科学文献出版社 · 人文分社（010）59367215
　　　　　地址：北京市北三环中路甲 29 号院华龙大厦　邮编：100029
　　　　　网址：www. ssap. com. cn
发　　行 / 社会科学文献出版社（010）59367028
印　　装 / 北京联兴盛业印刷股份有限公司

规　　格 / 开　本：787mm × 1092mm　1/16
　　　　　印　张：21. 5　字　数：350 千字
版　　次 / 2025 年 3 月第 1 版　2025 年 3 月第 1 次印刷
书　　号 / ISBN 978-7-5228-5129-7
定　　价 / 138. 00 元

读者服务电话：4008918866